Queen of the Wicked
Die giftige Königin

TERESA
SPORRER

QUEEN OF THE WICKED

DIE GIFTIGE KÖNIGIN

PLANET!

ACHTUNG!

Bei dem Großteil der erwähnten Pflanzen handelt es sich um hochgiftige Gewächse!
Vom Verzehr wird dringend abgeraten!

Dieses Buch ist eine Geschichte getränkt in Gift.
Durch die Kapitel begleiten uns pflanzliche Gifte und Gifte, die Körper und Seele angreifen können.
Eine Inhaltswarnung über mögliche Gifte findest du auf der letzten Seite des Buches.

Für Nora.
Manchmal braucht man nur eine Person,
die einem das Gefühl gibt, dass man dieses bestimmte Buch
einfach schreiben muss.

Alle Ding' sind Gift und nichts ohn' Gift –
allein die Dosis macht, dass ein Ding kein Gift ist.
Paracelsus

Prolog

ALLES IST GIFT

Der dunkle Schatten glitt lautlos durch das Anwesen. Niemand der sonst so umsichtigen Bewohner oder einer der vielbeschäftigten Angestellten des Schlosses hatte ihr Eindringen bemerkt und auch ihr Gehen würde unbeachtet bleiben.

Niemand nahm sie wahr – bis auf *ihn.*

Seine dunklen Augen hefteten sich sofort auf ihre bekannte Gestalt, als sie völlig geistesabwesend auf ihrem Weg ins Freie die opulenten Gemächer des zukünftigen Prinzgemahls durchquerte.

Er sah sie immer – und wie jedes Mal, wenn sich ihre Wege kreuzten, begann er sich mit ihr zu unterhalten, obwohl er genau wusste, dass er keine Antwort von dem unerwünschten Gast zu erwarten hatte. »Meine Liebste, willst du mich nicht ordentlich begrüßen? Wie lange bleibt mein Flehen nach Aufmerksamkeit unerhört?«

Sie hielt sofort inne und drehte ihr gesichtsloses Antlitz zu ihm.

Er hob grüßend eine Hand. »Ach weh, du bist immer so still«, sagte er. Leise lachte er über einen Witz, den sie nicht verstand. »Wie sollen wir uns da endlich besser kennenlernen?«

Mit einer geschmeidigen Bewegung erhob sich die Kreatur in Form eines jungen Mannes von seiner Chaiselongue. In der linken Hand hielt er ein altes Grimoire in altgriechischer

Schrift. Nicht dass er Altgriechisch lesen konnte, aber es gab nur noch drei Exemplare von diesem Werk, und da konnte er aufgrund seiner Habgier nicht anders. Im Buch wurden Wege beschrieben, Dämonen zu töten – entweder das oder es handelte sich um ein schlecht gezeichnetes Kamasutra. Das Buch war wahrscheinlich wirklich von einem Teufel verfasst worden, wenn er richtig deutete von der Todsünde der Lust höchstpersönlich, das legitimierte jedoch nicht, dass er Tausende von Pfund für Asmodäus' perverse Kritzeleien ausgegeben hatte.

Die Gestalt wollte weitergehen, als er sich ihr penetranter weise in den Weg stellte.

»Meine Schönheit, nicht so schnell«, schnurrte der Mann mit einem zufriedenen Grinsen. »Du wirkst heute irgendwie anders. So ungeduldig und ruhelos. Ist etwas passiert? Kann ich dir helfen?«

Schweigen.

Dann riss er die Augen vor Unglauben weit auf. »Ist ... ist es endlich vorbei?«

Die Gestalt nickte ihm zu. Sie trat aus dem Licht der Glaslampen und verschmolz völlig mit den anderen Schatten.

Es war so, als wäre sie nie hier gewesen. Womöglich würde er sie nie wiedersehen, nun da sie im Schloss alles erledigt hatte.

Für einen kurzen Moment durchzuckte ein seltsamer Schmerz sein totes Herz. Es fühlte sich fast ... ja, es fühlte sich fast wie ein Verlust an, aber davon durfte er sich jetzt nicht ablenken lassen. Ihm blieben vielleicht nur Minuten, bis eine der Hexen des königlichen Covens bemerkte, dass etwas faul war. Wenn er sich nicht beeilte, dann wären all der Schmerz und die Erniedrigungen, die er für sie in Kauf genommen hatte, sinnlos.

Der junge Mann seufzte – ein Hauch von Angespanntheit klang in seiner Stimme nach. »Eigentlich wollte ich mich nach dem harten Arbeitstag entspannen, aber was soll's. Hier ist sowieso gleich die sprichwörtliche Hölle los.«

Die wortwörtliche Hölle wäre ihm einen Tick lieber gewesen.

Er legte das Buch mit den hässlichen Holzschnitten auf seinen Tisch und marschierte durch eine mit Blattgold und Edelsteinen verzierte Tür direkt ins Schlafzimmer der Königin. Der Raum war riesig. Es gab Wohnungen in London, welche beachtlich kleiner waren als das Schlafgemach der Regentin. Der Boden bestand aus feinstem Marmor und die burgunderroten Teppiche waren allesamt handgewebt. An den Wänden hingen teure Gemälde und filigrane Glaslampen.

Das Gemach wirkte auf den ersten Blick altertümlich, einzig der riesige Flachbildfernseher und der moderne Computer zerstörten das Bild einer Filmkulisse aus dem vergangenen Jahrhundert.

Der Mann näherte sich behutsam dem gigantischen Himmelbett, das in seiner miserablen Existenz sicher schon mehr Orgien als ein römisches Bordell erlebt hatte, und …

Ein kalter Schauer kam so plötzlich über ihn, dass er überrascht von dieser Regung aufkeuchte. Er war auf den schauerlichen Anblick vorbereitet gewesen, und doch erschrak er, als er den leblosen Frauenkörper am Boden erblickte. Hexenkönigin Sibylle lag tot auf einem Teppich. Die Glieder völlig verdreht, ihre Augen waren weit aufgerissen und der Mund zu einem letzten stillen Schrei verzogen.

Er zuckte zusammen, als ein dumpfes Geräusch in seiner Nähe ertönte. Verdammt! Er war so fixiert auf die Leiche gewesen, dass er alles um sich herum vergessen hatte.

Seine menschlichen Finger wurden dürr, knochig und spitz, und er wäre um ein Haar nach hinten gesprungen, um dem Angreifer die Kehle herauszureißen, hätte er in diesem Moment nicht erkannt, dass eine Eule immer und immer wieder mit dem Kopf gegen das Fenster flog. Ein letztes Mal knallte das Tier mit dem Schädel mit voller Wucht gegen das Glas. Der Aufprall zerschmetterte ihr das Genick. Sofort stieg ihm der vertraute Geruch des Todes in die Nase. Er war hungrig – wie immer.

Es war also wahr, was man sich unter den Dämonen erzählte: Wenn eine Hexe starb, nahm sie ihr Hexentier mit in den Tod.

Er beugte sich zur Leiche hinab und streckte die Finger nahezu gierig nach der Hexe aus. Sibylles hellbraune Haut war zwar noch warm, aber es war zu spät: Ihre Seele war längst entwichen.

Sein anfänglicher Schock verflog schnell. Er empfand nicht viel für die Frau, die ihr Leben so gewaltsam in diesem Raum ausgehaucht hatte. Nein. In den letzten Monaten hatte sich seine Gleichgültigkeit regelrecht in Hass verwandelt. Die Jahrzehnte der Regentschaft hatten Sibylle wahnsinnig werden lassen, auch wenn man äußerlich kaum etwas davon bemerkte. Sie war selbst im Tode eine unglaublich attraktive Frau, die in ihren späten Zwanzigern in der Unsterblichkeit der Hexen erstarrt war.

Sie war wunderschön und mächtig gewesen – und was am gefährlichsten war: Sie hatte es gewusst. Sie hatte in ihrer Herrschaft viel Gutes getan, aber auch ein paar unverzeihliche grausame Dinge. Vor Jahren bereits hatte sie jeglichen Bezug zur Realität verloren. In ihrem Größenwahn hatte sie ihren frühzeitigen Tod regelrecht provoziert.

Er fand es nur schade, dass er sich ihre Seele am Ende nicht einverleiben konnte. Nicht, um seinen ewigwährenden Hunger zu stillen. Nein, hier ging es lediglich um Vergeltung und Rache, was mindestens genauso süß war wie eine frische Seele.

Der Mann drehte seinen Kopf zu einem Schrank, der mit seinen hellen Elfenbeinverzierungen eigentlich in ein Museum gehörte. Königin Sibylle hatte mehr Gifte in ihrem Schrank stehen als so mancher Alkoholflaschen. Es war genug Gift, um mehr als die Hälfte der menschlichen Bevölkerung Londons zu töten. Manche Tinkturen waren derart giftig, dass sie selbst Unsterblichen ernsthaft schaden konnten – ja, vielleicht war eins dieser dunkelbraunen Fläschchen tatsächlich in der Lage, der Ewigkeit einen Strich durch die Rechnung zu machen. Der junge Mann platzierte ein halb leeres Glas neben der Leiche der Hexenkönigin, nachdem er ihre kalten Lippen mit Gift benetzt hatte. In ihrem Körper befand sich ebenfalls noch reichlich davon, das hatte er vorgestern geschmeckt.

»So.«

Damit hatte auch er seinen Teil der Abmachung erfüllt.

Er kehrte der Leiche den Rücken.

Mit jedem Schritt spürte er die Veränderung, die der plötzliche Tod der Königin auslöste. Die Magie wurde unruhig. Wütend. Hungrig. Die magische Kraft verlangte nach einer neuen Hexenkönigin. Wie gut, dass ihre Nachfolgerin bloß einen Katzensprung entfernt war.

Wäre er am Leben gewesen, dann hätte sein Herz aufgeregt Blut durch seine Venen gepumpt.

Er stieß die Flügeltür zum Versammlungssaal auf. Der Geruch von Salbei löste leichte Übelkeit in seinem Magen aus, aber das ließ er sich nicht anmerken.

»Guten Abend, meine Damen«, begrüßte er die Hexen. Die vier Anwesenden betrachteten ihn angewidert. Der weiße Wolf einer Hexe knurrte ihn an, während ein schwarzer Rabe unheilvoll krächzte. »Ist heute nicht eine wundervolle Nacht? Eine Nacht, die in die Geschichte eingehen wird.«

Die Luft wurde schwerer. Er wusste, dass es von der Magie – oder *Magick* – kam, mit denen die Hexen gesegnet worden waren. Die vier richteten ihre Kräfte drohend gegen ihn, aber seine Magie hielt mit Leichtigkeit dagegen. In der letzten Woche hatte er ein Dutzend Herzen verspeist, ein Dutzend Seelen gesammelt.

»Was willst du hier, dreckiger Dämon?«, zischte ihm eine Hexe mit leuchtend rotem Haar entgegen. »Hier haben allein Hexen des Rates Zutritt!«

»Spiel dich hier nicht so auf, bloß weil du der Verlobte der Königin bist, Höllenbrut«, mischte sich eine andere Hexe mit glutroten Augen ein. Der weiße Wolf an ihrer Seite bleckte die spitzen Zähne. »Wenn Königin Sibylle hier auftaucht, wird sie dich ohnehin rausschmeißen.«

»Wird sie nicht.« Der junge Dämon grinste die Hexen provozierend an. »Ich wollte euch lediglich eins wissen lassen: Die Königin ist tot.«

1. Kapitel

ATROPA BELLADONNA
Schwarze Tollkirsche

Im Spätsommer war der Poison Garden immer völlig ausgebucht, eine Touristenführung jagte die nächste. Meistens hatte ich nicht einmal Zeit für ein Tässchen Tee oder den Salat, den ich mir jeden Abend für die halbstündige Mittagspause zubereitete, obwohl ich genau wusste, dass ich durcharbeiten musste. Wenn ich nicht gerade eine Führung abhielt, war ich damit beschäftigt, die Souvenirs aufzustocken oder eine hochgiftige Pflanze zurechtzustutzen, bevor es zu einer Toxikonose kam.

Während ich zum fünften Mal an diesem Tag eine kleine Gruppe von Menschen durch einen mit Giftefeu überwucherten Eisentunnel führte, merkte ich, wie sich kleine Ranken gierig nach mir ausstreckten.

»Bald«, flüsterte ich so leise, dass die Menschen es nicht mitbekamen. »Ich habe noch keinen Feierabend.«

Schmollend drehte sich die Schlingpflanze zu einer Spirale zusammen.

Als ich aus dem Tunnel trat, huschte mein Blick zwischen den anderen Pflanzen in der Anlage umher. Der ganze Gartenkomplex war ordentlich angelegt worden, wenn etwas am falschen Platz wucherte, bemerkte mein geschultes Auge es sofort. Aus der Ferne drang das stetige Plätschern der Springbrunnen an mein Ohr. Etwas fernab hörte ich die Kröten quaken, die kurz vor dem Winterschlaf standen. Ich malmte beunruhigt mit dem Unterkiefer. Es sah aus und klang wie immer, dennoch ...

Seit Tagen hing etwas in der Luft, was den zahlreichen Pflanzen im Garten nicht zu bekommen schien. Sie waren unersättlich und ich befürchtete jeden Tag das Schlimmste: dass Menschen Schaden nahmen. Dass Menschen *starben.*

Aber nicht nur die Pflanzen spürten diese ungewöhnliche Veränderung ... diese Störung in der Ordnung unserer Göttin. Seit Tagen war mein Schlaf rastlos und ich wachte am Morgen mit einer an den Gedärmen nagenden Übelkeit auf. So schlecht hatte ich mich seit meiner frühen Jugendzeit nicht mehr gefühlt, als mein Körper sich verändert hatte. Hatte ich zu viel Gift zu mir genommen – oder gar zu wenig? Ich grinste. Nein. Zu viel gab es für mich nicht.

Die Erde vibrierte sanft unter meinen Füßen. Ich spürte die Magick der Natur, die Kräfte unserer Göttin und die der Welt selbst. Tatsächlich schien es mir so, als wäre irgendetwas *Unheilvolles* im Anmarsch. Doch mir erschloss sich einfach nicht, was. War es ein Sturm? Ein Erdbeben? Oder eine Bedrohung, welche nichts mit dem wilden Wesen der Natur zu tun hatte?

Eine weitere Efeuranke klammerte sich beinahe flehend an die dunkle Spitze meines Kleides.

Es tat mir fast leid, die Pflanzen so aufgeregt zu erleben, trotzdem musste ich mit der Führung fortfahren. Vor mir hatten schon einige Menschen den Garten betreut, was bedeutete, dass ich am Ende doch leicht austauschbar war. Wenn ich Pech hatte, dann entzog man mir die Betreuung der Touristen und ich hatte noch weniger Kontakt mit Menschen.

Oder schlimmer: Ich könnte nach Italien in die Medici-Giftgärten versetzt werden. Das *sonnige, warme* Italien.

Ich erschauderte am ganzen Körper.

Sachte entzog ich der Pflanze den fragilen Stoff. Für das Kleid hatte ich Monate lang Trinkgeld zusammengespart und ich würde giftige Tränen weinen, wenn es einriss.

Dass ich stehen geblieben war, fiel natürlich auch den Besuchern des Gartens auf.

»Geht es Ihnen gut, junges Fräulein?«, fragte der ältere Herr, der mit seiner Frau extra aus Manchester angereist war. »Sie sind so furchtbar blass.«

Ein kleines Grinsen erschien auf meinen Lippen.

Ich fand es echt nett von ihm, dass er sich Sorgen machte. Auf meine Gruppe wirkte es wohl so, als wäre mir schwindelig geworden. Das war absolut nachvollziehbar, wenn man bedachte, dass meine Haut stets einen leicht ungesunden Grünstich aufwies und ich die dunklen Schatten unter meinen Augen nicht überschminken konnte. Als kleines Kind war ich mit wunderschönen goldenen Locken gesegnet gewesen, doch sie waren über die Jahre immer heller geworden. Nun strahlten sie durch die jahrelange Einnahme von Gift beinahe weiß und die dichten Locken hatten sich zu sanften Wellen ausgehangen. Vor einem Jahr hatte ich dann beschlossen, meine Haare auf Kinnlänge abzuschneiden. Es war schön, einmal nicht in Zweigen hängen zu bleiben und sich die halbe Kopfhaut aufzureißen.

Ich sah praktisch immer kränklich aus. Beinahe wie ein Geist, der Tag und Nacht durch den Garten wandelte. Vielleicht war ich das auch, kam mir ein trauriger Gedanke. Schließlich war ich an diesen Ort gebunden, denn so sehr ich meine Pflanzen auch liebte: Er blieb ein Gefängnis, welches ich niemals aus eigenem Interesse verlassen konnte. Wo sollte ich sonst hin?

»Eine Ranke hat sich an meinem Kleid verfangen«, entschuldigte ich mich lächelnd. Ein Lächeln, welches meine dunklen Augen nicht erreichte. »Die Pflanzen führen ein Eigenleben.«

Möglicherweise war das alles auch nur Einbildung, versuchte ich meine angespannten Nerven zu beruhigen. Mit Samhain näherte sich unabwendbar der Winter mit Kälte und Schnee, und es war wohl wenig überraschend, dass meine Pflanzen und ich die kalte Jahreszeit nicht mochten. Zwar behagten mir die langen sternenklaren Nächte sehr, dennoch hasste ich die Kälte und machte mir ständig Sorgen, dass einer meiner Schützlinge nicht überlebte. Wie ich konnten viele Pflanzen nahezu ewig leben – und wie ich konnten sie trotzdem sterben. Es reichte manchmal so etwas Einfaches wie ein zu kalter Winter, der ihnen jeglichen Lebensgeist raubte.

Ich schüttelte die Besorgnis ab und eilte zurück zu den Touristen. Bloß keine Schwäche zeigen, ermahnte ich mich selbst streng. Als sich auch der nette Herr zu uns gesellte, fuhr ich ehrlich lächelnd mit meinen Erklärungen fort:

»Bei der nächsten Pflanze handelt es sich um die Schwarze Tollkirsche, *Atropa belladonna*«, sagte ich mit lauter Stimme, damit auch die drei kichernden Teenager der Gruppe meinen Worten lauschten. Sie hatten für die Führung bezahlt, also würde ich ihnen die Informationen mit aller Macht in den Kopf hämmern. Giftpflanzen waren nämlich etwas Besonderes. Sie waren mein ein und alles, und ich wollte das Wissen mit so vielen Menschen wie möglich teilen. »Sie zählt zur Familie der Nachtschattengewächse.«

Wie so viele andere Pflanzen im Garten hatte man ein Eisengitter um sie herum errichtet, damit auch ja keiner auf die Idee kam, die Pflanze anzufassen. Es sah absolut grotesk aus, und ich hatte mich an den absurden Anblick auch erst gewöhnen müssen. Denn das Gitter hielt die Pflanzen keineswegs davon ab, zwischen den Stäben herauszuwuchern. Es sollte wohl einschüchternd und warnend wirken, aber bei mir erzeugte es lediglich eine unangenehm juckende Haut. So, als wäre ich die Pflanze ...

Jedoch hatten die Gitter eine gewisse Daseinsberechtigung. Tatsächlich waren die drei häufigsten Sätze, die ich an die zahlreichen Besucher richtete:

»Nicht anfassen!«

»Nicht daran riechen!«

»Keine Selfies – die sehen dumm aus!«

Die Gitter um die Pflanzen und die schwarzen Schilder am Eingang mit dem Aufdruck »Diese Pflanzen können tödlich sein« und dem schicken Totenschädel stellten für die Menschen kein Warnzeichen dar.

Manchmal fragte ich mich, ob die Besucher etwas anderes mitnahmen als die Warnungen, die ich ihnen im schlimmsten Fall zubrüllte. Dabei waren wir hier am wohl interessantesten Ort in ganz England! Die Gärten von Alnwick waren mehr als nur ein blumiger Touristenmagnet im Frühling und Sommer. Es gab für jeden Geschmack etwas: zum Beispiel die über dreihundert pink-rosaroten Kirschbäume, deren Blütezeit den Übergang zwischen Frühling und Sommer markierte. Wenn sie an Beltane in voller Pracht standen und meine Haare voller kleiner hellrosa Blütenblätter waren, dann breitete sich immer ein wohliges Gefühl in meinem Inneren aus, welches ich bis zum harten Winter in mir trug. Auch die wundervollen Rosengärten wollten erwähnt werden. Den ganzen Juni und Juli hindurch duftete die gesamte Gartenanlage schwer süßlich. Ich wollte nicht angeben, doch mein Rosentee und -salz – natürlich selbst gemacht – waren die begehrtesten Waren im Andenkenladen.

Und auch wenn der Alnwick Garden bei Weitem nicht der schönste aller Gärten war, die man auf Erden finden konnte, war er der außergewöhnlichste – und das lag vor allem am Poison Garden. An keinem anderen Ort der Welt hatte man eine solche Vielzahl von giftigen und absolut tödlichen Gewächsen zusammengetragen. Selbst die harmlosen Pflanzen lösten starke Übelkeit und Erbrechen aus, vielleicht auch eine leichte Verbrennung bei Hautkontakt. Die giftigsten von ihnen machten den Tod zur Höllenqual.

Und niemand kannte sie alle so gut wie ich.

Der Garten war das reinste Paradies. Deshalb vergaß ich manchmal auch meine eigenen unsichtbaren Gitterstäbe, welche mich an diesem unglaublichen Ort festhielten.

Ich gab meiner Gruppe ein paar Sekunden Zeit, um Fotos zu schießen, ehe ich mit meiner Erklärung fortfuhr: »Atropos ist eine griechische Schicksalsgöttin. Laut Mythologie ist sie jene mächtige Göttin, die die Schicksalsfäden der Menschen durchschneidet. Ich muss deshalb wohl nicht erwähnen, dass der Verzehr der schwarzen Beeren tödlich enden kann. Etwa zehn Beeren reichen aus, um das Leben eines erwachsenen Menschen zu beenden. Im Gegensatz zu den Blättern sind die Beeren allerdings relativ harmlos.«

Ich bekam richtig Lust auf einen Tee aus Belladonna-Blättern und dazu einen Muffin mit den Früchten der Pflanze. Allerdings war mein Feierabend noch lange nicht in Sicht.

»Es gibt eine Eselsbrücke, um sich die Symptome einer Belladonna-Vergiftung zu merken: trocken wie ein Knochen, blind wie eine Fledermaus, rot wie eine Rübe und verrückt wie ein Hutmacher. Zuerst tritt Mundtrockenheit auf«, erklärte ich und fühlte, wie mein eigener Rachen trocken wurde. Ziemlich alle Besucher des Poison Garden wollten sich gruseln. Sie wollten wissen, wie diese Gifte töteten und wie qualvoll der Todeskampf war. Es war faszinierend, dass Menschen so nach der dunklen Seite der Welt gierten und dann ihre Augen verschlossen, sobald sie mit der wahren Dunkelheit konfrontiert wurden.

»Man merkt vielleicht gar nicht einmal, dass die Schweißbildung weniger wird.« Mein Grinsen glich zunehmend dem einer schwärmenden Geliebten. »Wahrscheinlich, weil man denkt, dass man im Angesicht des Gifttodes schwitzen würde. Dem ist nicht so. Natürlich kann man je nach Höhe der Dosis auch in den eigenen Halluzinationen gefangen sein und gar nichts mehr mitbekommen. Aber ob dieser Tod angenehmer ist, wage ich zu bezweifeln.«

Fünf Augenpaare fixierten mich. Sie alle hielten gespannt den Atem an, während sie wissensdurstig an meinen Lippen klebten.

»Anfangs leidet man unter hohem Fieber, doch kurz darauf fällt man schon ins Koma. Der Tod tritt durch Atem- oder Herzstillstand ein. Es kann langsam oder schnell gehen. Bei Giften kommt es immer auf verschiedene Faktoren an: Dosis, Körpergewicht, Vorerkrankungen und so weiter.«

Es wunderte mich nicht im Geringsten, dass Menschen gerne Gifte für ihre Machtspielchen verwendeten. Man musste sich nicht selbst die Hände schmutzig machen, und wenn man jemanden, statt ihm zu schaden, töten wollte, musste man lediglich die Dosis erhöhen, bis man das gewünschte Ziel erreicht hatte. Ein wirklich ausgezeichnetes Mordwerkzeug – außer man verletzte mit Gift jemanden, den man eigentlich liebte …

»Warum heißt die Pflanze eigentlich Belladonna – also ›schöne Dame‹?«, fragte eines der Mädchen und riss mich aus trübseligen Gedanken an vergangene Liebschaften, die von Anfang an zum Scheitern verurteilt gewesen waren.

Sie trug ihre blonden Haare offen und mit rosaroten Spitzen, aber am auffälligsten war ihr riesiges Handy mit noch größerer, alberner Plüschhülle. War das wieder im Trend?

Der Teenager war vielleicht siebzehn Jahre alt. So alt wie ich es war, als man mich hierhin versetzt hatte.

»Im achtzehnten Jahrhundert verwendete man die Tollkirsche in der Schönheitspflege«, antwortete ich. »Das Gift kann die Pupille erweitern. Viele italienische Damen haben sich also das Gift der Pflanze als Augentropfen verabreicht. Das sollte auf die Männer anziehend wirken.«

Die zwei Mädchen stupsten ihre Freundin mit dem Ellbogen an und kicherten einen Namen, woraufhin die Fragende rot im Gesicht wurde und wild auf ihr Plüschhandy eintippte.

Ich war nur vier Jahre älter, aber solche unbeschwerten Albernheiten mit meinen Schwestern schienen Jahrhunderte zurückzuliegen.

»Was macht das Gift über kurz oder lang mit den Augen?«, fragte mich der ältere Herr.

»Es ist wenig überraschend, dass dieses Gift blind machen kann. Schönheit hat nun mal ihren Preis.«

Die Mädels schüttelten sich.

»Wenn euch die Führung gefallen hat, dann empfehlt den Poison oder Alnwick Garden doch bitte Familie, Freunden und Bekannten weiter«, endete ich die gut eineinhalbstündige Führung durch mein Reich der Gifte. »Und vergesst niemals, was ich euch erzählt habe. Gifte können tödlich sein, in manchen Fällen allerdings auch heilend.«

Ich erspähte am Eingang bereits die nächste Gruppe, denen ich Fingerhut und Engelstrompete näherbringen durfte. Wieder keine Teepause und erst recht kein Salat. Mein Magen beschwerte sich lautstark mit einem Grummeln.

Die ältere Dame steckte mir beim Vorbeigehen fünf Pfund zu, die ich dankend annahm. Das Trinkgeld im Poison Garden war wirklich gut – wenn man bedachte, dass ich dafür bloß über Gifte schwärmen musste.

»Das war eine sehr interessante Führung«, sagte sie begeistert, bevor sich etwas Ekel in ihr Gesicht stahl. Ihr Mann stand daneben und nickte geistesabwesend. In Gedanken war er sicher bereits beim heutigen Fußballspiel. »Wenn auch etwas morbide. Wie Sie sich nur all die furchtbaren Geschichten merken können!«

Ich zuckte mit den Schultern. »Ich finde es spannend. Gifte sind ein Teil meines Lebens.«

»Wie war noch mal Ihr Name?«, fragte sie mich dann.

»Ich heiße Belladonna.«

»Wie die Pflanze?«

Ich nickte.

Ihr fehlten die Worte. »Oh ... Das ... Ich – Wie schön.«

Ich lächelte. »Finde ich auch.«

Der perfekte Name für eine weggesperrte Gifthexe wie mich.

2. Kapitel

SALIX BABYLONICA
Echte Trauerweide

Ich genoss den dunkelorangen Sonnenuntergang wie jeden Tag allein. Nein, das war eigentlich falsch. Menschen und andere Hexen hielt ich mir vom Leib, doch die Pflanzen waren ständig bei mir. Gerade spielte Oktavia mit meinen Haaren, während ich endlich die Zeit gefunden hatte, meinen Brennnesseltee zu schlürfen. Er war zwar nicht mehr warm, dafür schmeckte er sehr intensiv. Das Aroma war überwältigend und nistete sich regelrecht auf meiner Zunge ein. So trank ich meinen Tee am liebsten!

Ein zufriedenes Seufzen kam über meine vom Tee befeuchteten Lippen, als ich jeden einzelnen Sonnenstrahl dankbar aufsog. Ich hatte es mir oberhalb der künstlich angelegten Kaskaden mit einer Wolldecke gemütlich gemacht und blickte so direkt auf den Springbrunnen. Das stetige Plätschern des Wassers war beruhigend. In ein paar Tagen würde man das Wasser für die Winterpause abdrehen.

»Das wird ein milder Winter«, ließ ich Oktavia wissen. Als Echte Trauerweide war sie besonders frostempfindlich.

Obwohl ich nicht mit der vorausschauenden Kraft der Seherinnen gesegnet worden war, war ich perfekt darin, die Anzeichen in der Natur zu deuten. Heute war ein schöner Herbsttag, aber ansonsten hatte sich der September nicht von seiner besten Seite gezeigt. Es war fast immer regnerisch und kalt gewesen, einmal hatte es sogar für einen halben Tag geschneit. Das unstetige und kalte Wetter deutete auf einen Winter mit wenig Frost und mäßigem Schneefall hin. Keine Pflanze würde diesen Winter eingehen.

Was ihre Unruhe nur seltsamer erscheinen ließ ...

Dies konnte bloß einen einzigen logischen Schluss zulassen: Ich hatte einfach zu viel gearbeitet.

Tatsächlich erinnerte ich mich nicht daran, wann ich das letzte Mal einen ganzen Tag für mich gehabt hatte. Das Buch auf meinem Nachttisch war mit Sicherheit schon von einer feinen Staubschicht bedeckt, und ich war mir ziemlich sicher, dass ich mir online ein Waffeleisen bestellt hatte. Hatte ich das überhaupt ausgepackt? Eigentlich wollte ich im Sommer Waffeln mit Vanilleeis und Engelstrompeten zubereiten. Ich mochte den giftig-süßen Geschmack der Blüten.

Falls der Garten wegen eines hohen Feiertages mal die Tore geschlossen hielt, dann kümmerte ich mich um die Website und Social-Media-Kanäle. Das bedeutete, dass ich mit einer viel zu alten Kamera bewaffnet durch den Garten zog und hoffte, dass sich die Gewächse für Fotos von ihrer besten Seite zeigten. Auch Pflanzen konnten störrisch sein und sich zieren. Wenn es mir schlecht ging, dann übertrug sich mein Gemütszustand auf sie. Das Gleiche galt natürlich bei Stress und innerer Unruhe.

In der späten Abendsonne und mit meinem selbst gebrauten Kräutertee fand ich schließlich das erste Mal seit Wochen etwas Erholung.

Die Natur hatte sich beruhigt. Einzig ein kleines Nachbeben war zu spüren.

Aber auch ohne die gestörte Natur war Oktavia neckisch. Ihre orange-braunen Blätter kitzelten mich im tiefen Rückenausschnitt meines Kleides.

»Haha! Lass das! Ha!« Ich krümmte mich vor Lachen. Dabei schwappte etwas Tee über meinen Thermobecher. »Ich bin doch so kitzelig!«

»Ah, Bella!«, rief eine vertraute tiefe Männerstimme hinter mir. »Wusst ich's doch, dass ich jemanden gehört habe.«

Ich drehte mich um und beobachtete den dienstältesten Gärtner Michael in voller Arbeitsmontur hinter den riesigen Hecken hervortreten. Normalerweise musste man eine spezielle Arbeitskleidung im Umgang mit den hochgefährlichen Giftpflanzen tragen, aber ich fand sie schlicht und einfach zu hässlich. Ganz zu schweigen davon, dass mir Gift nichts anhaben konnte und die Schnitte und Schrammen im Nu verheilten. Ab und zu sprachen mich die anderen Angestellten darauf an, woraufhin ein wissendes Lächeln meinerseits Antwort genug war. Solche Kleinigkeiten vergaßen die Menschen schnell, wenn sie es mit magischen Wesen zu tun hatten. Umsonst lebten wir nicht seit Anbeginn der Zeit nahezu unbemerkt unter ihnen.

»Hast du gerade mit jemandem geredet?«, wollte er von mir wissen. Er sah sich suchend um. Der Garten hatte seit einer Stunde geschlossen und ich als Chefgärtnerin war dafür verantwortlich, dass sich kein Unbefugter auf dem Grundstück aufhielt. Schließlich bestand Lebensgefahr.

»Nur mit mir selbst«, log ich. »Hier ist ja außer mir keiner.«

Der Wind wehte und das Rascheln von Oktavias Blättern klang fast wie ein kindliches Lachen.

Michaels Blick fiel auf meine schwarze Picknickdecke und dann auf mein schönes Kleid. »Willst du nicht mal nach Hause gehen, bevor es zu kalt wird? Du bist so luftig angezogen.«

Der Garten war doch mein Zuhause.

Ich antwortete nichts, sondern stellte ihm eine Gegenfrage: »Warum bist du denn noch da?«

»Es gibt ein paar Probleme bei den Weinrauten.«

»Oh. Wuchert das Unkraut wieder?«

Michael nickte grimmig. »Ich erledige das noch schnell.« Er hob die Hände, welche in dicken Handschuhen steckten. Sie waren dreckig und an mehreren Stellen eingerissen. Das rief mir erneut ins Gedächtnis, wie zerbrechlich Menschen doch waren. »Danach mache ich Feierabend. Ich kann die Tore heute für dich abschließen, damit du nicht auf mich warten musst.«

Nun, da hatte ich wohl zu früh über meine wohlverdiente Ruhepause gesprochen.

Ich stürzte den Rest des Tees hinunter – inklusive der Sudablagerung. Brrr, das war dann doch ziemlich bitter. Als ich vom Rasen aufstand, bemerkte ich wieder einmal den Größenunterschied zwischen uns. Michael überragte mich beinahe um zwei Köpfe. Er war ein Hüne, und kaum jemand kam auf die Idee, dass jemand mit seiner Muskelmasse als Beruf Gärtner gewählt hatte. Ich war froh über seine Anwesenheit im Garten, weil er die Dinge schleppen konnte, für die ich sonst Magick bräuchte.

Obendrein war er mir nicht unsympathisch. Ich mochte alle Gärtner und Gärtnerinnen des Alnwick Garden, weil wir die Liebe zur Natur und den Pflanzen teilten. Trotzdem kamen mir die Beziehungen unter den Menschen enger vor, so als würde ein uralter Instinkt sie vor meiner gefährlichen Magie warnen.

»Kocht dein Mann heute wieder Lasagne?«, fragte ich den riesigen Gärtner.

Ich hielt mich zwar von den Menschen fern, dennoch

wollte ich nicht als unhöflich gelten, wenn man mich schon als seltsam abstempelte. Darum unterhielt ich mich jeden Tag mit den Angestellten und lächelte so, als wäre ich ein Mensch wie jeder andere. Es war interessant und lehrreich, welche Sorgen und Ängste Wesen ohne magische Kräfte hatten, welche Rituale sie pflegten und wie sie Beziehungen führten. Ihr Verhalten war dem unseren so ähnlich und doch anders. Trotzdem war es sehr einfach für uns Hexen, uns unter die Menschen zu mischen – wir waren definitiv besser integriert als die Fae oder Dämonen.

Und solange ich mich nicht wieder Hals über Kopf in einen Menschen verliebte, war alles in Ordnung.

Michael schien von dem Themenwechsel überrascht zu sein. »Ja. Denke schon. Warum fragst du?«

»Ich kümmere mich drum.«

»Um die Lasagne?«

»Äh, um die Weinraute. Ich koche nicht besonders gut.«

Ich legte mir die Decke wie ein Tuch über meine unbedeckten Schultern. Lediglich als modische Ergänzung, da mir nur selten kalt wurde.

»Du hast die letzten Tage so viel gearbeitet«, wandte Michael sofort ein. »Du hast bereits für Halloween geschmückt und deine selbst gemachten Sachen im Shop aufgefüllt. Die weißen Kerzen mit den Blütenblättern sind übrigens schon wieder ausverkauft.«

»Aber ich kann auch am besten mit der Weinraute umgehen.«

Ich war die jüngste Chefgärtnerin, die der Garten in seiner über zweihundertfünfzigjährigen Historie jemals gesehen hatte. Natürlich hatte ich keine klassische Lehre wie die anderen Gärtner genossen – so etwas brauchte ich auch nicht.

Denn, obwohl ich jung war, ließen sich meine Fähigkeiten nicht leugnen. Kein Mensch hinterfragte meine Qualifikation lange, sobald er registrierte, wie der Garten dank meiner Arbeit erblühte.

In der Miene meines Gegenübers erkannte ich eindeutig, dass er erleichtert war, trotzdem ungern seine Aufgabe an mich abtrat. »Das geht so nicht ...«

Eine erfahrene Gärtnerin hatte einmal ein einziges wild wachsendes Grasbüschel bei den Weinrauten ohne ihre Schutzhandschuhe ausgerissen. Dabei hatte ihre Haut etwas Saft der Giftpflanze abbekommen. Wenig später hatte diese im Sonnenlicht Blasen geworfen und die Frau wurde mit Verbrennungen dritten Grades in das nächste Krankenhaus eingeliefert. Ein paar Tage später kündigte sie ihren Job im Garten und kehrte nicht einmal für einen Besuch zurück.

Seitdem verrichteten die meisten Gärtner bloß noch die nötigsten Aufgaben für diese Pflanze.

Auf meiner Haut löste das Gift lediglich ein warmes Prickeln aus – wie der leidenschaftliche Kuss einer Geliebten.

Die arme Weinraute tat mir jedoch am meisten leid. Sie wollte doch niemandem wehtun! Rosen konnten doch auch nichts für ihre Dornen ...

Spreche ich für die Pflanze – oder für mich?

»Wenn du dich dafür bedanken willst ...«, ein großes Lächeln schlich sich in mein Gesicht, »ein kleiner Hinweis: Nusskuchen mit Schokoglasur entschädigt für alles.«

3. Kapitel

RUTA GRAVEOLENS

Weinraute

Als ich von meiner Arbeit aufblickte, hatte der Himmel bereits eine schmutzig dunkelblaue Farbe angenommen und war mit grau-orangen Wolken verhangen. Es musste bereits nach acht Uhr abends sein.

Ich seufzte, von mir selbst enttäuscht, auf.

Mehr als mein Abendessen und ein warmes Schaumbad waren für mich heute wohl nicht mehr drin. Dabei würde es mich keinesfalls überraschen, sollte ich in der Badewanne einschlafen – oder mit dem Gesicht nach unten auf meinem Salat.

»Gut, das waren dann alle«, ließ ich die Weinraute, welche ich Gertrud getauft hatte, wissen. Die letzte Wurzel der Gemeinen Quecke, die, wie der Name vermuten ließ, ein wirklich fieses Miststück von Unkraut war, wanderte in meinen verbeulten Eiseneimer. Sobald die Überreste getrocknet waren, würde ich sie als Brennmaterial für den Holzofen benutzen.

Ich wischte mir mit der Rückseite meines Armes den Schweiß von der Stirn. Meine Finger waren dreckverschmiert vom stundenlangen Herumwühlen in der Erde, aber meine Mühen machten sich bereits bezahlt. Gertrud freute sich darüber, dass ihr das Unkraut keine Nährstoffe mehr klaute, und dafür erlaubte sie mir, einige ihrer Laubblätter zu ernten. Ich wollte bereits seit Monaten selbst gemachte ätherische Öle im Shop verkaufen, und dank Gertruds Blättern würde ich den ersten Versuch starten. Mal sehen, ob ich sie nach meinem Wunsch hinbekam oder die Idee mit einem verzweifelten Aufschrei wieder verwarf. Die Weinraute an sich war nämlich gar nicht giftig und somit für die Herstellung geeignet, bloß der reine Saft in Verbindung mit Sonnenlicht konnte schlimme Verbrennungen hervorrufen. Früher hatte man sie sogar als Heilpflanze gegen allerlei Beschwerden angewendet, doch nun verschwand sie zusehends mehr aus den Medizinbüchern und damit aus den Köpfen der Menschen. Die wenigsten beschäftigten sich noch mit der altertümlich anmutenden Pflanzenkunde.

Aus diesem Grund freute ich mich über jeden einzelnen Besucher, der sich – ob ehrliches Interesse oder nicht – in den Poison Garden verirrte.

Wenn wir schon dabei waren: Morgen früh standen wieder einige Führungen an. Doch nun war es an der Zeit, die Tore für den heutigen Tag zu schließen und mich um meine Bedürfnisse zu kümmern.

»Gute Nacht, Gertrud. Gute Nacht, euch allen.«

Gemächlich schritt ich durch den menschenleeren Garten. Wenn alles so still und ich frei von Sorgen und Ängsten war, dann konnte ich jedes einzelne Grasbüschel in meiner Seele verwurzelt spüren. Und wenn ich die Augen aufmachte und sah, wie alles in voller Blüte stand – natürlich außerhalb der Herbst- und Wintermonate –, überkam mich ein überwältigendes Gefühl: Ich hatte das alles hier erschaffen. Ich. Ganz allein.

Ich konnte nicht in Worte fassen, wie stolz und glücklich mich dieser Garten machte – nicht nur der Poison Garden, sondern die Gesamtheit des Alnwick Garden.

Früher hatte ich eine sehr schwache Giftausprägung besessen. Während meine Schwestern in der Lage waren, Kerzen zu entzünden oder Wasserbälle mit ihrem eigenen Willen zu formen, konnte ich absolut gar nichts vorbringen, als man unsere Affinität mit fünf Jahren zum ersten Mal testete. Kein Grashalm regte sich auf meinen Wunsch, und nachdem ich das erste Mal Gift getrunken hatte, hätte es mich trotz Unsterblichkeit und Affinität beinahe umgebracht. Ich verlor eine Woche Lebenszeit, als ich unter schlimmen Krämpfen halluzinierte.

Es war über fünfzehn Jahre her, doch der Fiebertraum fühlte sich selbst heute noch real an: Unsichtbare Schlangenleiber hatten mich gewaltsam auf den Boden gedrückt, während Schattenschlieren in meinen Mund gekrochen waren und mir jegliche Kraft zum Atmen raubten. Ständig hatte ich das Surren von Schmetterlingsflügeln in meinen Ohren gehört. Am schlimmsten waren allerdings die Stunden gewesen, in denen es mir erschien, als würden Skelettgebeine mich mit aller Macht geradewegs in die Hölle ziehen.

Es hatte den Anschein gehabt, dass dieses Gift mich zerreißen wollte: in eine Belladonna, die sich mit Schweiß und Tränen am Leben hielt, und eine junge Hexe, die am liebsten mit den Schatten in die Unterwelt geglitten wäre.

Aber kein Schmerz war so schrecklich gewesen wie die harschen, jedoch ehrlichen Worte, die die Erzieherinnen untereinander ausgetauscht hatten, als ich mich in meinem Bett vom Gift erholte:

»Die Seherin hat ihr den Namen Belladonna verliehen und trotzdem ist sie nicht mal imstande, einen Halm wachsen zu lassen oder ein Stück Fliegenpilz zu essen«, hallte die Stimme von Schwester Pyra bis heute in meinem Kopf wider, sobald

Zweifel an mir nagten. »Von Generation zu Generation werden wir Hexen schwächer und die Dämonen mächtiger. Wie lange kann unsere Gemeinschaft noch bestehen? Vielleicht ist sie eine der letzten Hexen.«

Es war deshalb so niederschmetternd, weil mich Pyra wirklich mochte. Sie wärmte jeden Tag mein Bett mit ihrer Feueraffinität, damit ich das Gift einfacher aus meinem Körper herausschwitzen konnte. Aus ihr sprach kein Hass, sondern ehrliches Bedauern über meine armseligen Fähigkeiten.

Die Erzieherinnen hätten mir mein Versagen nie vorgehalten. Jedes Hexenkind war wertvoll und man behandelte uns heranwachsende Hexen wirklich gut. Mir hatte es nie an irgendetwas gefehlt – außer an ehrlicher Kritik.

Im zarten Alter von fünf Jahren und im Krankenbett, welches beinahe zu meinem Sterbebett geworden wäre, schwor ich, jede freie Minute meiner schwächlichen Gabe zu widmen.

Ich musste stärker werden – für die Gemeinschaft der Hexen. Hier ging es nicht nur um mich, sondern auch um meine Schwestern, die, die es vor mir gab, und die, die nach mir kommen würden.

Obwohl mit fünf Jahren kein Keimling auf meine Wünsche reagiert hatte, konnte ich bereits im Alter von sieben Jahren Pflanzen, die dem Tode nahe waren, mit Anstrengung durch ein Blutritual zurückbringen. Mit elf mischte ich Gifte, die Menschen in ein wochenlanges Koma befördern konnten. Als Dreizehnjährige war ich immun gegen jegliches pflanzliche Gift, während mein Körper anfing, selbst welches zu produzieren. Mit siebzehn verließ ich die Hexenschule, in der ich aufgewachsen war, mit bittersüßen Erinnerungen und einem gebrochenen Herzen – allerdings mit einer völlig ausgereiften Giftaffinität.

Und mit einundzwanzig ...

Mit einundzwanzig fristete ich den Rest meines Daseins in einem Garten auf dem englischen Land.

In meinem bisherigen Leben hatte ich mir alles erkämpfen müssen. Dies war vielleicht der Grund, warum es mir so schwerfiel, mich einfach zu entspannen und anderen meine Arbeit aufzuerlegen. Es war dämlich, aber ich hatte Angst, dass ich all meine Fähigkeiten dann wieder verlor. Ich hatte Angst, dass ich erneut todkrank im Bett liegen würde und lediglich eine Bürde für andere wäre.

Ich schüttelte den Kopf, um diese fürchterlichen Gedanken zu verdrängen. Niemals würde mir so etwas erneut passieren. Es gab Leute, die Vertrauen in meine Affinität setzten.

Verstohlen warf ich einen Blick zum Schloss hinauf. In nicht allzu weiter Entfernung thronte Alnwick Castle. Ein weltweit berühmtes Schloss, ohne welches es den Garten wohl gar nicht geben würde. Die menschliche Bevölkerung dachte, dass dort die Herzogin von Northumberland mit ihrer Familie residierte, aber tatsächlich hatten sich vor Jahrzehnten die amtierende Hexenkönigin Sibylle und ihr königlicher Zirkel darin eingenistet.

So lebten wir Hexen: für die Menschen nahezu unsichtbar, doch alles, was wir taten, hinterließ umso deutlichere Spuren auf Erden.

Mir selbst blieb der Zutritt zum Schloss verwehrt. Eine niedere Gifthexe wie ich es war, hatte nichts mit der ehrwürdigen Königin zu bereden – einzig Walpurga, eine Hexe aus dem königlichen Zirkel, kam mich einmal im Monat besuchen und kaufte mir mit großzügigem Trinkgeld Gifte ab. Sie sagte mir, dass die Königin begeistert von der Qualität sei, auch wenn es sich mir nicht erschloss, warum sie sie überhaupt benötigte. Es war ja nicht so, als müsste die Königin jemanden damit vergiften ...

Völlig überraschend überkam mich ein kalter Schauer und innerhalb eines Wimpernschlags war mein ganzer Körper mit einer hartnäckigen Gänsehaut bedeckt. Ich schaute über meine Schulter zurück, meine Sinne sofort geschärft, als eine leise Unruhe die Pflanzen durchlief. Besorgnis machte sich unter ihnen breit. Ein plötzliches Rascheln in meiner Nähe ließ mich erneut aufhorchen. Mein Herz klopfte schwer wie nach zu viel Gift. Viel zu schnell. Das Geräusch stammte weder vom Wind noch von einem wilden Tier. Es kam von etwas Größerem. Etwas *Bedrohlichem.*

Die Efeuranken zu meiner Linken zitterten aufgeregt und ich runzelte die Stirn. Dann wurden die Pflanzen mit einem Mal still. Die Laterne, die den Weg vor mir erleuchtete, flackerte auf, und in meinen Augenwinkeln sah ich Schatten nach mir greifen. Wieder ein Rascheln und wieder antworteten die Pflanzen in meiner Nähe mit heftig werdender Erregung.

Als mich Walpurga vorletzten Monat besucht hatte, hatte sie aus Versehen im Gespräch fallen gelassen, dass sich die Königin mit einem Dämon verlobt hatte. Ausgerechnet mit einem Dämon! Natürlich war es bloß eine Frage der Zeit gewesen, bis sich eine dieser Kreaturen meinem Garten nähern würde. Meine Schutzrunen konnten einfache Dämonen zwar für eine Zeit lang abwehren, wenn es jedoch ein vollblütiger Adeliger war ...

»Zeig dich oder du wirst es bereuen!«, drohte ich der unbekannten Gestalt. Ich stellte den Eimer vor mir ab, bereit, mein Leben mit aller Kraft zu verteidigen. Innerlich schimpfte ich über mich selbst, weil ich zu faul gewesen war, die Schutzrunen wie üblich alle vier Monate zu reinigen. Nur weil bis zum heutigen Tag kein Dämon aufgetaucht war, hatte ich mich in falscher Sicherheit gewogen. »Der Poison Garden ist mein Gebiet. Niemand wird es mir streitig machen.«

Als es in meinem Rücken erneut raschelte, dachte ich schon, dass es das mit meiner Existenz war, aber als ich mich umdrehte, erkannte ich nur eines der drei Mädchen meiner nachmittäglichen Führungen. Sie war eindeutig kein Dämon, auch keine Fae oder Hexe. Bloß ein normaler Teenager.

»Was machst du hier?«

»I-Ich habe mein Handy liegen l-lassen und bin noch mal in den Garten«, stammelte das Mädchen und hielt das Smartphone mit der rosaroten flauschigen Handhülle hoch. »Ich kann doch nicht ohne mein Handy nach Hause fahren. Ich würde sterben!«

Ich nahm an, dass sie nicht erwartet hatte, um diese Zeit noch jemanden im Garten anzutreffen. Besonders nicht eine irre Gärtnerin, die lautstark herumbrüllte, dass der Poison Garden praktisch ihr gehörte.

»Ich muss dich nun bitten, den Garten schleunigst zu verlassen, sonst bleibt mir nichts anderes übrig, als das zu melden«, sagte ich vielleicht eine Spur zu ruppig. In meinen Gliedern saß nach wie vor die Angst, dass mich ein Dämon unvorbereitet angreifen würde. »Sind deine Freundinnen auch noch irgendwo? Lüg mich ja nicht an.«

Sie zuckte mit den Schultern. »Die suchen bei den komisch geformten Hecken … glaube ich. Ich hatte ja kein Handy.«

Die anderen befanden sich wohl im größten Teil des Gartens, im Ornamental Garden. Wenn ich Pech hatte, musste ich also ihre Freundinnen auch noch hinter den ganzen Büschen suchen. Es blieben nur noch wenige Minuten, bis die Nacht vollkommen über uns hereinbrach, und ich war mir sicher, dass der letzte Bus für diesen Tag jederzeit vor den Gartentoren abfuhr. Ich hatte wirklich keine Lust darauf, Babysitterin zu spielen, bis die drei von ihren Eltern abgeholt wurden.

»Kannst du sie dann bitte anrufen?«

Die Ungeduld in meiner Stimme war unüberhörbar.

Das Mädchen nickte, doch dann wurde sie plötzlich von einer unsichtbaren Macht zur Seite geschleudert. Ihr Schrei ließ das Blut in meinen Adern zu Eis gefrieren.

Die Erde bebte unter meinen Füßen. Mir blieb keine Zeit, angemessen auf die nahende Bedrohung zu reagieren, da brach bereits der Boden auf.

4. Kapitel

TAXUS BACCAT
Eibe

Nein. Nein. *Nein.*

Das war doch völlig unmöglich!

Ich hatte törichterweise angenommen, dass sich *alle* Pflanzen in den letzten Stunden wieder beruhigt hatten. Dabei hatte ich die vielen Bäume außerhalb des Gartens völlig vergessen. Ich verließ mein Herrschaftsgebiet äußerst selten und meine Macht über diese Gewächse war dementsprechend gering. Ich hatte ihnen lediglich Namen gegeben, und wenn mir danach war, plauderte ich ein oder zwei Sätze mit ihnen im Vorbeigehen. Ich *spürte* sie nicht so wie meine Giftpflanzen oder den Großteil des Alnwick Garden.

Der Anblick der tobenden Bäume erschütterte mich trotz des geringen Kontaktes so sehr, dass ich mich im ersten Moment nicht rühren konnte. Ich stand hilflos daneben, als die Wurzeln zweier Eiben aus der Erde schossen und den unschuldigen Teenager angriffen. Sie packten das Mädchen am Bein und zogen sie mehrere Meter über den Boden, während sich ihre Finger in die Erde krallten und versuchten, gegen die Kraft der Natur anzukämpfen. Als wäre sie nichts anderes als eine Stoffpuppe, hoben die Astranken sie in die Luft und schleuderten sie wild hin und her. Sie begruben immer mehr von ihrem Körper in ihrem wuchernden Astwerk, bis sie auch ihre spitzen panischen Schreie erstickten.

Die Pflanzen hatten sich noch nie so aggressiv verhalten.

Wenn ich ehrlich zu mir war, dann hätte ich es nicht für möglich gehalten, dass sie in der Lage waren, ihre Wurzeln derart gewaltsam einzusetzen. Irgendjemand oder irgendetwas hatte die Natur mit Kraft gebrochen und verdreht.

Das war nicht normal.

Das war beunruhigend.

Mit Horror musste ich dabei zusehen, wie die Äste die Haut des Mädchens einritzten, bis sie blutete. Mit ihren Nadeln und der Rinde vergifteten sie sie absichtlich. Pure Angst blickte mir aus ihren blauen Augen entgegen, bevor sie vor Schreck oder eher wegen der Vergiftung das Bewusstsein verlor.

Natürlich war jemand wie ich in der Lage, die Vergiftung zu neutralisieren, aber ich musste mich beeilen, bevor das Mädchen ernsthafte Schäden davontrug.

Der Teenager war nun fast nicht mehr auszumachen. Lediglich ein Büschel blonder Haare und das halbe Gesicht blitzten unter dem dunklen Holz auf.

»Kriemhild! Gretchen! Was soll das?«, rief ich den Pflanzen mahnend entgegen. Meine Magick wollte ich noch nicht einsetzen. Nur im äußersten Notfall würde ich zu Gewalt greifen. »Hört mit dem Unsinn auf! Wenn euch etwas stört, dann lasst es mich wissen und zieht kein Menschenkind in die Sache rein!«

Ich spürte keinerlei Emotionen. Die Bäume blockten mich ab und ich konnte nicht zu ihnen durchdringen.

Ich biss mir auf die Unterlippe, bis ich den metallischen Geschmack von Blut auf meiner Zunge schmeckte. Schmerz und Versagen, ein mir allzu bekanntes Aroma.

Hinzu kam das Entsetzen der anderen Gewächse, welches ich überdeutlich in meiner Seele wahrnahm. Selbst die

Kirschbäume im anderen Bereich des Gartens und die Seerosen im Teich zitterten vor Angst.

Das war genug!

Ich stellte mich breitbeinig vor die Bäume. Ich war die Gifthexe Belladonna und ich hatte mir diese Kraft mit Schweiß, Blut und Schmerz erkämpft.

»Das ist meine allerletzte Warnung!«, rief ich den Bäumen entgegen. »Sonst schrecke ich vor nichts zurück.«

Keine Antwort.

Verdammt! Irgendwie hatte ich gehofft, dass sie sich mir kampflos ergeben würden.

Ich schnappte mir eine herumstehende Mistgabel und sprang auf.

Als kleines Hexenmädchen war ich vielleicht miserabel im Giftmischen gewesen, aber ich war seit jeher eine der besten Besenreiterinnen, die die nordeuropäische Hexenakademie in London je gesehen hatte. In der Luft machte mir keiner so schnell etwas vor. Mit Leichtigkeit wich ich den nach mir schlagenden Ästen aus. Langsam näherte ich mich der Stelle, an der ich das Mädchen vermutete. Als helle Haut ganz kurz hervorblitzte, griff ich nach ihr und zog sie aus dem dichten Astwerk heraus. Ich drückte das vergiftete Mädchen beschützend gegen meine Brust. »Sch, sch, sch. Schon gut«, sagte ich, obwohl sie mich im Delirium ohnehin nicht hören konnte. »Alles wird gut.«

Ihre Haut an den Armen hing blutend in dünnen Fetzen herab. Allerdings war ich mir sicher, dass sie im schlimmsten Fall lediglich ganz feine Narben davontragen würde. Am meisten Glück hatte sie jedoch mit ihrer milden Vergiftung. So hatte sie zumindest keine Schmerzen.

Ich brachte sie sicher zur Erde zurück und legte sie sanft

aufs Gras. Selbst die einfachen Grashalme waren schockiert über das Werk ihrer Freunde und baten mich inständig darum, dass ich dem Mädchen half.

»Ich helfe ihr ja schon«, sagte ich mit dem Daumen im Mund. Der kurze, selbst zugefügte Schmerz entfachte meine Wut auf die Eiben von Neuem. Ich ließ einen einzigen Blutstropfen in den Mund des Mädchens fallen. Mein eigenes Gift würde das Toxin der Eibe in den nächsten Stunden neutralisieren. Sie musste trotzdem dringend ins Krankenhaus.

»Passt auf sie auf«, wies ich das Gras an, welches gehorsam die Halme aufstellte.

Mit Mordlust in den Augen drehte ich mich zu den Monstern um, die einmal ganz normale Bäume gewesen waren. Es war nicht das erste Mal, dass Blumen und Bäume sich an den Menschen für die Zerstörung der Umwelt rächen wollten, aber mir war nicht bekannt, dass sie es sogar auf einen Mord anlegten. In meinen Augen entschuldigte nichts die fürchterliche Tat der Pflanzen.

»Ihr habt mich sehr verärgert!«, ließ ich Kriemhild und Gretchen wissen, als ich meine Magick gewaltsam entfaltete.

Die rohe Magick kam in zwei Formen: Die erste Art war zerstörerisch und unheilvoll, die andere hingegen heilsam und beruhigend.

Anfangs tat mir die zerstörerische Macht sogar körperlich weh, sobald ich sie durch meinen Körper hindurch kanalisiert hatte. Auch heute benutzte ich diese Magick selten, obwohl sie mir wie natürlich innewohnte. Wobei, ›selten‹ war übertrieben. Ich hatte sie nach dem Training zu Schulzeiten nie wieder eingesetzt. Mein ganzes Leben war ich noch keinem Dämon oder einer Fae begegnet, gegen die ich mich damit zur Wehr hätte setzen müssen. Ich hatte stets gehofft, dass ich nie in eine solche Notfallsituation geraten würde.

Eine einsame Träne bildete sich in meinem rechten Auge, während der Wind durch meine ungezügelten Emotionen an Fahrt gewann.

Ich hüpfte auf die Mistgabel zurück und erhob mich in die Lüfte. Die Äste rasten erneut auf mich zu, aber mit einer bloßen Handbewegung trennte ich sie ab. Eine weitere Bewegung verhinderte, dass sie auf das ohnmächtige Mädchen am Boden fielen und sie unter Holz begruben.

Die Bäume hielten erschrocken inne. Ich hatte ihnen doch gesagt, dass ich fuchsteufelswild war.

Die Verschnaufpause währte nicht lange. Unmittelbar darauf starteten die Pflanzen eine weitere Attacke gegen mich. Das Problem war, dass die Bäume unglaubliche Kraftreserven besaßen. Sie wurden gepflegt und wuchsen neben einem Garten weit abseits einer großen Industriestadt. Die Natur war hier wild, frei und vor allem stark.

Ein Ast erwischte das Metall der Mistgabel und ich wurde regelrecht vom Stiel geschleudert. Im letzten Moment konnte ich mich mit zwei Fingern festkrallen, sodass der Rest meines Körpers zehn Meter über dem Boden baumelte. Ein Fall aus dieser Höhe würde mich nicht töten – allerdings schwer verletzen, nur damit ich anschließend von den Bäumen wie eine Fliege zerquetscht werden konnte. Dann halfen selbst meine Selbstheilungskräfte nicht mehr.

Das Blut rauschte laut in meinen Ohren und mein Herz schlug mir bis zum Hals. Doch es war nicht die Panik, die meinen Puls derart in die Höhe schießen ließ.

»Belladonna«!, hörte ich eine mir unbekannte männliche Stimme. Waren das etwa die Pflanzen? Ganz selten gelang es mir, ihr Flüstern so klar wahrzunehmen. »Bann ... lösen. Dann ... helfen.«

Ich schüttelte den Kopf. Nein, für die zwei Bäume brauchte ich keine Hilfe.

»Warum unterschätzt mich immer jeder?«

Ich streifte mir die Schuhe von den Füßen und schwang mich mit Leichtigkeit auf die Mistgabel zurück. Ich balancierte mit nackten Füßen auf dem Besenstiel.

Komisch ... Mir war so, als hätte ich ein Pfeifen in den Ohren, vielleicht war es aber auch nur Einbildung, weil ich mich erneut in meine Schulzeit zurückversetzt fühlte. Wegen meines kränklichen Erscheinungsbildes hatte man mir das Besenreiten nie richtig zugetraut. Dabei war ich ein wahres Naturtalent!

Einen selbstsüchtigen Moment lang genoss ich es, untätig herumzufliegen. Es war ein nahezu überwältigendes Gefühl, das Menschsein für ein paar Augenblicke völlig abstreifen zu können. Seit meiner Akademiezeit war ich nicht mehr auf dem Besen – oder einer Mistgabel – geritten und es hatte mir wirklich gefehlt. Ich liebte es, wie liebevoll und gleichzeitig fordernd der Wind mit meinen Haaren spielte und wie fern und surreal das menschliche Leben auf der Erde erschien. Kein Mensch konnte das wirken, wozu ich imstande war.

Ich fühlte mich gar nicht mehr wie eine Hexe und erst recht nicht wie ein Mensch.

Ich war eine Göttin.

Ach ja, ich musste mich noch um die Giftbäume kümmern ...

Ich streckte meine Hand aus. »Das ist das Ende. Es tut mir so leid.«

Meine Magick explodierte im Kern der Bäume und ließ sie

mit einem lauten Knall in abertausende Einzelteile zerspringen. Die Holzsplitter schleuderte ich dann mit einer kleinen Sturmbö vom Garten weg. Die Straßenmeisterei von Alnwick sollte sich morgen damit beschäftigen. Ich mochte es nämlich gar nicht, wenn mein schöner Garten verunstaltet war.

Langsam und behutsam wollte ich wieder nach unten gleiten, aber ich stürzte die letzten zwei Meter zu Boden, wo ich kraftlos ein paar Minuten liegen blieb. Ich hatte gerade noch die Kraft, meine Hand nach der Bewusstlosen auszustrecken und ihren Puls zu prüfen. Unter meinen Fingern spürte ich ihren Herzschlag deutlich – vielleicht ein wenig zu schnell, dennoch war sie außer Lebensgefahr. Vor meinen Augen heilten ihre Schnitte und Schrammen, bis nur noch ein wenig Blut und kleinere Kratzer zu sehen waren. Hatte ich etwa obendrein mit meinem Blut meine heilende Magick eingesetzt?

Meine Lippen schafften es gerade so, ein Lächeln zu formen.

Ich hatte sie gerettet! Ihr ging es wohl sogar besser als mir, denn ich hatte maßlos übertrieben. Gifthexen waren nicht zum Kämpfen geschaffen. Wir waren ausgezeichnete Mörderinnen im Schatten, aber keine Kriegerinnen wie Elementarhexen.

»Lös den Bannkreis, Belladonna. Lass mich dir helfen. Du bist vollkommen erschöpft, meine Liebe.«

Wer ist da?, wollte ich fragen, doch die Worte fanden einfach keinen Weg über meine Lippen. Ich war so müde …

Ich musste für ein paar Minuten eingeschlafen sein, denn als ich wieder aufwachte, fühlte sich mein Körper mit einem Mal ganz gut an. Die Nebenwirkungen der Magick waren überraschend schnell abgeklungen. Zu meiner Schulzeit hatte ich viel größere Probleme mit schmerzenden Gliedern und Panikattacken gehabt.

Jemand leuchtete mir mit einer Handytaschenlampe direkt ins Gesicht.

»W-Was ist denn hier passiert?«

Die zwei Freundinnen der Verletzten waren nun auch endlich aufgetaucht. Sie klammerten sich zitternd aneinander fest, während sie mir mit einem viel zu hellen Licht in die Augen strahlten.

Wahrscheinlich spürten sie einen Hauch der Magick in der Luft. Auf Menschen hatte sie verschiedene Auswirkungen: Manchmal wirkte sie erregend und wie ein Rausch, dann jagte sie ihnen fürchterliche Todesangst ein. Die zwei Mädchen waren sichtbar geschockt, was allerdings auch auf den Anblick ihrer ohnmächtigen Freundin zurückzuführen sein konnte. Wenn man im Poison Garden zusammenknickte, war man im schlimmsten Fall tot.

»Ru-f-ft einen Krankenwa-agen«, wies ich die beiden jungen Mädchen mit brüchiger Stimme an. Meine Stimmbänder hatten sich von der unglaublichen Kraft noch nicht erholt. »Schnell!«

5. Kapitel

ACONITUM
Eisenhut

Mir war schwindelig und übel – und ich war mir ziemlich sicher, dass es nicht mehr an der Verwendung von Magick lag.

Der Krankenwagen tauchte so schnell auf, dass ich die anderen Mädchen nicht einmal ordentlich beruhigen konnte. »Was, wenn sie eine Giftpflanze angefasst hat?«, sagte das Mädchen mit dem knalligen pinken Lidschatten, worauf ihre Freundin mit den riesigen blauen Ohrringen erschrocken keuchte.

»Sie wurde nicht vergiftet«, log ich und versuchte sie mit einem aufmunternden Lächeln zu beschwichtigen. »Vergesst nicht, dass i–«

»Das wäre schrecklich!«, heulte das Ohrringe-Mädchen. »Nächste Woche ist doch der Herbstball!«

»Ich habe noch kein Kleid!«

Die zwei Mädchen waren so aufgekratzt, dass ich mir jede weitere Erklärung oder Lüge gleich gespart hatte, da ich sowieso auf taube Ohren gestoßen wäre.

Der Kiesweg knirschte unschön, als der gelb-grüne Krankenwagen rückwärts eingefahren kam. Das Gras beschwerte sich darüber, dass die kleinen Steinchen nun in seinem Territorium herumlagen. Das bedeutete, dass ich heute noch die Harke auspacken musste.

In dem Moment, als die Türen des Krankenwagens aufsprangen, flatterten die Augenlider des vergifteten Mädchens.

»Maddie? Anna?« Ihre Stimme war ganz kratzig, und ich wusste, dass sie starke Kopfschmerzen haben musste. Ich kannte diese Vergiftungssymptome nur zu gut. »Was ist denn passiert?«

»Du–«

»Du bist ohnmächtig zusammengeklappt«, sagte ich und schnitt ihrer Freundin sofort das Wort ab.

»Aber ... warum?«

Sie sprach langsam und musste wegen ihrer hämmernden Kopfschmerzen immer mal wieder die Augen schließen. Es war besser, wenn die Sanitäter sie ins Krankenhaus brachten, um sie dort eine Nacht zu beobachten.

Ich zählte zahlreiche menschliche Wehwehchen auf, die mir gerade so einfielen: »Pubertät, zu wenig getrunken, zu wenig gegessen, emotionale Belastung wie Stress, Liebeskummer ...«

»Na, wer von euch ist denn die Verletzte?«, fragte die blonde Sanitäterin, welche ungefähr in meinem Alter sein musste. Hinter ihr stand ein dunkler Typ mit Vollbart und einem Rosen-Tattoo auf der Hand.

Ich atmete erleichtert auf. Zum Glück war *er* nicht unter ihnen. Das hätte mir gerade noch gefehlt ...

»Ich ... ich denke, ich ...«, sagte das Handy-Mädchen und kam wackelig auf die Beine. »Mir ... Ich hab ... Kopfschmerzen und ich glaube, ich muss kotzen.«

»Na, dann bringe ich dich mal zum Krankenwagen.« Der Mann stützte sie. »Kannst du laufen? Wie heißt du denn?«

»K-Katherine ...«

Nun, zumindest wurden ihre Wangen in der Nähe eines gut aussehenden Mannes bereits wieder rosig.

Die Sanitäterin bemerkte die tiefen Kratzspuren an ihren

nackten Armen und schürzte die Lippen. Noch hatte ich keine gute Ausrede für diese Verletzungen parat.

»Was ist denn passiert?«, fragte die Sanitäterin mich.

Zum Glück hielten ihre Freundinnen einmal den Mund, damit ich mit ruhiger Stimme erklären konnte: »Ich habe sie ohnmächtig im Garten gefunden. Ich wollte gerade abschließen, als ich sie am Boden liegend bemerkte. Ich kenne mich ein wenig mit Giftpflanzen aus. Sie dürfte nicht vergiftet worden sein.«

Ich verschränkte die Arme vor der Brust, damit sie das leichte Zittern meiner Hände nicht bemerkte.

Die Sanitäterin lachte – zuerst dachte ich, sie würde mich auslachen, doch dann bemerkte ich schnell, dass sie vor Erleichterung kicherte. »Als ich hörte, dass jemand im Poison Garden ohnmächtig geworden ist, habe ich doch glatt mit einer schweren oder sogar tödlichen Vergiftung gerechnet. Ich bin froh, dass es wahrscheinlich nur ein kleiner Kreislaufzusammenbruch ist. Wir werden sie trotzdem ins Krankenhaus mitnehmen.«

Vor meiner Zeit im Garten hatte es regelmäßig krankenhausreife Vergiftungen gegeben, doch durch mein selbst gebrautes Gegengift konnte ich die Leute heilen – manchmal ohne dass sie es bemerkten. *Belladonnas Kräuterteegemisch* sollte gegen Kopfschmerzen und Übelkeit helfen, aber tatsächlich bekämpfte ich damit die ersten leichten Vergiftungsanzeichen.

»Nur …« Die junge Sanitäterin hielt inne. »Ich kann mir diese ganzen Kratzspuren an ihrem Arm nicht erklären.«

»Vielleicht wollte sie auf einen Baum klettern?«

»Eine junge Frau? In ihrem Outfit?«

Katherine trug ein langes blaues Top mit schwarzen Leggins und luftigen Ballerinas. Sie war zu aufgestylt, um mal eben auf einen Baum zu klettern, wobei das ebenso auf den Besuch des Poison Garden zutraf.

Ich zuckte mit den Schultern. »Teenager heutzutage.«

Sie runzelte die Stirn. »Wir werden ihr Blut trotzdem ins Labor schicken. Nur um Drogen oder andere Substanzen auszuschließen.«

Mein Blut hatte ihr Gift längst völlig neutralisiert. Wenn sie im Krankenhaus ankommen würden, würde man keinerlei Vergiftungsrückstände mehr in ihrem System feststellen können.

Ich selbst war das unberechenbarste Gift und das heilbringendste Gegengift. Was wohl nicht weiter überraschend war, wenn man bedachte, dass jedes Gift je nach Dosis auch Medizin sein konnte. Und jede Medizin ein Gift.

Mir war es also egal, was sie mit dem Mädchen im Krankenhaus anstellten. Die Menschen konnten meine Magick mit ihrer Wissenschaft ohnehin nicht nachweisen, redete ich mir zur Beruhigung ein. Das ging über die Wissenschaft der Menschen weit hinaus.

»Du arbeitest für den Garten, oder? Dein Name ist Belladonna, wenn ich mich nicht irre.«

Obwohl ich wusste, welche Antwort ich zu erwarten hatte, fragte ich nach. »Woher weißt du das?«

»Mein Kollege meinte, dass wir dich antreffen werden. Du gehörst praktisch zum Inventar des Gartens, hat er gesagt.«

Gerade, als ich hoffte, dass damit das Thema vom Tisch wäre, verließ der dritte Sanitäter den Rettungswagen. »Ich bleibe noch kurz hier. Fahrt ihr schon mal mit der Patientin ins Krankenhaus.«

Diese Stimme ...

Diese Stimme würde ich immer wiedererkennen. Mein Herz machte einen freudigen Sprung, bevor es zu Eis erstarrte. Nein, ich durfte mich nicht darüber freuen, dass er hier war. Er war der lebendige Beweis dafür, dass ich mich von Menschen – wie auch von Hexen – besser bis zu meinem Tod fernhalten sollte.

Ich senkte schnell den Kopf, um meine errötenden Wangen zu verbergen. Meine Bäckchen strahlten rot wie Mohnblütenblätter, weil ich so blass war.

Konnte sich nicht der Boden zu meinen Füßen auftun? Bei den Dämonen in der Hölle konnte es nicht unangenehmer sein. Diese wären zumindest so ehrlich, mir gleich Herz und Seele aus dem Körper reißen, mein Blut trinken und mir jegliche Freude rauben zu wollen.

Und doch ...

Es war Monate her, dass ich mit jemandem außerhalb des Gartens geredet hatte.

Ich hob den Kopf, sah dem Rettungssanitäter allerdings nicht in die Augen. »Hallo Collin.«

Er hob grüßend eine Hand. »Bella...donna«, fügte er noch rasch hinzu. Er wollte nicht vertraut klingen, was nach unserer unschönen Trennung wenig überraschen dürfte. »Was ist passiert?«

»Musst du nicht mitfahren?«, versuchte ich das Gespräch abzuwürgen. Ich machte einen Schritt nach hinten, um genügend Sicherheitsabstand zwischen uns zu bringen. Das war besser für ihn, auch wenn es mir nichts brachte, außer dem Gefühl, nie dazugehören zu können.

»So genau nehmen wir das bei uns am Land nicht«, sagte Collin mit dem Grinsen, das mein Herz damals so ins Schwitzen gebracht hatte. »Das weißt du ja selbst. Das Krankenhaus ist bloß einen Katzensprung vom Garten entfernt. Ich werde einfach zu Fuß nachkommen.«

»Aber das Mädchen könnte medizinische Hilfe gebrauchen.«

»Dafür sehe ich keinen Grund«, sagte er, und mit einem Schlag wurde seine Stimme kalt. »Das Gift hast du ja bereits erfolgreich neutralisiert.«

»Es ist ... Also ...«

»Hast du sie etwa gekü-«

»Nein!«, unterbrach ich ihn scharf. »Nein. Ich habe nichts getan.«

Ich senkte den Kopf, damit Collin nicht die Enttäuschung in meinem Gesicht lesen konnte. Was er mir da gerade vorwarf, war äußerst unschön und kränkte mich. Ich wollte keine Menschen verletzen – und erst recht nicht diejenigen unter ihnen, die mir etwas bedeuteten. Gefiel es den Rosen, wenn sie jemanden zum Bluten brachten? Nein. Stattdessen würden sie sich freuen, wenn mehr Blumen um sie herum gediehen. Doch alle Pflanzen stachen sich früher oder später ...

»Seit unserer Trennung habe ich niemanden mehr geküsst«, gestand ich mit roten Wangen. »Keinen Menschen und keine Hexe – wie ich es dir geschworen habe.«

Collin war einer der wenigen Menschen, die über die magische Welt Bescheid wussten. Was bei seiner außergewöhnlichen Herkunft nicht wunderte: Collin war ein Wechselbalg, beziehungsweise das menschliche Äquivalent zu solch einem Elfenkind. Er hatte als ausgetauschtes Menschenkind vierzehn Jahre seines Lebens in der Anderswelt bei den hellen Fae als Sklave verbracht. Jedoch hatte sich diese Zeitspanne ungefähr wie vierzehn Jahrzehnte für ihn angefühlt.

Man musste wohl nicht extra erwähnen, dass eine solche Erfahrung einen Menschen veränderte. Als Collin mit fünfzehn aus der Elfenwelt zurückkehrte, wirkte er von außen wie ein Teenager, aber geistig war er bereits über hundert Jahre alt.

Auch heute sah er wie ein ganz normaler Mitzwanziger in der typischen grünen Sanitäter-Uniform aus. Er stach zumindest auf den ersten Blick weder durch seine Größe noch durch seine Statur besonders heraus. Doch je länger man ihn betrachtete, desto deutlicher wurden die feinen Unterschiede zu seinen Mitmenschen: Kaum merkbare weiße Strähnen zogen sich durch seine hellblonden Haare. Er hatte mir erzählt, dass sie sich immer dann verfärbt hatten, sobald er an den Nachthof musste. Dann waren da noch Collins Augen! Sie waren blau, aber von einer solchen Tiefe, dass man sich leicht darin verlor.

Tatsächlich hatte ich mich selbst ein paarmal dabei ertappt, wie ich ihn minutenlang einfach nur verdutzt anstarrte. Bei meinem ersten Treffen hatte ich an diesen alten Augen erkannt, dass er kein normaler Mensch war. Diese Augen sahen alles – und noch viel mehr. Die magische Welt lag so deutlich vor ihm, dass ich mich fragte, ob er sich eigentlich noch wohl bei den »blinden« Menschen fühlte. Seine Eltern und »Freunde« hatten sich nach und nach von ihm abgewandt, als er aus der Faewelt zurückgekehrt war. Collin sah seinem Faezwilling zwar ähnlich, aber ihm fehlten die Erinnerungen und die damit verbundenen Gefühle für all diese Menschen.

Ich glaube, das hatte mich auch so angezogen: Collin passte nicht richtig in die Menschenwelt und ich war nicht gerade willkommen unter Hexen.

Collin durchbrach die unangenehme Stille zwischen uns als Erster: »Es tut mir leid. Ich wollte dich nicht verdächtigen.«

Ich presste die Lippen aufeinander. Am liebsten hätte ich Collin angeschrien, aber dafür fehlte mir heute einfach die nötige Kraft.

Wenn du mich nicht verdächtigen wolltest, warum hast du mir dann vorgeworfen, dass ich einen Menschen geküsst und vergiftet habe? Warum tust du dann so, als wäre ich ein herzloses Monster?

Statt meinen Frust an ihm auszulassen, deutete ich auf meinen giftigen Garten. »Begleitest du mich für eine abschließende Runde? Dann kannst du mir deine Fragen stellen. Ich kann mir schon denken, was du wissen willst.« Das war nur die halbe Wahrheit: Ich fühlte mich nicht gut und wollte nicht allein sein. Selbst die Anwesenheit meines Ex-Freundes, der ganz offensichtlich nicht gut auf mich zu sprechen war, war mir lieber als die Einsamkeit, die mich erwartete, wenn ich ihn ohne Antworten wieder wegschickte.

Collin nickte. »Gut.«

Obwohl ich ihn selbst zu dem Spaziergang eingeladen hatte, breitete sich Unwohlsein von meinem Bauch im ganzen Körper aus. Das war erst das zweite Mal, dass wir uns seit der Trennung begegneten.

Jede Beziehung, die ich mit einem anderen Wesen einging, war riskant, aber ich war so verliebt in Collin gewesen, dass ich mir kaum Gedanken über mögliche Gefahren gemacht hatte. Ich konnte ihm Gegengift verabreichen, wenn wir uns küssten oder Sex hatten. Kein Problem, oder?

Doch dann war die Letalität meines körpereigenen Toxins so in die Höhe geschnellt, dass ich Collin durch einen einfachen Kuss fast getötet hätte. Bevor ich ein Gegengift in meiner Hütte herstellen konnte, war er schon ins Koma gefallen, und mir war nichts anderes übrig geblieben, als den Notruf zu wählen. Collin hatte sich erstaunlich schnell von der Vergiftung erholt, auch, weil ich das Gegengift im Nachhinein an sein Krankenbett schmuggeln konnte. Trotzdem hätte er ernsthafte Schäden davontragen oder sogar daran sterben können. Das zwischen Collin und mir hatte unschön in einem beinahe tödlichen Unfall geendet. Der typischste Trennungsgrund für junge Paare eben ...

»Nun«, sagte Collin. Seine Hände hatte er in den Jackentaschen vergraben. »Willst du mir endlich erzählen, was vorgefallen ist?«

»Ich war abgelenkt durch die Pflanzen und habe deshalb erst sehr spät bemerkt, dass noch Menschen im Garten waren. Die drei Mädels haben ein Handy gesucht. Ich denke, dass sich das eine Mädchen dabei an einem der Büsche verletzt und vergiftet hat. Es ist ja nicht das erste Mal, dass ein Tourist die Warnhinweise nicht ernst nimmt.«

Die Skepsis war Collin ins Gesicht geschrieben. »Das war alles?«

»Ja.«

»Nein«, widersprach er mir harsch. »Ich will, dass du mir alles erzählst und mir keine halbgaren Lügen auftischst. Ich habe ein Jahrhundert mit Wesen verbracht, die nicht lügen können. Es ist naiv von dir zu glauben, dass du mich so leicht anlügen kannst. Ich habe erwartet, dass du mich besser kennst.«

Ertappt senkte ich den Kopf.

»Irgendetwas stimmt nicht mit der magischen Welt, oder?«, hakte Collin nach. »Als wir herkamen, war mir auf einmal ganz klamm ums Herz, beinahe wie eine Panikattacke. Eine solche Art von Magie existiert nicht mal am Dunklen Hof.«

Am liebsten hätte ich meinem Ex-Freund die Details über die Bäume verschwiegen – allerdings nicht, weil ich Angst hatte, dass er dem Lichten Hof davon berichtete. Seine Verbindung zu den Fae war nicht weniger kompliziert als meine Beziehung zu anderen Hexen. Ich machte mir mehr Sorgen darüber, dass ich ihn noch tiefer in die Hexenangelegenheiten mit hineinzog und er dieses Mal wirklich sein Leben verlor. Das passierte nun einmal mit Menschen, die sich zu viel einmischten.

Allerdings würde mein Schweigen ihn vielleicht zu einer Dummheit anstacheln. Er hätte meine Lüge einfach schlucken sollen.

Ich schüttelte den Kopf. »Irgendetwas muss passiert sein. Ich kann dir aber nicht sagen, was es war – ob dämonischen Ursprungs oder ob die Fae etwas aushecken. Ich kann dir nur sagen, dass ich angegriffen wurde.«

»Wer – oder sollte ich eher fragen: Was hat dich angegriffen?«

Warum fragte er nicht, wie es mir ging? War ich ihm so egal? Ich hatte ihn doch nicht absichtlich vergiftet. Ich hatte mir diesen giftigen Körper nicht ausgesucht!

Mit trockenem Mund erzählte ich: »Zwei Bäume haben das Mädchen angegriffen und vergiftet, aber ich konnte sie vernichten. Den Rest hast du ja mitgekriegt.«

Collin schwieg eine Zeitlang. Zuerst nahm ich an, dass er sich von den Giftpflanzen links und rechts von ihm fernhalten wollte, die gerade darüber tuschelten, ob ich mich nicht vor Monaten von ihm getrennt hatte. Giftpflanzen konnten solche Tratschtanten sein!

Doch dann erhaschte ich einen Blick auf sein starres Gesicht. Er hatte Angst, aber das zeigte er nicht. Bei den Fae hatte er viel schlimmere Sachen erlebt, wie zum Beispiel die »Wilde Jagd«.

Er schluckte schwer. Seine Stimme klang etwas heiser. »Ach daher kommen die ganzen Zweige auf der Straße.«

»Besser als ein Krötenregen, oder?«, versuchte ich vergeblich, die Situation aufzulockern.

»War es eine Abtrünnige?«

»Nein. Dann würde sich die Magick viel vertrauter anfühlen und nicht so unbeherrscht. Die Natur spielt verrückt und ich habe keine Ahnung warum. Da ich zudem eine zirkellose Hexe bin, erfahre ich sowieso als Letzte von allem.«

»Die Dämonenfürste?«, warf Collin dann einfach so in den Raum.

Ich lachte laut auf. Seinem Gesichtsausdruck zufolge wusste er selbst nicht, was er gerade behauptet hatte. »Keine Ahnung, was du bei den hellen Fae über die Fürsten gelernt hast, aber diese sind das geringste Problem. Einem von ihnen ist es nur alle einhundert Jahre erlaubt, die Erde zu betreten. Mammon kam vor gerade einmal siebenundzwanzig Jahren aus der Hölle gekrochen.«

»Und was, wenn sie sich einfach so befreit haben?«

»Königin Lilith hat ihre Kräfte versiegelt«, erklärte ich blasiert, wobei ich mir die Geschichte unserer ersten Königin in Erinnerung rief. Sie war die mächtigste aller Hexen gewesen, weil sie die Schatten beherrschen konnte. Eine äußerst seltene Gabe, die seit Jahrtausenden nicht mehr aufgetreten war. Nur ihr war es zu verdanken, dass sich niemand mehr vor den Dämonenfürsten zu fürchten brauchte. Sie hatte die sieben Todsünden in die Hölle verbannt und eingeschlossen. Leider brauchte so ein kraftvoller Zauber im Gegenzug auch ein kleines Schlupfloch ...

»Glaub mir, wenn die Höllenfürsten auf Erden umherstreifen würden, hätten wir weitaus größere Probleme als Bäume, die Teenager vergiften.«

Wir kamen gerade am Eisenhut vorbei, als ich das Zittern der Erde vernahm. Die Pflanze war besorgt um mich.

»Mir geht es gut«, flüsterte ich ihm zu. Ich kniete mich neben ihn und streckte die Arme aus. »Ihr könnt alle unbesorgt sein. Ich bin doch die stärkste Gifthexe, die der Garten jemals gesehen hat.« Und zugegebenermaßen auch die erste, die man hier angestellt hatte, aber ich wollte die Pflanzen nicht unnötig vor ihrer Winterruhe in Aufruhr versetzen.

»Es ist schon spät«, sagte Collin ziemlich abrupt. »Ich sollte zurück ins Krankenhaus.«

Mein Körper erstarrte. Jetzt schon? Er war doch gerade mal eine halbe Stunde da und die Nacht noch jung.

»Pass auf dich auf, ja?«, sagte er und mein Ärger verflog, als er nach meiner Hand griff und sie sanft drückte.

»Willst du vielleicht noch auf einen Tee zu mir mitkommen?«

Ich hatte nicht einmal irgendwelche Hintergedanken, als ich Collin die Einladung unterbreitete. Nach der Sache mit den Bäumen war ich nur ungern allein in meinem Haus. Ich war durch meine Bindung zu Pflanzen zwar nie wirklich für mich selbst, trotzdem fehlte mir *etwas*. Eigentlich konnte ich es sogar ganz genau benennen: Berührungen. Zärtlichkeiten. Das Gefühl, einem anderen Lebewesen möglichst nahe zu sein. Und natürlich auch Küsse und Sex.

Ich war nun einmal keinem Zirkel beigetreten, ebenso wenig besaß ich einen Familiar. Wenn ich Pech hatte, würde ich mein Hexentier erst in Jahren erhalten, sobald mein Körper aufhörte zu altern. Das war bei Hexen schwer zu sagen. Noch schwieriger war es für mich, einen Zirkel zu finden, der eine Gifthexe in seine Reihen aufnehmen wollte.

»Es ist ...« Sein Blick fiel auf die Pflanzen, die sich liebevoll an meinen Handrücken schmiegten. »Du bist inzwischen sogar giftiger als Eisenhut. Ich will nichts riskieren, wenn ich in deiner Nähe bin. Es war aber schön, dich wieder einmal zu sehen, Belladonna.«

Damit kehrte er mir den Rücken zu. Ich hielt den Kopf gesenkt, während seine Schritte sich hörbar auf dem Kiesweg entfernten.

»Oh ... das ist verständlich«, murmelte ich und versuchte den Kloß in meinem Hals zu schlucken.

Das war doch nichts Neues für mich ...

6. Kapitel

COLCHICUM AUTUMNALE

Herbstzeitlose

In dieser Nacht schlief ich keine einzige Stunde am Stück durch. Die ganze Zeit lauschte ich dem stürmischen Herbstwind und suchte in der Stille der Nacht nach verräterischen Geräuschen – doch es blieb ruhig und ereignislos. Nein. Es blieb eindeutig *zu* still! Wo war die einsame Eule, die mehrmals in der Nacht nach ihren Artgenossen rief? Die quiekenden Ratten, die sich fleißig auf den Winterschlaf vorbereiteten? Wo war das *Leben*?

Immer dann, wenn ich vor Erschöpfung kurz wegdämmerte, träumte ich erneut von spitzen Skeletthänden, die gierig nach mir griffen, und glatten Schlangenleibern, die meinen Körper bedeckten. Danach stand mir der Schweiß auf der Stirn und ich zitterte am ganzen Leib. In meinen Ohren brummte das Geräusch unzähliger Insektenflügel. Seit Jahren hatten mich diese Träume nicht mehr heimgesucht und jetzt kehrten sie mit voller Wucht zurück.

Skeletthände.

Schlangen.

Und Schmetterlinge?

Ich würde diese seltsamen Träume nicht in meinem Grimoire niederschreiben. In der Akademiezeit hatten die älteren Hexen stets darauf bestanden, dass wir uns der Kunst der Traumdeutung öffnen und jeden einzelnen Traum notieren sollten. In Träumen läge nicht nur die Vergangenheit oder

Gegenwart, sondern auch unsere Zukunft – sofern wir hellsichtig begabt wären. Die Träume von Seherinnen waren bedeutungsvoll, aber ich war bloß eine einfache Gifthexe, und sofern es mir bekannt war, gab es auch keine Seherin in meiner Abstammungslinie. Zudem waren sie kinderleicht zu deuten: Die Skeletthände brauchten keine weitere Erklärung für mich todbringende Gifthexe, und Schlangen so wie Schmetterlinge standen für Transformation.

Meine Träume zeigten also lediglich eines: dass ich den Tod brachte und ich mich von anderen Lebewesen möglichst fernhalten sollte. Sie waren eine ständige Erinnerung, dass meine natürliche Affinität in erster Linie Leben nahm. Der Tod folgte mir bereits seit meiner Geburt, und es existierte keine Möglichkeit, aus meiner Haut herauszukommen, so sehr ich es mir auch wünschte.

Ich war eine geborene Gifthexe. Einmal Gifthexe – immer Gifthexe. Einmal giftig – auf immer gemieden.

Vielleicht wäre die Strafversetzung nach Italien gar keine schlechte Idee. Irgendwann würde ich mich an das Wetter anpassen, und mit den anderen Gifthexen könnte ich einen Zirkel gründen und … Vielleicht sollte ich auch einfach eine andere Gifthexe daten. Wir würden zumindest unsere Leidenschaft für Giftpflanzen teilen, und natürlich wäre es obendrein einfacher, Zärtlichkeiten miteinander auszutauschen. Wenn ich doch nur endlich wieder jemanden küssen konnte … Ich hatte Sehnsucht nach endlosen Küssen und gehauchten Liebeserklärungen.

Ich vergrub meine Finger im Kopfkissen und wälzte mich unruhig im Bett hin und her. Es war fast ein Jahr her, dass ich mich von Collin getrennt hatte, seitdem war ich nicht mal mehr auf einem Date gewesen, weil ich befürchtete, dass ich mein Gegenüber allein durch das unbewusste Teilen eines Trinkglases vergiften könnte.

Aber ...

Ich liebte das englische Wetter viel zu sehr. Ich mochte das regnerische Klima, liebte die milden Sommer mit dem Geruch nach frisch gemähtem Gras. Auf die Winter konnte ich verzichten, aber mit heißer Schokolade, frischen Keksen und flauschigen Decken ließen sich auch die kalten Monate ganz gut aushalten.

In Italien wäre es mir viel zu sonnig und zu heiß. Wahrscheinlich würde ich Todesqualen leiden, bis mir das Wetter behagte. Das redete ich mir zumindest erfolgreich ein. Denn am meisten hatte ich Angst. Angst davor, dass mich die italienischen Hexen genauso sehr ablehnen würden wie die in England. Ich konnte doch nicht meine ganze Existenz lang einsam bleiben ...

Um fünf Uhr morgens beschloss ich, aufzustehen, und mich hundemüde dem Tag zu stellen. Wenn ich jetzt einnickte, dann träumte ich vielleicht noch von den gemeinsamen Nächten mit Collin oder Amari.

Da noch genügend Zeit bis zum Arbeitsbeginn war, ließ ich mir in meinem verhältnismäßig großen Badezimmer heißes Wasser in die Badewanne ein. Wir Hexen schworen seit ewigen Zeiten auf Reinigungsbäder, wenn wir Rituale abhielten, aber auch, wenn wir uns verunreinigt fühlten. Ich fühlte mich nicht nur mies, ich hatte vom gestrigen Arbeitstag auch noch Schmutz unter den schwarzen Fingernägeln. Während sich die alte Badewanne mit Wasser füllte, entzündete ich ein paar Kerzen im Badezimmer. Ich mochte den warmen Kerzenschein lieber als das kalte Licht von Glühbirnen.

Ich legte mein Handy auf die hölzerne Badewannenablage. Bevor ich mir das Kleid von den Schultern streifte, ließ ich ein paar Amethysten ins warme Wasser fallen. Der Stein sollte meine Sorgen absorbieren.

Ich legte den Kopf schief. Vielleicht sollte ich auch noch ein paar getrocknete Kamillenblüten ins Wasser geben, damit sie mich beruhigten. Zuerst streute ich nur vereinzelt ein paar Köpfe ins Wasser, aber dann schüttete ich vorsorglich das ganze Vorratsglas hinein. Sicher war sicher.

Bevor ich nackt in die Wanne stieg, holte ich mir einen Smoothie aus Herbstzeitlosen aus meinem Minikühlschrank. Das Getränk war durch die hübschen lila Blüten absolut fototauglich, doch wenn ich es auf Instagram postete, kamen Menschen noch auf die dumme Idee, dass man die Giftpflanze ohne Affinität verzehren konnte. Allein fünf Gramm der Blumensamen waren für einen Erwachsenen tödlich. Ich hatte reichlich davon daraufgestreut – so wie andere Menschen Chiasamen auf ihre gesunden Smoothies kippten.

Das warme Wasser und das tödliche Gift halfen mir, mich zu entspannen. Man konnte es fast mit einem Schaumbad und gutem Wein vergleichen.

Auf meiner Badewannenablage lag außerdem ein interessantes Buch, das ich beim letzten Mal angefangen hatte. Es handelte von Blumensymboliken im Mittelalter. Ich lächelte schwach. Ich war schon ein kleiner Pflanzennerd, wobei es den meisten Hexen mit ihrer Affinität so erging. Im Prinzip war die Gabe derart eng mit der Seele verwoben, dass ich mich manchmal wie das wandelnde Klischee einer Kräuterhexe fühlte: Meine Fensterbänke waren vollgestellt mit kleinen und größeren Töpfen Minze, Lavendel und Oregano. In der Küche hingen an mehreren Stellen Blumen- und

Kräutertrockner von der Decke. Dort bereitete ich stets die Kräutermischungen für Getränke oder die Badesalze vor. Ich benötigte kein Raumspray oder Duftkerzen, da es immer süßwürzig duftete.

Ich wollte bereits nach dem Buch greifen und in dem Kapitel über die Fleur-de-Lys weiterlesen, aber es gelang mir nicht. Meine Hand schwebte über meinem Handy. Ich konnte nicht so tun, als hätte sich die gestrige Nacht nicht ereignet. Das war kein einmaliger Ausrutscher in der Ordnung der Natur gewesen. Das konnte sich jederzeit wiederholen.

Hi. Wie geht es dir?, tippte ich und schickte die Nachricht an die erste Person in meiner Kontaktliste: Amari.

Ich wollte wissen, ob Amari in Plymouth ebenfalls etwas gespürt hatte oder ob dieses seltsame Phänomen mit den zwei Bäumen auf den Garten begrenzt war. Das würde mir dabei helfen, die Ursache schneller festzustellen, sie direkt an der Wurzel zu packen und sie effektiver zu bekämpfen.

Amari ... Ja, ihr konnte ich alles erzählen. Wenn ich einer anderen Hexe mein Leben anvertrauen müsste, dann ihr. An der Akademie hatten wir uns ein Zimmer geteilt, und nachdem wir uns ein gutes Jahr bloß angezickt hatten, waren wir langsam zu besten Freundinnen geworden – und später zu ein bisschen mehr als nur Freundinnen ...

Ich starrte ungeduldig meinen Bildschirm an, bis mir einfiel, dass Amari wahrscheinlich noch tief und fest schlief. Sollte ich sie anrufen? Sie hatte gesagt, dass ich mich immer – bei jeder Tages- oder Nachtzeit – bei ihr melden konnte, denn im Gegensatz zu Collin fiel es mir nicht schwer, mit Amari nach unserer Trennung zu reden. Andererseits hatte ich sie nie so gefährlich vergiftet. Man hatte sie als mächtige Wasserhexe nach Plymouth versetzt, und die Königin hatte mich als Gifthexe nach Alnwick einberufen. Unsere Fernbeziehung hatte nicht einmal einen Monat funktioniert.

Ich hielt die Luft an und rutschte komplett ins Badewasser. Mein Leben war ein einziges Chaos: Mein Liebesleben war nicht vorhanden, meine Freiheit eingeschränkt und meine geliebte Natur war nicht wiederzuerkennen. Und das Schlimmste war: dass ich nichts dagegen unternehmen konnte. Ich musste einfach einsehen, dass meine Kräfte begrenzt waren, und falls die Dämonen oder Fae hinter dem Anschlag steckten, ich mich mit meinem Gift nicht zur Wehr setzen konnte. Ich war zu schwach. Meine Attacke hatte mich sehr viel Kraft gekostet und dabei hatte ich lediglich gegen Bäume gekämpft. Ich wollte nicht daran denken, welche Probleme ich gegenüber anderen magischen Wesen haben würde. Amari konnte das Wasser in meiner Badewanne ohne Anstrengung zu Pfeilen aus Eis verwandeln und sie auf den Gegner schleudern. Ich war vielleicht die beste Besenreiterin zu Schulzeiten gewesen, aber Amari war zweifelsfrei die beste Kämpferin.

Es gab bloß eines, das ich jetzt noch tun konnte ...

Als ich wieder aus dem Wasser auftauchte, hingen ein paar vereinzelte Blumenblätter in meinen Haaren. Ich stieg aus der Wanne und hüllte mich in einen schwarzen Bademantel aus Seide. Der glatte Stoff fühlte sich wie die Berührung eines Liebhabers an. Kein Wunder, dass mein Kleiderschrank voll mit den körperumschmeichelnden Stoffen war.

In meinem Häuschen hatte ich mir ein kleines Büro eingerichtet – was so viel hieß, dass ich vor dem größten Fenster einen Schreibtisch mit Computer platziert hatte. Darüber hing ein gerahmtes Bild mit einem Zitat von Oscar Wilde: »Eine Blume blüht für ihre eigene Freude.« Collin hatte mir das Bild zu meinem Geburtstag geschenkt, als wir noch miteinander ausgegangen waren, und ich fand es viel zu schön, um es nach der unschönen Trennung wegzuwerfen. Er hatte einen Künstler extra dafür bezahlt, dass er meine namensgebende Giftpflanze als Hintergrund malte. Allerdings zog sich mein Magen bei dem Gedanken zusammen, dass auf der Rückseite eine Liebeserklärung stand …

Ich holte edles, verzaubertes Briefpapier aus meiner Schreibtischschublade. Damals, als ich nach einer über acht Stunden langen Busfahrt von London in meine neue Heimat nach Alnwick gereist war, hatte mir Walpurga zwei Dinge geschenkt: Briefpapier, falls ich einen Brief an die Königin verfassen wollte, und den Schlüssel für mein Haus.

Ich setzte meine Schreibfeder an. Jedoch verharrte meine Hand reglos über dem Papier. Was sollte ich nur schreiben?

Ich blickte aus dem Fenster. Draußen war es stockfinster, weshalb ich lediglich ein paar einsame Straßenlaternen am Eingang des Gartens sehen konnte und die Scheinwerfer eines Autos, welches langsam die Straße entlangfuhr. Die Bewohner von Alnwick schlummerten noch tief und fest, weil sie nicht wussten, was gestern Abend passiert war. Manchmal wünschte ich mir, dass ich so blind wie die Menschen wäre. Aber wäre ich dann noch *ich*?

Mit einem lang gezogenen Seufzen setzte ich die Feder an. Mein Mund wurde ganz trocken und ich drückte die Spitze zu fest auf das Papier, sodass es von kleinen schwarzen Tintenklecksen verunstaltet wurde.

Verehrte Königin,
ich, Belladonna, bitte um eine persönliche Audienz.
Es ist dringend.

Sollte ich »Eure treu ergebende Belladonna« hinzufügen oder klang das so, als würde ich mich einschleimen wollen? Es sollte nicht den Anschein erwecken, als würde ich mehr Geld für meine Dienste damit erbetteln wollen. Ich redete bloß ungern mit den anderen Gärtnern über ihren Lohn, aber ich nahm an, dass es ungefähr das fünffache ihres bescheidenen Gehaltes war, was man mir am Monatsanfang auf mein Konto überwies. Zudem konnte ich mietfrei leben.

Denn, was keiner der anderen Angestellten des Gartens wusste, war, dass ich auf dem Gelände des Alnwick Garden wohnte. Direkt am Eingang des Poison Garden – im östlichen Teil der Gartenanlage – stand ein kleines Holzhäuschen, dessen Dach mit Moos bewachsen war und das viele für Dekoration oder einen größeren Werkzeugschuppen hielten.

Tja, es war tatsächlich mein Haus.

Es war viel größer, als man es von außen vermutete, und als Single brauchte man auch nicht so extrem viel Platz.

Dennoch …

Ich kannte Hexen, die in Luxusapartments in Weltmetropolen wohnten oder gleich ein prunkvolles Zimmer in einem Schloss oder einer Burg beziehen durften. Selbst junge Hexen bekamen beeindruckende Räumlichkeiten zugewiesen: Ich hatte Amari vor ein paar Jahren in ihrem Loft in Hafennähe besucht. Sie besaß einen Kühlschrank, der einem den Wetterbericht vortrug, während er Eiswürfel in Halbmondform produzierte. Und das ganz ohne Magick, sondern nur mit moderner – und sauteurer – Technologie.

Und was hatte man mir zugestanden?

Belladonna erhielt das Hexenhäuschen im Giftgarten.

Trotzdem, es war mein Haus – und das WLAN war gar nicht einmal so übel. Natürlich gab es auch fließend Wasser und Strom, und wenn einmal etwas kaputt ging, wurde es sofort von Walpurga ausgetauscht. Dennoch konnte sich dieses kleine Paradies manchmal anfühlen wie ein Käfig, den ich unter keinen Umständen verlassen sollte. Aber warum? Weil ich inzwischen so giftig war, dass ich – ähnlich wie die Pflanzen – eine Gefahr für Menschen darstellte?

Ich schob diese Gedanken erstmal beiseite. Stattdessen ging ich zu meinem Kleiderschrank und wählte das schönste Kleid, das ich besaß. Das Oberteil ähnelte vom Aussehen her einem Korsett, bestand aber aus feiner Spitze. Der bauschige Tüllrock reichte mir bis zu den Knöcheln. Die anderen Gärtner würden über dieses Outfit wieder mal die Stirn runzeln.

Ich verließ mein Haus mit dem Brief fest an meine Brust gedrückt. Draußen schien alles wieder normal: Es war ein kühler Septembertag. Auf den Blättern glänzte der Morgentau und die Spinnweben waren ganz weiß. Es war kühl, aber noch nicht kalt – und mit dem Aufsteigen der Sonne wurde es zunehmend wärmer. Die Blumen und Bäume seufzten wohlig auf, als die Sonnenstrahlen sie erwärmten. Kein Hauch von Panik war zu spüren.

Obwohl ich von der Königin nichts zu befürchten hatte, wurde ich umso nervöser, je näher ich Alnwick Castle kam. Oder war ich aufgeregt, weil ich der ehrenwerten Königin zum ersten Mal von Angesicht zu Angesicht gegenübertreten würde? Oder angespannt, weil mir das uralte Gemäuer selbst nach Jahren den Atem raubte?

Auch heute entkam mir nahezu sprachlos ein »Oh«, als sich das Schloss wie ein Kunstwerk aus längst vergangener Zeit vor mir erhob. Es war alterslos, und manchmal vergaß ich, dass wir in einer Welt mit Smartphones und selbstfahrenden Autos lebten, sobald sich vor mir die zahlreichen

Türme der uneinnehmbaren Festung erstreckten. Die verschiedenfarbigen Steine der Mauer erinnerten an ein Mosaik, wenn auch weniger farbenfroh. Schaute man nach oben, dann –

Ich schluckte.

Für die Menschen sah es nach Abbildungen unterschiedlicher Burgbewohner aus, aber das war einzig der Faestaub, der Augen und in den meisten Fällen sogar Kameras täuschen konnte. Dort oben befanden sich die Konterfeis der elf Hexenköniginnen, die das Schloss wie steinerne Wasserspeier bewachten und alles Unheil von der Königin fernhalten sollten. Unter den wachsamen Blicken von Königin Asifa und Himiko näherte ich mich dem Torbogen.

Die Menschen strömten tagtäglich in Scharen herbei, um das Schloss zu bewundern, welches schon ein ganzes Jahrtausend in Northumberland an der Grenze zu Schottland stand. Ein ganzes Jahrtausend … Damit war der Prachtbau älter als die älteste derzeit lebende Hexe.

Die Besucher wollten sich wie Burgherr und Burgfräulein fühlen. In so einem Schloss würde auch ich mir wie eine Prinzessin vorkommen. Nein, verbesserte ich mich, vielmehr wie eine *Königin.*

Ich schüttelte den Kopf. Ich sollte solche Gedanken nicht hegen. Die Königin war die Hohepriesterin unserer Göttin, nur wenige Frauen wurden dafür auserwählt. Unter allen Hexen, die seit Jahrtausenden existierten, waren bisher lediglich zwölf zur Königin der Hexen gekrönt worden.

Ich steckte meinen Brief in einen dafür vorgesehenen metallenen Briefkasten. Weil das Briefpapier verzaubert war, würde Walpurga ihn später als Einzige entdecken und an sich nehmen. Zusätzlich konnte bloß ich als Verfasserin den

Brief zerstören. Mein Anliegen würde auf jeden Fall den Weg zur Königin finden.

Mein Herz klopfte die ganze Zeit über wie wild, aber nun erhöhte sich das Tempo noch mehr.

Ich wollte mich gerade zum Gehen wenden, als eine eiskalte Aura wie aus dem Nichts hinter mir auftauchte.

»Du bist zu früh dran, meine schöne Belladonna«, schnurrte mir eine unbekannte Stimme ins Ohr. »Sei doch nicht so ungeduldig. Du wirst mich schon sehr bald kennenlernen.«

Ein melodisches Lachen verpasste mir augenblicklich Gänsehaut und die feinen Härchen auf meinen Arm stellten sich auf. Die dunkle Aura ließ mich zu einer Salzsäule erstarren, während die Kälte in mein Innerstes kroch. Ich konnte spüren, wie eine kalte, gleichzeitig unsichtbare Hand mein Herz umschloss. Luft! Ich bekam keine Luft mehr!

Die Stimme war eindeutig einem Mann zuzuordnen, allerdings schrie mein Hexeninstinkt lautstark: DÄMON!

Das hinter mir war ein scheußliches Wesen, direkt der Hölle entsprungen. Daran gab es keinen Zweifel, da seine überwältigende Aura den Fluchtinstinkt in mir auslöste.

Das musste ein Adeliger sein, das Schlimmste, was die Hölle neben den sieben Urfürsten zu bieten hatte. Kein anderes Höllenwesen besaß eine solche Präsenz.

Wenn ich mich jetzt umdrehte, was würde mich erwarten?

Bei der Göttin, ich würde für den Garten und für die Königin kämpfen!

Mit erhobenen Händen schnellte ich zu der Höllengeburt herum, nur um vom Blitzlicht einer Kamera geblendet zu werden. Dort stand lediglich eine Schar Touristen, die mich genauso perplex anstarrte wie ich sie. Der Herbstwind fuhr pfeifend um die Gruppe und zupfte an meinem Rocksaum, als wollte er mir sagen, dass ich mich zusammenreißen sollte, bevor ich mit meinem Auftritt das heutige Trinkgeld verschreckte.

»Ähm … Äh. Das Schloss öffnet erst um, äh … zehn Uhr morgens«, ließ ich sie wissen. »Ihr seid alle viel zu früh dran.«

Ich hörte, wie die Touristen über mich tuschelten.

»Blitzlicht ist übrigens im ganzen Schloss nicht erlaubt«, versuchte ich zu retten, was noch zu retten war. »Ich bitte euch, diese Funktion umgehend abzuschalten.«

Mit gesenktem Kopf huschte ich an den ausländischen Touristen vorbei.

»Und besucht doch nachher noch den Poison Garden!«, rührte ich die Werbetrommel für mein Reich, während ich so schnell wie möglich von den Leuten wegkommen wollte. »Führungen finden heute bis vier Uhr nachmittags statt! Ich bitte um eine Voranmeldung.«

Es war, als würde ich ein weiteres dämonisches Lachen in meiner Nähe vernehmen. Aber hier war niemand außer meiner Wenigkeit, die an ihrem gesunden Hexenverstand zweifelte.

Ich wurde doch nicht verrückt, oder? Als Hexe war man vielleicht vor körperlichen Krankheiten geschützt, Geisteskrankheiten hingegen traten gar nicht einmal so selten auf.

Völlig verwirrt stolperte ich Richtung Poison Garden zurück.

Als ich vor Arbeitsbeginn auf mein Handy blickte, erspähte ich eine Nachricht.

Hallo Süße!, hatte Amari geantwortet. Mir geht es super! Bis auf die Arbeit – ugh! Lass uns nicht darüber reden. Ich komme mir vor wie eine Arbeitsbiene und keine Hexe. Wie geht es dir? Ich sehe mir gerade die neuesten Fotos vom Garten an. Die sind so schön geworden. Gibt's etwas Bestimmtes?

Kam dir gestern etwas ... Ich löschte meine Nachricht wieder. Nein. Ich wollte nur mal fragen, wie es dir geht. Hab in letzter Zeit oft an dich gedacht.

Ich steckte das Handy weg und begrüßte die ersten morgendlichen Besucher des Gartens mit einem leeren Lächeln.

7. Kapitel

CONVALLARIA MAJALIS
Maiglöckchen

Obwohl es sehr sonnig war, fror ich den ganzen Tag lang. Es wurde so schlimm, dass ich mir einen Strickcardigan aus meinem Haus holen musste, und trotzdem konnte ich die Kälte des Dämons nicht abschütteln. Mir war, als würde ich seine kalten, spitzen Finger nach wie vor an meinem Herzen spüren. Es schlug derart schnell, dass ich fürchtete, jederzeit umzukippen.

Während ich die Touristen mechanisch von einer Pflanze zur nächsten führte und steif mein Wissen vortrug, überschlugen sich die Gedanken in meinem Kopf.

Warum hatte mich der Dämon nicht angegriffen? Das war seine perfekte Chance gewesen, da ich in meinem geschwächten Zustand eine mehr als leichte Beute war.

Alle Dämonen waren so etwas wie ... Ja, man konnte sie ruhig als höllische Raubtiere bezeichnen. Sie mochten zwar meist die Gestalt von jungen, gut aussehenden Männern annehmen, aber sie waren gierige Monster, die es in Wirklichkeit einzig und allein auf die Seelen von Menschen abgesehen hatten und sie mit Versprechen in einen unlösbaren Eid lockten. Als wäre das nicht schlimm genug, waren unsere Hexenseelen eine wahre Delikatesse für die Höllenkreaturen. Man musste allerdings betonen, dass es Dämonen kaum gelang, sich die mächtige Seele einer Hexe einzuverleiben. Wir Hexen waren nicht so schwach und zerbrechlich wie Menschen, trotzdem kam es ab und zu vor, dass wir eine Schwester an diese Höllenbrut verloren.

Vielleicht handelte es sich bei dem Dämon am Schloss um einen Vampir, mutmaßte ich. Diese waren im Sonnenlicht schwach und würden nie eine Hexe angreifen, sobald die Sonne sich erhob.

Aber was machte ein Vampir in der Nähe von Alnwick Castle? Ausgerechnet in der Nähe des Ortes, an dem sich durch den königlichen Coven die mächtigsten Hexen der Welt versammelt hatten?

Als wäre es nicht seltsam genug, dass er mich nicht angegriffen hatte, war ihm auch mein Name bekannt. »Meine schöne Belladonna« waren seine genauen Worte gewesen. Sein Gesäusel klang in meinen Ohren nach.

Ich ballte die Hände zu Fäusten und kickte einen Stein einmal quer durch den halben Garten. Dem Klang des Aufpralls nach hatte ich eine eiserne Regentonne getroffen. Meine Wut kam nicht von ungefähr: Was erlaubte sich dieses teuflische Geschöpf eigentlich? Ich konnte nicht sagen, ob mich die widerlich schmeichelnde Bemerkung oder dieses besitzergreifende Gehabe mehr aus der Fassung brachte.

Jetzt bereute ich es, dass ich das Gebiet um das Schloss nicht nach diesem Charmeur durchsucht hatte, um ihm einen Pfahl aus Holz direkt ins faulige Herz zu rammen. Mal sehen, ob er weiterhin so schmalzige Töne spucken konnte, wenn er sich in einen Haufen Staub verwandelte.

Der Knoten in meinem Magen löste sich ein klein wenig, als ich mir das Szenario bildlich vorstellte. Eine einfache Gifthexe wie ich, die einen gefährlichen Dämon tötete.

Doch dann wurden mir die Grenzen meiner Magick wieder bewusst:

Ich war *nur* eine Gifthexe.

Während ich die Touristen in den frisch aufgefüllten Souvenirladen führte, summte ich ein altes Lied, das wir Hexenkinder in der Akademiezeit stets beim Fangenspielen angestimmt hatten:

Lauf weg, Hexlein, lauf.
Wovor?
Lauf zu mir, Hexlein, lauf.
Renn vorm Dämon davon.

Wer ist hier?
Das Kind von Zorn.
Du wünschst dir,
du wärst nie gebor'n.
Lauf Hexe, dir bleibt keine Zeit.
Wollust und Völlerei lechzen nach deiner Seele,
Hochmut, Neid und die Faulheit
wollen nicht, dass ich es dir erzähle:

Dreh dich nicht um,
sei nicht dumm.
Der Sohn der Gier,
er steht hinter dir.

Diese Erinnerung bescherte mir augenblicklich eine Gänsehaut. Warum waren Kinderlieder immer so verdammt unheimlich?

Doch hinter dem Grusel steckte ein Zweck: uns jungen

Hexen klarzumachen, dass wir vor den Adeligen der Dämonenwelt davonlaufen sollten. Ein Kampf war keine Option, allein die Flucht schien sinnvoll.

Sobald meine heutige Schicht vorbei war, musste ich unbedingt meinen getrockneten Salbei zum Weihen herauskramen und die Runen um den Garten neu zeichnen.

Ein dummer Vampir war die eine Sache, aber ein Höllensohn?

Adelige Dämonen, die Söhne der sieben Urdämonen, waren äußerst selten. Es existierte lediglich etwas über ein Dutzend von den Mistkerlen, aber jeder von ihnen war äußerst mächtig. Ihre Macht war dunkel und unheilvoll, und je mehr Seelen sie verschlangen, desto stärker wurden sie. Ein einfacher Dämon war kein Problem für eine Hexe, wenn sie die Akademie voll ausgebildet mit siebzehn Jahren verließ, Adelige hingegen waren unberechenbare Monster, die niedere Dämonen als ihre Diener betrachteten.

»Das ist ein interessantes Lied, dass du da summst.«

Michael tauchte so plötzlich auf – und ich war wohl so in Gedanken versunken, dass ich vor Schreck einen Satz nach hinten machte und über einen Gartenschlauch stolperte.

»Vorsicht!«, rief er noch, obwohl ich genau in diesem Moment mit dem Rücken schmerzhaft gegen die hölzerne Werkzeugscheune krachte.

Michael wollte so nett sein und mir helfen, aber ich hob automatisch abwehrend die Hände. Eine kleine blutende Wunde konnte fatale Folgen für einen Menschen nach sich ziehen.

»Ich habe mich bloß erschreckt. Mir geht es gut.«

Zum Glück war ich nicht auf eine herumliegende Harke getreten. Das hätte nicht nur viel mehr wehgetan, sondern wäre auch noch unheimlich peinlich gewesen.

»Ich und meine Schwe– ... äh, Mitschülerinnen haben dieses Lied immer beim Fangenspielen gesungen«, erzählte ich ihm unaufgefordert, um meine Schusseligkeit mehr oder weniger gekonnt zu überspielen. »Wir haben so getan, als würden wir vor bösen Dämonen weglaufen.«

Damit konnte ich den älteren Gärtner jedoch nicht ablenken: »Du wirkst heute irgendwie zerstreut. Ist wirklich alles in Ordnung?«, fragte mich Michael, nachdem er mitangesehen hatte, wie mich ein Gartenschlauch beinahe zu Fall gebracht hätte. Mich, die beste Besenreiterin der Akademie, deren Reflexe ihresgleichen suchten.

»Ich habe bloß schlecht geschlafen«, antwortete ich und versuchte so nahe wie möglich an der Wahrheit zu bleiben. »Ich habe die Nacht kein Auge zugetan.«

»Ist Vollmond? Da schlafe ich meistens richtig mies.«

Ich seufzte.

Ich liebte Vollmondnächte. Dann ließ ich mir stets ein heißes Bad mit getrockneten Kräutern, kleinen Kristallen und wohlriechenden Ölen ein und reinigte mich mit dem Licht des Mondes. In Vollmondnächten schlief ich nie, und doch war ich niemals so müde und ausgelaugt gewesen wie heute.

»Ich wiederhole mich ungern, Bella, aber du arbeitest einfach zu viel. Willst du dir nicht freinehmen? Oder dich krankmelden? Soweit ich mich erinnere, hast du dir nie einen Tag freigenommen. Ich bin mir sicher, dass jemand ein oder zwei Tage spontan für dich einspringen kann. Notfalls mache ich Überstunden.«

Ich lächelte gequält. »Mir geht es gut. Auch ich habe schlechte Tage.«

Michael händigte mir einen bunten Jutebeutel aus. »Vielleicht macht das deinen Tag etwas besser und schenkt dir etwas Kraft für die letzten Stunden.«

Ich musste nicht nachfragen, was mir da gerade überreicht wurde. Der Geruch von warmem Kuchenteig und aromatischer, dunkler Schokolade stieg mir sofort in die Nase. Wenn es um Kuchen und Kekse ging, konnte ich einem Bluthund Konkurrenz machen.

Dem Gewicht des Beutels nach zu urteilen, war das ein ganzer Kuchen, und er gehörte mir allein. Auch wenn ich im Moment keinen Appetit verspürte, freute ich mich auf heute Abend, wenn ich endlich wieder in ein saftiges Stück Kuchen biss.

Ich war nicht die beste Köchin und erst recht keine gute Bäckerin. Vielleicht konnte man das darauf zurückführen, dass ich aufgrund des hohen Vergiftungsrisikos nur für mich kochte und selbst mit halbgarem Brot zufrieden war. Ein einziges Mal hatte ich versucht, für ein Date mit Amari ein paar Snacks vorzubereiten, aber dann war ich mir nicht mehr sicher gewesen, ob ich beim Brotbacken wirklich Bärlauch verwendet hatte oder doch eher das giftige Maiglöckchen. Um zu vermeiden, dass Amari durch vergiftetes Brot den Rest des Abends kotzend über der Toilettenschüssel hing, hatte ich mich schließlich für eine Pizza und Nachos vom Lieferdienst entschieden.

»Danke, ich hebe ihn mir für später auf«, sagte ich und schulterte den Beutel mit einem breiten Lächeln im Gesicht. »Ich habe gerade keinen Hunger.«

Mein Magen war immer noch wie zugeschnürt. Wenn ich bloß daran dachte, etwas anderes als Wasser zu mir zu nehmen, dann wurde mir ganz schlecht.

»Du hebst deinen Kuchen doch nie auf.«

Mir blieb keine Zeit mehr, mich weiter mit Michael zu

unterhalten. Sein Diensttelefon klingelte und er entschuldigte sich mit der Begründung, dass wohl dem Kind einer Besucherin ein Stofftier in den Teich gefallen sei und er es mit einem Kescher herausangeln sollte.

Auch ich musste so langsam wieder an die Arbeit. Am Eingang versammelte sich bereits meine neue Gruppe: ein kleiner Kreis von Senioren mit passenden Rucksäcken und Regenjacken – obwohl der Himmel strahlend blau war –, ein paar Teenager in fremder Schuluniform, die wohl direkt nach der Schule hierhergekommen waren, und ...

Ich musste zweimal hinsehen, um mich auch wirklich zu vergewissern, dass ich mich nicht noch mehr in meinen Wahnvorstellungen verlor. Eine Person hob sich allein mit ihrer Körperhaltung von den anderen ab, ganz zu schweigen von der Aura aus Macht, die sie umgab.

Die Frau zog ihre Sonnenbrille ein Stück nach unten und zwinkerte mir verschwörerisch zu. Ihre kleine Geste ließ mich zur Salzsäule erstarren.

Walpurga war eine Hexe, die äußerlich wie etwa fünfundzwanzig wirkte, aber mindestens einhundert Jahre alt war. So genau traute ich mich nicht nachzufragen, weil man damit leicht dunkle Erinnerungen einer Hexe wecken konnte. Mit dem Alter wurde man nicht bloß mächtiger, man sammelte ebenso Erfahrungen – und nicht alle davon waren positiv. Es gab noch einige Hexen, die hatten miterleben müssen, wie man ihre Schwestern – oder unschuldige Freundinnen – auf dem Scheiterhaufen verbrannte, während sich die Dämonen in unserem Leid suhlten.

So wie ich meine Spitzenkleider bevorzugte, trug Walpurga am liebsten dunkle Hosenanzüge, die ihrer schlanken Gestalt schmeichelten.

»Meine liebe Belladonna«, kam Walpurga mit ausgebreiteten Armen auf mich zu. »Wie geht es dir?«

In ihrem Gang lag eine Macht, die sogar die Erde erzittern ließ. Was kein Wunder war, wenn man bedachte, dass sie eine Erdhexe war. Wenn jemand gestern den Hauch einer Anomalität verspürt hatte, dann die rechte Hand der Königin.

»Äh ... gut?«, antwortete ich reichlich verspätet.

»Du kannst dir denken, warum ich hier bin, oder?«

Ich bejahte mit einem steifen Nicken. Sie hatte meinen Brief erhalten und meine Bitte gelesen. Sollte ich sie dann auch gleich nach dem Dämon fragen? Wobei sich eine so begabte Hexe wie sie sicherlich schon lange darum gekümmert hatte.

»Zuerst will ich allerdings deinem Vortrag lauschen«, sagte sie und ihr deutscher Akzent blitzte ganz sanft hervor. »Ich habe noch nie eine Führung mit dir genossen. Ich wäre heute gerne einmal dabei.«

Erneut konnte ich nur mit einem steifen Nicken antworten, während mein Gesicht vor Aufregung glühte. Es war eine Kleinigkeit, den Besuchern mein Wissen über die Pflanzen vorzutragen, aber etwas vollkommen anderes, eine Führung vor einer mächtigen Erdhexe wie Walpurga abzuhalten.

»Willkommen im Poison Garden«, begann ich trotz Lampenfieber meine Arbeit. »Wenn ich mich vorstellen darf, ich bin die Chefgärtnerin der Gärten von Alnwick Castle: Belladonna.«

Walpurgas Lippen kräuselten sich auf eine seltsame Weise. Fand sie etwas komisch? Hatte ich etwas Falsches gesagt? Als Hexe besaß ich keinen Nachnamen und ich hatte auch nicht vor, mir irgendeinen auszudenken.

Nicht ablenken lassen, Belladonna!

»Äh ... Wenn Sie mir jetzt bitte folgen würden«, sagte ich

und deutete zur ersten Pflanze. »Ich will noch einmal darauf hinweisen, dass Sie zu allen Pflanzen Abstand halten müssen. Sie dürfen sie weder berühren noch an ihnen riechen. Diese Pflanzen sind alle giftig und im schlimmsten Fall tödlich.«

Wie üblich entfuhr den meisten Besuchern ein leises Keuchen. Die Teenager verdrehten die Augen, aber mir entging nicht, dass sie vor den Pflanzenbeeten ehrfürchtig zurückwichen.

8. Kapitel

LONICERA XYLOSTEUM
Rote Heckenkirsche

Obwohl mich die Müdigkeit bis vor Kurzem noch in ihrem Bann hatte, merkte man bei meiner Führung nichts mehr davon. Die Touristen waren begeistert von meiner Erzählung, sodass ich allein mit dieser Gruppe fünfzig Pfund Trinkgeld verdiente.

Ich hatte mich kein einziges Mal verhaspelt oder eine Pflanze übersprungen, wie in meiner bescheidenen Anfangszeit im Garten – und das alles unter den stets wachsamen Augen der königinnengetreuen Walpurga. Sie hatte nichts Bloßstellendes gefragt, wie ich es erwartet hätte, und ihre Miene war – bis auf die Ausnahme am Anfang – stets ausdruckslos geblieben. Natürlich erzählte ich ihr nichts Neues. Sie war damals dabei gewesen, als man die Abteilung für Giftpflanzen auf Geheiß unserer Königin angelegt hatte.

Die Besucher wuselten aufgeregt um mich herum, weshalb Walpurga sich im Hintergrund hielt. Trotzdem fand ich es ein bisschen unheimlich, dass sie ihren Blick keine Sekunde von mir ließ. Oder sollte ich mich geschmeichelt fühlen?

»Wenn ich jemanden vergiften würde, dann unsere Mathelehrerin Miss Ward«, sagte einer der Schüler zu seiner Klassenkameradin in meiner Hörweite. »Aber ich wette, die alte Hexe ist nicht mal dadurch totzukriegen.«

»Vielleicht ist sie eine Gifthexe.«

Die zwei Jugendlichen starrten mich verdutzt an.

»Vergesst nicht die Souvenirs«, flötete ich, um sie von meiner seltsamen Bemerkung abzulenken. »Es gibt sogar selbst gemachtes Belladonna-Öl zu kaufen. Ich verweise aber auf die rein homöopathische Wirkung in dieser Form. Das Öl kann man nicht für Vergiftungen benutzen, also probiert es gar nicht erst aus. Nein.«

Von jugendlichen Besuchern kam immer das wenigste Trinkgeld, dafür waren sie bereit, für Mitbringsel tiefer in die Tasche zu greifen.

Artig huschten die Schüler in den Laden. Ich hörte noch, wie ein Mädchen aufgeregt von dem ganzen »Hexenzeug« schwärmte.

»Wie hat es dir … äh … gefallen?«, fragte ich Walpurga vorsichtig. »Soll ich dir auch noch die Sachen im Souvenirladen zeigen? Ich mache die meisten Dinge selbst: Kerzen, Seifen, Öle … Ich kann dir Rabatt darauf geben.«

»Du hast jetzt Feierabend«, sagte Walpurga plötzlich bestimmend. »Der Garten schließt heute eine Stunde früher. Ich habe schon alles in die Wege geleitet.«

Warum das?, lag es mir bereits auf der Zunge. Mist, ich war derart auf die Führung konzentriert gewesen, dass ich meine Audienz ganz vergessen hatte. Stimmt ja, da draußen lauerte nach wie vor etwas, das Menschen töten wollte.

»Die Kutsche der Königin wird uns in einer halben Stunde direkt am Eingangstor abholen. Es wäre nicht schlecht, wenn du dir in der Zwischenzeit etwas Hübscheres anziehst.«

Ich sah an meinem schwarzen Kleid hinab. Das war bereits eines der schönsten – und teuersten – Kleider in meinem Schrank, aber anscheinend viel zu schlicht für einen Besuch bei der Königin.

»Ich kann auch gerne zu Fuß zum Schloss gehen«, sagte ich. Ich war angespannt, da brauchte nicht noch Walpurga in meinem Nacken zu sitzen. »Ich will niemandem Umstände bereiten.«

Doch Walpurga ignorierte meine Bedenken: »Die Anfahrt zum Schloss wird standesgemäß in einer Kutsche erfolgen. Wenn du jedoch länger zum Umkleiden brauchst, musst du es mir nur sagen. Wir warten auf dich.«

Ob sie mit »wir« wohl den Zirkel der Königin meinte? Ich kannte nicht einmal die Namen der anderen Hexen, die dem royalen Coven angehörten. Ich wusste bloß, dass sie alt, mächtig und wunderschön waren.

Bevor ich Walpurga anbieten konnte, in meinem Haus auf mich zu warten, während ich verzweifelt meinen Schrank durchwühlte, setzte sie sich in Bewegung. Ich trottete ihr hinterher, als wäre ich ihr Gast – und nicht umgekehrt.

Wenn man durch die Vordertür mein Haus betrat, stand man »praktischerweise« bereits direkt in der Küche. Ich schob mich an Walpurga vorbei und fegte lächelnd angebranntes Kerzenwachs und halb leere Ölfläschchen von meinem vollgestellten Küchentisch direkt in einen kleinen Papiereimer. Da ich so gut wie nie Besuch erwartete, räumte ich dementsprechend selten meinen Arbeitsplatz auf.

»Setz dich doch! Es liegt nur ein bisschen Glitzer herum. Ich streue in meine Ritualöle immer biologisch abbaubaren Glitzer, damit es …« *Damit es hübscher aussieht,* wollte ich bereits sagen, doch dann fiel mir die tiefe Falte auf Walpurgas Stirn auf. Hübscher Glitzer und Soja-Wachs waren Dinge, die eine ältere Hexe wie Walpurga wahrscheinlich total übertrieben empfand. Die Hexenkunst hatte sich in den letzten Jahrtausenden zwar nur wenig in ihren Bräuchen und Ritualen verändert, doch die Art und Weise, wie man diese abhielt und durchführte, hatte sich gewandelt.

Walpurga schaute sich um, nahm ein sauberes Küchentuch von einem Stapel und breitete es auf dem Stuhl aus, um Spuren von Glitzer zu vermeiden.

»Ich ziehe mich dann mal um ...«

»Besser so«, meinte Walpurga. »Und wenn es keine Umstände bereitet, dann kämm dir ordentlich die Haare.«

Erschrocken fuhren meine Hände hoch. Zur Mittagszeit war ein kleiner Föhnwind aufgekommen und hatte wohl meine Haare völlig durcheinandergebracht.

Mit einem entschuldigenden Knicks entschwand ich die Treppe hinauf in mein Schlafzimmer. Ich gestattete meinem rasenden Herzen keine Pause, sondern stürzte mich direkt auf den Kleiderschrank. Irgendwo hatte ich doch noch dieses eine Kleid ...

Während ich mich hektisch durch den Stoff wühlte, meine ganzen Kleider von den Bügeln riss und meine wenigen Röcke und Hosen auf den Boden schmiss, wurden mir Walpurgas Worte erst so richtig bewusst. Sie behandelte mich wie ein kleines Kind: Zieh dich um! Bürste deine Haare!

Wobei ... Ich war vielleicht einmal ein Sechstel so alt wie die Erdhexe. Ich schätzte sie auf Hundertzwanzig, weil ich einmal gehört hatte, dass sie zur Jahrhundertwende in Deutschland geboren worden war.

Trotzdem fand ich es unmöglich von ihr, mich so herumzukommandieren. Ja, ich war blutjung, dennoch war ich eine erwachsene und selbstständige Hexe. Man musste mir nicht sagen, was ich zu tun hatte.

Ich merkte erst, dass ich die Zähne fest aufeinandergebissen hatte, als mein Kiefer leicht schmerzte. Es war sinnlos, sich darüber aufzuregen. Stattdessen sollte ich mich auf meine Audienz vorbereiten. Es war mir unglaublich wichtig, einen guten ersten Eindruck bei der Königin zu hinterlassen.

Mein Kleiderschrank bestand zu neunzig Prozent aus langen schwarzen Kleidern. Während die heutigen Menschen mit Schwarz oft die Farbe des Todes oder der Trauer in Verbindung brachten, besannen wir Hexen uns auf die ursprüngliche Bedeutung: Schwarz war eine Farbe, die für Schutz und Reinigung stand.

Für mich gab es nur diese eine Farbe – und wer mich mit meinem Hautton schon mal in einem vintagerosa Kleid gesehen hatte, wusste, warum das keine gute Idee war. Ein einziges Mal war ich für eine Verabredung mit Collin in ein zartrosa Kostüm geschlüpft, welches ich mir extra für den Anlass gekauft hatte, nachdem er meinte, dass ich zu viel Schwarz tragen würde. Vermutlich hatte er es damals bloß scherzweise fallen gelassen, aber ich hatte es dann doch einen Tick zu ernst genommen.

Um diese unangenehme Geschichte abzukürzen: Eine Kuchenverkäuferin, ein Kellner und der Taxifahrer hatten mich gefragt, ob ich krank wäre, da ich so unglaublich blass war. Die gratis Schlagsahne auf dem Kuchen hatte ich tatsächlich begrüßt, aber dann fing auch noch der Taxifahrer nach dem desaströsen Abendessen damit an, dass seine Großcousine immer so blass gewesen und schließlich völlig überraschend an einer schlimmen Krankheit gestorben war.

Es war besser, wenn ich bei meinem fröhlichen Schwarz blieb.

Kurz vor einem kleinen Nervenzusammenbruch meinerseits entdeckte ich ein glitzerndes Stück Stoff. Ich war mir nicht mehr sicher gewesen, ob ich das Kleid noch im Schrank hatte oder ob ich es aus Trennungsfrust über Kleinanzeigen bereits an jemand anderes verscherbelt hatte. Es war zu schön, um traurig in meinem Schrank zu vermodern oder von Motten angeknabbert zu werden.

Ich wollte es eigentlich bei einem Date mit Collin tragen, der uns Karten für die Oper besorgt hatte, doch ich muss wohl nicht noch einmal extra erwähnen, dass die Beziehung etwas abrupt geendet hatte.

Weil mir die Zeit langsam davonlief, schlüpfte ich eilig aus meinem Gewand heraus. Während ich mich in meine neue Robe schmiss, angelte ich meine Haarbürste von der Schminkkommode.

Was, wenn wir zu spät auftauchten? Würde mich die Königin dann überhaupt anhören? Oder würde sie mich einfach wieder nach Hause schicken? Wie sollte ich sie angemessen begrüßen?

Mir waren lediglich ein paar Dinge über ihre Persönlichkeit zu Ohren gekommen und nicht alles davon war positiv gewesen.

Collin hatte für die hellen Fae bereits ein paarmal vor der Königin gesprochen. Er hatte nicht gesagt, dass er sie nicht mochte, aber seit sie seine letzte Audienz nach wenigen Minuten abgebrochen hatte, war er etwas, na ja, angepisst.

Amari hatte nur locker angemerkt: »Ich mag sie nicht.«

Ich hatte darauf gepocht, das Warum zu erfahren, aber meine Freundin meinte lediglich, dass sie es selbst nicht in Worte fassen konnte. Vielleicht hatte die Königin damals einen schlechten Tag gehabt, sagte ich mir. Auf ihr lastete schließlich die Verantwortung für alle Hexen.

Die Zeit drängte, trotzdem betrachtete ich mich ausgiebig

von allen Seiten im Spiegel. Der tiefe Ausschnitt des Kleides endete nicht einmal zwei Finger breit über dem Bauchnabel, dafür reichte der Saum bis über meine Knöchel. Die langen Ärmel bestanden aus durchsichtiger Spitze.

Im Poison Garden gab es leider nie Anlass, ein Kleid mit Beinausschnitt zu tragen. Außerdem würde ich es nie wagen, von den ganzen Giftpflanzen abzulenken.

Ich trug noch etwas hellen Lipgloss auf, ehe ich die Stufen zu Walpurga hinuntereilte.

Die Hexe saß sichtlich gelangweilt an meinem Esstisch und sortierte Salz und Quarze in zwei kleine Häufchen.

Als sie mich erblickte, sah sie kurz auf und schnalzte mit der Zunge. »Du bist wirklich ganz hübsch«, sagte sie beiläufig. »Ich habe noch nie eine Hexe getroffen, die mit weißen Haaren geboren wurde.«

»Wurde ich auch nicht. Ich bin eigentlich honigblond. Sie wurden weißer, je stärker meine Gabe wurde.«

»Interessant.«

Eine Zeitlang stand ich an der Treppe, während Walpurga mich von ihrem Platz am Küchentisch neugierig beäugte. »Komm doch näher. Wir haben ein wenig Zeit.«

»A-Aber die Kutsche ...«

»Die wartet auf *uns*, nicht wir auf sie«, sagte sie. »Ich habe das nur gesagt, weil ich nicht länger mit dem Menschenpack im Garten herumstehen wollte.«

Dieser kurze Anflug von purem Menschenhass in ihren blauen Augen ließ mich schwer schlucken. Es war nicht selten, dass Hexen eine Abneigung gegenüber Menschen entwickelten, aber ausgerechnet Walpurga ...

Als sie meine Verunsicherung bemerkte, lenkte sie vom Thema ab. »Darf ich mir Tee von dir wünschen?«

»N-Natürlich.«

»Wenn es geht, mit so wenig Gift wie möglich.«

»Natürlich.«

Als Erdhexe besaß Walpurga eine gewisse natürliche Giftresistenz, so wie ich einen Draht zu anderen ungiftigen Pflanzen besaß. Man musste sich die Affinität weniger als eine konkrete Gabe mit scharfen Abgrenzungen vorstellen.

»Und Wasser für Faust, wenn es keine Umstände bereitet.«

Erst als sie das sagte, bemerkte ich die kleine dunkelbraune Eidechse auf ihrer Schulter. Die großen schwarzen Augen des Hexentiers fixierten mich. In ihnen lag eine fast schon menschliche Intelligenz, die alle Familiare besaßen.

Ich hatte noch etwas Sud Schmetterlingserbenstee im Kühlschrank stehen, welchen ich Walpurga aufgoss. Für ihr geliebtes Hexentier gab es frisches Regenwasser. Ich selbst gönnte mir das zuckrigste Getränk im Kühlschrank. Das sollte meine Nerven etwas beruhigen.

Trotzdem rutschte ich beunruhigt auf dem Stuhl hin und her. Sollte ich einfach mit all meinen Fragen rausplatzen?

»Und was trinkst du da?«, wollte Walpurga wissen.

»Oh, das ist mein Bubbletea.« Auf ihren fragenden Gesichtsausdruck erklärte ich ihr: »Eigentlich sind es giftige Beeren der Heckenkirsche. Ich habe sie im Sommer gepflückt und in den Tiefkühler gepackt. Wenn ich sie mit Schwarztee und ordentlich Zucker aufgieße, habe ich Bubbletea.«

In einem durchsichtigen Plastikbecher sah es tatsächlich ein bisschen nach dem Kultgetränk aus.

»Du meinst Tee mit Giftbeeren.«

»Ja …«

Sie deutete mit ihrem Zeigefinger auf die roten Beeren. »Wie viele davon sind für Menschen tödlich?«

»Ab dreißig Beeren könnte es lebensgefährlich werden.«

»Und du merkst davon gar nichts?«

»Nein, obwohl ...«

»Ja?«

»Es ist etwas bitter, das muss ich zugeben.«

Vielleicht hatte ich deshalb eine Vorliebe für Süßspeisen entwickelt: Es gab zwar Gifte wie Arsen, die von Natur aus leicht süßlich schmeckten, doch am häufigsten hatte ich bisher bittere oder geschmacklose Gifte zu mir genommen.

Aber Kuchen und Kekse ... Mir lief das Wasser im Mund zusammen, wenn ich nur an diese Süßwaren dachte. So fluffig und leicht zuckrig. Keine Spur von Bitterkeit.

»Etwas bitter«, wiederholte Walpurga. »Verzeih die Frage, aber wie alt bist du noch mal?«

Ich strich mir eine weiße Strähne hinters Ohr. *Nur ein Kind*, hallte es in meinen Gedanken. »Einundzwanzig.«

»Wie viele Hexen sind in deinem Zirkel?«

»Ich ... Ich habe noch keinen gefunden«, erklärte ich Walpurga und schämte mich etwas für meine Aussage. Normalerweise fand man nach der Akademie schnell einen Zirkel. Selbst Amari war in Verhandlungen mit einer Eishexe und einer Feuerhexe aus der Nähe von Plymouth, um ein Dreiergespann zu bilden. Sie hatten sie schon während der Akademiezeit für ihren Coven angeworben. Es war wenig überraschend, dass keine Hexe mich haben wollte.

»Oder einen gegründet«, warf Walpurga ein. »Du könntest auch einen eigenen Zirkel gründen.«

Ich lächelte schwach. Ich als Zirkelleiterin?

Walpurga wollte sicher bloß nett sein, aber sie kannte mich nicht. Ich war nicht als Anführerin geeignet, dafür hatte ich mich zu sehr an das Alleinsein gewöhnt. Falls ich jemals das

Glück haben sollte, einen Zirkel zu finden, würde man mich lediglich zu den Feiertagen erwarten können.

»Und du hast dann wohl auch noch keinen Familiar?«

Ich schüttelte den Kopf. »Nein.«

»Gibt es Anzeichen, welches Tier es sein wird?«

»Nein ...«

»Vielleicht eine Spinne, eine Schwarze Witwe«, mutmaßte die ältere Hexe. »Oder ein Skorpion. Eine Giftschlange wäre natürlich auch denkbar, wobei es schon fast zu klischeehaft für eine Gifthexe ist.«

»Oder ein Pfeilgiftfrosch«, murmelte ich. »Oder eine Qualle.«

»Ein Familiar erscheint immer dann, wenn eine Hexe eine gewisse Stärke erreicht hat. Ich will es nicht als Höhepunkt ihrer Macht bezeichnen, da diese Stärke ein Leben lang nie abnehmen wird. In der Regel passiert das bis spätestens zu ihrem fünfundzwanzigsten Lebensjahr. Dem Anschein nach ist es bei dir noch nicht so weit. Das ist sehr bedauerlich.«

Innerlich schrumpfte ich zusammen.

Wollte sie damit andeuten, dass ich zu schwach war, um den Poison Garden vor dieser ominösen Bedrohung zu schützen? Nur weil ich keinen Zirkel besaß und mein Familiar noch nicht zu mir gefunden hatte?

Ich war wieder einmal die Schwache. Das kleine Hexenmädchen, das in der Akademie von allen belächelt wurde, weil ihre Kräfte unbedeutend waren.

War damals meine Macht belanglos gewesen – oder ich selbst?

Ich musste erneut den Kopf schütteln.

Ich war mir sicher, dass ich mit genügend Zeit und den benötigten Ressourcen ein Gift heranzüchten würde, dass

Dämonen erheblich schadete. Ich konnte nützlich sein. Ich konnte … Nein, ich *war* mächtig.

»Lass uns aufbrechen.« Walpurga stürzte den Rest des Tees hinunter. »Wir haben noch einiges zu erledigen.«

»Ich … Ich werde alles in meiner Macht stehende tun«, ließ ich sie wissen. »Ich bin bereit. Bereit für alles, was kommt. Ich mag zwar nur eine einfache Gifthexe sein, aber ich bin immer noch ein Kind der Göttin.«

Walpurga senkte ihre Lider, ihre hellroten Lippen waren zu einem kleinen Lächeln verzogen, welches mich völlig irritierte. »Ist das so?«

»J-Ja. Natürlich!«

Als ich Walpurga zur schwarzen Kutsche der Königin folgte, schlugen meine Hexensinne erneut Alarm. Doch als ich zur Erdhexe blickte, wirkte diese so gut gelaunt, dass ich mir einen Kommentar ersparte.

9. Kapitel

TOXICODENDRON RADICANS / RHUS RADICANS

Kletternder Giftsumach (»Giftefeu«)

Mit der Kutsche wurde ein Fußmarsch von etwa zehn Minuten um das Doppelte in die Länge gezogen. Wir mussten mit dem Karren umständlich durch die halbe Stadt fahren, statt den direkten Fußweg vom Garten zum Schloss zu nehmen. In der kurzen Zeit waren wir bereits zweimal von anderen Passanten angehupt worden, weil wir zu langsam für den Straßenverkehr waren. Normalerweise wurde die Kutsche von den Faepferden, den schnellen und agilen *Each Uisge* gezogen, aber bei Tageslicht konnte man diese Wesen nicht aus den Ställen lassen. Sie hatten eine furchtbare Neigung dazu, unachtsame Menschen zu ertränken, und knabberten viel zu gerne herumstehende Kinder an.

Apropos Kinder … Ein paar spielende Kinder winkten mir vom örtlichen Spielplatz zu und ich erwiderte die Handbewegung zögernd. Die Augen der Mädchen glänzten aufgeregt, als sie versuchten, auf der Wippe so hochzufliegen, damit sie in die Kutsche hineinspähen konnten. Sie hielten mich wohl für eine Prinzessin.

So fühlten sich also die Royals, wenn das Volk ihnen aufgeregt zujubelte. Zugegeben: Meins wäre es jetzt nicht, aber es war dennoch eine nette Abwechslung zu meinem sonst eher eintönigen Leben.

»Gefällt dir die Kutsche?«, fragte mich Walpurga und zog

die burgunderroten Vorhänge zu. Ihr eiskalter Blick hatte die spielenden Kinder mit Sicherheit erschreckt. Da wunderte es mich nicht, dass die Menschen sich bis zum heutigen Tag Geschichten über kinderfressende Hexen erzählten.

»Eigentlich gehörte sie Königin Faustina, aber Königin Sibylle hat sie importieren und restaurieren lassen.«

Bei dem Gedanken an die alte Königin und die Horrorgeschichten, die ich an der Akademie gelernt hatte, versuchte ich zu lächeln. »Es ist mal ... etwas anderes.«

Na toll, es beunruhigte mich ja mal gar nicht, in der Kutsche einer verstorbenen Hexenkönigin zu sitzen. Insbesondere der von Faustina, welche in ihren letzten Jahren als Königin zahlreiche Dämonen und Fae mit einem Schwert und ihrer Chaosmagick kaltblütig niedergemetzelt hatte. Man erzählte sich, dass sie sich das Blut gar nicht mehr von der Haut abgeschrubbt hatte und deshalb furchtbar stank.

Ihre Herrschaft hatte vor über fünfhundert Jahren ein Ende gefunden, trotzdem rutschte ich näher an die Sitzkante. Es war schon etwas eklig.

Aber um auf Walpurgas Frage zurückzukommen: Von außen machte die schwarze Kutsche mit den geschwungenen Ornamenten aus Echtgold viel her. Ein kunstvolles Mosaik verzierte die Decke. Es zeigte die drei Mondphasen, nämlich den zunehmenden, den abnehmenden und den Vollmond, die unsere dreigestaltige Göttin darstellten: die Jungfrau, die Mutter und das Monster.

So schön das rot-weiße Glasmuster auch war, irgendetwas passte nicht ganz zusammen. Je länger ich es anstarrte, desto unpassender erschien es mir.

»Das Glas wurde ausgetauscht«, bestätigte Walpurga meinen Verdacht. »Man sollte die verstorbenen Vorfahren ehren, doch ihr Wappen ist derart mit Blut und Wahnsinn besudelt.« Sie zuckte mit den Schultern. »Das Symbol der Göttin ist ohnehin hübscher.«

Vor meinem inneren Auge sah ich die Abbildung von Faustinas Wappen, wie ich es aus meinen Schulbüchern kannte: ein Stapel Bücher, welcher von einem Totenkopf gekrönt wurde, wobei ein langes Schwert sich durch den Schädel und die Wälzer bohrte. Ihr Durst nach Wissen hatte Faustina am Ende nicht nur ihren Verstand gekostet, sondern auch Krone und Leben.

Die Kutsche war lediglich etwas *altmodisch*, wollte ich bereits zu Walpurga sagen. Ich besaß weder Führerschein noch ein eigenes Auto, aber mit einer Pferdekutsche stellte man auf Englands Straßen definitiv eine Verkehrsbehinderung dar. Als zuverlässiges Transportmittel in die Anderswelt war sie hingegen perfekt und vielleicht ... ja, vielleicht konnte man damit sogar in die Unterwelt reisen. Ich hatte keine Ahnung, wie man in die Hölle gelangte, und es hatte mich auch nie interessiert, aber durch das Auftauchen des Dämons in meiner Nähe hatte sich meine Meinung darüber geändert. Dämonen waren Einzelgänger, das bedeutete jedoch nicht, dass ich es nur mit einer dieser Kreaturen zu tun hatte. Wenn man in die Hölle gelangen konnte, konnte man die Pforten zur Hölle dann auch irgendwie schließen?

Ein durch die ganze Kutsche gehendes Rucken kündigte unsanft an, dass wir unser Ziel deutlich spät erreicht hatten. Augenblicklich öffnete ein menschlicher Bediensteter die Tür und zog die kleine Leiter heraus.

Walpurga tat so, als wäre er nicht anwesend.

»Folge mir«, wollte sie abermals über mich bestimmen, hätte nicht eine grüne Mauer meine Aufmerksamkeit auf sich gezogen. Das war doch nicht ...

Obwohl es völlig unmöglich war, schlängelte sich der Kletternde Giftsumach die Schlossmauer hoch. Man bezeichnete diese Pflanze fälschlicherweise auch als »Giftefeu«, obwohl sie nicht zur Gattung der Hedera gehörte. Die Form der Blätter gab darüber Aufschluss, dass man sie nicht mit dem Gemeinen Efeu vergleichen konnte.

»Das ist Giftefeu«, stellte ich überrascht fest. »Ist das nicht gefährlich für die Touristen?«

Normalerweise wuchs diese Giftpflanze nicht auf unseren Breitengraden. Izabel, den Giftsumach, der im Garten gedieh, hatte man irgendwo aus Südamerika importiert. Sie erinnerte sich nur noch an eine viel wärmere Landschaft, wo man sie als kleinen Setzling ausgebuddelt hatte. Sie hatte mir ihre Schmerzen mitgeteilt, die der plötzliche Orts- und Klimawechsel ausgelöst hatten. Darum war ich nicht besonders erpicht darauf, London zu verlassen und irgendwo in Italien neue Wurzeln zu schlagen.

Walpurga verschränkte die Arme vor der Brust. »Er gehorcht mir nicht.«

»Wie lange wächst er schon hier?«

Sie zögerte. »Seit gestern.«

»Wie bitte?!«

»Ich kann nur eine Feuerhexe bitten, ihn bis auf die kleinste Wurzel zu verbrennen.«

»Nein!«, schrie ich und stellte mich mit ausgebreiteten Armen vor die Pflanze. »Lass mich doch mit ihr reden. Ich bin mir sicher, dass das alles ein Missverständnis ist.«

Die ältere Hexe seufzte, gab mir dann aber mit einer kleinen Kopfbewegung zu verstehen, dass ich freie Hand über diese Giftpflanze hatte.

Ich nickte ihr dankbar zu und wandte mich dem außer

Kontrolle geratenen Giftefeu zu. Seine Aura war nicht feindselig, weshalb ich ein viel besseres Gefühl als bei den beiden Eiben hatte.

»Hallo, ich bin Belladonna«, sagte ich mit schmeichelnder Stimme und streckte meine Hand aus. »Ich meine, wir zwei Hübschen kennen uns noch nicht. Du stammst nicht von Izabel, dem Giftsumach im Poison Garden ab, oder?«

Die Pflanze antwortete mir nicht, sondern räkelte sich mir neckend entgegen. Der Giftsumach war eindeutig nicht feindlich gesinnt, wobei er auch nicht auf mich zu hören schien.

Woher kam diese Giftpflanze auf einmal? Pflanzen überwucherten nicht über Nacht die halbe Schlossmauer. Das hätte mindestens ein paar Jahre, wenn nicht sogar Jahrzehnte gedauert und ... Ich war verunsichert darüber, ob der Giftsumach auf natürlichem Weg überhaupt so hoch wachsen konnte.

Die Pflanze klammerte sich an meine Handgelenke, rieb sich wie eine zutrauliche Katze an meinen Fingern.

»Weißt du, du kannst mich berühren, aber Menschen tragen schlimme Hautreizungen davon.«

Die Pflanze ließ mich wissen, dass es ihr egal war. Sie wollte in der Nähe der Königin bleiben und hier gedeihen.

Ich schürzte eifersüchtig die Lippen. Seit wann liebten Giftpflanzen die Königin so?

»Was ist nun?«, wollte Walpurga ungeduldig wissen.

»Oh, äh ... Sie fühlt sich hier zu wohl. Sie will nicht gehen.«

Gib mir einen Namen, sagte die Pflanze so deutlich, wie es ihr möglich war.

»Du willst einen Namen von mir haben?«

Ja.

»Pyra kann morgen hier sein und sie niederbrennen.«

Fuchsteufelswild fuhr ich zu Walpurga herum, eine Hand drohend erhoben. »Was redest du da? Auch Pflanzen haben Gefühle. Sie sind Lebewesen, das müsste dir als Erdhexe doch klar sein. Wenn dieses Geschöpf einen Namen will, dann soll sie einen bekommen. Wenn sie hier in Frieden leben will, dann darf sie das ebenfalls tun. Oder, Elsa Maria?«

Schöner Name, lachte der falsche Efeu. Das waren ihre letzten Worte, bevor sie sich für heute zur Ruhe legte.

Mir war noch gar nicht aufgefallen, dass die Sonne bereits tief am Horizont stand. Hinter Walpurga und der Kutsche war alles in ein sattes Dunkelorange getaucht. Walpurgas halbes Gesicht befand sich im Schatten.

Mit einem Mal wurde mir bewusst, dass ich mich gerade vor einer älteren Hexe aufspielte. Mit einem Keuchen ließ ich meine Hand sinken.

»E-Es tut mir leid«, versuchte ich mich bei Walpurga zu entschuldigen. »Ich … Die Giftpflanzen, sie …« Ich stoppte, bevor mir über die bebenden Lippen kam, dass diese Giftpflanzen meine Freunde waren.

»Nein, das war gut«, sagte Walpurga und nickte mir wohlwollend zu. »Aber du hast trotzdem noch an dir zu arbeiten. Lass uns reingehen.«

Mir stand es nicht zu, erneut Widerworte zu geben, weshalb ich Walpurga mit gesenktem Kopf in das Innere des Schlosses folgte. Nur Wenige erblickten jemals das Innenleben des zweitgrößten Adelssitzes in England. Nun ja … das wahre Aussehen. Eine Mischung aus Chaos- und Illusionsmagick mit einem Hauch Faestaub verwandelte diesen Ort in eine einzigartige Sinnestäuschung für Menschen. Magisch begabte Wesen nahmen lediglich ein bisschen bunten Nebel wahr, der weniger wurde, je länger man sich an diesem Ort aufhielt.

Nachdem ich den Nebel abgeschüttelt hatte, stand ich mit Walpurga in einem langen Gang mit riesigen Gemälden. Von beiden Seiten starrten mich die Augen verstorbener Königinnen an. Ich erkannte als Erstes die fünfte Königin Medea, deren blanker Oberkörper aus einer Pfütze Blut herausragte. Sie war eine der wenigen Bluthexen gewesen. Meines Wissens existierte momentan keine einzige Hexe mit dieser Affinität.

Ich blickte nach hinten. Dort hingen die Bilder von Lilith, Yuki, Mara und Yennenga.

»Ich muss wahrscheinlich nicht erwähnen, dass wir uns kurz vor dem Thronsaal befinden«, sagte Walpurga. »Links und rechts von hier sind die Gemächer der Königin und des Prinzgemahls.«

Ich hörte Walpurga nur mit einem Ohr zu, da mich die Schönheit der anderen Königinnen in ihren Bann zog. Auf Medea folgten Juvia, deren offenbar heißes Temperament man allein in ihren Augen erkannte, Aarany, Lowanna und Asifa. Ich schluckte schwer, als wir an Faustinas Bild vorbeigingen. Nach ihr gab es bloß noch zwei Gemälde: das von Königin Marie und Sibylles, der amtierenden Königin. Selbst als wir das Bildnis hinter uns gelassen hatten, fühlte ich, wie sich ihre hellblauen Augen in meinen Nacken brannten.

»Äh ... Ist es hier immer so leer?«, fragte ich vorsichtig.

Laut Amari war es bei ihrer Audienz derart lebhaft gewesen, dass ihr richtig unwohl war.

»Eigentlich nicht«, antwortete Walpurga mir wortkarg. »Es sind kaum noch Angestellte im Schloss. Die meisten haben in den vergangenen Tagen gekündigt oder wurden entlassen. Wir werden einige neue Leute anstellen müssen.«

Wen meinte sie wohl mit »wir«? Die anderen Hexen aus

ihrem Coven? Aber warum hatten sie dann überhaupt so viele Leute entlassen? Die Königin würde sich doch nicht etwa eine andere Niederlassung suchen! Ohne ihre Gelder konnte der Poison Garden in dieser Form nicht weiter existieren!

Das war seltsam – und es wurde nicht besser, als ich einen kalten Finger in meinem Nacken spürte. Vielleicht war es bloß Einbildung – pure Paranoia, aber in meinen Ohren klang schon wieder das Lachen nach.

Ich griff nach Walpurgas Hand und wollte sie zu mir ziehen.

»Ich spüre einen Dämon«, zischte ich aufgebracht. »Er verfolgt mich!«

Ich hatte den starken Drang, auf der Stelle kehrtzumachen und zurück zum Poison Garden zu laufen. Nur weg von diesem Ort, wo eine Bestie in den Schatten lauerte, um meine Seele zu verschlingen. Wie konnte Walpurga so gelassen bleiben?

»Ach, das ist wahrscheinlich Blake«, sagte Walpurga, als wäre es etwas vollkommen Normales, dass sich ein Dämon unbeachtet in Hexennähe herumtrieb. Sie machte eine wegwerfende Handbewegung. »Mach dir keine Sorgen. Im Schloss besitzt er keinerlei nennenswerte Kräfte und er ist ohnehin bald kein Problem mehr für uns. Lass ihn ruhig etwas herumtollen.«

Was wollte sie damit wohl sagen? Würde man diesen Dämon hinrichten? Verdient hätte er es wohl. Kein Dämon war unschuldig.

Völlig unbeeindruckt stieß die Erdhexe die goldenen Flügeltüren zum Thronsaal auf. Ich hielt gespannt den Atem an.

Ich hatte viel über den Thronsaal fantasiert, aber als wir ein karges weißes Zimmer mit einem langweiligen Thron aus kaltem weißem Stein betraten, wurde mir erneut ganz mulmig.

Der ganze Raum wirkte gleichermaßen kalt und leer. Es war so, als hätte jemand sämtliches Leben aus ihm herausgesogen.

»Das ist der Thronsaal«, sagte Walpurga. »Hier empfängt die amtierende Königin ihre Bittsteller. Ich muss zugeben, dass es momentan sehr nüchtern wirkt.«

Das Geräusch meiner Stilettos hallte von den Wänden wider, als ich näher an den seltsamen Thron heranging. Es war, als würde er auf mich reagieren, denn auf einmal formte er sich um. Doch alles, was ich dachte, war, dass ich das neu gebildete florale Muster wirklich hübsch fand.

Ich wusste, dass ich mich seit Tagen wiederholte, aber irgendetwas stimmte hier nicht. Kälte kroch in meine Glieder, bis ich zitterte – und dieses Mal war es nicht die Schuld eines Dämons, der mich necken wollte.

»Du kannst ruhig näher an den Thron herantreten, Belladonna. Er beißt nicht.«

»Wo ist die Königin?«, fragte ich verwirrt.

Nun spiegelte sich meine Verwirrung in Walpurgas feinen Zügen wider. »Die steht doch vor mir.«

»Hm?«

Außer Walpurga war niemand sonst im Raum. Einzig Walpurga ...

Und ich.

Meine Gedanken überschlugen sich so hektisch, dass mir schwindelig wurde. Meine Lunge versagte kurzzeitig ihren Dienst und ich konnte bloß kurzatmig nach Luft schnappen.

Völlig entkräftet ließ ich mich auf den leeren Thron der Hexenkönigin fallen.

Nein, nein. Ich meine ... Nein. Ich war doch nur eine Gifthexe.

Die Erdhexe kniete mit vor Ehrfurcht gesenktem Kopf vor mir, und so langsam dämmerte mir, was das alles hier zu bedeuten hatte. »Lang lebe unsere dreizehnte Hexenkönigin: Belladonna, die giftige Herrscherin.«

10. Kapitel

DIGITALIS
Fingerhut

Die dreizehnte Hexenkönigin Belladonna.

Königin Belladonna. Herrscherin der Gifte. Regentin des Hexenvolkes.

Ich war ... Hexenkönigin?

In mir regte sich die Übelkeit so stark, dass ich mir die Hände vor den Mund schlagen musste. Ich konnte doch nicht auf den Boden des Thronsaals kotzen, was würde die Königin ...

Ein ersticktes Lachen tanzte über meine Lippen. Oh, es war nun *mein* Thronsaal. Wenn es jemandem zustand, sich auf die goldenen Fliesen zu übergeben, dann Ihrer Majestät, der schwachen Gartenhexe aus dem Poison Garden.

»Ist alles in Ordnung, meine Königin?«, stellte Walpurga die dämlichste aller Fragen.

»Ich bin keine K-Königin«, sagte ich leise und mit brüchiger Stimme. Meine Kehle war wie ausgedörrt und jedes einzelne Wort kratzte in meinem Hals, bis sogar meine Augen tränten. »Ich bin eine einfache Gifthexe aus dem Poison Garden.«

Ich sprang wie von der Tarantel gestochen vom Thron auf, da mich ganz plötzlich die Angst gepackt hatte, dass der Stuhl mich mit Haut und Haaren verschlingen würde, sollte ich eine Sekunde länger darauf sitzen bleiben. Es stand außer Frage, dass ich mich kurz vor einer Panikattacke befand. Mit aller

Macht stemmte ich mich gegen den Nebel, der meine Wahrnehmung trüben wollte, nur um kurz darauf den Kampf zu verlieren.

Vielleicht stürzte ich in meiner Hysterie, vielleicht hielt mich Walpurga auch davon ab wegzulaufen, jedenfalls fand ich mich in den starken Armen der Hexe wieder, als sich der zähe Dampf in meinem Kopf langsam löste.

»Alles ist gut, Donna.« Ihre sonst so kalte Stimme war auf einmal weich und beruhigend. »Ich bin bei dir.«

Sie streichelte mir liebevoll über die Haare, wie junge Mütter es bei ihren Kindern taten. Ich hatte solche im Garten stets mit neidvollem Blick beobachtet, schließlich war ich als Gifthexe ohne Mutter aufgewachsen.

Ich war mein Leben lang allein gewesen.

»E-Es tut mir leid«, sagte ich und riss mich von Walpurga los. Natürliche Immunität hin oder her, ich wollte nichts riskieren. »Aber du musst dich irren. Ich bin keine Königin.«

Irgendwie schaffte ich es, mich aufrecht auf die steinernen Stufen vor dem Thron zu hocken. Moment? Seit wann waren hier so hübsche Marmorstufen? Und war der Boden vorher schon schwarz mit goldenen Schlieren gewesen?

Ich schüttelte den Kopf. Das Interieur war gerade mein geringstes Problem, denn mir stand eine ungewollte Krönung bevor. In der Regel wurde nur alle paar hundert Jahre eine neue Herrscherin über die Hexen gekrönt. Bevor es genaue Aufzeichnungen über die Regierungsperioden gab, waren manche Königinnen sogar ein ganzes Jahrtausend auf dem Thron, bevor sie freiwillig die Krone an eine jüngere und mächtigere Hexe überreichten.

Aber wenn ich die neue Königin sein sollte, bedeutete das dann, dass die vorherige Königin ...

Die Worte fanden kaum einen Weg über meine Lippen: »Ist ... Ich meine ... Ist die Königin etwa –«

»Tot?«, beendete Walpurga meinen Satz. »Nun, es kann keine zwei Königinnen geben. Ihr lebloser Körper wurde vor ein paar Tagen entdeckt.«

Ich keuchte erschrocken auf.

Die Königin war tot. Irgendjemand hatte eine mächtige Hexe getötet. Eine Hexe, die durch ihre Seherbegabung eigentlich in der Lage gewesen wäre, jede Bedrohung vorauszusagen. Es war unmöglich, dass eine Hexe wie Königin Sibylle, die bloß wenige hundert Jahre alt war, bereits jetzt von einer neuen Königin abgelöst wurde. Besonders nicht von mir ... Auch wenn ich mich wiederholte.

»Ich bin einundzwanzig.«

Mit gerade einmal neunundneunzig Jahren hatte Königin Himiko als jüngste Herrscherin unserer Geschichte den Thron bestiegen. Man hatte ihre Führungsqualitäten das erste Jahrzehnt stark angezweifelt, erst ihr Sieg über eine Armee abtrünniger Nachtfae hatte die Kritik an ihr verstummen lassen.

»Das habe ich nicht vergessen.«

»Und eine Gifthexe.«

»Auch das habe ich noch im Kopf.«

»Warum sollte ich Königin sein? Warum nicht du?«, fragte ich mit einem Funken Hoffnung in der Stimme. Ich hockte wie ein Häufchen Elend auf der Treppe, während Walpurga wie ein Fels in der Brandung im Thronsaal stand und so viel Macht ausstrahlte, dass ich mir noch jämmerlicher vorkam. Ich sah eine Königin vor mir. »Du bist eine mächtige Erdhexe. Du bis- ... du warst die engste Vertraute der Königin.«

»Nimm wieder Platz«, wies mich Walpurga mit gewohnt

autoritärer Stimme an und deutete unmissverständlich hinter mich. »Eine Königin gehört auf ihren Thron.«

Ich verzog das Gesicht. »Walpurga, das hier ist ein Fehler. Ich gehöre nicht hierhin und erst recht nicht ... *dorthin.*«

Mir wurde schon schlecht, wenn ich das Wort »Thron« bloß in den Mund nehmen wollte.

»Die Magick im Saal sieht das anders.«

Die nächste dumme Frage blieb mir im Halse stecken. Als wir diesen Raum betreten hatten, war er mir kalt und tot erschienen. Ich hatte keinen einzigen Gegenstand bis auf den Thron visuell begreifen können, aber nun wuchsen überall um mich herum Giftpflanzen. Sie wucherten scheinbar aus dem Nichts und umrahmten die hohen Buntglasfenster, die ich zuvor ebenfalls nicht bemerkt hatte. Neben meiner namensgebenden Belladonna erspähte ich Eisen- und Fingerhut. Inzwischen waren die Wände nahezu grün, mit ein paar glockenförmigen Sprenkeln in Lila und Rosa.

Wunderschön – und tödlich giftig.

Mein Herz, das eben noch so schwer gewesen war, füllte sich mit warmer Freude.

»Oh, hallo.« Ich hob meine beiden Hände und winkte den Pflanzen aufgeregt zu. »Ich bin Belladonna. Was macht ihr denn alle hier?«

Die Pflanzen keuchten lediglich erstaunt auf. Ich konnte ihre Überraschung nur so deuten, dass sie nicht damit gerechnet hätten, dass ich mit ihnen reden würde.

»Es ist immer wieder faszinierend, was Magick vollbringen kann«, staunte Walpurga. Faust kam unter ihren Haaren hervor und schaute sich mit seinen dunklen Augen um. Ich war mir sicher, dass der Familiar nicht weniger verwundert als seine Herrin war.

»Aber ich verstehe immer noch nicht, warum ausgerechnet jemand wie ich Königin sein soll«, sagte ich leise und streichelte mit den Fingern über die Armlehne des Throns. Auf dem goldenen Metall bildeten sich klitzekleine schlangenartige Ornamente und das Gold bekam einen dunklen Unterton. »Ich bin doch nur eine Gifthexe. Ich kann das Hexenvolk nicht beschützen.«

Zwar war Königin Sibylle auch keine Kriegerin gewesen, aber durch ihre Sehergabe hatte es nie eine Auseinandersetzung mit den anderen Völker gegeben. Sie hatte jeden Konflikt, jeden Aufstand und jeden Verrat vorausgesehen.

Nun waren zwei Jahrhunderte Frieden in Gefahr – wegen mir.

Statt mir eine direkte Antwort zu geben, schritt Walpurga zu einem Nachtschattengewächs und pflückte eine dicke schwarze Beere. »Weißt du, wie man eine Hexenkönigin erwählt?«

»Ähm. Es gibt normalerweise eine Nachfolgerin und …«

Mein Zögern gefiel Walpurga nicht. »Entweder eine Hexenkönigin stößt auf ihre Nachfolgerin und wird schwächer, damit sie der neuen Herrscherin Platz macht, oder sie wird von ihrer Nachfolgerin getötet.«

Ich schnappte erschrocken nach Luft. Das hatte ich mit ziemlicher Sicherheit nicht in der Akademie gelernt.

»Es ist grausam, ja. Es kommt in der Regel auch nicht so oft vor. Vor dir gab es bisher nur zwei Königinnen, die ihre Vorgängerinnen ermordet haben: Königin Juvia hat Medea ertränkt und Königin Marie hat Faustina wortwörtlich in die Luft gesprengt.«

»Wenn du sagst, dass diese Königinnen ermordet worden sind …«

»Als wir Königin Sibylles Körper gefunden haben, lag eine Giftflasche neben ihr. Auch in ihrem Blut wurde viel Gift entdeckt – was uns eine zuverlässige und äußerst diskrete Bluthexe bestätigt hat.«

Ich sprang erneut auf. »Ich bin keine Mörderin!«, schrie ich die ältere Hexe an. »Ich würde nie etwas tun, dass uns Hexen schaden könnte! Und ganz sicher habe ich die Königin nicht umgebracht!«

Walpurga blieb still – und diese Stille trieb mich in den Wahnsinn. Ich kannte dieses unerträgliche Schweigen nur zu gut ...

Unwillkürlich erinnerte ich mich an die Zeit, als ich Collin mit meinen Küssen vergiftet hatte. Nachdem er aus dem Koma erwacht war, hatte er mich mit einer ähnlichen Stille bestraft. Die Stille bedeutete bloß eins: dass ich schuld an allem war.

Doch anders als bei meinem Ex-Freund keimte in mir statt Selbsthass nun Wut. Jetzt war ich nicht nur plötzlich Königin, sondern auch eine Mörderin?!

»Ich kann nichts dafür, dass mein Leben schon mit dem Tod begonnen hat. Ich habe mir dieses Leben nicht ausgesucht. Die Göttin hat mir meine Affinität verliehen und ich versuche das Beste daraus zu machen.« Ich holte kurz Luft. »Weißt du, wie es sich anfühlt, wenn man niemanden spontan küssen kann? Wenn man Angst hat, dass jeder leidenschaftliche Moment tödlich für den Liebsten sein kann? Natürlich nicht. Du bist eine angesehene Erdhexe. Wie viele Erdbeben hast du verhindert oder die Folgen abgemildert? Wie viele Ernten hast du gerettet? Wie viel hast du für die Menschheit und die Hexen getan? Aber noch viel wichtiger: Wie sehr haben unsere Schwestern dich für deine

Kraft gefeiert? Erzähl es mir ruhig, denn ich kenne so etwas nicht.«

»So denkst du also? Diesen internalisierten Hass auf dich selbst solltest du bald loswerden«, meinte Walpurga lässig. »Ich weiß, dass du Königin Sibylle nicht getötet hast. Ich habe lediglich die Fakten auf den Tisch gelegt: Die Königin ist tot und du bist ihre Nachfolgerin.«

Mein Mund klappte nach unten. »Nun verstehe ich gar nichts mehr.«

Die Augen der Erdhexe wurden dunkel – dann zerquetschte sie die Giftbeere zwischen ihren Fingern. »Es war, als hätte ihr Herz einfach aufgehört zu schlagen«, murmelte sie, während der dunkle Saft ihre Haut rot färbte. »Wir nehmen an, dass sie dein Gift womöglich freiwillig getrunken hat.«

»Sie hat sich umgebracht?«

Walpurga betrachtete den giftigen Saft auf ihrer Haut. »Ja. Nein. Es passt nicht zu Königin Sibylles Wesen, Selbstmord zu begehen. Es gab keinerlei Anzeichen, dass sie der Krone müde wird. Eigentlich war sogar das Gegenteil der Fall.«

»In welchem Zustand war ihr Körper? Gift hinterlässt immer Spuren.«

»Sie sah ... Sie sah so aus, als hätte sie etwas zu Tode erschreckt.«

Das war unmöglich! Natürlich gab es Gifte, die einen solch stillen Tod herbeiführen konnten, aber nicht meine Tränke!

»Ich –«

»So etwas passiert Menschen, aber keinen Hexen. Ich und der Rest des Coven haben keine Ahnung, was wirklich passiert ist. Wir haben uns jedoch geeinigt, dass wir so schnell es geht die neue Königin in ihr Amt einführen müssen.«

»Ich bin also vielleicht gar nicht unsere Königin?«, keimte in mir Hoffnung auf. »Schließlich habe ich sie nicht vergiftet. Ich denke nicht, dass ich ihre Nachfolgerin bin. Ich bin nicht die Hexe, die ihr sucht.«

»Wer – oder was – ihren Tod verschuldet hat, wissen wir nicht, trotzdem denke ich, dass das Gift in ihrem Körper ein Hinweis auf die neue Königin ist. Die erste Ära des Giftes ist angebrochen.«

Ich fuhr mir durch die Haare.

Ära des Giftes? Sollte das ein schlechter Scherz sein? Kein übernatürliches Wesen würde eine Ära des Giftes je ernst nehmen.

»Ich bin keine Mörderin«, murmelte ich.

»Das habe ich ja gerade ge–«

Ich blickte auf und Walpurga tief in die blauen Augen. »Und erst recht bin ich keine Königin.«

Nach und nach wurde mir das ganze Ausmaß der Situation bewusst: Wir Hexen hatten nicht nur unsere Königin verloren, nein, irgendjemand musste sie getötet haben. Da es unmöglich ihre Nachfolgerin – also ich – gewesen sein konnte, kamen einzig Dämonen und Fae infrage. Kein Wunder, dass die Magick außer Kontrolle war!

»Das Hexenvolk braucht aber eine Königin, denn die anderen Völker wissen schon Bescheid, dass Sibylle vor ein paar Tagen ihr Leben gelassen hat.«

»Wie ist das denn passiert?«

»Seit sich nicht nur Hexen im Schloss tummeln, werden die Wände durchlässig.«

Die Schlinge um meinen Hals zog sich enger zu. Das Hexenvolk war ohne Königin schwach und ein leichtes Ziel für Angriffe anderer Kreaturen. Die Hexenkönigin besaß so viel magische Kraft, dass weder die sieben Dämonenfürste und deren Söhne noch der helle Faekönig Oberon beziehungsweise die dunkle Faekönigin Mab gegen sie rebellierten. Aus diesem Grund konnte ich als Gifthexe unmöglich die Königinnenkrone tragen.

»Würdest du mich für eine Minute entschuldigen?«, bat mich Walpurga. »Ich bin gleich wieder da.«

Ich nickte.

Sie konnte doch machen, was sie wollte, denn wer war ich schon ... O Göttin, ich war eine miserable Königin.

In meinem Nacken begann es zu kribbeln, rasch breitete sich das lästige Gefühl auf meinem ganzen Körper aus. Es war nur meine Nervosität, trotzdem war es so, als würden mir Tausende von Blattläusen in die Haut zwicken. Obwohl der Thron unfassbar bequem war, rutschte ich zwei Minuten bloß blöd darauf herum.

Ruhig, Belladonna, du musst als Königin eine gute Figur abgeben.

Ich zupfte meinen Brustausschnitt und den am Bein zurecht und versuchte mich auf dem Thron in eine coole Pose zu schmeißen. Die Hexenkönigin sollte schön und gefährlich wirken, wie eine betörende Rose, deren Dornen mit Gift versetzt waren.

»Das wäre ein hübsches neues Profilbild für Instagram und TikTok«, überlegte ich laut. »Wie gut, dass ich mir meine Nägel noch habe machen lassen. Amari meckert sonst wie–«

Ich verstummte.

Was würde Amari sagen, wenn sie davon erfuhr? Oder Collin? Oder meine anderen Schwestern aus der Akademie? Meine Lehrerinnen?

Vor allen anderen Emotionen war mir das tatsächlich unangenehm.

»Seid ihr euch sicher, dass *ich* eure Königin bin?«, wandte ich mich an die Giftpflanzen im Raum. Ihre Stimmung war so ausgelassen, dass ich mich ein bisschen besser fühlte. »Ist das nicht nur eure persönliche Meinung? Ich meine, ich bin so oder so geschmeichelt. Ihr könnt ruhig zugeben, dass ihr euch getäuscht habt. Dann gehen wir alle in den Poison Garden und ich gebe auch eine Portion selbst gemachten Dünger aus.«

Königin. Königin. Königin.

Ich starrte ein helllila Buntglasfenster an. Mich beschlich das Gefühl, dass dort irgendwann mein Wappen erscheinen würde, wenn ich mich darauf festgelegt hätte.

Mein Geist konnte noch nicht ganz begreifen, dass ausgerechnet ich das Hexenvolk anführen sollte. Ich hoffte immer noch, dass das alles ein riesengroßer Schwindel war und Walpurga mir bald erklären würde, dass sie sich getäuscht hätten und jemand wie Amari oder Pyra den Thron erbte.

Bevor ich erneut in Selbstmitleid versank, wurden die Flügeltore aufgerissen und Walpurga stampfte herein. Krachend verschloss sie die Tür hinter sich.

»Was ist los?«, fragte ich ehrlich besorgt. Sie war bloß wenige Minuten weg gewesen und trotzdem unglaublich aufgebracht. Sie war sogar derart in Rage, dass unter meinen Füßen die Erde bebte. Ein weiterer Beweis, dass sie um Längen stärker und erfahrener war als ich.

»Der Dämon ist los«, zischte sie wütend. »Er liegt mir seit Tagen in den Ohren, dass er dringend mit der neuen Königin reden will, aber ich habe ihm gesagt, dass du noch nicht so weit bist.« Sie seufzte schwer und sah mich entschuldigend an. »Ich habe der widerlichen Höllengeburt nun jedoch zugesagt. Je schneller du es hinter dich bringst, desto besser. Er hat mir sein Wort gegeben, dass er nach der Audienz verschwinden würde.«

»W-Was?«

Ich hatte bereits geahnt, dass ich keine gesichtslose Königin bleiben konnte. Meine Schwestern wollten erfahren, wer die nächsten Jahrhunderte als Sprachrohr der Göttin fungierte und wer dafür sorgte, dass Fae und Dämonen keinen Krieg begannen.

Ich hatte nur kurz den Funken Hoffnung in mir getragen, dass ich mich ein paar Monate darauf vorbereiten konnte.

Aber gleich in meiner ersten Stunde als Königin einen Dämon empfangen?

Ich schluckte schwer.

Gab es nicht Hexenbabys oder schwarze Ziegenböcke zum Segnen? Ich würde auch eine Statue der Göttin mit einer Zahnbürste putzen. Da war ich nicht besonders wählerisch.

»Halte genug Abstand zu dem Dämon«, sagte Walpurga mit eindringlichem Blick. »Er dürfte keine Gefahr für dich darstellen, aber wir wollen nichts riskieren. Gehe auf keinen Fall einen Vertrag mit ihm ein, egal wie verlockend das Angebot ist.«

Ich schnaubte beleidigt.

Es war absolut in Ordnung, wenn man meine Qualifikationen als Königin anzweifelte. Ich war jung und unerfahren, hatte mich mein Leben lang eigentlich nur mit der Herstellung von Giften befasst, aber ich war nicht blöd. Zudem bezweifelte ich, dass der Dämon ein Angebot hatte, mit dem er mich in Versuchung führen konnte. Außer ... nein, es war lächerlich zu denken, dass er meine giftige Berührung heilen konnte.

Walpurga wurde kurz darauf etwas versöhnlicher: »Es tut mir leid, dass deine erste Aufgabe etwas derart Unangenehmes sein wird, doch der Lichkönig scharrt schon die ganze Zeit mit den Hufen. Was erlaubt er sich überhaupt? Bei uns Hexen herrscht Ausnahmezustand. Wenn ihm langweilig ist, soll er zurück in die Hölle.«

Ich zog eine Augenbraue hoch. »Hm? Lichkönig?«

Von allen Dämonenunterarten, die auf der Erde und in der Unterwelt wandelten, waren Lichs die seltensten. Jedes Kind kannte Vampire, Werwölfe und Meeresungeheuer, vielleicht auch Nachtmahre und Inkubus, aber kaum jemand hatte von Lichdämonen gehört. Diese Leichenfledderer waren angeblich ziemlich abstoßende Wesen: nicht nur unheilige Dämonen, sondern auch untot. Sie hatten die Magick an sich gerissen, um sich von den Toten zu erheben und eine Heerschar an Wiedergängern zu erschaffen.

Warte ... Dieser eine Dämon, den ich die ganze Zeit spürte, war doch nicht etwa auch noch der –

»Blake, der Verlobte der ehemaligen Königin, ist ein Lich.«

Meine Gesichtszüge entglitten mir für einen Moment. »Was?«

Ich konnte minimal nachvollziehen, dass Königin Sibylle eine Verlobung arrangiert hatte, um die Beziehung zwischen Dämonen und Hexen zu stärken.

Aber ausgerechnet mit einem Lichkönig?

Ich hätte die arrangierte Hochzeit mit einem Vampir oder Werwolf, sogar mit einer Chimäre erwartet, aber eine lebende Leiche ...

Ich erschauerte – und die Pflanzen taten es mir gleich.

Wir waren alle lebendig und dementsprechend widerte uns der Gedanke an ein untotes Wesen an. Wenn man den Tod austricksen konnte, etwas, das alle anderen Wesen unterwarf, besaß man dann überhaupt irgendetwas Menschliches?

»Muss ich der Bitte denn wirklich nachkommen?«, fragte ich mit hochgezogenen Brauen. Ich wollte bloß noch ins Bett und schlafen – und hoffen, dass dies alles nur ein furchtbarer Traum war.

Walpurga nickte grimmig. »Er entstammt dem hohen Dämonenadel. Es wird kein gutes Licht auf unsere Gemeinschaft werfen, solltest du ihn nicht bald empfangen. Insbesondere wenn man bedenkt, dass er mit Königin Sibylle verlobt war. Ihm steht die Audienz mit ihrer Nachfolgerin zu.«

Mein Herz hämmerte laut.

Ich konnte mich mit meiner Giftaffinität nicht einmal selbst verteidigen. Vielleicht war ich imstande, den Dämon einmal durch den Raum zu schleudern, was ihn im besten Fall lediglich verärgern würde. Wenn ich Pech hatte, sprang mir die Höllengeburt direkt an die Kehle.

»Ich bin bei dir und beschütze dich«, sagte die ältere Hexe und drückte meine Schulter aufmunternd. »Er wird dir nichts antun.«

Meine Antwort war eine Grimasse, welche Walpurga fälschlicherweise als bejahendes Lächeln deutete. Die alte Hexe schickte sich an, die großen Türen zum Thronsaal zu öffnen, um den wartenden Lich hereinzulassen.

Ich rutschte nervös auf dem Thron herum. Vor ein paar Tagen saß hier noch Königin Sibylle und empfing andere Hexen und vielleicht den einen oder anderen Dämon oder Fae.

Was machte ich dann eigentlich hier, außer Königin zu spielen? Wie lange würde man mir diese Farce noch abnehmen?

Meine erste Amtshandlung würde gleich einmal zeigen, ob man mir die Rolle der Herrscherin abkaufte.

»Die dreizehnte Hexenkönigin Belladonna«, verkündete Walpurga mit ihrer autoritären Stimme, weniger euphorisch kündigte sie an: »Lichkönig Blake.«

Schnell versuchte ich eine möglichst desinteressierte Pose einzunehmen. Dennoch musste ich mir eingestehen, dass ich schließlich doch etwas neugierig wurde und unter halb geschlossenen Lidern in Richtung des Dämons linste.

Mir stockte der Atem.

Der Lichkönig trug einen schwarzen Anzug mit einem reinweißen Hemd und einer blutroten Krawatte. So weit war nichts verwunderlich – außer dem altmodischen Einstecktaschentuch, welches genauso rot war wie frisches menschliches Blut.

Oh, und natürlich, dass er wahnsinnig gut aussah.

Er war sogar *höllisch* gut aussehend, rief ich mir in Gedanken. Da war kein einziger Makel an seinem menschlichen Körper, aber was hatte ich an der Akademie gelernt? Die dämonische Form war dafür umso grotesker.

Und …

Irgendwie kam er mir bekannt vor. Na klar! Ich hatte ihn gesehen, als … Meine Sicht verschwamm und ich schüttelte den Kopf. Die Erschöpfung machte sich bemerkbar, denn mit großer Sicherheit war ich Blake noch nie begegnet. Ich kannte doch keine Dämonen.

»Guten Tag«, begrüßte er mich überraschend freundlich. Der Dämon kniete sogar artig mit gesenktem Kopf vor dem Thron. Gleichzeitig hatte ich nun auch die Gewissheit, dass er tatsächlich derjenige war, der mir heute Morgen vor dem Schloss diesen »Streich« gespielt hatte. Diese schmeichlerische Stimme, die so dunkel wie die Nacht selbst war, hätte ich überall wiedererkannt.

»Mein Name ist Blake.« Als er den Kopf hob und mir direkt in die Augen schaute, erkannte ich das Ausmaß seiner »Leblosigkeit«: Seine Iris war viel zu dunkel. Ich blickte in eine endlose Schwärze. »Mein Vater ist Höllenfürst Mammon. Ich soll dir Grüße von ihm entrichten.«

Ich gab ein professionelles »Okay« zur Antwort.

Der »Gruß« eines Dämonenfürsten hätte mir Sorgen bereiten sollen, doch mir behagte etwas anderes nicht: Ich hatte eindeutig mehr Feindseligkeit von dem Dämon erwartet. Schließlich sah es in seinen Augen so aus, als hätte ich seine Verlobte getötet. Warum wirkte er dann so gelassen?

Wobei ich die wichtigste Regel im Umgang mit der Höllenbrut nicht vergessen durfte: Dämonen schmeichelten Menschen, bevor sie sie mit einem Vertrag an sich banden und ihre Seele für die Hölle sicherten. Vielleicht wollte er mich auch nur in falscher Sicherheit wiegen. Mir Honig ums Maul schmieren, bevor er mir seine Klauen in den Rücken rammte.

Weil es mir ungemein peinlich war, deutete ich dem Lich an aufzustehen.

»Was nicht dein wahrer Name ist, habe ich recht?«

Der Dämon grinste mich an. »Selbstverständlich nicht. Begehrt meine Königin, meinen wahren Namen zu wissen?«

Ich hob abwehrend eine Hand. Auch wenn ich es nicht direkt zeigen wollte, ich wollte ihn so schnell es ging loswerden. Vielleicht kaufte er mir diese Gleichgültigkeit ab.

»Nein. Aber verrate mir doch, warum du um diese Audienz gebeten hast?«

Ich wusste nicht, wie mir geschah, als der Lichkönig ein paar Schritte näher kam und erneut vor mir auf die Knie ging. Er holte eine samtige schwarze Schachtel hervor und klappte sie auf. Ein goldener Ring mit einem grünen Edelstein funkelte mir auf rotem Stoff entgegen. »Ich wollte fragen, ob du mich heiraten willst, Königin Belladonna.«

11. Kapitel

ARUM MACULATUM
Gefleckter Aronstab

Ich wusste nicht, was ich als unwahrscheinlicher empfand: die Behauptung, dass ich die dreizehnte Hexenkönigin sei, oder der Heiratsantrag eines mir vollkommen fremden Dämons.

Kurz kräuselten sich meine Lippen zu einem humorlosen Lächeln.

Gestern hatte ich noch mein angestaubtes Liebesleben bedauert und nun kniete ein – völlig objektiv betrachtet – attraktiver Dämon vor mir und wollte mich gleich zur Frau nehmen.

Ich atmete tief aus. »Okay, hör mir mal zu, Dämon«, rutschte es mir vorschnell über die Lippen, begleitet von einem langen Stöhnen, mit dem ich meinem Frust über mein Sexualleben freien Lauf ließ. »Ich muss sagen, d–«

»NEIN!«, heulte Walpurga so laut auf, dass mir das Herz in die Hose rutschte. »Was hast du getan?«

»W-Was?«, fragte ich verdattert. Eigentlich wollte ich sagen, dass es total dämlich war und er für immer aus *meinem* Schloss verschwinden sollte, bevor ich ihn in einen Baum – oder schlimmer: in eine Topfpflanze – verwandelte. Ich war bei Weitem nicht so mächtig, aber was blieb mir schon anderes übrig, als zu bluffen?

Nichts gegen Königin Sibylle und ihre Lebensweise, doch ich konnte mir nicht einmal im Traum vorstellen, mit einem

Dämon zusammenzuleben – obwohl ich mir durchaus eingestehen musste, dass ich seine geschwungenen Lippen als sehr verlockend empfand. Regte sich in mir nun die Mordlust beziehungsweise die Lust, ihm mit meinem Gift erheblichen Schaden zuzufügen, oder hatte ich einfach schon zu lange niemanden mehr geküsst?

Blitzschnell war der Dämon an meiner Seite. Er verströmte einen süßlichen Duft, der meinen Geruchssinn verwirrte.

»Darf ich dich dann um deine Hand bitten, meine liebste Belladonna?«

Das Blut gefror mir in den Adern. Was? Nein! War ich gerade blindlings in die Falle des Dämons getappt? Reichte ein dahingesagtes Wort aus, um zur Verlobten eines Höllengeschöpfs zu werden?

Bevor er mir den Ring an die Hand stecken konnte, wurde Blake von mir weggeschleudert. Er flog einmal quer durch den ganzen Saal und landete mit einem ekelerregenden Krachen an der Wand. Er erinnerte mich an eine Puppe, die ein Kind im Trotz unachtsam weggeworfen hatte. Mit seinen verrenkten Gliedern wirkte der Dämon im Moment wirklich eher wie ein kaputtes Spielzeug als ein Lebewesen. Wobei man ihn mit seinem toten Herzen ohnehin nicht lebendig nennen konnte.

Entsetzt schlug ich die Hände vor meinem Mund zusammen, aus dem sich ein spitzer Schrei befreien wollte. Der Dämon musste sich nahezu sämtliche Knochen gebrochen haben – aber warum sah – und roch – ich dann kein Blut? Es würde Wochen dauern, bis sich sein Körper von den für Menschen tödlichen Verletzungen erholte.

Walpurga trat neben mich. Das schöne Gesicht vor Wut verzerrt und die Hände für den Kampf erhoben. »Ich habe die Nase voll von dir und deinem aufmüpfigen Verhalten. Es wird Zeit, dass du Respekt vor den Hexen lernst – und zwar auf die einzige Art, die ihr Dämonen versteht.«

Voller Unglauben starrte ich den leblosen Körper des Dämons an, bis ich merkte, dass die Finger seiner verdrehten Hand zuckten.

»Das …«

Als wäre rein gar nichts geschehen, stand der Lich vom Boden auf. Da war kein roter Fleck zu sehen, wo sein Körper gegen die Marmorwand gekracht war.

»War …«

Sein erster Schritt war noch leicht wackelig, aber je näher er uns kam, desto mehr normalisierte sich sein Gang. Er war rein äußerlich unbeschadet, und trotzdem vernahm ich ein Geräusch, hinter welchem ich zusammenwachsende Knochen, Knorpel und Muskeln vermutete. Mir war zudem so, als würden seine Augen noch dunkler werden und die Haut um seine Wangenknochen gespannter, bis ich meinte, weißen Knochen durchschimmern zu sehen.

Erneut drehte sich mir der Magen um, dieses Mal mit solch einer Wucht, dass ich die Galle auf meiner Zunge schmeckte. Die Magick, die die Dämonen besaßen, war wirklich ein Verbrechen an unserer Göttin und der Natur selbst.

»Verdammt unhöflich!«

Meine Muskeln spannten sich für die Flucht vor dem Höllenwesen an, bis Blakes Miene sich glättete.

»Der Anzug war sehr teuer«, ließ er uns wissen. »Die Reinigung in Denwick hat bis nächsten Montag Urlaub und die in Alnwick ist gelinde gesagt beschissen. Ich kann doch nicht in Alltagsklamotten meine Klienten empfangen.«

Walpurga setzte zu einer weiteren Attacke an, doch der

Dämon war schneller. Aus dem Boden bohrte sich ein weißer Baum, der der Hexe direkt an die Kehle sprang.

Nein, das war kein Holz! Ich identifizierte die weißen Spitzen beim genaueren Hinsehen als messerscharfe Knochen. Die Erdhexe wurde von einer knöchernen Hand gegen die Wand gedrückt.

»Seit einem Jahr warte ich darauf, dir deinen überheblichen Gesichtsausdruck aus deinem Antlitz zu reißen«, drohte Blake ihr. »Ohne Königin Sibylle hast du niemanden mehr, der dich beschützt.«

Walpurgas Stimme versagte: »Wie viele ... Herz-en?«

Blake lachte rau. »Viele. Ich stamme schließlich von der Gier ab. Mäßigkeit ist nicht meine Art. Du hast keine Ahnung, wie mächtig ich bin. Ich habe bloß auf einen solchen Moment gewartet, um mich bei dir für die Gastfreundschaft zu revanchieren.«

Das war's. Ich riss mich von dem Anblick los.

Mein Körper fühlte sich leicht an, als ich nur ein einziges Wort sagte: »Genug.«

Vielleicht lag es an der Magick im Raum, aber in meiner Stimme schwang so viel Macht mit, dass ich mir nicht mal sicher war, ob ich das tatsächlich gesagt hatte.

Der Dämon hielt Walpurga nach wie vor gegen eine Wand gedrückt, während die Erdhexe wild mit Füßen und Armen strampelte. Ihr Gesicht war schon ganz rot und ihre Lippen verfärbten sich langsam blau.

Die Giftpflanzen um ihren Körper hatten sich zurückgezogen, als würden sie sich in diesen Kampf nicht einmischen wollen. Sie waren doch Pflanzen und Erde ihr Geburtselement! Warum halfen sie ihr denn nicht?

Schließlich nickte der Dämon mir völlig unverhofft zu.

Mit einer lockeren Handbewegung ließ er den Knochenarm verschwinden.

Walpurga rutschte schwer atmend zu Boden und blieb dort auf den Knien zusammengesunken liegen. Ihr rasselnder Atem war eine längere Zeit das einzige Geräusch im Raum.

»Geht es dir gut?«, rannte ich nach einigen Herzschlägen auf sie zu.

Ihr Atem ging immer noch in Stößen, aber sie hob abwehrend einen Arm, als ich sie untersuchen wollte.

Diese Geste konnte ich nur auf eine Weise deuten: Sie gab mir die Schuld an dem Vorfall und wollte deshalb auch nicht, dass ich ihr half. Es war nicht das erste Mal, dass man mich so von sich stieß.

Ich biss mir auf die Unterlippe und schaute zu Blake, in dessen Gesicht eine überhebliche Miene zu sehen war.

»Vergiss niemals, dass mich deine verehrte Königin Sibylle überhaupt hierhin gebracht hat«, stichelte der Dämon weiterhin auf Walpurga ein. »Und nun bin ich Belladonnas Verlobter. Laut den Regeln deiner geliebten Königin darf ich mich weiterhin in diesem Schloss aufhalten, wie es mir beliebt, und da sie tot ist, kann ich auch endlich wieder meine Kräfte benutzen.« Er lachte – und ich bekam eine Gänsehaut. »Ihr Hexen habt wirklich keine Ahnung, wie man Verträge und Pakte lückensicher macht.«

»Du –«

»Na! Keine Widerworte, meine liebste Walpurga. Ich werde mich nun nicht mehr zurückhalten, wenn mir etwas nicht passt.« Er beugte sich zu Walpurga hinab und strich ihr mit seinen Krallen über die Gesichtshaut. Ihr Atem stockte hörbar. »Deine Visage fand ich seit jeher zum Kotzen.«

Walpurga spuckte Blut auf den Boden. »Widerliche Höllengeburt.«

Blake grinste sie verhöhnend an. »Soll das eine Beleidigung sein? Oder schmeichelst du mir, Hexe? Bitte nicht vor meiner Verlobten. Das ist mir unangenehm.«

Ich blieb still und wagte weder Walpurga noch Blake anzuschauen.

Ich hatte seine Kraft erlebt, was bedeutete: Dieser Dämon musste regelmäßig Menschen in seine Falle locken und ihre Herzen fressen. Nur jemand, der viele Seelen an sich gebunden hatte, konnte einer Hexe so gefährlich werden. Das und natürlich seine Abstammung von einem Urdämon.

Der Sohn der Gier – er steht hinter dir.

Die Zeilen des Kinderliedes erklangen wieder in meinen Ohren. Mein sechster Hexensinn wollte mich wohl darauf vorbereiten, dass ich bald einem Adeligen gegenüberstehen würde. Dennoch … Obwohl ich gerade eine Kostprobe seiner Macht erhalten hatte und die Magick hinter Dämonen Furcht einflößend fand, war da keine Angst gegenüber Blake. Lag das an seiner attraktiven menschlichen Form? Wenn das der Fall war, dann war ich echt enttäuscht von meinem kümmerlichen Überlebensinstinkt.

Da mich Walpurga ohnehin nicht in ihrer Nähe haben wollte, ging ich zu meinem Thron zurück. Ich fühlte mich gerade wie der letzte Dreck, dennoch musste ich vor Blake wie eine Königin wirken. Wie eine mächtige Hexenkönigin, mit der er sich besser nicht anlegen wollte.

»Ich bin nicht deine Verlobte«, sagte ich und faltete die Hände vor der Brust. »Da hast du etwas falsch verstanden.«

»Du hast meinen Antrag doch sofort angenommen«, grinste er – natürlich war ihm völlig bewusst, dass ich nur aus Versehen zugesagt hatte. »Ah, ich wollte dir noch den Ring anstecken.«

Er kam näher. Seine Schritte auf dem Marmor bescherten mir eine Gänsehaut.

Lauf, Hexe, lauf.

Anscheinend war doch noch etwas gesunder Hexenverstand übrig.

Ich zog meine Hand zurück, als er sie nehmen wollte, und drückte sie fest an meine Brust. Wahrscheinlich gab ich gerade das kümmerlichste Bild einer Hexenkönigin ab.

Kurz erschien es mir, als wäre der Dämon gekränkt, aber das bildete ich mir sicher bloß ein. Das war eine reine Zweckbeziehung, in die er mich da hineingezwungen hatte. Ich wäre ganz schön dämlich, in dieser Situation Mitleid zu empfinden.

»Behalte ihn«, meinte Blake leichthin. Er ließ die Schachtel zuschnappen und warf sie mir zu. »Ich habe keine Verwendung dafür. Vielleicht verspürst du ja irgendwann die Lust, ihn am Finger zu tragen.«

Das bezweifelte ich aus zahlreichen Gründen: Meine Hautfarbe war nicht für Goldschmuck geschaffen. Ich verlor Ringe meistens bei der Gartenarbeit und ... ah, genau! Ich hatte nicht die Absicht, mit einem Lichdämon verlobt zu sein.

Aus reinem Selbsterhaltungstrieb öffnete ich die Schachtel und überprüfte den Gegenstand akribisch. Dabei stellte ich ziemlich schnell fest, dass der Ring mit keinem Fluch oder sonstiger Magick belegt war. Er konnte mich damit nicht verfolgen oder mir Lebensenergie abzapfen. Es war lediglich ein Goldring. Ein wunderschöner Goldring, wie ich betonen möchte. Ein kalter Schauer überkam mich, als ich die goldenen Blätter und Blüten um den Stein erspähte.

Warum hast du ausgerechnet diesen Ring ausgewählt?, wollte ich den Dämon fragen. *Wie lange beobachtest du mich schon?*

»Er ist nicht verflucht«, kam mir stattdessen über die Lippen. Eine weitere Enthüllung ertrug ich heute nicht mehr.

»Ich bin ja kein Unmensch.«

»Nein, du bist ein Dämon.«

Blake schmunzelte. »Was für ein schlaues Hexchen du doch bist.« Und dann sagte er etwas, mit dem ich überhaupt nicht gerechnet hatte: »Ich werde die Verlobung selbstverständlich auf deinen Wunsch hin auflösen.«

Ich atmete erleichtert auf. »Danke«, hauchte ich kaum hörbar.

»Nach Ablauf der Frist, versteht sich.«

»Welche Frist?«

»Ein mündlicher Vertrag mit einem Dämon verliert automatisch nach sechs Monaten, sechs Tagen und sechs Stunden die Gültigkeit, wenn er nicht in der Zwischenzeit erneuert wird. Bis dahin *bist* du meine Verlobte.«

»Das hattest du seit dem Tod unserer Königin geplant, oder?«

Ich brauchte ein paar Momente, um festzustellen, dass die komische Stimme Walpurga gehörte. Der Dämon musste ihren Kehlkopf vollkommen zertrümmert haben.

»Wer weiß. Ich werde weiterhin die Gemächer des Prinzgemahls bewohnen, ja?«, ärgerte Blake eine Walpurga, deren Zornesfalte sich wohl gerade von ihrer Stirn durch den Schädelknochen bohrte. »Ich wende mich dann mal meiner Post zu. Falls meine Verlobte sich später mit mir unterhalten will: Ich werde um neun Uhr abends mit exquisitem Wein in meinen Gemächern auf dich warten.« Ein letzter Blick zu Walpurga, bevor er mir zuzwinkerte. »Dann können wir uns in intimer Atmosphäre besser kennenlernen.«

Der Dämon entschwand – er ging nicht zur Tür hinaus, sondern löste sich mitten im Gehen in schwarzen Nebel auf. Ein weiteres Schauspiel seiner Kräfte: Keine Tür würde ihn aufhalten können.

»Warum hast du das getan«, sagte Walpurga ganz leise. »Du hättest einfach Nein sagen müssen und der Dämon hätte keinerlei Macht mehr gehabt. Weißt du, wie du dastehen wirst, wenn herauskommt, dass du die Verlobte eines Lichs bist?«

Wie denn?, wollte ich schon fragen. *Königin Sibylle hat doch das Gleiche getan ...*

»D-Das tut mir auch leid«, begann ich stattdessen mit meiner Entschuldigung. »Er hat mich überrascht und –«

Walpurga fauchte dazwischen: »Königinnen tut nie etwas leid. Königinnen machen keine Fehler. Wenn Königinnen Fehler machen, dann kostet es sie den Kopf. Wenn du so weitermachst, wirst du lediglich eine Woche regieren, ehe die Dämonen oder Fae dich umbringen. Tu mir wenigstens den Gefallen und bleibe Blake ein halbes Jahr fern.« Sie ließ mich nicht mehr zu Wort kommen. »Ich zeige dir nun dein neues Schlafgemach. Der Tag war anstrengend genug.«

Da dem absolut nichts hinzuzufügen war, folgte ich Walpurga aus dem Saal durch einen weiteren Korridor. Statt Bildern säumten hier drei Statuen den Weg. Es waren künstlerische Abbilder von den verschiedenen Gestalten, die unsere namenlose Göttin annehmen konnte.

Mir blieb jedoch keine Zeit, die wunderschönen Figuren näher zu bewundern, da wir unser Ziel bereits erreicht hatten. Hinter einer mit Gold verzierten Tür aus glänzendem Eichenholz erwartete mich ein riesiges Zimmer. Mein ganzes zweistöckiges Häuschen im Poison Garden vermaß nicht einmal die Fläche, die nun mein Schlafzimmer sein würde. Die riesigen Fenster waren zweimal so groß wie ich, und wenn ich mich nicht täuschte, dann gab es noch mindestens drei angrenzende Zimmer.

»Dieses Zimmer wird selbstverständlich nach deinen Wünschen verändert werden«, erklärte mir Walpurga mit kratziger Stimme. »Du musst nur aufschreiben, was ich für dich besorgen soll.«

Im Gegensatz zum Thronsaal war dieses Zimmer nicht komplett leer. Es gab immerhin ein paar Regale und Schränke, sogar einen Tisch mit zwei Bänken und Stühlen für Tee ... und ein gigantisches Bett. Von all den Dingen, die sie hätten entsorgen können, mussten sie ausgerechnet das Bett einer Toten stehen lassen? Wurde etwa von mir erwartet, dass ich darin schlafen würde?

Mir gefiel der Raum von Minute zu Minute weniger. Rot und Gold waren nicht unbedingt meine Farben und es gab eindeutig zu viel unnötigen Schnickschnack wie Schubladenknäufe aus Edelsteinen oder Löwenköpfe als Verzierungen. Dennoch öffnete ich neugierig ein paar der schmuckvollen Schubladen auf der Suche nach irgendetwas, das mir die Königin vermacht hatte. Das klang dämlich, ich weiß, aber ich wollte mich an irgendetwas klammern.

»Die Angestellten des Schlosses haben sie für dich ausräumen lassen. Du kannst dort gerne deine Fläschchen und deinen ... Glitzer verstauen.«

Die Erwähnung von anderen ließ mich aufhorchen. »Es gibt also doch noch Angestellte im Schloss?«

»Ein paar Menschen, ja«, beantwortete sie meine Frage. »Die Hexen sind allerdings alle gegangen.«

Das Warum blieb mir in der Kehle stecken. Natürlich wollte niemand einer so unerfahrenen Hexe dienen.

»Und wieso bist du noch da?«

Die Hexe schwieg für einen Moment. »Ich habe Königin Sibylle versprochen, dass ich auf ihre Nachfolgerin achtgeben und sie anweisen würde, wenn sie nicht mehr ist. Ich halte mein Wort. Ich bin schließlich kein Dämon.«

Ich hoffte, dass Walpurga mir meine Unvorsichtigkeit verzeihen würde. Nein, sie musste mir nichts vergeben. Ich würde mich als Königin einfach beweisen und sie stolz machen.

»Ich hoffe, es wirkt jetzt nicht seltsam, aber wo schläft Blake überhaupt?«

Walpurga schien zu verstehen, dass es mir nicht behagte, über Blakes Schlafgemach im Ungewissen zu sein.

Sie deutete auf eine Tür, die so perfekt in die Wand eingelassen war, dass man sie leicht übersah.

»Es wurde so eingerichtet, dass der Prinzgemahl – oder auch die Prinzessinnengemahlin – schnell ... für die Königin da sein kann.«

Das war eine einfallslose Umschreibung dafür, dass man dadurch schnell seinen Geliebten oder seine Geliebte ins Bett holen konnte, ohne sich direkt das Schlafzimmer zu teilen.

Apropos ... hatten Blake und Königin Sibylle dann auch miteinander ... *Nein, Belladonna. Denk nicht darüber nach. Es wäre besser, wenn du dich um deine Sicherheit kümmerst und nicht um solch unwichtige Dinge.*

»Gibt es einen Schlüssel dafür?«

»Er steckt im Schloss.«

Ich überprüfte, ob die Tür auch gut verschlossen war, dann nahm ich den Schlüssel an mich und warf ihn gemeinsam mit dem Ring achtlos in irgendeine der zahlreichen Schubladen. Ich würde für beide Gegenstände keine Verwendung finden.

Walpurga beobachtete mich genauestens dabei. Hoffentlich erkannte sie, dass ich versuchte meinen Fehler sofort wieder auszubügeln.

»Erhole dich gut von diesem Tag. Ich werde dich morgen früh aufwecken, damit wir weitere Dinge besprechen können«, sagte Walpurga. »Das Badezimmer befindet sich rechts von dir. Wenn du das Telefon auf dem Schreibtisch benutzt, wird eine menschliche Angestellte dir all deine Wünsche für ein entspannendes Bad erfüllen. Kein Wunsch ist zu extravagant für eine Königin.«

Nachdem Walpurga mich verlassen hatte, blieb ich ein paar Minuten reglos im Zimmer stehen. Mein Blick glitt langsam zum Bett. Darin konnte ich nicht schlafen und ...

»Der Kuchen liegt noch zu Hause!«

Ohne mir weitere Gedanken über meine Tat und die Konsequenzen zu machen, stieg ich aus dem Fenster und glitt über drei Stockwerke langsam zu Boden. Die Levitation ohne Hilfsmittel wie ein Besen oder meine Mistgabel war körperlich sehr anstrengend.

Draußen war alles still und dunkel. Ich blickte noch einmal zurück zum Schloss und bemerkte eine dunkle Gestalt an dem Fenster der Königinnengemächer.

»Blake?«, fragte ich.

Doch ohne eine Antwort abzuwarten, rannte ich los. Ich rannte derart kopflos vorwärts, dass ich irgendwann aus meinen Schuhen stolperte und einfach barfuß weiterlief.

Ich rannte, bis ich über eine Wurzel fiel und ungewollt

stoppte. Der Schmerz in meinen Knien verflog schnell, als die kleine Verletzung augenblicklich verheilte.

Jämmerlich, Belladonna, du willst die Königin der Hexen sein? Du liegst wortwörtlich im Dreck.

Alles in Ordnung?, vernahm ich eine Giftpflanze in meiner Nähe.

Ich sah auf und stellte fest, dass ich genau vor dem Gefleckten Aronstab einen Bauchklatscher hingelegt hatte.

»Oh, hallo Charlotte«, begrüßte ich sie. »Tut mir leid, dass ich bei dir rumliege. Ich hatte ... einen schlechten Tag.«

Hast du Hunger?, fragte die Pflanze und streckte mir ihre roten giftigen Beeren entgegen.

»Aber ich nehme nur ein paar«, erklärte ich ihr, weil ich das Angebot nicht sofort ganz ausschlagen wollte. »Ich habe noch Kuchen im Haus.«

Ich pflückte ein paar Beeren und rappelte mich auf. Wenn ich weiter vor den Pflanzen am Boden herumlag, dann würden sie sich wie Charlotte nur mehr Sorgen machen.

Eine gute Sache brachte die Königinnenkrone mit sich: Mir gehörte nun ganz offiziell Schloss Alnwick mit seinen Gärten. Einfach so. Ich nahm an, dass ich frei über die Gelder entscheiden konnte. Ich musste bloß die Verantwortung für das gesamte Hexenvolk auf meinen Schultern tragen. Hahaha. Ha.

Mit einem vom Sturz kaputten Kleid trottete ich in mein Hexenhäuschen. Erst jetzt wurde mir bewusst, wie sehr ich an diesem kleinen Haus hing. Ich konnte auf diese opulenten Gemächer verzichten, insbesondere dann, wenn ein Dämon wie Blake nur wenige Meter entfernt schlief.

Ich war nicht ganz ich selbst, als ich mich an den Tisch setzte und versuchte, den Kuchen zu essen. Der Teig schmeckte fad und ich musste jeden einzelnen Bissen hinunterwürgen, weil mir die Kraft zum Schlucken fehlte. Die stumpfen Bauchschmerzen ignorierte ich geflissentlich, weil ich gerade Kopfschmerzen bekam.

Danach legte ich mich in mein winziges Bett, welches seine Größe jedoch mit dem Geruch nach frischem Lavendel und Zirbenholz kompensierte.

Als ich endlich hoffte, dass der Schlaf über mich kommen würde und so gnädig wäre, mich von meinen Gedanken zu erlösen, tauchte eine weitere Erkenntnis in meinem Kopf auf – und diese war so schrecklich, dass ich befürchtete, nie wieder in Ruhe schlafen zu können: Jemand hatte Königin Sibylle getötet – und diese Person könnte es genauso gut auf mein Leben abgesehen haben.

12. Kapitel

VERATRUM ALBUM

Weißer Germer

Auch auf die Gefahr hin, dass ich mich ständig wiederholte: Ich schlief diese Nacht sehr schlecht. Irgendwann schien ich dann aber doch vor Erschöpfung eingenickt zu sein, denn ich erwachte mit hämmernden Kopfschmerzen und verklebten Augen. Mein Körper schmerzte wie nach zu viel Sport, was ich auf die kurze Levitation zurückführte.

Todmüde tastete ich meine Matratze nach meinem Handy ab, aber ich konnte es nirgends erfühlen. Hatte ich zu allem Übel nun auch noch mein Handy verloren? Bei meiner überstürzten Flucht aus dem Schloss sollte das nicht überraschen, und trotzdem brachte diese Kleinigkeit das Fass zum Überlaufen.

Im Schutz meines kleinen Hauses fing ich leise an zu schluchzen. Es war einfach zu viel für mich. Auch wenn ich mich hin und wieder über meine Arbeit beschwerte oder meine Giftaffinität verfluchte, ich liebte mein ruhiges Leben als Gartenhexe. Ich war bloß etwas einsam gewesen. Und womit belohnte meine Göttin die Klagen? Mit einer ungewollten Königinnenkrone und einem untoten Verlobten aus der Hölle.

Ich war noch nicht in Tränen ausgebrochen, aber als ich die Bettdecke zur Seite schob und mein wunderschönes Kleid mit dem hässlichen Riss entdeckte, brach auch dieser Damm, und ich wurde von einem Heulanfall wild gebeutelt.

Warum ich? Warum, von allen Hexen auf der ganzen Welt, musste ich die Lücke, die die Königin hinterlassen hatte, füllen? Eine Königin, die so viel für uns Hexen verändert hatte und deren Tod ein riesiges Loch in unsere Gemeinschaft riss. Während ihrer Regierungsperiode war kein Krieg ausgebrochen, und die Dämonen und Fae hatten sich ruhig – ja, fast handzahm! – verhalten. Keine Hexe war auf dem Scheiterhaufen gelandet und das Bild, das Menschen von uns hatten, hatte sich zu unserem Vorteil gebessert. Ich konnte in einen Esoterikladen gehen und Kristalle und Räucherstäbchen kaufen, ohne von einem wütenden Mob vor dem Nachmittagstee in einem Fluss ertränkt oder von einer hohen Klippe gestoßen zu werden.

Meine Schwestern würden von mir ähnlich große Taten für unser Volk erwarten – und ich wusste nicht, ob ich ihren Wünschen gerecht werden konnte. Ach, ich war mir nicht einmal sicher, ob ich diesem Druck überhaupt standhalten konnte!

Irgendwann hatte ich mich vollkommen leer geweint, obwohl ich immer gedacht hatte, dass es sich dabei bloß um einen blöden Spruch handelte. Danach fühlte ich mich tatsächlich etwas besser, auch wenn mein Körper bereits vor dem Aufstehen wie ausgelaugt war. Ich musste meine schmerzenden Gebeine jedoch so schnell es ging zurück ins Schloss verfrachten, bevor Walpurga auftauchte und merkte, dass ich nicht in meinem Bett geschlafen hatte. Im Bett einer toten Königin.

Der Gedanke daran ließ mich frösteln. Wo genau hatte man die Königin laut Walpurga noch mal gefunden? Doch nicht etwa in ihrem Bett? Hatte Blake sie entdeckt? Oder doch eher ihre treueste Hexe?

Und warum wirkten weder Blake noch Walpurga bestürzt über ihr überraschendes Ableben?

Wo war ich da nur hineingeraten?

Ich schlüpfte aus meinen Klamotten und in neue Unterwäsche. Das in Mitleidenschaft gezogene Kleid verstaute ich in einem Jutebeutel. Ich war so frei und würde Walpurga um die Nummer einer Schneiderei bitten, die hoffentlich noch etwas von dem Stoff retten konnte.

Als ich beim Zähneputzen einen schnellen Blick nach draußen warf, erkannte ich eine dunkle Silhouette am Eingang des Gartens. Draußen war es verdammt nebelig, aber diese Gestalt war so schwarz, dass sie selbst im zähen Dunst noch herausstach. Es war fast so, als würde sie jegliches Licht absorbieren.

»Blake«, zischte ich. Es musste sich um den Lich handeln, das spürte ich tief in meinem Inneren. Meine Hexensinne waren gestern sehr vertraut mit seiner Aura geworden, und nun war ich in der Lage, seine Anwesenheit zweifelsfrei zu identifizieren. Er hatte mich lange genug an der Nase herumgeführt.

Etwas anderes machte mich allerdings stutzig: Konnte er den Garten etwa nicht betreten? Waren meine alten Schutzrunen so mächtig?

Na klar. Ich war doch die Königin aller Hexen. Meine Magie musste die anderen Hexen schützen können. Nur spürte ich absolut nichts von dieser Macht in meinem Blut. Ich konnte nicht glauben, dass ich eine Auserwählte der Göttin war, wenn ich mich wie immer fühlte. Müsste die Magie nicht durch meine Adern wie flüssige Macht pulsieren?

Da ich nicht noch länger in meiner Unterwäsche verweilen wollte, ging ich zurück ins Schlafzimmer. Die Gedanken an den Dämon schob ich beiseite, da ich mich sonst in meinem Häuschen verbarrikadiert hätte und vielleicht erst in ein paar Wochen wieder herausgekommen wäre.

In meinem Kleiderschrank gab es ein Kleid, das ich nicht im Garten tragen konnte und welches ich auch nie auf Dates mit Collin angezogen hätte. Menschen empfanden meine Kleider manchmal als ein bisschen zu ... offenherzig. Ich hatte es deshalb für den Tag aufgespart, an dem ich hoffentlich einem Coven beitreten konnte.

Nun ... Es erschien mir ebenfalls passend für den Alltag einer Hexenkönigin.

Das Kleid war wie ein dunkler Schatten, denn es bestand eigentlich fast nur aus durchsichtiger eng anliegender Spitze. Der Stoff floss Figur schmeichelnd von meinem Hals bis zu den Füßen. Im Brustbereich verhinderte ein wenig intransparenter schwarzer Stoff, dass es zu aufreizend war, und auch um die Hüfte wurde das Material dichter. Doch die schwarze Spitze spielte dann wieder in einem Hauch von Nichts ab meinen Oberschenkeln um meine Beine.

Das Kleid war dank eines Ausverkaufs nicht das teuerste in meinem Schrank, trotzdem viel eindrucksvoller als das bemitleidenswerte Ding im Jutebeutel.

Ich schickte mich schon zum Gehen an, als ich mich mit diesem einmaligen Kleid noch einmal kurz im Spiegel betrachtete. Erschrocken musste ich feststellen, dass ich mich gestern nicht mehr abgeschminkt hatte und nun schwarzlila Schlieren meine Gesichtshaut zierten. Vielleicht wäre es auch eine gute Idee, meine Haare ordentlich zu bürsten, bevor Walpurga sich wieder darüber echauffierte.

Zum Glück hatte ich es noch rechtzeitig bemerkt! Beim Zähneputzen war ich so abgelenkt von dem Dämon gewesen, dass es mir nicht aufgefallen war.

Ich wischte nicht nur das eingetrocknete Make-up weg, sondern auch die salzigen Tränen, die sich zu einer rauen Maske vermischt hatten. Unter dieser Schicht kam zu meiner Enttäuschung schließlich bloß eine ganz normale Belladonna hervor. Ich suchte immer noch vergeblich nach Spuren einer Königin, aber da waren einzig meine violetten Augen und meine hellrosa Lippen auf zartweißer Haut, umrahmt von meinen kurzen Haaren. Vielleicht würde eine Krone etwas Abhilfe schaffen …

»Ich fühle mich zwar immer noch nicht wie eine Königin«, sagte ich zu meinem blassen Spiegelbild, »aber ich kann mich zumindest wie eine Königin anziehen.«

Da ich unbedingt vor Walpurga im Königinnengemach sein musste, sputete ich mich beim Zusammenpacken und hastete aus meinem Häuschen. Na ja, zumindest versuchte ich mich zu beeilen.

Königin Belladonna!

Es war der Weiße Germer namens Albertine, der mich so höflich und mit meinem neuen Titel ansprach und mich zum Anhalten brachte. Wie es aussah, hatten sich mit einem nächtlichen Pollenflug die Geschehnisse im Schloss bereits verbreitet.

Die Pflanze bewegte sich und enthüllte in ihrem Inneren mein vermisstes Handy.

»Oh!«

Ich beugte mich herab und nahm es in die Hand. Es war etwas feucht geworden, funktionierte jedoch einwandfrei. Oder etwa nicht? Eigentlich hatte ich eine Nachricht von Amari oder Collin erwartet. Es konnte doch nicht sein, dass die Seeliefae Collin nicht darüber informiert hatten, und noch weniger glaubte ich daran, dass Amari und ihr Coven nichts von ihrer neuen Königin gehört hatten. Warum schrieben mir dann ausgerechnet die beiden Wesen, die mir so viel bedeuteten, nicht? Ich könnte die Unterstützung der beiden gerade echt gut gebrauchen.

Bis später!, trällerte Albertine, als ich mich mit brennenden Augen erhob.

Ich hoffte nur, dass es ein Später noch geben würde. Wie lange konnte ich still und heimlich aus dem Schloss fliehen? Wenn Walpurga das erst einmal herausfand, würde sie durchdrehen, und ich wollte nicht wissen, was sie mir an den Kopf werfen würde. Wobei sie trotz harter Schale und rauem Umgangston bloß das Beste für mich im Sinn hatte. Ich meine: Was für eine Königin wäre ich auch, wenn ich regelmäßig aus meinen Gemächern flüchtete?

Als wären meine Sorgen nicht schon schlimm genug, erwartete mich bald ein weiteres Problem: Es war eindeutig der hinterlistige Dämon, der vor meinem Garten auf der Lauer lag – mit seinen dunklen Dämonenaugen und zwei dampfenden Kaffeebechern in den Klauen.

»Guten Morgen, meine wunderschöne Verlobte«, schmierte er mir sofort Honig ums Maul, dass mir bereits vor dem Frühstück übel wurde. Wenn das so weiterging, würde ich heute ganz aufs Essen verzichten, insbesondere als seine schwarzen Augen über meinen Körper glitten. Mir kam es fast so vor, als würden sie noch dunkler werden und das schwarze Nichts mich verschlingen. »Das Kleid ist atemberaubend. Leider atme ich von Natur aus nicht, weshalb meine Aussage etwas hypokritisch wirken könnte.«

»Ich bin nicht deine Verlobte«, sagte ich ihm klipp und klar ins Gesicht und verschränkte die Arme vor der Brust. Ich nahm an, dass er mich nicht auf den Straßen von Alnwick angreifen würde – auch wenn nur eine kleinere Bäckerei an der Straßenecke bereits geöffnet war –, weshalb es keinen Grund für mich gab, meine Magick zu sammeln.

»Ich bin da anderer Meinung«, schmunzelte Blake. »Ich bin immer noch der zukünftige Prinzgemahl der Hexenkönigin.«

Ging es ihm darum? Um einen dämlichen Titel?

Ich kannte keinen einzigen Prinzgemahl mit Namen, auch die der meisten Prinzgemahlinnen nicht. Lediglich Faustinas Verlobte Greta war traurigerweise in unsere Geschichte eingegangen. Sogar die Menschen hatten Geschichten über Faustina und Greta niedergeschrieben – wobei sie Details abgeändert hatten. Eines war jedoch gleich geblieben: dass ein Dämon den Fall der mächtigen Hexenkönigin Faustina eingeleitet hatte.

Der Lich hob einen dampfenden Becher. »Bitte schön. Für dich.«

Ich hatte die Arme immer noch vor der Brust verschränkt, doch Blake hörte nicht auf, mit dem schwarzen Thermobecher vor mir herumzuwedeln. Mit einem leisen Seufzen nahm ich das Getränk an.

»Was ist da drin?«, fragte ich misstrauisch, wobei ich mir eigentlich keine Sorgen machen musste. Ich hatte in meinem letzten Jahr an der Akademie unter der Aufsicht von Amari einige Substanzen ausprobiert und natürlich konnte mein Körper alles problemlos aufnehmen.

»Frischer Kaffee«, ließ er mich wissen. »Pumpkin Spice Latte, um genau zu sein. Es ist schließlich Kürbiszeit.«

»Drink up, witches« stand auf meinem wiederverwendbaren Kaffeebecher. Sollte ich das als witzig empfinden?

»Ein kleines Verlobungsgeschenk«, sagte der Dämon. »Vielleicht verwendest du ihn öfters als meinen Ring.«

Sein Blick hing an meinen Fingern. »Ich bin nicht der Typ Frau, der gerne Ringe trägt.«

»Der Ring war aber teuer.«

Na und? Ich hatte ihn auch nicht gebeten, mir einen Antrag zu machen, zum Glück musste ich das nur noch weitere sechs Monate und fünf Tage ertragen. Ehe ich michs versah, würde der Vertrag gelöst und ich wieder frei sein.

Neugierig linste ich zu Blake hinüber, als er seinen Kaffeebecher hob und zweifelsfrei daraus trank. Nahm er also Nahrung zu sich? Musste er das als Untoter überhaupt tun? Und warum stand auf seinem Becher »Inside of every demon is a rainbow«?

Was *zur* Hölle stimmte bloß mit diesem Geschöpf *der* Hölle nicht?

»Und dann habe ich hier noch etwas für dich!« Er beugte sich herab, um mir meine verlorenen Schuhe strahlend zu überreichen. »Zieh sie an, nur so kann ich wissen, ob du auch wirklich meine Märchenprinzessin bist.«

Ich nahm die Schuhe, unterdrückte den Drang, sie ihm ins Gesicht zu schleudern, und startete in Richtung des Schlosses.

Nun nahm ich ebenfalls einen großen Schluck und seufzte wohlig auf. Mein Bauch hieß das warme Getränk mehr als willkommen, obwohl ich es ohne Gift nicht wirklich genießen konnte. Das ließ ich Blake dann auch gleich mal wissen.

»Du bist also ein kleines Gifthexchen, ja?«

»Wie kommst du denn darauf?«, fragte ich mit viel Sarkasmus in der Stimme. »War es mein Name? Dass ich im Poison Garden lebe? Oder weil ich Giftbeeren wie Süßungsmittel schlucke?«

»Ich will nur etwas Small Talk betreiben, um meine Verlobte besser kennenzulernen.«

»Ich bin *nicht* deine Verlobte!«

»Das sehe ich als vertragstreuer Dämon anders, Cherry.«

Zum ersten Mal in meinem Leben spürte ich den Drang, jemandem an den Hals zu springen. *Ein Kuss,* flüsterte mir meine dunkle Seite zu. *Du müsstest ihn nur lange küssen und der Dämon würde es für immer bereuen.*

Moment … »Wie hast du mich gerade genannt?«

»Cherry!«, strahlte er übers ganze Gesicht.

Mich überraschte, wie selig der Dämon in diesem Moment dreinblickte, wie ein junger Mann und keine untote Kreatur direkt aus dem Höllenschlund. Dabei war er nun mal weder jung noch ein Mann. Er war ein Raubtier, welches es auf Hexenseelen abgesehen hatte.

»Ich glaube, ich habe mich verhört …«

»Cherry ist doch perfekt, oder?«

»Nein«, sagte ich, aber das beachtete der Dämon gar nicht.

»Ich habe mir im Internet Bilder deiner namensgebenden Pflanze angeschaut. ›Atropa Belladonna‹, ›Deadly Nightshade‹ oder ›Schwarze Tollkirsche‹. Interessant, wie eine Pflanze so viele unterschiedliche Namen haben kann. ›Schöne Dame‹, ›Nachtschatten‹ und ›Schwarze Kirsche‹.«

Ich stöhnte laut und murmelte in meinen Becher: »Können wir bitte heiraten, damit ich mich von dir scheiden lassen kann?«

»Hast du denn schon wieder Lust auf einen weiteren Vertrag?«

Ich musste aufpassen. »Nein. Habe ich nicht.«

»Ich habe da eine Idee.«

»Nein«, sagte ich daraufhin vorsorglich. »Nein. Nein. Nein.«

»Du darfst dir auch einen Spitznamen für mich aussuchen.«

Mir fielen gleich ein paar wunderbare Kosenamen für den Dämon ein: Mistkreatur, Höllengeburt oder das klassische, aber immer noch sehr beliebte Arschloch. Die Beleidigung lag bereits auf meinen Lippen.

»Nein«, blieb ich standhaft. »Von mir aus bewohnst du weiterhin dein Zimmer im Schloss, aber ich werde nicht deine Verlobte spielen. Ich werde nicht so tun, als wären wir ein Liebespaar. Ich werde weder das Zimmer mit dir teilen noch dich als meinen Verlobten bezeichnen.«

»Das werden wir schon noch sehen.«

»War das eine Drohung?«

»Nein. Ein Versprechen, Cherry. Das Versprechen eines Dämons.«

Blitzschnell hatte sich der Dämon vor mir aufgebaut und heruntergebeugt. Einen endlosen Moment starrten wir uns nur an.

Ich hasste es, wenn er sich mir in den Weg stellte. Ich brauchte kein dämonisches Anhängsel!

Aber ... Woher kamen auf einmal diese Gedanken? Ich kannte ihn doch erst seit gestern und ...

Meine wirren Gedanken wurden von einer unnatürlichen Kälte unterbrochen, die sich von meiner Wange über meine ganze Haut ausbreitete. Blake hatte eine Hand auf meine Wange gelegt.

Doch die Haut eines Toten war nicht der Grund, warum ich fröstelte. Dieses Wesen vor mir stammte direkt aus den Untiefen der Hölle und ich wusste, dass er mich genau dahin mitnehmen wollte. Mein Herz dürfte durch die Macht meiner Königinnenkrone ausgezeichnet schmecken.

»Belladonna«, hauchte er. »Erinn–«

Eine mir fremde Eibe packte Blake am Kragen und zog ihn von mir weg. Der Dämon schlug mit den Armen um sich, was mir ein spöttelndes Grinsen entlockte – bis mir wieder der Kampf zwischen ihm und Walpurga einfiel. In Wahrheit war er unglaublich stark und ich war mir sicher, dass er den Baum auslöschen und mich auf der Stelle töten konnte, wenn er es wirklich wollte.

Momentan klopfte er sich aber lieber abgefallene Blätter und trockene Rinde von seinen Klamotten.

»Ich tue eurer Königin schon nichts«, sagte Blake und richtete sich den Anzug. »Also lass deine Äste und Zweige bei dir, Wurzelwerk.«

»Hast du gerade einen Baum beleidigt?«

Der Vorfall schien Blake gewaltig gegen den Strich zu gehen, seine gute Laune war spürbar verraucht. Er grummelte genervt vor sich hin.

Ich hingegen spürte immer noch den Hauch des Todes auf meiner Haut in Form einer hartnäckigen Gänsehaut. Es war doch nicht normal, dass mein Körper derart extrem auf Blake reagierte und ... Und doch fühlte er sich so vertraut an, wie ein Traum, den ich schon einige Male geträumt hatte.

Ich wandte mich etwas von dem Dämon ab und griff mir mit einer Hand an die Stirn. Warum fühlte ich mich so seltsam fiebrig? Wurde mir bereits vor meinem zweiten Tag das Königinnendasein zu viel?

Ich wollte am liebsten sofort wieder ins Bett.

»Willst du dich nicht bei mir für gestern entschuldigen?«

»Willst du nicht zugeben, dass du es nicht mehr erwarten konntest, mir endlich zu begegnen?«

Ich schnaubte und verdrehte die Augen. Trotzdem war ich

erleichtert, dass nur *ein* Dämon das Schloss heimsuchte. Was nichts daran änderte, dass das schlimm genug war.

»Hier.« Er reichte mir ein Stück Papier. »Es ist doch seltsam, wenn die Hexenkönigin nicht weiß, dass sie die Königin des Hexenvolkes ist.«

Meine Hände zitterten, als ich das Papier auseinanderfaltete. Es war jedoch keine Angst, die meine Finger zum Tanzen brachte, sondern pure Wut, die heiß durch meine Adern pulsierte. Ich hatte das Schriftstück sofort wiedererkannt.

»Wie kannst du es wagen?«, brauste ich auf und blieb stehen. »Dieser Brief war für die Königin bestimmt!«

Aber *ich* war doch nun die Königin.

»Ich habe dir damit einen Gefallen getan.«

»Ach ja?«

»Stell dir vor, irgendeine Hexe hätte den Brief gefunden und ihn aus Neugier gelesen.«

Ich schluckte schwer, als ich mir die Worte des Dämons auf der Zunge zergehen ließ. Dieser kleine Brief hätte einige Fragen oder Skepsis in der Gemeinschaft aufgeworfen.

»Kann es sein, dass Belladonna nicht wusste, dass sie Königin ist?«, flüsterte der Dämon an mein Ohr. Seine Stimme brachte mein Herz zum Vibrieren. Allerdings nicht auf die gute Art, wie ich feststellen musste, als mein Brustkorb sich immer enger um mein Herz schlang. »Ist sie dann überhaupt die nächste Königin? Oder nur eine Hochstaplerin?«, sprach er meine Ängste aus. Seine dunklen Augen funkelten gefährlich. »Im schlimmsten Fall hätte man sich gegen dich erhoben. Eine Rebellion gegen die Hexenkönigin – gab es das schon mal? Aber dafür hast du ja mich«, endete der Dämon, und mit einem Mal war all der Druck auf meinem Herz wieder weg.

Stille breitete sich zwischen uns aus, während ich versuchte, wieder gleichmäßig zu atmen. Meine Kehle war wie zugeschnürt.

Blake wollte einen Schritt auf mich zu machen, aber ich sprang nach hinten. Etwas Kaffee schwappte auf meine Hand, den brennenden Schmerz ignorierte ich. »Was hast du mit mir gemacht?«

Verwirrt zog er eine Augenbraue hoch. »Ah. Das. Ich habe keine Magie gegen dich gerichtet, wenn du mir das nonchalant vorwirfst. Deinem Herzschlag nach zu urteilen, hast du dich selbst in die Sache reingesteigert.«

Ich wurde also bereits nervös, wenn man mich anzweifelte? Heilige Göttin, ich konnte nie und nimmer Königin sein. Das war alles ein riesiger Fehler und ...

Ich hatte nicht bemerkt, dass sich der Dämon erneut genähert hatte.

»Beruhige dich, Cherry. Versuche dein Herz zu kontrollieren«, sagte die Höllenbrut, als würde er mich unterstützen wollen. »Ich bin nicht der Einzige, der dir unangenehme Fragen stellen wird. Ich bin nur der Einzige, dem es egal ist, was du antwortest.«

»Du ... Du glaubst also wirklich an meine Unschuld? Da du den Brief kennst, muss dir ja klar sein, dass ich mir das nicht ausgesucht habe.«

Blake wich meiner Frage aus. »Du bist die Hexenkönigin. Alles andere interessiert mich herzlich wenig.«

Ich war sprachlos – auch, weil er im nächsten Moment sein rotes Ansteckkuch hervorholte und damit begann, den Kaffee von meiner Haut zu tupfen. Er war ganz vorsichtig und überraschend zärtlich. Das hätte ich ihm nach der Auseinandersetzung mit Walpurga gestern nicht mal im Traum zugetraut.

Der Dämon berührte mich so, als wäre es das Selbstverständlichste auf der Welt. Vielleicht war es das auch.

Ich bin giftig!, wollte ich schon schreien, aber das Beinahe-Gefühl von Haut auf Haut war einfach zu schön. Ich spürte die Kühle seines Köpers durch das Tuch hindurch.

Er war ja bloß ein Dämon. Es wäre nicht schlimm, wenn ich ihn vergiftete.

»Der Kaffee schmeckt unglaublich«, riss er mich mit der Aussage aus meiner Trance. Sein Blick war nach wie vor auf meine Hand gerichtet. »Du solltest ihn nicht verschütten.«

Unglaublich? Das Getränk war ganz okay. Es schmeckte nach Instantpulver und viel zu heißem Wasser. Man musste noch nie zuvor Kaffee getrunken haben, um ihn unglaublich zu nennen.

»Sag mal, Cherry ...«

»J-Ja?«

»Willst du nicht vor Walpurga im Schloss sein? Ich glaube, sie geht da vorne.«

Verdammt! Ich fuhr hoch und erkannte ihre Gestalt, die zielstrebig den Teil des Schlosses anstrebte, in der sich mein neues Zimmer befand. War das diese viel gelobte deutsche Überpünktlichkeit?

Blakes Mundwinkel begannen erneut zu zucken. »Willst du meine Hilfe?«

»Nein.«

»Bist du dir da sicher?«

Ich wurde vor Zorn etwas rot im Gesicht, besann mich dann aber doch eines Besseren. »Nur bei der Sache mit Walpurga, ja? Ansonsten lehne ich jede Hilfe von dir ab.«

»Ah, du lernst dazu.« Er verbeugte sich kurz. »Ich werte das mal als reinen Gefallen und keinen Vertrag.«

»Arschloch«, rutschte mir Blakes Kosename über die Lippen, was die Teufelskreatur gar nicht mehr hörte.

Mit ausgebreiteten Armen näherte sich dieser grinsend der Hexe. »Guten Morgen, meine liebe Walpurga. Was für ein schöner Tag, nicht wahr? Die Luft ist so frisch und rein. Da wünsche ich mir manchmal, atmen zu müssen.«

»Blake«, zischte sie und ich erhaschte einen letzten Blick darauf, wie sich ihr Körper vor Abneigung verspannte. »Was willst du von mir?«

Ich nutzte die Gelegenheit und schlich unbeachtet von ihr zu meinem Fenster.

»Ich wollte fragen«, vernahm ich Blakes Stimme weiterhin klar und deutlich, »ob wir neben Wein noch etwas anderes hier herumliegen haben, das für einen solch feierlichen Anlass wie eine Verlobung geeignet ist. Ich habe beschlossen, die Feierlichkeiten zum Ende meines Junggesellenlebens auszudehnen. So eine Vereinigung erlebt man nicht alle Tage. Nun ja, bei mir ist es schon das zweite Mal, aber ich hoffe stark, dass die liebreizende Belladonna meine letzte Verlobte ist.«

Ich biss mir auf die Lippe, um ein Stöhnen im Mund zu behalten. Dämon aus der Hölle – ja, er war eine höllische Nervensäge! Trotzdem wusste er seine unheiligen Fähigkeiten effektiv einzusetzen.

Walpurgas gekreischte Antwort bekam ich nur noch mit einem halben Ohr mit. Immerhin brachte er sie so in Rage, dass ich heimlich zum Fenster hochfliegen konnte. Dieses Mal purzelte ich eher ungelenk in das Zimmer zurück und verschüttete zu allem Übel auch noch Kaffee auf dem Teppich. Nun ja, der war sowieso hässlich.

Und dann stand ich wieder im Königinnengemach – und wusste absolut nichts mit mir anzufangen.

Ich stellte den Kaffeebecher ab und blickte mich unsicher im Raum um. Zwar hatte ich gehofft, dass sich meine Einstellung zu meinen neuen Räumlichkeiten bessern würde, wenn ich erst mal eine Nacht darüber geschlafen hatte, aber ich hegte nach wie vor den Wunsch, absolut alles aus diesem Raum wegzuwerfen.

Meine Finger juckten, und ehe ich michs versah, versuchte ich eine Schranktür mit reiner Muskelkraft abzureißen. Natürlich bewegte sie sich keinen Millimeter. Einen Tritt gegen den Schrank bereute ich sofort mit einem unterdrückten Schmerzensschrei.

Am liebsten würde ich jetzt ein Bad nehmen – ein langes Bad mit Blumen und Ölen, damit ich so tun konnte, als würde ich mir damit die Geschehnisse der letzten Stunden von der Haut abwaschen.

Und da kam mir: Ich war Königin. Ich durfte ein Bad nehmen.

Ich lief zuerst durch eine Tür, die sich als begehbarer Kleiderschrank im Größenmaß einer Kleinwohnung herausstellte, bevor ich das Bad fand.

Protz – musste ich mehr sagen?

Es war alles strahlend weiß mit Goldverzierungen, die man in barocken Kirchen erwartete. Dennoch gab es genügend moderne Annehmlichkeiten wie eine riesige Dusche mit Bodenabfluss und Glasvertäfelung und riesigen kugelförmigen Deckenleuchten.

Es gefiel mir überhaupt nicht.

Trotzdem würde ich mein Bad vorerst einfach genießen. Waren das etwa Whirlpool-Düsen? Nun ... Vielleicht könnte das alles in einer anderen Farbe und mit ein paar weniger kitschigen Verzierungen durchaus Gefallen in mir auslösen.

Ich setzte mich an den Rand der Wanne und ließ warmes Wasser mit Badeschaum ein.

Und dennoch … An mein Häuschen reichte all der Luxus nicht heran. Ich hatte jahrelang dafür gebraucht, es aufzuhübschen, hatte auf neue Möbel gespart und manchmal Nächte vor dem Laptop verbracht, um gewisse Dinge online zu ersteigern. Es war simpel, aber es hatte Herz.

Eigentlich bestimmte die Hexenkönigin, von wo aus sie ihre Regentschaft ausübte. Ich verstand schon, dass man als Königin erhaben vor den anderen Wesen wirken wollte und sich deshalb ein pompöses Schloss erbauen ließ oder sich in einem einnistete. Wenn ich mich recht an den geografischen Hexenunterricht erinnerte, existierte das Schloss bereits seit dem elften Jahrhundert und Königin Sibylle hatte es im späten neunzehnten Jahrhundert übernommen. Die ehemalige Königin stammte aus England und der Buckingham Palace wäre ein bisschen zu auffällig als Domizil gewesen.

Ein unbehagliches Gefühl durchströmte mich bei dem Gedanken, dass Königin Sibylles Besitz nun scheinbar komplett auf mich übergegangen war. Sie hatte sich das alles verdient und mir war es einfach in den Schoß gefallen. Das war unfair.

Ich lag gerade einmal zehn Sekunden in einer schaumigen Wolke, die nach Pfingstrosen und Lavendel duftete, als ich Schritte vernahm. Blake hatte Walpurga wirklich lange abgelenkt.

»Belladonna?«

»Ich bin im Bad!«, schrie ich der anderen Hexe zu.

Ohne anzuklopfen, trat Walpurga ins Badezimmer. Als sie mich nackt im Wasser entdeckte, hob sie nicht einmal eine Augenbraue. »Du badest?«

»Guten Morgen«, begrüßte ich Walpurga und lächelte

schwach. »Ich war gestern zu müde, und da dachte ich, dass ich den heutigen Tag mit einem Bad starte. Bin ich zu spät dran?«

»Absolut nicht«, sagte Walpurga. »Du kannst dir ruhig Zeit lassen und dein Bad genießen. Das Frühstück wird erst in zwei Stunden serviert. Gibt es bei der Gelegenheit etwas, dass du gerne essen würdest?«

»Ich lasse mich überraschen, aber es muss etwas mit Gift dabei sein. Sonst kann ich das Essen nicht vollkommen genießen.«

Walpurga nickte. »Ich werde mich darum kümmern.«

Ich atmete erleichtert auf, als sich die Erdhexe zum Gehen schickte, doch dann blieb sie in der Tür stehen und wandte sich noch einmal an mich. »Warst du gestern bei dem Dämon?«, fragte sie so direkt, dass mein Herz einen Schlag aussetzte. »Habt ihr eure Verlobung *gefeiert*?«

Die Betonung des letzten Wortes ließ keine Zweifel daran offen, dass sie annahm, dass wir uns körperlich nähergekommen waren. Die Unterstellung trieb mir die Schamesröte ins Gesicht.

Sex mit mir war eine Erfahrung. Genau genommen: eine Nahtod-Erfahrung. Eine Erfahrung, die Blake körperlichen Schaden zufügen konnte, da all meine Körperflüssigkeiten Gift waren.

Ich fuhr aus meiner Liegeposition hoch, sodass schaumiges Wasser über die Kanten schwappte. »Was? Nein«, stritt ich sofort ab. »Ich war die ganze Nacht allein.«

Zwar nicht in meinem Königinnengemach, aber das musste Walpurga ja nicht wissen.

»Dämonen sind unsere Feinde«, grollte Walpurga kehlig. »Das darfst du niemals vergessen. Er wird probieren, dich mit Schmeicheleien und Geschenken um den kleinen Finger zu wickeln, weil ihm dann dein Herz und deine Seele am allerbesten schmecken.«

Ich war ja nicht blöd. Er überschüttete mich förmlich mit Schmeicheleien, und nun konnte ich einen kitschigen Kaffeebecher mein Eigen nennen und einen Goldring, der so unglaublich schön war, den ich gleichzeitig aber niemals würde tragen können, ohne meine Schwestern zu verraten. Ich erwartete das nächste unnötige Geschenk spätestens zum Abendessen und spekulierte auf ein hässliches Gemälde oder eine abstruse Skulptur.

»Das verstehe ich natürlich ... Aber warum hat sich dann Königin Sibylle mit ihm verlobt?«, warf ich ein. »Sie hat das freiwillig getan oder irre ich mich?«

Ich wusste ja, dass Dämonen böse Wesen waren, und deshalb ergab die *freiwillige* Verlobung mit einer solchen Kreatur überhaupt keinen Sinn in meinen Augen.

Walpurga schwieg. Ich sah ihr an, dass sie mit einer solchen Frage nicht gerechnet hatte. »Sie hatte ihre Gründe. Aber sie war sehr weise und ihre Gabe hat es dem Dämon unmöglich gemacht, sie auszutricksen. Sie hatte stets die Kontrolle über ihn. Nicht er über sie.«

Damit verschwand sie aus dem Badezimmer. Das Ungesagte zwischen uns hing schwer in der Luft: *Du bist schwach, Belladonna.*

13. Kapitel

WISTERIA

Blauregen – Glyzine

Umhüllt von einer wohlriechenden Wolke Pfingstrosen-Duft wurde ich von Walpurga in das Esszimmer geführt. Ganz verliebt in die Wirkung von königlichem Shampoo spielte ich mit meinen weichen Haaren und bestaunte den riesigen Raum, der sich vor mir erstreckte. Die Festtafel war mehrere Meter lang und lud zu ausladenden Banketten ein. Nun hatte man aber gerade zwei mickrige Goldteller mit passendem Besteck und schlichten Kristallgläsern auf der burgunderroten Tischdecke platziert. Die gefüllten Blumenvasen auf dem Tisch erfreuten mich nur so lange, bis ich bemerkte, dass der vermeintliche Strauß aus Plastik war. O Göttin, ich erkannte sogar Staub auf den ausgebleichten Blättern!

Fing ich gerade allen Ernstes wegen Plastikblumen beinahe an zu hyperventilieren?

Ein paar frische Blumen und ein bisschen weniger Goldkitsch würden der Inneneinrichtung echt guttun. Ich fand die floralen Zierden normalerweise recht schön, aber es war einfach zu viel. Es war mir auch einfach zu … zu rot. Da wurde man schon vom Hinsehen ganz aggressiv.

Konnte ich Walpurga einfach fragen, ob man das ganze Interieur wegschmeißen oder von mir aus verschenken konnte? Wenn ich ehrlich zu mir war, dann wurde mir von Raum zu Raum unwohler.

Ich war die Königin, jedoch fühlte ich mich wie ein einfacher Gast, der dem Schloss zum ersten Mal einen Besuch abstattete. Ich war unruhig und konnte mich nicht entspannen, obwohl das mein neues Zuhause sein sollte.

Ich setzte mich an den gedeckten Tisch und ließ dabei den Stuhl im Barockstil ordentlich quietschen. Sofort eilte eine eindeutig menschliche Bedienstete herbei und fragte, was ich trinken wollte.

Ich zögerte etwas. »Kräutertee mit … Ähm. Nun …«

Hilfe suchend glitt mein Blick zu Walpurga. »Alle Menschen im Schloss haben einen Vertrag geschlossen. Sobald sie etwas über uns Hexen an Unbeteiligte weitertratschen, hört ihr Herz sofort auf zu schlagen. Das Gleiche passiert, wenn sie etwas niederschreiben würden, das uns schaden würde. Bild- und Videomaterial schließt das mit ein.«

Diese Aussage kam so plötzlich und überraschend – und gleichzeitig so kalt und emotionslos, dass ich erschrocken aufkeuchte. Mit weit aufgerissenen Augen und offenem Mund starrte ich das Dienstmädchen an. Sie war ungefähr in meinem Alter, und ich konnte mir schon vorstellen, dass die einzige Verlockung für so einen Job Geld war. Wofür sie das Geld brauchte, darüber wollte ich nicht urteilen. Sie konnte ein krankes Familienmitglied haben, welches dringend ärztliche Hilfe benötigte, oder ihre jüngeren Geschwister allein versorgen.

Als ihr mein Starren sichtlich unangenehm wurde, sagte sie: »Es ist mir eine Ehre, als einfacher Mensch der mächtigen Königin der Hexen dienen zu dürfen. Dürfte ich nun wissen, was Ihr zu trinken wünscht? Kräutertee mit Gift nehme ich an?«

»Ja.«

»Und Ihr, geschätzte Walpurga?«

»Dasselbe wie immer, Estella.«

Das Dienstmädchen nickte und eilte davon.

»Es wird keine Hexenverbrennungen mehr geben«, erklärte Walpurga mit schmalen Lippen. »Keine Hexe wird wegen geschwätzigen Menschen auf dem Scheiterhaufen landen – wobei es damals in erster Linie sowieso deren unglückselige Mitmenschen getroffen hat. Trotzdem: Die Blutsschuld, die die Menschen an unseren verstorbenen Schwestern tragen, werden sie noch viele weitere Jahrhunderte mit solchen Verträgen abbezahlen müssen.«

»Sie alle sind also Verträge mit einem Dämon eingegangen?«, fragte ich und die Härchen auf meiner Hand stellten sich auf. »Etwa mit Blake?«

Walpurga sagte nur: »Nein. Blake ist doch ein Lichdämon.«

Okay. Ich hatte keine Ahnung, was das nun wieder zu bedeuten hatte.

Konnten Lichdämonen keine Verträge schließen? Doch. Das hatte Blake gesagt, als er Walpurga fast erwürgt hatte. Dann nicht auf eine solche Art und Weise?

Ich wusste absolut nichts über Dämonen, außer dass man sich von ihnen fernhalten sollte.

Walpurga ließ keine Sekunde vergeudet verstreichen – und erlaubte mir damit nicht einmal, die Frage nach weiteren Dämonen im Schloss zu stellen. »Die Mahlzeiten waren bei Königin Sibylle so gesetzt, dass um acht Uhr morgens das Frühstück serviert wurde, um dreizehn Uhr gab es Mittagessen, um sechszehn Uhr wurde der Nachmittagstee gereicht und um zwanzig Uhr das Abendessen. Hast du Änderungswünsche?«

Acht, dreizehn, sechszehn, zwanzig – wiederholte ich in

Gedanken, um es mir besser zu merken. Seit der Akademiezeit hatte ich keine regelmäßigen Mahlzeiten mehr eingenommen. Ich glaube, dass das typisch für all jene ist, die alleine wohnten und schließlich um ein Uhr nachts den Kühlschrank auf der Suche nach Eis und Schokochips plünderten – nur um festzustellen, dass man seit einer Woche nicht mehr einkaufen gewesen war.

»Hört sich gut an.«

»Gibt es irgendwelche Essenswünsche, die ich in den nächsten Tagen an die Chefköchin weitergeben sollte?«

»Viel Gift«, sagte ich. »Am besten pflanzlich gewonnen, aber ich nehme zur Not auch tierische Gifte oder chemisch hergestellte Toxine.«

»Bei jedem Essen – und beim Tee auch?«

Ich nickte. »Wenn es keine Umstände bereitet.«

»Nun ... Ich denke, dass es für die Menschen durchaus bedenklich ist, wenn sie mit Gift kochen, aber ich werde eine Lösung finden.«

Estella kam mit meinem Tee und Walpurgas Espresso auf einem wirklich süßen Servierwägelchen zurück. Auf die anderen Bediensteten, die ihr rasch folgten, achtete ich zuerst nicht – bis mir der Geruch von geschmolzener Butter und Zitrusfrüchten in die Nase stieg.

Ich kam gar nicht mehr aus dem Staunen heraus, als die Angestellten des Schlosses den Tisch rasch mit zahlreichem Obst und Süßspeisen deckten. Ich hatte im Chaos Walpurga nicht darüber aufgeklärt, dass ich mich vor allem pflanzlich ernährte und nur selten auf tierische Produkte zurückgriff, aber der Auswahl nach zu urteilen, hatte sie es sich bereits denken können.

Ich hielt mir die Hände vor den Bauch. Erst jetzt bemerkte

ich, wie ausgehungert ich wirklich war und dass mein Magen sich schon fast selbst verdaute.

Mir lief das Wasser im Mund zusammen, als Estella mir auf einem weißen Teller mit Goldrand das perfekte Frühstück servierte.

»Ich dachte, dass es deinem Geschmack entsprechen würde.«

»Pfannkuchen mit Ahornsirup garniert mit Glyzinien? Ich könnte mir keinen besseren Start in den Tag vorstellen.«

Die violett-blauen Blüten waren zwar wunderschön anzusehen, aber nicht sonderlich toxisch. Als Königin nahm ich mir mal das Anrecht heraus, mit dem Essen zu beginnen.

Kaum hatte ich ein Stückchen geschluckt, stöhnte ich verzückt auf. Die Köchin hatte zweifelsfrei den hochgiftigen Samen zerstampft und als Mehl für den Teig verwendet.

Walpurga schenkte mir ein seltenes Lächeln. »Erlaube mir die dumme Frage: Was würde passieren, wenn du zu wenig oder gar kein Gift zu dir nimmst?«

Ich zuckte mit den Schultern. »Dann werde ich wohl einfach richtig schlecht gelaunt sein.«

Bisher hatte ich nie länger als zwei Tage ohne Gift verbracht, dennoch nahm ich an, dass ich nicht einmal ernsthafte Entzugserscheinungen bekommen würde, da mein Körper selbst Gift produzierte. Es waren mehr der vertraute Geschmack und das Gefühl, welche ich vermissen würde.

Wenn wir Gifthexen uns auf ein Motto einigen würden, wäre es in etwa: »Das Gift ist unser engster Freund, unser treuester Begleiter und unser leidenschaftlichster Liebhaber.«

Ich weiß, das klang lahm. Ich war ja auch keine PR-Beraterin, sondern eine Hexe.

»Nun. Das wollen wir ja nicht riskieren.«

In der Akademie hat es mir zwar auch nie an ausgewogenem Frühstück gemangelt, aber wenn man für knapp vier Dutzend Mädchen und eine Handvoll Lehrerinnen kochte, dann gab es nun mal jeden Tag dasselbe und das möglichst billig.

Und Restaurants und Lieferservices kochten bedauerlicherweise ohne Gift. Ich konnte keine Pizza Funghi mit Fliegenpilzen bestellen.

»Es gibt zwei Dinge, die ich gerne mit dir als Königin besprechen möchte.« Walpurga klappte die Hülle ihres Tablets auf und zückte einen Stift. Ich war so selig von dem ausgiebigen Frühstück, dass ich bloß artig nickte. Gerade füllte ich eine Schüssel mit Obst, Joghurt, Cornflakes und – ach, die Königin hatte auch Marshmallows und Zuckerstreusel verdient. »Die Vorbereitung auf Samhain und ein Vorstellungsgespräch. Womit möchtest du anfangen?«

»Vorstellungsgespräch?«, wiederholte ich verwirrt. Wer sollte sich vorstellen? Ich? Vor wem? Der Göttin?

»Wir haben hier eine Hexe, die gerne in der hauseigenen Bibliothek als Bibliothekarin und Übersetzerin anfangen würde. Du wirst sie später kennenlernen und entscheiden, ob du ihr die Stelle geben willst.«

»Wir haben eine Bibliothek? *Ich* habe eine Bibliothek?«

Walpurga hob genervt eine Augenbraue. »Selbstverständlich. Königin Sibylle hat unzählige Schriften anderer Hexenköniginnen ausfindig gemacht und sie in mühevoller Arbeit genauestens übersetzen lassen. Zudem gibt es verschiedene Hexenlexika und ausgewählte Werke aus der Literatur.«

Ach, *so* eine Bibliothek …

Hatte ich Dummkopf echt erwartet, dass die Hausbibliothek auch Mangabände meiner liebsten Reihe um dämonentötende Soldaten im Angebot hatte? Oder diese eine Buchserie mit den ganzen übernatürlichen Wesen, die ich natürlich nur wegen der fesselnden Handlung las und nicht wegen der seitenlangen erotischen Szenen.

»Stimmt etwas nicht? Du bist auf einmal so rot im Gesicht.«

Meine Wangen brannten. »Das ist der Tee. Ich lese gerne historische Schriften. Ich mag die Geschichten von, äh, Königin Mara. Äh … Also weiß diese Hexe, dass ich die neue Königin bin? Wurde es schon öffentlich gemacht?«

Und warum kam dann nichts von Amari? Mein Telefon hätte explodieren müssen vor Nachrichten und Anrufen meiner besten Freundin.

»Es hat sich leider noch weiter herumgesprochen.« Walpurga knurrte. »Kein Familiar ist so schnell wie das Internet. Dennoch wirst du deinen ersten Auftritt als Königin erst nach Samhain haben.«

»Warum das?«

»Samhain ist das Fest der Verstorbenen. Den Rest des Hexenjahres werden wir Königin Sibylles Leben gedenken und nicht etwa dich als ihre Nachfolgerin feiern. Aber du kannst dir schon Gedanken über Yule machen.«

Das bedeutete, dass ich ganze zwei Monate Schonfrist hatte. Zwei Monate, in denen ich alles versuchen musste, in diese Rolle hineinzuwachsen – oder zumindest eine bessere Schauspielerin zu werden.

Mein Debüt als Hexenkönigin war nun genauestens auf den einundzwanzigsten Dezember festgelegt, auf die Wintersonnenwende. Ein paar Tage vor dem menschlichen Weihnachten feierten wir Hexen die Rückkehr der Sonne und somit auch den Beginn eines neuen Kreislaufs. In den Hexenbüchern würde einmal stehen, dass an Yule die Regierungszeit von Königin Belladonna begann – und ich konnte nur darauf hoffen, dass man einmal Gutes über mich zu berichten hatte.

Ich war so versunken in meinen Gedanken, dass ich den Dämon erst bemerkte, als er den Stuhl neben mir mit einem ähnlichen Quietschen wie zuvor wegzog. »Als Verlobter der Königin bestehe ich darauf, dass diese grässlichen kitschigen Stühle endlich auf dem Sperrmüll entsorgt werden.«

»Blake?«

»Guten Morgen, meine wunderschöne Verlobte.«

Der Dämon näherte sich meinem Gesicht, so als würde er mir zur Begrüßung einen Kuss auf die Wange geben. Ich war mir fast sicher, dass es für Walpurga genau so aussah – und dass das seine Absicht war.

»Cherry«, flüsterte er mir dabei ins Ohr. »Hallo.«

»Was machst du hier?«, zischte Walpurga ihn feindselig an.

»Frühstücken.«

»Was machst du hier?«, wiederholte sie mit Nachdruck und der Esstisch erzitterte unter ihrer elementaren Kraft.

Eilig griff ich nach meinem Frühstücksteller und hob ihn zur Sicherheit hoch.

Ich sah bereits eine knöcherne Hand vor mir, die Walpurga gegen die nächste Wand schleuderte, während die Hexe mit einem noch stärkeren Angriff konterte.

Doch erstaunlicherweise blieb der Dämon äußerst gelassen.

»Nur weil ich nicht essen muss, bedeutet das nicht, dass ich nicht zusammen mit meiner Verlobten das eine oder andere Mahl genießen kann.«

»Das hast du bei Königin Sibylle nie getan.«

»Belladonna ist ja auch nicht deine ach-so-tolle Königin Sibylle. Belladonna ist Belladonna, *Cherry*.«

»Cherry?«, wiederholte Walpurga nahezu fassungslos und taxierte mich mit ihren Blicken.

Wenn ich einfach so tat, als würde das alles gerade nicht passieren, dann vergaß Walpurga es vielleicht. Also aß ich genüsslich meinen Joghurt weiter, während die Erdhexe auf eine Antwort wartete.

»Äh … Guten Morgen.« Estella trat erneut an den Tisch – und sie schien ganz schön verängstigt zu sein. »Was darf ich Euch bringen? Ihr esst zum ersten Mal an diesem Tisch.«

»Wie wäre es, wenn du dir statt mir einen Kaffee gönnst?«, sagte Blake. »Verschwende weder deine Zeit noch Lebensmittel an einen Toten wie mich. Ihr Menschen habt doch nur einen Augenblick auf dieser Welt.« Auf einmal bemerkte ich eine große Silbermünze zwischen Blakes schlanken Fingern hervorblitzen. »Außer du wünscht dir ein längeres Leben.«

Walpurga schlug mit den Handflächen auf den Tisch. »Lass deine Klauen von ihr, Drecksdämon!«

Durch ihren Wutanfall erstickte ich nahezu an einer Erdbeere.

»Na ja, es wäre nicht der erste Vertrag, den sie mit einem Dämon eingegangen ist«, sagte er lässig und mit einem erhabenen Grinsen im Gesicht. »Carmillas ekelhaften Geruch würde ich überall erkennen. Hat Königin Sibylle auch mit den Vampiren verkehrt? Ach, du musst mir auf diese Frage keine Antwort geben.«

»Stimmt das?«, richtete ich die Frage an Walpurga.

»Ich habe dir bereits erklärt, dass die Menschen ihre Schuld an uns begleichen. Die Vampirin ist nur ein Mittel zum Zweck. Sie hat die Verträge geschlossen und dafür Blut bekommen. Selbstverständlich würden wir Hexen nie engere Beziehungen mit Dämonen pflegen. Das ist alles rein geschäftlich.«

Blake schnaubte. »Natürlich.«

»Was willst du damit sagen?«

»Würden Hexen und Dämonen nur *geschäftliche* Beziehungen pflegen, würde die ganze Faespezies nicht existieren.«

Damit hatte Blake mehr als recht. Es war ein offenes Geheimnis, dass Hexen und Dämonen Liebschaften miteinander führten und Kinder zeugten. Allein dass Blake jetzt am Tisch saß, zeigte doch, dass Hexen und Dämonen sich hin und wieder zusammenrauften – auch wenn ich mich unwohl dabei fühlte. Walpurga musste es nicht als Sakrileg hinstellen.

»Nun. Wir Hexen sind nicht unfehlbar.«

»Ach, was du nicht sagst.«

»Wage es nicht!«

»Was soll ich nicht wagen?«

»Wir sind mit der Besprechung noch nicht fertig«, unterbrach ich die Zankenden mit dunkler Stimme. Die Erdbeere, die mich beinahe das Leben gekostet hätte, kratzte an meinen Stimmbändern. »Lasst die kindischen Streitereien und, Walpurga, sag mir, was ich an Samhain erwarten darf. Äh, das war jetzt etwas zu harsch, oder?«

»Gesprochen wie eine echte Königin«, lächelte mich Blake von der Seite an. »Wunderschön.«

Walpurga zischte Blake giftig an, bevor sie mit normaler Stimme fortfuhr: »Normalerweise feiern wir an Samhain das Endjahresfest, aber das wird dieses Jahr wegen Königin Sibylles Tod ausfallen. Ich werde mir stattdessen an Samhain freinehmen«, verkündete Walpurga überraschend.

»Warum das?«

»Ich trauere um eine langjährige Freundin und Gefährtin. Ich hoffe, dass ich ihrem Geist an diesem Tag etwas näher sein kann.«

»N-Natürlich.«

Es war mehr als selbstverständlich, dass Walpurga einen Tag für sich und ihre Trauer haben wollte. Seit Königin Sibylle gestorben war, hatte sie keine Zeit für sich gehabt, sondern hatte sich auf meine Ankunft vorbereitet.

Wohingegen ihr Verlobter ... Blake hatte die Zähne so fest aufeinandergebissen, dass sein Kiefer hervortrat. Das war immer noch nicht das Gesicht eines Trauernden.

»Natürlich werden die menschlichen Angestellten sich um dein Wohlbefinden kümmern. Dir steht frei, wie du den Tag gestalten möchtest.«

Ich hatte Samhain stets mit Cider von *Sheppy's* vor dem Fernseher verbracht, mir Halloween-Klassiker angeschaut und die Augen verdreht, sobald wir Hexen als irgendwelche alten hässlichen Weiber mit Buckeln, Warzen und schlechtem Modegeschmack dargestellt wurden. Diesen Stereotyp hatten ängstliche Männer erschaffen, die nicht damit klarkamen, dass wir Hexen alle jung und hübsch waren, wenn ich jetzt mal so eingebildet sein durfte.

»Du könntest zum Beispiel ein rituelles Bad nehmen, dann meditieren und der Göttin für die Ehre der Krone danken«, plante Walpurga trotzdem meinen Tag durch. »Schließlich wurde vor all den Jahrtausenden an genau diesem Tag Königin Lilith als erste Königin berufen. Möglicherweise greift dir unsere gnädige Göttin dann etwas unter die Arme.«

»Ja. Gute Idee«, murmelte ich in meinen Tee, der inzwischen ganz kalt war. »Vielleicht sollte ich noch ein paar Kerzen kaufen.«

Ich versuchte mir mein Frühstück weiter schmecken zu

lassen, aber Walpurga und Blake beobachteten jede meiner Bewegungen. Bei Walpurga hatte ich Angst, etwas falsch zu machen, und von Blakes Seite befürchtete ich jederzeit einen blöden Anmachspruch. Mein Magen schnürte sich zu.

Konnte ich mein Müsli nicht beim Fernsehen löffeln?

Als wäre dieses Mahl nicht schon seltsam genug, wurden beim nächsten Aufschwingen der Tür keine weiteren Köstlichkeiten an den Tisch gebracht.

Eine Hexe, welche äußerlich ungefähr in meinem Alter sein musste, trat ein und füllte den Raum mit ihrer Aura. Ihre Haare waren lang und so schwarz und glänzend wie Tinte. Sie trug ein weißes Kleid, welches ihre dunklen Augen und roten Lippen noch mehr herausstechen ließ.

Als unsere Blicke sich begegneten, schenkte sie mir ein warmes Lächeln und mein Herz beschleunigte sich unwillkürlich. Das fiel auch dem Lichdämon auf, der beleidigt grummelte.

»Meine Königin«, verneigte sich die Hexe vor mir. Selbst ihr weißer Wolf zollte mir Respekt und senkte das Haupt. »Es ehrt mich, dich persönlich kennenlernen zu dürfen.«

»Anastasia – du hier?«, staunte Walpurga. Sie verschränkte die Arme abweisend vor der Brust und lehnte sich im Stuhl zurück. »Ich dachte, dass du zurück in die Heimat gehst.«

»Die Heimat kann warten«, winkte Anastasia schnell ab. »Ich habe beschlossen, dass die Freude über die neue Königin meine Trauer besiegen muss. Ich kann diesem Schloss nicht einfach den Rücken kehren wie Sayaka oder Lin. Das hier war für Jahrzehnte mein Zuhause. Ich weiß gar nicht mehr, wie mein Leben vorher war.«

Dies war keine Anschuldigung, aber trotzdem fühlte ich mich schlecht.

»Ich bin Belladonna«, versuchte ich die Situation zu retten. »Ich ...« *Ich bin die Königin,* kam mir einfach nicht über die Lippen. Es hörte sich falsch an oder wie ein schlechter Scherz. Ich fühlte mich nach wie vor nicht wirklich wohl dabei.

Anastasia hopste leichtfüßig auf den Tisch zu und angelte sich einen Apfel vom Obstteller. Sie zog einen Dolch unter ihrem Kleid hervor und spaltete den Apfel gekonnt vor unseren Augen.

Walpurga platzte fast vor Ärger.

»Ich weiß. Mein Name ist Anastasia – und mein Familiar ist Fenris. Ich war die Feuerhexe im Elementar-Zirkel der Königin.«

Ich nickte mechanisch.

Ich musste, sobald es ging, selbst einen Coven gründen, der meine Macht als Königin stärkte.

Anastasia wirbelte den Dolch zwischen ihren Fingern umher. »Ich denke, dass ich bis Yule am Hof verweilen werde. Das bereitet doch keine Umstände – oder?«

»Natürlich ni–«

»Wenn es sein muss«, übertönte Walpurga meine Stimme.

Ich merkte deutlich eine Spannung zwischen Walpurga und Anastasia, aber vielleicht war das auch bloß dem Ableben der alten Königin geschuldet. Anastasia schien zu trauern, das konnte selbst ihre überdrehte Art nicht verbergen, und Walpurga hatte beschlossen, die neue Königin zu fördern.

»Nun. Dann lasse ich Walpurga mal weiter dirigieren. Das kann sie bekanntermaßen am besten.«

Mit diesen Worten verschwand Anastasia, wobei sie mir vom Türrahmen noch kurz zuwinkte, was ich erst erwiderte, als sie längst aus dem Raum war.

Die Erdhexe hatte es auf einmal richtig eilig. »Wir sollten die Bewerberin nicht länger warten lassen. Du bist fertig mit dem Essen, nehme ich an?«

»Nicht so schnell.« Für einen kurzen Moment hatte ich das teuflische Geschöpf an meiner Seite vergessen. »Ich habe eine Frage an dich, Cherry …«

14. Kapitel

DELPHINIUM ELATUM

Hoher Rittersporn

»Mein Platz ist ganz schön unbequem.«

»Gut, ich hoffe, das ist dir eine Lehre.«

Unbeeindruckt von dem Genörgel saß ich auf meinem Thron und bewunderte den Saal, der sich in meiner Abwesenheit noch weiter verändert hatte: Der Hohe Rittersporn erwies mir in all seiner blauen Pracht die Ehre und ich verbeugte mich vor dem Gewächs. Eigentlich dürfte die Pflanze in England nicht gedeihen. Man traf den Rittersporn eher in kühleren Gebieten wie den Alpen an, teilweise auch in Russland oder Asien, aber nun wuchs sie fröhlich in meinem Thronsaal und sagte mir, dass es ihr in der Nähe ihrer Königin weitaus besser gefiel.

»Mach es dir gemütlich, Roberta«, teilte ich dem Rittersporn mit.

Das Meer aus grünen Blättern und blauen, violetten und pinken Blüten zu meinen Füßen füllte mich mit so viel Glückseligkeit, dass ich beinahe den motzenden Dämon vergaß. Die Wände waren nun beinahe vollständig mit grünen Ranken bedeckt, die ihr eigenes Muster bildeten, das so wild und wunderschön war, dass kein Künstler jemals diese unbefangene Naturgewalt festhalten konnte. Auf den Fenstern begann sich ebenfalls ein Muster zu formen – auch wenn es noch sehr unscharf wirkte. Es war grün mit ein bisschen Schwarz und Gelb, nein, Gold. Ich versuchte durch Anstarren, das Muster zu erkennen, jedoch blieb es verschwommen und körnig.

»Ich hätte gerne einen anderen Platz«, fing Blake dann wieder zu nörgeln an und blickte dabei schamlos auf meinen Schoß. »Einen, der etwas bequemer und für den zukünftigen Prinzgemahl angemessen ist.«

»Natürlich« sagte ich. »Der angemessene Platz wäre dann dein Zimmer. Die Hexenkönigin braucht ihren Verlobten nicht bei hexeninternen Angelegenheiten. Du kannst gerne gehen, wenn du nur rumjammerst.«

Falls Walpurga körperlich dazu imstande war, dann kicherte sie gerade schadenfroh.

Blake grinste allerdings bloß verzückt. »Du hast mich gerade zum ersten Mal deinen Verlobten genannt.«

Ich hatte nicht gerade wenig Lust, ihn mit Giftefeu einzuwickeln, aber ich wollte die Bewerberin nicht mit dem Anblick eines vergifteten Dämons verschrecken – auch wenn die Lust ins Unermessliche anstieg, je ungeduldiger er auf seinem Platz herumrutschte.

Immer, wenn ich dachte, dass ich Blakes Anwesenheit halbwegs tolerieren konnte und die nächsten sechs Monate nicht die pure Hölle werden würden, bewies er, dass Dämonen hinterhältige Kreaturen waren.

Blake hatte mich beim Frühstück so etwas gefragt wie: »Willst du, dass ich dich heute begleite?«

»Nein.«

»Bist du dir sicher?«

»Ja.«

»Bist du dir nicht sicher, dass du dir sicher bist?«

Bevor ich ohnehin wieder ins Fettnäpfchen trat, war ich schwach geworden und hatte dem Lich erlaubt, anwesend zu sein. Ich bereute es von dem Moment an, als er sich einfach auf die Thronlehne gesetzt hatte. Nun sah ich wie eine Witzfigur von Königin aus – und ich war mir sicher, dass das genau seine Absicht war.

Auf der rechten Seite meines Throns hockte Blake, auf der linken Seite stand Walpurga. Das ganze Szenario erinnerte mich an eine Engelchen-Teufelchen-Situation, in der ich jederzeit erwartete, dass Blake dämonische Hörner wuchsen. Solch schwarze, glänzende Hörner wie aus purem Obsidian gemeißelt.

Ich fand es nach wie vor beängstigend, dass Dämonen einfach so ... so verdammt gut aussehend waren. Die Hörner würden perfekt zu seinen schwarzen Augen und dem dunklen Haar passen, welches sich scharf von seiner hellen Haut abhob. Sie würden seine heraustretenden Wangenknochen und das markante Kinn noch besser unterstreichen und diesen feinen Hauch von unwirklicher Schönheit noch besser zur Geltung bringen.

Ich schüttelte den Kopf – fassungslos von meiner Torheit.

Die Seelen von Dämonen waren immer noch so verdorben wie ihr wahres Aussehen, aber ich konnte so langsam nachvollziehen, warum Menschen sich derart leicht auf einen Pakt einließen. Einem solch gut aussehenden Mann würde man vieles einfach glauben und jede seiner süßen Lügen wie Kuchen schlucken. Eigentlich ähnelten diesen Kreaturen meinen geliebten Giftpflanzen: Man war so lange von ihrer Schönheit abgelenkt, bis man ihrer Tödlichkeit erlag.

»Bist du bereit, die Hexe zu empfangen?«, fragte mich Walpurga, bevor ich weiter über Blakes Hülle fantasieren konnte.

»Heiß ... Ich meine ja. Ja!«

Meine Damen und Herren, Hexen und Dämonen: Das war die amtierende Königin der Hexen ... Die Hexenkönigin, die ihren dämonischen Verlobten gerade lüstern angaffte.

Aus diesem Grund war es absolut unverständlich, warum die Göttin jemanden ausgewählt hatte, der so unreif war wie ich, um das Hexenvolk anzuleiten.

»Herein!«, hallte Walpurgas Stimme durch den Saal und magieverstärkt wohl auch durch die Wände.

»Ach ja, die Hexe meinte, dass sie mit dir die Akademie besucht hat«, ließ sie kurz und knapp fallen.

»Was? Wer?«

Jedoch schwangen bereits die Flügeltüren auf und eine grüne Gestalt mit dunkler Haut und gesenktem Kopf bahnte sich einen Weg durch den Saal. Je näher sie dem Thron kam, desto mehr erkannte ich von ihr: Sie trug einen giftgrünen Sari mit wunderschönen goldenen Blumen-Stickereien. Die festliche Kleidung mit dem edlen Goldschmuck lenkte mich so von ihrem Gesicht ab, dass ich sie auf den ersten Blick gar nicht zuordnen konnte.

Aber dann erkannte ich endlich die vertrauten dunklen Augen.

»Ishita!«, freute ich mich. »Hallo!«

Ich wollte schon aufspringen und meine Bekannte für eine sichere Sekunde umarmen, doch Walpurga packte mich an der Schulter und hielt mich mit voller Kraft zurück.

Auch in Ishitas Gesicht stahl sich ein erleichtertes Lächeln, als sie merkte, dass ich mich noch an sie und unsere Zeit in der Schule erinnerte. »Bellado–«

»Königin Belladonna«, fuhr Walpurga scharf dazwischen. »Vor dir sitzt die Königin der Hexen, die Hohepriesterin der Göttin. Zeig etwas mehr Respekt.«

Walpurga hatte Ishita angemahnt – und trotzdem zuckte nicht nur die jüngere Hexe, sondern selbst ich auf meinem Thron zusammen.

Ich war Königin – aber auch noch Belladonna. Ich hatte ein Drittel meines jungen Lebens in der Akademie verbracht – hatte ein Leben vor dieser ungewollten Krone gehabt – und Ishita hatte dazugehört.

Ich glaubte mich zu erinnern, dass sie zwei oder drei Jahre jünger war als ich, und wenn ich mich nicht irrte, war sie eine Lufthexe. Am meisten war mir in Erinnerung geblieben, dass die stets so stille und ruhige Ishita ihren Besen zerbrochen hatte, nachdem ich ihre Gruppe beim Besenreiten geschlagen hatte.

Ich hatte ihre Wut jedoch verstanden. Ich wäre auch megasauer, wenn eine Feuerhexe auf einmal besser Gift brauen könnte als ich.

Die Hexe kniete sich ungelenk vor mich hin, was mich angesichts ihres Saris nicht überraschte. Hätte Walpurga nicht so extrem finster dreingeblickt, hätte ich sofort gesagt, dass sie sich die Förmlichkeiten sparen konnte. Vor ein paar Jahren hatten wir beide noch die gleiche schwarze Schuluniform getragen.

»Meine verehrte Königin Belladonna«, verneigte sich Ishita vor mir. »Hiermit will ich mich als königliche Bibliothekarin für die königliche Bibliothek bewerben.«

»Wir könnten ein Trinkspiel machen«, flüsterte Blake mir zu. »Immer wenn das Wort ›königlich‹ oder ›Königin‹ fällt, trinken wir einen Shot.«

»Nein.«

»Wir können auch gemeinsam aus einer Flasche trinken. Schließlich sind wir verlobt.«

Und ich könnte Blake jedes Mal, wenn er die Worte ›verlobt‹, ›Verlobte‹ oder ›Verlobung‹ in den Mund nahm, eins mit einer Flasche über den Kopf ziehen. Das würde mir sehr viel mehr Spaß bereiten, als Alkohol zu trinken, welcher lediglich überschätztes Gift für mich war.

»Belladonna«, zischte Walpurga. »Deine Antwort.«

»Ähm. Okay.«

Verdammt! Ich konnte dieses Wort aus meinem Mund schon gar nicht mehr hören.

»Erzähle uns doch etwas mehr über deine Fähigkeiten«, sagte Walpurga und überspielte gekonnt meine Inkompetenz. »Die Stelle der Bibliothekarin wird nur alle paar hundert Jahre frei. Es ist die Chance deines unsterblichen Lebens.«

»S-Selbstverständlich.« Ishita nickte eifrig. »Ich kann Latein und Altgriechisch lesen, daneben auch einige alte, indische Schriftsprachen. Ich habe mehrere Briefwechsel zwischen Königin Aarany und ihrem Harem vom Indischen ins Englische übersetzt.«

»Harem?«, hatte Blake nur Ohren für das für ihn einzig Wichtige und das absolut Banalste in Aaranys ruhmreicher Geschichte als Lichthexe und dritte Königin der Hexen.

Ishita sah nach langer Zeit wieder auf und wurde bleich, als sie Blake wahrnahm – und offenbar zum ersten Mal seine Aura spürte. Es war wohl ihrer Aufregung geschuldet, dass sie mein Teufelchen bis jetzt nicht bemerkt hatte. Oder sie hatte es unkommentiert hingenommen, dass ein gut aussehender Mann neben mir auf dem Thron hockte. Viele Königinnen waren Exzentrikerinnen gewesen, welche sich zum Beispiel Totenschädel ihrer Feinde zuerst rosa anmalen und dann einen Torbogen daraus gestalten ließen.

Ishita hatte ihren Mund zwar offen, allerdings drang kein einziges Wort heraus. Sie hatte doch nicht etwa ...

»Du musst keine Angst vor Blake haben«, log ich. »Er wird dir nichts tun.«

»Alles, was meine Königin wünscht«, säuselte er zuckersüß. »Und noch viel mehr.«

Wie viele Leute brauchte es eigentlich, um dieses Schloss am Laufen zu halten? Wenn es nach mir ginge, würde ich bis zum Ende der Verlobung bloß die nötigste Anzahl an Bediensteten einstellen – Ishita wollte ich allerdings nicht wieder wegschicken.

»Äh ... Also, ähm«, versuchte sie den Faden wieder aufzunehmen. »Ich kann auch deine Geschichte niederschreiben.«

Ich stöhnte laut. »O Göttin, bitte nicht.«

Vor mir sah ich schon ein in Leder gebundenes Grimoire mit vergilbten Seiten, in welchem mit grüner Tinte geschrieben stand:

Königin Belladonna verlobte sich in der ersten Stunde ihrer Regentschaft unwissentlich mit einem nervigen Dämon aus der Hölle, der zeitgleich der Verlobte der verstorbenen Königin Sibylle war. Was sollte da schon schief gehen?
Alles.

»Oh ... Dann nicht.«

Sie klang so gekränkt, dass ich sofort Gewissensbisse bekam. Ich hätte sie gerne über die ganzen Umstände aufgeklärt, aber ich wollte nicht vor Walpurga – und erst recht nicht vor Blake – meine Schwäche eingestehen.

»Indisch, Latein und Griechisch sind schön und gut, aber die alte Bibliothekarin hat bereits alles übersetzen lassen«, spielte Walpurga Ishitas Fähigkeiten herunter. Ich selbst konnte neben Englisch nur ein paar Brocken Französisch und Deutsch. Bei Latein riet ich meist wild drauf los, was die Worte bedeuteten. Je mehr es nach alter Gothic-Novel klang, desto besser.

Ishita schluckte schwer und selbst Blake grummelte bei Walpurgas übertriebener Strenge. Gab es eine Hexe, die besser als Bibliothekarin geeignet war? Mit hoher Wahrscheinlichkeit schon.

»Eingestellt«, sagte ich und faltete die Hände vor der Brust. »Ishita kann baldmöglichst anfangen. Es wird alles vorbereitet sein.«

Allein für Ishitas seliges Grinsen war es das wert. Wenn mich nicht alles täuschte, bildeten sich sogar Tränen in ihren Augen, die sie eilig wegwischte. Der Bibliotheksjob schien ihr unglaublich viel zu bedeuten.

»Aber –«, begann Walpurga.

Ich würdigte die Hexe keines Blickes. »Willst du deiner Königin widersprechen?«

»Nein.«

Ob sich noch mehr aus der Akademie bewerben würden, wenn sie davon hörten, dass ich Königin geworden war?

Es wäre schön, ein paar Mädchen aus der Schule in meiner Nähe zu haben, auch wenn ... Nein. Ich wollte nicht wieder mit Amari anfangen. Ihr Leben fand in Plymouth statt – was würde sie schon dazu veranlassen, nach Alnwick zu kommen? Sie konnte hier gar nichts tun, außer die Springbrunnen und Teiche sauber zu halten.

Auch wenn die Worte der Königin Befehl und Gesetz zugleich waren und sie sich somit nicht widersetzen könnte, wollte ich sie zu nichts zwingen.

»Kommen wir nun zu den Formalitäten«, sagte Walpurga und auf meinem Schoß landete ein fetter Stapel Papier. »Du müsstest das alles prüfen, damit die Hexe ihre Arbeit anfangen kann.«

»Bürokratie?«, fragte ich verdutzt und genervt.

Anscheinend wirkte Papierkram abschreckend auf Dämonen, denn Blake löste sich in Rauch auf. »Ich bin dann mal weg.«

15. Kapitel

HYDRANGEA

Hortensie

Am nächsten Tag stand ich früh morgens mit einem großen Topf weißer Hortensien vor der Bibliothekstür.

Nachdem mich Walpurga gestern mit Unmengen an Papierkram gefoltert hatte – mit der Begründung, dass eine Königin das Kleingedruckte stets zweimal lesen sollte –, hatte ich darauf bestanden, mich dafür heute in die Bibliothek zurückziehen zu dürfen. Ich hatte Walpurga die Lüge aufgetischt, dass ich mich aufgrund meiner Jahresblutung zu unwohl fühlte und ich nicht stundenlang auf dem Thron herumhocken wollte, tatsächlich hatte die Erdhexe mir zugestimmt. Es war vielleicht unklug, am dritten Tag bereits eine Ausrede aufzutischen, die ich lediglich ein einziges Mal im Jahr nutzen konnte, da wir Hexen nur sehr selten fruchtbar waren. Darüber musste ich mir allerdings erst im nächsten Frühling Gedanken machen, wenn ich unter wirklichen Bauchkrämpfen litt.

Ich wollte gerade die Tür öffnen, als ich jemanden in meiner Nähe spürte.

»Blake«, zischte ich. »Lass mich in Ruhe. Ich will ein paar Stunden meine Ruhe haben.«

Er war dem Frühstück ferngeblieben. Nicht, dass es mich gestört hätte, aber wenn er nicht in meiner unmittelbaren Nähe war, ging ich davon aus, dass er Unheil und Verderben stiftete. Wow, hatte ich einen Dämon oder eine Katze an der Backe?

Natürlich hörte er nicht auf mich und verharrte auf der Stelle. Als er schließlich näher kam, riss mir endgültig der Geduldsfaden. »Blake!«, ermahnte ich ihn ein letztes Mal und fuhr wütend herum.

Vor mir stand eine schattenhafte Gestalt, die weder Dämon noch Hexe oder Fae war. Sie war ... nichts. Da waren keine Augen, kein Mund – nur Schwärze. Alles verschlingende Schwärze – und ein Gefühl, das ... ich ...

Ich blinzelte – und die Gestalt war weg.

Diese eine Sekunde, als ich dem Anblick ausgeliefert war, ließ mich völlig kraftlos zurück.

Die Hortensie drohte mir aus den Händen zu fallen, deshalb sackte ich mit der Pflanze zu Boden und blieb ein paar Minuten sitzen. Mein Kopf war leer und ich konnte keinen klaren Gedanken fassen. Mein Herz schlug so schnell, dass ich meinte, jeden Moment das Bewusstsein zu verlieren.

Und dann – ähnlich abrupt, wie der Schatten verschwunden war – war alles vorbei. Da war keinerlei Angst oder Panik mehr, die mich gefangen hielt. Ich wusste, dass das nicht normal war, aber jede Sekunde, die verstrich, löschte den Drang, etwas zu unternehmen oder jemandem davon zu erzählen, aus.

Als Anastasia mit ihrem Wolf um die Ecke bog, fragte ich mich, warum mir so plötzlich schwindelig geworden war, denn auf einmal fühlte ich mich wieder ganz normal. »Meine Königin, geht es dir gut? Du bist ganz blass.«

Ich winkte schnell ab. »Gehst du auch in die Bibliothek?«

»Nein. Ich jage. Fenris sucht nach Ratten im Schloss«, lächelte die Feuerhexe.

»Wir haben ein Rattenproblem?!«

Mäuse und andere Nagetiere machten mir als Gartenhexe eigentlich nichts aus – wenn sie in der Natur herumliefen.

»Keine Sorge, meine Königin.« Beim Vorbeigehen drückte mir Anastasia aufmunternd die Schulter. »Ich kümmere mich darum.«

Ich schüttelte mich kurz vor Ekel – nicht wegen Anastasia, sondern wegen dem, was sie vorhatte –, ehe ich mich aufrappelte und überschwänglich die Tür zur Bibliothek aufriss. »Guten Morgen!«

Die Bibliothek von Alnwick Castle war für viele Leute beeindruckend und ein absoluter Traum. Tatsächlich fand man unzählige Bilder in den Suchmaschinen, die genau den Teil abbildeten, den ich gerade betrat: Die Wände waren allesamt befüllte Bücherregale und wenn man einen Aufgang benutzte, dann konnte man von der Empore den ganzen Lesesaal überblicken. Das fand ich wirklich schön, aber dann ... Überall standen Sofas oder Stühle herum und alles war so schwer und überladen. »Und warum ist alles so rot?«, seufzte ich, wobei allein der Anblick des Teppichs Würgereiz in mir auslöste. Oder die vielen Lampen, die einmal aus Glas gewesen sein mussten und jetzt mit kitschigen LED-Kerzen bestückt waren. An den Wänden befanden sich riesige Ölgemälde von irgendwelchen menschlichen Adeligen, aber das war nur Schein. Ich riss mit meiner Kraft die magischen Vorhänge weg, und nun starrte mir Königin Sibylle mahnend entgegen. Ich erwiderte den finsteren Gesichtsausdruck des Gemäldes.

»Bel- ... Königin Belladonna!«

Ich hörte den vertrauten Klang von einem Stapel Bücher, der den Kampf gegen die Schwerkraft verlor und einstürzte. Jetzt sah ich auch endlich, dass Ishita einen Wall aus dicken

Schmökern um etwas errichtet hatte, was wohl ein Pult darstellen sollte.

»Scheiße!«, rief Ishita aus. »Den Büchern geht's gut!«

»Und dir?«

»Willkommen in der Bibliothek, meine Königin.«

Diese Frage ignorierte die neu eingestellte Bibliothekarin geflissentlich und knickste demütig vor mir, erhob sogar die Rockspitze mit den Fingern. »O-Oder sollte ich eher knien?«, war ihre einzige Sorge.

»Mir wäre es lieber, wenn du nichts von beidem tust.«

»Natürlich, meine Königin.«

»Und auch das mit der Königin weglässt.«

»Aber Walpurga meinte ...«

Ich stöhnte. »Walpurga meint es gut, aber es ist mir unangenehm. Besonders bei Leuten, die ich kenne. Die mit mir die Schule besucht haben.«

Ein kleines Grinsen schlich sich auf die Lippen der Lufthexe. »Als ich erfahren habe, dass es eine neue Königin namens Belladonna gibt, habe ich nur gedacht: Oh, das ist verrückt. Eine Belladonna kenne ich auch. Ich war sogar mit ihr auf der Akademie.«

Da ich nicht wusste, was ich erwidern sollte, lächelte ich bloß und musterte mein Gegenüber. Sie hatte den grünen Sari gegen Kleidung ausgetauscht, welche mich stark an unsere Uniformen an der Schule erinnerte: ein schwarzes knielanges Kleid mit weißem Kragen und dazu passende Strumpfhosen und hübsche Schnürstiefeletten mit Absatz.

Ishita fiel mein musternder Blick sofort auf. »Anscheinend tragen die angestellten Hexen diese Kleidung, damit die Menschen wissen, dass ... nun ja, dass wir ... ähm, nicht zu ihnen gehören und sie uns mit genügend Respekt behandeln sollen.«

»Hat Walpurga gesagt«, schloss ich.

»Ja.«

»Es erinnert mich ebenfalls stark an die Akademie.«

»Von der Schuluniform gleich wieder in den nächsten Dress«, lächelte Ishita. »Obwohl ich froh bin, dass es keine Flatterärmel hat.« Sie schlug die Hände vor dem Mund zusammen. »Oh, ich wollte nicht undankbar klingen. Nur ... Ich bin nach Alnwick gekommen und habe fest damit gerechnet, dass die Stelle bereits besetzt ist oder an keine Junghexe wie mich vergeben wird. Ich werde wohl ein Jahrzehnt brauchen, mich an den Gedanken zu gewöhnen.«

Ich hatte Ishita nicht ohne den einen oder anderen Hintergedanken eingestellt: Ich wusste, dass mich eine Hexe in Walpurgas Alter genauso bemuttern würde wie die Erdhexe. Schließlich war ich jung, zirkellos und hatte noch nicht einmal einen Familiar – Ishita hingegen würde zu mir aufblicken, und genau das brauchte ich dringend.

»Ah! Ich habe dir Hortensien mitgebracht«, sagte ich und streckte ihr den Topf entgegen. »Sie würden dir so gerne in der Bibliothek Gesellschaft leisten.«

»Ähm ...« Sie zögerte, die Hände auszustrecken und mein Geschenk anzunehmen. Hätte ich etwa eine Schleife herumwickeln sollen? »Sind das etwa auch Giftpflanzen?«

»Nicht direkt.«

»Aaaber?«

»An deiner Stelle würde ich aus den Blüten keinen Sirup brauen, wie ich es jeden Spätsommer mache. Sie sind sehr schwach giftig.«

»Danke schön, meine K- ... Belladonna.«

Ishita platzierte die Blumen auf dem Pult und ich spürte, dass ihnen ihr neues Leben als Topfpflanzen behagte. Falls sie es sich anders überlegten, konnte ich sie im Frühjahr wieder in einem Garten anpflanzen. Ich wünschte, dass ich mich auch so leicht an mein neues Leben gewöhnen könnte, aber ich hatte heute Nacht im Königinnenbett kein Auge zugetan und schließlich zwei Stunden auf dem Fußboden geschlafen.

»Wie geht es eigentlich Amari?«, fragte Ishita und traf dabei einen Nerv. »Ich war mir so sicher, dass ich auch auf sie treffen würde. Seid ihr – nein, oder?«

»Wir haben uns kurz nach Ende der Akademie getrennt, als ich nach Alnwick und sie nach Plymouth musste. Unsere Schulzeit ist ja nun schon ein paar Jahre her.«

Das Unangenehmste an einer Trennung war meiner Meinung nach nicht das Ende der Beziehung. Es tat weh, das stand außer Frage, aber ich hatte immer gewusst, dass eine Trennung unvermeidbar war, aufgrund der Entfernung oder wegen meines Giftes. Das, was ich als unglaublich fürchterlich empfand, war, sobald man es den Leuten sagen musste – oder wenn sie, wie Ishita, noch Jahre nach einer Beziehung danach fragten.

Um es noch schlimmer zu machen, sagte sie: »Das ist so schade. Ihr wart *das* Schulpärchen.«

Ich räusperte mich. »Wir können ja ein anderes Mal über unsere Schulzeit weiterreden. Ich bin nicht ohne Grund gekommen.«

Ishita nickte. »Oh, natürlich! Muss ich noch etwas unterschreiben?«

»Ich hätte gerne ein paar Bücher über Dämonen«, sagte ich unschuldig. »Vielleicht findest du auch etwas über die Unterarten dieser Kreaturen. Ich will mich dahingehend etwas weiterbilden.«

Ich wollte mehr über Dämonen herausfinden – insbesondere über die Lichgattung, der Blake angehörte.

In der Akademie waren die Lehrstunden über dämonische Kreaturen immer recht kurz gehalten: Wir hatten stets zu hören bekommen, dass man Dämonen am besten mied und wir deshalb auch nicht viel über sie zu lernen brauchten.

Mein Wissen beschränkte sich darauf, dass es insgesamt sieben Dämonenarten gab, weil sieben dämonische Urfürsten existierten: Vampire, Werwölfe, Inkubus, Meeresungeheuer, Chimären, Nachtmahre und Lichs. Die Urfürsten waren solch schreckliche Kreaturen gewesen, dass selbst die Menschen ihre Namen bis heute kannten: Mammon, Luzifer, Beelzebub, Satan, Leviathan, Asmodäus und Belphegor.

Ich erhoffte mir in den Büchern alter Hexen mehr über die Fürsten und deren Kinder in Erfahrungen zu bringen. Vielleicht fand ich in den Schriften auch eine Möglichkeit, den Vertrag früher zu beenden. Ich durfte die Hoffnung nicht aufgeben, dass einer Hexe vor mir etwas Ähnliches passiert war und sie Schlimmeres abwenden konnte.

Die Magie unserer Göttin war stärker als die von Dämonen. Ich musste nur fest daran glauben.

»Dämonen?« Ishita zog eine Augenbraue hoch und ich wusste genau, dass sie dabei an Blake dachte. An den Dämon, der neben mir ganz lässig auf dem Thron gesessen hatte und den sie wohl für zumindest meinen Geliebten oder eine Affäre hielt. »Ich habe ein paar Bücher da, aber vieles ist im Archiv eingelagert. Dazu bräuchte ich die Erlaubnis der Königin.«

»Die du hiermit hast.«

Ihre dunklen Augen funkelten vor Begeisterung. »Ich werde ungefähr fünf Tage brauchen, um die gewünschten Bücher oder Schriftstücke zu finden. Ach was, gib mir drei.

Ich bin zu aufgeregt. Aber als Anfang …« Die Bücher schwebten aus den Regalen direkt in Ishitas Hände. Jetzt verstand ich, warum eine Lufthexe als Bibliothekarin ungemein praktisch war. »In erster Linie sind das Lexika oder Tagebücher von Hexen, die sich der Dämonenjagd verschrieben haben.«

»Äh … Warst du schon mal in dieser Bibliothek?«

»Ich kann den Bestandskatalog fast auswendig«, erklärte mir Ishita. »Habe ihn schon zu Schulzeiten auswendig gelernt. Jeder hat doch so seine verrückten Ticks, und das ist meiner.«

»Kann ich die Bücher irgendwo in der Bibliothek lesen?«, fragte ich und sah mich um.

Ich wollte sie nicht mit auf mein Zimmer nehmen, wo Walpurga sie entdecken konnte. Der Dämon war mein alleiniges Problem. Ich würde schon einen Weg finden, ihn loszuwerden.

»Es gibt hier einen privaten Lesesaal«, sagte Ishita und führte mich durch einen Rundbogen in einen anderen Teil der Bibliothek und zu einer schmucklosen Tür. »Er ist ziemlich klein für eine solch große Bibliothek, aber ihr seid ja nur zu zweit.«

»Super«, sagte ich. »Warte. Zu zweit?«

Sie öffnete die Tür und im Licht einer goldenen Tischlampe glomm ein teuflisches Grinsen.

»Cherry!«, erwartete mich ein grinsender Blake. »Hast du mich etwa schon überall gesucht?«

Ich schloss die Tür augenblicklich wieder. Zugegeben: Ich knallte sie so laut zu, dass man es sicherlich durch sämtliche Flure hörte. »Was macht *er* hier?«, verlangte ich nahezu kreischend von Ishita zu erfahren.

»Der Dämon stand vor der Tür, als ich um acht Uhr meinen Tag begonnen habe. Soll ich ihn der Bibliothek verweisen?«, fragte Ishita und schluckte hart. »Ich kann es zumindest versuchen.«

Ruhig, Belladonna. »Nein. Schon gut.« Ich massierte meine Schläfen. »Ich hoffe, er hat dich nicht irgendwie bedrängt.«

»Oh, er ist wirklich höflich. Er ist schließlich dein Verlobter – hat er zumindest behauptet.«

»Ich erkläre es dir irgendwann mal«, sagte ich. »Versprochen.«

Ishita blieb regungslos. Es war klar, dass es ihr nicht behagte, dass ich mit einem Dämon verlobt war, aber da war sie nicht allein. Ich war ebenfalls kein Fan meiner Partnerwahl.

»Gibst du mir die Bücher?«

Bewaffnet mit dicken Wälzern, die ich im schlimmsten Fall dem Dämon an die Stirn werfen konnte, betrat ich den Lesesaal. Wobei Saal wirklich übertrieben war, da es sich um einen kleinen Raum mit einem großen Tisch und mehreren Stühlen handelte. Ein paar goldene Tischlampen verliehen zumindest ein bisschen Lesesaal-Flair.

Blake hatte mit seinen Büchern, Zetteln und einem Tablet beinahe die Hälfte des spärlichen Platzes in Anspruch genommen.

Ich würde mir den Platz mit dem Dämon teilen, dann konnte ich ihn zumindest beobachten und dafür sorgen, dass er keine weiteren Herzen verschlang oder was Lichdämonen sonst in ihrer Freizeit machten.

»Guten Morgen, Cherry«, grüßte er mich überschwänglich, als ich mich ihm gegenüber hinsetzte. »Wie geht es dir?«

»Was machst du hier?«

»Lesen. Mir geht es übrigens sehr gut – wie jeden Tag, den ich mit meiner wundervollen Verlobten verbringen darf.«

Ich schnaubte nur und fragte misstrauisch: »Was liest du denn Schönes, wenn ich fragen darf?«

»Ich bilde mich etwas weiter«, sagte Blake und hielt ein Buch über Hexenverbrennungen hoch. »Da die Bibliothek endlich von einer Hexe geführt wird, die nicht gleich einen Bann um die Bücher errichtet hat, kann ich mir zum Zeitvertreib endlich ein paar interessante Werke näher ansehen. Wusstest du, dass die Hexenverbrennungen in Salem lediglich drei richtigen Hexen das Leben gekostet haben?«

Ich biss die Zähne so fest aufeinander, bis sie schmerzten. Erst als sich der Ärger etwas gelegt hatte, bemerkte ich, dass sich meine Fingernägel in meine Oberschenkel gebohrt hatten.

Diese drei Hexen gingen alle auf die Kappe der Dämonen, welche die Menschen gegen Unsereins aufgebracht hatten.

Die ersten Hexen waren einfache Menschenfrauen gewesen, die unsere Göttin mit uraltem Wissen und unglaublicher Magie gesegnet hatte. Wir ehrten bis heute unsere menschlichen Wurzeln und brachten den Menschen nie so etwas wie Missernten oder hohe Kindersterblichkeit. Das hatten sich einzig und allein die Dämonen ausgedacht, damit sie die Menschen quälen konnten, und jede Hexe, die sie damit ins Verderben stürzen konnten, war ihnen recht.

»Und was führt dich in die Bibliothek?«, wollte er dann von mir wissen. »Ich hoffe mal nicht die Erzählungen über den indischen Harem.«

Ich drehte die Buchrücken meiner ausgeliehenen Werke ganz vorsichtig zu mir, aber Blake schnappte sich einfach ein Buch vom Stapel.

»›Das große Lexikon der Dämonen – mit zahlreichen Abbildungen‹«, las der Dämon vor. Einen noch eindeutigeren

Titel hätte man dem Buch nicht geben können, oder? »Es freut mich, dass du dich auch über die Gepflogenheiten meines Volkes informieren willst.«

Ich schnaubte.

Gepflogenheiten? Sein Volk?

Dämonen waren teuflische Kreaturen, deren einzige Existenz aus Unheil und Tod bestand. Ich hatte keine Lust, mehr darüber zu erfahren, als ich unbedingt musste, um diesen Vertrag zu lösen.

Blake grinste – doch es war kein gewöhnliches Grienen, das seine Lippen umspielte. Mein Puls beschleunigte sich ungewollt. »Ich will dir einen Vorschlag unterbreiten.«

»Ich bin nicht inte–«

»Information gegen Information«, schnitt mir Blake das Wort ab. »Ich will mehr über Hexen lernen und du über Dämonen. Warum nutzen wir nicht die ungestörte Zweisamkeit und stellen uns gegenseitig die Fragen, die uns unter den Nägeln brennen.«

Ich war kurz davor, aus Gewohnheit seinen Vorschlag abzulehnen. Als ich das Ganze allerdings noch einmal durchdachte, empfand ich es als gar nicht mal so schlechte Idee. Drehte ich nun schon komplett durch? Vor mir saß ein Dämon, dessen Lügen Dutzenden, vielleicht sogar Hunderten von Menschen das Leben gekostet hatte.

»Und was hindert dich am Lügen?«

»Nichts«, sagte er und breitete die Arme aus. »Außer meiner Einstellung, dass ich lügen als absolut langweilig empfinde.«

»Tust du das?«

»Ich empfinde keinerlei Reiz daran, die Wahrheit zu verdrehen. Das ist zu einfach.« Auf meine skeptisch hochgezogene Augenbraue führte er näher aus: »Zum Beispiel könnte ich den Menschen sagen, dass ich ihnen ohne Gegenleistung helfe. Ach was, ich könnte ihnen sogar verkaufen, dass ich ihr Schutzengel bin, der aus reiner Nächstenliebe ein längeres Leben schenkt. Doch das tue ich nicht. Ich bin ein Dämon und ich will Seelen für meine Dienstleistungen. Wirst du denn lügen, Cherry?«

»Gut. Ich stimme zu«, umging ich galant die Frage. »Es ist besser, als all diese Bücher zu lesen.«

»Ich beginne«, sagte Blake. »Wie alt bist du?«

»Hm?«

»Ich würde gerne wissen, wie alt du bist.«

»Warum willst du das denn wissen?«

»Du bist noch nicht an der Reihe. Also?«

Flirtete er etwa mit mir?

Nein. Das war sicher nicht der Grund. Er wollte mir zuerst unscheinbare Fragen stellen, damit ich mich in Sicherheit wog.

»Ich bin einundzwanzig. Was sind Lichdämonen genau?«

»Willst du nicht fragen, wie alt ich bin? Etwas über mein Lichdasein zu fragen, ist sehr unpersönlich.«

»Dein Alter interessiert mich nicht.«

Was nicht so ganz stimmte: Ich hatte mir tatsächlich bereits Gedanken über sein Alter gemacht, wenn er Walpurga wie eine Fliege gegen die Wand klatschen konnte, ohne dabei ins Schwitzen zu geraten. Er musste mindestens ein Jahrhundert auf der Erde wandeln.

Er wirkte wie jemand, der Lord Byrons Liebhaber gewesen sein konnte oder schon im Mittelalter Hexen auf den Scheiterhaufen verbrennen ließ, während er sich mit der Ehefrau und Geliebten eines Königs vergnügte.

»Ich bin siebenundzwanzig.«

Blake konnte dreihundert Jahre zählen oder sogar an den tausend kratzen – oder er war nur sechs Jahre älter als ich.

»Das ist doch jetzt nicht dein Ernst.«

»Warum so verwundert? Du kennst das Spiel doch: Ein Urfürst bekommt alle hundert Jahre die Chance, sich eine Frau zu suchen und sich fortzupflanzen. Mein Vater ist Mammon. Ich bin der jüngste adelige Dämon.«

»Dann bist du ja noch ein Babydämon«, kamen diese abschätzigen Worte über meine Lippen.

»Und du eine Babyhexe.«

Ich zuckte verletzt zusammen. Blake lag ja nicht mal im Unrecht! Ich war eine Babyhexe – eine viel zu junge Hexe, die ihr Volk anführen sollte.

»Alter bedeutet Erfahrung, aber nicht zwingend Macht«, wandte Blake sofort ein – als hätte er gemerkt, dass mich sein Konter gekränkt hatte. »Ich bin viel mächtiger als die anderen Dämonen, weil sie nicht so viele Seelen sammeln.«

Dennoch ...

Ich konnte mit meiner Giftaffinität nicht viel stärker werden, als ich es ohnehin schon war. Meine Gabe war nun mal nicht dazu da, andere Hexen zu beschützen. Ich war die erste Königin, die ihr Volk nicht verteidigen konnte.

»Cherry, du –«

»Ich warte immer noch auf meine Frage«, erinnerte ich ihn ungeduldig und versuchte meine Unsicherheit zu überspielen. Ich durfte es mir nicht erlauben, vor dem Lich verletzlich zu wirken. »Oder willst du dich davor drücken?

Er schenkte mir ein Lächeln. »Natürlich nicht. Lichdämonen sind untot.«

»Das weiß ich auch.«

»Willst du dich davon überzeugen und meinem nicht existierenden Herzschlag lauschen?«

Er lehnte sich mit offenen Armen im Stuhl zurück.

»Nein danke.«

Seine kalte Haut hatte mich bereits restlos davon überzeugt, dass er eine wandelnde Leiche war.

»Vieles, was die Menschen über die Jahrhunderte den Vampiren zugeschrieben haben, trifft eigentlich auf uns Lichs zu. Irgendwann sind Vampire und Untote zu einer Gattung verschmolzen. Lichs sind untot, Vampire nicht. Sie kann man deshalb mit einem Pfahl durch das Herz töten, wir Lichs finden es lediglich unangebracht, wenn man unser Herz so stürmisch erobern will. Wir sind da doch etwas altmodisch.«

Er wagte es, mir zu zuzwinkern.

»Vampire trinken Blut, das sie von den Menschen erhalten, mit denen sie einen Pakt haben«, sagte ich. »Und wie ernähren sich dann Lichs?«

»Wir verschlingen Herzen.«

Ich hatte schon ein paar Mal von älteren Hexen aufgeschnappt, dass Herzensfresser unter den Dämonen existierten, aber es direkt aus dem Mund einer solchen Kreatur zu hören ... Das betroffene Organ schlug schmerzhaft in meiner Brust, so als hätte es Angst, demnächst auf dem Teller der Bestie zu landen.

»Und was ist dann mit Zombies?«

Blake verzog angewidert das Gesicht. »Tote, die aus den Gräbern steigen, sind einfache Lichs. Es gibt keine Zombies. Wir faulen oder verwesen nicht, wie die Popkultur es einem vermitteln will. Ich bin als adeliger Dämon sogar ganz normal herangewachsen. Ich hasse das Bild von Zombies. Das wirkt immer so, als wären Untote nur triebgesteuerte Hirnfresser.«

»Wenn ihr untot seid, wie kann man euch dann töten?«

»Halt, halt, meine Liebe. Ich darf auch mal wieder eine Frage stellen. Was für Hobbys gehst du so nach?«

»Warum willst du so etwas Banales wissen? Interessiert es dich nicht, was wir Hexenkinder an der Akademie über euch Dämonen lernen? Was Familiare sind? Oder was ich in mein Buch der Schatten schreibe?«

Blake schüttelte leicht den Kopf. »Ich will nicht mehr über Hexen wissen, ich will mehr über eine *bestimmte* Hexe wissen.«

Da ich dummerweise rot im Gesicht wurde, wandte ich mich schnell ab. »Ich mag Giftpflanzen«, beantwortete ich seine Frage. »Ich glaube, man kann sagen, dass ich gerne gärtnere? Reicht das?«

»Nicht wirklich. Ich denke kaum, dass du bloß ein Hobby hast.«

»Ich stelle selbst Öle und Kerzen her. Ich lese ganz gerne. Oh! Ich gehe unheimlich gerne baden und schwimmen.«

Ein sanftes Lächeln umspielte Blakes Lippen, da war kein Hauch von dem dämonischen Grinsen, mit dem er mir sonst begegnete. »Ist das so?«

»Wie tötet man Lichs?«

Meinerseits bestand kein Interesse, den Small Talk länger als nötig fortzuführen.

»Lichs kann man schwer töten«, sagte Blake. »Ich kenne keinen einzigen Lich, der umgebracht wurde. Zugegeben: Es gibt auch relativ wenig Lichs. Ich nehme mal an, dass, wenn mein Körper ein Haufen Asche ist, ich nicht mehr viele Möglichkeiten habe.«

Er hatte es mir einfach so verraten: Wenn ich Blake tötete, würde sich mit Sicherheit auch der Vertrag lösen. Da gab es nur das Problem, dass ich kein Lebewesen – oder zu was auch immer man Blake zählte – töten wollte und es wahrscheinlich auch gar nicht konnte. Aber wenn ich eine mächtige Feuerhexe darum bat …

Scheiße! Ich dachte bereits wie Walpurga.

Blake war nun wieder an der Reihe. »Was isst du gerne?«

»Das interessiert dich wirklich?«

Blake nickte. »Ich muss nicht essen, weshalb ich es meistens auch nicht tue. Ich kann dem Geschmack von Lebensmitteln nicht viel abgewinnen, weshalb ich es interessant finde, was andere so verspeisen.«

Blake konnte mir schon mal nicht meinen Kuchen wegfuttern. Das war einerseits gut, weil ich meinen Kuchen nicht teilen wollte, und andererseits schlecht, weil ich so keinen Vorwand hatte, seine Knochen zu Asche verbrennen zu lassen.

»Also?«

»Ich mag Kuchen sehr gerne.«

»Kuchen?«, wiederholte Blake erstaunt.

»Schokokuchen, Erdbeerkuchen, Karottenkuchen – Kuchen eben.« Ich zuckte mit den Schultern. »Wer mag Kuchen denn nicht?« Blake dachte noch über meine Leibspeise nach, als ich mit der nächsten Frage hereinplatzte. »Ich will deinen wahren Namen wissen.«

»Das ist keine Frage, Cherry, das ist eine Aufforderung.«

»Wie lautet dein wahrer Name?«

Blake wurde auf einmal ganz still, und jegliches Lächeln oder Grinsen war aus seinem Gesicht gewichen. Er lehnte sich im Stuhl zurück und blickte zur Decke. Seine dunklen Augen waren leer. »Der wahre Name ist unglaublich intim. Mehr als intim. Es kommt äußerst selten vor, dass ein Dämon ihn freiwillig verrät.«

»Du wolltest ihn mir verraten, als du dich mir vorgestellt hast.«

»Nein. Ich habe dich gefragt, ob du ihn gerne wissen würdest. Ich habe nie gesagt, dass ich es auch tun werde, wenn du nur lieb darum bittest.«

»Mit dem wahren Namen könnte ich den Vertrag aufheben, oder?«

»Ja«, antwortete er wortkarg. »Mit dem wahren Namen kannst du alles.«

Nun gab es bereits zwei Möglichkeiten, einen Vertrag mit einem Dämon aufzuheben: Entweder tötete ich Blake, was aufgrund seines untoten Zustandes durchaus schwer war, oder ich brachte seinen wahren Namen in Erfahrung und befahl ihm, die Verlobung zu lösen.

Eigentlich sollte ich mich darüber freuen – und ein Teil von mir tat dies auch, aber dann sah ich in Blakes ausdrucksloses Gesicht und mein Herz gefror zu einem scharfen Klumpen aus Eis.

»Blake?«, fragte ich vorsichtig. »Alles okay?«

»Ja«, sagte der Dämon und starrte weiterhin ins Leere.

»Willst du mich nicht noch etwas fragen?« Ich versuchte zu lächeln. »Meine Verflossenen oder meine Lieblingsfilme? Vielleicht meine Maße?«

»Schon gut. Willst du denn noch etwas wissen?«

»Gibt es Dämonen, die Schatten beherrschen?«

Ich brachte es nicht zustande, den Schatten von vorhin ganz zu vergessen, aber mit jeder Minute, die verstrich, rückte die Begegnung weiter in den Hintergrund. Wann war das noch mal passiert? Nachdem ich Anastasia begegnet war … oder doch eher davor?

»Schatten?« Endlich schaute er mich wieder an. Seine

Miene wurde unleserlich, und ich fragte mich, ob er mir etwas verheimlichte. »Schatten sind doch eine Affinität von euch Hexen, oder irre ich mich?«

»Da ... Da hast du recht.«

Mein Brustkorb fühlte sich auf einmal eng an und ich hörte Blakes Stimme durch eine unsichtbare Macht gedämpft an mein Ohr dringen: »Drei Dinge ... Insel?«

Ich legte beide Hände flach auf den Tisch und atmete die Frage, die mir die Luft abgeschnitten hatte, aus: »Hast du Königin Sibylle umgebracht?«

Ich erwartete, dass der Dämon sich herausreden würde, schließlich hatte ich seine dämliche Frage auch nicht beantwortet.

Doch die Antwort, die ich prompt bekam, war klar und eindeutig.

»Nein.«

»Nein?«, wiederholte ich.

»Ich hätte die Königin liebend gern getötet.« Die Temperatur im Raum fiel innerhalb einer Sekunde um ein paar Grad. »Du weißt nicht, wie oft ich mir ausgemalt habe, wie ich ihr Herz aus der Brust herausreiße. Dass ich den Blick genießen darf, als ihr klar wird, dass sie für immer verloren ist. Aber diese Herzensfreude blieb mir verwehrt.«

Da wurde es mir bewusst: »Sie kannte deinen wahren Namen.«

Blake versuchte die Maske aus Gleichgültigkeit beizubehalten, aber für den Flügelschlag einer Motte erhaschte ich einen Blick auf einen gebrochenen Mann. Nein. Dämon. Das änderte nichts daran, dass neben mir eine Kreatur der Hölle hockte.

»Hast du nun Angst vor mir, Cherry?«

»Ja.«

»Warum lügst du?«

Ich verzog das Gesicht. Weil ich Angst haben sollte! Weil ich immer gedacht hatte, dass mein Hexeninstinkt mir zuflüstern müsste, mich von Dämonen fernzuhalten!

Stattdessen fühlte ich mich sogar erleichtert darüber, dass Blake unschuldig war.

Diese Leichtigkeit hielt jedoch nur für einen kurzen Moment an: Wenn Blake es nicht getan hatte, wer dann? Wer sonst kam für so eine grausame Tat infrage?

16. Kapitel

LEX AQUIFOLIUM

Stechpalme

Den Rest des Tags verbrachte ich lesend in meinem Schlafzimmer und kam nur heraus, um die viel zu üppigen Mahlzeiten einzunehmen. Dabei ließ ich Walpurga gleich wissen, dass ich das Mittagessen ab sofort streichen würde. Es war einfach zu viel für meinen Magen, der meistens nur eine Mahlzeit am Tag gewöhnt war. Ich war so vollgestopft, dass ich bereits jetzt unglaublich müde war und nur noch ins Bett wollte. Oder auf den Boden, weil mir sofort wieder schlecht wurde, wenn ich bloß daran dachte, mich unter die Daunen der verstorbenen Königin zu legen.

Das Bett der Königin, deren Mörder nach wie vor frei herumstreifte.

Nein! Nein! Nein!

Walpurga hätte es mir mit Sicherheit gesagt, wenn jemand ihren Tod gewaltsam herbeigeführt hätte.

Zum Abendessen gab es deshalb lediglich Kräutertee und ein paar Beeren der Stechpalme in Naturjoghurt mit einem Klecks Honig und irgendwelchem Müsli.

Als ich Blakes dunkle Gestalt an der Tür wahrnahm, säuselte ich mit gleichgültiger Stimme: »Guten Abend, mein wunderschöner Verlobter.«

»Oh, wir sind aber gut drauf«, lächelte er.

Mir fiel zum ersten Mal auf, dass seine Schritte auf dem Steinboden kaum zu hören waren. Er bewegte sich nahezu lautlos wie ein Schatten, was wohl daran lag, dass er nie Luft holen musste. Je länger ich mit Blake zusammen war, desto besser verstand ich, wie anders er war. Wir Hexen waren bis auf unsere Magiebegabung und den stoppenden Alterungsprozess kaum anders als Menschen, aber Blake musste weder atmen noch essen.

»Hier ist es ja leer.« Blake blickte sich im Raum um. »Wo ist denn dein Wachhund Walpurga?«

Ich zuckte mit den Schultern. Da sich der Tag langsam zu Ende neigte, nahm ich an, dass sie nach Hause gegangen war, beziehungsweise sich in ihr Zimmer im Schloss zurückgezogen hatte. Vielleicht genoss sie ein ruhiges Bad und einen guten Wein. Das hoffte ich von Herzen, weil sie dann vielleicht einmal ein bisschen lockerer wurde. Ha, guter Witz.

Anastasia war kurz vor Blakes Erscheinen mit Fenris aufgetaucht und hatte sich sogar bei einer Tasse Tee kurz mit mir unterhalten. Mir wurde ganz warm in der Brust, wenn ich daran dachte. Sie hatte zwar bloß über die erfolglose Rattenjagd gesprochen, aber es war schön, mit jemandem zu reden, bei dem ich mich nicht wie die Königin der Hexen fühlen musste – oder der mich seine Verlobte nannte …

»Wie schön«, sagte Blake und lächelte mich mit seinem raubtierhaften Grinsen an. »Dann sind wir zwei ja wieder allein.«

Ich antwortete nicht, sondern löffelte kommentarlos meinen Joghurt. Jahrelang hatte ich mich einsam gefühlt, weil sie sich alle vor meinem Gift fürchteten, und nun hatte ich von sämtlichen Kreaturen ausgerechnet einen penetranten Dämon am Hals. Sein gutes Aussehen war bei Weitem keine Wiedergutmachung für seine ständige Anwesenheit.

Ich müsste ihn doch nur küssen, kam mir sofort wieder dieser dumme Gedanke. *Und er würde es für immer bereuen, mir so auf die Pelle zu rücken.*

»Trinkst du abends kein Gläschen Wein?«

»Nein.«

Willst du mich etwa abfüllen?, lag es mir bereits auf den Lippen.

Ich musste zugeben, dass seine Gesellschaft in der Bibliothek ganz unterhaltsam war, trotzdem brauchte ich nicht mehr davon.

Blake schien unsere kleine unlustige Fragerunde von eben wiederbeleben zu wollen – nur stellte er dieses Mal keine menschlichen Fragen an mich.

»Alkohol ist ja auch ein Gift, bedeutet das etwa, dass du nicht betrunken werden kannst?«, kam dem Dämon schließlich der Geistesblitz. »Ja. Oder?«

Ich nickte. »Alkohol ist Gift«, stimmte ich ihm zu. »Eigentlich ist alles Gift. Auch alltägliche Dinge wie Salz oder der dekorative Weihnachtsstern. Die Dosis entscheidet, ob das Gift tödlich oder schädlich wirkt oder eben nicht.«

»Und tödlich bedeutet bei dir?«

Ich grinste – da stellte er genau dieselbe dumme Frage wie Walpurga. »Ich habe keine Grenzen. Kein Gift der Welt kann mich töten, geschweige denn großartig schwächen.« Ich rieb mir über den Bauch. »Eigentlich sättigt mich ein starkes Gift, statt dass es mir Schaden zufügt. Darum esse ich immer so wenig.«

»Ich finde das wahnsinnig interessant.« Blake setzte sich erneut auf den Stuhl neben mir und stützte den Ellbogen auf den Tisch, während er mich musterte. Sofort stieg mir sein penetranter Geruch in die Nase. »Willst du mir noch mehr darüber erzählen?«

Nein. Ich bin doch nicht blöd und erzähle dem Erzfeind der Hexen alles über uns Gifthexen. Das hätte meine Antwort sein sollen.

»Ich kann Alkohol wie Wasser trinken«, gab ich an. »Sogar den Vorlauf beim Schnapsbrennen.«

Allein, dass Blake stutzte, war die Prahlerei wert. »Und den Weihnachtsstern kannst du auch einfach essen?«

»Warum sollte man einen Weihnachtsstern essen?«

»Ich weiß nicht. Vielleicht schmeckt er gut. Ich habe beim Floristen noch nie etwas gegessen.«

»Schmeckt er ni–«

Ich nahm mir vor, dieses Jahr um Yule einen Weihnachtsstern anzuknabbern ... Oh! Wenn mich nicht alles täuschte, dann war der Milchsaft der Pflanze giftig. Ich könnte damit Waffeln oder Pfannkuchen backen. Oder Bananenmilch. Joghurt.

Bei der gnädigen Göttin! Ich konnte sogar Eis daraus zaubern.

»Ich glaube, ich habe mich verliebt«, murmelte ich in Anbetracht der zahlreichen Möglichkeiten.

»Na, ich hoffe mal in mich.«

Natürlich hatte der Dämon das gehört. »Da kannst du lange darauf warten.«

»Wir haben eine ganze Ewigkeit vor uns.«

»Sechs Monate«, rief ich ihm in Erinnerung. »In sechs Monaten verbanne ich dich aus dem Schloss. Dann kannst du die nächste arme Hexe zu deiner Verlobten erklären.«

»Manchmal sind sechs Monate eine Ewigkeit«, sagte Blake und wurde deutlich ernster. »Manche sind gewillt, für sechs Monate ihre Seele zu verkaufen. Das weiß ich am besten.«

»Ich bin aber kein Mensch.« Abfällig blickte ich den Dämon von der Seite an. »Für dich sind Menschen doch bloß Nahrung. Mehr nicht. Warum redest du also so bedeutungsschwanger daher?«

»Ich ... Das stimmt. Ich bin ein Dämon und ich kann nie etwas anderes sein. Und weißt du was? Ich bin gerne ein Dämon.«

Mir kam die Galle hoch, als er das so selbstverliebt aussprach. Mit einem Klirren landete der Löffel im halb gegessenen Müsli. Der Appetit war mir nach seiner Aussage reichlich vergangen.

Er war also gerne ein Dämon? Der Blutfeind von Hexen und ein Wesen, welches Menschen zum Spaß Verderben brachte.

»Könntest du, ohne Herzen zu verschlingen, überleben?«, sprach ich meine Vermutung aus. »Du brauchst keine Nahrung. Ich nehme an, auch keine Menschenherzen.«

»Ja, aber ich weiß nicht, ob ich das will.«

»Ob du das willst?«, wiederholte ich schnaubend. »Du stiehlst Menschen die Seele! Du verdammst sie in die Hölle! Geht es dir nur um die Macht? Das ist so typisch Dämon. Ich könnte kotzen.«

Damit war ich viel zu weit gegangen. Jegliche Fröhlichkeit verschwand aus Blakes Gesicht und hinterließ eine starre Maske. Ohne das feixende Grinsen wirkte er wirklich wie eine Kreatur aus den Untiefen der Hölle.

»Ich bin untot, Cherry. Das bedeutet nicht nur, dass ich schwer zu töten bin. Ich lebe nicht. Ich habe auch niemals gelebt. Das kannst und wirst du niemals verstehen. Das versteht keine von euch Hexen. Ihr seid doch die ach-so-gesegneten und fehlerlosen Heilsbringerinnen und deshalb könnt ihr auf Menschen, Fae und Dämonen hinabblicken.«

»Das stimmt nich–«

»Allein, wie ihr die menschlichen Angestellten im Schloss behandelt, zeigt doch, dass ihr euch für zu gut für diese Welt haltet.«

»Und deshalb seid ihr Dämonen natürlich besser?«

»Oh nein. Wir Dämonen sind viel schlimmer. Aber wir sind nicht so anmaßend und heuchlerisch, etwas anderes zu behaupten.«

Danach herrschte Schweigen. Eine Stille, die meine Wut weiter ansteigen ließ. Blake wusste, dass er bei mir auf taube Ohren stieß, wenn er die Dämonen weiterhin so eifrig verteidigte.

Ich fand es ebenfalls nicht gut, wie abwertend und nahezu erpresserisch die frühere Königin die Menschen mit ihrem Leben an das Schloss gebunden hatte, aber ...

Ich sollte dem Dämon nicht zustimmen, aber ...

Nein! Kein Aber! Ich war eine Hexe und ich sollte nicht einer Meinung mit einem Dämon sein. Wenn ich nicht zu meinen Schwestern hielt – und das als deren Königin –, dann würde großes Unglück hereinbrechen. Es könnte erneut zu Hexenverbrennungen oder Hexenprozessen kommen!

»Ich gehe ins Bett«, sagte ich leise, jedoch mit vor Zorn bebender Stimme. »Gute Nacht.«

Ich hätte darauf wetten können, dass er mich sauer abrauschen ließ, aber dann legte Blake ein in Leder gebundenes tiefschwarzes Buch auf den Tisch. Wo hatte er das bis jetzt versteckt?

Obwohl ich mich schon zum Gehen geschickt hatte, ließ ich mich zurück auf den Stuhl fallen und spähte neugierig auf den Titel: ›Königin Liliths Schatten‹.

»Ich habe mit Ishita geredet und sie hat mir ein Buch für dich mitgegeben. Die Schattenbegabung schien dich ja vorhin brennend interessiert zu haben, da ich jedoch keine Hexe bin, kenne ich mich mit dem Thema nicht aus. Sie sagte mir, dass es seit der ersten Königin Lilith keine Schattenhexe mehr gab und man deshalb nur über diese Macht spekulieren kann. Also – hier ein pseudowissenschaftliches Buch über die Schattenaffinität von Hexen.«

»Danke«, sagte ich skeptisch. Warum wollte ich gleich noch mal mehr darüber in Erfahrung bringen? Wie Blake bereits erwähnt hatte, war die Schattenaffinität sehr selten – ebenso wie die Seher-, Chaos-, Blut- und Lichtaffinität.

»Ich gehe jetzt trotzdem ins Bett«, sagte ich zu Blake und war gerade dabei, nach meinem Entschuldigungsgeschenk zu greifen.

In meinem Schlafgemach wartete auch noch das von der Bibliothek ausgeliehene Lexikon der Dämonen, von dem ich mir erhoffte, einen Hinweis auf Blakes wahren Namen zu finden. Blöderweise konnte die bewusste Aussprache eines sogenannten »falschen wahren Namens« den Tod bedeuten. Es wäre auch zu einfach gewesen, Blake jeden Namen einer Babynamen-Website zu rufen.

Neben dem dicken Wälzer hatte ich mir auch noch die Schriften der Hexe Jeanne d'Arc gesichert, die ihr Leben dem Kampf gegen Dämonen verschrieben hatte und dafür von den Menschen auf den Scheiterhaufen befördert worden war. Sie war der letzte Mensch gewesen, den die Göttin zur Hexe gemacht hatte. Scheinbar hatte unsere Göttin es aufgegeben, Sterblichen Hexenmacht zu verleihen, nachdem es so viele Ausschreitungen gegen uns gegeben hatte.

Blake schnappte mir blitzschnell das Buch weg. »Ich begleite dich.«

»Wie bitte?«

»Ich bin ein anständiger Verlobter«, ließ mich der Dämon wissen und klemmte sich das Werk gleich mal unter den Arm. »Deshalb trage ich das schwere Buch in dein Schlafzimmer.«

Das Buch umfasste vielleicht um die zweihundert Seiten und war ein bisschen größer als meine Hand.

»Wow. Vielen Dank. Ich hätte mir damit fast einen Bruch gehoben.«

»Oder einen üblen Hexenschuss erlitten.«

»Der Spruch ist fast so flach wie das Büchlein.«

»Darf ich dich zu deinem Schlafgemach begleiten?«, besaß die Teufelskreatur dann doch noch einen Funken Anstand. »Ich weiß ohnehin, wo sich das Schlafzimmer der Königin befindet. Ich kann sonst auch später bei dir anklopfen und mich erkundigen, ob du es wohlbehalten zurückgeschafft hast.«

»Wenn es unbedingt sein muss«, knickte ich erneut ein.

Er lächelte. »Muss es.«

Erhoffte er sich dadurch, dass ich ihn gleich mal mit ins Bett nahm? Es gab kein Szenario, in dem ich so verzweifelt war, dass ich Sex mit einem Dämon in Betracht zog. Blake dachte wohl, dass er *mich* verführen könnte, aber da war er an die falsche Hexe geraten.

»Meine liebe Belladonna.« Das bekannte Säuseln begann, kaum dass wir vor meiner Schlafzimmertür standen. »Ich wollte fr–«

»Willst du reinkommen?«, fragte ich mit tiefer Stimme. Jede einzelne Silbe betonte ich auf eine aufreizende Art, die unmissverständlich war.

»Ja. Nein. Was?«

Bevor er reagieren konnte, drückte ich meinen Körper eng an seinen. Ich leckte mir mit der Zunge über die Lippen. Wie ein Mantra murmelte ich, dass er eine mögliche Vergiftung aufgrund seines Verhaltens mehr als verdient hatte.

»Cherry?«

»Ich würde gerne wissen, ob Dämonen wirklich so sind. Du weißt schon ...« Ich sah zu ihm auf und biss mir auf die Lippe. »Ob Dämonen im Privaten ...«

Blake blinzelte mich verwirrt an. Doch wenn ich tief in seine Augen blickte, erkannte ich so etwas wie ein Feuer, das mir aus der Tiefe rot entgegenflammte. Ich dachte, dass er tot war, warum wirkte er dann in diesem Moment derart lebendig?

Meine Brüste drückten eng an seine Brust. Kein Herzschlag. Kein Atemzug. Nichts. Aber warum pumpte mein Herz wie wild? Warum überschlugen sich meine Atemzüge nahezu?

Nicht ablenken lassen, Belladonna!

Der Dämon merkte gar nicht, dass meine Hände sich um das Buch schlangen.

»Wie sollen Dämonen sein?«

»Ich frage mich ... ob Dämonen wirklich so dämlich sind.«

Mit meiner Magick öffnete ich die Tür und sprang nach hinten. Bevor er ins Zimmer linsen konnte, schlug ich ihm die Tür eiskalt vor der Nase zu.

Ich sagte mir, dass ich lächelte, weil ich den Dämon ausgetrickst hatte – und nicht etwa, weil ich sein raues Lachen noch durch das Holz hören konnte und mein Herz vor Aufregung wild in meiner Brust trommelte.

17. Kapitel

OXALIS VERSICOLOR

Zweifarbiger Zierklee

Als ich meine Glieder nach einer unruhigen Nacht streckte, durchfuhr mich ein dumpfer Schmerz. Au! Mein Rücken! Ich war doch erst einundzwanzig! Und eine Hexe! Wie konnte mein Rücken mich nur so hassen?

Natürlich lag der Grund auf der Hand: Trotz Erschöpfung hatte ich mich einfach nicht in das Bett der Königin legen können. Stattdessen hatte ich mir eine Wolldecke besorgt und mich wie eine Raupe auf dem Fußboden zusammengerollt, was nun seinen Zoll in Form von stechenden Rückenschmerzen forderte.

Bom. Bom. Bom.

Ich richtete mich auf. Woher kam dieses Geräusch?

Bom. Bom.

Ein daumengroßes Etwas sprang immer wieder hoch, nur um bei dem Versuch, weiterzufliegen, wieder auf den Boden zu knallen. War das eine Motte?

»Na, du kleiner Störenfried?«, fragte ich das pelzige Tier und hob es hoch. Es hangelte sich an meinem Zeigefinger entlang. »Wie bist du denn hier reingekommen?«

Ich öffnete das Fenster und entließ das arme Tier zurück in die Freiheit. Die kühle Morgenluft erfrischte mich und siehe da: Mein schmerzender Rücken schwieg.

Ich streckte meine Hand aus. »Ich werde wohl bald aufhören zu altern, wenn der Schmerz so schnell verfliegt.«

Ich wandte mich ab und schlüpfte aus meiner Unterwäsche, dabei stolperte ich beinahe über einen roten Umschlag. Als ich mich danach beugte, stieg mir augenblicklich Blakes Geruch in die Nase.

Panisch schaute ich zur Tür. War er etwa hier gewesen?

Nein. Der Mistdämon hatte ihn durch den Türspalt geschoben! Eigentlich sollte ich allein deswegen sein Briefchen ignorieren, aber ich war leider eine sehr neugierige Hexe.

Meine liebste Belladonna,
ich hoffe, dein Herz schmerzt nicht so sehr ...

O Göttin, mir wurde von so viel Schmalz am Morgen bereits ganz übel.

aber ich kann dich heute leider nicht mit meiner Anwesenheit beglücken. Ich bin in ...

Das war mir zu viel. Ich knüllte den Zettel zusammen und warf ihn in eine Vase, die ich als meinen Papierkorb auserkoren hatte.

Ein Tag ohne Blake? Das klang doch fast zu schön, um wahr zu sein! Die Göttin war wahrlich gnädig mit mir und meinen überstrapazierten Nerven.

Mit bester Laune erschien ich deshalb zum Frühstück und der Besprechung mit Walpurga. Mir wurde heute Vanilleeis mit zweifarbigem Sauerklee serviert. Diese Pflanze war nur sehr schwach giftig, dafür sahen die rot-weißen Blätter wie eine Süßigkeit aus. Mit Minze und Physalis hatte man mir mein giftiges Frühstück sogar fototauglich angerichtet.

Zuckerstaaange!, tippte ich an Amari und schickte ihr das Bild mit einem breiten Grinsen über unseren kleinen Insider-Witz.

Kurz darauf erschien ein blauer Haken neben dem Bild – allerdings ohne Antwort von meiner Freundin.

Walpurga räusperte sich.

Ich ignorierte das nagende Gefühl von Verrat in meinem Innersten. Amari ignorierte mich doch nicht absichtlich, oder? Sie hatte in Plymouth sicher viel zu tun. So viel, dass sie ihrer ältesten Freundin nicht einmal kurz zurückschreiben konnte.

»Welche Aufgaben hast du heute für mich?«

Wenn ich schon nicht mit Amari schreiben konnte, dann würde ich mich in die königliche Arbeit stürzen, um mich abzulenken.

»Keine«, sagte Walpurga und kippte bereits ihren zweiten Espresso hinunter. »Ich bringe dein Kleid zum Schneider und werde anschließend deine Krone in Auftrag geben. Die Schmiedin wird sich für ihre Schmiedekunst zwei Wochen auf die Isle of Skye zurückziehen, weshalb wir schnell handeln müssen.«

»Oh, aber ich muss sicher meine Vorstellung–«

Walpurga legte ein Maßband um meinen Kopf. »Fertig. Du hast nahezu den gleichen Umfang wie Königin Sibylle.«

Nur weil Walpurga mich nicht brauchte, hieß das nicht, dass ich mich nicht nützlich machen würde. Endlich konnte ich ungestört meinen eigenen Geschäften nachgehen, ohne von Walpurga oder Blake gestört zu werden.

Das Dienstmädchen Estella räumte nach Walpurgas Aufbruch hinter ihr auf, aber ich blieb am Tisch sitzen und ließ mir mit dem Essen viel Zeit.

»Wünscht Ihr noch etwas zu essen oder zu trinken?«, fragte sie mich dann.

»Nein, aber ... könntest du einen Moment warten, Estella?«, bat ich sie.

»Natürlich, meine Königin.«

Kurz erwog ich, es sein zu lassen, aber wollte ich das alles wirklich kampflos hinnehmen? Das alles wirklich so einfach akzeptieren?

»Was weißt du über den Tod der alten Königin?«

»Wie ... wie meint Ihr das?«

»Was war an dem Tag los, an dem sie gestorben ist?«

»Ich ... Ich kann nicht.«

Sie konnte nicht? Das bedeutete, dass sie etwas wusste.

»Was weißt du?«, bohrte ich penetrant nach. »Ich muss es wissen. Bitte, Estella. Das hier ist wichtig. Ich –«

»Ich ... Ich ... Ich sehe ihre Augen! Ihre roten Augen! Der Drache!«, kreischte das Dienstmädchen und zog an ihren Haaren. Sie fiel auf die Knie, während ihr Oberkörper sich aufbäumte. »Die schöne Dämonin der Finsternis!«

»Estella, was ist los?«

Ich wollte ihr umgehend zu Hilfe eilen, aber eine Hand legte sich auf meine Schulter und hielt mich zurück. »Lass sie, das macht der Pakt, den sie mit der Dämonin geschlossen hat«, sagte Anastasia, die gerade zur rechten Zeit aufgetaucht war. Sie ging an mir vorbei und streichelte die aufgeregte Estella. »Sie beruhigt sich wieder, aber du darfst keine weiteren Fragen stellen.«

»Was?«

»Die Arme hat wohl geschworen, dass sie nie über ihre Arbeit für die Hexenkönigin reden wird. Ein schlecht ausgehandelter Pakt hat manchmal solche Nebenwirkungen.«

»Blut ... Blut ... Pfähle ...«, murmelte Estella geistesabwesend. Rote Flüssigkeit lief aus ihren Augen wie in einem schlechten Horrorfilm. »Drei tote Bräute und die vierte ... die vierte ...«

»Ich werde ihr ein paar Heilkräuter verabreichen, wenn sie sich beruhig hat. Die nächsten drei Tage wird sie sicherlich nicht arbeiten können.«

»Das wusste ich nicht«, wollte ich mich entschuldigen. »Ich ... Und das alles wegen der Dämonin? Wird sie sich jetzt ihre Seele holen?«

Anastasia schüttelte den Kopf. »Mich wundert es, dass Carmilla noch nicht aufgetaucht ist – vielleicht ist es ihr draußen zu hell, aber nein, so leicht verliert man seine Seele nicht.«

Anastasia hob die kaum noch ansprechbare Estella hoch und trug sie aus dem Zimmer. Blutrote Tränen liefen glänzend über das Gesicht der jungen Frau und sie zitterte am ganzen Leib.

Und wessen Schuld war das Ganze? Meine.

Ich lehnte mich gegen eine Mauer und schlug mit dem Hinterkopf gegen den Stein. Ich wollte niemandem wehtun, trotzdem brachte ich immer und immer wieder Leute in Gefahr.

Es war besser, wenn die Gifthexe den Rest des Tages allein in ihrem Zimmer verbrachte und sich ganz still verhielt.

Nachdem ich jede Schublade im Königinnenzimmer geöffnet und untersucht hatte, war ich um einen Kugelschreiber, zwei Büroklammern und ein Hustenbonbon, welches vor fünfzig Jahren abgelaufen war, reicher.

Allerdings hatte ich keinen weiteren Anhaltspunkt für das Ableben der alten Königin erhalten. Ich stand also wieder ganz am Anfang ...

Was konnte ich denn jetzt noch tun?

Obwohl ich die Einzige im Raum war, sah ich mich überall um, ehe ich in den hinteren Teil des riesigen Gemachs schlich. Ich fischte den zerknüllten Brief aus der Vase und strich ihn auf meinem Schreibtisch wieder glatt.

Ich bin in der Hölle, hatte der Dämon mir geschrieben. Im schlimmsten Fall komme ich erst in den nächsten Tagen zurück.

»Du meinst wohl im besten Fall.«

Nein, ich meine im schlimmsten Fall, widersprach mir der Brief. Ich weiß, dass du jetzt die Augen verdrehst.

»Verdammt. Ich bin leicht zu durchschauen.«

Auch, wenn ich nicht da bin, du bist nie allein, Cherry.

Was sollte das denn heißen? Natürlich war ich allein! Walpurga war weg, Anastasia konnte überall stecken und Ishita lag gutmöglich unter zahlreichen Zetteln und Büchern im Archiv begraben.

Ich überprüfte mein Handy, aber es überraschte mich nicht, dass Amari mir immer noch nicht geantwortet hatte.

»Du gehst mir auf die Nerven, obwohl du nicht da bist«, sagte ich dem Stück Papier. »Ich hoffe, die Hölle behält dich ein.« Ich bettete meinen Kopf auf einen Arm und stach mit dem Zeigefinger auf den Brief ein. »Halt dich ja nicht für etwas Besseres, nur weil ich dich vielleicht gerade ein bisschen vermisse. Wie gesagt: vielleicht – und nur ein bisschen.«

Weil ich noch nicht so armselig war, mich stundenlang mit einem Stück Papier zu unterhalten, widmete ich mich erneut den Dämonen-Büchern auf dem Schreibtisch.

Tatsächlich fand ich sogar die Dämonin, mit der Estella einen Pakt hatte:

Gräfin Carmilla/Mircalla – oder auch: die rote Lilie, der Drache (?) die Blutkönigin (Geburt um 1450); Adelige (?); womöglich verwandt mit dem Pfähler; zählt zu den Vampiren und höchstwahrscheinlich zu den Ars Goetia.

Was waren denn die Ars Goetia?

Ich nahm ein anderes Buch und blätterte darin, bis ich an einer Spalte über die sieben Ringe der Hölle hängen blieb. Gab es nicht neun Zirkel?

Ich war so versunken in den Werken über die Höllenwesen, dass ich nicht merkte, wie es draußen dunkel wurde. Es waren wieder Insekten, die mich aufsehen ließen. Einige Motten knallten angezogen vom Licht der Lampe ständig gegen das Zimmerfenster. War es nicht bereits zu kühl für so viele Insekten? Das war ein ganzer Schwarm, der sich vor meinem Fenster zu einer Kugel manifestierte.

Auf einmal stellten sich meine Nackenhaare auf. Hier war jemand mit mir im Raum! Ich konnte die Anwesenheit der Kreatur spüren.

Ich wirbelte herum und war schlagartig erleichtert, dass die Bedrohung Anastasias Form hatte.

»Ich wollte dir noch einen Tee und ein Sandwich vorm Schlafengehen vorbeibringen«, sagte die Hexe und teilte mit ihrem Dolch ein Brötchen. »Die Sache mit Estella schien dich vorhin so mitgenommen zu haben und ich habe gemerkt, dass du nicht zum Abendessen erschienen bist. Ich kann dich aber damit beruhigen, dass es ihr gut geht. Sie ist nur erschöpft.«

Ich atmete erleichtert auf und drehte mich erneut zum Fenster. Die Motten schwirrten immer noch in der Dunkelheit herum.

»Was liest du denn da?«

Ich zog ein dickes Buch an mich und überdeckte damit Blakes Brief. »Ach das. Das sind bloß ein paar Dämonen-Lexika.«

Kurz entgleisten Anastasias Züge. »Aha.«

»Ich ... Walpurga hat es dir gesagt, oder?«

»Ja.«

»Es war ein Unfall. Es lag nie in meiner Absicht, die Verlobung einzugehen.«

»Oh, das glaube ich dir. Es muss schrecklich sein, mit dem Dämon verlobt zu sein.«

»Ja, schon ...«

Anastasia legte ein Holzbrett mit einem lecker aussehenden Brötchen und einem herrlich dampfenden Früchtetee auf den Tisch. Da schwammen sogar Rosenblätter darin!

»Gut. Dann gehe ich nun wieder.«

»Ich ... Ich ...«

»Ja?«

Ich konnte ihr doch vertrauen, oder? Sie war ein Teil des königlichen Covens. Königin Sibylle hatte sie als vertrauenswürdig genug erachtet.

»Es gibt da etwas, das ich mich Walpurga nicht zu fragen traue«, sagte ich mit gesenktem Blick.

»Du kannst mir vertrauen, Belladonna.«

Ich atmete tief ein. Ja, das konnte ich. »Königin Sibylles Tod lässt mir einfach keine Ruhe«, erklärte ich der Feuerhexe. »Walpurga hat das Ganze gleich abgetan, aber ich kann es nicht vergessen! Hexen sterben nicht einfach so!« Ich legte meine Hand auf mein Herz. »Bin ich die Einzige, die das so mitnimmt?«

»Unterstellst du mir, dass Walpurga und ich nicht trauern?«

»Nein. Nein!«

»Ich erzähle dir eine kleine Geschichte«, sagte Anastasia. »Es gab mal eine kleine Hexe, die nicht wusste, dass sie zum Hexenvolk gehörte. Ihre Mutter war im Kriegsgewirr von bösen Monstern abgeschlachtet worden. Sie ahnte nichts von der Magick in ihren Adern, außer, dass sie nicht alterte, dass ihr treuer weißer Wolf ihr nicht von der Seite weichen wollte und es im Wald blutrünstige Monster gab. Eines Tages traf diese Hexe dann jemanden, der so war wie sie, und von da an war sie nie wieder allein. Sie musste nie wieder die Monster im Wald fürchten.«

»Das tut mir leid.«

Anastasia seufzte schwermütig. »Du kannst ja nichts dafür. Das war vor langer, langer Zeit. Königin Sibylle hat mir sehr viel bedeutet, und ich hoffe, dass du eine genauso gute Königin wirst. Dass du junge Hexen genauso inspirieren kannst und ihnen ein Licht in dunkelster Zeit bist.«

»Aber –«

»Königin Sibylle war dreihundert Jahre alt. Sie war relativ jung, da stimme ich dir zu, doch die Wege unserer Göttin sind unergründlich.«

Ach, und mit der Antwort sollte ich mich zufriedengeben?

»Aber –«

»Walpurga und ich sind selten einer Meinung, doch das Hexenvolk kann keine Herrscherin gebrauchen, die an der Vergangenheit festhängt. Wir brauchen eine starke Hexenkönigin. Wir brauchen dich.«

Meine Kehle war trocken. Mein Herz schlug so kräftig in meiner Brust, dass ich meinte, meine Adern würden platzen. »Ich weiß.«

»Gute Nacht, meine Königin.«

Damit ließ sie mich im Zimmer zurück.

Trotz fehlenden Hungers würgte ich das Sandwich hinunter und spülte mit Tee nach.

Weder Walpurga noch Anastasia hatten Blake die Schuld am Tod der Königin zugewiesen. Beide Hexen konnten Dämonen nicht ausstehen, trotzdem hatte niemals jemand Andeutungen in Richtung des Lichs gemacht.

Bedeutete das nicht im Folgeschluss, dass sie mehr wissen mussten?

Oder wurde ich einfach paranoid? Wenn ich Walpurga und Anastasia nicht glauben konnte, wem dann? Blake? Dass ich nicht lachte!

Ich schob die Bücher zur Seite und legte ein Kissen vom Bett auf den Tisch. Dann hüllte ich mich mit der Decke ein. »Sieht doch bequem aus.«

Stunden später war ich irgendwann so erschöpft, dass ich mit dem Kopf auf dem Schreibtisch langsam wegdämmerte. Kurz meinte ich noch, dass mitten in der Nacht im allertiefsten Orange die Sonne vor meinem Fenster unterging. Ein Gesicht schob sich davor, so freundlich und weich, dass ich leise kichern musste. Flügel. Und Krallen.

»Wie wunderschön mein Traum ist«, murmelte ich schlaftrunken. »So viel Fantasie habe ich mir nicht zugetraut.«

18. Kapitel

CALTHA PALUSTRIS
Sumpfdotterblume

Nach drei Tagen mit kaum Schlaf war ich so blass wie ein Geist. Leider war ich aber immer noch sehr körperlich, was sich spätestens dann bemerkbar machte, als ich auf dem Weg aus dem Speisesaal gegen einen Türrahmen lief und meine Stirn das Holz unsanft küsste. Statt auf den Rücken zu fallen, landete ich äußert weich und eine kühlende Kompresse legte sich zugleich auf meine pochende Stirn. Ein paar Sekunden genoss ich die Kälte und wäre dabei sogar fast eingeschlafen.

»Alles okay, Cherry?«

»Bett«, murmelte ich schläfrig.

»Oh. Gleich ein solch unmoralisches Angebot nach meiner Rückkehr. Ich fühle mich etwas überrumpelt.«

Meine Augenlider flatterten. »Blake?«

Der Dämon grinste mich von oben herab an. Das war auch keine Kompresse, die mir lindernde Kälte verschaffte, sondern Blakes totenkalte Hand.

Seit wann war er wieder da?

»Geht es dir gut?«, fragte er mich, und ich musste all meine Kraft aufwenden, nicht in seinem Schoß einzuschlafen. »Hexen können doch genauso wenig krank werden wie Dämonen, oder?«

Da hatte Blake recht: Wir Hexen waren Wesen, die nie krank wurden und deren Wunden meist innerhalb weniger Minuten vollkommen verheilten. Wahrscheinlich hätten mich die drei schlaflosen Tage auch nicht derartig aus dem Gleichgewicht gebracht, wenn ich einen Familiar besessen hätte. Hätte. Hätte. Hätte. Wenn ich nicht so eine schlechte Hexe wäre, dann *hätte* ich die Königinnenkrone auch verdient.

»Schlafen«, nuschelte ich. »Lass mich endlich schlafen.«

»Warum schläfst du denn nicht?«

»Ich kann nicht im Bett einer Toten schlafen, aber Walpurga ist so beschäftigt wegen Samhain und sie will doch auch ein paar Stunden frei haben.«

»Wie meinst du das?«, bohrte Blake nach. »Das Bett einer Toten?«

»Ich kann nicht in Königin Sibylles Bett schlafen.«

»Wie – Nein! Nein, das ...«

Der Dämon beendete den Satz nicht. Stattdessen spürte ich, wie mein Schädel auf den Steinboden knallte. Der Schmerz war äußerst unschön, aber endlich erlangte ich etwas Klarheit zurück.

Stöhnend und beschämend langsam kam ich auf die Beine und tastete mich die Wand entlang in mein Schlafzimmer. Zu meinem Glück war auch an diesem Abend Walpurga bereits in ihrem Zimmer und übersah, wie die Hexenkönigin auf Schlafentzug in ihr Gemach torkelte und fast die Monster-Statue der Göttin von ihrem Podest warf.

Als ich es ins Schlafzimmer geschafft hatte, erwartete mich ein Anblick, mit dem ich niemals gerechnet hätte. Mein Bett – oder besser gesagt das Bett von Königin Sibylle – stand lichterloh in blauen Flammen. Da gab es nichts mehr zu retten, als die Feuerzungen das Bett knisternd verschlangen und nichts als ein dunkles Gerippe zurückließen.

Jeder adelige Dämon konnte meiner Recherche nach Höllenfeuer beschwören. Ein besonderes Feuer, das alles oder nichts verbrennen konnte und gegen das normales Wasser nutzlos war. Vielleicht hätte Amari mit ihrer Affinität etwas bewirken können, aber nicht die Gifthexe.

Der Raum füllte sich zu meinem Erstaunen nicht mit Rauch, dennoch brachte der Geruch von verbranntem Stoff meine Augen zum Tränen.

Gerade, als ich etwas sagen wollte, raste Blakes Faust gegen einen Bettpfeiler. Das brennende Holz splitterte ab und flog direkt in meine Richtung. Ich schrie auf und machte einen Satz nach hinten. Trotzdem landeten ein paar der Feuerhölzer direkt auf mir. Sofort bemerkte ich, dass ich keinerlei Schmerz verspürte. Neugierig bückte ich mich nach einem Holzsplitter. Die blauen Flammen tanzten wunderschön in meiner Hand, bis sie das Holz vollkommen zu Asche verwandelt hatten.

Blake schlug immer noch wie von Sinnen mit seinen Fäusten auf das brennende Holz ein. Nein, musste ich mich korrigieren, das waren keine Fäuste, das waren seine dämonischen Klauen! Skelettartige Hände mit scharfen schwarzen Spitzen, die einem die Haut mühelos vom Fleisch schälen konnten.

Seine Haut verbrannte nicht, aber der Stoff seines Anzugs verkokelte vor meinen Augen, als er mit seinen scharfen Klauen das wehrlose Bett zerstörte.

Ich konnte mir meine Handlung nicht erklären, doch auf einmal bewegten sich meine Beine von selbst. Trotz der unerträglichen Hitze schlang ich meine Arme von hinten um den Dämon. Allem in mir widerstrebte es, es eine »Umarmung« zu nennen. Hexen umarmten Dämonen nicht. Hexen fielen Dämonen um den Hals, um ihnen besser einen Dolch in das schwarze Herz zu stoßen.

Blake redete leise – und er war sich meiner Anwesenheit dem Anschein nach nicht bewusst: »Das ist alles noch wie bei Königin Sibylle. Walpurga hat keinen Finger gerührt, ihre alten Besitztümer zu verbrennen oder sie wenigstens für Belladonna wegzuräumen.«

»Ist doch nicht schlimm«, versuchte ich Walpurga zu verteidigen, obwohl ich die letzten Tage mit ihrer Art selbst stark gehadert hatte. Ein ausgeräumtes Zimmer mit billigen Möbeln wäre mir lieber als all der Prunk gewesen. Noch viel lieber hätte ich in meinem Bett im Poison Garden geschlafen. Was brachte es mir überhaupt, sich nachts hier aufzuhalten?

»Ich hasse es. Ich hasse es, dass ihr Geist noch hier ist, obwohl sie seit zwei Wochen tot ist. Sie sollte endlich weg sein. Darauf habe ich zwei Jahre gewartet.«

Blake lebte also schon zwei Jahre im Schloss?

»Ich hasse *sie.* Ich hasse sie so sehr.«

Rein instinktiv verstärkte ich den Druck um seine Taille. Der Schmerz in seiner Stimme schnürte mir die Kehle zu. Was war denn bloß zwischen den beiden vorgefallen?

In meinem Kopf bildete sich ein Horrorszenario, das ich allerdings nicht ganz glauben konnte. Königin Sibylle war eine gute Hexe gewesen. Ich sollte mich für den Gedanken schämen, ihre Macht ausgenutzt zu haben.

Aber warum hätte ihr Tod Blake sonst so fröhlich gestimmt? Warum stand ihr Bett in Flammen?

Werde meine Königin – wer hatte das noch mal zu mir gesagt? Es konnte nicht von Blake stammen, aber …

»Ich bin ja jetzt da«, murmelte ich gegen Blakes Rücken. »Ich bin deine Königin.«

Der Dämon atmete erleichtert auf. »Cherry?«

Seine knöcherne Hand legte sich auf meine und das unbekannte Gefühl von Knochen auf Haut ließ mich erschaudern. Es war nicht unangenehm. Es war nur anders.

Keine Ahnung, wie lange ich an den Dämon gepresst dastand. Ich kam nicht einmal auf den Gedanken, ihn loszulassen, stattdessen genoss ich die angenehme Kühle seines Körpers, während die Flammen abklangen. Blake atmete nicht, sein Herz tat keinen einzigen Schlag, aber seine wieder menschlich gewordenen Finger streichelten geistesabwesend über meine Haut.

Es war ein wunderschönes Gefühl – solange ich keinen Gedanken daran verschwendete, dass er ein Dämon war.

Tatsächlich war es Blake, der sich aus meinem Klammergriff befreite.

»Ich bitte um Verzeihung«, sagte der Dämon und wirkte dabei auf einmal jung. Nein, nicht jung ... Er wirkte unglaublich verletzlich. Ein paar Strähnen hatten sich befreit und hingen ihm ins Gesicht. »Es sieht so aus, als hätte ich dein Bett mit meiner Dämonenkraft angezündet.«

»Ist ja nicht so, als hätte ich jemals da drin geschlafen.«

»Darf ich fragen, warum? Du weißt, dass du meine wunderschöne Verlobte bist, aber ich habe bereits Leichen mit mehr Farbe im Gesicht gesehen. So tiefe Schatten unter den Augen sind mir noch nie bei einem lebendigen Wesen begegnet.«

»Das fragst du?«, kam es schnippisch von mir. Ich spürte immer noch seinen Körper an meinem. Ich sollte angewidert sein, dass ich einem Dämon so nahegekommen war, aber das war ich nicht – und das trieb mich in den Wahnsinn. Ich brach jede inoffizielle Hexenregel über den Umgang mit Dämonen.

Blake zuckte mit den Schultern.

»Ich kann einfach nicht im Bett einer Toten schlafen«, wiederholte ich mich. »Vielleicht ist es für euch Lichs normal –«

»Ist es nicht«, unterbrach er mich. »Lichs steigen aus Särgen, schlafen jedoch nicht darin – und wir schlafen ebenfalls nicht dort, wo jemand gestorben ist. Hast du schon mal was von Leichenflüssigkeit gehört? Die klebt. Und stinkt.«

»Na also, dann verstehst du ja, was ich meine. Es riecht – es *roch* außerdem so stark nach ihr und ihrem Parfüm, und im Bett habe ich eine Eulenfeder entdeckt. Außerdem weiß ich nicht, wo ihre Leiche gefunden wurde.«

Blake zeigte mit dem Finger auf einen Teppich. Meinen alternativen Schlafpatz der letzten zwei Tage. »Königin Sibylles Leiche lag dort.«

Mir wich jegliches Blut aus dem Gesicht. *O Göttin, ich glaube, ich werde ohnmächtig.*

»Kannst du den Teppich bitte abfackeln? Frag nicht, tu's einfach.«

Mit einer lässigen Handbewegung löste sich der Teppich in Staub auf.

»Noch etwas?«

Am liebsten hätte ich das ganze Zimmer in ein Flammenmeer verwandelt und inmitten der Flammen eine Teestunde abgehalten. »Das wäre schön«, säuselte ich. »Moment mal … Und wo schlafe ich heute?«

Blake hatte auch meine Kissen und die Bettdecke verbrannt. Natürlich könnte ich mich in mein Häuschen zurückziehen, aber draußen regnete es seit Stunden in Strömen. Das gefiel vielleicht den Giftpflanzen, insbesondere der Sumpfdotterblume, die sich entlang der feuchten Gräben breitgemacht hatte, ich hingegen wäre völlig durchgeweicht, bis ich mein Haus erreicht hätte.

Blakes Augen wurden auf einmal schwärzer als die Nacht, als er mit rauer und verführerischer Stimme anbot: »Du könntest in meinem Bett schlafen, Cherry.«

Dann hörte ich nur noch das Zersplittern von Glas und ein dumpfes Geräusch, als irgendetwas draußen auf den nassen Boden knallte.

Es brauchte seine Zeit, bis ich realisierte: Ich hatte den Dämon aus dem Fenster geworfen.

Die Magick war so schnell an meiner Seite gewesen, dass ich sie völlig unbewusst gegen Blake benutzt hatte.

»Scheiße! Nein. Nein. Nein!« Ich eilte zum Fenster und blickte hinaus. Es war stockdunkel, doch unten im Gras bewegte sich hörbar etwas.

Ich wollte nicht genau hinsehen, weil seine Verwundung allein meine Schuld war. Dämon hin oder her – ich hatte ihm vielleicht gerade ernsthaft wehgetan.

»Blake? Lichs müssen nicht schlafen, oder?«

»Nein«, rief er hoch. Seine Stimme war heiser und brüchig, weil er sich wohl gerade unter Schmerzen heilte.

»Du hast noch nie in deinem Bett geschlafen?«

»Ja.«

»Und ich nehme an, dass du einfach nur nett sein wolltest?«

»Mhm.«

Oh nein! Ich hatte ihn gerade vollkommen grundlos aus dem dritten Stock geworfen.

Ich drehte mich vom Fenster weg und lehnte mich mit geschlossenen Augen gegen die Wand. Das Schuldbewusstsein verstärkte mein körperliches Unwohlsein um ein Vielfaches.

»Es tut mir so leid. Das ist gerade so peinlich«, sagte ich laut genug, damit er es hörte. »Ich wollte dir nicht wehtun.

Obwohl es natürlich völlig in Ordnung ist, wenn eine Hexe einen Dämon verletzt. Du weißt doch genauso gut wie ich, dass ihr Dämonen uns Hexen so viel Schmerz beschert habt. So war es doch schon immer: Ihr tut uns Hexen weh und wir euch Dämonen.«

Wollte ich mich entschuldigen oder weitere Attacken auf ihn rechtfertigen? Das hörte sich ziemlich falsch in meinen Ohren an und meine nagenden Magenschmerzen gaben mir recht.

»Ich ... Ich ... Ich will nur sagen, dass ... also, wenn du mir erzählen willst, was zwischen dir und Königin Sibylle vorgefallen ist ... Ich werde so vorurteilsfrei wie möglich sein.«

Ich biss mir auf die Unterlippe und wartete gespannt auf Blakes Antwort. Er konnte mich immer noch belügen, rief ich mir in Erinnerung. Vielleicht spielte er das alles bloß, um sich mein Mitgefühl zu erschleichen. Dann hatte er den perfekten Vorwand, mit im Bett zu schlafen.

Da Blake ungewöhnlich still war, beugte ich mich über die Fensterbank und suchte den Boden nach dem verletzten Lich ab. Sollte ich nach unten fliegen? Was, wenn ich ihn ernsthaft verletzt hatte? Oh toll, wahrscheinlich hatte ich Blake versehentlich in den Tod gestoßen. Nachdem er vor ein paar Tagen so oft betont hatte, dass er praktisch unkaputtbar war.

»Ist was?«

Ich erschrak fürchterlich, als der vermeintlich halbtote Blake hinter mir erschien. Konnte ein Untoter eigentlich *toter* werden? Ach, der Schlafmangel machte sich schon wieder bemerkbar.

»Wo warst du?«

»Ich habe mich schnell umgezogen«, erklärte er und zupfte sich die Hemdsärmel gerade. Er hatte sich umgezogen, aber der schwarze Anzug sah exakt gleich aus wie der andere. »Ich habe leider nicht alles mitgekriegt, was du gesagt hast. Ich wollte draußen nicht zur Wasserleiche werden.«

»Es tut mir leid. Ich dachte, du wolltest mich gerade anmachen«, versuchte ich meine überstürzte Reaktion erneut zu rechtfertigen. »Und dann habe ich dich einfach mal aus dem Fenster geworfen. Das ist mir zum ersten Mal passiert!«

Er verzog das Gesicht. »So ein Spruch ist mir zu plump.«

»Ach, und das dauernde ›wunderschöne‹ oder ›wundervolle Verlobte‹ nicht? Da ziehst du die Grenze?«

»Du bist doch meine wunderschöne und wundervolle Verlobte.«

Ich stöhnte laut.

»Und? Willst du mein Angebot annehmen?«

»Ja«, sagte ich ohne jegliches Zögern und ging zur Kommode, wo ich den Schlüssel zu Blakes Raum verwahrte.

Mein Bett war ein Rußfleck, und es zog durch das kaputte Fenster wie in einer alten Scheune. Musste ich noch erwähnen, dass ich mich kaum noch aufrecht halten konnte?

»Liegt da etwa mein Ring?«, fragte Blake, der mir nun noch enger an der Backe klebte.

Ich antwortete nicht, sondern schlug die Schublade der Kommode zu. »Ich will ins Bett.«

Es wäre gelogen zu sagen, dass ich kein mulmiges Gefühl hatte, bei Blake zu schlafen, aber was blieb mir anderes übrig? Ich zog das Bett eines Untoten der Alternative vor, bei Walpurga Unterschlupf zu suchen. Diese störte sich am Schluss noch daran, wie ich mich im Schlaf umherwälzte und was ich träumte.

Als ich die Tür zum Zimmer des Prinzgemahls aufstieß, erwartete mich Blake bereits mit zwei Gläsern Wein auf der anderen Seite. Dadurch wurde mir bewusst, dass ich bisher stets umsonst abgeschlossen hatte. Türen und Wände hielten einen Dämon nicht auf.

Wortlos nahm ich das Weinglas entgegen und leerte den Inhalt. Blake blickte etwas enttäuscht drein, weil ich nicht mit ihm anstoßen wollte und stattdessen direkt sein Bett ansteuerte.

»Du hast also noch nie das Bett benutzt?«

»Ich hab vielleicht mal ein paar Dinge daraufgelegt«, antwortete er und nahm seinen Laptop von der dunklen Bettdecke. »Ich bevorzuge mein Lounge-Sofa.«

»Ich schlafe allein in diesem Bett«, machte ich meine Bedingungen klar. »Und nur diese eine Nacht. Ich bin Königin, also sollte es ein Leichtes sein, dass mir morgen jemand ein Bett besorgt. Und das Fenster repariert.«

»Sicher?«

Ich schluckte. Jetzt musste ich genau auf sein Worte achtgeben. »Ja.«

»Sag mir Bescheid, wenn du deine Meinung änderst, ich bin nicht nachtragend. Lass mich nur noch ein paar Dinge mitnehmen, dann kannst du deinen Schlaf nachholen.«

»Aber ... Aber du kannst ruhig dableiben – wenn du dich still verhältst und mich schlafen lässt.«

Wo sollte der Dämon sonst seine Nacht verbringen? Das alte Zimmer der Königin machte ihn ebenso krank wie mich, und irgendwie fand ich es komisch, wenn er nachts im Speisesaal herumhockte.

»Ich kann der leiseste Dämon der Welt sein.«

Ich verdrehte die Augen. Ja, was auch immer.

Ich war so geübt darin, meine Kleider mit den hinterhältigen Reißverschlüssen selbständig auszuziehen – oder manchmal mit der Hilfe einer Pflanze –, dass ich Blake natürlich auch nicht um Hilfe bat. Das hätte dem Dämon wohl gefallen, wenn er seine Klauen an meinen Körper legen durfte.

Ich war erschöpft und konnte es kaum erwarten, ins Bett zu kommen – obwohl es einem Untoten gehörte. Es sah trotzdem ungemein bequem aus mit den kleinen schwarz-roten Samtpolstern und ... War das ein kleines Plüschtier in Form einer Motte? Die schwarzen Knopfaugen funkelten mich interessiert an. Das Stofftier besaß wunderschöne orangene Flügel mit einem naturtreuen Muster.

»Oooh, schläfst du etwa mit einem Kuscheltier?«, neckte ich den Dämon.

»Das war ein Gesche- ... Ch-Cherry. Was tust du da?«

»Was ist denn?«, sagte ich und drehte mich zu ihm um. Ich stieg aus meinem Kleid, faltete es schön säuberlich zusammen und legte es auf einen Stuhl.

»Du bist fast nackt.«

»Ich habe mich gerade ausgezogen, natürlich bin ich dann – oh.«

Ein kleines Lächeln schlich sich auf meine Lippen.

Blake wurde nicht rot im Gesicht, was wohl an seinem untoten Körper lag und nicht daran, dass ihm die Situation unangenehm war. Denn – bei der Göttin – war ihm das Ganze gerade peinlich! Er wusste nicht, ob er die Chance nutzen und mir auf die Brüste starren oder seinen Blick peinlich berührt abwenden sollte.

Ich breitete die Hände weit aus. »Ist Nacktheit dem finsteren Dämon aus der Hölle etwa unangenehm?«

In der Akademie hatte ich gelernt, dass man vor Dämonen am besten weglaufen sollte, und hier war ich dumme Hexe nun und zog ihn mit seinem übertriebenen Schamgefühl auf.

Es war purer Wahnsinn und ... und gleichzeitig war es auch ein klein wenig erregend. Nein, nein, nein, sagte ich mir. Das war das Gift in meinem Körper, welches ich als letzte Notwehr gegen Blake einsetzen wollte.

Darum brodelte es tief in mir, selbst wenn ich nicht in direkter Gefahr schwebte.

Er würde nie etwas tun, was ich nicht aus freiem Willen zuließ.

Woher wollte ich das nun wieder so genau wissen? Er war ein Dämon und ich eine Hexe. Die Geschichte unserer Völker war geprägt von Dämonen, die Hexen grausame Dinge antaten, und Hexen, die sich auf nicht weniger blutige Art rächten.

Blake lachte rau – dann beugte er sich grinsend an mein Ohr. »Ein wenig, ja. Anscheinend kann ich von dir noch etwas lernen, meine teuflisches Hexchen.«

»Wenn es dir unangenehm ist, suche ich etwas, um mich zu bedecken«, schlug ich vor. »Ich glaube, dass ich einen Bademantel besitze.«

»Ich finde es nicht schlimm. Insbesondere, wenn du dich wohl fühlst. Außer es stört dich, dass ich dich so sehe.«

Er schien doch ein kleiner Gentleman zu sein. Damit ich ihn nicht noch weiter in Verlegenheit brachte, schlüpfte ich unter die Bettdecke, während Blake es sich mit seinem Laptop auf dem Lounge-Sofa bequem machte. Mein Blick glitt durch das Zimmer. Meine Augenlider waren so schwer, dass ich nicht alles genau ausmachen konnte. Es gab jedenfalls Unmengen von Regalen und Büchern.

»Also, das mit den Hexen, die nackt auf dem Blocksberg tanzen ...«

»Das kommt nicht von ungefähr.«

»Faszinierend«, nickte Blake.

»Du bist unter Menschen aufgewachsen, oder irre ich mich da?«, fragte ich ihn.

»Merkt man mir das so an?«

»Ein wenig.«

Da fiel mir auf, dass ich nichts über die Kindheit von Dämonen wusste. Hexen gingen auf die Akademie, Faekinder wurden in Gruppen erzogen, die man mit Schulklassen vergleichen konnten – aber was war mit Dämonen?

Ich hätte darüber nachgedacht, wenn mir meine Augen nicht schon zugefallen wären. »Gute Nacht, Blake.«

»Gute Nacht, Cherry.«

Ich schlief schnell ein – und ich sagte mir, dass es allein der Erschöpfung geschuldet war. Auf keinen Fall dem Dämon, der die Nacht über mich wachte.

Mitten in der Nacht drangen seltsame Wortfetzen an mein Ohr. Da war eine Stimme, die seltsam verzerrt klang. Unmenschlich. »Mab ... immer helfen ... Gegenleistung.«

»Nein ... Prinzen schlimmer.«

»Ich will sie *aber* sehen!«

»Nein«, widersprach eine männliche Stimme sofort. Blake? »Lass sie schlafen. Sie ist müde.«

»Denkst du, dass sie womöglich deine Braut ist? Verdient hättest du es, nachdem was mit Kö- ... Ah! Schubs mich doch nicht einfach aus dem Fenster! Das ist so gemein! *Du* bist so gemein!«

»Ich bin heute auch schon aus dem Fenster geflogen. Kann es nur empfehlen. Das weckt die Lebensgeister.«

Ich richtete mich etwas im Bett auf.

Vor dem Fenster stand eine eher kleine Gestalt. Ich erkannte auch noch, dass es sich aufgrund ihrer üppigen Kurven und der wilden Haarpracht vermutlich um eine Frau handelte. Allerdings besaß sie riesige Mottenflügel und ihre Iris leuchtete selbst im Finsteren dunkelorange. Dennoch verspürte ich keinerlei Gefahr, nur ein wohlig warmes Gefühl in der Brust.

»Warum träume ich denn von Mothra?«

Die zähflüssige Dunkelheit der Müdigkeit schluckte jeden weiteren Gedanken und ich fiel wieder in einen tiefen und erholsamen Schlaf.

19. Kapitel

HERACLEUM MANTEGAZZIANUM
Riesenbärenklau

Ich rannte um mein Leben. Ich wusste nicht, weshalb ich auf der Flucht war oder was genau mich bedrohte, bloß, dass ich laufen musste. Als das vertraute Geräusch der Schmetterlingsflügel erklang, hielt ich mir die Ohren voller Verzweiflung zu. *Geht weg, geht weg …*

»Lasst mich in Ruhe!«, schrie ich laut, während ich die Augen fest zusammenkniff. Letzteres stellte sich als miese Idee heraus, da meine nackten Füße auf etwas traten, das sich verdammt nach Schlangenhaut anfühlte. Die Reptilienhaut erschreckte mich so, dass ich mein Gleichgewicht verlor und geradewegs in eine endlose Tiefe stürzte.

Zumindest hatte ich das in meiner anfänglichen Todesangst vermutet. Einige skelettierte Hände bewahrten mich vor einem Fall in den sicheren Tod.

»Danke schön, Blake«, sagte ich leise und schmiegte meine Wange gegen die kalten Totengebeine. »Aber jetzt nimm deine Griffel weg.«

»Immer gerne, Cherry.«

Die Grenze zwischen Traum und Realität war bereits zuvor hauchdünn gewesen, aber nun war ich hellwach. Scheiße! Ansonsten hörte es niemand, wenn ich im Schlaf redete.

Ob es etwas brachte, wenn ich mich weiterhin schlafend stellte?

Mein Herz raste von dem Albtraum immer noch so sehr,

dass ich hoffte, dass ich in Ohnmacht fiel und den peinlichen Moment auf diese Weise gekonnt überspielte.

»Du träumst also von mir?«, wollte der Nervdämon gleich wissen. »Ich bin dein Verlobter. Du kannst es mir also ohne Scham beichten. Wenn ich träumen könnte, würdest du schließlich auch darin auftauchen.«

War ich froh, dass Blake klinisch tot war und ich mir keine Gedanken um den Inhalt seiner feuchten Träume machen musste.

»Seit ich klein bin, habe ich diesen komischen Traum«, erzählte ich Blake einfach. Dann gab er vielleicht Ruhe. »Er kommt ständig wieder und ist einfach bloß nervig.«

»Eine Vorahnung.«

Ich lachte leise. »Ich bin eine Gifthexe. Ich habe keine Vorahnungen. Königin Sibylle war die letzte Seherin. Ich bin genauso gut wie das Horoskop aus einer Klatschzeitschrift oder ein Glückskeks.«

»Willst du mir trotzdem davon erzählen?«

Es gab keinen Grund, Blake diese seltsamen Träume vorzuenthalten. Ich hatte nur noch nie mit jemandem darüber gesprochen – nicht einmal mit Amari oder Collin. Ich meine, es gab da auch nichts zu besprechen. Es waren eben dumme, bedeutungslose Träume.

Bevor ich mit dem Dämon über Traumdeuterei quatschte, streckte ich mich in dem Bett ausgiebig. Ich fühlte mich doch tatsächlich ausgeschlafen. Aber bei der Göttin! Diese Matratze war weicher als ein Bett aus Riesenbärenklau und duftete besser als ein Feld voller Maiglöckchen.

Schade, dass ich Walpurga nicht anweisen konnte, das gleiche Bett zu besorgen, am besten mit der gleichen Matratze. Das würde ein paar Fragen aufwerfen, die ich ungern beantwortete.

Mist! Walpurga!

»Wie spät ist es?«, hauchte ich erschrocken und war schon halb zur Tür hinaus. Okay, das war eine Lüge: Ich blieb gestresst liegen. Ich war noch nicht bereit, das Bett zu verlassen. »Wenn Walpurga mich hier erwischt, dann –«

»Es ist erst halb sechs. Keine Sorge, Walpurga wird dich schon nicht in meinem Bett entdecken. Ansonsten kannst du sie ja anlügen und sagen, dass wir wilden, aber bedeutungslosen Sex hatten.«

»Das würde dir gefallen«, zischte ich mit roten Wangen.

Walpurga durfte nie herausfinden, was genau gestern zwischen mir und Blake passiert war. Es wäre gesellschaftlich akzeptierter, wenn Blake mein Lustknabe wäre. Umso problematischer erschien es mir, dass ich ihn aus Sorge in den Arm genommen und er mir dann sein Bett überlassen hatte, damit ich meinen dringend benötigten Schlaf nachholen konnte.

Nur noch etwas über fünf Monate, bis ich Blake loswerde, rief ich mir in Erinnerung. *Dreiundzwanzig Wochen.*

»Vielleicht«, sagte Blake mit kalter Stimme, als würde ihn meine Aussage stören. Oder tat es das etwa wirklich? Ich wurde aus diesem Dämon einfach nicht schlau.

Ich streckte mich noch einmal ausgiebig, bevor ich widerwillig Blakes Bett verließ. Damit mir der Abschied nicht so schwerfiel, nahm ich die Plüschmotte einfach mit.

Das Zimmer war mit einem schwarzen Teppichboden ausgestattet, um welchen ich Blake mit Eifer beneidete. So unfassbar weich!

Ich widmete dem Teppich auch deswegen besonders viel Aufmerksamkeit, weil ich Blake nicht zu genau ansehen wollte.

Ich war kurz schwach geworden – und das war genug: Der

Dämon hatte das schwarze Jackett abgelegt und seine Krawatte gelockert. Die ersten Knöpfe seines weißen Hemdes standen offen und gestatteten mir einen Blick auf seine ansehnliche Brust. Es war nur ein kleines Dreieck glatter, weißer Haut, das mich verführerisch zu locken versuchte, meine Lippen darauf zu senken. Das Einzige, was mich störte, war der Laptop auf seinem Schoß, weil – Nein! Ich sollte nicht darüber nachdenken.

Es ist vollkommen okay, einen Dämon attraktiv zu finden, sagte ich mir. Ich musste mir da keine Gedanken machen. Es war ja bloß seine Hülle, die ich ... die ich als ästhetisch ansprechend empfand.

Als ich kurz aufschaute, stand sein Mund gaffend offen. Warum sah er mich jetzt schon wieder so komisch an? Ich würde nicht vom Bett aus ein Gespräch führen, während er auf seinem hübschen Sofa lümmelte. Das war unhöflich.

Ich ließ mich mit dem Plüschtier nieder, zog die Füße an und tätschelte den weichen Stoff der Liege. »Wow. Die ist echt bequem.«

Meine Ohren rauschten. *Wenn ich schon in einen Käfig gezwungen werde, dann will ich zumindest, dass er golden ist.*

»Hast du etwas gesagt?«, fragte ich verwirrt.

»Die ist aus Italien.« Blake fuhr die verschnörkelte Lehne nach. »Die Polster sind aus Samt und das Holz wurde mit Blattgold veredelt.«

»Und sind diese Knopfdinger etwa –«

»Diamanten.«

Ich wusste nicht, ob ich beeindruckt pfeifen oder über diesen Luxus den Kopf schütteln sollte. Sah ganz so aus, als hätten Blake und seine frühere Verlobte doch ein paar Gemeinsamkeiten verbunden.

Blake deutete mit dem Finger auf sich. »Dämon der Gier. Schon vergessen?«

»Dämon des Protzes.«

Blake zuckte mit den Schultern. »Ist keine Beleidigung. Also, willst du mit mir über deinen Traum reden? Ich muss dich aber vorwarnen: Ich bin leider kein Experte im Träumen, allerdings denke ich, dass ich dafür einen entromantisierten Blick auf das Thema habe.«

Ich fragte mich, wie es wohl war, wenn man nie schlief. Ein endloser Tag erschien mir eine Qual zu sein, aber ich war auch jemand, der nur zu gerne schlummerte. Ich konnte manchmal den ganzen Tag schlafen.

»Ich träume von Skeletten – und von Schmetterlingsflügeln und Schlangen.«

»Na ja, Schlangen wundern mich bei deiner Giftaffinität nicht, Schmetterlinge dagegen klingen echt seltsam.«

»Ich glaube, dass jeder solche wiederkehrenden Träume hat, aber ...«

Blake ließ mich nicht ausreden. »Moment! Die Skelette symbolisieren mich, oder?«

»Mach dich nicht lächerlich.« Ich schnaubte herablassend. »Sie symbolisieren den Tod generell. Das hat nichts mit dir zu tun. Ich habe diese Träume, seit ich eine kleine Hexe war.«

»Damals schon fleißig beim Giftmischen und Leuteermorden, hm?«, lächelte Blake und wusste nicht, dass er genau damit einen wunden Punkt traf. In meinem Leben hatte ich noch nie jemanden vergiften wollen, aber ich tat es immer und immer wieder. Mein Leben hatte sogar mit einem Giftanschlag begonnen ...

»Gifthexen können ihre Mütter kurz nach der Geburt töten«, sagte ich mit kalter Stimme. »Neun Monate unserem

Gift ausgesetzt zu sein, kann selbst eine Hexe umbringen. Bei meiner Mutter war es der Fall.«

»Das ... wuss- ... Das ist hart«, presste Blake hinter zusammengebissenen Zähnen hervor. »Es tut mir leid ... dass du mit diesem Glauben leben musst.«

Sein Mitleid hielt sich deutlich in Grenzen. Natürlich interessierte es ihn nicht, wenn eine Hexe starb. Eine Feindin weniger für die Dämonen. Wohingegen ich seit einundzwanzig Jahren mit der Schuld leben musste, dass ich eine Hexe getötet hatte. Es wäre seltsam, diese Frau als meine »Mutter« zu bezeichnen, weil ich nie eine Mutter gehabt hatte. Nicht kannte, was man für jemanden empfinden sollte, der einen geboren hatte. Die Hexen an der Akademie hatten mich aufgezogen, wie sie es für die wenigen Waisen taten. Tatsächlich war ich damals die einzige ohne Mutter gewesen ...

Wenn ich sagte, dass der treueste Begleiter von uns Gifthexen die Einsamkeit war, dann wollte ich nicht melodramatisch klingen.

»Das ist ein weiterer Grund, warum Gifthexen nicht sonderlich beliebt sind.«

»Was, wenn es Motten sind?«, wechselte Blake so abrupt das Thema, dass ich gar nicht verstand, worauf er hinauswollte.

»Wie bitte? Was meinst du?«

»Du träumst von Schmetterlingen – meinst du. Was, wenn du stattdessen von Motten träumst?«

»Du magst Motten, hm?«, sagte ich und drückte das flauschige Plüschtier enger an meine schmerzende Brust. Ich mochte diesen Pelz um den Hals und die langen Fühler, die mich kitzelten. Wer es ihm wohl geschenkt hatte? Ich hätte auf seine Mutter getippt, aber menschliche Mütter zogen keine

Dämonenbrut auf. Nur die wenigsten verkrafteten es psychisch, ein solches Kind auf die Welt gebracht zu haben. Diejenigen, die sich kurz nach der Geburt nicht selbst umbrachten, kamen bald in eine psychiatrische Anstalt, wo sie den Rest ihres Lebens fristeten. Ein paar Hexen hatten im letzten Jahrhundert Experimente angestellt, die Gedanken von Müttern an ihre Dämonenbrut zu löschen, aber diese kamen mit Leichtigkeit zurück und verschlimmerten das Trauma.

»Sie kleben nachts immer penetrant vor meinem Fenster.«

Ich dachte, dass das etwas vollkommen Normales sei, doch Blake lachte leise darüber. Er schien Motten wirklich zu lieben.

»Motten«, sagte ich und versuchte mich an den weit zurückliegenden Unterricht zu erinnern. »Motte zum Licht ... Was bedeutete das noch mal ...«

»Wusstest du, dass Männer vorsichtiger bei weiblichen Bekanntschaften sein sollen, wenn sie von Motten träumen?«, fragte mich Blake, der seine Infos scheinbar von einer Website hatte. »Traumdeutung ist schon dämlich, oder?«

Mein erster Impuls war es, Blake den Laptop zu entreißen und für seine Abschätzigkeit gegenüber unserem Volk aus dem Fenster zu schmeißen. Der Unterricht an der Hexenschule war wichtig für Junghexen, aber je länger ich darüber nachdachte, desto bewusster wurde mir, wie viel unnötiges Zeug wir gelernt hatten: Natürlich konnte ich in mein Grimoire mit einer Schreibfeder schreiben – oder ich benutzte einfach einen Kugelschreiber. Das Gleiche galt für die Kräutersuche. Bevor ich ewig nach Lavendel suchte, diese trocknete und verarbeitete, bestellte ich sie lieber im Netz.

»Kannst du online auch Verträge abschließen?«, fragte ich und versuchte einen Blick auf den Bildschirm zu erhaschen.

»Ja. Einen Handyvertrag zum Beispiel. Ins Fitnessstudio gehe ich äußert ungern.«

»Du weißt, was ich meine.«

»Nein.« Er klappte endlich den Laptop zu. Der Beistelltisch, auf dem er das Gerät platzierte, war nicht minder eindrucksvoll als Blakes geliebtes Sofa. Ich fragte mich, ob die Platte aus Gold bestand oder nur veredelt worden war. »Die Art, wie Dämonen sich Seelen beschaffen, hat sich seit Jahrtausenden nicht geändert, und ich bin mir ziemlich sicher, dass sich daran auch nie etwas ändern wird. Wir Dämonen sind genauso altmodisch wie ihr Hexen.«

»Wir pflegen unsere Traditionen.«

»Nenn es, wie du willst. Würdest du gerne mehr darüber wissen?«

Ich nickte – und war zugegeben etwas verunsichert. Wer sagte mir, dass ich nicht geradewegs in eine Falle tappte? Auf meine Hexensinne konnte ich mich nicht verlassen, denn sonst wäre ich nicht die Eheaspirantin eines Dämons.

»Jeder adelige Dämon besitzt etwas anderes, um Verträge mit Menschen einzugehen.« Blake streckte mir seine Hand entgegen und bewegte die Finger seltsam vor und zurück. Aus dem Nichts erschien eine große Silbermünze zwischen seinen schlanken, langen Fingern. »Wie du weißt, verkörpert mein Vater Mammon die Todsünde der Gier. Da ist es nur passend, dass mein dämonisches Medium eine Münze ist. Mit dieser Münze kann sich ein gieriger Mensch ein neues Leben erkaufen – für den geringen Preis seiner Seele.«

Er wollte mir die Münze zuwerfen, allein bei der Wurfbewegung zuckte ich zusammen.

»Cherry.« Er rutschte näher an mich heran. Ich erwartete, seine Körperwärme zu spüren, bis mir bewusst wurde, dass ich das nicht konnte. Er war nicht wie Amari oder Collin – statt der Wärme des Lebens würde mir bei ihm immer nur die Kälte des Todes über die Haut kriechen. Er nahm meine Hand und legte die Münze mit seinen kalten Fingern hinein. »Du kannst sie gerne anfassen. Ohne dein Blut kann ohnehin kein Pakt zwischen uns geschlossen werden. Du musst nichts befürchten.«

Die Münze war so stark mit dunkler Magick getränkt, dass mir ein bisschen flau im Magen wurde. Das Metall war kalt und lag schwer in meiner Hand. Vielleicht kam es mir auch bloß so vor, weil ich wusste, wozu sie verwendet wurde. »Ja« oder »Nein« stand jeweils auf einer Seite eingraviert. Ein Skelett grinste mir höhnend entgegen.

Ich gab Blake die Münze schnell zurück. Etwas dämonische Macht blieb an meinen Fingerspitzen hängen. »Hast du eigentlich Geschwister?«

»Ich bin der einzige adelige Lichdämon auf der Welt, wenn das deine Frage beantwortet. Das ist natürlich perfekt, da ich meine Gier ohne Nebenbuhler gestillt bekomme.«

Das sagte Blake so offen und ehrlich, dass ich fröstelte. Immer, wenn ich dachte, er wäre halbwegs menschlich, sagte oder tat er Dinge, die dämonisch waren. Die böse waren. Die mich anekeln sollten.

Doch ich blieb neben ihm sitzen. Statt aufzustehen und in mein Schlafzimmer zu gehen, streckte ich mich verdächtig hölzern. Mein Knie berührte nun ganz leicht seinen Oberschenkel.

So tief war ich also gesunken: dass ich sogar nach den Berührungen eines Untoten lechzte.

»Willst du mit mir frühstücken?«, fragte Blake mich überraschend. »Sonst ist es ein echt sinnloses Frühstücksdate.«

»Was?«

Das Wort »Date« brachte gesunde Farbe auf meine Wange. Das war doch kein Date! Im schlimmsten Fall eine After-Pyjama-Party ohne das namensgebende Kleidungsstück.

»Ich habe Essen besorgt, während du geschlafen hast.«

»Wie schön, dass du auch anders deinen Jägerinstinkt befrieden kannst, aber ich kriege um acht ohnehin mein Frühstück serviert.«

»Ich bin der Sohn der Gier. Ich will meine Verlobte gerne für mich haben. Ich will dich nicht mit Walpurga oder den anderen Angestellten teilen.«

»Das ist ziemlich besitzergreifend.«

»Du musst zugeben, dass Walpurga immer die heitere Stimmung zwischen uns ruiniert.«

»Heitere Stimmung. Aha«, wiederholte ich seine Worte und gab ihm stumm recht. »Nun. Ich denke, dass ich *ein* Frühstück zeitlich einrichten kann.«

Ich war gespannt darauf, was ein Wesen, welches keinerlei Nahrung zu sich nehmen musste, mir auftischen wollte.

»Hast du etwa Angst, dass ich dein Essen vergiftet habe?«

»Ich *hoffe*, dass du es vergiftet hast.«

»Leider bin ich nicht besonders bewandert im Giftmischen. Ich hoffe, Zucker ist genauso gut.«

»Akzeptabel«, lächelte ich, woraufhin der Dämon mein schelmisches Grinsen erwiderte.

Blake löste sich in Rauch auf und ich stieß den Atem zitternd aus. »Bei der Göttin, was tue ich hier«, murmelte ich und drückte das Stofftier eng an meine Brust. »Eigentlich wollte ich ja nur in seinem Bett schlafen.«

Als Blake wieder auftauchte, erinnerte er mich an einen Teufel von Butler: In seinen Händen hielt er ein silbernes

Tablett mit kostbar aussehenden Teetassen und mehreren kleinen Schalen. Hoffentlich handelte es sich dabei nicht um Katzenfutter. Ich traute ihm alles zu.

Der Dämon beugte sich zu mir herab. »Ich dachte, dass du vielleicht Obst gerne magst und –«

Ich ließ Blake nicht einmal ausreden und griff gleich nach den Zuckermelonenstückchen. So schön süß und fruchtig! Bevor ich mich verschluckte, spülte ich das Ganze mit heißem Früchtetee hinunter. Haaa! Heiß! Zum Glück konnte ich schnell mit ein bisschen Porridge Abhilfe schaffen.

»Ich hatte schon Angst, dass dir der Schlafentzug auf den Magen drückt, aber es passt alles, oder?«, fragte er und wirkte besorgt. Er wirkte besorgt, war es aber nicht. Eine schwache Hexe war ein gutes Ziel. »Du hast die Tage kaum gegessen.«

»Mein Körper erkennt Gift als Nährstoffe – aber Essen schmeckt viel zu gut, als dass ich darauf verzichten will. Besonders Kuchen, Donuts und Muffins! Oh, hast du etwa auch Schokoerdbeeren besorgt? Das ist genauso gu- ... Was denn?«

Blake grinste übers ganze Gesicht.

»Ich brauche gar kein Essen, aber wenn du so ins Schwärmen gerätst, bekomme ich auch Lust darauf. Ich habe das letzte Mal in meiner Schulzeit gegessen und das Essen war wirklich widerlich.« Er verzog das Gesicht. »Fettiger Kantinenfraß. Ich verstehe nicht, warum in Büchern alle unsterblichen Kreaturen zurück an die Schule gehen. Nur über meine untote Leiche würde ich eine jugendliche Hülle anlegen und noch mal pauken. Da weiß ich weitaus bessere Dinge mit mir anzustellen –«

Mir fiel beinahe das Stückchen Croissant aus dem Mund. »Du warst auf einer Menschenschule?«

Blake nickte. »Wo kriegen wir sonst unsere Nahrung her?

Es ist wichtig, dass wir Dämonen die meiste Zeit unter Menschen verbringen. Das bedeutet im England des einundzwanzigsten Jahrhunderts natürlich auch, dass ich einen Großteil meiner bisherigen Existenz in der Schule absitzen musste.«

»Du bist doch nicht etwa Pakte mit deinen Mitschülern eingegangen?«

»Willst du das überhaupt hören? Doch, bin ich, und die betroffenen Personen leben noch. In sechs Monaten wäre sogar das Klassentreffen, wenn du mich begleiten willst. Ich habe schon einmal vorsorglich ›Plus eins‹ angegeben. Abendkleidung ist obligat, aber du siehst sowieso immer zum Niederknien aus.«

»Will ich nicht«, lehnte ich sofort ab. »In sechs Monaten ist unser Pakt längst beendet. Oder hast du mich etwa angelogen?«

»Ich lüge dich nicht an, Cherry, aber vielleicht willst du den Pakt verlängern.«

Ich schnaubte. »Ja, klar. Frag mich doch in 666 Jahren noch mal.«

»Wir Dämonen sind sehr geduldig, Cherry«, säuselte er und ich bekam eine Gänsehaut. »Wir kriegen immer das, auf was wir warten.«

Mein Blick wanderte auf dem Tablett hin und her. Mit Freude entdeckte ich ein Schüsselchen mit roten Granatapfelkernen. Zum Glück hatte Blake die Frucht bereits entkernt, bei mir sah es danach stets nach einem Splatter-Festival aus.

»Granatäpfel stammen aus der Hölle«, eröffnete mir Blake zu meiner Verwunderung. »Keine Sorge, diese hier sind aus dem Ausland importiert worden. Granatäpfel aus der Hölle sind unseren Bräuten vorbehalten.«

»Bräute?«, wiederholte ich das mir fremde Wort. Diesen

Ausdruck hatte ich schon einmal gehört und natürlich wusste ich, was Menschen mit »Braut« meinten, aber Dämonen schienen etwas anderes darunter zu verstehen. »Was soll das sein?«

»Bräute sind … etwas Besonderes … eine …«, druckste der Dämon herum und machte mich bloß noch neugieriger. »Das Wort ist geschlechtsunspezifisch und –«

»BELLADONNA!«

Als mein Name eindrucksvoll durch die benachbarte Wand hallte, wurde ich kreideweiß im Gesicht. Ich hatte mich mit Blake vollkommen verplappert und nun suchte Walpurga nach mir.

Ich sprang auf und ignorierte Blakes Rufe. Es tat mir leid, falls ich seine teure und geliebte Chaiselongue mit irgendetwas bekleckert hatte.

Walpurga hockte vor der Asche und ließ den Staub durch ihre Finger rieseln.

Bevor sie sich umdrehte, legte mir jemand etwas um die Schultern. Ach ja, ich war immer noch bis aufs Höschen nackt.

»Was ist hier los?«, verlangte Walpurga mit wutverzerrtem Gesicht zu erfahren. Die Wut verschwand, als sie mich wenig bekleidet neben Blake erblickte. Ich wusste nicht, ob man den neuen Ausdruck als fassungslos, enttäuscht, verärgert oder was auch immer bezeichnen sollte. Vielleicht waren es auch mehrere Emotionen in einem.

»Blake hat das Bett abgefackelt. Deshalb brauche ich ein neues.«

»Ups«, sagte der Dämon lediglich und meinte die ganze Sache noch zweideutiger zu machen, indem er einen Arm um meine Hüfte schlang. Natürlich entwand ich mich aus seiner Umarmung.

»Wie kannst du –«

Ich spürte, dass sie Blake mit der Kraft der Erde attackieren wollte, aber das würde ich nicht zulassen.

»Nein«, hauchte ich und die Erde beruhigte sich auf mein Kommando.

Walpurga merkte, dass ich ihren Angriff geblockt hatte. »Was? Wie?«

Ich zuckte verzögert mit den Schultern. Ich war selbst ratlos, wie ich das gerade angestellt hatte.

»Was planst du?«, richtete sie auf meine Sprachlosigkeit hin ihre Aufmerksamkeit auf den Dämon. »Das tust du sicher nicht aus reiner Nächstenliebe.«

»Und was tust *du* für Belladonna? Sie ist nicht Königin Sibylle, und doch erscheint es mir so, als würdest du sie gerne zu ihr machen.«

Walpurga faltete die Hände vor der Brust. »Ich werde sie zu einer Königin formen.«

»Nein!«, widersprach Blake Walpurga so laut, dass ich zusammenzuckte. »Du willst sie zu einem Ebenbild von Sibylle machen. Bevor das passiert, bringe ich dich um und verschlinge deine Seele!«, drohte er ihr mit solcher Inbrunst, dass ich mir sicher war, ihm würde das ein höllisches Vergnügen bereiten.

Ich drehte mich zu Blake um. »Bitte geh«, sagte ich. »Ich will nicht, dass die Situation erneut eskaliert.«

Über meine Schulter hinweg taxierte er nach wie vor Walpurga mit mörderischen Blicken. Ich atmete auf, als er frustriert, aber nachgiebig zischte. »Na gut. Dir zuliebe.«

Nachdem Blake verschwunden war, wurde mir ganz kalt. Vielleicht sollte ich mir so langsam etwas anziehen.

Doch dazu blieb mir keine Zeit, denn Walpurga riss mich hart an der Schulter herum.

»Aua! Was ist denn los mit dir?«

»Du darfst dem Dämon kein Wort glauben«, schärfte mir Walpurga ein. Zumindest versuchte sie das. »Egal, was er dir gesagt hat. Egal, wie ehrlich es dir erscheint. Vergiss niemals, dass das schon so vielen unserer Schwestern den Kopf gekostet hat. Willst du zu ihnen zählen? Nur weil deine Libido in seiner Nähe verrücktspielt?«

Meine Libido spielte also in seiner Nähe verrückt?

»Was wäre denn so schlimm daran, wenn ich mich mit ihm vergnüge? Ich weiß, dass man über die Toten nicht schlecht reden sollte, aber Königin Sibylle hat genau das Gleiche getan. Warum ist es bei mir anders?«, reizte ich die ältere Hexe. Die Zornesfalte in ihrem Gesicht war nicht genug. »Blake sieht ja auch wirklich gut aus und mir ist zu Ohren gekommen, dass Dämonen weitaus bessere Liebhaber sind als Menschen.«

»Nein, du darfst dich nicht mit Blake vergnügen«, sagte sie bissig. »Du bist naiv und dumm genug, dich in ihn zu verlieben.«

Ich schnappte erschrocken nach Luft und dann japste ich noch einmal laut vor Wut. »Ach so. Ich bin also blind vor Lust, naiv und dumm, ja?«

»Also ... Donna, ich ...«

Walpurga kämpfte damit, eine passende Entschuldigung zu finden, aber das war mir herzlich egal.

»Ich will den Rest des Tages in Ruhe gelassen werden. Das kannst du auch gerne Blake ausrichten. Estella soll mir das Essen vor die Tür stellen und kurz anklopfen, damit ich es nicht vergesse.«

»Aber –«

»Aber was?«, brauste ich auf. »Ich bin die Königin der Hexen und ich wünsche mich meinen Studien widmen zu dürfen, ohne von irgendjemandem gestört zu werden. Du warst vielleicht die rechte Hand von Königin Sibylle, aber du bist kein Mitglied meines Covens.«

Ich stieß Walpurga mit meiner Magick förmlich aus meinem Zimmer hinaus. Es war etwas kontrollierter als bei Blake, weil ich all meine Willenskraft aufwendete. Am liebsten hätte ich sie jedoch einmal durch das ganze Schloss geschleudert, doch ich wollte nicht zu sehr die böse Königin raushängen lassen.

Nachdem ich Walpurga vertrieben hatte, verschloss ich die Tür zu den Gemächern des Prinzgemahls – ließ den Schlüssel dieses Mal aber im Schloss stecken.

Es war längst nach Mitternacht, als ich von den Büchern aufsah. Mein Kopf war voll von den ganzen Unterarten der Dämonen, von Beschreibungen der tristen Unterwelt und wirklich langweiligen Erzählungen über Flora und Fauna besagten Reiches. Blakes Heimat schien jedes Klischee eines Höllenlochs zu erfüllen.

Mir wurde leicht schummrig, als ich nach all der Leserei von meinem Schreibtisch aufstand. Die Arbeit machte aber auch richtig Spaß mit meiner neuen Blumen-Lampe von *Tiffanys*. Blakes Interieur hatte mich auf blöde Ideen gebracht.

Ich streckte mich und blickte zu meinem neuen Himmelbett. Das schwarze Gestell mit den Blumenranken war wunderschön und die frisch duftende Bettdecke lockte mich verführerisch, aber zuvor …

Ich klopfte an die Tür des Prinzgemahls. »Blake?«

»Ja, meine Verlobte?«

Ich stieß die Tür auf. Blake war schon wieder mit seinem

Sofa verwachsen und las ein Buch. Das Cover kam mir sofort bekannt vor: Es war ein Pflanzenführer über heimische Giftpflanzen.

Ich rieb mir mit einer Hand ungelenk über den Arm. »Ich wollte nur gute Nacht sagen.«

Mir war es egal, dass ich Walpurga mal ordentlich die Meinung gesagt hatte, sie sollte ruhig mit dem Wissen einschlafen, dass sie mich richtig verärgert hatte.

Bei Blake sah die Lage allerdings anders aus ...

»Ich nehme an, du hast dein neues Bett bereits erhalten?«

Am frühen Nachmittag waren ein paar handwerklich sehr begabte Menschen aufgetaucht und hatten das zerbrochene Glas ersetzt und mein neues Bett innerhalb kürzester Zeit aufgestellt. Ich hatte nicht spezifisch nachgefragt, doch es handelte sich mit Sicherheit um Menschen, die einen Pakt mit der Vampirin eingegangen waren. Sie stellten keinerlei Fragen, warum das andere Bett bloß noch ein Häufchen Asche war und ein paar Kleidungsfetzen an den Glasscherben hingen.

»Ja. Ist ganz hübsch. Ich wollte dir außerdem dein Jackett zurückgeben.«

Blake legte das Buch weg und kam auf mich zu. »Wir tauschen.«

Er nahm das Kleidungsstück und tauschte es mit seiner Plüschmotte.

»Du kannst sie dir ausleihen – nicht behalten!« Blake lächelte mich an. »Dann gewöhnst du dich vielleicht besser an dein neues Bett. Möglicherweise träumst du dann auch weiterhin von Motten und Skeletten.«

Ich war tatsächlich etwas verliebt in das flauschige Stoffknäuel. »Hat das Plüschtier einen Namen?«

»Nora.«

Ich grinste. »Wirklich? Du gibst deinen Plüschtieren Namen?«

»Nein, das tue ich nicht«, versuchte er diese kleine Peinlichkeit abzustreiten. Wie blöd, dass er sich bereits verraten hatte.

»Wenn du wieder mal in meinem Bett schlafen willst«, wechselte er wenig elegant das Thema, »dann lass es mich wissen, ja?«

Träum weiter.

»Danke.«

20. Kapitel

BRYONIA ALBA
Weiße Zaunrübe

Ich schlief gut in meinem neuen Bett und mit meinem geliehenen Stofftier – genau zwei einsame Nächte lang, welche geprägt von *Netflix* und Weingummis waren. Ich war das Alleinsein eigentlich gewohnt, aber ... gegen meinen Willen drifteten meine Gedanken immer wieder zu der Nacht und dem Morgen mit Blake ab. Ich musste mir eingestehen, dass ich seine Anwesenheit im Großen und Ganzen wirklich genossen hatte.

Leider änderte das nichts daran, dass er ein Dämon war ...

Auch den dritten Abend verbrachte ich allein im Zimmer der Königin und studierte ein paar neue Bücher von Ishita. Die meisten der Werke über Blakes Artgenossen könnten gut halb so dick sein, wenn nicht an die tausend Mal erwähnt werden würde, wie gefährlich Dämonen waren. Dafür kannte ich nun unzählige Beleidigungen, welche ich Blake an den Kopf werfen konnte, sobald er sich wieder einmal danebenbenahm und überall herumerzählte, dass ich seine Verlobte war.

»Ich weiß doch selbst, dass Dämonen böse sind. Mein Dämon hat mir sogar einen Ring geschenkt!«, sagte ich und streckte die Finger gen Decke. Der grüne Stein funkelte im gleichen Farbton wie die Blätter der Weißen Zaunrübe, die in mein Zimmer wuchs. »Findest du den Ring eigentlich schön, Gisela?«

Die Weiße Zaunrübe streckte mir wohlwollend ihre dunkelgrünen Beeren entgegen. Ich nahm an, dass das »Ja, und jetzt iss, bevor du mich noch mehr über deinen Dämon zulaberst« hieß, und ich bediente mich gleich noch an meinem Abendsnack.

Danach nahm ich den Ring umgehend wieder ab, legte ihn in die Schmuckschachtel zurück und verstaute diese abermals in meiner Kommode. Vorgestern war ich mit dem Ring am Finger eingeschlafen und konnte ihn gerade noch rechtzeitig abziehen, bevor Walpurga ihn an meiner Hand erblickte und die Lage völlig falsch verstand.

»Ich habe doch kaum schönen Schmuck«, erklärte ich einem Gewächs ohne Gehirn meine komplizierten Beweggründe. »Es ist ja nicht so, als würde ich erwägen, seine richtige Verlobte zu werden – oder gar seine Freundin. Mach dich nicht lächerlich, Gisela. Sobald mein Pakt endet, schicke ich Blake zurück in das Höllenloch, aus dem er gekrochen kam.«

Gisela schwieg.

Ich seufzte und widmete mich erneut dem Buch. Es stammte aus dem frühen zwanzigsten Jahrhundert und die Verfasserin war eine Hexe namens Verosika, welche sich auf Dämonen und Fae spezialisiert hatte. Das Lexikon war sehr informativ und umfassend, unglaublich recherchiert – aber einfach langweilig.

Die einzige neue Erkenntnis, die ich bis jetzt hatte gewinnen können, war, dass Dämonen selbst festlegen konnten, wie lange sie Menschenseelen in der Hölle verwahrten. Zum Beispiel konnte Blake einen Pakt mit einem Menschen schließen und seine Seele für hundert, zweihundert Jahre oder gleich ein Jahrtausend einbehalten. Je länger der Zeitraum, desto mehr Macht erhielt der Dämon im Austausch. Allerdings musste der Zeitraum vor der Paktschließung bekanntgegeben werden, und nur wenige Menschen waren bereit, sich für ein ganzes Jahrtausend zu versklaven. Das Fegefeuer, in das die gefangenen Seelen eingeführt wurden, war quälend und ...

Ich gähnte gelangweilt auf.

Ich blätterte zwanzig Seiten vor und dann dreißig zurück. Oberon, Wilde Jagd, Mab, Hochfae, Leviathan, Fegefeuer – diese Begrifflichkeiten, beziehungsweise Personen kannte ich noch aus meiner Schulzeit.

Gerade, als ich das Buch zuklappen und für heute Schluss machen wollte, stach mir ein kurzes Wort ins Auge: »Bräute – siehe Granatapfel.«

Ich blätterte vor, nur um auf ein knappes »Frucht der Hölle; Gabe an Bräute« zu stoßen.

»Nutzlos!«, fauchte ich und klappte das Buch ein für alle Mal zu.

Nur weil mir Blake einen Ring gegeben hatte, machte mich das nicht zu seiner Braut. Ich wusste ja immer noch nicht, was genau das war. Vielleicht waren das auch bloß irgendwelche Menschenopfer.

Ja, das würde zu Dämonen passen.

Eigentlich sollte mir egal sein, was diese ominösen Bräute waren, wenn die wichtigere Frage, nämlich wer Königin Sibylle getötet hatte, nach wie vor offen war.

»Ach, Gisela«, sagte ich zur Weißen Zaunrübe. »Ich habe einfach keine Ahnung, wie ich irgendetwas darüber herausfinden soll. Blake ist der einzige Verdächtige – der es scheinbar nicht war. Er hat nichts damit zu tun. Oder? Blake kann es nicht gewesen sein. Er hat gesagt, dass er mich nicht anlügt.«

Das wollte ich zumindest glauben. Ich wollte glauben, dass Blake zwar ein Dämon war, der Menschen die Seele raubte, aber nicht meine Vorgängerin getötet hatte. Ich wollte glauben, dass die Zuneigung, die er mir schenkte, wahrhaftig war und nicht gespielt. Ich wollte glauben, dass Blake nicht mein Feind war.

Dennoch hatte ich gesehen, wie er auf das Bett der alten Königin losgegangen war. Er hasste sie. Abgrundtief. Bis jetzt war er der Einzige, der sein Motiv so deutlich gezeigt hatte.

Wiederum gab es auch sicher viele Fae und andere Dämonen, die als Täter infrage kamen. Und warum unternahm Walpurga nichts, um den Mörder zu finden?

Nur weil Blake ein Motiv hatte, musste er nicht gleich der Schuldige sein.

»Ich gehe ins Bett«, sagte ich zu Gisela und erhob mich von meinem Studiertisch. »Ich werde die nächsten Stunden ohnehin rastlos unter der Decke liegen und mir Gedanken über alles und nichts machen, bis ich kurz vor dem Aufstehen aus Erschöpfung einschlafe.«

Die Gänsehaut, welche sich plötzlich auf meinen Armen ausbreitete, war das erste Anzeichen dafür, dass etwas nicht stimmte. Die Luft im Raum wurde auf einmal eiskalt.

Naiv wie ich war, dachte ich noch, dass die Heizung im Schloss streikte und ich einen Techniker rufen sollte.

Als ich mich umdrehte, gefror mein Blut regelrecht zu Eis.

In meinem Zimmer stand die Schattenpräsenz. Völlig reglos, und dennoch schien es mir so, als würde sie das schummrige Licht meiner Duftkerzen in sich aufsaugen. Es war so, als würde sie alles in sich aufsaugen: das Licht, die Wärme, die Gerüche und vor allem meine Kraft. Meine Beine wurden schon wieder ganz schwach.

Ich erinnerte mich daran, dass sie mir vor der Bibliothek ebenfalls aufgelauert hatte – aber warum zur Göttin hatte ich das dann vergessen?

»Wer bist du?«, fragte ich den Schatten. »Antworte mir!«

Ich versuchte wie eine Königin zu wirken, aber es gelang mir im Angesicht der Bedrohung nicht im Geringsten. Meine Stimme war brüchig und meine Augen glitten immer wieder zur nächstbesten Fluchtmöglichkeit. Die Tür zu Blakes Schlafgemach war mir genau gegenüber. Ich musste lediglich mit meinen Puddingbeinen an der unheimlichen Präsenz vorbei.

»Du hast Königin Sibylle getötet, oder?«

Es war nur so ein Gefühl. Nein, es war viel mehr eine Ahnung.

Der Schatten nickte langsam – und dann streckte er seine Hände gierig nach mir aus.

»Blake! Blake!«, schrie ich und stürzte in blinder Panik zu seiner Tür.

Ich sollte nach Walpurga oder nach Anastasia schreien, meinen Mithexen und Beschützerinnen, aber ich dachte in diesem Moment einzig an den Dämon.

Das sollte ich zugleich bereuen: Ich rannte den Dämon unsanft über den Haufen. Mit voller Wucht stieß ich gegen ihn, sodass wir beide hart zu Boden stürzten. Nun, er stürzte zu Boden und ich fiel sanft auf ihn.

»Aua! Was ist denn los, Cherry?«, fragte er. »Ist etwas passiert?«

»Ich habe d–«

Ich verstummte. Ja, was war eigentlich los? Das Herz sprang mir beinahe aus der Brust, aber ich erinnerte mich nicht daran, warum ich Blake gerade zu Boden gerammt hatte. Ich meine, der Dämon hatte es verdient, doch mit Magick ging das Ganze viel leichter.

»Sagt dir das neue Bett nicht zu?«, fragte Blake, als keine Antwort kam.

»Nein, ich glaube, dass ich einen Albtraum hatte.« Ich berührte meine Stirn. Seltsamerweise schien ich zu glühen, aber Hexen konnten kein Fieber bekommen. »Es tut mir leid. Ich bin wohl über meinen Büchern eingeschlafen und habe schlecht geträumt. Ich denke, ich habe zu viel über die Hölle gelesen. Ich habe total überreagiert.«

Nachdem sich mein Herz beruhigt hatte, löste ich meinen Klammergriff. Ich hatte meine Finger so tief in Blakes Fleisch gegraben, dass meine Gelenke schmerzten.

»Ich muss zugeben, dass die meisten Reiseberichte über meinen Geburtsort vielleicht abschreckend wirken, trotzdem ist die Hölle kein schlechter Ort. Zumindest für Dämonen und ihre Bräute nicht.«

Das Wort »Bräute« überhörte ich in diesem intimen Moment. Ich lag immer noch auf Blake, weil er keine Anstalten machte, dass ich aufstehen sollte. Deshalb genoss ich das Gefühl, seinen Körper zu spüren, in vollen Zügen. Wie lange war es her, dass ich in jemandes Armen lag?

Mit schmerzendem Herzen erinnerte ich mich an einen Moment in meinem Leben, auf den ich nicht sehr stolz war: Ich hatte versucht, Collin zurückzugewinnen, aber als ich ihn umarmt hatte, hatte er mich einfach weggestoßen. Als wäre alles an mir pures Gift.

Wer wollte es mir also verdenken, dass ich nicht aufstehen, sondern länger bei Blake bleiben wollte?

»Alle Hexen«, war die Antwort.

Ich sollte mich nicht an Blake schmiegen. Ich durfte ihn nicht berühren.

Weil ich eine giftige Gifthexe war. Weil ich eine Hexe war und er ein Dämon und somit alles, was ich gerade tat, zwar nicht verboten, aber verpönt war.

Ich sollte mich erheben und in mein Zimmer zurückgehen, doch stattdessen kam mir ein »Willst du die Nacht bei mir verbringen?« federleicht über die Lippen.

Das lockte zum ersten Mal eine Reaktion von Blake hervor. »Was?«

»Mein Bett ist groß genug für zwei Leute. Willst du vielleicht einfach die Nacht bei mir schlafen? Ich ... Ich würde mich wohler fühlen, wenn ...«

Ich verstummte.

Jetzt war definitiv der Zeitpunkt gekommen, an dem ich aufstehen und die Flucht ergreifen sollte. Am besten, ich buchte einen Flug nach Italien zu den anderen Gifthexen, denn bei der Göttin: Mir wurde gerade klar, wie peinlich ich war.

»Du würdest dich wohler fühlen, wenn ich bei dir bin?«

Ich schluckte schwer. Meine Zunge klebte am Gaumen fest. »Ja.«

»Und ich würde mich nicht so allein fühlen, wenn ich bei dir bin.«

Er war also einsam?

Nun ja. Er war ein Dämon unter Hexen, aber das hatte er sich freiwillig ausgesucht.

Ich hingegen hatte mir das Leben als Gifthexe nicht ausgesucht.

»Wenn das geklärt ist, dann können wir ja ins Bett gehen«, sagte ich kühl. Ich wollte nicht zeigen, dass ich irgendwie ... aufgeregt war. »Allerdings verlange ich von dir, dass du die Nacht über auf deiner Seite des Bettes bleibst und dich still verhältst. Hast du verstanden? Das ist keine Einladung zum Sex.«

Blake stolzierte mit geschwellter Brust an mir vorbei und

ließ sich in meinem Gemach einfach rücklings auf das Bett fallen. Natürlich genoss der Mistkerl das Ganze viel zu sehr.

»Und du müsstest natürlich verschwinden, bevor Walpurga das Zimmer betritt.«

»Wir sind aber fordernd, meine verehrte Königin«, neckte er mich.

Er löste sich auf – nur um sich direkt vor meinem Gesicht zu materialisieren. »Was springt für mich dabei heraus? Du weißt ... Dämonen sind nicht für ihre Selbstlosigkeit bekannt.«

»Äh ... Meine Dankbarkeit?«

Ich sah die Münze zwischen seinen Fingern aufblitzen. Wollte er mich etwa wegen dieser klitzekleinen Bitte zu einem unlösbaren Blutpakt zwingen?

»Was isst du am liebsten von deinem Süßkram? Je außergewöhnlicher, desto besser.«

Ich war so überrumpelt von der Frage, dass ich den Dämon einfach nur anstarrte. Er war so schön. Schön seltsam.

»Du hast doch gesagt, dass du gern Kuchen isst. Was magst du am liebsten?«

Ich musste nicht lange überlegen. »Ich mag gerne Nusskuchen mit Puddingfüllung und Schokoglasur – am besten mit bunten Streuseln. Vielen Streuseln.«

»Und Sahne?«

»Wir wollen nicht gleich übertreiben.«

»Ich würde den Kuchen gerne probieren«, eröffnete mir Blake zu meiner Überraschung. »Das ist meine Bezahlung. Ich denke, die Münze brauchen wir dafür nicht.«

»Warum das denn? Warum willst du ... Kuchen essen?«

»Du machst mir Lust aufs Essen.«

Diese Aussage bescherte mir ein ungewohntes Gefühl im Bauch.

Ich versuchte möglichst neutral zu klingen, aber ich spürte, dass auf meinen Lippen der Anflug eines Lächelns lag. »Ich glaube, dass lässt sich einrichten – und falls er dir nicht schmeckt, kann ich den Kuchen aufessen.«

»Abgemacht, Cherry.«

Wenn Blake so fordernd auftrat, dann wollte ich es ihm gleichtun.

»Kannst du mir bei meinem Kleid helfen?«, fragte ich und deutete auf den Reißverschluss am Rücken.

Ich sehnte mich nach Berührungen. Da durfte es doch erlaubt sein, so zu tun, als könnte ich mein Kleid allein nicht ausziehen. Ein einziges Mal durfte ich das verlangen. Niemand würde je davon erfahren. Das war mein kleines, schmutziges Geheimnis.

Man hatte uns Hexen stets gelehrt, Dämonen nie den Rücken zuzudrehen. Hier stand ich Hexe und erwartete sehnsüchtig, dass Blake mir das Kleid von den Schultern streifte.

»Hast du eigentlich nur so aufreizende Spitzenkleider im Schrank?«, fragte Blake nah an meinem Ohr.

Ein paar totenkalte Finger malten Kreise an meiner Hüfte, dort wo meine nackte Haut lediglich vom durchsichtigen Stoff bedeckt wurde. »Ja. Stört dich das?«

»Ganz im Gegenteil.«

Enttäuschung machte sich breit, als Blake zurücktrat und ich mein Kleid schließlich doch selbst ausziehen musste. Mein Kopfkino war bereits zehn Schritte voraus, während mein Kleid zu meinen Füßen glitt.

»Willst du nicht auch etwas von deiner Kleidung ablegen?«, fragte ich unschuldig. »Das ist doch nicht bequem, im Anzug im Bett zu liegen. Wie du weißt, macht Nacktheit mir nichts aus.«

Blake fläzte sich abermals aufs Bett und zog sein Jackett aus. Jedoch verharrte er mit den Fingern auf dem ersten seiner Hemdknöpfe. Nicht dass meine Augen die ganze Zeit auf ihm geklebt hätten ... »Willst du mir vielleicht auch helfen?«

Ich schnaubte laut und lachte über sein unmoralisches Angebot.

»Wie bitte?«

Blake lächelte – und da wusste ich, dass er mich durchschaut hatte. »Du konntest dein Kleid letztes Mal auch allein ausziehen.«

»Das ist dir also aufgefallen?«

»Dämonen sind gute Beobachter«, spielte er sich auf. »Das müssen wir sein, da sich sonst die Seelensuche unnötig schw–«

Blake brach ab, als ich mich rittlings auf ihn schwang und sein Hemd aufknöpfte. »Stört es dich? Das wolltest du doch.«

»Nein«, hauchte er und klang für ein Lebewesen, das nicht atmen musste, ziemlich aus der Puste. »Mach nur weiter.«

»Willst du mich ebenfalls berühren?«, fragte ich und rutschte ein wenig auf seinem Schoß herum. In dem Moment, als meine Finger über seine nackte Haut streiften, warf ich einfach alle Vorbehalte über Bord. Es war wie bei meinem Gift. Ich wollte mehr. Viel mehr.

»Ja.«

»Kein Kuss«, sagte ich streng und legte einen Finger auf seine Lippen. »Das will ich dir nicht antun.«

»Oh, ich bin mir sicher, dass es das wert ist.«

Ich verdrehte die Augen über seinen Leichtsinn. »Kein Kuss«, wiederholte ich mit Nachdruck in der Stimme. »Aber ... Aber ich sehne mich nach Berührungen.« Meine ganze Forschheit war innerhalb eines Wimpernschlages ausgelöscht. Verunsichert strich ich mir ein paar kurze Strähnen hinters Ohr. Jetzt vermisste ich meine langen Haare, hinter denen ich mein Gesicht früher immer so wunderbar verbergen konnte. »Ich ... Es ist so lange her, dass sich jemand getraut hat, mich anzufassen. Meine Haut ist doch nicht giftig. Bloß wenn ich schwitze, aber ich schwitze so selten. Eine weitere Nebenwirkung des Giftes.«

Blake legte seine Hände unerschrocken auf meine Hüfte. »Dann sind alle anderen dumm. Manchmal sollte man einfach etwas wagen. Man bereut es sonst auf die eine oder andere Weise.«

Ich dachte über seine Worte nach, als er die Beine anzog und ich gegen seine Brust gedrückt wurde. Blake ließ keine weitere Sekunde verstreichen, sondern bedeckte meinen Oberkörper mit neckischen Küssen. Dieser verdammte Dämon tat immer genau das, was er nicht tun sollte. Ausnahmsweise würde ich als gerechte Königin Nachsicht walten lassen.

»Wie fühlt sich das an?«

Ich musste mir auf die Unterlippe beißen, um nicht laut aufzustöhnen. Auch wenn er ein Dämon war, allein das Gefühl, von einem anderen Lebewesen berührt zu werden, war so tröstend und ... ja, auch erregend.

Ich hatte es immerhin lange ausgehalten, ohne mir ernsthafte Gedanken über Sex mit Blake zu machen, aber hier war endgültig Schluss. Keine Küsse, kein Sex, dafür auch keine Gefahr für Blake. Ein bisschen Rummachen durfte ja wohl noch erlaubt sein.

Er ließ seine Hand durch mein kurzes weißes Haar gleiten. Mit einem Grinsen im Gesicht sagte er: »Du bist so schön wie deine Giftpflanzen.«

Blakes Körper war eiskalt, doch diese Worte erweckten ein

Feuer in mir, das seine dämonische Kälte vollkommen auslöschte. »Wie meinst du das?«

»Je giftiger, desto schöner. So ist es doch in der Natur, oder? Je giftiger, desto anziehender für alle anderen Lebewesen.«

Wenn er mich noch länger so anfasste, dann würde ich ihn küssen. Wenn ich ihn küsste, dann würde ich ihn schwer vergiften. Das musste ich verhindern – obwohl es meinem Innersten gerade sehr widerstrebte.

Ich schlang meine Arme um seinen Hals und vergrub mein Gesicht nah an seinem. Wenn ich ihn schon nicht küssen durfte, dann wollte ich das Gefühl, ihm nahe zu sein, komplett aufsaugen. Das hatte ich mir redlich verdient, wenn ich die nächsten Monate mit ihm verlobt war.

Niemand würde je davon erfahren. Nur Blake und ich würden wissen, was in dieser Nacht zwischen uns passiert war.

»Darf ich heute so schlafen?«

»Meine dunkle Königin darf alles.«

Eine Zeitlang ließ ich mich von Blakes Kälte und seinem Geruch besänftigen. Zum ersten Mal, seit ich einen Fuß in dieses Schloss gesetzt hatte, kam ich zur Ruhe – und das ausgerechnet in der Umarmung meines Feindes.

»Alsoooo«, sagte ich und tippelte mit meinen Fingerspitzen auf seiner stillen Brust herum. »Die Hölle ist also kein so schlechter Ort. Du warst erst dort, oder? Wie ist die Hölle denn?«

Plötzlich nahm Blake meine Hand von seiner Brust. Ich war mir sicher, dass ich mit meiner Gier nach Berührungen seine Geduld überstrapaziert hatte, aber stattdessen verschränkte er seine Finger mit meinen.

Zum Glück redete nun Blake, denn mich machte diese kleine Geste total sprachlos: »Die Hölle ist ... sie ist nicht so farbenfroh wie die Anderswelt der Fae. Aber was ist schon so bunt wie das Faereich?«

»Ich war auch noch nie in der Anderswelt. Du etwa schon?«

Er nickte – und warf mir einen kurzen Seitenblick zu. »Häufig. Ich kenne ein paar Fae.«

»Ich nehme an … ein paar Frauen?«

»Ja, aber nicht nur«, bestätigte er mir. »Ich bin da genau so wie du. Das Geschlecht hat mich noch nie gestört.«

»Wie schön – aber du lenkst vom Thema ab.«

Blake seufzte. »Es ist wirklich schwer zu beschreiben, wenn man es noch nie gesehen hat. Einerseits wirkt alles so kalt und rau, weil vieles aus dunklem Höllengestein besteht, aber es ist wunderbar warm, und einzig in der Hölle erblühen die Granatapfelbäume blutrot und mächtig.«

»Erzähl mir mehr«, forderte ich Blake auf, obwohl ich spürte, dass meine Lider von Sekunde zu Sekunde schwerer wurden und ich nicht mehr lange wach bleiben konnte.

»Es gibt keine Jahreszeiten. Tag- und Nachtzyklen existieren, wobei diese …« Er kam ins Stocken. »Man muss es einfach gesehen haben.«

»Und das verrätst du mir alles so. Ohne Hintergedanken? Ohne Gegenleistung?«

»Sagen wir es so: Dein warmer Körper an meinem und deine Augen auf meinen Lippen stillen selbst meine übernatürliche Gier.«

Ein verschlafenes Grinsen schlich sich auf meine Lippen, ehe ich meinen Arm über seine Brust legte und meine Finger in seinem dichten schwarzen Haar vergrub.

Da war ich nun: die mächtigste aller Hexen, die mit ihrem Todfeind im Bett kuschelte. Sein verdutzter Gesichtsausdruck war jedoch einfach zu köstlich, um ihn mir entgehen zu lassen. Dass sein kalter Körper mich von innen erwärmte, ließ ich nur einen kurzen Gedanken sein.

»Erzähl mir mehr«, forderte ich den Dämon mit geschlossenen Augen auf.

»Die Hölle besteht aus insgesamt neun Zirkeln, sieben davon sind die Ringe der Dämonenfürste.« Er malte zur Anschauung die Kreise auf meinen Rücken. »Die Ringe sowie die Zirkel sind jeweils einem Höllenfürsten unterworfen. Ganz außen regiert Lucifer, der Stolz und Vater der Vampire. Ihm folgt die Todsünde Zorn, Satan, der Werwölfe erschaffen hat. Der dritte Ring besteht aus dem Meer von Leviathan und seinen Kreaturen. Er verkörpert den Neid. Ihm folgt die Sünde der Lust, Asmodäus, wenig verwunderlich hat dieser die Inkubus erschaffen. Im fünften Ring sitzt Beelzebub, er ist die Völlerei und Herr der Chimären. Und der sechste Ring ...«

»Ist dein Zuhause«, schloss ich.

»Ja. Nein.« Er seufzte. »Es ist kompliziert. Ich bin dort geboren und meiner Abstammung nach ein Prinz der Hölle, aber ich würde es nicht wirklich mein Zuhause nennen.«

»Und was bezeichnest du dann als deine Heimat?«

»Das ... Das muss ich erst herausfinden, jedenfalls hast du mich jetzt abgelenkt. Es gibt noch einen weiteren Ring: Der König des letzten Rings ist Belphegor. Die Todsünde der Faulheit mit seinen Nachtmahren.«

Ich gähnte. »Aber zwei Zirkel bleiben übrig ...«

»Genau: Zum einen wäre da das Fegefeuer, das die ganze Hölle wie einen Schutzwall umgibt. Dort befinden sich die Seelen all jener, die einen Pakt mit uns Dämonen geschlossen haben, bis sie ihre Schuld in Jahren ...«

Alles andere, was er sagte, bekam ich bloß noch am Rande mit.

Mit Blake in einem Bett zu liegen, fühlte sich ... es fühlte sich einfach *anders* an. Er strahlte keinerlei Körperwärme aus und mir fehlte das vertraute Atemgeräusch eines lebenden Partners. Aber er hielt mich in den Armen. Er streichelte meine ungiftige Haut. Es war nahezu so, als wäre es ihm vollkommen egal, dass ein Kuss ihm unsägliche Schmerzen bereiten konnte. Nein. Er forderte es nahezu heraus.

Dummer, dummer Dämon.

Dumme, dumme Hexe.

Als Walpurga am nächsten Tag ins Zimmer kam, spürte ich, wie Blake sich im letzten Moment auflöste. Er hatte mich die ganze Nacht in seinen Armen gehalten und das plötzliche Fehlen seines Körpers riss mich sofort aus dem Schlaf.

Walpurga öffnete als Erstes die Vorhänge, damit das Licht die Schatten in meinem Schlafgemach vertrieb. Das tat sie jeden Morgen, und normalerweise fauchte oder stöhnte ich, sobald mir das trübe Morgenlicht ins Gesicht fiel. Nur heute nicht. Heute überraschte ich Walpurga mit meiner aufgehellten Miene.

»Was ist denn? Warum lächelst du?«

»Ich hatte einfach eine gute Nacht und einen schönen Traum.«

21. Kapitel

DAPHNE MEZERUM

Echter Seidelbast

Die mächtige Königin der Hexen saß auf ihrem eindrucksvollen Thron, war umgeben von ihren treuen, aber hochgiftigen Pflanzen – und schnitzte für Halloween Kürbissen Grimassen.

Blake lehnte mit dem Rücken seitlich gegen meinen Thron und tat es mir gleich. Es schien, als hätte der Dämon Übung darin, denn im Gegensatz zu mir fluchte er nicht jede fünfzehn Minuten laut. Selbst die Giftpflanzen im Raum waren erstaunt, dass ich so viele Kraftausdrücke kannte. Heute war ich ein schlechter Einfluss für meine untergebenen Pflanzlinge.

Ha. Das war wohl die Untertreibung des Jahrhunderts: Es war noch nicht lange her, dass ich mit Blake halbnackt herumgekuschelt hatte. Ich war die Inkarnation eines schlechten Vorbilds!

Aber ...

Der Kürbis schielte mich mit seinem halben Gesicht an, als ich in meiner Bewegung innehielt.

Aber ich durfte das! Es war so lange her, seit mich jemand berührt hatte. Es war so lange her, dass ich fast vergessen hatte, wie gut das Gefühl von Haut auf Haut war.

Obwohl Blakes Körper kalt und tot war, hatte er sich wundervoll unter meinen Fingerspitzen angefühlt. Es hatte mir außerdem gezeigt, dass Blake mehr am Leben war, als ich gedacht hatte.

Im Grunde war es zu schön, um so verdammt falsch zu sein.

Noch viel schlimmer war, dass ich Lust auf mehr bekommen hatte. Ich konnte sein Verlangen nach mir immer noch auf meiner Haut spüren, genauso wie ich mein eigenes Begehren auf meiner Zunge schmeckte. Sehnsucht war ein wirklich heimtückisches und langlebiges Gift.

Aber ich liebte Gifte. Wenn ich ehrlich war, dann genoss ich diesen unheilvollen Geschmack am meisten. Diese verbotene Frucht, die nur ich mir einverleiben konnte.

Da war ein Teil in mir, der mich dafür verabscheute, dass ich einen Dämon wie einen Geliebten behandelte.

Und dann war da ...

Ich stellte mir vor, wie Blake meinen Hals küsste, während sein Körper sich hart und fordernd gegen meinen drängte. Und ... er ...

Eine zitternde Hand glitt zu meinem Mund, meinen Lippen. Wie fühlte es sich noch einmal an, wenn man sich küsste? Hatte ich das tatsächlich vergessen?

Das Blut rauschte so kräftig in meinen Ohren, dass ich Blake zuerst überhörte. »Hast du mich gehört, Cherry?«

»Wa-Wa-Was?«

»Gib mir mal kurz die kleine Säge.«

»Hier!«, schrie ich nahezu und schlug Blake das kleine Metallteil fast ins Gesicht.

Die Giftpflanzen schüttelten ihre Blätter über meine Dummheit.

Wenigstens musste Walpurga nicht mitansehen, wie ihre Königin rote Wangen bekam, weil ein Dämon kurz ihre Fingerspitzen streifte und sie allein deswegen unanständige Gedanken hegte.

Seit unseres »Streits« schien Walpurga sich rarzumachen. Der gesamte Thronsaal gehörte seit einigen Tagen einzig mir und dem selten von meiner Seite weichenden Blake. Und ungefähr tausend Giftpflanzen. Neuerdings blühte sogar Echter Seidelbast im Thronsaal und bereicherte den Teppich aus Gift. Die zahlreichen pinken und violetten Pflanzen verliehen der Halle einen Anstrich von ewigem Frühling, durch die ganzen Gewächse war es angenehm warm und es duftete frisch nach Blumenwiese.

»Also …«, sagte Blake und ich spitze sofort die Ohren. »Du magst Halloween? Oder *Samtheit*? Entschuldige, ich kann mir diese Hexenfeste nicht merken.«

»Ich liebe Halloween und ich ehre *Samhain*«, korrigierte ich ihn mit sanfter Stimme. »Ersteres kriegt immense Pluspunkte durch die ganzen Süßigkeiten. Halloween ist ein Fest des Gebens – und wer das nicht tut, dem zeigt man seine Meinung mit Streichen.«

»Lass mich raten, du bist als Hexe verkleidet durch die Nachbarschaft gezogen und hast ›Süßes oder Saures‹ geschrien?«

»Ich habe nur ›Süßes‹ geschrien, damit es zu keinen Missverständnissen kommt. Und ja, ich war meist eine Hexe – nur einmal war ich als Poison Ivy verkleidet.«

Amari war damals meine Harley Quinn gewesen.

»Und was hat Samhain zu bieten?«

»An Samhain endet das Hexenjahr, weil die fruchtbare Erntezeit vorbei ist und der Winter beginnt«, erklärte ich dem Dämon. »Wir feiern das Ende des Jahreszeitenzyklus und gedenken unserer Toten.«

»Also auch mir?«

»Du bist untot.«

»Genau deswegen.«

»Du bist nicht gestorben. Wir gedenken unserer *Verstorbenen.*« Ich seufzte schwer. »Gehst du eigentlich auch ins Kino und verlangst an der Kasse einen Rabatt, weil du tot bist?«

»Das habe ich noch nie probiert. Glaubst du, dass das funktioniert?«

»Du kannst es ja versuchen. Mehr als einen lebenslangen Kinoverweis kannst du nicht kassieren. In fünfzig Jahren ist das längst vergessen.«

»Würdest du mich dann ins Kino begleiten, Cherry?«

War das eine Einladung?

Ich meine: Ja. Natürlich hatte er das gerade gesagt, aber war ... war das etwa ein Date?

»V-Vielleicht. Wenn etwas Gutes läuft – und du bezahlst!«

Ich hörte förmlich, wie Blakes Lippen sich zu einem Grinsen verzogen. »Es gibt etwas, das ich wirklich toll an euch Hexen finde.«

»Dass wir das Nacktsein als etwas Natürliches betrachten?«

Blake lachte rau. »Das ist mir etwas fremd, aber wenn ich mich erst mal daran gewöhnt habe, werde ich das wirklich sehr genießen. Ich mag es, dass ihr Hexen so viel feiert.«

»Aha«, entschlüpfte es mir mit wenig Begeisterung.

Ich stellte mir vor, dass Blake Gefallen an betrunkenen Hexen gefunden hatte, die nackt um ein Feuer tanzten. Erfahrungsgemäß dachten alle Nicht-Hexen, dass wir die acht Sabbate nur als Ausrede zum Besaufen, Tanzen und miteinander Rummachen feierten. Ich wollte jetzt nicht lügen, weil alle drei Sachen durchaus häufig vorkamen – ich war selbst kein Unschuldslamm, aber trotzdem hatten wir Hexen diese Tage aufgrund ihrer Besonderheiten ausgewählt: Die hohen Sabbate wie Imbole, Beltane, Lughnasadh und Samhain feierten wir an Erntetagen. Die Kraft der Göttin war an diesen Tagen besonders präsent und das konnten wir für spezielle magische Aktivitäten nutzen. Das Datum von Yule, Ostara, Litha und Mabbon – oder den kleinen Sabbaten – variierte von Jahr zu Jahr. Wir begingen sie immer, wenn eine Sonnenwende oder Tagundnachtgleiche anfiel. Die Kraft der Göttin war dann etwas geringer und ... und ... Ja, an diesen Tagen ließen wir Hexen es so richtig krachen, denn Schwäche durfte man auf keinen Fall zeigen.

»Man sollte das Leben feiern«, sagte der Dämon. »Positive Gefühle sind wie ein helles Feuer, während negative Gedanken ein zähes Gift sind. Da stimmst du mir doch zu, oder?«

»Sagte der Untote.«

»Wie ich bereits erwähnt habe, habe ich genau deshalb einen anderen Blick auf das Leben selbst.«

Erneut lag mir eine bissige Bemerkung auf den Lippen, aber ich konnte mich im letzten Moment zurückhalten. Die Stille, die von Blake ausging, war bedrückend, und ich wollte keine Szene machen. Doch weder Blake noch ich hatten bis jetzt ein Menschenleben lang gelebt. Er war vielleicht untot, allerdings müsste ihm Vergänglichkeit genauso fremd sein wie mir. Die Seelen der Menschen, die er einsammelte, dienten ihm lediglich als Nahrung. Ich glaubte kaum, dass die spürbare Wehmut von seinem dämonischen Appetit stammte.

»Zeig mal deinen Kürbis her«, verlangte ich, um die seltsame Stimmung zu vertreiben. »Der erste Versuch sieht meist richtig beschi–«

Ich verstummte, als mir eine Grimasse mit spitzen Zähnen

und wilden Augen entgegenblickte. Das war der beste Kürbis, den ich je gesehen hatte.

»Das ist nicht dein erstes Mal.«

Blake schüttelte den Kopf. »Habe ich auch nie behauptet.«

»Aber woher?«

»Meine Mom war vernarrt in Halloween«, sagte er mit einem traurigen Lächeln im Gesicht. »Sie hätte am liebsten das ganze Jahr über Halloween-Deko gekauft. Wenn im Juli noch keine Kürbisse und Skelette auslagen, hatte sie den ganzen Tag schlechte Laune.«

Du wurdest von einer Menschenfrau aufgezogen?, wollte es schon aus mir herausplatzen, aber dann fiel mir ein, dass er in der Vergangenheitsform von ihr gesprochen hatte. Sie war also bereits tot.

Jetzt machten sein Verhalten und vor allem seine Aussagen mehr Sinn. Seine Mutter war wohl nicht alt geworden ...

»Ich weiß, es kommt selten vor, dass Menschen Dämonen aufziehen.«

Ich hob den Kopf. »Ich habe nichts gesagt.«

»Aber es liegt dir auf der Zunge.«

»Es ist so, dass wir Hexen in der Akademie gelernt haben, dass Frauen mit Dämonenkindern Selbstmord begehen oder, na ja, in einer Anstalt landen.«

Blake zuckte merklich zusammen. »Du hast nicht ganz unrecht«, stimmte er mir vorsichtig zu. »Aber es gab in der Geschichte durchaus einige Menschenfrauen, die ihre Dämonenkinder aufgezogen haben. Im Altertum war es sogar fast normal, wohingegen im Mittelalter und in der Neuzeit ... Nun, du hast ja selbst gesagt, welchen Weg die Mütter eingeschlagen haben.«

Was sollte ich darauf erwidern? *Tut mir leid, dass deine*

Spezies kaum Mutterliebe erfährt? Dämonen hatten das verdient, schließ-

Halt, Belladonna!

Mein Kürbis starrte mich mit seiner hässlichen Visage anklagend an.

Ich selbst war ohne Mutter aufgewachsen und wusste, wie schwer es manchmal war. Zum Glück hatten die Hexen an der Akademie mich liebevoll aufgezogen, doch meines Wissens gab es das für Dämonen nicht. Es existierten bloß wenige Hexen und noch viel weniger adelige Dämonen.

»Komm«, sagte Blake und bedeutete mir, dass ich auf meinem königlichen Thron ein Stück zur Seite rutschen sollte. »Ich kann nicht mitansehen, wie du arbeitest.«

»Ich habe den Poison Garden vier Jahre lang mit Kürbissen geschmückt.«

»Das waren dann aber hässliche Kürbisse.«

»Wie bitte?«, plusterte ich mich auf, obwohl Blake vollkommen recht hatte.

»Es beleidigt das Andenken meiner Mutter, wenn du Kürbissen Smiley-Gesichter verpasst. Außerdem hältst du das ganze Werkzeug falsch. Ich habe dir gesagt, dass wir die Kürbisse auf einen Tisch stellen sollten.«

»Ich mag aber meinen Thron.«

Mein Thron war unglaublich bequem: Ich konnte den ganzen Tag darauf sitzen, ohne Rückenschmerzen zu bekommen. Darum machte ich auch nur widerwillig Platz für Blake und sein Genörgel an meiner Schnitztechnik.

»Du musst den Winkel etwas reduzieren«, wies Blake mich an und führte meine Hand. »Siehst du? Dann gleitet das Messer viel leichter in das Fruchtfleisch und Rundungen werden wirklich rund – und nicht eckig.«

Ich schneide dir *gleich eine Rundung rein,* dachte ich mir und schmollte nach wie vor, weil er meine Halloween-Dekoration beleidigt hatte.

Ich kannte mich mit dem Schnitzen nicht so aus, aber ich war mir ziemlich sicher, dass kein Dämon dafür meine Halsbeuge mit Küssen bedecken musste. Stattdessen war das sogar hinderlich, weil ich meine Arme um seinen Oberkörper schlang. Am Rande bekam ich noch mit, wie der Kürbis und mein Messer zu Boden fielen.

»Doch nicht im Thronsaal«, hauchte ich gegen seinen Hals. Die Versuchung, meine Zähne in sein Fleisch zu graben, war nahezu überwältigend. Sein herb-süßlicher Duft erschwerte mir das klare Denken.

»Nicht?«, fragte er und schob eine Hand unter mein Kleid. Seine Finger streichelten kühlend über meine erhitzte Haut und ich konnte ein lustvolles Stöhnen nicht unterdrücken.

Na ja, es war *mein* Thronsaal, wobei die Giftpflanzen bereits bemerkt hatten, dass ihre Königin auf Abwegen war. Trotzdem, ich blieb dabei: Die Königin durfte machen, was sie wollte – und sie wollte von diesem Dämon berührt werden.

»Mach weiter.«

»Küss mich«, forderte Blake mich in seiner Dummheit auf. Ich konnte schon den eiskalten Hauch des Todes auf meinen Lippen spüren. »Vielleicht passiert etwas Wundervolles.«

»Du meinst, dass du mit Schaum vorm Mund auf dem Boden liegst? Da wäre die Freude von kurzer Dauer.«

Ich verhielt mich nicht viel schlauer als Blake in dieser Situation. Verführt von seinen Berührungen und seinem Duft legte ich meine Lippen auf seine. Wie die Küsse wohl schmecken würden? Wie lange er mich küssen konnte, bevor sein

Körper durch mein Gift niedergestreckt wurde? Sekunden? Minuten?

Doch plötzlich war da nichts mehr. Meine Arme hingen in der Luft.

Blake war verschwunden.

Ich konnte gar nicht angemessen darauf reagieren, da Walpurga unangekündigt den Thronsaal betrat.

»Wa-Walpurga!«, lachte ich nahezu hysterisch. »Hi!«

Mein Herz raste, weil sie kurz davor gewesen war, mich mit einem Dämon in flagranti zu erwischen. Nicht auszudenken, was passiert wäre, wenn Walpurga gesehen hätte, wie Blake und ich miteinander herummachten. Und nicht auszudenken, was passiert wäre, wenn ich Blake wirklich geküsst hätte!

»Bist du bereit?«, fragte mich Walpurga.

»Für was?«, fragte ich vollkommen ahnungslos und strich ein paar Haarsträhnen zurecht. Zum Glück führten meine Haare ohnehin ein gewisses Eigenleben, sodass Walpurga nicht bemerkte, dass ich beinahe den königlichen Thron entweiht hatte.

»Du sollst heute einen Gesandten des lichten Volkes treffen«, sagte sie so kühl, dass ich fröstelte.

Wann hatte sie mir das gesagt?

»Oh ... Wa- ... Okay.«

Ich wagte nicht, nach dem »Warum« zu fragen. Walpurga konnte nicht wissen, was gerade geschehen war, aber dennoch wirkte sie unglaublich sauer auf mich. Sie verschwand wortlos durch die Tür, durch die sie nur eine Minute vorher gekommen war, und ließ mich mit meinem stürmischen Herzschlag zurück.

»Du schaffst das auch ohne sie«, sagte Blake, der unmittelbar nach ihrem Abgang wieder auftauchte. »Sei doch froh, dass sie sich nicht mehr so einmischt.«

»Aber mit dir?«, fragte ich hoffnungsvoll.

Er schüttelte den Kopf. »Ich will mich in deine Politik nicht einmischen.«

»Trotzdem bleibe ich an deiner Seite«, versprach mir Blake und mein Herz beruhigte sich ein bisschen.

Was der Seelie-Hof wohl von mir wollte? Und wen sie dafür vorbeischickten?

Einen anmutigen Löwenfae? Eine grazile Rehfae? Oder –

»O Göttin«, entkam es mir, nachdem sich die Türen erneut öffneten und eine bekannte Gestalt den giftumwucherten Teppich entlangschritt.

Von allen Angehörigen des lichten Volkes schickte man mir ausgerechnet meinen Ex-Freund vorbei.

22. Kapitel

BRUNFELSIA PAUCIFLORA
Brunfelsia

Man unterschied bei den Fae zwischen dem lichten und dem dunklen Volk. Das bedeutete jedoch nicht, dass die lichten Fae oder Seelie in irgendeiner Weise netter als ihr dunkles Pendant waren. Sie alle liebten es, Menschen erst zu verführen und dann in ihr Reich zu verschleppen, in dem die Zeit viel langsamer verging. Wenn sie die Entführten irgendwann freiließen, waren sie meist durch Faewein verrückt geworden und ihre Liebsten bereits verstorben.

Es gibt die zwei Höfe nur, weil die Fledermausfae Mab – Königin der Unseelie – und der Hirschfae Oberon – der Seelie-König – keine Sekunde am gleichen Ort sein können, ohne alles ins Chaos zu stürzen. Ihre Streitereien haben die Anderswelt in zwei Reiche geteilt: Den ewig dunklen Unseelie-Hof und den hellen Seelie-Hof, an dem die Sonne niemals untergeht, erinnerte ich mich an den Vortrag von Artemisia, meiner alten Lehrerin für Völkerkunde. *Ihr müsst euch lediglich eines merken: Alle Fae sind Arschlöcher.*

Hätte ich mich doch an den Merkspruch meiner alten Lehrerin erinnert, als ich Collin gedatet hatte. Natürlich war er kein Fae, aber die Zeit bei ihnen hatte seine Spuren hinterlassen – und er diente Oberon immer noch, wie seine Audienz mir deutlich aufzeigte: Er trug einen dunkelgrünen Anzug aus Faeseide, bestickt mit goldenen Fäden, die ein gewaltiges Geweih auf seiner Brust bildeten.

Er bahnte sich durch die Giftpflanzen vorsichtig einen Weg zu mir. Keine Ahnung, welche von meinen Pflanzen im Poison Garden geplaudert hatte, aber alle Anwesenden waren bereits im Bilde darüber, dass er mein Ex-Freund war.

»Belladonna«, sagte Collin, bevor er sich korrigierte: »Königin Belladonna.«

Er traute sich nicht, mir in die Augen zu sehen, was meinem Herz einen eiskalten Stich versetzte.

Ich nickte ihm zu. »Collin. Hallo.«

»Collin?«, echote Blake sofort.

Am Klang seiner Stimme erkannte ich, dass er sich wohl denken konnte, um wen es sich bei dem Gesandten handelte. Obendrein schrie der unangenehme Unterton in meinen Worten sicherlich lauthals nach »mieser Trennung«.

»Blake!«, ermahnte ich ihn zischend. »Sei einmal in deinem untoten Leben still, ja?«

»Blake?«, wiederholte Collin skeptisch. »Bist du schon per du mit den Dämonen, seit du Königin bist?«

»Wag es nicht, auf diese Weise mit Cherry zu sprechen. Sonst tust du deinen nächsten Mucks ohne Stimmbänder.«

»Cherry«, wiederholte Collin und beäugte mich die ganze Zeit abschätzig. »Na. Da haben sich ja zwei gefunden.«

»Oha. Woher kommt denn auf einmal dieser Dämon? Ich bin ihm noch nie zuvor begegnet! Weiche, elendige Kreatur.« Ich warf das kleine Plastikteil zum Aushöhlen des Kürbisses auf Blake. »Geh zurück in das Höllenloch, aus dem du gekrochen bist.«

Aber Blake wollte nicht weichen, stattdessen baute er sich bedrohlich vor Collin auf. »Was bist du überhaupt?«, fragte er und schlich kreisförmig um meinen Ex herum. Ich erwartete, dass er sich jeden Moment wie ein hungriger Löwe auf ihn stürzen würde. »Du riechst nach Mensch – aber auch nach Fae. Mensch und Fae … Ah …« Blake grinste herablassend. »Schau an. Ein menschlicher Wechselbalg. Normalerweise entsorgen die Fae euch doch früh genug. Bist du Oberons kleines Spielzeug?«

Ich konnte nur mit offenem Mund die Naturkatastrophe, die sich vor mir abspielte, anstarren. Lich gegen Wechselbalg. Die beiden waren so unterschiedlich: Collin mit seinen blonden Haaren in heller Robe als Zeichen seiner Treue zu den Fae und Blake in der einzigen düsteren Farbe, die Dämonen zu kennen schienen. Das Einzige, was sie verband, war ihr dämliches Verhalten, welches mich Amari augenblicklich schmerzhaft vermissen ließ. Sie hätte Blake von oben bis unten mit einem Regenschauer durchweicht, nur um ihn dann höflichst zu ignorieren.

Ich blickte an meinem schwarzen Kleid hinunter und musste zugeben, dass ich in meiner Kluft perfekt zu Blake passte. Sah Collin das auch so? Sah er … sah er eine Verbindung zwischen Blake und mir? Sah er etwa den zukünftigen Prinzgemahl vor sich?

Mach dich nicht lächerlich, Belladonna. Du kannst ihn doch nicht einmal küssen, ohne ihn fast zu töten. Du wirst die einsamste Hexenkönigin aller Zeiten sein. Niemand wird jemals deine Frau oder dein Mann werden.

»Und wer bist du?«, wollte Collin herausfordernd wissen. »Was macht ein *dreckiger* Dämon in der Nähe der Hexenkönigin?«

Er war zwar bloß ein Mensch, aber das hinderte meinen Verflossenen nicht daran, sich mit einer Kreatur aus der Hölle anzulegen.

»Das ist eine gute Frage«, grätschte ich dazwischen und lachte nervös. »Blake ist mein ... Er ist ...«

»Ich bin schon mal klüger als du, denn ich bin Belladonnas Verlobter«, verpackte er seine liebste Phrase als Beleidigung.

Im Thronsaal wurde es still – außer für mich, denn die Pflanzen jubelten *Verlobter, Verlobter, Verlobter!* Keine Ahnung, warum sie es so unterhaltsam fanden, dass mich ein Dämon zur Verlobung gezwungen hatte. Ich wollte nichts lieber, als zu einer schwarzen Witwe zu mutieren und Blake mit seiner roten Krawatte zu erdrosseln.

»Stimmt das etwa, Belladonna?«

»Ich kann gerade nicht antworten«, murmelte ich mit starrem Blick. »Ich habe eine außerkörperliche Erfahrung.« Und ich bekam Kopfschmerzen, welche direkt aus der Hölle zu stammen schienen.

»Sprich also etwas ehrfürchtiger mit dem zukünftigen Prinzgemahl«, endete Blake knurrend. »Ich halte mich lediglich für Cherry zurück.«

Ich starrte den Dämon erschrocken an.

Obwohl ich gerade einen ähnlichen Gedanken gehegt hatte, löste Blakes Selbstbezeichnung als mein zukünftiger Ehemann Schweißausbrüche aus. Ich würde Blake nicht heiraten, nur weil wir uns körperlich etwas nähergekommen waren.

Es lag nicht allein an meinem Gift, sondern auch an unserer Natur. Hexen und Dämonen passten nicht zueinander – und jeder, der etwas anderes dachte, war verrückt. Keine Hexe konnte mit einem Dämon zusammen sein, erst recht nicht die Königin unter ihnen.

Während die zwei Männer sich stritten, wurde mir zunehmend unwohler in meiner Haut. Die letzten Tage hatte ich versucht, so wenig es ging daran zu denken, dass ich meine Schwestern verriet, wenn ich mich mit einem Dämon vergnügte. Es war ja nur rein körperlich. Aber was, wenn Gefühle ins Spiel kamen? Wie lange konnte ich das trennen, bevor ich zu einer weiteren dummen Hexe wurde, die freudestrahlend Richtung Untergang rannte.

»Ah!«, drang es von Collin, wobei sein hochnäsiger Unterton mein Unwohlsein verstärkte, bis ich mich beinahe übergeben musste. Er wollte nicht kampflos weichen. Collin konnte Blake beleidigen – und mehr nicht. Er besaß keinerlei magische Kräfte oder sonstige Fähigkeiten, welche ihm den Hauch einer Chance in einer direkten Konfrontation verliehen hätten. »Du bist das Gerippe, das schon der Königin vor Belladonna schöne Augen gemacht hat.«

»Gerippe. *Gerippe?*«, wiederholte Blake nahezu fassungslos. »An deiner Stelle würde ich aufpassen, was ich sage, bevor ich dir jeden einzelnen Knochen im Leib breche. Dann frage ich dich noch einmal, ob Gerippe eine Beleidigung ist.«

Mein Innerstes zitterte vor Angst, weil ich fühlte, wie Blake auf die Kraft der Toten zugreifen wollte. Ich nahm an, dass es an meiner wachsenden Verbindung zu den Giftpflanzen lag, dass ich Blakes Macht über den Tod auf einmal so gut spüren konnte. Meine Affinität zu den Pflanzen war das Gegenteil von Blakes dunkler dämonischer Magick. Ein weiterer Beweis, wie grundverschieden wir doch waren.

Du legst dir die Sachen so zurecht, wie sie dir passen, schalt ich mich selbst. *Du bist immer noch eine todbringende Gifthexe. Du stehst ihm und seiner Magie näher, als dir lieb ist.*

»Und ich habe Königin Sibylle nie schöne Augen gemacht. Halt also gefälligst den Mund, wenn du keine Ahnung hast.«

Blakes Wut flammte, wie seine Macht, zerstörerisch hervor und richtete sich mit voller Wucht gegen Collin.

Vor meinem inneren Auge sah ich meinen ehemaligen Freund auf die grausamst mögliche Art sterben: plötzlich, aber besonders qualvoll. All seine Knochen brachen und seine Organe verdampften, während er bei vollem Bewusstsein war. Ich wusste nicht, wie Blake genau tötete, dennoch war er ein Dämon. Ein *angepisster* Dämon. Ich wäre naiv, wenn ich etwas anderes als das Schlimmste von ihm erwartete.

Aber die Angst um Collin durfte mich keine Sekunde beherrschen. Ich fing Blakes Magie wie einen Ball mit meinen Kräften auf und löschte seinen Todesfluch einfach aus. Sollte ich erstaunt über meine Macht sein? Oder fiel es mir derart leicht, weil der Saal durch meine Magie geformt wurde und ich hier alles beherrschte?

Die Antwort auf diese Frage musste in diesem Moment warten.

Ich fuhr fuchsteufelswild von meinem Thron auf. Der ganze Boden bebte, als die Pflanzen sich wie hungrige Schlangen Blake und Collin näherten. *Ex-Freund dumm! Verlobter dumm! Vergiften wir sie!*

»Genug! Unterlasst diese dämliche Streiterei in *meinem* Thronsaal!«

Ich ließ die Streithähne zur Sicherheit in Giftpflanzen einwickeln, bis sich ihre Gemüter etwas abgekühlt hatten.

Mit einem zufriedenen Grinsen betrachtete ich mein Werk: Blake und Collin waren schön verpackt, die Gliedmaßen durch die starken Äste eng an ihre Körper gedrückt, damit sie nicht mit den Fäusten aufeinander losgingen. Einzig ihre dämlich drein glotzenden Gesichter lagen frei.

»Brunfelsia, eine treue Giftpflanze«, stellte ich sie den zwei staunenden Männern vor und streichelte liebevoll ihre violetten Blütenblätter. Sie war wunderschön anzusehen, wie manche ihre Blüten im saftigsten Violett und die anderen im zartesten Weiß erblühten. »Ihr Name ist Elly. Sie gehört zu den Nachtschattengewächsen wie die Schwarze Tollkirsche. Aus diesem simplen Grund stehen wir uns sehr nahe.«

Mir war bereits in der Akademie aufgefallen, dass Nachtschattengewächse mich besonders zu lieben schienen. Eine Seherin hatte mir den Namen Belladonna nicht ohne Grund verliehen.

»Willst du mich etwa schon wie–«

»Nur ihre Wurzeln sind giftig«, würgte ich Collins Anschuldigung ab. »Keiner von euch muss Angst vor einer Vergiftung haben.«

»Oh, davor habe ich keine Angst, Cherry.« Blake lächelte. »Wusstest du, dass man Nachtschattengewächse als solche bezeichnet, weil man im Mittelalter glaubte, damit böse Geister oder Dämonen zu vertreiben? Wie du siehst, wirken sie nicht.«

»Könnt ihr später miteinander flirten?«, knurrte Collin.

Wütend fuhr ich herum. »Würdest du dann netterweise mit der Sprache herausrücken, warum du überhaupt hier bist? Stattdessen zankst du dich kindisch mit Blake. Lach nicht so schadenfroh, Lichidiot, du bist auch nicht besser.«

»Der Lichte Hof will für die neue Hexenkönigin einen rauschenden Ball veranstalten. Das Verhältnis war unter Königin Sibylle sehr schlecht und das soll sich nun ändern.«

Mein Herz setzte einen Schlag aus. Fae waren alle Arschlöcher und ihre Bälle lediglich eine Versammlung, um einander eins auszuwischen. »Großartig«, murmelte ich. »Ich liebe rauschende Bälle zu meinen Ehren.«

»Was sagt der Nachthhof dazu?«, mischte sich Blake ein.

Collin schnaubte. »Was interessiert uns schon die alte Fledermaus?«

Uns ...

Mir war nie zuvor aufgefallen, wie sehr Collin dem Lichten Hof verbunden war. Ich hatte bis jetzt angenommen, dass er die Fae für die jahrelange Sklaverei verurteilte und er nur den nötigsten Kontakt mit ihnen hielt.

»Und wann findet dieser tolle Ball statt?«, fragte ich und versuchte meine zitternde Stimme zu verbergen. »Samhain steht vor der Tür.«

»Es reicht, wenn du dich für die nächste Woche ankündigst. Die Faefeste dauern Monate, wenn nicht sogar Jahre.«

Ich seufzte. »Elly, lass ihn gehen.«

Hätte ich geahnt, was Collin als Nächstes tat, dann hätte ich meine Namensvetterin herbeigerufen, die durch und durch giftig war.

»Noch vor ein paar Wochen wollte Belladonna mit mir ins Bett«, sagte er Blake eiskalt ins Gesicht. »Aber schön für sie, dass sie so schnell einen Dämon bei der Hand hatte, der ihre Bedürfnisse befriedigen kann.«

»Ich muss mit dir reden, Collin«, sagte ich und mein rauschendes Blut verschluckte das, was er Blake noch zu sagen hatte. »Vor der Tür.«

Meine Stimme klang ungewöhnlich normal, aber in mir brodelte es. Die letzte Bemerkung hatte das Fass zum Überlaufen gebracht.

Blake kicherte schadenfroh.

»Oh, du bist der Nächste!«, versprach ich dem Dämon fauchend.

»Ich freue mich schon drauf.«

Kaum hatten sich die Türen des Saals hinter uns geschlossen, wollte mein Ex-Freund auf eine unschöne Art sterben. Armer Collin, ich hatte nicht gewusst, dass er so wenig an seinem menschlichen Leben hing.

»Ich wusste gar nicht, dass du nekrophil bist«, mimte er weiterhin den Vollidioten. »Aber ich denke, das Königinnendasein verändert so einiges.«

»Halt die Klappe, Collin! Anstatt mich zu fragen, was mich dazu getrieben hat, eine Verlobung mit einem Dämon einzugehen, spielst du dich so auf«, erklärte ich ihm fuchsteufelswild und stach ihm mit meinem Finger in die Brust. Der Mindestabstand, den ich zu Menschen normalerweise hegte, ging mir gerade so was von am Arsch vorbei – derart wütend war ich auf meinen Ex. Wenn er im Krankenhaus landete, durfte er maximal eine Genesungskarte von mir erwarten. Den Inhalt des Geschenkkorbes würde ich selbst essen!

»Ja, aber –«

»Kein Aber!«, schrie ich beinahe. »Glaubst du, ich habe mich darum gerissen, Königin zu werden? Hexenkönigin? Mit einundzwanzig? Und als Gifthexe? Du weißt genau, dass ich von den meisten meiner Schwestern gemieden werde. Das ist keine gute Voraussetzung, um Königin über das gesamte Hexenvolk zu sein. Ich weiß nicht, was die Göttin gedacht hat, als sie mich zur Nachfolgerin erwählt hat.«

»Bell–«

»Jetzt bin ich mit einem Dämon verlobt, von dem ich nicht weiß, ob er mich wirklich mag oder ob er mich töten will. Dämonen darf man nicht trauen. Stimmt's? Das hat für Hexen noch nie gut geendet ...«

Ich schoss total über das Ziel hinaus, als ich Collin einen Einblick in mein kompliziertes Liebesleben schenkte.

Ich … Ich mochte Blake. Aber ich würde ihn niemals lieben können, weil ich eine Hexe war. Weil ich giftig war. Weil ich die Königin war. Es gab unzählige Gründe und jeder trieb eine glühende Nadel durch mein Herz.

Collin schwieg eine Zeitlang. »Mir war nicht klar, dass es dir so damit geht.«

Natürlich war ihm das nicht klar. Ihm war es wichtiger gewesen, Blake zu provozieren, als auf meine Gefühle zu achten. »Ach, weißt du was? Leck mich, Collin«, sagte ich mit hochrotem Gesicht und Tränen in den Augen. Mein Mund war ein feiner Strich. »Sag deinem Lichten Hof, dass ich kommen werde, aber wenn meine Laune im Keller ist, dann ist es allein deine Schuld. Und du weißt ja, was Fae machen, wenn ihre Partys mies laufen. Ich hoffe, du joggst nach wie vor jeden Morgen deine Runde durch den Wald. Die Wilde Jagd soll sehr anstrengend sein.«

Collin schwafelte etwas darüber, dass es ihm leidtat, aber das stieß bei mir auf taube Ohren. Ich wischte mir die heißen Tränen aus dem Gesicht und stampfte zu dem nächsten Problemfall zurück.

»Heiß«, kommentierte Blake meinen Anflug von Rage. Er war immer noch von Elly eingehüllt. Erst auf eine Handbewegung von mir verschwand sie in der Erde.

Er hätte die Pflanze leicht mit seiner Magick töten können, hatte es jedoch nicht getan. Für mich?

»Wie bitte?«, echauffierte ich mich über seinen Kommentar. Ich schüttelte den Kopf. »Was sollte das? Immer, wenn ich meine, dass ich deine Anwesenheit die nächsten Monate tolerieren kann, führst du dich so auf.«

Er grinste mich zweideutig an. »Nach nur ›tolerieren‹ fühlte sich das auf dem Thron gerade nicht an.«

»Interpretier ja nicht zu viel in das hinein.«

»Ich bin nicht das, was du willst, Cherry«, sagte er und mein Herz sprang vor Freude über seine Erkenntnis. Es hüpfte so sehr in meiner Brust, dass es fürchterlich wehtat und mir die Luft zum Atmen raubte.

Er war ein Dämon, der uralte Feind meiner Schwestern. Er war *mein* Feind.

Auch in Zukunft werden manche Hexen und Dämonen Liebesbeziehungen unterhalten, aber keine einzige würde jemals glücklich enden. Hexen und Dämonen waren wie Licht und Schatten: Das eine würde das andere früher oder später komplett auslöschen.

»Aber ich bin das, was du brauchst.«

»Was ich brauche«, wiederholte ich ungläubig seine Worte. »Was brauche ich denn?«

»Einen Vertrauten«, antwortete er. »Einen Freund. Einen Beschützer. Und wenn du es zulässt ...«, er machte einen Schritt auf mich zu und legte eine Hand auf meine Wange, »einen Geliebten.«

Einen Geliebten ... Wie verheißungsvoll das in meinen Ohren klang. Verheißungsvoll, wie es nur etwas sein konnte, das völlig unmöglich war.

Es dauerte einige Sekunden, bis ich meine Sprache wiederfand. Meine Kehle war ganz trocken, weshalb ich froh war, dass ich überhaupt in der Lage war, selbstbewusst zu klingen. »Und das würde mich wohl bloß meine Seele kosten?«

»Viel schlimmer«, grinste mich Blake herausfordernd an. »Dein Herz.«

Lügen. Alles Lügen.

Der Dämon erwartete offenbar, dass ich etwas erwiderte wie: *Mein Herz gehört längst dir.* Dann könnte er mich in die

Hölle ziehen und mein Herz verschlingen, um noch mächtiger zu werden. Mein Herz würde ihm vielleicht mehr Macht verleihen als den Urfürsten.

»Das ist also deine Absicht, ja? Du willst mein Herz fressen. Das Herz einer Königin.«

Er zuckte zusammen. »Denkst du das etwa von mir?«

»Ja. Sollte das nicht der Fall sein, dann nenne mir deinen wahren Namen.«

»Das verlangst du von mir?«

»Wenn du dich zierst, macht es dich umso verdächtiger – oder warum enthältst du ihn mir vor?«

»Weil ich es nicht will«, zischte er mich an und zog seine Hand zurück. »Nur weil du Königin bist, kannst du nicht so etwas von mir fordern. Dann bist du nicht besser als deine Vorgängerin.«

»Was hat –«

»Du weißt, was Königin Sibylle mir angetan hat. So blind und dumm kannst du nicht sein«, schleuderte mir Blake verletzt ins Gesicht.

»Sie ... Sie kannte also deinen wahren Namen. Aber warum hast du ihn ihr überhaupt genannt?«

»Glaubst du etwa, dass ich das wollte? Einige Hexen sind genauso schlimm wie manche Dämonen und Fae. Du kannst nicht alle über einen Kamm scheren, bloß weil es gerade in deine begrenzte Weltanschauung passt. Königin Sibylle war grausam. Für das Wohl der Hexen hat sie Dämonen und Fae benutzt. Überleg doch einmal: Warum bist du jetzt Königin? Weil Sibylle nicht mehr zum Herrschen fähig war.«

»Aber –«

»Wenn du das denkst, dann habe ich mich in dir getäuscht. Dann bist du wirklich wie Königin Sibylle.«

Mit diesen Worten löste sich Blake in Rauch auf. Zum ersten Mal hatte ich nicht das Gefühl, dass ich ihn in ein paar Stunden auf seiner Chaiselongue oder beim Abendessen wiedersehen würde.

Ich hatte ihn verletzt, und der Schmerz echote überdeutlich in meiner eigenen Brust.

Ich fiel auf die Knie. Bevor ich hart aufschlug, hatten die Giftpflanzen einen weichen Teppich gebildet. Mein Herz schmerzte so sehr, dass ich mir sogar wünschte, dass Blake es einfach verschlingen würde, nur um keine Sekunde länger mit diesem Schmerz allein zu sein.

23. Kapitel

SAMBUCUS NIGRA
Schwarzer Holunder

An Halloween oder Samhain war der Vorhang zum Totenreich derart durchlässig, dass ich den Hauch des Todes und uralter Magick den ganzen Tag auf meiner nackten Haut spüren konnte. Es war kein unangenehmes Gefühl. Ganz im Gegenteil! Einzig an diesem Tag fühlte ich die Kraft der Hexengöttin deutlich an meiner Seite.

Als ich aus meinem Fenster blickte, stand die Sonne hoch am Himmel und die Luft duftete herrlich nach vergessenen Zaubern und frischem Heu. Walpurga hatte sich wie angekündigt freigenommen und mich daher nicht geweckt, weshalb ich das Frühstück einfach verschlafen hatte. Nicht, dass ich besonders viel Hunger gehabt hätte, denn der Streit mit Blake schlug mir wie erwartet auf den Magen. Die letzten Tage hatte ich mich fast ausschließlich von Gift und weniger von menschlichem Essen ernährt.

Ich quälte mich wortwörtlich aus dem Bett. Samhain zu verschlafen war ein Affront gegen unsere Göttin – das war der einzige Grund, warum ich mir ein Kleid anzog und die Haare kämmte. Begleitet wurde ich dabei von nagenden Bauchschmerzen, die mein schlechtes Gewissen verkörperten.

Es wurde nur ein wenig besser, nachdem ich mir Blakes Verlobungsring an den Finger gesteckt hatte. Um aber wirklich wach zu werden, stürzte ich mich auf Königin Sibylles Giftschrank.

Ich hatte die ersten Wochen im neuen Zimmer übersehen, dass es einen Kühlschrank gab, in dem die Gifte lagerten, die Walpurga die letzten Jahre über von mir einkassiert hatte. Es waren um die zwei Dutzend, und je nachdem was der knuffige Ramschladen in der Stadt zu bieten hatte, variierten die Fläschchen. Zu Halloween meines ersten Jahres war mein Gift in einer Totenschädel-Flasche verpackt gewesen, und einmal hatte ich ein Glasgefäß in Herzform erwischt, das mich an die Magical Girls aus Animes erinnerte.

Mein Blick wurde jedoch von einem Gefäß im Tannenbaum-Design angezogen. Darin schwammen kleine schwarze Beeren herum. Der Sirup des Schwarzen Holunders war ein sehr beliebtes Mischgetränk, welches regelmäßig im Poison Garden ausverkauft war. Die rohen Beeren waren allerdings giftig. In dieser Giftflasche dienten sie als schmückende Deko. Ich hatte reines Akonitin, Atropin und Solanin darin verarbeitet – und mein körpereigenes Gift extrahiert und einfließen lassen.

»Ah, zweitausendneunzehn – ein guter Jahrgang«, seufzte ich gegen das Glas und genoss das wärmende Gefühl in meinem Bauch, welches die tödliche Substanz auslöste. »Eine Flasche dieses Giftes könnte ein Zehntel von London ausradieren.« Oder mir den harten Start in den Tag erleichtern. Wer brauchte schon zuckerhaltige Energydrinks, wenn man von Gift Herzrasen bekam?

Oder rührte der schnelle, unbarmherzige Schlag meines Herzens von anderswoher? Ich berührte den goldenen Ring an meinem Finger und marschierte fest entschlossen auf die Tür des Prinzgemahls zu.

Einen Tag hatte ich Blake zugestanden, sauer auf mich zu sein. Doch als ich den Dämon danach mit Kuchen überraschen wollte, war sein Zimmer leer gewesen. Ebenso am nächsten Tag. Und am nächsten.

Auch heute versuchte ich mein Glück, obwohl mein Hoffen vergeblich war: Still und verlassen lag sein Zimmer vor mir. Trotzdem hing Blakes ungewöhnlicher Geruch schwer in der Luft. War er hier gewesen, als ich geschlafen hatte? Oder war mir sein Geruch inzwischen so vertraut, dass ich ihn sofort erschnupperte?

»Ich trage deinen Verlobungsring«, versuchte ich Blake wie eine Maus mit Speck hervorzulocken. »Ich will ihn gar nicht mehr abnehmen! So schön finde ich ihn!«

Keine Reaktion.

»Du kannst nicht für den Rest deines untoten Lebens sauer auf mich sein.«

Doch. Das konnte er.

Und wenn ich ehrlich zu mir war, dann verstand ich ihn auch, denn ich hatte richtig Scheiße gebaut. Ich war immer noch leicht angesäuert, weil er sich vor Collin wie ein albernes Alpha-Arschloch aufgeführt hatte. Dabei war ich auch nicht besser gewesen, als ich von ihm verlangt hatte, seinen wahren Namen zu verraten. Er hatte beim ersten Mal schon abweisend reagiert und ich hätte es dabei belassen sollen.

Aber nein. Diese Hexe forderte nahezu erpresserisch, ihr die völlige Macht über ihn zu geben. Mit diesem Namen konnte ich ihn zu meinem persönlichen Sklaven machen – was ich natürlich nicht vorhatte! Aber so langsam beschlich mich das Gefühl, dass sich nicht alle Hexen so zurückhalten würden.

Blake hatte mit seinen Worten recht gehabt. Hexenköniginnen blieben nur so lange auf dem Thron, wie sie in der Lage waren, nach dem Willen unserer Göttin zu regieren.

Da ich nahezu wahnsinnig wurde, weil ich mich nicht bei Blake entschuldigen konnte – und ich in all der Zeit nie auf die Idee gekommen war, nach seiner Handynummer zu fragen –, huschte ich für ein Blatt Papier und einen Stift in mein Schlafzimmer zurück.

Lieber Blake, begann ich und strich sofort das »lieber« durch. Der Mistkerl würde mich bloß damit aufziehen. Ein knappes *Blake* musste deshalb als Anrede genügen. *Es tut mir leid, dass ich …*

Ja, was genau tat mir eigentlich leid?

Dass ich misstrauisch gegenüber dem Dämon war?

Wir Hexen mussten zusammenhalten. Aus diesem Grund waren die Akademien vor Jahrhunderten gegründet worden. Aus diesem Grund hatte ich elf Jahre lang in einer Hexenschule verbracht und gelernt, dass wir Hexen uns nur aufeinander verlassen konnten und Dämonen scheuen sollten.

»Ah!«, stieß ich einen frustrierten Schrei aus. Da war ein Teil in mir, der sich verdammt schlecht fühlte, weil er Blake vermisste und den Streit bereute. Aber dann gab es noch die Seite, die ständig wiederholte, dass Blake ein Dämon war. Was mich an den Zwischenfall mit Ishita vor wenigen Tagen erinnerte …

Ich hatte Blakes Kuchen der Bibliothekarin überlassen, nachdem ich mit Zuckerguss »Gute Arbeit!« darauf geschrieben hatte. Dabei war ganz zufällig und unschuldig die Bemerkung gefallen, dass Blake seit zwei Tagen vermisst wurde.

»Blake war schon ein paar Tage nicht mehr da«, erzählte sie mir und rückte den Kuchen von den Büchertürmen auf ihrem Schreibtisch weg. »Normalerweise taucht er jeden Tag auf und leiht sich neue Bücher aus oder gibt mir alte zurück.«

»Was leiht er sich denn immer so aus?«

Ishita zeigte mir eine Liste mit allen möglichen Büchern über Giftpflanzen oder Hexenriten. Natürlich konnte man Blake unterstellen, dass er das bloß tat, um meine Schwächen herauszufinden, aber es waren Bücher, die ich schon mit zehn Jahren gelesen hatte. Sehr einfach geschrieben und leicht zu verstehen, wenn man kaum Vorwissen über pflanzliche Gifte oder den Jahreszirkel der Hexen besaß.

»Magst du ihn?«, fragte ich die Bibliothekarin schließlich direkt.

»Er ist ein Dämon«, kam es wie aus der Pistole geschossen.

»Aber hat er dir jemals etwas getan?«

»Nein, was allerdings nichts daran ändert, dass er ein Dämon ist und dass wir Hexen niemals mit Dämonen verkehren dürfen. Königin Faustina hatte eine menschliche Geliebte und einen dämonischen Verehrer«, grub Ishita die alte Geschichte wieder aus. »Polyamorie ist für uns Hexen zwar nichts Verwerfliches, aber der Dämon – Mephistopheles –, wenn er nicht gewesen wäre, dann –«

»Dann wäre ihre Verlobte nie gestorben und Faustina niemals so verrückt geworden. Ich kenne die Geschichte. Vertrau deiner Königin«, wimmelte ich Ishita kurzerhand ab. »Ich weiß, was ich tue.«

Das wusste ich natürlich nicht, aber ich war ziemlich sicher, dass eine echte Königin niemals Schwäche zeigte.

Es behagte mir nicht, dass Königin Faustina immer als Beispiel gebracht wurde, wenn es um die Beziehung zwischen Hexen und Dämonen ging. Man redete hinter vorgehaltener Hand über ihre romantische und sexuelle Beziehung zu einem Dämon und dass die Beziehung sie wahrscheinlich in den Wahnsinn getrieben hatte. Ihre Chaosaffinität, welche, wie der Name vermuten ließ, kaum beherrschbar war, war natürlich nicht schuld an ihrem wenig glamourösen Untergang.

Doch wieder zurück zu meinem Entschuldigungsbrief. Was sollte ich schreiben? Ich kannte einzig Blakes Seite der Geschehnisse, und Dämonen logen selten. Dämonen brauchten keine Lügen, weil sie ihren Opfern ohnehin genug Honig ums Maul schmieren konnten. Blake brauchte mich nur zu berühren, damit ich dahinschmolz und meine Seele für einen Kuss verkaufte. Gleichzeitig lag eine gewisse Unsicherheit und Freude, auch echte Lust in seinen Berührungen, die mich allesamt hoffen ließen, dass das alles nicht bloß gespielt war.

Ich schlang die Arme um meinen Brustkorb. Es fühlte sich so an, als würde ich gleich in zwei Teile gerissen werden. »Was mache ich hier nur ...«

Es tut mir leid, Belladonna, schrieb ich, nachdem ich nahezu eine Stunde lang auf das Papier gestarrt hatte, und legte die Plüschmotte zu meiner Notiz dazu. Falls er wirklich zurückkehrte, dann fand er hoffentlich das Schriftstück und merkte, dass ich mich mies wegen des Streits fühlte. Ich hatte nicht viel geschrieben, aber es kam von dem Teil in meinem Herzen, der das mit Blakes Dämonendasein ignorieren konnte.

24. Kapitel

CICUTA VIROSA

Wasserschierling

Ich war – bis auf ein paar menschliche Angestellte – ganz allein im Schloss. Selbst Ishita hatte sich zwei Tage frei genommen, um ihre Mutter, deren Ehefrau und ihren Coven von Feuerhexen in Exeter zu besuchen. Anastasia war einmal kurz mit einem Croissant im Mund durch das Esszimmer gewirbelt, aber sie hatte so beschäftigt und gestresst gewirkt, dass ich nichts zu ihr gesagt hatte.

Deshalb dürfte es nicht verwunderlich sein, dass ich nach einem spärlichen und verspäteten Mittagessen das Schloss durch die Vordertür verließ und mit einem Kürbis bewaffnet Richtung Poison Garden aufbrach. Ich wollte zum Ende des Hexenjahres noch ein paar Altlasten loswerden – und welcher Ort war besser dafür geeignet als mein früheres Zuhause?

Mein Herz wurde unglaublich schwer, als ich die schwarz gestrichenen Tore des Gartens durchquerte und das stumme Aufheulen meiner Pflanzen vernahm. Dutzende Stimmen prasselten auf mich ein, nannten mich Königin oder heulten auf, weil sie mich vermisst hatten.

Sofort stiegen mir heiße Tränen in die Augen. Ich war nur ein paar Wochen weg gewesen, trotzdem fühlte es sich nach Jahren an. Nach einem ganz anderen Leben, als ich durch diese Gärten gesteift war und meine Pflanzen nach Blattläusen oder anderen Schädlingen untersucht hatte.

Am liebsten hätte ich im Poison Garden Wurzeln geschlagen, und ein paar der Pflanzen fassten das umgehend als Einladung auf.

»Ich fühle mich geschmeichelt, Itzli«, sagte ich zu dem Wasserschierling, der mich überschwänglich begrüßte, indem er mal eben schnell über meine spitzen Schuhe wuchs. »Aber es sind noch Leute im Garten und ich will nicht, dass du deswegen unnötig gestutzt wirst.«

Gerade noch rechtzeitig zog er sich grummelnd in sein feuchtes Habitat zurück. Mein Name hallte bereits mehrfach über den ganzen Garten.

»Belladonna!«, freute sich Michael winkend und stürzte auf mich zu.

Bevor er mich umarmen konnte, streckte ich ihm Blakes Kürbis entgegen. Nach meinem Giftcocktail zum Frühstück würde vielleicht sogar mein Atem genügen, damit ein Mensch in Ohnmacht fiel.

Ich versuchte den gigantischen Kloß in meinem Hals hinunterzuschlucken. »H-Hast du ein Teelicht?«

»Oh, der ist schön geworden!«, kommentierte der Gärtner mein geklautes Mitbringsel. »Er kriegt einen Ehrenplatz bei den anderen Kürbissen am Eingang. Du wirst auch immer besser im Schnitzen. Der schaut richtig gut aus.«

»Den habe ich nicht gemacht«, murmelte ich. Warum hatte mir nie jemand gesagt, dass meine Kürbisse richtig mies aussahen?

»Oh.«

»Also ... Da bin ich wieder.« Ein peinliches Lachen blieb mir im Hals stecken. »Hi. Wie geht's?«

Ein Anflug von Enttäuschung huschte über sein Gesicht. »Wir haben schon gehört, dass du nun im Schloss arbeiten darfst. Ich habe nicht gewusst, dass du dich auf eine Stelle beworben hast. Du wirktest hier so zufrieden.«

Das hatte Walpurga also meinen Arbeitskollegen erzählt? Es klang nicht ganz unrealistisch und es war auf jeden Fall besser als das klassische »Oh, sie ist gestorben«, wenn Hexen ein neues Leben aufgrund ihres Alters begannen.

»Ich habe immer gedacht, dass du den Poison Garden über alles liebst.«

Das tue ich ja, wollte ich bereits erwidern, doch der Stich in meinem Herzen raubte mir alle Luft zum Atmen.

»Ja ... Genau«, hauchte ich. »Ich kümmere mich nun um das Schloss – oder besser gesagt um die Pflanzen. Das kam ziemlich überraschend – auch für mich.«

Das war nicht einmal gelogen, wenn man bedachte, dass sämtliche Pflanzen um Alnwick Castle nur wegen mir erblühten und sie es bevorzugten, wenn ich sie mit kalkarmem Mondwasser goss und ihre geschundenen Wurzeln von nährstoffarmer Erde befreite. Sie ließen nicht einmal Walpurga an ihre schädlingsgeplagten Blätter heran.

Ich kümmerte mich also wirklich um die Pflanzen im Schloss.

Michael merkte scheinbar nicht, wie ungern ich über meinen neuen Job sprach. »Dort sollen in letzter Zeit ja sehr viele Giftpflanzen sprießen. Weiß man schon, ob es mit dem Garten zusammenhängt? Mir ist klar, dass es eigentlich unmöglich ist.«

Ich lächelte gezwungen. »Die Natur ist mysteriös.«

Dieser Spruch hörte sich unglaublich dämlich an, aber ich konnte ja schlecht sagen, dass sich meine magischen Fähigkeiten gerade in einem zweiten Giftgarten um das Schloss manifestierten.

»Ich will dir nicht zu nahetreten, Belladonna«, begann der Gärtner und ich wusste, was er mir sagen wollte. »Du wirkst nicht glücklich.«

Das falsche Lächeln erstarb sofort. Es wäre auch ein Wunder gewesen, wenn ich Michael hätte anlügen können. »Es ... Es ist nicht das, was ich mir gewünscht habe.«

Es auszusprechen, war nur wenig befreiend. Ändern konnte ich ohnehin nichts an meinem Schicksal. Ich wünschte mir lediglich, dass ich den Garten öfters besuchen könnte, um meine Batterien aufzuladen. Ob ich Walpurga den Vorschlag einfach so unterbreiten konnte? Ich wäre immer noch die Königin der Hexen, nur Mittwoch, Freitag und Sonntag würde ich gerne wieder als Touristenführerin arbeiten und danach die Pflanzen betreuen. Oh, nicht zu vergessen die Duftkerzen! Ich würde mich auch nie wieder über Wachsreste und Glitzer in den Haaren beschweren.

»Du kannst doch jederzeit zurückkommen«, meinte Michael tröstend. »Ich für meinen Teil wäre froh, wenn wir unsere Chefgärtnerin wiederhätten, sobald die Saison im Frühjahr startet. Im Poison Garden will kaum jemand arbeiten. Nach den ganzen Arbeitsunfällen der letzten Jahre wundert mich das nicht. Du bist die Einzige, die scheinbar immun gegen das Gift ist.«

Dieses Mal brachte ich nicht einmal ein Lächeln zustande.

»Vielleicht ist auch nur die Eingewöhnungszeit so schwierig«, versuchte er vergeblich mich aufzuheitern, bevor er das Thema endlich fallen ließ. »Eigentlich wollte ich mich noch vor Feierabend darum kümmern, aber ... nun, der Gefleckte Aronstab hat sich stark vermehrt und jetzt wächst er in die falsche Richtung. Man müsste ein paar Pflanzen umset- ... Hattest du die Blumenkelle schon immer in der Hand?«

»Ich mach das«, sagte ich schnell, die Schaufel wie eine Pistole gezückt. »Ich habe heute sowieso nichts mehr vor.«

»Happy Halloween«, hörte ich ihn noch sagen, bevor ich mich grinsend in den Dreck stürzte.

Ich gehörte hierhin – hierher zu den Giftpflanzen. Wo die Erde nach Zuhause duftete und ich den Platz eines jeden Steinchens und jedes Grashalmes kannte.

Aber ich war unleugbar auch die Königin der Hexen – an einem Ort, an dem ich vielleicht nie richtig Wurzeln schlagen konnte.

Die Samhain-Nacht war etwas Besonderes für uns Hexen. Es war das einzige Fest, welches wir sehr still und ehrfürchtig begingen. Niemand schmiss eine der berüchtigten Hexenpartys: An diesem Tag wagte keine Hexe ein großes Feuer zum Tanzen zu entfachen und niemand kam auf die Idee, sich ... sich die Kehle zu benetzen. Blake hatte nicht unrecht damit, dass wir Hexen exzessive Partys liebten. Die beste Hexenfeier war die, an die man sich nicht mehr erinnern konnte.

In dieser einen Nacht war alles anders. Wenn ich den Kopf hob, sah ich durchscheinende Gestalten am Garten vorbeihuschen. Manche waren so groß wie Erwachsene, andere eindeutig Kinder und wieder andere hatten ganz und gar nichts Menschliches an sich. Der Schleier zum Reich der Verstorbenen war nun vollkommen gefallen und die Magick berauschte mich. Meine Zunge kribbelte und mein Kopf war so leicht, dass ich zufrieden vor mich hin grinste.

Meine Giftpflanzen hatten ein weiches Bett für mich, meinen Cider und die Packung Bonbons, die ich schon vor zwei Monaten gekauft hatte, erschaffen. Es war warm für Oktober – oder ich spürte die Kälte durch meinen Giftcocktail bloß unzureichend.

Ich wollte nicht an Blake denken, nicht daran, dass ich ihn gerne an meiner Seite hätte. Wärme konnte er mir mit seinem toten Körper ohnehin nicht schenken, wie so vieles anderes nicht.

Ich döste einige Stunden vor mich hin, ließ mir von den Pflanzen die Haare aus dem Gesicht streichen und mich mit Süßigkeiten füttern.

Ich brauchte viel zu lange, um zu bemerken, dass alles Kleingetier, die nachtaktiven Insekten und sogar die Vögel still geworden waren. Die Magick hing zwar noch in der Luft, aber sie war auf einmal kalt und hart. Es war, als würde ich Frost einatmen, der in meinen Lungenflügeln zu spitzen Eiszapfen gefror.

Aus den Augenwinkeln erkannte ich eine schwarze Gestalt im Garten, die sich mir langsam näherte. Für einen dummen Moment hüpfte mein Herz vor Freude, weil ich dachte, dass Blake zurückgekehrt war, um Halloween mit mir zu feiern. Doch es wurden immer mehr. Zwei, vier, acht, zehn.

Ich versuchte meinen Puls unter Kontrolle zu bekommen. Die Nacht war trunken vor Magick, weshalb ich mich sicherlich gut gegen die Dämonen verteidigen konnte. Oder waren es Fae?

Es war egal. Wenn ich wollte, konnte ich den Big Ben mit der Schwarzen Tollkirsche verzieren. So stark war meine Magick gerade.

Bevor die Gestalten mein Bett aus Gift erreichten, sprang ich auf und wirbelte durch die Nacht. Erst dadurch fiel mir auf, dass die verhüllten Gestalten nicht allein waren. Unter ihnen war eine riesige Kreatur mit Hörnern und Krallen. Ich konnte sie nicht beschreiben, weil ich nie zuvor ein Wesen gesehen hatte, das Flügel wie eine Fledermaus besaß und dessen weiße Augen in der Nacht leuchteten wie ein Vollmond in schwärzester Nacht. Die Reißzähne der Kreatur schoben sich bedrohlich aus ihrem Maul.

»Belladonna!«, brüllte das Wesen und streckte Kralle für Kralle gierig nach mir aus. »Da bist du ja!«

Und ich?

Ich stand einfach nur da, als sich insgesamt zwölf Schatten um das Wesen versammelten.

Zwölf – wie die Anzahl Hexenköniginnen vor mir.

Ich blinzelte.

An die Stelle des Monsters trat eine wunderschöne hochschwangere Frau. Das Kleid, welches ihren kurvigen Körper umspielte, war Schwarz wie die Nacht – oder es war die Nacht selbst. Kleine Sterne funkelten auf dem dunklen Stoff.

Ihr Gesicht ... Es fiel mir schwer, ihre Züge zu erkennen. Ihr Haar schimmerte silberweiß und ihre Lippen glänzten rot wie frisches Blut. Am auffälligsten waren die gedrehten Hörner auf ihrem Kopf.

»O Göttin«, hauchte ich nahezu atemlos.

»Meine liebste Belladonna«, sagte die Göttin der Hexen. »Ich entschuldige mich für meine unpassende Form. Im Diesseits fällt es mir schwer, in einer einzigen Gestalt in Erscheinung zu treten.«

»E-Es tut mir leid, dass ich mich so erschrocken habe.«

Sie machte eine wegwerfende Handbewegung. »Das passiert fast allen Hexenköniginnen, denen ich als Monster begegne.«

Die Göttin marschierte auf eine hölzerne Sitzbank für Touristen zu. Sie war dazu gedacht, dass man sich kurz ausruhen konnte, sobald einem die giftigen Dämpfe zu Kopf stiegen. »Komm, setz dich zu mir«, sagte sie und klopfte auf den Platz neben sich. »Ich habe nicht viel Zeit in dieser Welt und du willst ein paar Dinge von mir hören.«

Bevor ich michs versah, lag mein Kopf auf ihrem Schoß und sie streichelte mir mütterlich über den Rücken.

»Ich verstehe, was dich quält, aber du wurdest als Königin geboren – das ist dein Geburtsschicksal«, sagte die Göttin und ließ keine Minute ungenutzt verstreichen. »Allerdings hättest du den Thron nicht so bald besteigen sollen. Du bist noch so jung. Du hättest noch mehr als ein Jahrhundert ohne die Last der Krone leben sollen. Es tut mir von Herzen leid, dass es so kam.«

»Was? Aber wie? Du bist die Göttin.«

»Ich weiß alles, was jemals passiert ist, doch mein Blick auf die Zukunft ist lediglich eine ungenaue Einschätzung von Ereignissen, die sich zutragen könnten. Ich bin nicht allmächtig, auch wenn so manche kleine Hexe das zu glauben vermag.«

Meine Wangen röteten sich. Das hatte ich wirklich geglaubt.

»Du weißt also, wer Königin Sibylle getötet hat?«

»Natürlich. Ich weiß, wer oder was sie umgebracht hat.«

»Aber du wirst es mir nicht sagen.«

»Es ist wichtig für dich, das selbst herauszufinden. Deine erste große Aufgabe als Königin. Aber ich werde dir ein kleines Geschenk zukommen lassen«, meinte die Göttin gut gelaunt. »Durch die Ereignisse der letzten Wochen hat es länger gedauert, aber ich bin mir nun sicher, was zu dir passt. Ein kleines Vor-Yule-Präsent von Herzen für eine Hexe, die bevorzugt mit Giften hantiert.«

Als die Göttin sich von der Bank erhob, war kein Bauch

mehr zu sehen. Jetzt hatte sie die Form der Jungfrau eingenommen.

»Du wirst eine großartige Königin sein, wenn du ein bisschen mehr auf dich und deine Fähigkeiten vertraust. Du hast etwas geschafft, das nur wenigen Hexen vor dir gelungen ist.«

Was meinte sie damit? Dass ich mich innerhalb meines ersten Tages mit einem Dämon verlobt hatte?

»Darf ich dich noch etwas fragen?«

Die Göttin nickte.

»Es gibt da diesen Dämon«, begann ich zögerlich.

»Blake«, lächelte sie wissend. »Ich kenne ihn. Ich weiß schließlich *fast* alles.«

»Er geht mir ziemlich auf die Nerven.«

»Und unter die Haut.«

Ich zupfte nervös an meinen Haaren. »Ist das ... verwerflich?«

»Welche Antwort erwartest du von mir, Belladonna? Willst du die, die dein Herz höherschlagen lässt, oder die, die dein Weltbild nicht aus den Fugen hebt?«

»Man würde mich dafür hassen.«

»Das stimmt. Einige Hexen würden dich verurteilen, aber es gibt Hexen, die sich selbst zu Fae und anderen Dämonen hingezogen fühlen. Du bist die Königin der Hexen, wenn jemand etwas verändern kann, dann du. Vertraue auf dein Herz, Belladonna. Es ist nicht so schwach, wie du denkst. *Du* bist nicht so schwach, wie du denkst.«

Ich senkte den Kopf. Es war verlockend, der Göttin zu glauben, wobei sie selbst eingeräumt hatte, nicht alles zu wissen.

Ich dachte schon, dass die Göttin verschwunden wäre, als

eine der Gestalten etwas murmelte, was ich nicht verstand. Die Sprache der Toten war mit der letzten Leichenhexe vor knapp einem Jahrtausend vergessen worden.

»Du willst mit ihr reden?«, fragte die Göttin die verhüllte Gestalt. »Ich gestatte dir drei Minuten. Länger hält es dein Geist ohnehin nicht mehr in dieser Welt aus. Nutze deine Zeit gut.«

Ich hatte gerne mit unserer Hexengöttin geredet, aber dieser Schatten verursachte mir sofort Unwohlsein. Ich wich sogar einen Schritt nach hinten, während er auf mich zukam.

Im Nachhinein wäre ich wohl am besten vor ihm weggerannt.

Die Gestalt zog den Schleier weg und enthüllte ihr vertrautes Gesicht.

»K-K-Königin Sibylle«, stotterte ich ehrfürchtig – bis meine Wut auf sie lodernd entflammte. Nur wegen ihrer Taten hatte ich mich schrecklich mit Blake zerstritten. Nur wegen ihr war ich allein, nachdem ich endlich jemanden gefunden hatte, der lebensmüde genug war, bei mir zu bleiben.

Und das war lediglich das böse Blut, das *ich* mit ihr hatte ...

»Es tut mir leid.«

»Das solltest du Blake sagen«, fauchte ich meine Vorgängerin an. »Obwohl eine Entschuldigung niemals wiedergutmachen könnte, was du ihm angetan hast.«

»Er ist ein Dä–«

»Ja, er ist ein verdammter Dämon, aber er hat es nicht verdient, dass du dich an ihm vergehst. Ich weiß nicht, wer dich getötet hat, aber es sieht so aus, als hättest du es mehr als verdient. Ich fühle mich schlecht, weil ich tatsächlich um dich als Königin getrauert habe.«

»Ich bin nicht stolz auf das, was ich getan habe, als ich

trunken vor Macht war.« Sie schwieg kurz. »Ich wusste seit jeher, wer mich töten würde. Ich habe alles unternommen, um das zu verhindern, dabei habe ich meinen eigenen Tod in die Wege geleitet. Die Seheraffinität ist stark, aber leider nicht ohne ihre Schwächen. Die letzten Jahre meines Lebens habe ich in Angst gelebt.«

Ich stieß ein schadenfrohes Lachen aus. »Sollte ich etwa Mitleid mit dir haben?«

»Nein, Belladonna, trotzdem möchte ich, dass du mich ein wenig verstehst. Hätte ich nur gewusst, dass am Ende alles auf deinen Schultern lastet, ich hätte vieles anders gemacht. Ich war eigennützig. Ich habe bloß an mich gedacht.«

Ich drehte mich von ihr weg. Ich hielt es keine Sekunde länger aus, in das Gesicht der Hexe zu blicken, die Blake tyrannisiert und gedemütigt hatte. Und ich war diejenige gewesen, die ihm die ganze Zeit mit Zweifel begegnet war!

Kein Wunder, dass er sauer auf mich war. Ich könnte es ihm nicht verdenken, wenn er mich hasste.

»Ich *mag* Blake. Alles, was du ihm angetan hast, werde ich dir nie verzeihen können.«

Königin Sibylle zischte. »Ich weiß, dass du ihn magst. Ich habe es gesehen – in Hunderten von möglichen Szenarien. Selbst wenn du nicht Königin geworden wärst, wärst du ihm früher oder später begegnet. Ihr begegnet euch immer. Und immer endet es … *so*.«

Mein Herz setzte einen Schlag aus. »Was?«

»Ich bin eine Seherin. Mein ganzes Leben habe ich dieser besonderen Affinität gewidmet, so wie du deine Giftfähigkeiten gestärkt hast. Manche Ereignisse müssen passieren. In jeder möglichen Zukunft kommst du dem Dämon näher. Manchmal hasst ihr euch bis aufs Blut – bis ein kurzer Moment der Leidenschaft alles verändert. Andere Male fühlst du dich trotz allem augenblicklich zu ihm hingezogen und er sich zu dir.« Sie schnaubte abfällig. »Die Königin der Hexen und ein Prinz der Hölle. Euch beide und die nervige Hochfae verbindet ein roter Schicksalsfaden. Und je mehr ich an diesem Faden gezogen habe, um ihn zu zerreißen, desto näher habe ich euch zueinander gebracht.«

Ich verstand auf einmal gar nichts mehr. Welcher Schicksalsfaden? Und welche Fae? Sie meinte sicherlich nicht Collin – aber wen sonst?

»Welche Fae? Von welcher Fae redest du?«

»Bitte, lass mich dich noch ein einziges Mal in den Arm nehmen«, schluchzte meine Vorgängerin an mein Ohr und wartete meine Erlaubnis gar nicht erst ab. Ihre kalten Arme umschlangen mich von hinten und mein Körper antwortete mit einer Gänsehaut auf ihre geisterhafte Berührung. »Ich bereue es, dass ich dir –«

Alles, was sie danach sagte, ging in einem weißen Rauschen unter. Aus dem Nichts erschien der schwarze Schatten, der mir bereits zweimal begegnet war – und den ich genauso oft vergessen hatte.

»Lass mich gehen! Lass mich gehen!«, schrie ich panisch, als er sich mir näherte und versuchte, die kalten Arme von Sibylle zu lösen. Ich kratzte über ihre Haut, aber die Tote spürte nichts davon. Sie zuckte nicht zusammen, als ich beinahe ohnmächtig vor Angst wurde. Wenn ich nicht aufpasste, konnte ein Geist wie sie mich an Samhain mit ihr ins Totenreich ziehen. Natürlich nur, wenn mich die unbekannte Gestalt nicht zuvor tötete, denn ich konnte keinerlei Magick gegen sie einsetzen. Es war nicht der Furcht geschuldet, da war bloß kein Funken Macht verfügbar. Mir blieb nichts anderes übrig, als die schwarze Gestalt anzustarren und auf das Unausweichliche zu warten.

Die schlanke Figur … Die kurzen Haare … Das war doch …

»Wie kann das sein?«

Die Gestalt deutete mit ihren Fingern auf den Boden. Zu meinen Füßen schlängelte sich ein goldener Schlangenleib. Ich blinzelte und der Körper wuchs um das Zehnfache an. Auf einmal war sie so hoch wie ein Kleinkind. Beim nächsten Blinzeln reichte sie mir sogar bis zur Schulter.

Ein Blick in ihre Augen reichte mir, damit etwas in meinem Innersten ineinandergriff. »Du bist mein Familiar«, hauchte ich nahezu sprachlos. »Atropos.«

Atropos zischte – und entblößte ihre gigantischen Giftzähne. Hochtoxisches Sekret tropfte herunter und brachte sogar das Gras zum Welken, kaum hatte es den Boden berührt.

Der Geist der Königin löste sich aus Angst vor der Schlange von mir – doch bevor sie sich mir für ein weiteres Jahr entziehen konnte, befahl ich der Schlange: »Friss sie auf!«

Der schrille Schrei der Königin und das Grinsen des Schattens wurden zugleich ausgelöscht, als meine Knie nachgaben und ich kraftlos zusammenklappte.

25. Kapitel

STRYCHNOS NUX VOMICA
Brechnuss

Als ich meine Augen öffnete, lag ich in meinem kleinen Bett im Poison Garden und die Sonne schien mir mitten und vor allem unbarmherzig ins Gesicht.

Grummelnd versuchte ich die Bettdecke über meinen Kopf zu ziehen. Warum war diese denn so schwer? Hatte ich wieder Bücher und Snacks herumliegen lassen? Wie spät war es denn eigentlich?

Ich wusste, dass ich zum Schloss zurück sollte, aber wenn die Sonne so hoch am Firmament stand, dann hatte Walpurga sicher bemerkt, dass ich fehlte. Die unausweichliche Standpauke von ihr konnte ich mir auch später abholen.

Ich würde die nächsten Stunden einfach im Bett liegen bleiben und mir Gedanken über alles und nichts machen, bis mich mein schlechtes Gewissen zurücktrieb. In ein fast leeres Schloss, zu einer ständig nörgelnden Walpurga und ... keinem Blake.

Der nachfolgende Stich durchbohrte mein Herz so sehr, dass ich mich unter der Bettdecke schmerzerfüllt krümmte. Es war nun bereits eine Woche her, seit ich den Dämon zuletzt gesehen hatte.

Oh nein! Von allen möglichen Themen auf der Welt hatte ich ein Wesen, das fast alles wusste, ausgerechnet zu Blake befragt. Keine Ahnung, ob es peinlich oder einfach nur dämlich war.

Als ich mich noch viel kleiner machen wollte, durchzuckte mich ein scharfer und vor allem realer Schmerz. Mein Schlüsselbein tat höllisch weh.

Doch dann erinnerte ich mich an den wahren Grund für meine Pein und mir gefror das Blut in den Adern. Um ein Haar wäre ich in die Geisterwelt gezogen worden – von niemand geringerem als meiner Vorgängerin!

Ich wusste ehrlich gesagt nicht, wie ich darüber fühlen sollte. Einerseits wollte ich sie dafür hassen, andererseits machte ihre Tat in meinem Kopf einfach keinen Sinn. Sie war tot. Das Diesseits konnte ihr egal sein, da wo sie jetzt war. Wenn ich starb, gab es bald darauf die nächste Königin. Dieses Auswahlverfahren hatte keinen Einfluss auf das Totenreich.

Wenn die alte Königin überhaupt die Macht besaß, eine Hexenkönigin ins Jenseits zu ziehen. Ich war so verwurzelt mit der Magick, dass sie es niemals geschafft hätte. Ich meine: Ich war immer noch hier. Das war der Beweis, dass sie als Todesschatten nicht die Macht besaß, mich zu töten.

Mir fehlten ein paar wichtige Puzzlestücke, um ihre Handlungen zu verstehen: Warum wollte sie mich töten? Wollte sie mich überhaupt umbringen?

Und warum hatte sie sich mit Blake verlobt?

Vielleicht konnte ich ihre Gründe für den Angriff nicht verstehen, dennoch hasste ich sie für das, was sie Blake angetan hatte, von Sekunde zu Sekunde mehr. Ich hasste sie, weil sie einzig aus Machtgier gehandelt hatte. Am liebsten hätte ich ihren Geist in einem Happs verschlungen wie eine hungrige Bestie. Ein wirklich seltsamer Gedanke, den ich da hegte …

Moment mal … Wie war ich nach dem vermeintlichen Angriff überhaupt ins Bett gelangt?

Ich erinnerte mich nur noch daran, dass Sibylle mich nicht loslassen wollte – danach kam lediglich Schwärze. Hatte mich die Göttin zurück ins Bett gebracht? Oh nein, das wäre ja noch viel peinlicher!

»Ich brauche Gift«, murmelte ich und zog mir die Decke vom Gesicht. »Vielleicht werden die Schmerzen dann erträglicher und, hm?«

Etwas Goldenes lag auf meiner Bettdecke. Einen Moment lang starrte ich das Ding an, bis es neugierig den Kopf hob und mich züngelnd begrüßte.

Als ich ihr in die goldenen Augen blickte, füllte sich meine Brust mit so viel Freude und Zufriedenheit, dass sich Tränen des Glücks bildeten. Schnell wischte ich diese mit meinem Armrücken weg. Verdammt, ich hatte schon gehört, dass es ein besonderes emotionales Erlebnis war, seinem Hexentier zu begegnen.

»Atropos!« Der Name ging mir federleicht von der Zunge. »Du ... Du bist mein Familiar.«

Sie schlängelte die Bettdecke hoch, über meinen Oberkörper und die Schultern und bettete ihren Kopf auf meinen. Ihren Schlangenleib wickelte sie sanft um meinen Hals und klatschte mir ihren Schwanz wedelnd an die Wange. Sie fühlte sich schön warm und lebendig an.

Hunger, ließ sie mich wissen.

»Wie wäre Giftkuchen zum Frühstück? Oder Muffins? Ich backe uns schnell etwas zum Frühstück«, sagte ich ganz hektisch vor Freude. »Als Familiar müsstest du genau das vertragen, was ich auch essen kann. Außer du ... Ich meine ... Was für eine Art Schlange bist du?«

Eine hungrige Schlange, antwortete Atropos ungeduldig. *Ich könnte einen ganzen Wolf verschlingen.*

Für eine Hexe mit ägyptischen Wurzeln, welche aber in Amerika lebte, kam zum Beispiel ein Nilflughund als Familiar infrage. Einer Wasserhexe konnte von einem niedlichen Otter über eine quakende Ente bis hin zu einem blutrünstigen Krokodil alles zugeteilt werden.

Aber Atropos war keine einfache Kreuzotter oder eine Unterart von Natter oder Viper. Ihre Schuppen waren pures Gold, auch wenn sie sich nicht nach dem Edelmetall anfühlten. Sie waren organisch.

»Du bist kein gewöhnlicher Familiar.«

Atropos streckte sich – selbst durch das spärliche Tageslicht funkelten ihre Schuppen wie flüssiger Honig. *Die Göttin meinte, dass du besonders viel Hilfe benötigst.*

War ... War sie enttäuscht von mir? Nein! Sie hatte mir erklärt, dass ich eigentlich viel zu jung in die Rolle der Königin gerutscht war.

Unterstützung, korrigierte sich Atropos im Nachhinein und schlug mir etwas härter, aber immer noch liebevoll mit dem Schwanz ins Gesicht. *Selbstzweifel machen mich krank.*

»Oh, dann versuche ich weniger grüblerisch zu sein.«

Mit Atropos um den Hals stand ich vom Bett auf und steuerte die kleine Küche an. Den kurzen Weg über streckte sie neugierig die Zunge heraus. Sie ließ mich wissen, dass es hier gut roch, das Haus allerdings viel zu klein für die Hexenkönigin war.

»Wir haben ein Schloss.«

Aber?

»Wir sind nicht im Schloss, weil es mir dort nicht behagt. Ich weiß nicht, was die Göttin dir alles gesagt hat oder was du über mich fühlst, aber ich musste die alte Königin schnell ersetzen. Es war nicht so, als wäre ich von meiner Vorgängerin auf die Nachfolge vorbereitet worden.«

Das hört sich so an, als wären wir beide nur die Stellvertretung.

»Ich glaube, dass ich erst herausfinden muss, welche Art von Königin ich sein will.«

Das erinnerte mich an die Worte der Göttin. Man würde mich als Königin hassen, wenn ich den Gefühlen für Blake nachgab – doch was war mit mir? Konnte ich mich selbst lieben, wenn ich den Dämon verstieß?

Ein Dämon. Soso.

Ich war gerade dabei gewesen, die Backutensilien herauszusuchen, als Atropos Blake ansprach und ich mir prompt den Kopf am Küchenschrank stieß. Ich kommunizierte nicht nur über Worte mit meinem Familiar, sondern auch über meine Sinne, Gefühle und Erinnerungen. Als wäre ich in meinem Leben noch nicht oft genug rot angelaufen, bekam ich die Gesichtsfarbe einer reifen Kirsche. Wahrscheinlich hatte sie auch gesehen, was Blake und ich miteinander getrieben hatten.

»Ist es dir egal, dass – jetzt mal rein hypothetisch – ich mich in einen Dämon verlieben könnte? Rein hypothetisch versteht sich. Ich bin nicht verliebt in Blake. Das ist ein Fakt.«

Rein hypothetisch bin ich dein Familiar und weiß bestens über deine Gefühle Bescheid.

»Ich ...«

Du. Bist. Die. Königin. Sie klatschte mir nach jedem Wort auf die Wange. *Du machst die Regeln, und wenn sie dir nicht passen, veränderst du sie. Bloß weil es früher so war, bedeutet das nicht, dass es auch gut ist.*

»Es ist ... nur eine solch große Belastung, weißt du?«, sagte ich und versuchte die Muffinform in meinem Chaos zu finden. »Und ich bin mir nicht sicher, ob Blake mich auch wirklich mag. Er ist ein Dämon. Es ist eine Sache, in einen Dämon verliebt zu sein. Es ist etwas anderes, wenn der Dämon einem die Gefühle bloß vorgespielt hat.«

Das glaube ich nicht.

Ich glaubte es ja auch nicht, aber ganz konnte ich die Zweifel nicht abschütteln. Oder vielleicht wollte ich das auch nicht, weil ich nicht als die meistgehasste Königin der Hexen in die Geschichte eingehen wollte.

Ich konnte nur verlieren.

Ich halte immer zu dir, ließ mich Atropos wissen und verstärkte ihren Klammergriff.

»Das ist so süß von dir! Du bist der beste Familiar, den man sich als Hexe wünschen kann.«

Ich bin der hungrigste Familiar, erinnerte sie mich.

Während ich Mehl, Eier, Milch, Backpulver und Zucker zu einem einfachen Muffinteig verarbeitete, suchte Atropos sich ein pflanzliches Gift von meinem Regal aus. Sie entschied sich für den hochgiftigen Brechnusssamen, welcher auf normalen Magen mehr als fatal war. Im glücklichsten Fall machte er einzig seinem Namen alle Ehre.

Meine Schlange beobachtete mich aufmerksam, als ich den Teig mit reichlich Gift anrührte und den Herd anmachte. Zum Glück hatte man mir weder Strom noch Wasser abgedreht, obwohl ich aufs Abwaschen am liebsten verzichtet hätte.

Eine Stunde später glitt Atropos von meinem Hals auf den Tisch. Eine Bewegung wie flüssiges Gold, so wunderschön und gefährlich.

»Ich bin neidisch«, kommentierte ich ihre Fähigkeit, den dampfenden Muffin mit einem Happs zu verschlingen. Manchmal war das Fehlen eines Kinnknochens echt praktisch. »Mehr?«

Mehr.

Nachdem sie drei weitere Muffins verspeist hatte, rollte sie sich zusammen und starrte mich mit großen Augen abwartend an.

Atropos war so hübsch und so süß und so klug – und ich hörte mich gerade wie die Sorte von Haustierbesitzerin an, die nicht genug von ihrem Liebling bekommen konnte.

Und nun?, wollte sie von mir wissen. *Was machen wir heute?*

»Walpurga – eine ehemalige Untergebene der Königin vor mir – wird mich demnächst abholen und sie wird megastinkig sein.«

In genau diesem Moment flog die Tür zu meinem Häuschen mit einem solchen Knall auf, dass ich mich an meinem Giftmuffin verschluckte.

»Da bist du!«, grollte Walpurga und deutete unhöflicherweise mit dem Finger auf mich. Anastasia folgte ihr mit reichlich Sicherheitsabstand und einem unübersehbaren Augenrollen. »Ich habe das ganze Schloss nach dir abgesucht. Ich habe sogar in Erwägung gezogen, dass du mit dem Dämon durchgebrannt bist.«

Atropos bäumte sich wutentbrannt auf. Sie zischte und entblößte dabei ihre spitzen Zähne, die bereits giftiges Sekret gebildet hatten.

»Atropos! Lass das! Du verletzt noch jemanden!«

Es war nur so ein Gefühl, aber ich war mir ziemlich sicher, dass ihr Biss eine Hexe töten konnte. Ihr Gift konnte meinem Körper zwar nichts anhaben, doch wenn ich es regelmäßig trank, würde ich in kürzester Zeit genauso toxisch werden.

Es war eine Sache, Gefühle für Blake zuzulassen, es war eine ganz andere Herausforderung, mich zu zügeln, wurde ich erst einmal noch giftiger. Ich wollte nicht auf Intimität verzichten, trotzdem fühlte es sich falsch an, wenn ich diese Gabe der Göttin ablehnte.

Warum gab es in meinem Leben stets zwei Sachen, die einander ausschlossen?

Ein weiterer Knall lenkte mich von meinen trübseligen Gedanken ab. Erstaunt stellte ich fest, dass Walpurga auf die Knie gesunken war und Atropos mit großen Augen anstarrte. Hatte sie etwa eine geheime Schlangenphobie?

Knie vor mir nieder!, lachte meine Schlange trunken vor Macht, woraufhin ich sie sofort zischend ermahnte. Sie brauchte sich gar nicht anzugewöhnen, dass man sie wie eine Königin oder Göttin anbetete. Das mussten wir zwei uns erst erarbeiten.

Anastasia pfiff beeindruckt. »Ein hübsches Ding.«

»Was für ein Wesen ist das?«, fragte Walpurga etwas gefasster.

Ich streckte meiner Schlange den Arm hin, damit sie auf meine Schultern schlängeln konnte, bevor ich aufstand. »Das ist Atropos«, stellte ich sie den beiden Hexen vor und tätschelte ihren schuppigen Kopf. »Mein Familiar. Ich habe sie seit heute Morgen.«

Gestern Nacht, korrigierte sie mich, wobei ich mich daran nicht so wirklich erinnern konnte.

»Sie ist ... Sie ist ... golden.«

Atropos war vor Anspannung nach wie vor ganz steif.

»Ich weiß«, antwortete ich stutzig. »Aber eine der Königinnen zuvor hatte doch sicherlich auch einen besonderen Familiar, oder?«

Walpurga kam wieder auf die Beine. Der kurze Augenblick der Schwäche war wie weggewischt. »Nun ... Königin Sibylles Eule Stolas war außerordentlich klug und Faustinas schwarzer Pudel Johann hatte einen beeindruckenden Geruchssinn – aber es gibt keine goldenen Schlangen in der Natur. Sie dürfte gar nicht existieren.«

Ich mag ihren dämlichen Gesichtsausdruck. Das hat sie verdient, nachdem sie dich so lange unterdrückt hat. Komm, lass sie mich beißen. Ich spüre das Gift bereits in meinen Mund schäumen.

Ich legte meinen Finger mahnend auf Atropos' Kopf. »Die Göttin hat mir zu Samhain ein wunderbares Geschenk gemacht.«

»Du hast mit der Göttin geredet?«

»Nun, als die Königin der Hexen bin ich die Hohepriesterin der Göttin auf Erden«, gab ich mit gerümpfter Nase an. »Gestern hatte ich die Möglichkeit, mich mit ihr zu unterhalten. Und mit Königin Sibylle«, fügte ich hinzu.

»Was hat dir Königin Sibylle gesagt?« Walpurga stand so plötzlich vor mir, dass ich erschrocken nach hinten taumelte. »Was hat sie gesagt?« Walpurgas Fingernägel gruben sich links und rechts in meine Oberarme. Es tat höllisch weh, aber ich fürchtete noch mehr, dass Atropos sie beißen würde. Ich spürte die Mordlust meines Familiars wie meine eigenen Gefühle.

»Walpurga! Beherrsch dich!«, fuhr Anastasia sie an. »Reiß dich zusammen!«

Ich stieß mich von Walpurga ab und rieb mir über die schmerzende Stelle. »Sie hat mir nur gesagt, dass es ihr leidtut, dass ich so früh Königin geworden bin. Dass ihre Seheraffinität ihr Verhängnis gewesen ist. Es war ein kurzes Gespräch.«

Mir gefällt ihre Reaktion nicht, knurrte Atropos in meinen Gedanken. *Irgendetwas scheint sie vor uns zu verbergen.*

Schweigend stimmte ich ihr zu. Das war auch der Grund, weshalb ich ihr an dieser Stelle nicht mehr über das Gespräch verriet.

Ich war dankbar für alles, was Walpurga für mich getan hatte und tun würde – trotzdem vertraute ich ihr nicht mehr blind, seit sie versucht hat mir einzureden, Blake würde mich manipulieren wollen. Anastasia hielt sich doch auch komplett aus meinen Belangen heraus.

»Was ist das denn?«, lenkte ich stattdessen das Thema auf ein seltsames Päckchen, das die Erdhexe in mein Haus geschleppt hatte.

Der Schmerz verflog durch die Giftmuffins außerordentlich schnell. Den Rest erledigte meine kürzlich eingesetzte Unsterblichkeit. Ich war nun für immer einundzwanzig.

Meine Haare würden langsamer wachsen und das Ab- und Zunehmen ging nun viel langwieriger vonstatten, aber meine Wunden und anderen Verletzungen heilten dafür rasend schnell.

Wenigstens hatte ich die hexische Volljährigkeit vor meiner Krönung erreicht.

»Oh, natürlich.«

Ich sah Walpurga an, dass sie diese Gefühlsausbrüche von sich nicht gewohnt war. Sie hob das Päckchen, das in goldenes Papier gewickelt war, vom Boden auf und überreichte es mir.

Es fühlte sich weich an. Seltsam war der Geruch nach Wald und reifen Beeren, das dieses Präsent verströmte. Ich spürte auch den Hauch von Magie, aber nichts, das mir Sorgen bereiten müsste.

»Ein Geschenk von König Oberon«, erklärte mir Walpurga. »Ich wollte es heute Morgen zu dir bringen. Erst da habe ich gemerkt, dass du nicht in deinem Bett bist. Du sollst es auf dem Ball tragen. Es ist … ein Kleid«, verdarb sie mir den Spaß am Auspacken.

Für die Hexenkönigin, stand zweifelsfrei in Collins Schrift auf einem kleinen Stück Pergament in schwarzer Tinte geschrieben. Die Anderswelt war laut den Erzählungen, die ich gehört habe, ein Ort ohne Technologie, dafür allerdings wie in einem Märchen. Wenn man nicht darauf vergaß, dass die meisten Märchen außerordentlich düster und blutig waren.

Ich befreite das Kleid, welches sich als seidenartiger Stoff herausstellte, von dem Geschenkpapier. Die Seide zerfloss in meinen Händen wie goldener Sand. Hatte ich bereits erwähnt, dass die Anderswelt wie im Märchen getränkt in Magick war?

Ich kotze mein Gift gleich auf das Kleid, warnte mich Atropos vor. *Besitzen Fae etwa keinen Sinn für Mode?*

Ich hielt in meinen Händen das pompöseste hellblaue Kleid, das ich je gesehen hatte. Kein Mensch konnte ein Kleid nähen, das das Sonnenlicht so einfing wie dieses hier. Es floss durch meine Finger wie Wasser und fühlte sich nicht im geringsten wie Stoff an, sondern wie aus Wolken gewebt.

Und es war überaus hässlich.

Hatte ich das schon erwähnt? Wer trug heutzutage noch Puffärmel? Und ein Cape? Warum zur Hölle waren da Armstulpen dabei? Warum hatte es keinen Ausschnitt? Und warum war es nicht schwarz? Ich trug nie etwas anderes als Schwarz.

Ich kann mich so nicht mit dir blicken lassen, sagte Atropos und schlängelte sich meinen Körper hinunter. *Ich suche mir eine neue Hexe.*

Ich dachte nicht mehr lange darüber nach und schmiss das Kleid in den Kamin in meinem kleinen Wohnzimmer.

»Anastasia? Wärst du so lieb?«

Mit einem Fingerschnippen der Hexe loderten rote Flammen hervor und verschlangen das Kleid innerhalb eines Atemzugs.

Ich wusste nicht, ob das Kleid oder der Geruch von verbranntem Faestoff schlimmer war.

»Was tust du da?« schrie Walpurga mich wie gewohnt an. »Das war ein Geschenk des Faekönigs!«

»Das ist ein Ball zu meinen Ehren, also werde ich ein Kleid anziehen, das mir gefällt. Schön, dass Oberon ein Faekönig ist, ich bin die Königin der Hexen – und ich trage, was ich will.«

Gut so, sagte Atropos.

»Ich mag es schwarz, mit viel Spitze, und wenn es geht, freizügig. Ich werde nicht als Sahnebonbon verkleidet in das Faereich spazieren. Kann man mir bis übermorgen ein Kleid besorgen, welches mehr zu mir passt? Dann gehe ich auch endlich auf diesen beschissenen Ball und bringe es endlich hinter mich.«

»Ich werde dir eins besorgen«, nickte die ältere Hexe. »Auch wenn ich an deiner Stelle nicht so mit dem Geschenk einer Fae umgegangen wäre. Sie mögen es gar nicht, wenn man ihre Gastfreundschaft und ihre Geschenke mit Füßen tritt.«

»Aber es war so hässlich«, sagte Anastasia.

»Findest du dieses Kleid nicht übergriffig?«

»Und wenn schon ... König Oberon ist Jahrhunderte älter und in der Anderswelt viel mächtiger als du.«

Ich schluckte schwer.

Atropos schlängelte um meine Füße. *Ich bin bei dir.*

»Und was kannst du ausrichten?«

Ich kann ihn verschlingen, sagte Atropos und brachte mich dadurch zum Grinsen.

»Was wirst du tragen?«, fragte ich Walpurga. »Ich meine … Du wirst mich doch begleiten, oder?«

»Ich kann nicht in die Anderswelt reisen.«

»Okay – Was meinst du mit ›Du kannst nicht‹?«

»Oh. Du weißt das gar nicht?«

»Was weiß ich nicht?«

»Ich kann dich nicht begleiten, weil man in die Anderswelt eingeladen werden muss. Das wurde ich nie, und deshalb sind die Tore für mich verschlossen.«

Langsam wurden meine Beine schwach. Mein Blick glitt zu Anastasia, aber auch diese schüttelte den Kopf.

»Du wirst auch keine magischen Kräfte besitzen«, konfrontierte Walpurga mich gleich mit dem nächsten Schock.

»Du machst Späße …«

Anastasia tippte sich ans Knie. »Hat man euch das in der Schule nicht beigebracht?«

Walpurga zischte. »Ich muss wohl einmal mit den Lehrkräften ein ernsthaftes Wort führen. Pass auf.« Sie hob den Zeigefinger. »Hexen und Dämonen sind in der Anderswelt schwach. Eine Faefrucht würde das ändern, aber diese sind sehr selten, und die Fae haben außerdem kein Interesse, ihre Ernte mit anderen magischen Wesen zu teilen. Am allerwenigsten mit einer Königin.«

Ich wusste nicht, welches Gefühl stärker war: Angst oder Wut. Warum hatte mich Collin nicht gewarnt?

»Dir wird schon nichts passieren. Die Fae sind nicht dumm genug und zetteln einen Krieg an. Auch Sibylle war auf einigen Faebällen geladen. Zumindest am Anfang ihrer Regierungsperiode, bevor sie sich mit Oberon und Mab angelegt hatte. Die wichtigste Regel lautet, dass man sich nicht zu sehr in ihren Feierlichkeiten verlieren sollte, man gleichzeitig jedoch genügend Interesse vorspielen muss. Die Magick der Göttin schützt uns selbst im Faereich davor, zu ihren Sklaven zu werden, wenn wir faetypisches Essen zu uns nehmen. Menschen haben nicht so viel Glück. Davor musst du dich also nicht fürchten.«

Aber vor allem anderen musste ich schon Angst haben?

26. Kapitel

HYOSCYAMUS NIGER

Schwarzes Bilsenkraut

Bereits am übernächsten Abend stand ich in meinem Schlafzimmer im Schloss und ließ mir von den menschlichen Angestellten nur das beste Make-up, die teuersten Haarbürsten und die feinsten Düfte an meinen neuen Schminktisch bringen. Selbstverständlich ohne die Menschen dabei näher als nötig an mich heranzulassen. Wobei die Angestellten keine zusätzliche und gut gemeinte Warnung mehr brauchten: Seit Atropos bei mir war, hielten sie ohnehin Abstand. Als hätten sie jetzt erst verstanden, dass ich hochgiftig war, weil eine goldene Schlange meinen lebenden Schal spielte.

Apropos-Schal-Ersatz ...

Ich legte meinen Pinsel weg und warf einen Blick über meine Schulter. Atropos ließ sich gerade mit einer speziellen Lampe den hellgoldenen Bauch wärmen. Sie hatte den Luxus des Schlosses einfach hingenommen und sich bereits teure Lampen für Reptilien und nur das allerzarteste Fleisch aus dem Ausland importieren lassen. In meinem Schlafzimmer stand sogar ein halber Baum, den Atropos als Bett und Spielplatz benutzte.

»Willst du dich nicht auch mal fertig machen?«, fragte ich sie.

Noch fünf Minu–

Und schon war sie wieder weggedöst.

Ich seufzte, bevor ich mich erneut meinem Lidschatten

widmete. Grün und Violett auf den Augen und ein satter schwarzer Lippenstift für den Mund. Alles sollte signalisieren, dass ich giftig war.

Ich wollte mich nicht vor den Kreaturen in der Faewelt fürchten. Ich wollte von den Wesen gefürchtet werden.

Als die Tür erneut geöffnet wurde, unterbrach ich meine Arbeit.

»Die gewünschten Handschuhe sind geliefert worden«, sagte Estella und streckte mir ein edel aussehendes Paket entgegen. Man hatte es unnötigerweise in einen dunkelblauen Geschenkkarton mit silberner Schleife verpackt.

»Danke schö–«

Estella gab sich alle Mühe, mich nicht einmal mit dem kleinen Finger zu berühren. Sie zuckte sogar zusammen, als mein Make-up-Pinsel über den Tisch zu Boden rollte. So angespannt war die Arme. Aber wer wollte es ihr nach dem Vorfall mit den Bluttränen verdenken?

Als ich mich nach dem Pinsel bückte und mein Dankeschön an sie wiederholte, musste ich feststellen, dass sie längst wieder gegangen war und die Tür fest hinter sich geschlossen hatte.

Obwohl ich jederzeit mein Zimmer verlassen konnte und jeder meine Befehle befolgen musste, fühlte ich mich wie eine Gefangene in diesem Schloss. Jede kleine Ablehnung war wie der scharfe Piks einer Rosendorne in mein Herz. Es tat nur ganz kurz weh und blutete nur leicht, aber Schmerz empfand jeder anders. Für mich gab es nichts Schlimmeres, als wenn eine Pflanze mir Schmerzen zufügte. Ich wollte nicht, dass die Menschen Angst vor meinen Berührungen hatten. Ich mochte die Menschen. Ich … Ich wollte doch bloß …

Ich wiederholte mich ungern, aber ich vermisste Blake

schrecklich. Man war als Hexe mächtig und vielleicht sogar gefürchtet, gleichzeitig oft allein. Es gab die Akademie für junge Hexen und den Coven, doch was, wenn die Akademie vorüber war und man noch keinen Coven gefunden hatte?

Dann wartete die quälende Einsamkeit auf einen. Ein so hartnäckiges Gefühl des Alleinseins, das nicht einmal mein Familiar und unser bereits jetzt starkes Band vertreiben konnte.

Atropos schlängelte blitzschnell heran. *Er kommt schon zurück*, versuchte sie mich aufzumuntern und streichelte mich aufbauend mit ihrem Schwanz. *Er ist der Sohn eines Urdämons und deshalb auch ein hohes Tier in der Hölle. Weißt du, was er in der Hölle für Aufgaben hat? Vielleicht braucht er deshalb länger.*

»Wir haben nie wirklich darüber geredet … Ich dachte, na ja, er frisst Seelen und nicht mehr. Ich weiß ja nicht mal, ob er gerade in der Unterwelt ist.«

Oh ja, du warst ja mehr damit beschäftigt, dich an ihn ranzuschmeißen.

»Musst du gleich wieder so sein?«

Ich bin ein Teil deiner Persönlichkeit – ich bin wie du.

Ich verzog ertappt das Gesicht.

Was ist in dem Paket? Ich war dankbar, dass sie das Thema wechselte. *Was für mich?*

»Was willst du denn noch?«, fragte ich sie und deutete auf ihr Stück Wald in meinem Schlafzimmer.

Ein hübsches Kleid und schöne Schuhe, konterte sie sarkastisch. *Frisches Moos wäre ganz gut, wenn ich mich nächsten Monat häute. Ich brauche viel Feuchtigkeit, sonst werde ich wirklich stinkig.*

»Sieht das aus wie eine Moos-Verpackung?«

Sag du es mir. Ich habe noch nie Moos bestellt.

»Wir werden auch kein Moos bestellen, weil es im Wald gratis wächst … Ach, lassen wir die Diskussion.« Ich schüttelte den Kopf. »Da drin sind hoffentlich richtig schöne Spitzenhandschuhe.«

Ich liebe Spitze, quietschte Atropos und ich nickte zustimmend.

Wobei ich dieses Accessoire nicht ohne Grund gekauft hatte, auch wenn ich für derart hübsche Handschuhe keine Ausrede für einen Kauf benötigte.

Ich brauchte die Handschuhe in diesem Moment mehr als dringend, denn ich wusste nicht, wie lange ich mein riesiges Malheur noch verbergen konnte: An meiner Hand steckte der goldene Ring, den mir Blake zur Verlobung geschenkt hatte.

Walpurga war es bisher nicht aufgefallen, weil ich meine Hand immer schnell hinter meinem Rücken versteckt hatte, bevor sie einen genauen Blick darauf werfen konnte. Der Ring war wie festgewachsen und kein menschlicher Trick oder Hexenmittel konnten mir helfen. Warum plantschte ich in jedem Fettnäpfchen herum? Warum um alles in der Welt hatte ich ihn angelegt, kurz bevor mein Körper in der Unsterblichkeit erstarrt war? Wenn ich Pech hatte, war dieser Ring meine ganze Existenz lang wie angeschweißt.

Der goldene Ring an meiner linken Hand würde irgendwann irgendjemandem auffallen und dann war ich in Erklärungsnot. Niemand würde mir glauben, dass ich ihn nur trug, weil der Ring zu schade war, um in einer Schublade zu verrotten.

Nicht einmal ich selbst würde mir diese billige Lüge abkaufen.

Ich hielt Atropos meine Hand hin. »Beiß mir einfach den Finger ab.«

Mach das selbst, konterte Atropos und schlängelte zu ihrem Teller mit rohem Hühnerfleisch, um sich fertig zu machen. Das bedeutete in ihrem Fall, ihr Abendessen am Stück zu verschlingen. *Du hast dir den Ring schließlich auch angesteckt.*

»Er war zu verführerisch.«

Der Ring oder der Dämon?

Ich verdrehte die Augen.

Er ist hübsch, stimmte Atropos mir schlussendlich zu. *Aber es war dämlich, wenn du keine ehrbaren Absichten dem Dämon gegenüber hast.*

»Ehrbare Absichten!«, echote ich zugleich und zischte. »Wer wedelt schon mit einem Verlobungsring vor einer Unbekannten rum?«

Wenn es wahre Liebe ist, hauchte sie und kicherte.

Es war bloß eine kleine, alberne Bemerkung, trotzdem zog ich den Lidstrich allein aus diesem Grund total schief. Das riesige Schlafzimmer schrumpfte auf die Größe einer Kammer zusammen. Das dröhnende Geräusch im Raum war mein Herz, das langsam, aber umso lauter pulsierte. Ich bekam kaum Luft in diesem Gefängnis.

Ich konnte nicht seine Braut sein. Ich durfte nicht seine Braut sein. Ich *wollte* nicht seine Braut sein.

Oder?

Hast du Angst, dass du seine Braut bist?, fragte sie.

»N-Nein …«

Dass du auf irgendeine Dämonenart ewig mit ihm verbunden sein wirst? Dass dir am Ende nichts anderes übrig bleibt, als ihn zu lieben?, fuhr Atropos ungestört fort. *Man kann sich nach Nähe sehnen und gleichzeitig Angst davor haben. Das ist völlig in Ordnung.*

»Ich bin froh, dass du immer für mich da sein wirst.«

Ich stand auf und umarmte meine Schlange ungelenk. Kriechtiere waren nicht wirklich zum Umarmen geeignet.

Sie wickelte ihren Schwanz um mein Handgelenk und erwiderte so meine zärtliche Geste. *Mach dich fertig.*

Ich nickte und wandte mich dem Kleiderschrank zu. Auf einem Kleiderbügel hing ein schwarzes Kleid, ganz so, wie ich es mir von Walpurga gewünscht hatte. Ich lächelte. Es war tatsächlich jenes, das ich an dem Tag getragen hatte, als Walpurga mir offenbart hatte, die nächste Hexenkönigin zu sein – und ich gleich mal geflüchtet war. Man hatte den üblen Riss des Kleides mit der Stickerei einer goldenen Schlange verdeckt und einen hohen Beinschlitz daraus gemacht.

»Das Kleid sieht besser aus als zuvor«, sagte ich zu meinem Spiegelbild, das – so viel Selbstverliebtheit durfte sein – wirklich sexy war. »Oder es liegt an mir.«

Nur damit du es weißt: Schlangen können die Augen nicht verdrehen.

»Ja, Ja. Ich höre schon auf. Wir können dann auch gehen.«

Ich wickelte mir Atropos um den Hals und packte noch schnell meine Handtasche fertig. Wahrscheinlich war es unnötig, ein Handy mit in die Anderswelt zu nehmen. Gab es dort überhaupt Empfang? Ohne Handymasten wahrscheinlich nicht. Auch Taschentücher, Kaugummi und Zahnseide waren sehr banal. Zur Sicherheit steckte ich einen Flachmann mit giftigem Saft ein und einen Plastikbeutel Schwarzes Bilsenkraut. Eine weitere Pflanze, die zu den Nachtschattengewächsen zählte und mit der ich mich sehr verbunden fühlte.

Früher dachte man, dass Hexen Bilsenkraut benötigten, um auf Besen fliegen, Visionen der Zukunft zu erhalten und sogar Liebeszauber wirken zu können. Das war nicht ganz falsch, aber auch einige Menschen hatten die psychedelische

Giftwirkung für den Eigengebrauch eingesetzt. In Deutschland hatte man eine Zeit lang sogar Bier damit gebraut. Das blöde Reinheitsgebot war schuld daran, dass ich heute kein Bilsen-Bier trinken konnte.

Na ja, immerhin konnte ich die Fae schon mal mit Giftfakten auf dem Ball langweilen.

Bereit?

»Nein, aber das spielt keine Rolle.«

Vor dem Schloss wartete die Kutsche von Faustina mit den angespannten Each Uisge auf uns. Aus ihren pferdeähnlichen Mäulern schoben sich dicke Fangzähne und das dunkle Fell stellte sich beim genaueren Hinsehen als Dunkelblau heraus. Die Untiere besaßen durchaus Hufe an den Hinterbeinen, wobei die Vorderbeine Krallen ähnelten. Sie wieherten auch nicht, sondern kreischten wie Feuerwehrsirenen laut und schrill.

Ich musste mir die Ohren zuhalten, weil mir das Geschrei der Monster Kopfschmerzen bescherte. Atropos hielt dieses Geräusch ebenfalls kaum aus und wand sich um meinen Hals.

»Sie brauchen nur etwas Fleisch«, drang eine männliche Stimme über den Lärm an meine Ohren.

Hinter der Kutsche trat eine bekannte Gestalt hervor. Aber irgendetwas war falsch, als sie geschmeidig um die Kutsche tänzelte und den Pferdewesen frisch gehäutete Hasen hinwarf.

»Collin?«

»Falsch«, lächelte das vertraute Gesicht. »Mein Name ist Nilloc. Ich bin eine Seelie.«

»Du bist ein Wechselbalg.«

»Richtig. Ich wurde anstatt deines Ex-Freundes in der Menschenwelt aufgezogen, weshalb ich eine rein menschliche Form aufrechterhalten kann.«

Gut, danach hatte ich nicht gefragt. »Warum siehst du mich so komisch an?«

»Ach, es ist nur eine Ehre, der Hexenkönigin dienlich zu sein.«

Gruselig, kommentierte Atropos das Verhalten des Fae. Glücklicherweise erschien zugleich Walpurga und bedeutete Nilloc mit einer herablassenden Handbewegung, den Platz als Kutscher einzunehmen.

»Ich werde hier warten.« Walpurga legte eine Hand auf meine Schulter. »Du wirst in ein paar Minuten wieder da sein.«

So würde es sich für sie anfühlen, während ich Stunden oder vielleicht sogar Tage bei den Fae verbrachte. Laut Collin dauerten selbst die normalen Festlichkeiten der Fae einen Monat an – das entsprach in etwa einem Jahr Menschenzeit. Ich würde mich bei der erstbesten Gelegenheit von den Feierlichkeiten verabschieden – zum Beispiel durch eine gute Ausrede wie ein eingeschaltetes Glätteisen oder ein vergessener Giftauflauf im Ofen.

Walpurga öffnete die Kutschentür und ich übertrieb nicht, wenn ich behauptete, dass es mir wie der Gang zum Schafott erschien. In ein paar Minuten war ich in der Faewelt, wo ich keinerlei Kräfte besaß und niemanden kannte – meinen Ex-Freund, welchem ich nonchalant gedroht hatte, ausgenommen.

Die Faepferde setzten die Kutsche ruckelnd in Bewegung. Walpurga blickte gewohnt stoisch in meine Richtung und das zwang mich, den Kopf zu senken. Ich war einfach furchtbar nervös.

Plötzlich wurde die Kutschentür aufgerissen und ein dunkler Schatten konnte sich gerade noch ins Innere retten, bevor die Räder des Wagens vom Boden abhoben.

»Guten Abend, meine wunderschöne Verlobte«, begrüßte mich Blake. »Du siehst wie immer zum Niederknien aus.«

27. Kapitel

EUONYMUS EUROPAEUS
Pfaffenhütchen

»Blake!«, quietschte ich aus Freude eine Nuance zu hoch.

Genauso plötzlich wie der Dämon verschwunden war, kam er zurück.

»Wolltest du ohne mich los?«, grinste er, als wäre nichts passiert.

Ich war völlig sprachlos. Keine Ahnung, ob ich sauer oder erleichtert sein sollte – ob ich Blake anschreien oder mich einfach froh schätzen sollte, dass ich nicht allein zu den Fae reisen musste. Meinem Körper war das jedoch egal. Dieser reagierte mit voller Wucht auf seine Nähe, als mein körpereigenes Gift in meinem Mund zusammenlief.

Atropos seufzte. *Bitte wirf dich diesem Dämon sofort an den Hals. Ich halte deine Gedanken nicht aus.*

Ich schluckte mein Gift hinunter. »Du musst sie auch nicht lesen«, zischte ich ihr zu, bevor ich mich an Blake wandte: »Was machst du hier?«

»Ich werde meine Verlobte selbstverständlich ins Faereich begleiten. Nicht dass ein paar Seelie sich ungeschickt an dich heranmachen.«

War er deswegen zurückgekehrt? Damit ich mir in der Anderswelt keinen Ersatz für ihn suchte? Kurz verschwendete ich einen Gedanken daran, eine Fae anzuflirten, nur um Blake die letzten Tage heimzuzahlen, aber wahrscheinlich stürzte ich so bloß kopfüber in das nächste Fettnäpfchen. Ich war schon aus Versehen mit einem Dämon verlobt, ich wollte nicht noch einen Fae als Mitbewohner.

Du bist eifersüchtig – süß, kommentierte Atropos mein Verhalten.

Er ist derjenige, der eifersüchtig ist, dachte ich und biss die Zähne aufeinander. *Nicht ich.*

Widerwillig unterdrückte ich die Lust, mich zu Blake zu setzen und meinen Kopf erschöpft auf seiner Schulter zu betten. Erst jetzt merkte ich, wie angespannt ich die letzten Tage aufgrund Blakes Verbleib war und wie viel Halt mir sein Auftauchen zurückgab.

»Also«, begann ich, brach aber ab, als ich Blake länger als nur wenige Sekunden betrachtete. Er wirkte irgendwie ... zerstreut. Mir fiel auf, dass er seinen Anzug falsch zugeknöpft hatte und an einem Ärmel eine goldene Manschette fehlte. Normalerweise war Blakes Auftreten makellos, beinahe übermenschlich perfekt. Dazu kam das ungeduldige Trommeln seiner Finger auf der Fensterbank der Kutsche. Irgendetwas war nicht wie sonst.

»Geht es dir gut?«, fragte ich Blake besorgt. Im Moment war ich einfach mal besorgt um ihn, beschloss ich. Vielleicht änderte ich meine Meinung in den nächsten Minuten noch einige Male. Das war von dem Dämon mir gegenüber abhängig.

»Ich bin tot. Mir geht es weder gut noch schlecht«, wich er der Frage aus, was mein Misstrauen bloß steigerte. »Mir geht es immer gut, wenn ich bei dir bin«, fügte er flirtend wie eh und je hinzu. »Dir scheint es auch nicht schlecht ergangen zu sein.« Er deutete auf Atropos, die Blake neugierig musterte. »Du hast eine schöne neue Halskette. Ich bin Blake«, stellte sich der Dämon Atropos höflich vor und schüttelte ihr zur Begrüßung den Schwanz.

»Willst du ihn nicht anfauchen? Oder mit Gift bespritzen?«, erinnerte ich mich an die Begegnung mit Walpurga.

Nein. Sie züngelte. *Ich mag, wie er riecht.*

»Das ist nicht dein Ernst!«

»Was sagt sie denn?«

»Bei deinem Anblick rinnt ihr das Gift im Mund zusammen«, log ich, bis Atropos meine Lüge enttarnte, indem sie sich über den Boden zu Blake hinaufschlängelte. »Verräterin.«

Weißt du eigentlich, wie mächtig dieser Untote ist? Ich kann die dämonische Magick, die von ihm ausgeht, nun viel besser spüren.

Erzähl mir mehr, forderte ich sie stumm auf.

Er ist weitaus mächtiger als die grummelnde Erdhexe.

Da erzählst du mir nichts Neues.

Ich erinnerte mich lebhaft daran, wie Blake Walpurga mühelos gegen eine Wand geklatscht hatte.

Macht ist etwas Erotisches.

»Atropos!«, ermahnte ich sie mit einer Mischung aus Bestürzung und Hysterie.

Was denn? Ich besitze keinen Sexualtrieb. Ich bin nur ein Hexenfamiliar. Das, was ich wahrnehme, ist einzig und allein dein Verlangen.

»Du bist eine wirklich schöne Schlange«, sagte Blake und streichelte über ihre Schuppen. Die Nervosität ließ merklich von ihm ab. »Bloß deine Hexe übertrifft deine außergewöhnliche Schönheit.«

Bei der Göttin! Atropos machte eine wegwerfende Bewegung mit dem Schwanz. Blakes Charme hatte meinen Familiar unbarmherzig überrollt.

Da ist ein Hauch Faemagick, der ihn umgibt, informierte mich Atropos, nachdem sie sich zur Genüge an den Dämon geschmiegt hatte. *Er war bei den Fae. Bei den Nachtfae, um genau zu sein.*

Ich wollte fragen, ob sie sich sicher war, aber dann zischte sie leise: *Er riecht nach Hochfae.*

»Komm zurück.«

Atropos kam brav angeschlängelt und legte sich wieder um meinen Hals. Durch den Hautkontakt konnte ich ihre Empfindungen nachvollziehen: An Blake klebte eine mir fremde Magick. Es gab keinen Grund, meinen Familiar und seine Expertise anzuzweifeln. Schlangen rochen gut – der Schlangen-Familiar einer Hexe roch besser.

Warum war er an Mabs Hof gewesen? War das die magische Spur der Königin, die an ihm haftete? Sie war eine Hochfae, ihre Töchter und die meisten ihrer Untergebenen nur normale Fae.

Hochfae waren sehr selten, da sie entstanden, wenn Dämonen und Hexen ein Kind zeugten. Die Fae waren der Meinung, dass diese besonders mächtig waren, weil sie aufgrund ihrer Herkunft »reinste« Magick besaßen. Ganz im Gegensatz zu zwei Faeelternteilen oder Fae, die Kinder mit Menschen, Dämonen oder Hexen hatten.

»Du warst ganz schön lange weg«, sagte ich und versuchte herauszufinden, was Blake mir verheimlichte.

Er runzelte die Stirn. »Ich war lediglich drei Tage nicht da?« Es klang wie eine Frage.

»Wir haben das letzte Mal vor über einer Woche geredet.«

»Wa- ... heißt das, dass Halloween auch schon vorbei ist?«

Ich nickte.

Er hatte zweifelsfrei eine längere Zeit bei den Fae zugebracht, wenn er nicht einmal wusste, welcher Tag heute war. Für ihn waren wahrscheinlich Monate vergangen, und mich quälte die Frage, was er in dieser Zeit getrieben hatte. Hatte er sich mit anderen getroffen? Dass er bereits mit der einen oder anderen Fae eine Affäre gehabt hatte, hatte er ja längst eingeräumt. Es war völlig in Ordnung, wenn er sich mit anderen vergnügte. Ich war nicht eifersüchtig.

Rasend vor Eifersucht, mischte sich Atropos ein, wobei ich sie geflissentlich ignorierte.

Oder plante er etwas ganz anderes? Etwas viel Schlimmeres ...

Ich verschränkte die Arme ratlos vor der Brust und starrte zum Fenster hinaus. Draußen funkelten die Sterne dieser Welt, doch ich spürte, dass wir uns einem der Faeportale näherten. Diese waren so gut versteckt, dass nur selten Menschen aus Versehen in die Anderswelt stolperten – aber es kam durchaus vor. Wurden diese Menschen nicht augenblicklich von irgendetwas aufgefressen oder verloren den Verstand, kamen sie verändert aus der Anderswelt zurück. Manchmal schrieben sie das Erlebte sogar in harmloser Form auf, und manchmal wurden diese Augenzeugenberichte Bestseller oder gar Klassiker. Ja, damit meinte ich die Geschichte mit dem Mädchen, das in einen Kaninchenbau stürzte. Was daran klang nicht nach den vergnügungssüchtigen und gleichzeitig bösartigen Fae?

»Cherry?«, fragte Blake nach einigen Minuten Stille.

Wenn ich ihn länger ansah, würde mich mein dummes Herz noch verraten und ich würde mein Misstrauen über Bord werfen. »Mit dir stimmt doch etwas nicht«, rutschte es mir dennoch über die Lippen.

»Machst du dir etwa Sorgen um mich?«

Ja und Nein.

Jeder hatte Geheimnisse vor mir – und das widerte mich an.

»Warum kannst du ins Faereich reisen?«, fragte ich. Misstrauen hatte gerade als meine vorherrschende Emotion die Überhand gewonnen.

»Ich reise bereits seit ein paar Jahren zu den Fae, egal ob Seelie oder Unseelie. Ich muss nur einen Eingang in die Anderswelt finden, und das ist mit deutlichen Schwierigkeiten verbunden.«

»Heißt das, dass du auch deine Kräfte einsetzen kannst?«

»Ja, ich habe eine Faefrucht gegessen.« Meine Freude und Hoffnung war lediglich von kurzer Dauer. »Aber meine Kräfte sind in der Faewelt nicht wirklich brauchbar.« Die Silbermünze tauchte zwischen seinen Fingern auf. »Rate, mit wie vielen Fae ich einen Pakt habe.«

»Mit keiner?«

Er nickte grimmig. »Hexen und Fae können ewig leben, wenn sie nicht getötet oder ihrem Dasein überdrüssig werden und einfach vergehen. Sie haben keine Angst vor dem Tod wie Menschen, und deshalb bin ich als Lichdämon in der Anderswelt schwach. Auf der Erde kann ich auf Herzen zugreifen und in der Hölle auf Seelen. Im Faereich bleiben mir bloß ein paar einfache Taschenspielertricks. Das muss reichen.«

»Du hast also auch kein gutes Gefühl bei der Einladung?«

Blake sah mich lange schweigend an. »Ich ... Ich weiß es nicht. Fae sind schwer einzuschätzen ... Es kann genauso gut sein, dass Oberon sich bei dir einschleimen will und dir erst in fünfzig Jahren in den Rücken fällt. Es kann auch sein, dass er einfach nur sehen wollte, ob du antanzen würdest.«

»Oder er will mich heute gleich erledigen, weil Fae Arschlöcher sind.«

»Nicht alle Fae sind Arschlöcher«, widersprach Blake. »Ich würde sagen, dass alle Exzentriker sind, und bei den meisten äußert sich das im Arschloch-Verhalten.«

»Du scheinst dich gut mit Fae zu verstehen«, merkte ich spitz an.

Er zuckte mit den Schultern. »Fae hassen Dämonen weitaus weniger als Hexen. Ich habe mich bei ihnen die meiste Zeit über wohler gefühlt als bei Königin Sibylle. Ich wurde bisher auch bloß einmal von den Fae abgestochen. Das war weitaus heiterer, als ein Gespräch mit Walpurga zu führen.«

Meine Mundwinkel zuckten leicht. Eine andere Sache ließ das ungute Gefühl in meinem Bauch weiter anwachsen. »Fae hassen Hexen also?«

»Du weißt doch, was Hexen mit ihren Faekindern machen. Wundert es dich da, dass sie euch so kritisch gegenüberstehen?«

Blake hatte recht.

Wenn Hexen mit Fae schwanger wurden, schoben sie diese eigenen ungewollten Kinder achtlos in die Anderswelt ab. Im besten Fall überließen sie das Faebaby einem Wechselbalg wie Collin oder seinem Faependant Nilloc, aber eigentlich stießen sie die Säuglinge aus. Sie ließen sie in einer Welt allein, in der alles magisch, aber gleichzeitig auch feindselig und tödlich war. Viele Faekinder verstarben in den ersten Wochen und Monaten ihres Lebens und die, die diesen harten Start überlebten, ließen ihren Frust an anderen aus.

Und wir Hexen unternahmen rein gar nichts dagegen.

Nein. Wir waren sogar der Grund für all das, was ihnen geschah. Wir waren die Schuldigen. Es war ein offenes Geheimnis unserer Gesellschaft, dass Hexen sich oftmals ihrer Faekinder entledigten. Dabei hatte ich nie mehr Gedanken an die Herzlosigkeit hinter dieser Tat verschwendet. Das hatte niemand getan, der Teil der Hexengesellschaft war.

Jetzt war ich sogar an den Hof einer solchen Hochfae geladen – und ich hatte sein hässliches Kleid aus Trotz verbrannt.

»Sie werden mich umbringen«, murmelte ich mit starrem Blick. »Ich hätte die Einladung ablehnen sollen.«

Nur ein paar Sekunden später wurde die Kutsche in gleißendes Sonnenlicht gehüllt. Die Novemberkälte der Menschenwelt wurde von den warmen Temperaturen des ewigen Sommers abgelöst.

In der Faewelt schien also die Sonne – oder was auch immer diese Helligkeit verursachte. Ich blickte nach draußen, aber da war kein Himmelskörper zu sehen. Stattdessen zeigten sich die Naturgeister der Anderswelt: geflügelte kleine Wesen mit bunten Flügeln. Wenn die Menschen an Feen dachten, hatten sie meist das Bild dieser Wesen aus reiner Magick vor Augen.

Sie flogen um die Kutsche, in der Absicht, die Pferde zu verwirren, oder bewarfen uns mit Früchten. Die schlechten Manieren hatten sie von den anderen Bewohnern dieses Reiches übernommen.

Ich rutschte näher an das Fenster heran. Unter uns reihte sich eine Baumkrone an die andere zu einem dichten Wald. Im hellen Reich gab es zwar keine Nacht, dennoch spendeten die Bäume und andere riesigen Pflanzen ausreichend Schatten.

»Ich bin bei dir, Cherry. Dir wird nichts passieren«, sagte Blake und ich wollte ihm so sehr glauben.

Wir landeten in der Nähe des Waldes. Die Each Usige begannen gleich wieder zu kreischen und zu schreien, was ich bloß am Rande mitbekam. Ich spürte ... nichts. Da war keine Verbindung zu den Pflanzen, obwohl ein ganzer Wald lediglich ein paar Schritte vor mir entfernt lag. Die Blätter und Nadeln der Faebäume rochen vertraut – nahezu wie in der Menschenwelt, aber sie waren mir vollkommen fremd.

Es war, als wäre ich wieder diese kleine Hexe, die ihre eigene Affinität nicht beherrschen konnte. Wenn ich mit den Pflanzen doch nur spr-

Du brauchst es gar nicht erst zu versuchen, sagte Atropos. *Die hiesige Flora wird dir ohne Faefrucht nicht gehorchen – geschweige denn mit dir reden.*

Ich kniff die Lippen fest aufeinander. Großartig.

Mir fehlte mein zusätzlicher Sinn zur Orientierung, weshalb ich unsicher aufstand und zur Tür stolperte. Es war merkwürdig still ohne die Stimme der Pflanzen, die mich beinahe mein ganzes Leben lang begleitet hatte.

Ich war ...

Blake packte mich an der Hüfte und hob mich aus der Kutsche, als wäre ich federleicht. Instinktiv nutzte ich diesen kurzen Moment, um meine Arme um seinen Hals zu schlingen und seinen vertrauten Duft einzuatmen. Atropos hatte recht. Er roch einfach zu gut.

Ich war nicht allein.

Ihr könnt gerne vor der Feier noch etwas miteinander rummachen. Ich halte mir auch die Augen mit meinem Schwanz zu, wenn du dich dann nicht so zierst.

»Ich kann nicht«, murmelte ich. Sie wusste genauso gut wie ich, wie verheerend mein Speichel war.

Nilloc räusperte sich. »Zu Ob–«

»*Ich* werde mich *höchstpersönlich* um die Königin kümmern, während sie am Lichten Hof verweilt«, grollte Blake und ließ Nilloc nicht noch einmal zu Wort kommen. »Sorge dafür, dass die Kutsche bereitsteht, sobald wir wieder abreisen. Ja, ich weiß, wohin wir müssen. Den Weg zu Oberon kann man nicht übersehen.«

Den Drang, Blake einfach aus Trotz zu widersprechen, unterdrückte ich in diesem Augenblick. Ich wollte von Collins Wechselbalg-Bruder schnellstmöglich weg. Die Blicke, die er mir zuwarf, behagten weder mir noch Atropos. Mein Familiar ließ mich zwar wissen, dass er mir im besten Fall nur einen faetypischen Streich spielen wollte, trotzdem behagte es mir nicht, dass er aussah wie Collin.

Mein Herz beruhigte sich erst, als der fremde Wald mich kühlend umfing. Selbst wenn eine Verbindung zu den Gewächsen fehlte, verschafften mir der Geruch und der Klang von raschelnden Blättern ein Gefühl der Sicherheit.

In den hohen Bäumen waren kleine Faelampen angebracht, denen Blake und ich wegweisend ins Herz des Waldes folgten.

Blake war ausnahmsweise einmal mein Retter – aber das überspielte ich geschickt: »Das war ziemlich hart. Ich dachte, dass du die Fae magst.«

»Ich traue keinem über den Weg, der wie dein Volltrottel von Ex-Freund aussieht.«

»Bist du jetzt etwa eifersüchtig?«

Das ist er!, lachte Atropos.

»Was wäre denn, wenn es so ist?«

Ich zupfte an den Fingerspitzen meiner Handschuhe. Sie waren blickdicht, weswegen Blake den Ring nicht bemerkt hatte. »Ich habe mit dir schon genug Probleme. Daher habe ich gerade keine Lust, irgendjemanden zu daten.«

»Wie darf ich das denn verstehen?«

»Dass du ein anstrengender Dämon bist.«

»Und was bin ich noch?«

Der Wald war stumm, aber nicht leise. In den Baumkronen tummelten sich Kreaturen, denen ich nie zuvor begegnet war. Um uns linsten überall Augen ohne Körper durch das Gestrüpp hindurch, von Wesen, die allein die Fae identifizieren konnten.

Sie beobachteten, wie ich stehen blieb und Blake sich schlagartig zu mir umdrehte. Ich nahm die Hände hoch und knöpfte Blakes Jackett auf. »Nichts. Nur anstrengend, weil du dich nicht ordentlich für den Anlass fertig gemacht hast. Du hast sogar einen Manschettenknopf verloren.«

»Die Feierlichkeit wird für dich ausgerichtet. Die Fae werden bloß Augen für die Hexenkönigin haben.«

Blake bemerkte meine vor Aufregung zitternden Hände sofort. Er umschloss meine spitzenbedeckten Finger mit seiner kalten Hand.

»Ich habe dich vermisst, Cherry.«

Seine Stimme war rau und mein Herz schlug mir in Erwartung, was gleich passieren würde, bis zum Hals.

Selbst Atropos spürte, wie meine Knie ganz weich wurden. Sie schlängelte von meinem Oberkörper hinunter zu meinem Oberschenkel. *Genieß es*, war alles, was sie dazu sagte. *Ich schlängle schon mal voraus.*

Keine Sekunde später vertrieb ein Kuss so frostig wie Eis jegliche Kälte aus meinem Körper. Der lebensmüde Dämon küsste meinen Hals, als hätte er mich wirklich vermisst. Als hätte er Monate darauf gewartet, eine Vergiftung für ein bisschen Nähe zu riskieren.

Ich grub meine Nägel in seinen Rücken und verstaute den Wunsch, Blake endlich zu küssen, tief in meinem Inneren. Wer wusste schon, wie giftig ich durch meine Unsterblichkeit war. Dennoch durfte ich seine Berührungen genießen – egal, was die Stimme in meinem Kopf mir vorwarf.

Ich hätte das so viel mehr genossen, würden wir nicht in der Anderswelt festsitzen.

»Wir sollten den Faekönig nicht länger warten lassen.«

Blake stöhne laut, stimmte mir dann allerdings überraschend zu. »Je schneller es vorüber ist, desto schneller können wir weitermachen.«

Schweigend führte mich Blake an kleinen und größeren Seen vorbei. Ich staunte über die unglaubliche Fauna, die die Waldseen beherbergten: Da waren Fische, die leuchteten wie die Sterne am Himmel, und Kreaturen mit langen Hälsen, die –

»Ist das Nessie?«, fragte ich.

»Woher kommt das Loch-Ness-Monster wohl?«, war Blakes Antwort, die mich nur noch mehr zum Staunen brachte. Daher stammten also all die Wesen, die keiner Dämonenart angehörten: sämtliche Kryptide, die Sagengestalten und Märchenfiguren. Das war eigentlich logisch.

»Wir sind gleich da«, warnte mich Blake vor.

»Du kennst dich ja exzellent aus.«

»Ja.«

Ich weiß nicht, was ich erwartet hatte – aber auf keinen Fall das: Wir standen an einer großen kreisförmigen Lichtung, von den Umrissen beinahe so gigantisch wie der ganze Alnwick Garden. In der Mitte des Platzes brannte ein großes orangenes Feuer, welches zweifelsfrei Faemagie entsprang. Es versengte kein Gras und auch keine Fae, die jauchzend durch die Flammen sprangen.

Die Stimmung war ähnlich ausgelassen wie auf unseren Hexenfeiern, und am liebsten wäre ich aus dem Kleid geschlüpft und mit ums Feuer getanzt. Es wunderte mich nicht, dass Fae von uns Hexen abstammten, während sie über jede gehörnte oder geflügelte Fae jubelten, die sich durch das Feuer wagte.

Obwohl die Feierlichkeiten dementsprechend laut waren, ging ein Raunen durch die Menge, als Blake und ich die Lichtung überquerten. Keine Ahnung, ob ich paranoid wurde, aber es kam mir so vor, als würden die Fae leiser reden, seit der Dämon und ich uns unter sie gemischt hatten.

Mich starrten geschlitzte Augen an. Augen, die komplett schwarz waren. Augen, deren Pupillen sich vor Interesse weiteten.

Und ein Augenpaar erwartete mich ganz besonders.

Ich war mein Schloss inzwischen so gewöhnt, dass mich ein Bankett unter freiem Himmel völlig irritierte. Trotzdem stand zweifelsfrei fest, dass König Oberon an einer langen Festtafel saß. An seiner Seite war eine wunderschöne Rehfae, die Königin Titania sein musste.

Es war unhöflich, trotzdem blickte ich mich staunend um. In den Baumkronen waren festliche Baumhäuser angebracht, in denen sich Dutzende von Fae amüsierten. Sie lachten, tanzten oder sangen sich die Kehle aus dem Leib. Einige hatten Instrumente bei sich, die man grob mit denen aus dem Menschenreich vergleichen konnte. Einmal meinte ich, dass es regnete, aber es war bloß Faewein, der über mir verspritzt wurde. Ich erkannte riesige bunte Schmetterlingsflügel neben pelzigen Schwänzen und schillernden Schuppen – und unter all der Schönheit des Andersseins auch Menschen mit leerem Blick und grimassenhaftem Lächeln im Gesicht. Das waren allesamt Sklaven der Fae, die sie aus dem Menschenreich entführt und mit dem Essen der Anderswelt gefügig gemacht hatten.

»Belladonna«, begrüßte mich Faekönig Oberon mit der mächtigen Stimme eines Herrschers. Während er den Kopf neigte, klirrten die Goldketten, die sein eindrucksvolles Geweih schmückten.

Blakes Anwesenheit ignorierte er vollkommen. Vielleicht hielt er Blake in seinem Anzug für einen gewöhnlichen Diener der Hexenkönigin. Ich konnte mir vorstellen, dass goldene Schlangen sich auch hervorragend als Emblem auf seiner Kleidung machen würden.

Wie süß! Denkst du über einen Partnerlook nach?

»Ich bedanke mich für die Einladung«, sagte ich und nickte ihm zu.

Verbeuge dich ja nicht, sagte Atropos und glitt auf ihren Lieblingsplatz zurück. *Du bist selbst eine Königin.*

»Und für das Kleid«, fügte ich schnell hinzu. »Leider passt es nicht zu meiner Haarfarbe.«

»Du hast ein Faegeschenk abgelehnt?«, flüsterte Blake mir bestürzt zu.

»Sei froh!«, zischte ich zurück. »Das würde jegliche sexuellen Gelüste in dir völlig zerstören.«

»So schlimm?«

Wenn ich Oberon damit gekränkt hatte, so ließ er sich nichts anmerken. »Ah, es tut mir leid. Ich hätte mir denken können, dass eine Hexe Schwarz bevorzugt.«

Danach herrschte Stille zwischen mir und dem Faekönig. Es gab absolut nichts, was ich mit dem Oberhaupt der Seelie bereden wollte. Ich fühlte mich nicht sicher, irgendwelche politischen Absprachen zu treffen, wenn ich diese nicht vorher mit Walpurga hatte austauschen können.

Zwei Dutzend Augen an der Tafel musterten mich abwartend. »Also ... Danke für die Einladung?«

Oberon nahm einen goldenen Kelch und nickte mir zu. »Sehr gerne, Belladonna. Dürfte ich dir vielleicht zu einer späteren Stunde ein paar meiner Söhne vorstellen?«

»Ha.«

Ein kleines Lachen kam völlig unvermittelt über meine Lippen. War das der Grund für all das Theater? Eine dämliche royale Partnerbörse?

Ich streckte die Hand aus, streifte den Spitzenhandschuh ab und präsentierte allen Anwesenden Blakes Ring.

»Ich bin verlobt«, verkündete ich zur Verblüffung von König Oberon und den anderen Hochfae am Tisch – und zu meinem eigenen Erstaunen. »Mit einem Prinzen der Hölle.«

Besagte Kreatur der Unterwelt starrte mich nicht weniger verdutzt an. Er brauchte ein paar Sekunden, um zu verstehen, dass ich die Verlobung gerade öffentlich gemacht hatte.

Blake legte seine Arme von hinten um mich. Eine Hand ruhte auf meiner Taille, die andere an meiner Hüfte. Mit einem Finger streichelte er liebevoll über mein Kleid. Aus diesem Grund hätte ich mich schon vorher gerne ausgezogen.

Da ich mit der Verlobung angefangen hatte, würde ich nichts zu seiner leicht besitzergreifenden Art sagen. Und vielleicht auch, weil es sich gut anfühlte. So gut, dass ich meine Hände auf seine schob.

Blake raunte: »Ich wollte eigentlich nicht damit prahlen, aber ja, es stimmt, ich bin mit der Hexenkönigin verlobt.«

»Die Königin ist also eine Dämonenbraut«, tuschelte Titania hinter vorgehaltener Hand mit ihrer Sitznachbarin – allerdings so laut, dass ich es hören und mich darüber aufregen konnte. »Das dürfte noch spannend werden.«

Im Moment war ich froh, dass ich nicht wusste, was eine

Braut für Dämonen genau war. Was ich nicht wusste, machte mich immer noch heiß, aber brachte mich nicht in Verlegenheit.

»Meine verehrteste Königin Titania«, wandte sich Blake direkt an sie und ich konnte heraushören, dass sein Lächeln gleichermaßen falsch war wie der lockere Ton. »Ich hoffe, Ihr bedenkt, dass eine Heirat zwischen einer Hexenkönigin und einem Höllenprinz lediglich positive Auswirkungen auf das Faereich haben wird. Es wäre doch schade, wenn ein paar unschöne Gerüchte die Runde machen. Dies könnte eine ganz neue Zeit für die Fae einläuten.«

Königin Titania raunte: »Du meinst eine Verlobung, wie Königin Sibylle sie zuvor bereits eingegangen war?«

Selbst die Fae wussten, dass die Verlobung mit Sibylle nicht echt gewesen war.

Oberon schien Blake erst jetzt richtig zu bemerken. »Du kommst mir bekannt vor.«

»Mein Name ist Blake, ich bin Mammons einziger Sohn und jüngster Prinz der Hölle.«

»Mammons Sohn«, wiederholte der König. »Ah, ein Wiedergänger.«

»Ich bevorzuge die Bezeichnung ›Lich‹. Ich bin nie von den Toten zu den Lebenden *wieder*gekehrt.«

»Ich bin mir fast sicher, dass ich dich schon mal gesehen habe.«

Ich hob den Kopf, um Blakes Reaktion zu erfahren. Er warf jemandem am königlichen Bankett einen Blick zu, bevor er nickte. »Das ist durchaus möglich.«

»Es ist eine große Ehre« – Lüge! – »dass Ihr es in Betracht gezogen habt, mich einem Eurer Söhne zur Frau zu geben« – als wäre ich nur ein hübsches Spielzeug – »aber wie Ihr sehen könnt, bin ich bereits einem anderen versprochen. Falls ich die Verlobung löse, informiere ich Euch gerne darüber.«

»Und ich kann versichern, dass ich Belladonna als meine Braut unter gar keinen Umständen verlieren will.«

»Gerne lasse ich euch eine Einladung zur Hochzeit zukommen. Ich würde es niemals wagen, die Hochzeit ohne Seelie auszurichten.«

Du und dein Dämon übertreibt es ein bisschen, Belladonna, sagte Atropos. *Willst du dich in eine noch verzwicktere Situation reinreiten?*

Nein, ich habe nur keine Lust auf eine handfeste Auseinandersetzung mit den Fae, weil ich momentan nicht in der Stimmung für Dates oder Verabredungen bin. Ishita soll nicht niederschreiben, dass der Krieg ein Jahrtausend andauerte, weil ich nicht als Bachelorette auftreten wollte. Die Beziehung sollte so glücklich wie möglich wirken.

»Nun ...« Oberons Interesse an mir war deutlich vergangen. »Stärkt euch erst einmal an eurem Esstisch, bevor wir mit den wilden Tänzen beginnen. Ich bitte dann aber auch um einen Tanz mit Belladonna.«

»Nach mir«, grollte Blake und verstärkte seinen Griff.

Bei der Göttin, der Dämon war wirklich eifersüchtig!

»Alania.« Oberon schnippte abfällig mit den Fingern. »Zeig unseren Gästen doch ihren Ehrenplatz und stell sicher, dass es unserer Königin an ihrem Tag an nichts mangelt.«

Eine Hasenfae mit speziestypischen Ohren erhob sich. Sie trug ein einfaches grünes Kleid mit Sonnen-Emblem. Ich hatte das Gefühl, dass es sich dabei um eine von Oberons Faetöchtern handelte.

»Folgt mir«, sagte sie. »Euer Platz ist in den Bäumen.«

Sie hopste leichtfüßig eine Strickleiter hinauf. Ich versuchte ihr zu folgen, verhedderte mich dabei jedoch mit meinen Schuhen und kippte nach hinten um.

Ich fragte nicht weiter nach, als ich nach einmal Blinzeln in Blakes Armen auf stabilen Brettern stand. »Oberon kennt dich also auch?«, wandte ich mich stattdessen an den Dämon.

»Ich ... Ich hatte vielleicht was mit einem Faeprinzen, einem seiner Söhne. Sehr kurz, aber sehr leidenschaftlich.«

Zeig ihm nicht, dass du am liebsten das Herz des Faeprinzen wie die Beere eines Pfaffenhütchens zerquetschen würdest.

Eifersucht steht dir, meinte Atropos.

»Turnt dich Royalität irgendwie an?«, grinste ich schief und kniff ihm in den Arm. Dem Anschein nach musste ich meine Eifersucht darüber kanalisieren.

»Aua! Nein! Na gut ... Vielleicht ein bisschen.«

»Wirst du rot?«

»Ich kann nicht rot werden.« Blake seufzte. »Es war wirklich nichts Ernstes, Cherry. Ich war eher jemand, den man auf eine Orgie mitgebracht hat, wenn niemand anderes Lust dazu hatte.«

»Wie lange ist das her?«

»Für mich zwei Jahre, für ihn wohl eher zwei ganze Jahrzehnte. Das war, als ich mit Königin Sibylle verlobt gewesen bin. Eine Liaison mit einem Faeprinzen war eine schöne Abwechslung, aber du weißt ja, was man sagt: Verliere dein Herz nie an einen Prinzen der Fae. Es geht niemals gut aus.« Er zuckte mit den Schultern. »Es war eine interessante Zeit – mehr nicht.«

Alania unterbrach uns räuspernd. »Wir sind da.«

Mein »Ehrenplatz« war ein mächtiges Baumhaus mit besonders gutem Blick auf das riesige Feuer. Das Blattwerk war so dicht, dass man überall im Raum Kerzen aufgestellt hatte, damit man ein bisschen was sehen konnte.

Man hatte Unmengen an Obst und Süßspeisen für mich herangetragen. Neben den Lebensmitteln standen mehrere Flaschen des berühmt-berüchtigten Faeweins.

Ein paar leuchtende Faewesen schwirrten um uns herum und versuchten sich an dem Obst zu vergreifen. Atropos schlich sich leise an – nur um sich schließlich einen der Naturgeister einzuverleiben.

»Hast du gerade eine kleine Fae gegessen?«

Schmeckt widerlich, meinte sie. *Würde ich nicht empfehlen.*

Alania verbeugte sich zum Abschied. »Bitte lasst mich wissen, wenn ihr noch etwas wünscht.«

Ich nahm mir kein Beispiel an Atropos, sondern griff bei den Faesüßigkeiten zu. Die Süßspeisen der Fae schmeckten intensiv nach Honig und Blumennektar.

Während ich mir den Bauch vollschlug, kam Blake mit zwei Gläsern auf mich zu. »Was soll das werden?«

»Wir sind bei den Seelie und noch am Leben«, sagte Blake und stieß mit mir an. »Ein Grund zu feiern, oder?«

»Es ist mir unangenehm, das zu sagen, aber Blake: Du bist tot.«

Ich atmete tief ein und aus. Blake hatte recht: Das Schlimmste war vorüber. Es schien nicht so, als würde Oberon einen Groll gegen mich als Hexenkönigin hegen.

Ich nahm das Glas und wollte mich endlich hinsetzen. Erst da fiel mir auf, dass die Fae unter ›Sitzgelegenheiten‹ eine Ansammlung von Kissen verstanden. Meine Füße pochten vor Anstrengung, sodass ich mich einfach ergab und in die Kissenflut warf. Bequem ging anders …

Einmal rutschte ich sogar Blake direkt in die Arme, nachdem er sich ebenfalls hingesetzt hatte. Das nutzte das Höllenwesen gleich aus und griff nach meiner Hand. Seine kalten Finger strichen über meinen Verlobungsring. »Du trägst ihn.« Sein Mund war nur wenige Zentimeter von meinem Ohr entfernt. »Er steht dir hervorragend.«

»Das ist bloß Taktik«, verteidigte ich mich ebenso kühl, wie seine Liebkosung es war. »Ich habe vermutet, dass mich Oberon an einen seiner Söhne verheiraten wollte. Warum sonst sollte man eine solche Feier schmeißen? Aber ich habe keine Lust, jetzt schon zu heiraten.«

»Deshalb hast du dir den Ring vor der Abreise angesteckt? Sehr vorausschauend.«

»Du kennst ja das Sprichwort: Lieber einen bekannten Dämon zum Verlobten als einen fremden Fae, der sich als Psychopath herausstellt und zur Verlobung ein ganzes Menschendorf verschwinden lässt und den Springbrunnen mit Aalen füllt.«

Blake riss gespielt geschockt den Mund auf. »Willst du mich etwa nicht heiraten? Aber du hast Oberon doch bereits leidenschaftlich von deinen Plänen erzählt.«

»N-Natürlich nicht! Du bist ein Dämon.«

»Der Ring sitzt ja ganz schön fest«, bemerkte Blake grinsend. »Seit wann trägst du ihn denn? Hast du Superkleber verwendet?«

Blake konnte nicht erröten, weshalb ich es ihm beispielslos vormachte. »Ich war wohl etwas zu dünn gewesen, bevor ich in der Unsterblichkeit erstarrt bin. Deshalb sitzt er so fest.«

Der Ring tat mir nicht weh. Er passte perfekt – mit der einzigen Ausnahme, dass ich ihn nicht mehr ablegen konnte.

»Wenn du ihn schon nicht als Verlobungsgeschenk akzeptierst, dann betrachte den Ring wenigstens als Zeichen meiner Zuneigung.«

»Zuneigung«, hauchte ich mit klopfendem Herzen.

Ich suche mir etwas zu essen, ließ Atropos mich wissen. *Dann könnt ihr euch in Ruhe betatschen.*

Ich wollte sie noch am Schwanz packen und zurückziehen, aber sie war bereits entschwunden.

»Glaubst du mir das nicht?«

»Du hast mich schon einmal in die Falle gelockt, als du mir die Verlobung aufgezwungen hast. Und dann noch ständig diese Geheimnisse.« Ich deutete mit dem Finger auf ihn. »Glaub nicht, dass mir nicht aufgefallen ist, dass du nach Unseelie riechst. Du hast dich mit einer Hochfae getroffen.«

Eine Falte bildete sich auf Blakes Stirn. »Hast du dich mal gefragt, warum ich Geheimnisse vor dir habe?«

»Weil du ein verdammter Dämon bist?«

Er schüttelte traurig den Kopf. »Weil du mir vieles nicht glauben würdest.«

»Ich ... erzähl mir etwas, das ich nicht glauben würde.«

Ich stand auf und holte mir mehr von dem leckeren Faewein.

»Und?«, forderte ich ihn ungeduldig auf, als ich zurückkam und ihm herausfordernd in die Augen schaute. »Oder fällt dir nichts ein?«

»Wenn dieser tote Muskel in meiner Brust Blut durch meinen Körper pumpen würde«, säuselte Blake mit rauer Stimme und erwiderte den Blick mit einer Intensität, die das Gift in meinem Körper vor Aufregung zum Brodeln brachte. »Er täte es nur für dich, meine dunkle Königin.«

»Kannst du diese unsinnigen Schmeicheleien einmal unterlassen«, wies ich ihn streng ab und nippte am süßen Wein der Anderswelt.

O Göttin ...

Innerlich schmolz ich bei seinen Worten. In meinem Leben hatte ich noch nie etwas so sehr gewollt wie Blake – und ich durfte ihn niemals haben, weil ich sonst sein untotes Leben in Gefahr brachte. Es war besser, wenn ich ihn auf Abstand hielt. Es war besser, wenn ich versuchte, ihn zu hassen. Wenn doch bloß mein Körper und mein Herz ähnlich darüber denken würden wie mein Verstand.

Da ich ihn gerade nicht ansehen konnte, blickte ich zur Lichtung hinunter. Fae in einzigartigen Gewändern hatten sich um die Flammen versammelt und vollführten Tänze, die hypnotisch wirkten.

Der Dämon war nicht beeindruckt von der Darbietung, da seine Aufmerksamkeit nur selten auf den Tänzern und Tänzerinnen ruhte. Stattdessen musterte er mich mit einem Lodern in den Augen, das mir eine Gänsehaut bescherte.

»Siehst du, ich habe dir etwas gesagt und du glaubst es mir nicht.«

»Weil ...« Weil es nicht sein durfte, dass ein Dämon sich in eine Hexe verliebte.

Und weil diese Hexe diese Gefühle nur zu gern erwidern würde.

»Du selbst hast es doch auch nicht so mit der Wahrheit.«

»Wie bitte?«

»Ich habe keinen eigenen Herzschlag«, nahm er das Gespräch gegen meinen Willen erneut auf. »Dafür vernehme ich den Puls von anderen Lebewesen umso besser. Warum schlägt dein Herz so schnell, Cherry?«

»Die Aufregung«, wehrte ich seine hirnrissige Anschuldigung schnell ab. »Ich trete schließlich das erste Mal als Königin vor dem Faevolk auf.«

Ich war nun mal die amtierende Königin der Hexen, ob ich es wollte oder nicht. Und Blake war immer noch der Hauptverdächtige am Mord meiner Vorgängerin. Es wäre absolut töricht, wenn ich auch nur einen Hauch von Zuneigung für den Lich empfand. Hatte ich ihn vermisst? Ja. War das dumm von mir gewesen? Oh ja.

»Nein, das ist es nicht«, widersprach er mir. »Dann würde es deutlich dumpfer klingen. Stattdessen schlägt es so schnell und hell wie Kolibriflügel. Das ist mehr als nur Lust.«

Ich lachte humorlos auf – bis mir das Gelächter im Hals stecken blieb. Blakes Gesicht war meinem auf einmal so nahe, dass ich seine fehlende Körperwärme deutlich wahrnehmen konnte. Seine Kälte kühlte meine verschwitzte Haut.

»Sag mir eines: Warum küsst du mich nicht, wenn du es die ganze Zeit über so sehr willst?«

»Wenn du mich jetzt küsst, schleudere ich dich auf die Bühne«, drohte ich ihm.

»Du besitzt keine Magie in der Anderswelt.«

»Ich brauche keine Magick, um dich aus dem Baumhaus zu kicken.«

Ich sollte diesem unverschämten untoten Casanova jetzt und hier den Garaus machen. Er hatte mich und die Gemeinschaft der Hexen oft genug beleidigt. Und er hatte sich genauso oft für mich eingesetzt.

»Oh, *ich* werde dich nicht küssen, Cherry.«

Blake sah mich abwartend an. Im Schein der Wachskerzen erschien er mir ... *unwirklich.* Seine schwarzen Augen waren tot und leer, bis auf den hellen Schein von Magick, der sie am Leben erhielt. Seine Haut war noch heller als meine, tiefweiß, ähnlich frischem Schnee. Seine Lippen waren deshalb umso verführerischer. Mein Blick fiel immer wieder auf den Schwung seines Mundes zurück.

Ich schnaubte belustigt. »Ist das dein Ernst?«

Aber warum nicht?

Ein einziger giftiger Kuss, sagte ich mir. Damit ich merkte, wie schrecklich es war, Blake zu küssen. Ein Kuss, der Blake in Erinnerung rief, dass er mich bloß wollte, weil er mich nicht haben konnte. Wenn er danach zuckend auf dem Boden lag, war das seine Schuld und ein krönender Abschluss für diesen Abend. Oder Vormittag. Ich hatte bereits jetzt jegliches Gefühl für Zeit verloren.

»Na gut. Einen Kuss gestehe ich dir zu«, gab ich nach. »Damit die Fae nicht merken, dass du nicht wirklich mein Verlobter bist.«

»Mach keine Versprechungen, die du nicht halten kannst, Che-«

Damit er endlich seinen vorlauten Mund hielt, ließ ich mich in die schwärzeste Dunkelheit eines bittersüßen Kusses fallen.

28. Kapitel

NERIUM OLEANDER
Oleander

Blakes Kuss war pures Gift.

Sobald ich meine Lippen auf seine drückte, rückte die Faewelt mit all ihrer wilden und zugleich natürlichen Schönheit in den Hintergrund. Ich hatte Blake lediglich ein einziges Mal kurz auf die Lippen küssen wollen, aber Gift schmeckte für mich schon immer so süß wie Honig. Schwierig, lediglich einen kleinen Löffel zu naschen. Seine Lippen waren die reinste Verführung, als hätte ich Eisenhut, Oleander und Belladonna-Beeren mit einem Cocktail aus Granatapfelkernen und Faewein gemischt.

Als Blakes kalter, trotz Provokation vor Überraschung leicht geöffneter Mund erneut auf meinen traf, schwankte meine Welt für einen ewig andauernden Moment. Das Gefühl erinnerte mich an meinen ersten Versuch, Gift zu mir zu nehmen: berauschend, verwirrend, erhitzend – und vor allem *beängstigend.* Beängstigend, weil es mir so ausgesprochen gut gefiel und ich dieses Gift für den Rest meines Lebens verzehren wollte.

Was ein flüchtiger Kuss sein sollte, um den Dämon zum Schweigen zu bringen, wurde zu einem Strudel der Empfindungen, als er realisierte, was ich tat. Mit einem leisen Laut öffnete er seine Lippen weiter und vertiefte den Kuss.

Meine Augen schlossen sich ganz von allein. Die Dunkelheit, die mich umhüllte, passte perfekt zu dem Lichdämon, der plötzlich unter mir war. In diesem Moment nahm ich nichts als seinen toten Körper an meinem wahr, der gleichzeitig nicht lebendiger sein konnte. Als seine Zunge vorsichtig über meine Lippen strich, konnte auch ich ein kleines Stöhnen nicht mehr unterdrücken.

Er ist ein Dämon, hörte ich Walpurgas störende Stimme der Vernunft. *Ein Feind der Hexen. Ein Monster, geschaffen aus der Angst vor uns.*

Aber nicht mein Feind.

Die befreiende Dunkelheit erfasste nun auch meine Gedanken. Walpurgas Mahnungen und die Angst, Blake bei einem zu intensiven Kuss zu vergiften, wurden völlig aus meinem Kopf gewischt.

Blake zog an mir, und in der nächsten Sekunde saß ich rittlings auf seinem Schoß, seine Arme strichen über meinen Rücken, bis eine Hand in der Mitte Platz fand und die andere sich in meine mittlerweile wahrscheinlich völlig zerzausten Haare schob. Es tat so gut, wie er mich an sich drückte, als wäre ich das Wertvollste, das er je in seinen toten Händen gehalten hatte. Jeder Berührungspunkt unserer Körper jagte mir Hitzeschauer durchs Nervensystem.

In diesem Augenblick der Lust merkte ich, dass Blake recht hatte. Es ging über die körperliche Anziehung weit hinaus, als mein wildes Herz gegen seinen regungslosen Oberkörper schlug und ich mich nicht wohler in meiner giftigen Haut fühlen konnte.

Blakes Lippen bewegten sich neckisch beißend von meinem Mund zu meinem Schlüsselbein, während sich seine Hand zeitgleich nach unten begab.

»Blake«, stöhnte ich nahezu atemlos an sein Ohr.

Ein Finger schob sich leicht, aber bestimmend über den

Saum meines sehr dünnen Kleides, direkt über den Beinschlitz bis zu meinem Oberschenkel.

Die Atemnot aufgrund unseres großartigen Kusses machte mich schwindelig wie nach zu viel Bärenklau. Mein ganzer Unterleib kribbelte, als hätte ich eine Überdosis Cantharidin abbekommen, welches man aus Ölkäfern gewann und so mancher törichterweise als tödliches Aphrodisiakum verwendete.

Tödlich ... Tod ...

Die wunderbare Schwärze wurde von meinen altbekannten Ängsten vertrieben: Ich hatte mich in Blake verliebt – und ich verpasste ihm gerade höchstpersönlich den Kuss des Todes!

»Blake!«, kreischte ich mit einem Anflug von Hysterie in der Stimme. »Blake! Geht es dir gut?«

Er starrte mich erschrocken von meiner plötzlichen Reaktion an. »Ja?«

Ich zog sein Gesicht mit beiden Händen näher an mich heran. Es war schwer, die Pupillen im Schwarz seiner Augen ausfindig zu machen. Waren sie bereits so riesig, dass sie seine ganze Iris eingenommen hatten?

»Cherry«, lächelte er, legte eine Hand auf meine Hüfte und drückte behutsam zu. »Es ist alles in Ordnung.«

»Deine Haut ist schon ganz kalt!«

»Das ist sie immer.«

»Stimmt. Aber deine Lippen sind bläulich!«

»Du trägst schwarzen Lippenstift.«

Er zog sein rotes Einstecktuch heraus und tupfte sich die Schminke von den Lippen.

»Oh. Das war eine miese Idee. Ich achte normalerweise nicht auf die Kussfestigkeit.«

»Mir geht es gut. Das Gift prickelt nur leicht auf den Lippen und der Zunge«, lachte Blake. »Das überrascht selbst mich. Ich mag, wie es sich anfühlt.«

»Warum ... Warum macht dir mein Gift nichts aus?«

Er schien meine Sorgen nicht nachzuvollziehen zu können. »Weil ich tot bin. Vergessen? Ich dachte, dass dir das klar ist.«

Ich schüttelte den Kopf – und erinnerte mich an all die Gelegenheiten, in denen ich Blake beinahe geküsst hätte, und wie ich aus Angst und Sorge mein Begehren unterdrückt hatte.

»Soll ich etwa einen Herzstillstand erleiden? Oder Atemprobleme kriegen?«, zog mich der Dämon auf. »Oder ein Nierenleiden? Ich habe noch nie in meinem Leben eine Toilette benutzt.«

»Ich weiß, dass du tot bist. Warte, du warst noch nie ... Ach egal! Ich kaufe dir bald ein hübsches Leichenschildchen für den großen Zeh, dann musst du es mir nicht hundert Mal sagen.«

Ich hätte ihn vor Scham am liebsten erwürgt und in der nächsten Leichenhalle abgegeben, aber wie Blake deutlich hervorgehoben hatte, würde ihm das alles nicht schaden.

Ich druckste etwas herum. »Als wir uns das erste Mal nähergekommen sind – und auch jetzt ... Also mir ist da ... Ihr Lichdämonen könnt euch auf natürliche Art fortpflanzen. Stimmt's oder habe ich recht? Dein Blut muss also in deinem Körper zirkulieren. Ich verstehe nicht, warum mein Gift dann nicht anschlägt.«

»Sex funktioniert hervorragend bei Lichdämonen«, ließ mich Blake mit einem genießerischen Grinsen im Gesicht wissen. »Es funktioniert super – auch ohne fließendes Blut.«

»Es funktioniert super«, wiederholte ich seine schwache Erklärung. »Mehr willst du dazu nicht sagen?«

»Es dir zu erzählen, ist so theoretisch«, sagte er mit einer wegwerfenden Handbewegung. »Ich kann es dir gerne zeigen, wenn du das willst.«

»Jetzt nicht«, schlug ich sein verlockendes Angebot vorerst aus und fuhr mir durch die Haare. »Ich muss das erst mal verarbeiten.«

Besser gesagt musste ich mich erst einmal daran gewöhnen, dass ich Blake küssen konnte – auch wenn ich die Umstände immer noch nicht ganz verstand. War ich wirklich an die einzige Kreatur in allen Welten geraten, die meinen tödlichen Kuss überlebte?

»Scha- ... Warte! ›Nicht jetzt‹?«

»Von einem Kuss gleich zum Sex geht mir gerade etwas zu schnell«, sagte ich. »Aber nur, weil ich so überrumpelt wurde. Ich habe seit Monaten niemanden mehr geküsst – und die letzten Tage waren so stressig, dass ich nicht mal einen Orgasmus hatte. Ich will nicht, dass du dich unwohl oder unter Druck gesetzt fühlst.« *Oder dich an Königin Sibylle erinnerst.*

»Nein ... Nein, das tue ich nicht.«

Warum überraschte es den Dämon denn so?

Die Fae wussten nun alle, dass ich mit ihm verlobt war, deshalb war es nur eine Frage der Zeit, bis die ganze magische Welt von dem Versprechen erfuhr, und dieser Kuss hatte auch meine letzten Vorbehalte aus meinem Kopf gewischt: Ich war in Blake verliebt.

Ich war wirklich so blöd, wie Walpurga behauptet hatte. Aber die Erdhexe hatte auch Königin Sibylle in Schutz genommen, weshalb ihre Worte in dieser Hinsicht absolut keine Bedeutung für mich besaßen.

Ich war eine Dämonenbraut – und dieses Eingeständnis markierte lediglich den Beginn einer Vielzahl neuer Probleme.

»Cherry?«

»Ach, ich denke bloß nach.«

Das deutete Blake falsch. »Kannst du nicht einfach mit der Erklärung leben, dass ich eine lebende Leiche bin? Eine normale Leiche kann nicht mehr als verrotten. Ich kann sprechen, mich bewegen, essen und trinken. Ich kann Dinge fühlen – und ich kann natürlich auch Sex haben. Allerdings macht mir Gift nichts oder andere Dinge, die tödlich sein können. Ich bin tot und lebendig zugleich.«

»Ergibt immer noch wenig Sinn. Mir fehlt es an Kontinuität.«

Blake seufzte. »Ich habe dich dabei beobachtet, wie du mit Bleiche einen Cocktail gezaubert hast.«

»Einen Piña Colada«, murmelte ich. »Bleiche, Schlagobers, Ananas- und Kokossaft mit einem Schuss Zitrone.«

Dafür hatte ich mir extra ein Cocktailmix-Set und Schirmchen im Internet bestellt. Wobei der Cocktail enttäuschend nach Chemie geschmeckt hatte.

»Und wie funktioniert das? Wie filtert dein Körper das Gift heraus?«

»Die Liebe der Göttin hat uns Hexen mit ihrer Magick und den Affinitäten gesegnet.«

»Dann ist es bei mir die unheilvolle Magie der Hölle, welche dafür sorgt, dass uns ein aufregendes Liebesleben offen steht.«

Uns.

Das hörte sich wirklich verlockend an!

Viel besser als die Verlockung war jedoch die brennend heiße Spur Küsse, die Blake mit seinen kalten Lippen auf meiner empfindlichen Haut an Nacken und Hals hinterließ. »Es war eine Qual, dich nicht küssen zu dürfen«, säuselte er an mein Ohr.

Ich grub meine schwarzen Fingernägel ein bisschen zu fest in seinen Anzug. »Warum hast du mich nicht geküsst, wenn du es so sehr wolltest und dir darüber im Klaren warst, dass mein Gift dir nicht schaden kann?«

»Weil ich wollte, dass du mich küsst.« Er bäumte sich auf und seine Lippen verweilten verführerisch nahe an meinen. Der Hauch des Todes jagte mir keine Angst mehr ein. Nein, stattdessen reagierte mein Körper noch wohlwollender auf ihn. »Weil ich darauf gewartet habe, dass du mich küsst, obwohl ich ein Dämon bin. Warum hast du die Chancen nie genutzt?«

Ich dachte an all die Momente, die mir seelische Schmerzen bereitet hatten, weil ich dem Verlangen nach Berührungen beinahe erlegen wäre.

»Weil ich dir nicht wehtun wollte, du dummer Dämon!«, schrie ich Blake lautstark an. Die Gefühle übermannten mich plötzlich. »Weißt du, wie sich das anfühlt, wenn jeder Kuss tödlich sein könnte?«

»Nein, aber ich stelle es mir schrecklich vor.« Blakes Stimme blieb ruhig und meine kurze Wut, die eine Tarnung meiner Verzweiflung war, verdampfte. »Viele finden es auch nicht unbedingt prickelnd, eine lebende Leiche zu küssen. Es hat mir nie an Liebhabern gemangelt, aber es ist etwas anderes, wenn jemandes Körper so reagiert wie deiner ...«

Seine Finger kreisten um meine harten Brustwarzen und ein lang gezogenes Stöhnen kam über meine Lippen. Wenn es nicht ein schlechtes Licht im Faereich auf mich werfen würde, wäre ich gewillt, das mit dem Sex vielleicht doch noch einmal zu überdenken.

»Es ... Es stört mich nicht, dass du tot bist.« Ich griff nach seiner Hand und legte sie auf meine Wange. Sofort kühlte meine Haut angenehm ab. »Es fühlt sich sogar richtig gut an.«

»Jetzt bist du wirklich ehrlich zu mir – und zu dir, Cherry.«

Der nächste Kuss ging eindeutig von Blake aus. Er schmeckte viel dunkler und nach Schatten und Tod, nach Grabeserde und Knochen. Ich sollte angewidert sein, doch das war ich nicht.

Blake wirbelte mich herum und schob sein Knie zwischen meine Beine.

»Deine Küsse sind das süßeste Gift«, hauchte er gegen meine immer noch pochenden Lippen. »Ich glaube, auch wenn ich kein Lich wäre, ich würde trotz allem eine Vergiftung riskieren.«

»Wenn du lebendig wärst, wärst du danach vielleicht tot.«

»Ich habe mir oft Gedanken über meinen Tod gemacht. Auf die Art aus dem Leben zu scheiden, finde ich fast schon perfekt. Ein letzter glückseliger Moment.«

»Eine Vergiftung ist nicht glückselig, sondern qualvoll«, trumpfte ich besserwisserisch auf. »Im schlimmsten Fall hat man nicht einmal mehr Kontrolle über die einfachsten Körperfunktionen – das kennst du nicht, weil du diese Körperfunktionen nicht besitzt.«

»Cherry?«

»Ja?«

Er streckte mir seine Hand hin. »Vertraust du mir?«

Ich biss mir auf die Unterlippe – aus Angst, dass meine nächsten Worte Blake verletzen konnten. »Das ist nicht einfach zu beantworten.«

Wenn man verliebt war, machte man dumme Sachen. Vielleicht besiegelte ich gerade das gesamte Schicksal der Hexen mit diesen verbotenen Küssen.

Ich schloss die Augen und atmete tief ein. Mir fehlten die richtigen Worte für diese verquere Situation.

Der Dämon antwortete für jemanden, der nicht atmen musste, mit einem seltsamen Keuchen.

»Blake?«

Er konnte nichts erwidern, da seine Augäpfel sich nach hinten drehten, bis nur noch das Weiße zu sehen war. Mir blieb keine Zeit, angemessen zu reagieren, da das Schwert in Blakes Brustkorb meine ganze Aufmerksamkeit auf sich zog. Die Spitze der Klinge endete nur wenige Zentimeter vor meinem Herzen.

Hinter Blake erschien aus dem Nichts eine Fae mit geringeltem Schwanz und merkwürdigen Augen. Die seltene Chamäleonfae hatte ihr Schwert mitten durch das Herz des Lichs gestochen, und wenn sich Blake nicht aufgebäumt hätte, hätte es auch mein vulnerables Herz erwischt.

Eine wilde Kreatur in der Nähe stieß ein bedrohliches Knurren aus, das die Erde zum Wackeln brachte. Nein ... Das war alles Blake!

»Das bereitet mir verdammt noch mal Schmerzen«, sagte der Dämon mit einer Stimme, die direkt aus dem Höllenreich zu stammen schien. Jegliche Wärme verschwand innerhalb eines Wimpernschlages.

Blake hielt das Schwert mit beiden Händen umklammert und hinderte die Fae daran, erneut zuzustechen. »Du wirst Cherry bloß über meine Leiche ein Haar krümmen.«

Ich lag zwischen den Kissenbergen einfach nur da – einen blöden Spruch über Blakes Vitalwerte auf den Lippen. Ohne die Magick der Göttin – ohne meine Affinität – war ich nicht stärker als ein Mensch. Mir waren in dieser Situation die Hände gebunden.

Ich hatte keine Angst, nein, alles, was ich spürte, war Scham. Ich schämte mich so sehr dafür, dass ich lediglich zuschauen konnte, wie der Assassine Blake attackierte. Der Dämon bäumte sich auf und versuchte den Fae mit seinem Hinterkopf zu treffen.

Sobald mich das schlechte Gewissen nicht mehr lähmte, griff ich nach einer Weinflasche und zerbrach den Flaschenboden an einem Balken. Drohend streckte ich sie dem Feind entgegen. Nicht, dass er mich beachtet hätte. Die Königin der Hexen war ohne Kräfte nur eine junge Frau.

Doch dann schrie der kämpfende Fae unerwartet laut auf und Blake bekam die Chance, ihn mit seinem Ellbogen ins Gesicht zu schlagen. Der Fae fiel mit Schaum vor dem Mund zu Boden und blieb dort liegen.

Jämmerlich, schlängelte Atropos heran. *Das war nur ein kleiner Biss. Nur ein bisschen Gift. Schwächling!*

»Atropos!«

Lass mich ihn fressen, brüllte sie vor Blutlust aufgeregt in meinem Kopf. *Ich werde ihn mit Haut und Haaren verschlingen.*

Ich bezweifelte, dass sie einen Fae ganz verschlingen konnte – fehlende Kieferknochen hin oder her.

Blake zog sich das Schwert aus dem Rücken und schleuderte es quer durch den Raum. Von dem Fae ging keine Gefahr mehr aus, aber sicher war sicher.

»Schau hin«, sagte ich zu dem Dämon und deutete auf den krampfenden Fae. Sein Gesicht war ganz blau – allerdings nicht von Natur aus. »So sieht eine schwere Vergiftung aus. Jetzt hat sich sogar seine Blase entleert.«

»Du bist eine tolle Lehrerin, aber die Lehrstunde muss jetzt mal warten.«

Der Dämon hob mich hoch und Atropos wickelte sich eilig um meinen Unterschenkel. Im nächsten Moment befanden wir uns außerhalb des Baumhauses. Eine kleine Armee von Fae stürzte gerade in den Raum, in dem wir uns einen Augenblick zuvor befunden hatten. Sie bemerkten unsere Flucht sofort – ein Hundefae mit ausgezeichneter Nase hatte unsere Witterung aufgenommen. Die Fae, die uns verfolgten, stießen keine Kriegsschreie aus. Nein, sie sangen und spielten Instrumente, als sie uns hinterherjagten.

Ein Blinzeln später befand ich mich mit Blake im Wald. Die Kriegsklänge drangen trotzdem bis hierher.

»Kannst du uns nicht weiter weg teleportieren?«

Blake schüttelte mit grimmiger Miene den Kopf. »In der Hölle bin ich am stärksten und meine Macht ist in der Menschenwelt nicht zu verachten, aber wie ich schon angemerkt habe, bin ich in der Faewelt ziemlich schwach. Ich kann immer nur bis Sichtweite springen. Uns bleibt vorerst nichts anderes als die Flucht vor dem Seelie-Mob.«

Meine Lippen verwandelten sich in einen dünnen Strich, während ich mein Gesicht an Blakes Brust vergrub. Die Königin aller Hexen, die mächtigste unter ihnen, musste von einem Dämon gerettet werden.

Du kannst ja nichts dafür, meinte Atropos. *Das sind die Regeln der Faewelt.*

Ja, aber ich bin eine Königin! Ich sollte diese Regeln biegen und brechen, sie zumindest herausfordern.

Unsere Flucht hielt noch ein paar Minuten an, bevor Blake ins Stolpern geriet und wir alle drei zu Boden purzelten. Der Dämon hielt sich mit schmerzverzerrtem Gesicht die Brust. Er atmete zwar nicht, trotzdem waren die fauchenden Geräusche nicht weniger besorgniserregend.

»Was ist los?«, fragte ich. Einen Herzinfarkt oder ähnliches konnte ich ausschließen, was bedeutete, dass es etwas viel Schlimmeres sein musste.

»Die Stelle, an der mich der Mistkerl durchbohrt hat, tut weh. Es tut immer weh, wenn du bei mir bist.«

»Wie ... Wie meinst du das?«

»Es ist egal. Ich kann daran nicht sterben. In ein paar Minuten dürfte es vorbei sein. Mein Körper kennt nur keinen Schock, und deshalb schmerzt es so höllisch. Schmerz kann Segen und Fluch zugleich sein.« Als er meine angespannte Haltung bemerkte, schlug er vor: »Gönnen wir uns ein paar Minuten Verschnaufpause. Ich habe viel Abstand zwischen uns und die Seelie gebracht. Sie können uns nicht so schnell einholen.«

Ich spitzte die Ohren und lauschte den Blättern. Da waren eindeutig tierähnliche Wesen im Wald, aber nicht die Fae, die es auf uns abgesehen hatten.

»Warum tun die Seelie das?«, fragte ich laut. »Weil ich das hässliche Kleid verbrannt habe?«

»Ich will dich nicht beunruhigen, aber ich glaube, dass sie dich nicht wegen des Kleides jagen.«

»Warum sonst? Ich habe keiner Fae jemals etwas getan. Ich kenne keine Fae! Ich habe nichts mit Fae am Hut! Ich ...«

Blake starrte an mir vorbei.

»Die Wilde Jagd«, hauchte ich und erinnerte mich an meine Drohung Collin gegenüber. »Aber warum jetzt? Warum wollen sie mich töten?«

»Es ist eigentlich egal, ob sie dich töten wollen oder nicht, Cherry. Manchen Fae ist einfach langweilig, so sehr, dass sie als Festakt eine tödliche Jagd inszenieren würden. Ich kann selbst nur Vermutungen anstellen. Wenn sie die Königin der

Hexen jagen, dann erhoffen sie sich vielleicht Glück für ihr Volk oder Segen für die Faewelt.«

»Was soll das jetzt wieder heißen?«

»Königin Mab, Königin Titania und König Oberon stammen angeblich allesamt von Hexenköniginnen ab. Der Hass auf Hexen ist nicht unbegründet. Die meisten Hochfae wurden von ihren Hexenmüttern in die Anderswelt abgeschoben. Sie wurden von den Wesen, die hier ihr Unwesen treiben, gejagt. Hast du bemerkt, dass ein paar Enden von Oberons Geweih gebrochen sind? Dass Königin Titania ein Teil ihres Ohres fehlt? Auch die anderen adeligen Hochfae tragen Narben, einige davon reichen viel tiefer als eine körperliche Versehrtheit. Jetzt wollen sie Vergeltung – und was wäre da passender als eine Wilde Jagd? Auge um Auge.«

Ich klemmte meinen Kopf zwischen die Knie. Die Übelkeit in meinem Bauch war unerträglich und ich stand kurz davor zu hyperventilieren. Das Furchtbare an der Wilden Jagd war, dass die Fae ihre Beute erbarmungslos durch das Faereich bis in die Menschenwelt jagten. Dabei würden sie alles und jeden töten, der ihnen in den Weg kam. Die Wilde Jagd war nicht umsonst bei den Menschen so bekannt.

»Königin Sibylle hätte die Jagd vorausgesehen«, murmelte ich in Richtung Boden. »Darum war sie nie wieder im Faereich.«

Wie gehen wir weiter vor?, mischte sich Atropos ein. *Wenn wir hier rumhängen, dann häute ich mich noch, bevor wir wieder in Sicherheit sind.*

»Wir suchen ein Portal?«, riet ich.

»Das geht nicht«, zerstörte Blake meine Hoffnung. »Dazu sind wir nicht in der Lage. Das können nur Fae. Wir würden

Stunden, nein, tage- oder wochenlang herumirren, weil wir sie nicht erspüren können.«

»Ich will nicht, dass mein Leben schon vorbei ist.« Die nächsten Worte hörten sich so falsch an: »Nicht, nachdem ich endlich wieder jemanden küssen kann.«

Blake lachte rau. »Warum so pessimistisch? Die Wilde Jagd wirkt vielleicht bedrohlich, aber sie ist keine Gefahr für uns.«

»Hast du etwa einen Plan?«, ließen mich seine Worte Hoffnung schöpfen.

Der Dämon schmunzelte. »Vertraust du mir, Cherry?«

Schon wieder diese Frage ...

Aus der Ferne drangen die Kriegstrommeln an mein Ohr. Die feindlichen Fae waren auf dem Weg zu uns.

»Ich bin eine Hexe und ich habe gelernt, dass Dämonen uns nur schaden wollen.« Ich griff nach Blakes Krawatte und zog ihn zu einem Kuss heran. Es konnte der letzte Kuss dieses Lebens sein oder der erste von vielen weiteren, wenn ich meinem Herzen vertrauen konnte. »Aber ich gebe dir einen Vertrauensvorschuss.«

Seine Miene wirkte etwas traurig. »Nun gut. Damit gebe ich mich zufrieden. Gestatte mir eine letzte Frage: Ist Atropos eine Wasserschlange?«

Eine Speziesbeschreibung reicht für mich nicht aus.

»Ja.«

Ein Pfeil flog pfeifend an mir vorbei und bohrte sich fest in die Rinde des nächsten Baumes. Das war kein Versehen. Das war ein Warnschuss. Die Fae wollten nicht, dass die Hetzjagd vorüber war, bevor sie überhaupt begonnen hatte.

Der Pfeil war das Startsignal für Blake. Er packte meinen Arm und teleportierte uns zu den Seen des Seelie-Hofes. Ich wollte noch hysterisch lachen, aber das kalte Wasser, in das wir eintauchten, raubte mir jeglichen Sinn für Humor. Ich klammerte mich an Blake, welcher unter Wasser natürlich nicht atmen musste. Im Gegensatz zu mir, die schon nach wenigen Schwimmzügen ernsthafte Schmerzen in der Brust bekam.

Ich ... kriege ... nur keine ... wie lange?

Blake zog mich in seine Arme, und ich dachte mir noch, dass es eine schlechte Idee für einen Kuss war, bis meine Lunge den unverbrauchten Sauerstoff dankend annahm.

Als unsere verschlungenen Körper das Wasser endlich durchbrachen, sog ich die modrige Höhlenluft tief ein, bis mein Brustkorb beinahe platzte. Blake versuchte mich zu stützen, aber ich wand mich in blinder Panik aus seinem Griff. Mein Gehirn konnte die Situation nicht mehr richtig einschätzen: War ich in Sicherheit? Schwebte ich in Lebensgefahr?

Ich lag bäuchlings und nach Luft ringend auf dem Steinboden, während Atropos sich auf meinem Rücken zusammendrehte.

Bist du tot?

»Nein.«

Gut.

Blake blieb von der Gesamtsituation unbeeindruckt. Er zog sich sein Jackett aus und wrang es einmal ordentlich durch.

Ich kam schwankend und immer noch nach Luft japsend auf die Beine. Meine Augen brauchten etwas Zeit, um sich an die Finsternis zu gewöhnen. Vor uns lag ein dunkles Höhlensystem, welches einzig von ein paar herumirrenden Pixies erhellt wurde, die Atropos gierig anstarrte. Hoffentlich würde sie nicht zu viele fressen. Nicht dass sie noch aussah wie eine dicke LED-Kette.

»Wo sind wir hier?«

»Wir nähern uns der Grenze zum Nachthof«, sagte Blake. »Viele Nachtfae vertragen das Sonnenlicht nur bedingt – und umgekehrt. Deshalb gibt es im Zwischenbereich der beiden Reiche ein verzweigtes Höhlensystem. In der Dunkelheit sind wir vorerst geschützt. Keine Seelie würde uns hier angreifen.«

»Und woher kennst du diesen Ort?«

Blake setzte ein gekünsteltes Lächeln auf. »Ein Gentleman genießt und schweigt ...«

Oh nein, das ist eine Liebesgrotte, stöhnte Atropos. *Ich werde meine Schuppen sicher nicht auf den Steinboden setzen.*

Das Klagen meines Familiars veranlasste mich dazu, mit ihr auf der Schulter nach trockenem Moos und kleinen Zweigen zu suchen. Blake besaß wenigstens noch die Macht, seine Höllenkräfte zu benutzen, weshalb rasch ein kleines Lagerfeuer inmitten der Steine entbrannte. Die blauen Flammen ließen die Höhle noch fremder wirken und mein Herz schrumpfte auf die Größe einer Rosine. Das fühlte sich nicht nach Sicherheit an.

»Wärm dich auf. Falls wir zu Königin Mab müssen, erwartet uns ein ganzer Tagesmarsch.«

Blake setzte sich in etwas Abstand zum Feuer. Im Gegensatz zu mir streckte er nicht die Hände gegen die wärmenden Flammen. Mit letzter Kraft wackelte ich zu dem Dämon und brach förmlich neben ihm zusammen.

»Ich bin tot«, sagte Blake, und in mir keimte das Bedürfnis, jedes Mal einen Gift-Shot zu trinken, sobald er mit seinem fehlenden Herzschlag anfing. »Ich kann dich leider nicht wärmen. Ausnahmsweise wäre es besser, wenn du dich von mir fernhältst.«

»Das ist mir scheißegal«, erwiderte ich und kuschelte mich so eng es ging an Blake. Meine Unsterblichkeit würde mich schon nicht in einer Höhle erfrieren lassen. »Du hast mir diesen Ring überreicht, also kümmre dich um deine zitternde Verlobte.«

»Dein Wunsch sei mir Befehl.«

Blake half mir aus dem klitschnassen Kleid, dass sich wie eine zweite Haut um mich gelegt hatte. Leider im negativen Sinne: Es war nahezu schmerzhaft, als er den klebenden Stoff löste.

Ich unterdrückte ein Zittern, als ich mich fast nackt direkt ans Feuer legte. Aus Neugier – gepaart mit etwas Dummheit – streckte ich den Arm aus. Wie beim Brand im Königinnenzimmer ließen die Flammen meine Haut unversehrt.

»Willst du mir nicht Gesellschaft leisten?«

Ich neigte den Kopf nach hinten, wo nach wie vor Blake hockte.

»Es wäre wirklich besser, wenn du dich allein am Höllenfeuer wärmst. Ich mache es vielleicht nur schlimmer.«

Wenn der Dämon nicht zur Hexe kam …

Ich stand auf und legte Blakes Hände auf meinen Körper. Sanft, jedoch mit der stummen Einladung, dass er mich ruhig berühren durfte.

»Bleib bei mir. Bitte«, sagte ich eine Spur eindringlicher und führte ihn zum Feuer zurück. »Ich … Ich brauche das jetzt.«

»Cherry.« Blake seufzte – aber ich merkte, dass er schwach wurde. »Es wäre wirklich dumm, wenn –«

»Dümmer, als die hochgiftige Hexenkönigin zu küssen? Und das als Dämonenprinz?«

»Gut. Wir beide treffen nicht die besten Entscheidungen.«

Ich schnappte erschrocken nach Luft, als sein Körper sich eng an meinen drückte.

»Du konntest die Finger nicht von mir lassen. Jetzt habe ich dich in das Ganze mit reingezogen.« Ich drehte mich um, den Kopf gegen Blakes Brust gelehnt. »Dummer Dämon.«

»Ach, und was bist du dann?«

»Schön. Begabt.« Ich gähnte. »Unwiderstehlich.«

Er strich mir ein paar verirrte Strähnen aus dem Gesicht. »Da hast du recht.«

Nach einem absolut grauenhaften Nickerchen brauchte ich eine Weile, um mich wieder zurechtzufinden. Wann war ich eingeschlafen? Es war dämlich gewesen, meiner Müdigkeit nachzugeben, denn es hatte mir lediglich Kopfschmerzen beschert, statt meine Energiereserven aufzufüllen. Allmählich ergriff außerdem die absolute Hoffnungslosigkeit unserer Situation meinen Körper. Wir waren vielleicht bei den Unseelie, aber was, wenn König Oberons Jäger schon vor den Portalen auf mich warteten? Ich konnte mich nicht ewig in einer Höhle verstecken und Moos spielen!

Ich schaute zu dem Dämon. Auf Blakes Finger krabbelte irgendein Insektenvieh herum, das er mit unergründlicher Miene anstarrte.

Atropos, welche sich in meiner Nähe zusammengerollt hatte, reckte neugierig das Haupt. *Darf ich das fressen?*

»Es hat lange genug gedauert«, murmelte Blake mehr zu sich als zu mir. »Ich habe schon gedacht, dass du die Aktion verschläfst.«

Ich rieb mir die Augen. »Was soll ich verschlafen haben?«

»Endlich habe ich euch gefunden.«

Eine seltsame Frauenstimme hallte durch das Höhlensystem. Kurz darauf tauchte eine Gestalt auf. Die orangen Iriden leuchteten im Dunkeln wie Glut in Asche. Ich erkannte nicht viel von der Gestalt im Schein des mickrigen Feuers, aber ihre beeindruckenden Flügel konnte man nicht übersehen. Die Fae war wunderschön auf ihre wilde, animalische Art.

Und sie kam immer näher. Der Klang ihrer Stiefel auf dem Stein ließ mich zusammenzucken, gleichzeitig war ich viel zu gefesselt von ihrem Aussehen. Um sie herum schwirrten kleine Insekten. Schmetterlinge?

Nein.

Das waren ... Das waren kleine Motten!

»Blake«, wandte ich mich panisch an den Dämon. »Was nun?«

Blake stand auf. »Keine Sorge, Cherry. Ab jetzt wird alles gut.«

Dann riss die Fae ihre Arme in die Luft und ich war augenblicklich bereit, mein Leben mit bloßen Fäusten zu verteidigen.

»Blaaakey!«, kicherte die Fae. »Da bist du ja!«

29. Kapitel

ARTEMISIA ABSINTHIUM
Wermut

»Blakey!«, quietschte die Fae aufgeregt und warf sich dem Dämon freudig an den Hals. Die Motten stoben wild auseinander, wie eine Blume, die im Sturm all ihre Blüten verlor.

»Blakey?«, wiederholte ich nahezu fassungslos und konnte meine Augen nicht von dem surrealen Szenario abwenden. Blake stolperte mit der Fae ein paar Schritte nach hinten, während sie vor Freude … gurrte? Die Stimme der Fae war ohnehin seltsam – so als hätte jemand den Radiosender nicht richtig eingestellt.

Das ist die Hochfae, teilte Atropos mir mit. *Die Hochfae, deren Geruch er hat. Mir fällt jedoch erst jetzt auf, dass beide nach demselben Dämon riechen. Scheint so, als hätte ich die Situation falsch eingeschätzt …*

Angespannt beobachtete ich das seltsame Paar.

Mit ihrem Hautton und den orangenen Haaren weckte die Fae in mir das Bild eines spätherbstlichen Sonnenuntergangs. Sie wirkte beinahe menschlich, wenn sie ihre riesigen Mottenflügel verschwinden ließ – und man ihre Fühler ignorierte oder das hellorange Brustfell.

»Nora, konntest du nicht früher kommen?«

»Ich habe geschlafen.«

»Du hast geschlafen?«, fauchte Blake sie an. »Ist dir klar, dass wir in ernsthaften Schwierigkeiten stecken?«

Sie gähnte provozierend. »Nein. Was ist denn los?«

Es war seltsam, Blake derart in Aufruhr zu erleben: »König Oberon hat uns die Wilde Jagd auf den Hals gehetzt!«

Die Nachtfae blieb unbeeindruckt. »Na und?«

»Na und?«, echote er. »Schau dir Belladonna an! Sie ist ganz durchweicht.«

Die Fae musterte mich. »Sie ist nackt.«

»Ja, weil ihr Kleid nass ist.«

»Fehlen euch Körperteile? Nein? Die Wilde Jagd passiert öfter, als man denkt«, tat die Mottenfae die Geschehnisse der letzten Stunden ab. »Viele denken ja immer, dass die Unseelie die unangenehmen Zeitgenossen sind, nur weil das ›un‹ in der Speziesbeschreibung steckt, aber die lichten Fae sind nicht viel besser.«

»Wann war eure letzte Wilde Jagd?«, fragte ich.

Sie legte den Kopf schief und dachte mit geschlossenen Lidern nach. »Es ist schon etwas länger her … Letztes Ja- … Ach, nein. Letzten Monat. Prinzessin Akashas Verlobter hat sie betrogen und nun hat sie einen Schrumpfkopf mehr in ihrer Sammlung.«

»Ist ja auch egal«, sagte Blake daraufhin. »Warum bist du überhaupt so spät dran? Ich habe dir gesagt, dass ich dich so schnell wie möglich brauche. Nur wegen deiner Unpünktlichkeit wurde ich mit einem Schwert aufgespießt!«

Sie stieß einen Finger mitten in Blakes Gesicht. »*Und ich habe dir gesagt,* dass ich schlafen gehe. Du hast mich die letzten Monate quer durch den Nachthof und das Unseelie-Reich gejagt und dann darf ich nicht einmal einen Tag schlafen? Danke schön für dein Mitgefühl!«

»Man sticht Leuten nicht mit dem Finger ins Gesicht«, sagte der Dämon und fuchtelte mit seinem Finger vor ihrem Gesicht herum. »*Das* nenne ich mal unhöflich!«

»Man gönnt Leuten auch mal ihre Ruhe! Du weißt genauso gut wie ich, dass man sich mit Fae nicht anlegen soll, und trotzdem ist die Situation am ersten Tag bereits eskaliert! Meine Motten sind durchgedreht, als sie euch beide im Seelie-Reich ausgemacht haben.«

Ich will Popcorn, kommentierte Atropos das Wortgefecht zwischen Dämon und Fae.

»Wer ist sie?«, fragte ich Blake, als er gerade die Tirade der weiblichen Fae kontern wollte.

Ihr vertrauter Umgang miteinander ließ bloß eine Vermutung zu, aber mein Gehirn wollte es nicht als Tatsache akzeptieren, solange es Blake nicht bestätigt hatte.

Das streitende Paar blinzelte mich überrascht an – scheinbar hatten sie meine Anwesenheit kurz vergessen.

»Natürlich stelle ich sie dir vor. Es tut mir leid, Cherry.« Blake bot mir seinen Arm zum Aufstehen an und führte mich zu der Nachtfae. Warum fühlte sich das so offiziell an? »Das ist Nora.«

»Deine …?«, bohrte ich ungeduldig nach.

»Sieht man die Ähnlichkeit nicht?«

Es existierte keine einzige Gemeinsamkeit. Sie war zweifelsfrei eine Mottenfae und er ein Lichdämon. Der Dämon sah vollkommen menschlich aus, was man von der Fae mit ihren Flügeln, dem Pelz und den Fühlern nicht behaupten konnte. Hatte ich schon erwähnt, dass ihre Augäpfel schwarz waren? Einzig die Iriden leuchteten im selben Orange wie ihre Haare.

»Das ist meine kleine Schwester Nora«, stellte er mir die weibliche Fae vor. Sie hob grüßend eine behandschuhte Hand, deren Finger augenscheinlich in Krallen endeten. »Sie ist die Spionage-Meisterin von Königin Mab.«

»Ich bin sieben Jahrhunderte älter!«

»Ja, aber ziemlich klein.«

Sie schnaubte. »Das stimmt.«

Verwunderung beschrieb meine Gefühle im Moment nicht einmal annährend. Mir war schnell bewusst geworden, dass Blake und Nora keine romantischen Gefühle füreinander hegten, so wie sie sich gerade fast an die Gurgel gesprungen wären, aber dass die beiden Halbgeschwister waren, war beinahe eine noch größere Überraschung als Blakes Giftimmunität.

»Ich dachte, du hast keine Geschwister. Das hast du so zu mir gesagt.«

Nora tauchte mit dunklen Augen hinter Blake auf. »Hast du ihr das so erzählt? Hast du mich verleumdet? Mich? *Deine einzige Schwester?*«

»Ich habe gesagt, dass ich der einzige adelige Lichdämon bin. Nora ist eine Unseelie-Hochfae.« Er hüpfte zur Seite und in Sicherheit vor seiner Schwester. »Und das ist die Hexenkönigin, Belladonna«, machte er mich mit ihr bekannt. »Meine zukünftige Ehefrau.«

»Verlobte«, verbesserte ich ihn und biss mir, kaum ausgesprochen, auf die Zunge.

»Ach ja«, grinste der Mistdämon und zog mich an seine Seite. »Meine Verlobte.«

»Hält diese Verlobte länger als die andere?«

Diese Frage war so unangenehm, dass ich auf den Boden starren musste.

»Spaß!«, lachte die Fae und kniff mich in die Wange. »Königin Sibylle war eine miese Schlampe. Den Tod hatte sie mehr als verdient. Wohingegen du ...« Ihr Blick fiel auf den Arm ihres Bruders, der mich fest an ihn drückte, während ich nahezu jämmerlich an seiner Seite lehnte.

Ich wirkte gerade nicht glücklich, aber das lag eher an der

Hetzjagd und den pochenden Kopfschmerzen. Mein verbissener Gesichtsausdrück rührte daher, dass ich angestrengt versuchte, nicht mit den Zähnen zu klappern.

»Ich hol mal meine Sachen«, sagte Nora. »Dann können wir weiterplaudern.«

»Hast du –«

»Ja, ich habe was zum Essen für deine Verlobte mitgenommen. Wenn du mich noch ein Mal darauf ansprichst, dann mache ich einen Dullahan aus dir.«

Blake griff sich an den Hals. »Schon gut, ich mag, wo mein Kopf sitzt.«

»Das wäre die perfekte Rache für den Vorfall mit den Scheinwerfern.«

»Ich wusste nicht, dass du, ohne groß nachzudenken, gleich auf sie zu rennst.«

»Ich bin eine Motte!« Sie warf die Hände in die Luft. »Was soll ich sonst machen? Das Licht nur anstarren?«

Die Mottenfae drehte sich um. Sie trug einen schwarzen Body mit tiefem Ausschnitt, was mich aufgrund ihrer Motten-Anatomie nicht wunderte. Aber ohne ihre gigantischen Insektenflügel konnte ich einen Blick auf ihren nackten Rücken werfen. Eine riesige Narbe prangte auf ihrer Haut. Groß und wulstig, dass ich ein Schaudern nicht unterdrücken konnte.

Wir übernatürliche Wesen besaßen bereits vor Erstarren in der Unsterblichkeit immense Selbstheilungskräfte, weshalb mich diese Nabe auf morbide Art und Weise faszinierte. Irgendjemand – oder *irgendetwas* – musste ihren Leib beinahe in zwei Teile geteilt haben, wenn eine solch riesige Narbe zurückblieb.

Blake bemerkte mein Starren sofort. »Ihre Mutter war eine

Hexe, die sie mit giftigen Kräutern auf Anraten einer Gifthexe abtreiben wollte.«

Ich keuchte auf. »Das ist schreck–«

»Und das nicht, weil sie kein Kind wollte, sondern weil sie eine Fae ist und ihr Coven sie sonst verstoßen hätte. Dir ist sicher bekannt, wie man Verstoßene behandelt. Das passiert vielen Fae so, die von Hexen geboren werden. Entweder probiert man sie mit mehr oder weniger Erfolg abzutreiben oder sie werden kurz nach der Geburt an einen Wechselbalg übergeben, der sie in die Anderswelt bringt.«

»Hast du sie mir deswegen vorgestellt? Damit ich meine Schwestern hasse?«

Kaum hatte ich diese Worte ausgesprochen, verschlechterte sich mein Zustand. Warum begegnete ich Blake nach wie vor mit so viel Hass und Misstrauen? Ich hatte hautnah miterlebt, wie Hexen mit Dämonen und Fae umsprangen, und mit jedem Erlebnis fühlte ich mich von meiner eigenen Art mehr abgestoßen. Und *ich* sollte über diese Hexen herrschen?

Blake knurrte leise. »Warum bist du immer gleich so misstrauisch? Meine Schwester kann eine Plage biblischen Ausmaßes sein, aber sie ist eine Fae, auf die du dich stets verlassen kannst, wenn du im Faereich in Schwierigkeiten steckst. Sie wird immer auf deiner Seite stehen – außer du tust mir weh. Fae sind vielleicht genauso hinterlistig wie Dämonen, aber ihre Loyalität ist grenzenlos. Außerdem wollte sie dich unbedingt kennenlernen. Ich bin eingeknickt und habe es ihr erlaubt – obwohl ich wusste, dass dein Treffen mit Oberon kein gutes Licht vorauswerfen wird.«

»Hast du etwa mit ihr über mich geredet?«

Blake schwieg – und das weckte meine Neugier umso mehr. Mit einem Lächeln zog ich an seinem Arm.

»Was hast du ihr denn über mich erzählt?«

»Nur, dass du meine wundervolle Verlobte bist.«

Ehe ich michs versah, lag ich in Blakes Armen. Seine Hand wanderte meinen Rücken entlang zu meinem Hintern, wo er beherzt zugriff. Ich stöhnte in Erwartung eines hingebungsvollen Kusses gegen seinen Mund.

Haltet euch mal ein bisschen zurück, meldete Atropos sich zu Wort. *Es sind hier schließlich Familiare anwesend.*

Wir hätten uns geküsst, wäre Blake nicht in diesem Moment von etwas getroffen worden. Überrascht von dem hinterhältigen Angriff taumelte der Dämon ein paar Schritte zur Seite.

»Eine flauschige Decke für *deine wundervolle Verlobte*«, sagte die Fae. Scheinbar verwendete er in ihrer Gegenwart die Floskel ebenso häufig wie in meiner.

Blake zischte. »Warum wirfst du sie mir gegen das Gesicht?«

»Entschuldige. Ich bin noch müde und deshalb nicht wirklich treffsicher.«

Sie zwinkerte mir verschwörerisch zu.

Die beiden waren unmissverständlich Bruder und Schwester – und das löste ein seltsames Gefühl in mir aus. Dämonen und Fae konnten liebevoll miteinander umgehen, bloß wir Hexen redeten jede speziesübergreifende Beziehung schlecht. Ich war außerdem an den Narben an ihrem Rücken schuld, auch wenn ich vor siebenhundert Jahren noch nicht gelebt hatte. Damals hatte ausgerechnet Königin Faustina das Amt der Hexenkönigin bekleidet, und wie diese nach der Sache mit ihrer menschlichen Geliebten unerbittliche Jagd auf Dämonen und Fae machte, war jeder kleinen Hexe bekannt.

Meine Gedanken wurden von einem erschütternden Beben unterbrochen. Nora hatte einen riesigen Rucksack herbeigeschafft und ihn direkt vor unsere Beine geknallt.

Ein Erdbeben! Atropos eilte Hilfe suchend an meine Seite.

Die Fae packte in aller Ruhe ihre Sachen aus. Die langen Insektenfühler schwangen bei jeder Bewegung auf und ab. »Ich betreibe einen kleinen Schwarzmarkt für Menschengegenstände. Ist mehr Liebhaberei«, fügte sie für mich rasch hinzu. »Man kann damit nicht wirklich viel einnehmen. In der Faewelt gibt es keinen Strom – oder Verwendung für Handys. Ich spiele nur gern *Dedries* drauf.«

»Tetris«, verbesserte Blake sie. Er breitete die Decke aus und legte sie mir um die Schultern. Mir war dadurch immer noch kalt, trotzdem lächelte ich ihn dankbar an.

»Absinth?«, fragte mich Nora zum Spaß und zeigte mir eine dunkelgrüne Flasche, die ihr meine Hände abrupt aus den Klauen rissen.

»Oh! Das ist doch tatsächlich Absinth aus dem späten achtzehnten Jahrhundert!«, schwärmte ich.

Ich bewunderte kurz das Vintage-Label, bevor mir vor lauter Hunger das Giftwasser im Mund zusammenlief.

»Und? Ist das wertvoll?«

»Keine Ahnung. Aber damals fanden sich noch viel mehr Giftstoffe im Alkohol. Darf ich ihn trinken? Darf ich? Darf ich?«

Die Fae und ihr Bruder tauschten ein paar Blicke. »So wertvoll kann es nicht sein«, meinte er. »Hat die Flasche sentimentalen Wert für dich?«

»Nein. Ich glaube, die habe ich vor Jahren von Casanova geklaut. Der hatte einen furchtbaren Faefetisch und hat alles mit Fühlern und Hörnern angeflirtet.«

»Sehr schön«, sagte ich und ließ Atropos die Flasche mit ihren Giftzähnen entkorken. Sie war nicht minder erpicht darauf, das giftige Getränk zu probieren.

Lass mich, lass mich auch! Atropos' Schwanzspitze zuckte wie die einer Kobra. *Lass mir etwas übrig.*

Ich leerte die Hälfte des Absinths in einem Zug – spürte, wie Thujon, ein in Wermut enthaltenes Nervengift, mich von innen wärmte und ein paar heute unerlaubte Zusatzstoffe meine Wangen färbten.

»Wie schmeckt es dir, Cherry?«

»Sehr stark. Schön giftig.«

»Willst du auch etwas essen?«, fragte die Fae.

»Ach, der Absinth ist giftig genug – Moment, ist das Rosinenbrot?«

Wenn man mir schon etwas zu Essen anbot, wollte ich mal nicht so sein.

»Woher hat sie nur das ganze Zeug?«, staunte ich über Noras Schätze. Sie packte immer noch Dinge aus.

»Als Hochfae kann meine Schwester sich lange in der Menschenwelt aufhalten«, erklärte mir Blake leise. Seine Schwester hätte ihn sowieso nicht gehört, weil sie ihre Besitztümer liebevoll streichelte, während sie sorgsam nach etwas suchte. »Wobei es schwierig ist, weil sie keine menschliche Gestalt besitzt. Sie kann nicht menschlicher aussehen, als sie jetzt vor dir sitzt.«

»Das Mottenplüschtier in deinem Schlafzimmer stammt von deiner Schwester, oder?«

Einer ihrer Fühler hob sich neugierig.

»Ein Geschenk von ihr zum achtzehnten Geburtstag. Alle Menschen kriegen zur Volljährigkeit ein Plüschtier, stimmt's Belladonna?«

»Äh … Ja. Genau?«

Nora hob den Kopf und strahlte über das ganze mit Sommersprossen gesprenkelte Gesicht. Dieser überglückliche Gesichtsausdruck löste irgendetwas in mir aus. »Ich weiß noch, wie ich es an Halloween gekauft und so viele Komplimente für meine Verkleidung bekommen habe. Will ich eigentlich wissen, was am Hof genau vorgefallen ist? Ich liebe es, wenn die Seelie scheitern.«

»Es war ein tölpelhafter Angriff«, sagte Blake und rieb sich über die Brust. »Aber ich bin mir sicher, dass Oberon etwas ausheckt. Er war nicht dabei.«

»Natürlich war er nicht dabei.« Nora schnaubte. »Er schickt zuerst kleinere Gruppen aus, um die Beute schön auszulaugen und im besten Fall ein bisschen zu verletzen. Verletzte Beute wird hektisch. Sie wird verzweifelt. Sie macht Fehler. Oberon schaltet sich nur dann ein, wenn es darum geht, die geschwächte Beute zu erledigen. Er liebt den Spaß der Jagd, aber ohne sich dabei zu verausgaben.«

Ich schluckte schwer – erstickte fast an dem trockenen Brötchen. Wenn Blake nicht in allerletzter Minute in die Kutsche gesprungen und ich allein an den Hof gereist wäre, dann könnte ich bereits tot sein. In den sicheren Tod getrieben durch Oberons sinnlose Balzjagd.

Der Dämon hatte mich gerettet.

Ich griff nach Blakes Hand, verschränkte meine Finger mit seinen und drückte fest zu. »Danke schön«, hauchte ich.

Er verstand mich sofort. »Alles für meine Königin.«

Und das war keine leere Floskel, wie ich es die letzten Wochen über angenommen hatte. Ausgerechnet ein Dämonenprinz hatte sich zu meinem persönlichen Beschützer ernannt und mich zu seiner Königin erhoben.

Mein Herz schlug mir bis zum Hals, sobald ich daran dachte. Kein Gift der Welt könnte mich so wärmen wie das Gefühl von Blakes Fürsorge.

Der Dämon deutete ungeduldig auf die Dinge, die seine Schwester bereits vor sich ausgebreitet hatte. »Bist du dann mal fertig? Sag mir bitte, dass du ihn dabei hast.«

»Nerv nicht. Ich finde den dummen Apfel noch.«

Unter den Gegenständen befanden sich ein paar Anime-Figuren, Münzen längst untergegangener Reiche, fast schon antike Rasiergegenstände und Flaschen und eine Menge Gold. Meine Frage, woher sie das ganze Gold hatte, beantwortete sie mit: »Ich habe in meinem ersten Jahrhundert so ein dummes Lied in Deutschland gehört. Irgendwas mit Drachen und einem absoluten Blödmann als Held, der zum Glück bald den Löffel abgibt – aber es ging auch um einen legendären Schatz, und siehe da: Ich habe das Gold in einem Fluss gefunden. Ist das jetzt was wert?«

»Na ja, ich würde mal einfach behaupten, dass viele seit Jahrhunderten vergeblich nach dem Nibelungengold suchen.«

Ich fühlte mich mit einer jahrhundertealten Fae im Team etwas sicherer, doch die Angst konnte ich nicht ganz abschütteln: »Was passiert eigentlich, sollten wir tatsächlich fliehen können? Vergisst Oberon dann in den nächsten Jahren die Wilde Jagd?«

Nora legte den Kopf schief. »Ich denke nicht. Ich denke, dass es sich zu einer ewigen Fehde abkühlen wird. Gelegentliches Abstechen da, ein paar fiese Gerüchte dort. Gebrochene Rippen. Durchbohrter Lungenflügel.«

»F-Fehde?«, wiederholte ich mit bebenden Lippen.

»In der Faewelt gehört es zum guten Ton, ein paar Fehden

am Start zu haben. Ich habe drei Blutfehden und fünf, nein, sieben normale Fehden am Laufen. Letzte Woche hatte ich eine kleine Auseinandersetzung mit Hyänenfae-Zwillingen.«

Blake stöhnte. »Was haben die schon wieder gemacht?«

»Die haben mir meinen Gartenzwerg geklaut!«

»Nein! Nicht deinen Gartenzwerg!«

»Ah! Siehst du, Blakey.« Sie warf die Haare zurück. »Ich habe ihn gefunden. Ich *bin* zuverlässig.«

Nora zog aus ihrer Tasche einen goldenen Apfel und streckte ihn mir lächelnd mit beiden Händen entgegen.

»Äh. Schöner Dekoartikel?«, kommentierte ich ihren Schatz. »Macht sich sicher gut im Herbst auf der Fensterbank oder auf einer Etagere.«

»Das ist eine Faefrucht«, erklärte sie mir und wirbelte den Apfel zwischen ihren Händen herum. »Nur eine Fae kann sie pflücken und nur eine Fae kann sie jemandem schenken. Wenn Blakey sie dir überreicht hätte, wäre sie sofort verschimmelt. Diese Frucht gibt einer Hexe ihre Kräfte in der Anderswelt zurück.«

»Weshalb ich Nora eingebläut habe, dass sie sobald wie möglich an Oberons Hof kommen soll, um dir die Frucht zu überreichen – als Spionage-Meisterin eigentlich eine Kleinigkeit.«

»Bla, bla, bla. Und ich habe gesagt, ich gehe schlafen. Wie oft wollen wir das noch durchkauen?«

Ich streckte eine Hand aus. »D-Das ist eine Faefrucht? Eine Frucht, die mir Kräfte in der Anderswelt verleiht?«

»Ja.« Blake legte seine Hand auf die seiner Schwester, achtete genauestens darauf, dabei den Apfel nicht zu berühren. »Ich habe lange danach gesucht. Es ist ein Geschenk an dich.«

»Von uns«, tönte Nora laut. »Ich habe nicht Hand und Fühler riskiert, um nun nicht auf dem Geschenk-Anhänger zu stehen.«

»Dann warst du die letzten Tage …«

»Ich war die letzten Monate im Faereich«, sagte Blake und ignorierte das pikierte Räuspern der Fae. »Meine Schwester hat mir bei der Suche geholfen, aber es hat viel mehr Zeit in Anspruch genommen, als wir eingeplant haben.«

»Man mag meinen, dass, wenn man schon so lange lebt wie ich, das Faereich keine Überraschungen mehr zu bieten hat – aber das hat es!«

»Aber … Aber warum?«, fragte ich den Dämon. »Warum hast du das für mich gemacht, wenn es so beschwerlich war?«

Atropos war sarkastisch wie immer: *Bist du blöd, oder was? Du bist nicht die Einzige, die verknallt ist.*

Blake schmunzelte. »Weil du meine dunkle Königin bist. Wie oft soll ich das noch wiederholen?«

»Es tut mir sooo leid, was ich dir alles an den Kopf geworfen habe!«, platzte es aus mir heraus. »Ich war stinksauer – auf dich *und* auf Collin. Ich wollte dich nicht verletzen. Ich glaube dir.«

Blake wandte den Blick kurz ab und fuhr sich mit der Hand über den Nacken. »Ich hätte auch nicht versuchen sollen, deinen Ex-Freund zu töten. Das war ein dummer Impuls.«

Nora schnalzte mit der Zunge. »Schlechte Angewohnheit.«

»Kann ich diese Frucht überhaupt annehmen?«

»Weißt du, eine Königin ist mehr als nur ihre Macht«, sagte Nora. »Dennoch ist es nicht schlecht, wenn sie vor Feinden souverän auftreten kann. Mach die Seelie fertig!« Sie schwang ihre Fäuste abwechselnd in die Luft. »Lehre sie, was die Königin der Hexen zu bieten hat! Zeige König Oberon, dass man eine Königin nur auf Knien ansehen darf! Mach die Blödköpfe fertig!«

»Du übertreibst etwas«, unterbrach Blake die Fae.

»Aber ich will sehen, wie …«

Ich hörte den Geschwistern nicht mehr zu, sondern betrachtete meine schummrige Silhouette auf der glänzenden Schale des Obstes. Wenn ich diese Frucht aß, bekam ich meine Giftkräfte in dieser Welt zurück, aber konnte ich dann überhaupt etwas gegen König Oberon ausrichten? Es war ja bloß eine Giftaffinität.

Du weißt, was du tun kannst, Belladonna, sagte Atropos. *Tu das, was du noch nie zuvor gewagt hast. Manchmal muss man die Dunkelheit im Herzen zelebrieren, sonst frisst sie einen mit Haut und Haaren auf.*

Ich biss in den Apfel. Der süße Geschmack explodierte auf meiner Zunge und ich seufzte laut auf. So etwas Vollmundiges hatte ich noch nie gegessen!

»Es kann sein, dass dir schwindel-«

Blake und Noras Umrisse verschwammen vor mir. Ich wollte nach dem Dämon greifen, doch mein Körper gehorchte mir nicht mehr. Ich kippte nach vorne um und direkt in das Herz der Faewelt hinein.

30. Kapitel

BRUGMANSIA
Engelstrompete

Ich tauchte kopfüber in die tiefste Schwärze ein. Immer tiefer und tiefer wurde ich von einer unsichtbaren Macht in das Nichts gezogen. Ich streckte meine Arme aus. Ich konnte sie sehen, besaß also noch eine Form – aber wo zur Hölle war ich gelandet?

»Bin ich etwa tot?«

So melodramatisch! Du bist nach einem Bissen der Faefrucht ohnmächtig zusammengeklappt, ließ mich Atropos wissen, die wärmend um meinen Hals lag. *Blake hat es wegen der Kabbelei mit seiner Schwester nicht einmal bemerkt, und du bist mit der Stirn voran gegen einen Stein geknallt. Wird beim Aufwachen vielleicht kurz wehtun.*

»Und warum bist du dann da?«

Ich bin als dein Familiar so eng mit deiner Seele verwoben, dass ich auch in diesem Zustand mit dir kommunizieren kann. Als ich noch nicht einmal in dieser Form existierte, hast du bereits von mir geträumt.

»Ja, das stimmt.« In meinem Kopf fand ich endlich die Stelle für ein weiteres Puzzleteil meines Selbstbildes. »Seit meiner Kindheit träume ich von Schlangenleibern. Ich habe sie bisher nur immer als bedrohlich wahrgenommen. Sie haben einschüchternd gewirkt.«

Danke schön. Das fasse ich jetzt einfach mal als Kompliment auf.

Das tat sie wirklich – da war nicht einmal ein Hauch Sarkasmus in ihrer Stimme.

»Aber was bedeuten die Skelette und … Mottenflügel?«

Blake und Nora. Hast du vergessen, was Königin Sibylle zu dir gesagt hat? In jeder möglichen Zukunft begegnest du Blake und seiner Schwester. Und natürlich mir, weil ich dein erhabener Familiar bin.

»Sie meinte, dass ich einer nervigen Fae begegne.«

Ja, und wer soll sonst die Rolle dieser ominösen Faefremden einnehmen?

»Aber Nora ist doch nicht nervig.«

Hm.

»Sie hat mir die Faefrucht besorgt.«

Sie ist ja auch nett – nur viel zu aufgedreht. Besonders im Wechselspiel mit ihrem Bruder.

»Okay, also, ich musste Blake und Nora begegnen, weil es der Wille der Göttin ist.«

Bei dem Gedanken, dass Blake und meine Zusammenkunft vom Schicksal bestimmt worden war, schlug mein Phantomherz schneller. Das bedeutete, dass ich ihm vollkommen vertrauen konnte. Oder?

Obendrein hatte er die letzten Monate nach der Frucht gesucht, damit ich meine Giftkräfte in der Anderswelt zurückbekam. Unbewusst suchten meine Finger nach dem zarten Ring und ich lächelte. Er war möglicherweise gar kein so schlechter Verlobter.

Meinen Glückwunsch, du besitzt verkümmerte hellseherische Fähigkeiten. An deiner Stelle würde ich mir mal einen Lottoschein kaufen. Vielleicht bekommst du drei Richtige auf die Reihe.

»Aber warum besitze ich diese Kräfte?«

Darüber reden wir ein anderes Mal. Du musst dein Bewusstsein wiedererlangen.

»Und das funktioniert wie?«

Atropos seufzte schwer. *Setz einfach deine Kräfte ein.*

»Aber hier ist nichts. Absolut nichts.«

Hör auf deinen weisen Familiar! Versuche deine Kräfte in der Faewelt zu benutzen, damit du es Oberon heimzahlen kannst.

»Woher weißt du –?«

Ich weiß alles, was du denkst – und ich bin mehr als einverstanden damit, den Seelie eine Lektion zu erteilen. Niemand legt sich ungestraft mit der Königin und ihrem wunderschönen und hochbegabten Familiar an.

Ich streichelte ihr lächelnd über den Kopf. »Ich hätte da schon eine Idee, aber sie ist ziemlich gewagt. Und ehrlich gesagt bin ich mir unsicher, ob ich in noch mehr Schwierigkeiten geraten will.«

Ich weiß. Ich liebe die Idee. Tu es. Tu es. Tu es!

Trotz der Dunkelheit um mich herum schloss ich die Augen und konzentrierte mich auf meine Atmung.

Ausatmen.

Ich ließ all die schlechten Energien und Gedanken aus meinem Astralleib heraus.

Einatmen.

Ich öffnete meinen Geist für die Giftpflanzen – gerne auch für alle anderen Gewächse, die mit mir kommunizieren wollten.

»Belladonna«, drang eine tiefe Frauenstimme an mein Ohr. »Königin der Hexen.«

Als ich meine Lider aufschlug, war die ganze Umgebung wie verwandelt. Vor mir erstreckte sich eine saftige grüne Wiese, welche nur hin und wieder von dicken, dunkelgrauen

Wurzeln durchbrochen wurde. Ich stand im Angesicht eines gigantischen Baumes, der aufgrund der Dicke des Baumstammes Jahrtausende alt sein musste. Es war jedoch kein Gewächs aus der Menschenwelt. Mein Inneres war zutiefst in Aufruhr, als ich die Zweige des Baumes betrachtete.

»Hi«, kam es über meine bebenden Lippen. »Äh ... Wer bist du?«

»Ich bin der Lebensbaum der Anderswelt.«

Ach, nur der Lebensbaum der Anderswelt! Das Lebewesen, das diese Welt und ihre Bewohner am Leben erhielt und anscheinend durch das hohe Alter ein Bewusstsein erlangt hatte.

»Hi«, wiederholte ich eingeschüchtert. »Ich habe nicht gewusst, dass ich mit – entschuldige den Ausdruck – *normalen* Pflanzen so in Kontakt treten kann.«

»Streng genommen bin ich eine Giftpflanze. Die Faefrucht, die du verspeist hast, ist eigentlich pures Gift. Das Gift erweckt die in der Anderswelt schlummernden Kräfte durch einen Schock – im seltenen Fall ist es tödlich. Das weißt du ja am besten.«

»Darum war er so köstlich!«

Ich nahm mir mal einfach die Erlaubnis heraus, mich auf einen seiner Äste zu setzen. »Bist du also die Königin der Pflanzen im Faereich?«

Der Baum lachte raschelnd mit den Blättern.

»Es gibt keine anderen Bäume, Blumen oder Gras in diesem Reich. Das sind alles meine Auswucherungen. Ich bin die *Natur* dieses Reiches.«

»Oh.«

»Mit dem Verspeisen der Faefrucht hast du Macht über mich erlangt, aber ich lasse mich nicht gerne unterwerfen. Ich existierte schon lange vor den Fae. Tatsächlich bin ich so alt wie die erste Königin Lilith. Du erinnerst mich wirklich stark an die kleine Schattenhexe ...«

»Wirklich?«

»Ja. Sie war eine wunderbare Königin. Sie hat mich als kleinen Setzling in diese Welt gebracht und sich ihr ganzes unsterbliches Leben lang um mich gekümmert. Ohne ihre Liebe wäre ich nie so stark und prächtig erblüht.«

Der Lebensbaum klang betrübt.

Unsterblichkeit war bei uns Hexen nur eine scheinbare Sicherheit. Wir konnten nicht krank werden und erholten uns schnell von den meisten Verletzungen, doch nach ein paar Jahrhunderten starben die meisten von uns, während Dämonen und Fae sich immer noch bester Gesundheit erfreuten und voller Lebensgeister steckten.

»Ich wusste nicht, dass Königin Lilith einen grünen Daumen hatte.«

Nun lachte die uralte Kreatur. »Grüner Daumen? Sie besaß von Geburt an eine Erdaffinität«, überraschte mich der Baum. »Als Königin ging sie allerdings als Schattennutzerin in die Geschichte ein, weil diese seither als überlegene Affinität galt.«

»Hexen können mehr als eine Affinität erlangen?«

Harte Arbeit trägt immer Früchte, sagte Atropos. *Auch wenn es manchmal länger dauert. Die meisten Hexen ruhen sich auf ihrer Geburtsaffinität aus, weil es nicht leicht ist, eine andere Kraft zu erlangen. Es tut weh. Es frisst einen auf. Es bricht so manche Hexe im Prozess.*

Ich schluckte schwer. »Das hört sich schrecklich an.«

Davon kannst du doch ein Lied singen.

Ein Ast bohrte sich aus dem Erdreich und tätschelte mir den Kopf. »Gib mir einen neuen Namen, kleine Giftkönigin –

und ich werde dir dieses eine Mal zur Seite stehen. Ich finde es nicht gut, was König Oberon dir und deinem Gefährten antun wollte. Ich stamme aus einer Zeit, in der Hexen, Fae und Dämonen halbwegs friedlich zusammengelebt haben, weshalb mich solch eine Auseinandersetzung unter meiner alten Rinde schmerzt.«

Einen Namen also? Für die einzige Pflanze der Anderswelt. Eine Existenz, die beinahe so alt war wie die Göttin und die Urdämonen.

»Bis bald, kleiner Schatten.«

Nach Luft ringend und mit hämmernden Kopfschmerzen fuhr ich im Diesseits der Anderswelt in meinen Körper zurück.

»Cherry!« Blake war umgehend an meiner Seite und strich mir die Haare aus dem Gesicht. »Geht es dir gut?«

»Ja klar. Schließlich bin ich unsterblich.«

Auch wenn meine Stirn gerade höllisch schmerzte! Wie blöd war ich denn auf den Stein gefallen, dass es so wehtat? Und warum hatte mich Blake mit seinen Dämonenreflexen und der Fähigkeit, sich blitzschnell an jeden Ort zu teleportieren, nicht aufgefangen?

»Wie ... Wie lange war ich weggetreten?«

»Einen Tag.«

»Einen ganzen Tag?«, wiederholte ich fassungslos.

Wie viel Zeit war dann in der Menschenwelt vergangen? Walpurga wartete doch ungeduldig auf meine Rückkehr.

Wobei ...

Ich neigte den Kopf zu dem Dämon, der ungemein erleichtert über meine Unversehrtheit zu sein schien. Als er mein Starren bemerkte, zwinkerte er mir zu. »Nicht vor meiner Schwester, Cherry. Ich bin doch ihr Vorbild!«

Wenn ich mit Blake an meiner Seite zurückkehrte, konnte ich mich auf einen Ausraster per excellence von Walpurga freuen. Sie würde wahrscheinlich einen Vulkan unter dem Buckingham Palace hervorschießen lassen, so sauer wie sie wäre!

Natürlich konnte ich Blake zu meinem heimlichen Liebhaber erklären – das gehörte schon fast zum guten Ton bei Hexenköniginnen –, aber allein der Gedanke an ein solches Versteckspiel widerte mich an.

Es war nicht fair gegenüber Blake, wenn ich ihn versteckte. Das wollte ich auch gar nicht! Ich meine ... im Prinzip dateten Blake und ich uns jetzt, oder? Obwohl bereits der Ring eines weitaus gewaltigeren Versprechens an meinem Finger steckte.

Ich richtete mich ganz langsam auf. Beschämt musste ich mir eingestehen, dass ich jetzt erst merkte, dass wir die Höhle hinter uns gelassen hatten. Nahezu lautlos glitten wir durch die ewige Nacht des Unseelie-Reiches. Meine Finger strichen über weiches Fell, welches mich sehr an ein ... Als mir der Gedanke kam, tauchten links und rechts riesige Mottenflügel auf.

Ich musste ein erschrockenes Kreischen unterdrücken. »Fliegen wir gerade auf einer riesigen Motte?«

»Mothra ist mein Haustier«, erklärte mir die dunkle Fae. Sie beugte den Oberkörper nach vorne und kraulte mit ihren Krallen den Körper des Wesens. »Wer ist ein guter Junge? Du bist ein guter Junge!«

Ein zufriedenes Surren erbebte unter meinem Körper und die Motte flog in einer steilen Kurve nach oben. Mein Magen hob sich wie bei einer Achterbahnfahrt.

»Kommt der Name von ...«

»Godzilla gegen Mothra? Ja, meine Schwester mag sehr

viele Dinge, die dir vielleicht altmodisch vorkommen. Fae haben ein anderes Verständnis von Zeit.«

Der Himmel ist wunderschön, sagte Atropos auf einmal und legte ihre Schwanzspitze um mein Handgelenk. *Ich wünschte, ich könnte die Sterne verschlingen.*

Ihre Worte regten meine Neugier an und ich sah nach oben in die endlose Finsternis des Dunklen Reiches. Kühle Nachtluft strömte erfrischend in meine Lunge und vertrieb den Rest der stickigen Höhlenluft aus meinem System. Die Sterne des Nachtreiches waren unbeschreiblich hell und kamen im wolkenlosen Nachthimmel perfekt zur Geltung. Der Himmel hing über uns wie ein schwarzer Samtvorhang, besprenkelt mit weißen Diamanten. Es war kühl, aber nicht kalt – wie eine klare Frühlingsnacht auf der Erde.

Der Drang, mich an Blake zu kuscheln und mich für den Rest meiner Existenz im Nachthof zu verstecken, war nahezu überwältigend. Vielleicht gehörte ich genau hierhin: zu den dunklen Schatten und den knorrigen Bäumen, welche die Wurzeln des Lebensbaumes darstellten.

»Blake«, begann ich, aber er war nicht derjenige, der reagierte.

»Tut dir dein Kopf noch weh?«, fragte mich seine Schwester.

Im nächsten Moment lag mein Kopf auf dem Schoß der wunderschönen Fae und sie streichelte über meine Haare. »So schön weiß – wie Schnee.«

»Ich bin giftig!«, kreischte ich nahezu hysterisch, doch die Fae ließ mich nicht gehen, sondern drückte ihre Finger bestimmend, aber gleichzeitig angenehm massierend auf meine Stirn.

Nora kicherte – ein seltsames Geräusch ihrer ungewöhnlichen Insektenstimme. Mit der anderen Hand streichelte sie weiter ungerührt über meine Haare.

»Oh, ich vertrage eine geringe Menge Gift relativ gut. Ich habe mich selbst vergiftet, nach und nach die Dosis erhöht, damit ich keine Giftanschläge der Seelie zu befürchten brauche.«

»Mithridatisation«, staunte ich.

Durch die Selbstvergiftung bis zur Toleranz hatte ich einen Zugang zu meiner Giftaffinität gefunden.

»Gesundheit.«

»Nein, ich meine … Ach, egal. Warum hilfst du mir eigentlich?«, fragte ich die Fae. »Als Königin der Hexen bin ich doch auch eine Feindin des Unseelie-Hofes.«

Noras Augen wurden noch schwärzer, während ihre Iriden wie Feuer erglühten. »Wir Fae beten das Chaos an. Wir lieben es, wenn alles um uns herum im Unheil versinkt. Wir haben nichts dagegen, wenn gewohnte Strukturen aufbrechen und alles von Anarchie beherrscht wird. Unser Wesen strebt nach Umbrüchen.« Sie kniff ihren Bruder in den Arm, der sofort aufschrie. »Und weil Blakey mich mit Herzchen in den Augen darum gebeten hat.«

»Musste das sein?«

»Wollte nur noch mal überprüfen, ob du wirklich Schmerz empfindest.«

Peinlich berührt räusperte sich Blake. »Kannst du uns dann langsam zurück in die Menschenwelt bringen? Ich bin mir ziemlich sicher, dass der Wechselbalg verschwunden ist, und ich will nicht länger als nötig hier festsitzen.«

»Natürlich!« Nora nickte entschlossen. »Ich suche schon angestrengt nach einem passenden Portal. Ich denke, dass ich in der nächsten Stunde eines finde.«

»Nein!« Ich wand mich aus dem liebevollen Griff der Fae. »Nein. Nein. Nein. Ich werde nicht einfach so verschwinden. Ich will Oberon nicht ungeschoren davonkommen lassen.«

»Was willst du tun?«, raunte Nora voller Vorfreude.

Ich erzählte den Geschwistern, welche Idee mir kurz nach der Flucht gekommen war – und welche ich ohne gutes Zureden von Atropos sofort wieder verworfen hätte.

»Meine geliebte Schwägerin!«, raunte Nora und drückte mich an ihr Brustfell. Sie schwang einen Arm in die Luft. »Das ist die beste Idee aller Zeiten. Blakey, wenn du sie nicht heiratest, mach ich das.«

Nervige Fae, wiederholte Atropos. *Wie vielen nervigen Fae willst du noch in deinem Leben begegnen?*

Blakes Gesichtsausdruck spiegelte genau gegenteilige Gefühle wider. Sein Kiefer war deutlich angespannt und seine Augen düster und trüb. »Es gefällt mir nicht.«

»Ich weiß, a–«

Blake versuchte für mich zu lächeln. »Aber mach es trotzdem.«

Mothra brachte uns in wenigen Stunden zurück ins Seelie-Reich. Lautlos kreiste er über der Lichtung, und mir kam die Galle hoch, als ich bemerkte, dass Oberon und die anderen Seelie ihr Fest ungerührt weiterführten.

»Flieg schon mal nach Hause, mein großes Baby«, sagte Nora und küsste Mothra auf die Stirn. »Ich komme später nach.«

Sie stand auf und dehnte ihren Körper für den anstehenden Anschlag.

»Bist du dir sicher, dass du das tun willst?«, fragte Blake zum wiederholten Male. »Wir könnten einfach in die Menschenwelt zurückgehen und ein paar Jahrzehnte Gras über die Sache wachsen lassen. Oberon wird nicht eines Nachts vor unserem Bett stehen und dich aufjagen.«

Ich schüttelte den Kopf. »Ich habe genug davon, von anderen herumgeschubst zu werden. Ich habe genug davon, mir anhören zu müssen, dass ich jung und dumm bin. Ich will, dass sie mich alle respektieren.« *Ich will nicht mehr diejenige sein, die sich fürchten muss.* »Allerdings muss ich dafür erst Taten sprechen lassen.«

Überraschend zog Blake mich auf seinen Schoß und drückte seine Stirn gegen meine. Diese kleine Geste war so intim, dass in meinem Bauch kleine Fledermäuse aufgeregt herumflatterten. Ich schlang meine Arme um seinen Hals und schmiegte mich eng an seine Brust. Seine Nase strich behutsam über meine, und ich spürte, wie die Anspannung weniger wurde, wie sich dicke Knoten in meinem Bauch lösten und von den aufgedrehten Fledermäusen ersetzt wurden.

Hatten die leidenschaftlichen Küsse dieses Gefühl zwischen uns verändert? Oder weil ich langsam anfing, Blakes Dämonendasein nicht mehr als etwas Negatives zu betrachten?

»Ich würde dich jetzt wirklich gerne küssen«, hauchte er gegen meine Lippen, welche bedrohlich nahe an seinen waren.

»Ich weiß.«

»Würdest du mich nicht auch gerne küssen?«

»Ja, schon, das liegt doch auf der Hand. Du bist nun mal einer der wenigen, die ich überhaupt küssen kann.«

»Wow. Das ist verdammt unromantisch.«

Gerade als ich mit dem Gedanken spielte, meine Rache

abzublasen, entriss Nora mich aus Blakes Umarmung. Atropos kroch zugleich an mir hoch.

»Du küsst sie noch aus Blödheit!«, warf sie ihrem Bruder nonchalant an den Kopf. »Bist du bereit?«

Ich nickte mehr aus Gewohnheit.

»Und Sprung!«, schrie Nora und entfaltete ihre Insektenflügel mitten im Fall aus ihrem Rücken. Durch den strahlenden Sonnenschein wirkten ihre orange-braunen Schwingen noch beeindruckender. Mir fiel jetzt erst auf, dass sie vier kreisrunde Markierungen besaß, welche wie riesige Augen auf das Treiben unter uns blickten.

»Macht dir die Sonne eigentlich nichts?«

Sie schüttelte den Kopf. »Ich bin eine stolze Hochfae, vergessen? Und was wäre ich für eine armselige Spionage-Meisterin, würden mich ein paar Sonnenstrahlen krank machen.«

Ich atmete noch einmal tief ein und aus. Dann nickte ich entschlossen der Fae zu, die mich lächelnd aus ihren Armen gleiten ließ. Ich schwebte die letzten Meter mit meiner eigenen Hexenkraft herab – mitten auf den Esstisch von König Oberon. Um meinen Auftritt zu perfektionieren, kickte ich ihm das Weinglas mit dem Fuß aus der Hand.

Der jahrhundertealte Faekönig starrte mich völlig verdattert an – wie der Rest der Festtafel. Eine gespenstische Stille breitete sich auf der Lichtung aus, als jegliches Gemurmel und Gelächter verstummte.

»Hallo«, grinste ich. »Ich dachte, ich wäre der Ehrengast auf dieser Feier? Ist es dann nicht unhöflich, so viel Spaß ohne mich zu haben?«

Das Überraschungsmoment war perfekt geglückt.

Blake nutzt seine Fähigkeit, sich in Rauch aufzulösen, um

ein paar Fae zu attackieren, die mit Dolchen bewaffnet an mich heranstürmen wollten. Ich bekam nur am Rande mit, wie er die Fae verwirrte und seine Schwester mit ihren Krallen Haut und Schuppen der Angreifer zerkratzte. Die anderen ließ sie von ihren Motten in die Höhe entführen und wie Puppen zu Boden fallen. Die beiden Geschwister sorgten dafür, dass keiner sich mir in den Weg stellte, während ich für die anwesenden Seelie gut zu sehen war.

Belladonna!, schrie Atropos. *Pass auf.*

Mit Leichtigkeit wich in einem tölpelhaften Schwerthieb von König Oberon aus. Er musste verblüfft mitansehen, wie eine junge Hexenkönigin wie ich ihm haushoch überlegen war.

Die Fae, die sich zu sicher auf ihren Plätzen fühlten oder zu spät reagierten, ließ ich mit der Kraft des Lebensbaumes an Ort und Stelle durch Wurzeln fesseln. Der Lebensbaum machte nicht einmal Halt vor König Oberon und Königin Titania. Dunkelbraune Wurzeln umschlangen die beiden royalen Fae wie lange knorrige Finger, bis der ganze Seelie-Hof mir hilflos ausgeliefert war.

Ich berührte die Wurzel, die sich um Oberons Brustkorb geschlungen hatte. »Danke, dass du mir hilfst, *Walpurgisnacht.*«

»Walpurgisnacht? Was ist das denn für ein Name?«, fragte Nora und brach einer heranstürmenden Eichhörnchenfae mit der Faust die Nase.

»Der perfekte Name«, verteidigte ich meine Entscheidung. »Walpurgisnacht war lange ein Feiertag für Hexen. Der Name sollte uns an eine Zeit, als Hexen mit Fae und Dämonen trotz aller Widrigkeiten zusammen gefeiert haben, erinnern.«

Ich zögerte kurz – schließlich griff ich an Oberons Kinn und drückte meine Lippen auf die des Fae. Ich ließ mein Gift sorgsam in seinen Mund fließen. Er war so verwundert über den Kuss, dass ich mein eigenes Körpergift gut dosieren konnte. In diesem Moment hätte schon der kleinste Fehler immense Auswirkungen.

Blakes Eifersucht konnte ich bis hierhin fühlen, aber er hatte sich mit diesem Plan einverstanden erklärt.

Als ich mich von König Oberon löste, rauschte das Blut ungehemmt durch meine Adern. Doch dann wurde mein Herzschlag langsamer – gegenteilig zu dem, was im Brustkorb des Faekönigs vorging. Zuerst war sein Puls ganz langsam … Dann auf einmal begann sein Herz heftig zu klopfen, bevor es immer wieder ins Straucheln geriet.

Das Gift musste grauenhafte Auswirkungen auf seinen unsterblichen Körper haben, ein Körper, der weder Krankheit noch sonstige Gebrechen gewöhnt war. Ich befürchtete, dass er jeden Augenblick das Bewusstsein verlor.

Perfektes Mischverhältnis, stellte Atropos fest. *Ich habe dir genug Gift gegeben, damit er schön vor sich hinleidet. Wir wollen ihn ja nicht schonen.*

»Was hast du getan?«, stöhnte der König.

Die Pflanzen ließen von ihm ab und er kippte unsanft mit dem Gesicht voran auf die Festtafel. Vom Faekönig ging keinerlei Gefahr mehr aus, weshalb ich netterweise seine Fesseln löste.

»Die Wirkung des Giftes setzt sofort ein«, erklärte ich dem versammelten Lichten Hof und lief dabei die Festtafel auf und ab. Dabei bediente ich mich auch gleich mal an dem Essen. Ich ließ mir Käse und Brot genüsslich schmecken, während ich den gesamten Hof mit Walpurgisnacht in Schacht hielt.

»Es beginnt mit einem Surren in den Ohren und dem Gefühl von Kälte in den Extremitäten.«

»Du kleine Hexensch-«

»Na«, unterbrach ich Oberon scharf und fuhr herum. Mein Kleid wirbelte dabei die Gläser vom Tisch und saute die eine oder andere Hochfae an. »Wer hat mit der Wilden Jagd denn begonnen?«

Oberon antwortete mit einem heftigen Bluthusten. Ein paar Tröpfchen landeten auf meinen schwarzen Schuhen, aber ich zeigte keinerlei Reaktion.

Königin Titania keuchte erschrocken auf, als sie den Zustand ihres Mannes bemerkte. Ich hatte noch gut eine Viertelstunde Zeit, bevor das Gift irreparable Schäden an seinem Nervensystem verursachen würde.

»Wer hat *denn* mit der Wilden Jagd begonnen?«, wiederholte ich mit Nachdruck.

»Ich«, röchelte der Fae.

Ich nickte Nora heran. Mehr wollte ich nicht von ihm hören.

Mit letzter Kraft hob Oberon den Kopf und grinste mich mit blutverschmierten Lippen an. »Ihr H-Hexen … haltet euch für so überlegen, dabei trampelt ihr auf allen anderen W-Wesen herum. Wir sind eure Kinder … und was habt ihr mit uns gemacht? Wir leben hier im Exil, damit ihr … euch nicht mit uns beschäftigen müsst. Damit ihr schön weiter … mit Dämonen verkehren und die Konsequenzen für eure Heuchelei unter den Tisch kehren k-könnt.«

Meine eisernen Gesichtszüge entgleisten mir für einen Moment.

Ich hatte meinem und Atropos' Gift noch ein bisschen Engelstrompete aus meiner Handtasche beigemischt. Neben der hochgeschätzten halluzinogenen Wirkung hatte man es früher auch für Wahrheitstränke benutzt.

Das, wovon Oberon gerade sprach, war die Wahrheit, die direkt aus seinem Herzen stammte. Das waren seine ehrlichen Gefühle uns Hexen gegenüber.

Sag etwas, forderte mich Atropos auf. *Keine Schwäche zeigen!*

»Ich bin die Königin der Gifte«, sagte ich und hob prostend ein Weinglas in die Höhe. »Ich bin so giftig, dass ich alle lebenden Wesen töten kann. Und ich kann entweder Gift oder Medizin für die Anderswelt sein.«

Ich spürte, wie mich von allen Seiten die Seelie hasserfüllt anblickten. Hier stand ich: eine weitere Hexe, die die Fae bloß verspottete und sich in ihrem Leid suhlte.

»Ich werde den Seelie die Wilde Jagd verzeihen. Seht es einfach als Zeichen dafür, dass ich hoffe, dass Hexen und Fae unter meiner Herrschaft eine bessere Beziehung aufbauen. Falls jedoch abermals ein ähnlicher Vorfall passieren sollte, werde ich richtig wütend werden und keine Gnade zeigen.«

Nora hatte mir eine aus dem Menschreich gestohlene Glasphiole geliehen. Dort hatte ich Atropos' Gift mit meinem Blut halbwegs neutralisiert – oder ein noch verheerenderes Gift geschaffen. Das war das Schöne und zugleich Gefährliche an Giften: dass Tod und Heilung so nah beieinanderlagen.

Ich flößte König Oberon die Flüssigkeit ein. Sein Körper war inzwischen ganz schlaff. »Das Gegengift wirkt allerdings ziemlich langsam.«

Walpurgisnacht löste ihre Äste. Die Fae knurrten mich feindselig an, aber niemand wagte es, sich erneut gegen mich zu erheben. Wer wollte schon solch giftiges Blut vergießen?

Die Wilde Jagd war offiziell beendet.

»B-Belladonna«, krächzte der König mit letzter Kraft. »Im

Namen des gesamten Lichten Hofes sind die letzten zwei Tage nie geschehen. Wenn wir uns das nächste Mal begegnen, wird das unser erstes Treffen darstellen.«

»*Königin* Belladonna«, besserte ich ihn aus, bevor ich dem Lichten Hof – hoffentlich! – für die nächsten Jahrzehnte den Rücken kehrte.

Die nächsten Minuten eilte ich einfach durch den Wald. Ich wollte so viel Abstand zwischen mich und die Seelie bringen, wie irgendwie möglich.

Irgendwann fühlte ich mich sicher genug, mich zu Blake und einer heulenden Nora umzudrehen. »Warum weinst du denn?«

Sie versuchte die Tränen mit ihren Handschuhen wegzuwischen. »Das war das Schönste, was ich je in meinem Leben gesehen habe. Der König der Seelie wurde noch nie so gedemütigt. Wenn Königin Mab das erfährt, wird sie ein tagelanges Festmahl für dich veranstalten.«

»Ich würde in nächster Zeit gerne auf jegliche Faefeiern verzichten.«

»Aber ich habe bald Geburtstag!«

»Wann denn?«

»Ach, das weiß ich gar nicht so genau. Manchmal feiere ich, wenn ich Lust habe – aber ich würde dich gerne einladen.«

»Oh. Ich ... glaube ... Dann würde ich schon gerne kommen?«

Sie klatschte begeistert von meiner wankelmütigen Entscheidung in die Hände. »Ich besorge dir Giftpflanzen zum Essen, und Blake meinte, du liebst Süßes? Ich backe Faekuchen. Dann muss ich mein Nest aber noch aufräumen ...«

»Nest?«

»Wenn mein Nest aufgeräumt ist, dann feiern wir meinen Geburtstag vor oder nach. Wir Fae sind da nicht so. Blake sagt dir, was ich mir wünsche.«

Über meine Lippen kam das stets verhängnisvolle »Okay«.

»Wird sich König Oberon einfach so vom Gift erholen?«, wollte Nora wissen. »Ich fand Gifte schon immer faszinierend, aber eine Substanz, die einem Faekönig so zusetzt ... Prinzessin Morgana vom Nachthof wäre eine begeisterte Schülerin.«

»Keine Ahnung. Ich habe bei der Herstellung des Gegenmittels einfach mal drauflos geraten«, sagte ich zu Blake und Nora.

Dem Gesichtsausdruck der Geschwister nach zu urteilen, hatten beide darauf gehofft, dass fundiertes Wissen dabei eingeflossen wäre. »Das Gegengift wirkt, wenn auch langsam. Irgendwann bekämpft seine Unsterblichkeit den Rest der Vergiftung. Wie genau, müsste man in Studien herausfinden. Schaut mich nicht so an! Ich bin keine Wissenschaftlerin! Ich mache das mehr mit Herz als mit Hirn.«

Den letzten Satz sagen wir besser nie wieder.

»Bist du dir jetzt immer noch sicher, dass du einen Kuss von mir willst?«, fragte ich den Dämon. »Du hast zwei Mal mitangesehen, wie giftig Atropos und ich sein können.«

»Mehr denn je«, raunte Blake und beugte sich zu mir herunter.

Ich erwiderte Blakes Kuss schwach. »Sorry. Ich will jetzt einfach nur nach Hause. Ich war heute bereits genug Königin für eine ganzes Jahr. Ich will keine Sekunde länger als nötig hierbleiben.«

Blake nickte seiner Schwester über meine Schulter hinweg zu. »Kürzen wir die Sache doch etwas ab.«

Sie verneigte sich. »Gerne.«

»Was habt ihr vor?«

»Ich reiße ein Portal in die Menschenwelt«, grinste die Fae überlegen und legte ihre Handschuhe ab. Ihre Krallen waren so spitz wie die eines Raubtieres und schwarz wie die Nacht selbst. »Je löchriger die Anderswelt wird, desto schlechter steht es um uns Fae, aber wer weiß, was noch alles im Wald lauert. Da riskiere ich lieber ein Loch im Raum. Das Schloss von Alnwick ist das Ziel, oder?«

Sobald ich zurück in der Menschenwelt wäre, würde ich nicht mehr dieselbe Belladonna wie vor diesem Ausflug sein. Es waren nicht bloß Oberons Vergiftung und Blakes Küsse, die etwas in mir verändert hatten.

Ich griff nach Blakes Hand und verschränkte seine eiskalten Finger mit meinen. »Könntest du das Portal auch in der Nähe meines Gartens öffnen?«

31. Kapitel

MANDRAGORA

Alraune

Die Novembersonne kämpfte sich mit Anstrengung zwischen den dunkelblauen Morgenwolken hervor, als ich mit Blake zurück in die Menschenwelt trat. Um diese Tageszeit war es in England beinahe so frisch wie in der ewig dunkeln Unseelie-Welt. Hatte es letzte Nacht geschneit oder war der Morgenfrost schon so hartnäckig, dass alles in Weiß gehüllt war?

Die Giftpflanzen im Garten reckten trotz der beginnenden Winterruhe neugierig die Knospen.

Belladonna ... Königin ...

Und ihr Verlobter ...

Sie sieht verändert aus ...

Und glücklich ...

Ich ignorierte den Tratsch der Pflanzen. Solange die Fähigkeit zur Photosynthese einen nicht zu einem Love-Guru machte, waren sie nur lästige Spanner.

Blakes Schwester blieb auf der anderen Seite des Risses zurück, weil sie zu Mothra nach Hause wollte. »Die Tore des Nachthofes stehen jederzeit für dich offen«, ließ sie mich zum Abschied wissen und umarmte mich durch das Portal, wobei mir die Luft wegblieb. Nicht ihr Mut nahm mir die Fähigkeit zu atmen, sondern ihre übermenschliche Faekraft. Ich war allerdings so auf Umarmungsentzug, dass ich mir von ihr gerne die Rippen anknacksen ließ. »Königin Mab würde sich bestimmt sehr freuen, dich kennenzulernen.«

»Um Belladonna ihren Töchtern vorzustellen?«

»Ich richte der Königin aus, dass sie verlobt ist und eine Heirat nicht im Raum steht. Kein Grund gleich zu knurren, als wärst du ein räudiger Hund, Blakey.«

»Ich knurre nicht«, knurrte der übelgelaunte Dämon und ich tätschelte ihm beruhigend die Schulter.

Die Fae gab sich mit einem »vielleicht in ein paar Jahren« von mir mehr als zufrieden. Sie winkte mir mit beiden Händen zum Abschied. »Bis bald.«

Dann verschloss sie den Riss mit ihren Händen. Zurück blieb ein leichtes Knistern von Faemagie in der kühlen Morgenluft.

»Ich werde deine Schwester nie wieder los, oder?«

Blake lächelte. »Sie mochte dich vorher schon, aber jetzt scheint sie wohl dein größter Fan zu sein. Das mit Oberon hat sie schwer beeindruckt.«

»Obwohl ich eine Hexe bin? Wie ihre Mutter, die sie ausgesetzt hat?«

»Du weißt gar nicht, wie vielen Übernatürlichen es egal ist, ob man Hexe, Dämon oder Fae ist.«

»So wie dir?«

»Ja.«

Blake sah sich suchend vor dem Alnwick Garden um. Für die meisten Bewohner war es immer noch fast mitten in der Nacht, weshalb es dementsprechend still war. Ganz langsam fuhr der Zeitungsbote mit seinem Auto die Straße entlang und in der Ferne bellten ein paar Hunde.

»Was machen wir hier?«

»Ich will nicht, dass Walpurga mir mit hundert Fragen in den Ohren liegt und mir wegen Oberon den Kopf abreißt«, erklärte ich Blake und fuhr verlegen mit einer Hand über meinen Nacken. »Ich will … Ich will im Moment einfach nur bei dir sein.«

Das brachte den Mistdämon abermals so zum Grinsen, dass ich nicht wusste, ob ich ihn anmeckern oder küssen sollte. »Und ich will bei dir sein.«

Nun war ich diejenige, die das dämliche Grinsen nicht unterdrücken konnte. Ich war verknallt, ich durfte mich also irrational aufführen!

Königin Belladonna flirtet wild mit einem Dämon …

Pikant, pikant …

»Lass uns reingehen. Die Alraune wächst schon zum Spannen aus dem Garten raus.«

Und ich jage ein paar Mäuse, sagte Atropos. *Der erste Schnee wird nicht lange auf sich warten lassen, und mir ist klar, was du heute noch vorhast. Ich will nicht stören.*

Die Röte um meine Nase nahm zu. Manchmal war es echt peinlich, einen Familiar zu besitzen …

»Das würde ich gerne, allerdings …«

Blake streckte seine Hand zum Gartentor aus. Seine Finger berührten nicht einmal das Metall, als ein heller Blitz hervorschoss. Auf einmal war die Luft erfüllt von dem ekligen Geruch nach verbranntem Fleisch.

»Au!«, schrie Blake. »Letztes Mal, als ich das versucht habe, hat es noch nicht so wehgetan.«

»Letztes Mal …«

»Hast du es vergessen? Ich war da, als deine Königinnenkräfte erwacht sind und du Feuerholz aus den Bäumen gemacht hast.«

Diese körperlose Stimme, die ich einem Dämon zugeordnet hatte, gehörte also Blake? Ich hätte es erwarten sollen, aber am Ende war die Überraschung beschämend groß. Es war so viel passiert, dass dieser Vorfall immer mehr in den Hintergrund gerückt war und ich keinen Gedanken mehr daran verschwendet hatte.

Mein Herz gefror zu einem Eisklumpen, als ich seine Worte noch einmal Revue passieren ließ. Ich hatte bis eben noch vermutet, dass mich damals jemand mit böser Absicht angreifen wollte – aber was, wenn *ich* für den Aufruhr verantwortlich gewesen war? Die Kräfte einer Königin waren unvorstellbar – unvorstellbar mächtig und gleichzeitig unberechenbar. Da ich zu dem Zeitpunkt nicht einmal geahnt hatte, dass ich nun den Königinnentitel trug, war es durchaus denkbar, dass das alles unbewusst geschehen war.

»Das war also meine Schuld?«

»Nein! Nein, war es nicht.«

Doch. Das war es. Ich wollte für die Schließung alle menschlichen Besucher aus dem Garten haben, und Kriemhild und Gretchen hatten mir hilfsbereit zur Seite gestanden. Allerdings hatte meine außer Kontrolle geratene Königinnenmagick sie korrumpiert. Wenn ich das gewusst hätte, dann hätte ich beide nicht töten müssen.

»Ich gebe mir Mühe, dass es dazu nicht mehr kommt«, sagte ich zu Blake. »Das klingt besser als mein ständiges ›Tut mir leid‹, oder?«

»Viel besser«, stimmte er mir zu und wollte sich zu einem Kuss herunterbeugen.

Ich sprang blitzschnell durch das Tor und grinste ihn an. »Warum hast du mich an diesem Tag beobachtet? Bist du etwa ein Stalker? Dann weiß ich nicht, ob ich dich in meiner Nähe haben will.«

Er schnaubte. »Natürlich nicht.«

»Weißt du, ich habe ein paar Bücher über Wiedergänger

gelesen und sie scheinen sich in der Zeit nach ihrer Auferstehung vor anderen Menschen unsichtbar zu machen, um ihre Lebensenergie anzuzapfen. Machst du das auch? Und stalkst dabei unschuldige Hexen?«

»Cherry, es gibt so unendlich viele falsche Mythen über Wiedergänger und Lichs.«

»Also ist das falsch?«

»Nein, das ist richtig. Das machen einfache Wiedergänger, wenn sie aus dem Höllenfeuer stolpern, aber ich bin ein adeliger Dämon. Ich brauche einzig und allein Herzen.«

Instinktiv griff ich mir an die Brust.

»Ich war jeden Tag am Garten, weil ich mich nicht im Schloss aufhalten wollte«, erklärte mir Blake. »Natürlich nur, wenn Königin Sibylle das zuließ.«

Toll, Belladonna! Gut gemacht! Da wolltest du ein bisschen verspielt sein und sofort erinnerst du Blake an seine Peinigerin.

»Willst du dann reinkommen?«

Er nickte.

Ich wischte eine magische Aschemagickrune an der Steinmauer mit der Hand weg. Ab jetzt war der ganze Garten für Dämonen und Fae wieder frei zugänglich. Ein komisches Gefühl, diese magische Barriere nach all den Jahren einfach mit einer Bewegung auszulöschen.

»Und willst du vielleicht auch mein Haus ansehen?«

»Ja.«

Ich zeigte mit dem Finger auf meine Hütte. »Da steht es.«

Blake verstand mein schüchternes Lächeln sofort. Er hob mich hoch und ich schlang meine Arme um seinen Hals. Innerhalb eines Wimpernschlages standen wir in der Küche.

Mein kurzes Hoch mit Blake wich nun starkem Heimweh. Ich hüpfte aus Blakes Armen und taumelte durch den Schmerz ein paar Schritte zur Küchentheke. Der Dämon sollte nicht sehen, wie sehr mich das Ganze mitnahm.

»Das ist also dein Haus«, sagte Blake, der mein Schweigen natürlich bemerkt hatte. Er begutachtete ein paar meiner Medizinfläschchen, um welche sich blöderweise Glitzer gebildet hatte. Ich schwöre: Ich hatte den Glitter nicht eigenhändig im halben Haus verstreut! Das Zeug hatte es an sich, über die Jahre mehr zu werden!

Der Dämon versuchte den herumliegenden Glitzer mit seinem Anzug wegzuwischen, aber dadurch sah er nun wirklich fabulös aus. Ihm gefiel das Funkeln am Stoff und an seiner Haut gar nicht, weil er laut herumstöhnte und leise fluchte. Glitzer war hartnäckiger als mancher Hexenfluch.

»Untot, stalkerische Tendenzen und Glitzerhaut. Pass auf, sonst wirst du noch Protagonist einer Teenieromanze«, stichelte ich und reichte Blake ein Tuch. »Tupfen, nicht rubbeln. Du machst es nur schlimmer.«

Mein Dämon grummelte. Ich behielt für mich, dass der Glitzer auch schon in seinem Gesicht angekommen war.

»Es ist jedenfalls wohnlicher als das Zimmer im Schloss«, beendete er die kurze Erkundungstour. »Es hat Charakter. Nur ... «

»Nur?«, fragte ich. Blake sah auf einmal seltsam aus, als wäre er mitten in seiner Bewegung eingefroren.

»Zu viel Salbei«, keuchte der Dämon und nieste viermal laut.

»Man kann Dämonen also ausräuchern?«

»Natürlich nicht«, stritt er mit nasaler Stimme ab. »Wir haben bloß keine Lust auf di-hie–« Er nieste noch einmal.

»Ich hasse Salbei. Ich verspüre auf einmal einen unangenehmen Druck im Kopf.«

Weil er seine Abneigung gegen das getrocknete Kraut derart unverblümt zum Ausdruck gebracht hatte, bewarf ich ihn mit einem Bündel zum Ausräuchern. »Schuss und Sieg.«

»Du kleines teuflisches Hexchen«, brachte Blake geradeso heraus, bevor er erneut niesen musste. »Mein Kopf explodiert gleich.«

Ich zielte mit dem nächsten Bündel Salbei. »Halte mich doch auf«, provozierte ich den Dämon. Die Salbei-Schlacht war eine willkommene Abwechslung zum quälenden Heimweh. Die Unordnung war egal. Hauptsache, ich konnte mit Blake etwas Zeit in meinem alten Haus verbringen.

Blake wich einem Bündel aus, aber ich war eine Hexe. Ich hatte tonnenweise Salbei im ganzen Haus versteckt.

»Warte ... Ist da Walpurga?«

»Wo?«

Das lenkte mich zumindest so kurz ab, dass Blake sich schnell an mich heranteleportieren konnte. Er drückte mich gegen eine Wand, schob eine Hand unter meinen Beinschlitz. Eher unbewusst streichelten seine Finger meinen empfindlichen Bereich am Oberschenkel. Ich krallte meine Fingernägel in seinen Rücken, was Blake erstaunt aufkeuchen ließ.

»Ist das für dich okay?«

»Ja«, stöhnte ich gegen seinen Mund, bevor ich ihn zustimmend küsste.

Mit jedem Kuss wurde ich tiefer in einen Strudel aus Leidenschaft und Verlangen gezogen. Würde ich jemals aufhören können, Blake zu küssen? Das konnte – und wollte – ich mir nicht vorstellen.

Als seine Finger meinen Slip zur Seite schoben, kehrte ich

in die Wirklichkeit zurück und löste meine Lippen von seinen. *Mehr, mehr, mehr,* verlangte mein Körper. *Ich brauche mehr von dir.*

»Ich werde als Erstes ein langes Bad nehmen«, ließ ich den Lich wissen. »Ohne Salbei.«

Blake schnaubte lächelnd und verdrehte dabei die Augen. Sein Körper reagierte vielleicht nicht mit Erröten und Atemlosigkeit auf den Kuss, aber ich konnte seinen inneren Sturm an kleinen Gesten ablesen: wie er die Augen verdrehte und dabei versuchte zu vertuschen, dass er sich mein Gift von den Lippen leckte – oder dass seine Augenbrauen sich vor Sorge, etwas falsch gemacht zu haben, leicht wellten. »Ihr Hexen habt wirklich einen Fimmel, baden zu gehen.«

»Willst du mich nicht begleiten?«

»Hm?«

»Du hast gesagt, dass du mein Geliebter sein willst. Wenn ich dafür wirklich mein Herz aufs Spiel setze, dann will ich wissen, was ich dafür kriege«, sagte ich und lockerte verführerisch seine rote Krawatte.

Er war immerhin der Sohn der Gier. Er wollte alles von mir: mein Herz, meine Seele und meinen Körper. Ich war bereit, ihm alles zu geben, wenn ich das Gleiche von ihm bekam. Nicht mehr und nicht weniger wollte ich von diesem Teufel.

Blake schluckte schwer. Das Schwarz in seinen Augen war nun dunkler als die Nacht selbst. Warum hatte ich jemals davor Angst gehabt? Wir Hexen liebten die Finsternis. Wenn ich Blake in die Augen blickte, dann sah ich nur meine geliebte Dunkelheit, die mich mit offenen Armen empfing.

Im Badezimmer drehte ich den Wasserhahn auf und ließ kleine Rosenquarze und getrocknete Rosenblätter in das Wasser fallen. Ein Schuss Rosenöl garnierte meine Verführungsoffensive. Hoffentlich exorzierte ich ihm damit nicht die schwarze Seele aus dem Leib.

Hinter mir hörte ich Blake näher kommen. Seine dunkle, kalte Aura umschlang mich lange, bevor ich ihn körperlich spüren konnte.

»Ich habe dich vor ein paar Monaten zufällig im Garten erblickt«, gestand mir Blake schlussendlich doch und küsste meinen Nacken, ehe er den Reißverschluss meines Kleides quälend langsam nach unten zog. »Die Königin unter den Giftpflanzen.« Ein Kuss auf die Schulter, als mein Kleid raschelnd zu Boden glitt. »Ich wusste nicht, ob ich eine Hexe so attraktiv finden durfte.« Er umfasste meine nackten Brüste von hinten und biss mir in den Nacken. Ich stöhnte laut auf und krallte meine Fingernägel am Beckenrand fest. Konnte das Wasser nicht etwas schneller in die Wanne fließen? »Aber ich konnte nicht anders. Da ist etwas in mir, das mich magisch zu dir zieht.«

»Blake …«

Ich drehte mich zu dem Dämon um und zum ersten Mal erkannte ich, dass er die Gefühle für mich selbst nicht verstand. Er sah derart verloren aus, dass es mich schmerzte.

Da standen wir nun also: eine Hexe, die keine Gefühle für einen Dämon hegen sollte, und ein Dämon, der nichts für eine Hexe empfinden wollte.

»Ich habe dich am Anfang so sehr gehasst. So sehr, dass ich mir nicht eingestehen wollte, dass sich dieses Gefühl langsam verändert hat. Deshalb habe ich dich einfach noch mehr gehasst.« Ich knöpfte die lästigen Jackett- und Hemdknöpfe auf. »Du bist ein Dämon, und doch kann ich nur daran denken, wie sehr ich dich will.« Seine Haut war kalt, glatt und hart – und ich kam nicht darum herum, meine Zähne neckend einzusetzen. »Was gefällt dir eigentlich im Bett?« Ich sah lüstern zu ihm hoch, während ich auch seine Hose öffnete. Das Stöhnen des Dämons war Anreiz genug, das schnell zu erledigen. »Irgendwelche besonderen Vorlieben? Ich muss ja gestehen, dass ich neugierig bin, was Dämonen im Schlafzimmer so mögen.«

»Wie *ich* schon mal gesagt habe ...« Er hob meinen Kopf mit seinen Fingern an und sofort kuschelte ich mich berührungshungrig, wie ich nach Jahren der Isolation war, an sein Schlüsselbein. »*Ich* mag es, wie dein warmer Körper sich an mich schmiegt.«

»Fühlt sich das für dich wirklich so gut an?«

»Ja.«

»Und du willst das tatsächlich auch?«

»Ja, meine dunkle Königin.«

Blake stieg als Erster ins Wasser, während ich mit meinem Slip das letzte Stück Stoff beseitigte. Ich setzte mich auf den Rand der Wanne, die Füße im Wasser, damit Blake näher an mich heranrückte und ich meine Arme um seinen Hals schlingen konnte. Als er sich schließlich in der Badewanne ausstreckte, lag mein Körper eng an ihn gepresst – so eng, dass ich seine Lust deutlich wahrnehmen konnte.

»Wolltest du mir nicht noch etwas dahingehend erklären?«

Nur aus Neugier rieb ich meinen Körper aufreizend an seinem. Sein Stöhnen war dunkel und kehlig und es bewirkte, dass mein Verlangen sich ins Unermessliche steigerte.

O Göttin, ich wollte ihn endlich spüren ...

»Lichs können die ... die Flüssigkeit in ihrem Körper selbst steuern.«

»Das heißt dann ...«

Er schob sein Gesicht an mein Ohr. »So lange, wie ich –

wie wir – wollen. Ich habe doch gesagt, dass es bei Lichs sogar besser klappt.«

Ich schluckte hart. »Verführerisch … Aber können wir mal langsam anfangen?«

Blake grinste mich an. »Wie es meiner dunklen Königin beliebt. Wir haben den Bruchteil der Ewigkeit dafür Zeit.«

Bestärkt durch einen langen Kuss verlor ich mich endgültig in der dunklen Umarmung des Untoten. Stück für Stück nahm ich seine Kälte in mir auf.

»Cherry …«

»Na, woher kommt auf einmal diese Atemlosigkeit?«, sagte ich und ließ meine Hüfte kreisen, was Blake beinahe die Fähigkeit zur angemessenen Kommunikation beraubte.

Seine Hand fuhr meinen Bauch hinab und umkreiste meinen Nabel.

»Ich probiere, mich zurückzuhalten, während du mich auf diese Art quälst.«

Der Dämon ließ mir Zeit, mich an seinen kalten toten Körper zu gewöhnen. Diese Zeit brauchte ich auch wirklich. Ich war so lange nicht mit einem anderen Wesen intim geworden, dass ich ganz vergessen hatte, wie es sich anfühlte. Der kurze Moment der Befremdlichkeit wich eine Hüftbewegung später einer unbeschreiblichen Emotion. Blakes Nähe hatte mir vorher bereits behagt, aber bei der Göttin! Wenn ich mir vorstellte, dass das so lange andauern konnte, wie ich wollte, wie sollte ich mich jemals wieder zu etwas anderem aufraffen?

Ich blickte zu dem verdächtig stillen Dämon hinab.

Blake hatte den Kopf in den Nacken gelegt und genoss sichtlich, wie ich mich auf ihm räkelte. Auch wenn er dafür seine eigene Lust noch etwas zügeln musste.

»Cherry …?«

»Ich brauche noch etwas, *mein Verlobter.*«

Den Wink mit dem Zaunpfahl verstand er sofort. »Du teuflisches Hexchen«, stöhnte er und hob die Hüften an. Mit einem gierigen Stöhnen glitt er noch viel tiefer in mich.

Ich krallte meine Fingernägel fest in sein Fleisch und senkte meine Zähne in die empfindliche Stelle zwischen Hals und Schulter. Blake bäumte sich unter mir auf. Ein kleiner Schrei voller Lust entfuhr meinen Lippen, die Blake zugleich mit einem Kuss versiegelte.

Seine Hände bedeckten meine Brüste, sein Daumen spielte mit meinen harten Brustwarzen. Unsere verschlungenen Körper stießen Wasserschwalle auf den Boden – wie der tosende Sturm in meinem Inneren.

Viel zu schnell spürte ich, dass ich diesen Orkan nicht mehr zurückhalten konnte, und schrie auf. Mein Unterleib pochte vor schmerzhafter Verzückung und ich spannte mein Becken an. Mein Orgasmus überrollte mich wie eine Flutwelle und zurück blieb eine Belladonna, die sich nahezu handzahm an den Dämon kuschelte. Blake legte eine Hand auf meinen Hinterkopf und drückte mich sanft an seine Brust. Das Wasser war inzwischen ganz kalt und duftete kaum noch nach Rosen. Stattdessen legte sich der schwere Duft von Sex um unsere erschöpften Körper. Na ja, zumindest ich war erschöpft und befriedigt. Keine Ahnung, ob Blake diese Gefühle kannte.

»Du bist mein Geliebter«, flüsterte ich mit rauer Stimme an sein Ohr und biss ihm spielerisch und mit nahezu letzter Kraft ins Ohrläppchen. »Und ich deine Geliebte.«

Er wickelte sich eine Strähne um seinen Finger. »Das hört sich gut an.«

»Du kannst gerne einen Pakt mit mir schließen.«

Er schüttelte spürbar den Kopf. »Das brauche ich nicht.«

»Dann verlängere ich hiermit unseren bestehenden Pakt.«

»Cherry! Weißt du, was du gerade getan hast?«

Ich nickte. »Wir sind Vertragspartner. Ich kann in einem gewissen Maße selbst Forderungen stellen – und deshalb den Vertrag auf meinen Wunsch verlängern.«

Ich hatte einige Bücher über Verträge mit Dämonen gewälzt, und da war mir die Idee gekommen. Es war schwer, einem Pakt mit einem Dämon zu entfliehen, aber unglaublich einfach, den Pakt aufrechtzuerhalten. Allerdings hatte ich damals nicht damit gerechnet, den Vertrag mit Blake verlängern zu wollen. *Netflix?* Ja. Aber meinen Verlobungsvertrag? Nie im Leben!

»Also?«

»Ich akzeptiere.«

Bald darauf bemerkte Blake meine klappernden Zähne. Er schob es auf das kalte Wasser, doch vielmehr war es der Tabubruch, der meine Gedärme zu Eiszapfen hatte gefrieren lassen. Von nun an gab es kein Zurück mehr: Königin Belladonna verkehrte mit Dämonen. Sie war mit einem Dämon verlobt. Sie *liebte* einen Dämon.

Er hob meinen erschöpften Körper hoch – vielleicht ließ ich mich auch gerne von Blake in der Gegend herumtragen – und brachte mich in mein Bett. Das Bett war so schmal, dass Blake sich eng an mich schmiegen musste, um Platz auf der Matratze zu finden.

»Wie wäre es …«, ich rollte jede Silbe, »wenn ich mich jetzt mal um deine Zufriedenheit kümmere.«

»Bist du nicht mü–«

Sein Protest ging in einem lauten Stöhnen unter.

Irgendwann kam Atropos zurück ins Haus und ebenfalls

ins Bett geschlängelt. Sie sagte nichts zu dem nackten Dämon, der mich in eine enge Umarmung gezogen hatte, und ich nichts zu der waschbärgroßen Beule in ihrem Schlangenleib.

Ist das der falsche Weg?, fragte ich meinen Familiar.

Es ist dein *Weg.*

Ich lag vielleicht nur ein paar Minuten in Blakes kalter Umarmung, als ich spürte, wie er sich auflösen wollte.

»Walpurga«, informierte er mich knapp und war bereits mehr Rauch als Mann.

Ich drückte fest seinen Arm. »Bleib.«

»Sicher?«

»Ja.«

Ich drehte mich um und senkte meine Lippen auf sein Schlüsselbein. Die Erschöpfung der letzten Stunden steckte tief in meinen Knochen, sodass ich mit weitaus weniger Panik reagierte, als in dieser Situation vielleicht angemessen gewesen wäre.

Die Tür zum Schlafzimmer flog – begleitet von einem kleinen Erdbeben – polternd auf, als Walpurga schimpfend eintrat. Sie war so in Rage, dass sie länger brauchte, um auf die Situation zu reagieren. »Warum bist du jedes Mal hier, wenn ich nach dir suche? Bei der Göttin, Belladonna, ich habe weitaus Be–«

Stöhnend richtete ich mich im Bett auf. »Ich bin mit Blake erst vor Kurzem aus dem Seelie-Reich zurück. Dürfte ich vielleicht heute mal ein paar Stunden länger schlafen?«

Natürlich, Belladonna.

Aber diese einfache Antwort erlaubte mir Walpurga in dieser prekären Situation natürlich nicht.

»Bitte sag mir, dass es eine Erklärung dafür gibt.«

»Blake ist der Geliebte einer Königin«, sagte ich und reckte das Kinn herausfordernd in ihre Richtung. »Er ist mein Geliebter. Das reicht doch als Erklärung.«

Blake legte einen Arm beschützend um meine Hüfte und knurrte sie an. Ich wollte ihn schon ermahnen, aber Atropos schloss sich mit einem bedrohlichen Zischen an.

Zum ersten Mal wurde mir so richtig bewusst, dass keiner in meiner Nähe Walpurga ausstehen konnte. Mein Familiar hatte weder bei Blake noch bei Nora derart extrem reagiert. Warum konnte sie Walpurga nicht leiden?

»Das ist nicht dein Ernst, Belladonna!«, zischte Walpurga mit zusammengebissenen Zähnen. »Auf ein Wort«, sagte sie, als wäre sie die Königin – als hätte sie etwas zu sagen –, und deutete vor die Tür. »Sofort.«

Zwar verdrehte ich die Augen, aber mir war klar, dass ich früher oder später nicht um ein Gespräch herumkommen würde. »Ich rede mit ihr«, sagte ich zu Blake und hauchte ihm einen Kuss auf die Lippen.

Eher widerwillig schlüpfte ich aus dem Bett. Meine Bewegungen waren langsam und das Denken fiel mir schwer, weshalb ich eine ganze Zeit nach meinem schwarzen Seidenkimono im Schrank suchte. Mir kam es nicht einmal in den Sinn, ein Kleid anzuziehen. Den Rest des Tages würde ich mit Blake im Bett verbringen, da konnte sich Walpurga noch so auf den Kopf stellen. Das hatte ich verdient.

»Ich denke, das ist keine gute Idee.«

Ich stimme ihm zu, hielt Atropos zu dem Dämon. *Du kannst dir ja denken, was sie zu sagen hat. Willst du das wirklich aus ihrem Mund hören?*

»Walpurga ist immer noch meine Beraterin – und vielleicht kann ich sie umstimmen. Sie muss es ja nicht gleich akzeptieren«, redete ich mich um Kopf und Kragen, weil Schlange und Dämon sehr skeptisch dreinblickten. »Sie muss mir nur ein bisschen Zeit geben. Ich werde ihr beweisen, dass ich nicht aus Dummheit oder Naivität gehandelt habe.«

Blakes Augen verengten sich und er grollte: »Hat sie dich etwa dumm genannt? Und naiv?«

Verdammt. Der Dämon hatte die Situation richtig eingeschätzt.

Bevor er der Erdhexe erneut an die Kehle sprang, entschwand ich vor die Tür.

»Was ist denn los?«, fragte ich Walpurga ungehalten und verschränkte die Arme vor der Brust. »Ich bin wirklich müde. Die letzten Tage – für dich waren es bloß Stunden – ist unglaublich viel passiert.«

»Ja, das habe ich gesehen.«

Ich grinste ein wenig. »Es tut mir leid, Walpurga, aber mit dir will ich eher nicht über mein Liebesleben sprechen. Deshalb gleich zum Wichtigsten: Ich glaube, dass ich einen bleibenden Eindruck bei den Seelie und Unseelie als Königin hinterlassen habe. Wobei man ja nie sagen kann, ob das gut oder schlecht ist. Auf jeden Fall ist mir der erste Auftritt als Königin gelungen.«

Ich wollte, dass sie mir den Sieg über die Wilde Jagd auf irgendeine Weise anerkannte. Ohne Nora und Blake hätte ich das zwar nie geschafft, aber ich wollte Walpurga sorgsam an die neuen Verhältnisse heranführen.

Sie schien mir nicht richtig zuzuhören. »Die Krönung steht bald an. Willst du auf den Feierlichkeiten den Dämon als deinen Liebhaber vorstellen? Mach dich nicht lächerlich. Du als Hexenkönigin kannst nicht mit einem Dämon zusammen sein. Was hast du dir bloß gedacht? Belladonna! Ich bin enttäuscht von dir. Du musst doch wissen, dass du damit nur zum Gespött der Hexenwelt grassierst.«

Der letzte Satz löschte die kleine Flamme der Hoffnung, Walpurga für meine Seite zu gewinnen, aus. Das Feuer ging direkt in meine Adern über und brachte mein Blut vor Zorn zum Brodeln.

»Was? Stört es dich, weil ich tatsächlich Gefühle für Blake hege? Wäre es besser, ich würde ihn wie Königin Sibylle mit seinem wahren Namen gefügig machen?«

»Wo- ... Hat dir das die Höllenbrut eingeredet?«

»Weil das ihr verdammter Geist zugegeben hat!«, schrie ich Walpurga lautstark an. »Wie lange wolltest du mich noch an der Nase herumführen?«

Mit einem Raunen erhoben sich sämtliche Pflanzen des Poison Garden und streckten ihre Wurzeln, Ranken und Blätter aus. Wenn ich wollte, konnte ich die Erdhexe von ihnen verschlingen lassen. Sie konnten meine Wut bis in die kleinste Wurzelspitze fühlen und sie alle stimmten mir zu: Das war Hochverrat an der Königin.

Die Ranken der Pflanzen wuchsen durch das Fenster im Flur. Sie kitzelten Walpurgas Füße, was auf den ersten Blick vielleicht verspielt wirkte, ich hingegen als eine Drohung erkannte. Eine Pflanze hatte wohl die Abflussrohre gewählt, um sich Walpurga still drohend um den Hals zu wickeln.

Die Erdhexe murmelte mit einem Hauch Ehrfurcht: »Wann bist du so mächtig geworden?«

Aber das hörte ich gar nicht. »Wenn das deinem Bild einer guten Hexenkönigin entspricht, dann will ich nicht mehr deine Königin sein.«

»Königin Sibylle hat das alles einzig und allein für das Wohl der Hexen getan.«

Ich warf die Arme in die Luft und kreischte ein schauderhaftes Lachen. »Und das soll ich glauben? So *dumm und naiv* bin ich auch wieder nicht. Nichts – gar nichts! – rechtfertigt ihre Taten! Und wenn du sie derart verteidigst, dann kann ich dich nicht länger in *meinem Schloss* willkommen heißen. Blake ist mein Geliebter und soll die Vorzüge des Prinzgemahls weiterhin genießen. Ich will ihn an meiner Seite haben. Er will bei mir sein.«

»Was meinst du?«

»Ich schaffe das auch alles ohne dich. Ach was, ohne dich wird mir *alles* leichter fallen! Dann gibt es wenigstens niemanden mehr, der mir in meine Entscheidungen reinpfuscht! Ich brauche dich nicht und ich will dich auch nicht mehr länger sehen.«

Nachdem all das für so lange Zeit Unausgesprochene über meine Lippen gekommen war, atmete ich schwer. Ich verwendete all meine Kraft darauf, dass die Pflanzen Walpurga nicht wie einer Stoffpuppe Arme, Beine und Kopf abrissen.

Walpurgas Augen verengten sich. »Gut. Du bist die amtierende Königin und ich sollte die Entscheidung der ehrenwerten Hohepriesterin unserer Göttin respektieren. Dann wünsche ich dir viel Spaß bei … was auch immer du tust. Eines noch …« Walpurga trug einen kleinen Lederbeutel bei sich, der mir erst jetzt auffiel, als sie suchend darin herumwühlte. »Sieh es als mein Abschiedsgeschenk.«

Ich war zu perplex, um zu handeln, aber eine Pflanzenranke fing das Ding für mich auf. Staunend begutachtete ich das feine Metall mit den violetten Steinen. Es sah fast so aus wie Blätter mit Blüten. Das war …

»Deine Krone. Die Krönung steht bald an – falls du es nicht vergessen hast.«

Das waren ihre vorerst letzten Worte an mich, als sie sich umdrehte und mein Haus ohne Abschiedsworte verließ. Ich hielt die Krone so fest umklammert, dass ich erst bemerkte, mein Fleisch am Metall verletzt zu haben, als Blut auf den Boden tropfte.

»Scheiße«, fluchte ich leise. Eigentlich ärgerte ich mich mehr über meine Blauäugigkeit als über die Verletzung, die mit einem angenehmen Kribbeln schon wieder abheilte.

Ich legte die Krone vorerst beiseite, da mich ihr Gewicht zu erdrücken drohte. Was, wenn die anderen Hexen ähnlich reagierten?

Blake wartete angezogen und mit einem »Walpurga ist ein Miststück« auf mich. Atropos nickte.

»Ja. Nein. Ich verstehe ihren Standpunkt. Sie ist nicht die einzige Hexe, die so denken wird. Sie verkörpert das Schlimmste, das mir als Königin passieren könnte: dass meine Schwestern nicht zufrieden mit mir sind. Darum wollte ich nach ihrem besten Willen handeln. Ich wollte, dass sie stolz auf mich ist.«

»Und dich selbst unglücklich machen?«

»Was ist wichtiger: das Glück des gesamten Hexenvolks oder eine glückliche Königin?«

Natürlich wusste er darauf keine Erwiderung.

»Bring mich ins Schloss«, bat ich Blake und räusperte mich. Ich durfte bloß nicht zu heulen anfangen! »Ich muss meine Krönung nun allein vorbereiten. Damit ich wenigstens weiterhin die Königin spielen kann.«

»Cherry ... Du *bist* die Königin.«

Süß, dass er das sagte – aber wir hatten gerade Sex gehabt und jede andere Antwort hätte dieses Vorrecht wieder zunichtegemacht. Natürlich sprach er nicht aus, dass ich bis jetzt bereits einige Male vollkommen als Herrscherin der Hexen versagt hatte.

Ich werde immer bei dir sein, Belladonna, sagte Atropos. Meine Schlange eilte herbei und drückte ihren schuppigen Kopf lange gegen meine Wange. *Und ich habe das Gefühl, dass der Dämon dich vorerst auch nicht verlassen wird.*

32. Kapitel

PARIS QUADRIFOLIA
Einbeere

Mit einer Tasse dampfendem Einbeeren-Tee in den Händen eilte ich mit Atropos durch das historische Gemäuer. Vorbei an unzähligen Türen, langen Gängen und alten Gemälden, die ich noch nie gesehen hatte.

Ich hatte mich nicht in meinem eigenen Schloss verlaufen. Ich erkundete lediglich unter Zeitdruck meine Umgebung!

»Das ist alles deine Schuld«, zischte ich meinem Familiar zu.

Ich dachte nun mal, dass dort eine Maus entlangläuft.

»Es war aber Staub. Besitzen Schlangen nicht eigentlich einen Wärmeblick?«

Müsstest du dich nach zwei Monaten nicht in deinem Schloss auskennen?

»Du lenkst ab.«

Du doch auch.

Ohne Walpurga lief alles im Schloss ... anders. Viele Dinge wurden bloß noch schleppend erledigt, weil ihre harte Strenge fehlte. Die Angestellten waren nach Jahren mit Walpurga so ausgelaugt von ihrer Arbeit, dass sich Anfang der Woche die halbe Belegschaft krankgemeldet hatte. Das war jetzt – kurz vor meiner Krönung – natürlich der perfekte Zeitpunkt.

Ständig wurde etwas angeliefert oder ich bekam einen Anruf, das sich etwas für die Feierlichkeiten verspätete. Was genau? Ich hatte keine Ahnung! Andauernd musste ich zwischen Tür und Thronsaal hin und her laufen und Sachen wie Trockeneis entgegennehmen. Blake begleitete mich ab und an, aber im Gegensatz zu ihm konnte ich den Weg nicht abkürzen, indem ich mich in Rauch auflöste. Ich wurde von der ganzen Rennerei obendrein durstig, weshalb ich mir einen Gifttee in der Küche gebraut hatte. Durch den Personalmangel hatte ich selbst das Teewasser aufgesetzt – und mich dann auf dem Rückweg zum Thronsaal hoffnungslos verlaufen.

Mir war vollkommen schleierhaft, was genau ich hier eigentlich tat.

Durch meine Giftvorführung im Faereich war in mir kurz das Gefühl hochgekommen, dass ich den Thron und die Krone wirklich verdiente. Nicht weil ich dem Faekönig Schaden zugefügt hatte, sondern weil ich bewiesen hatte, dass ich in der Lage war, das Hexenvolk vor Feinden zu beschützen. Mir war klar geworden, wie mächtig mein Gift war.

Aber jetzt …

Es ist nicht so, als würdest du nach deiner Krönung nur noch im Schloss herumrennen und bürokratische Dinge erledigen, meinte Atropos. *Wobei es wichtig wäre, eine neue Hexe für diese Tätigkeiten einzustellen.*

»Ja, da hast du recht. Obwohl es schwer ist, einen Einsatz für Walpurga zu finden.«

Bereust du es?

»Nein. Nein! Natürlich nicht!«

Wenn ich mich zwischen Walpurga und Blake entscheiden müsste, dann würde meine Wahl immer wieder auf den Dämon fallen. Diesem heimtückischen Teufel der Gier gehörte nun mal mein Herz.

Es ist süß, dass du so ehrlich zu deinen Gefühlen stehst.

»Aber zugleich sind sie auch meine Schwäche«, endete ich. »Ich weiß, dass sehr viele Hexen meiner Krönung nicht beiwohnen werden, weil sich das mit Blake überall herumgesprochen hat.«

Ich hatte unzählige von Einladungen zur morgigen Krönung an allerlei Hexencoven auf der ganzen Welt geschickt, hatte so lange geschrieben, bis ich eine Sehnenscheidenentzündung bekommen hatte, die sofort wieder abgeheilt war. Mit mulmigem Gefühl hatte ich jeden Tag auf Antwortschreiben gewartet. Nach den ersten zwei Dutzend Absagen hatte ich keine weiteren Briefe mehr geöffnet, sondern alle in meinen Vasen-Papierkorb gestopft.

Weißt du ... Atropos glitt auf den Boden und schlängelte vor mich hin. *Ich finde es schade, wenn Liebe für eine Schwäche gehalten wird und man das Potenzial einer solchen Verbindung übersieht.*

»Potenzial?«

Die Hexenkönigin und der Dämonenprinz – du hast es dir so oft vor Augen geführt, aber dir noch nie die Frage gestellt, wie mächtig du mit seiner unheiligen Dämonenmagick sein kannst. Nicht zu vergessen die kleine nervige Fae ...

»Du deutest doch damit nicht etwa an ...«

Ich verstummte, als Anastasia mit einer großen Reisetasche aus einem der Zimmer gegenüber trat. Sie war genauso überrascht von meiner Anwesenheit wie ich von ihrem legeren Outfit und dem zusätzlichen Reisekoffer in ihrer Hand.

Meine Zunge klebte am Gaumen fest. »Verreist du etwa?«

»Oh. Belladonna! Was machst du hier?«, fragte mich die Hexe und überging zunächst meine Frage. »Ich habe dich in diesem Bereich des Schlosses ja noch nie gesehen.«

CAT
CHING
FEEL
INGS

Meine Augen hafteten nach wie vor an ihrem Koffer. Walpurga war noch nicht einmal eine Woche fort und nun wollte Anastasia auch noch gehen?

»Belladonna«, sagte sie mit sanfter Stimme. »Ich habe doch gesagt, dass ich lediglich bis Yule bleibe.«

»Ich weiß, aber ... willst du nicht vielleicht noch ein paar Tage oder Wochen bleiben? So viele Zimmer stehen frei. Ich habe noch keinen Coven.«

Noch nicht, zischelte Atropos. *Aber bald.*

»Deine Feier lasse ich mir natürlich nicht entgehen«, lächelte sie und tätschelte meine Schulter, bevor sie an mir vorbeigehen wollte. Warum war sie denn auf einmal so abweisend?

Ich griff nach ihrer Hand. »Warte. Hat Walpurga etwas zu dir gesagt?«

»Nein. Ich habe etwas zu ihr gesagt: dass sie sich bewusst werden muss, wem ihre Loyalität gehört.«

Ein »Dankeschön« lag mir auf den Lippen.

»Nicht dafür, Belladonna. Und jetzt bereite dich vor. Die Krönung wird ein unvergesslicher Tag für dich.«

Als Anastasia sich abwandte, breitete sich eine wohlbekannte Kälte aus. Kühle Klauen schlangen sich von hinten um meinen Körper und umfassten mich. Bereit, mich in die Dunkelheit zu ziehen. Ich blinzelte – und stand plötzlich in meinem zugewucherten Thronsaal. Er erschien durch die laufenden Vorbereitungen sehr unaufgeräumt.

»Hast du dich im Schloss verlaufen, meine dunkle Königin?«, flüsterte eine betörende Stimme.

Ich legte meine Hand an ein totenkaltes Gesicht. »Nein. Ich wollte nur, dass du mich findest.« Mit einem lauten Stöhnen schlüpfte ich aus meinen High Heels, die mindestens so warmgelaufen waren wie das Fegefeuer selbst. »Ich laufe schon seit heute Morgen in diesen Dingern rum und –«

»Ist etwas passiert, Cherry?«, fragte mich der Dämon. »Du wirkst etwas angespannt.«

»Anastasia zieht aus.«

Blake grunzte zufrieden. »Gut.«

»Was denn?«

»Was denn?«, echote er. »Warte ... Es ist dir nicht aufgefallen, oder?«

Ich befreite mich aus seiner Umarmung. »Wovon redest du?»

»Walpurga ist schlimm, aber Anastasia tut so, als würde ich nicht existieren.«

»Was? Ach, das bildest du dir ein ...«

Kaum ausgesprochen erinnerte ich mich an mein erstes Frühstück im Schloss. Tatsächlich hatte Anastasia den Dämon ignoriert, obwohl er mir beim Essen schöne Augen gemacht hatte und mir nicht von der Seite gewichen war. Aber das musste nicht bedeuten, dass Anastasia meinen Verlobten missbilligte. Auch wenn Dämonen ihre Mutter getötet hatten ...

»Wolltest du etwa mit einer der beiden einen Coven gründen?«, fragte Blake.

Ich schüttelte den Kopf. »Nein. Man bindet sich nur einmal im Leben an einen Coven. Wenn er auseinanderfällt, wie bei Walpurga und Anastasia, bleibt man meistens allein.«

»Du brauchst weder Walpurga noch Anastasia«, sagte er und streichelte mir über die Arme. »Du machst das ganz gut so.«

»Aber die beiden sind erfahrene Hexen.«

»Na und? Das bedeutet nicht, dass sie makellos sind. Ich bevorzuge die Belladonna-Art, Dinge anzugehen.«

Ich leerte meinen Gifttee und setzte die Tasse neben einer Ziegen-Statue ab. Ich schlang meine Arme um den Hals des Dämons und lehnte meinen Körper gegen seinen. So wie er es am liebsten hatte. »Und was ist die Belladonna-Art?«

»Bei der Belladonna-Art geht man zwar sehr vorsichtig und verhalten an die Dinge heran, später dann allerdings mit Leidenschaft und Hingabe.« Der Dämon nutzte die Erklärung, um seine Hände über meinen Rücken wandern zu lassen. »Was meinst du. Lassen wir es für heute sein und ziehen uns ins königliche Schlafgemach zurück?«

»Mhmm.«

Ich war kurz davor, Blakes Vorschlag abzunicken, als sich die Aura einer Hexe näherte. Ihre Energie fühlte sich vertraut an. »Kann man hier irgendwie helfen?«

Ich erstarrte, als ich die Stimme vernahm.

»Amari«, hauchte ich gegen die Lippen des Dämons und drehte mich um.

Dort an der Eingangstür stand nach all den Wochen Amari. Meine Amari mit einem Lächeln im Gesicht, welches selbst Regenwolken vertreiben konnte.

Blake rief mir noch etwas nach, aber mein dröhnender Herzschlag übertönte seine Warnung. Ohne über die Folgen nachzudenken, warf ich mich in die Arme meiner ältesten Freundin. Wir wirbelten dreimal lachend im Kreis herum, bevor wir beide gegen eine Wand krachten und zu Boden fielen.

»Aua!«, lachte ich trotz kleiner Blessuren überglücklich und drückte sie an mich. »Ich habe dich so vermisst! Warum hast du dich nicht gemeldet?«

Als sie mich umarmte, fühlte ich mich wieder wie ein Teenager. Sie trug nach wie vor dieses eine Rosenparfüm, welches sie stets ein klein wenig überdosierte. Der Geruch reichte, um Erinnerungsfetzen an meine Zeit an der Hexenakademie heraufzubeschwören: eine hitzige Diskussion über Affinitäten, die ich nur verlor, weil mich ihr Duft eingelullt hatte und ich bloß noch den Gedanken bilden konnte, in einem Bett aus Rosen zu schlafen. Dann sah ich unseren ersten Kuss – mein erster Kuss überhaupt – in der Bibliothek vor meinen Augen. Wir hatten uns vor der Bibliothekshexe verstecken müssen, weil wir einen Tag vorher rausgeflogen waren und für die nächste Woche Hausverbot hatten.

Dann unsere verschlungenen nackten Körper ...

Nein. An mehr wollte ich gerade nicht denken. Sie war meine Freundin, nicht mehr meine Geliebte.

»Es war so viel los«, seufzte Amari und zählte an den Fingern auf. »Zuerst die stressige Arbeit am Hafen, meine Mutter ist auch wieder schwanger, der Coven ...«

Sie versuchte mir bei ihrer Aufzählung nicht in die Augen zu schauen, was mir natürlich nicht entging. »Du hast einen Coven?«

Sie rückte am Boden etwas von mir ab. »Wie gesagt: Es war unglaublich viel los – aber bei dir doch auch.« Sie hob beide Hände. »Du wohnst in einem Museum.« Ein paar Giftpflanzen waren an sie herangewachsen und musterten sie. »Mit lebendigem Garten.«

Unangenehm, kommentierte Atropos und kroch an mir hoch. *Fast so unangenehm, wie seinen Familiar einfach im Gang stehen zu lassen!*

Der Thronsaal hatte Amari bereits merklich eingeschüchtert, aber Atropos' goldene Schuppen waren die Krönung. »Das ist übrigens meine Schlange Atropos. Mein Familiar.«

»Und das ist mein Otter Luz.«

Ein absolut putziges dunkelbraunes Tier tapste nahezu schüchtern hinter Amaris Rücken hervor.

Die großen dunklen Augen und die weiße Schnauze lösten sofort Verzückung in mir aus.

»Otter sind die süßesten Tiere, die ich kenne!«

Ich höre wohl nicht richtig!

»Du hast heute ein Staubwölkchen durch das Schloss gejagt. Sei auch mal süß, dann nehme ich das zurück.«

»Eine goldene Schlange ist allerdings auch ziemlich ... wow.« Luz hopste auf Amaris Schoß. Sie tätschelte mit einer Hand das Fell des Tieres und strich mit der anderen eine ihrer Braids nach hinten. Dabei starrte sie an mir vorbei. »Ich meine ... Du bist jetzt die *Königin der Hexen.* Was sollte da sonst passen? Eine goldene Schlange für eine mächtige Giftkönigin.«

Jetzt ist die Situation noch viel unangenehmer.

»Ja. Ich denke schon ... Ähm, was machst du eigentlich hier?«

In meiner anfänglichen Euphorie hatte ich das ganz vergessen: Was tat sie eigentlich vor der Krönung im Schloss?

»Ich dachte, dass ich dir helfen könnte. Zum Beispiel, wenn ich eine Eisskulptur von dir für die Gäste erschaffe.«

Ich war erleichtert, als die Umgebungsluft deutlich abkühlte. Sofort sprang ich auf und stürzte nahezu in Blakes Arme. »Äh. Das ist übrigens Blake. Mein Verlobter.«

Du machst es nicht besser, Belladonna.

Blakes Auftreten entlockte Amari augenblicklich eine heftige Reaktion. Eine kleine graue Gewitterwolke bildete sich über dem Dämon und durchweichte ihn von Kopf bis Fuß mit einem aufkommenden Platzregen.

Ich schnappte überrascht von ihrem Streich nach Luft.

Amari hatte früher schon das Wetter manipuliert, wenn ihr etwas gegen den Strich ging, aber ... Oh. Ja. Die Verlobung ging ihr ganz offensichtlich gegen den Strich.

Amari biss sich auf die Lippe, um ein Grinsen zu unterdrücken. »Ups. Plötzliches Hochdruck-Tief.«

Der Dämon knurrte sie wütend an und ich malte mir bereits das schlimmste Horrorszenario in meinem Kopf aus. Beschwichtigend warf ich mich an Blakes nasse Brust und flüsterte ihm ins Ohr. »Verzeih ihr das, ja? Mir zuliebe.«

Er entgegnete nur: »Ich ziehe mich kurz um.«

Kaum war der Dämon wortwörtlich abgeraucht, wandte ich mich an meine Ex-Freundin. »Amari, was sollte das? Ich habe genug vorzubereiten. Du musstest nicht auch noch Blake einweichen.«

»Musstest *du* mit einem Dämon anbandeln? Ein Dämon? Ein Höllenprinz noch dazu?«

Normalerweise liebte ich ihre harsche Ehrlichkeit, aber nach all dem, was mir Walpurga an den Kopf geworfen hatte, konnte ich es aus ihrem Mund nicht mehr hören.

»Es ist einfach passiert.«

»Aber er ist ein Dämon! Er war schon mit Königin Sibylle verlobt!«

»Das weiß ich, dennoch mag ich ihn. Die Situation ist ... kompliziert.«

»Belladonna ...« Amari stöhnte. Sie schloss die Augen und massierte sich die Schläfen. »Er ist ein Dämon. Er liebt dich nicht.«

»Doch ... Warte mal! Bist du deswegen hier? Haben die Hexen in deinem Coven gesagt, dass du mit mir über meine Partnerwahl reden sollst?«

»Mein Coven hat damit nichts zu tun. Ich musste sie sogar anbetteln mitzukommen, weil sie von *deinem Dämon* gehört haben!«

»Mein Dämon, ja? Er ist ... Gut, er *ist* mein Dämon – aber ich bin auch *seine* Hexe.«

Sie schwieg – und in mir keimte die Hoffnung, dass sie die ganze Situation neu einzuschätzen versuchte. Ich war ihre älteste Freundin. Die Person, der sie alles erzählte. Sie wusste, dass ich Dämonen nie vertraut hatte.

»Wenn dieser Dämon irgendetwas gegen dich in der Hand hat, sag es mir. Gib mir einen Hinweis, wenn du nicht offen darüber sprechen kannst. Blinzele zweimal. Ich bin hier, um dich aus den Klauen des Monsters zu befreien.«

»Amari ...«

»Du hast zweimal geblinzelt, oder? Du bist verflucht. Natürlich. Er hat dich mit einem Pakt versklavt. Das ergibt Sinn. Das ergibt endlich Sinn! Die Dämonen greifen die neue Hexenkönigin an, damit sie uns vernichten können.«

»Amari!«

»Meine Mutter ist wegen der Schwangerschaft sehr aufgekratzt, aber sie ist immer noch eine fähige Bluthexe. Es wird schmerzhaft, wenn wir dein Blut in den nächsten Monaten reinigen, damit dürfte der Pakt allerdings unwirksam werden. Ich werde sie gleich anrufen. Was hast du für eine Blutgruppe? A negativ, oder? Ich hoffe, wir können genügend Blutkonserven auftreiben.«

»Amari.« Weil sie nicht hören wollte, nahm ich ihre Hände. Das ließ sie verstummen. »Ich habe wirklich einen Pakt mit Blake geschlossen – allerdings auf freiwilliger Basis. Wir beide sind verlobt.«

Sie senkte den Blick, riss ihre Hände von mir und ballte sie zu Fäusten. »Warum tut man so etwas?«

»Weil ich ihm beweisen wollte, dass es mir egal ist, dass er ein Dämon ist. Weil ich in ihn verliebt bin.«

Ich wurde rot, als mein Liebesgeständnis in meinen Ohren widerhallte. Bis jetzt hatte ich meine Zuneigung nicht einmal Blake offen gestanden.

Amaris dunkle Augen wurden schmal. »Hast du mich jemals geliebt?«

»Was? Ja. Natürlich. Wie kommst du darauf?«

»Warum kannst du dann jetzt mit einem Dämon zusammen sein? Sie sind unsere Feinde!«

»Aber –«

Blake war nicht mein Feind – trotzdem wollte ich das nicht pauschal für alle Dämonen auslegen. Ich war bisher keinem einzigen Dämon außer dem Lich begegnet. Da war bloß noch diese mysteriöse Carmilla, die die Pakte der Angestellten geschlossen hatte. Sie klang nicht gerade wie meine neue beste Dämonenfreundin.

Die Härchen auf meinen Armen richteten sich auf, als Blake in einem frischen Anzug neben mir auftauchte. Sofort wandte sich Amari von uns ab.

»Ich kümmere mich um die Springbrunnen vor dem Schloss. Komm mit, Luz.«

Ich streckte einen Arm aus, doch keine einzige Silbe fand einen Weg über meine Lippen. Was sollte ich ihr schon nachrufen? Welche Worte konnten sie davon überzeugen, dass seine Gefühle für mich echt waren?

Noch vor zwei Monaten hätte ich ihr lautstark zugestimmt.

Ich neigte den Kopf in Blakes Richtung. »Du hast dich bei Amari zurückgehalten«, merkte ich an. Schnell wischte ich mir über die Augen, bevor ich mich an seine Brust schmiss, damit er mein rotes Gesicht nicht bemerkte.

»Du hast auf sie ganz anders reagiert als auf Collin«, erklärte Blake und streichelte über meine Haare. »Ich will nicht jeden deiner Ex-Liebhaber mit Knochen aufspießen.«

»Und ich will nicht jede deiner vergangenen Liebschaften vergiften.«

»Aha. Das wolltest du?«

»Ich war bei Oberons Bankett wirklich versucht, aber ich wusste nicht genau, welche Fae. Außerdem wäre es vielleicht ein bisschen zu melodramatisch und selbstbezogen gewwesen, wenn ich auch noch Oberons Sohn geküsst h-hätte.«

Blake bemerkte augenblicklich, dass meine Stimme leicht gebrochen klang. »Du weinst.«

Ich schniefte. »Ich werde Amari immer lieben. Darum tut es auch so weh, wie sie reagiert hat. Ich hatte gehofft, dass zumindest sie etwas ... dass sie sich zumindest ein wenig für mich freut.«

Natürlich war dies nur Wunschdenken. Zwischen den Hexen und Dämonen – aber auch den Fae – herrschte so viel böses Blut, dass selbst ein Jahrhundert nicht ausreichen würde, um die schlimmsten Wogen zu glätten. Wahrscheinlich war selbst ein Jahrtausend zu kurz bemessen ...

Schritt für Schritt, rief mir Atropos in Erinnerung. *Alnwick Castle wurde auch nicht an einem Tag erbaut.*

Ich schniefte erneut, rang mir dann ein Lächeln für meinen Familiar ab. »Da hast du recht.«

33. Kapitel

PAPAVER SOMNIFERUM
Schlafmohn

Heute war der einundzwanzigste Dezember, der Tag meiner Krönung.

Und Blake hatte mich verlassen.

Am Morgen meinte ich noch, dass seine Finger liebevoll neckend mein Rückgrat entlangstrichen, damit wir dort weitermachen konnten, wo wir gestern Nacht aufgehört hatten. Es war unser kleines Morgenritual, dass er meinen Hals küsste und meine Brüste massierte, bevor … Bei der Göttin, Dämonen der Gier waren wirklich unersättlich!

»Gleich, Blake«, murmelte ich. »Im Gegensatz zu dir brauche ich etwas Schlaf.«

Natürlich, Cherry, äffte Atropos die Stimme des Dämons nach. *Aber danach wird nonstop durchgevögelt!*

»Atropos!«, schrie ich empört und mit roten Wangen. »Ich … du … wo ist Blake?«

Die linke Betthälfte war leer und wie gewöhnlich kalt.

Atropos schlängelte vor mich hin und würgte ohne Vorwarnung einen Zettel auf das schwarze Leintuch.

»Iih! Musste das jetzt sein? Jetzt kann ich das schon wieder waschen lassen!«

Hätte ich doch nur eine Handtasche – oder Hände!

Angeekelt nahm ich den Zettel mit jeweils Daumen und Zeigefinger hoch und entfaltete ihn.

Bin in der Hölle.
Komme zur Krönung wieder.
Blake.

Mein Atem beschleunigte sich und ich sah die Wände aus den Augenwinkeln näher an mich heranrücken. Kalter Schweiß brach aus und zugleich zitterte ich wie ein Aal.

Nein. Nein. Nein.

Bei der Göttin! Wie sollte ich den Tag bloß ohne Blake durchstehen? Mein eigentlicher Plan hatte vorgesehen, die meiste Zeit mit dem Dämon im Bett zu verbringen. Nicht um mit ihm »durchzuvögeln« – wie Atropos es so unzutreffend formuliert hatte –, sondern weil mich die Nervosität lähmte und mir die einfachsten Handlungen schwer fielen. Nach der Sache mit Amari hatte ich einen Tag das Bett nicht verlassen und alles von meinem Schlafzimmer aus geregelt. Hexen wurden nicht krank, trotzdem fühlte ich mich hundeelend.

Allein dieses Mal aus dem Bett zu kommen, beanspruchte zehn ganze Minuten, und am liebsten hätte ich mich gleich auf den Boden gelegt.

»Und ein ›in Liebe, Blake‹ wäre schön gewesen«, schmollte ich und warf den Brief in meine Vase. »Das ist sehr unpersönlich für seine Verlobte.«

Dafür, dass du deine Gefühle so lange unterdrückt hast, gierst du jetzt nach jeder Kleinigkeit.

»Inzwischen ist doch sowieso schon alles egal.«

Es würde mich auch nicht überraschen, wenn ich heute einsam im Thronraum hocken und meine Pflanzen und die Wand anstarren dürfte.

Wäre auch nicht schlimm, meinte Atropos. *Mehr Torte für uns.*

Normalerweise würde ich ihr zustimmen, doch das war keine Geburtstagsfeier. Das war meine Krönung! Ich musste heute eine gute Figur vor dem Volk der Hexen abgeben, und falls die einzigen Anwesenden nur ich und meine Schlange wären ... Autsch. Ein größeres »Fick dich!« könnte man mir als Königin nicht signalisieren.

Ich zog mir ein leichtes Unterkleid über und kämmte meine Haare vor dem Spiegel. Das leise Klopfgeräusch blendete ich nahezu aus. Hoffentlich wurde gerade fleißig für die Feierlichkeiten in wenigen Stunden aufgebaut.

Ich legte die Bürste weg und hielt mich mit beiden Händen am Holz fest, weil ich drohte zu kollabieren. Mir wurde ganz schlecht, wenn ich nur an die Feier dachte. An die Blicke von Hexen, die Jahrzehnte oder gar Jahrhunderte älter waren als ich und die in mir die Neuauflage von Faustinas Tragödie sahen.

Ich stand auf und blickte geistesabwesend zu einem Fenster. Komisch ... Die letzten Tage hatte ein zäher Nebel die Umgebung in ein trübes Licht getaucht, aber nun wurde alles dunkelorange bestrahlt.

»Hallo«, klebte Blakes Schwester plötzlich am Glas. Sie tippte mit einer Kralle gegen das Fenster. »Das Kleid ist superhübsch.«

Aus reiner Höflichkeit kreischte ich einfach mal eine Minute lang. »Nora! Was machst du hier?«

Jetzt verstand ich Blakes seltsame Aussage, Motten würden immer vor seinem Fenster herumhängen. Seine Schwester musste ihn seit Monaten besuchen kommen. Und das hieß ... dass sie mich auch schon ein paarmal aufgesucht hatte?

»Lass mich mal bitte rein. Es ist kälter als am Nachthof. Ich bin Schnee nicht gewohnt.«

Nora demonstrierte mir eindrucksvoll, dass sie mit ihrem harmlosen Aussehen wohl nicht rein zufällig Spionage-Meisterin am Nachthof geworden war: Sie glitt leise wie der Dezemberwind durch das Fenster und landete nahezu lautlos auf dem Boden. Dort entfaltete sie für einen besseren Showeffekt ihre Mottenflügel.

Ich war so verzaubert von ihren hübschen Flügelchen, dass ich wie eine Idiotin begeistert klatschte.

Grinsend salutierte die Mottenfae vor mir. »Ich bin heute deine Leibwächterin. Zumindest so lange, bis mein Bruder von seinem Besuch zurückkehrt.«

Das Lächeln gefror mir im Gesicht. Ich wusste, dass Blake es nur gut meinte, wenn er seine Schwester vorbeischickte, aber das bedeutete auch, dass er es mir nicht zutraute, einen einzigen Tag allein zu sein. Die schwache Gifthexe brauchte einen Bodyguard.

»Leibwächterin, ja?«, hauchte ich mit kühler Stimme.

Niemand, der bei Verstand war, würde mich am Tag meiner heiligen Krönung oder an einem hohen Feiertag wie Yule angreifen. Ausnahmsweise hatte ich keine Angst um mein Leben. Es waren vielmehr die Worte, die heute gesagt werden würden und mich verletzen konnten.

»Eigentlich meinte Blake, ich soll dir Gesellschaft leisten, weil du ziemlich nervös sein wirst – aber das bist du ja nicht! Darum bin ich deine Leibwächterin.«

Das Lächeln kehrte in mein Gesicht zurück. *Du dummer Dämon …* »Ist Mothra nicht bei dir?«

»Doch.«

Ich rannte an der Fae vorbei und blickte nach draußen. Eine kleine Schneeschicht hatte sich in den letzten Tagen um das Schloss gelegt, doch diese war weitestgehend unberührt. Im Sonnenschein funkelte der Schnee wie ein Meer aus Kristallen.

Beim ersten hektischen Blick stellte ich keine Auffälligkeiten fest, doch dann neigte ich den Kopf und betrachtete die Fassade. Sie wirkte irgendwie ... verzerrt.

»Mothra!«, rief die Fae und die Fassade bröckelte. Nein! Ich erkannte, dass Mothra an der Schlossmauer klebte, wie ... wie eine riesige Motte.

Die Mottenfae und ihr Haustier mussten in der Lage sein, ihre Farbe an die Umgebung anzupassen, um sich vor Feinden verstecken zu können.

»Da sind Touristen!«, zischte ich. »Sag, dass er sich wieder tarnen soll!«

»Ach ja! Entschuldige.«

Die Schlagzeilen der nächsten Tage konnte ich mir bereits bildlich vorstellen. Es würde Monate dauern, bis die Menschen das Monster am Schloss vergessen hatten. Wer war eigentlich jetzt, wo Walpurga nicht mehr da war, das Sprachrohr von Alnwick Castle zu den Menschen?

Ich kriege keine Luft ...

»Ach, das ist mir schon ein paarmal passiert«, kicherte Nora. »Kennst du Point Pleasant? Ich liebe diese Stadt. Der Apfelkuchen ist der beste in ganz Nordamerika.«

Ich ignorierte ihr Geständnis, dass sie der Mottenmann war – beziehungsweise Motten*frau.* »Apfelkuchen hört sich gut an. Was macht ihn denn so besonders?«

»Zuckerguss.«

»Zuckerguss? Genial. Einfach, aber genial.«

Könntest du mit deiner kleinen Faefreundin vielleicht über etwas Wichtigeres sprechen als Kuchen?

»Du hast ja bloß Hunger«, murmelte ich.

Genau! Füttere mich oder wechsle das Thema.

»Blake ist also bei seinem Vater?«

Nora nickte.

Ich machte eine wegwerfende Handbewegung. »Es ist ja nur der Tag meiner Krönung.«

»Weißt du, er als Dämon muss dem Ruf unseres Vater Folge leisten.«

»Oh. Das war mir nicht klar.«

Das erklärte auch, warum er den Brief so seltsam kurz gehalten hatte.

»Ab und zu höre ich ebenfalls seinen Ruf, aber ich bin eine Fae und das Faereich ist so weit von der Hölle entfernt, dass ich ihn ignorieren kann.«

»Was er wohl von Blake will«, murmelte ich mehr zu mir, doch Nora antwortete. »Wahrscheinlich will Dad wissen, ob er dein Herz endlich gefressen hat. Dann sagt er ›Nein, das habe ich nicht. Ich bin in leidenschaftlicher Liebe zu Belladonna entflammt‹ und haut ab. Ende.«

Meine Beine gaben nach. »Er will mein Herz verschlingen?«

Die Fae eilte sofort zu mir. »Was? Natürlich nicht! Blake würde dir nie etwas antun. Hat er nicht mit dir darüber gesprochen, dass unser Vater ihm das aufgetragen hat ... Oh, dein kreideweißes Gesicht sagt mir, dass ich dich mit dieser Information absolut überrumpelt habe.«

»Ich meine ... Ich habe mir schon gedacht, dass er mich töten wollte. Sonst hätte er sich nie derart überstürzt mit mir verlobt. Aber es aus deinem Mund zu hören ...«

»Oh nein. Dich wollte er nie töten. Er sollte die alte Königin umbringen, aber jemand ist ihm zuvorgekommen. Jetzt dachte unser Vater natürlich automatisch, dass er ihre Nachfolgerin umbringen sollte. Aber Blake kann das nicht tun …« Sie kniete sich zu mir auf den Boden und lächelte mich an. »Weil Blake noch nie so glücklich war. Blake ist in dich verliebt und Dämonen würden nie ihren Geliebten etwas antun. Tatsächlich werden sogar einige andere Dämonen die Finger von dir lassen. Sie sind da wirklich sehr beschützend und ihre Geliebten stehen über allem.«

Alles, was ich hörte, war: »Blake ist also in mich verliebt?«

»Heilige Fledermaus! Ich hätte das nicht sagen sollen. Ich habe sein Liebesgeständnis total ruiniert.«

»Ich werde überrascht tun, wenn er mir irgendwann seine Liebe gesteht«, sagte ich zu seiner Schwester und lächelte sie dankbar an.

»Aber das war genug über meinen dummen Bruder! Es gibt mehr zum Reden als über Dämonen-Männchen. Kann ich dir bei irgendetwas helfen?«

Diese einfache Frage überrumpelte mich in diesem Moment. Ich war nicht daran gewöhnt, dass Leute mir bei etwas helfen wollten, aber Nora besaß diese Giftimmunität, die sie vor einer tödlichen Vergiftung schützen würde.

Ich zückte mein Ringlicht. »Willst du mich königlich herrichten?« Ihre Fühler hoben sich. »Wa- … Nein! Pass auf! Da steht ein Tisch!«

Die Anwesenheit der Fae linderte mein schlimmstes Lampenfieber, aber als ich mich vor den Türen des Thronsaals einfand, stand ich kurz vor einer erneuten Panikattacke.

»Wo ist Blake?«, fragte ich Atropos und versuchte mir Luft zuzufächeln.

Willst du den Dämon wirklich an deiner Seite haben, wenn du dich vor den Hexen als Königin zeigst?

Ich nickte – ohne zu zögern. »Ich habe darüber nachgedacht, ob eine glückliche Königin oder ein glückliches Hexenvolk wichtiger ist. Aber wie soll ich die Hexen als unglückliche Königin gut anführen? Ich möchte Blake so viel wie möglich einbinden, damit die Hexen sich an ihn gewöhnen. Vielleicht kann ich irgendwann beides erreichen.«

Atropos züngelte zufrieden. *Du legst immer mehr deine Zweifel und Ängste ab, wie eine Schlangenhaut, die zu klein geworden ist.*

Ich lächelte. »Ich bin froh, dass ich Blake so früh getroffen habe. Es wäre viel schwieriger, ihn später als möglichen Prinzgemahl einzuführen. So bin ich gleich die Dämonenhure und hangle mich hoch.«

Ich werde jeden verschlingen, der es wagt, sich über dich lustig zu machen, denn ich bin Atropos, die Weltenverschlingerin!

Ich streichelte ihren schuppigen Schädel. »Hach, du bist so süß.«

Meine Hände hielten die Krone dennoch verkrampft fest. Normalerweise wurde die neue Hexenkönigin von der alten Königin gekrönt, falls diese noch am Leben war, oder von einer Vertrauten der verschiedenen Herrscherinnen. Da ich vor wenigen Wochen Walpurga vergrault hatte, gab es niemanden, der diese Rolle übernehmen wollte. Anastasia hatte ebenfalls dankend abgelehnt. »Ich treffe mich vorher noch mit einer alten Bekannten. Ich komme vielleicht etwas zu spät zum Empfang«, hatte sie sich erklärt. »Aber du schaffst das auch ganz allein!«

Ich schnaubte.

Allein. Ja. So wie immer …

Du bist nie wieder allein, sagte Atropos. *Das darfst du nie vergessen.*

»Du hast ja recht. Also, gehen wir es an, mein treuer Familiar?«

Je länger ich untätig vor der Tür stand, desto länger würden diese unnötigen Festivitäten andauern.

Ich stieß die Flügeltür mithilfe meiner Tollkirschen-Pflanzen auf. Die Giftpflanzen umwickelten die Tore und hielten sie für jeden einladend offen. Oder für jeden, der sich nach meinem Auftritt umgehend wieder verabschieden wollte.

Die Gespräche im Raum verstummten schlagartig und ich spürte, wie sich zahlreiche Augen auf mich hefteten. Es waren viel mehr Hexen erschienen, als ich angenommen hatte. Mindestens drei Dutzend, vielleicht auch um die fünfzig Hexen aus aller Welt. Meine Augen überblickten lediglich kurz die Anwesenden. Mir starrten alterslose Frauengesichter entgegen. Die Körper waren allesamt in Schwarz gekleidet.

Ich schritt langsam den violetten Teppich zu meinem Thron entlang. Die lange Schleppe meines schwarzen Kleides war mit farbigen Blütenblättern bedeckt, die mir neben meinem Lidschatten und Lippenstift etwas Farbe verliehen.

Ich glitt in vollkommener Stille an den Buntglasfenstern vorbei. Das Glas zeigte inzwischen mein königliches Wappen: ein Tollkirschenzweig, welcher von einer goldenen Schlange umwickelt wurde. Keine Überraschung, aber trotzdem schön, es endlich in voller Pracht zu sehen.

»Starren die Leute?«, flüsterte ich leise.

Ja, aber wir sind auch sexy, ließ mich Atropos wissen.

Das Oberteil des Kleides war hauteng und es hatte mich mehrere Minuten gekostet und Noras Hilfe gebraucht, mich in dieses zu zwängen. Schwarze Blumenblätter bedeckten nur das Nötigste meiner Brüste und meinen rechten Arm, bevor eng anliegender schwarzer Stoff den Rest meines Körpers umschmiegte.

»Huhu! Bella!«, durchbrach Nora die Stille. Sie stand an einem Buffet-Tisch mit goldener Tischdecke und Kristallgläsern. »Der Kuchen ist schon mal sehr gut.«

Ich lächelte.

Zum Glück hatte ihr die Kopfverletzung nicht weiter zugesetzt. Hätte ich bloß vorher gewusst, dass meine Bitte, mir beim Schminken zu helfen, in einem kleinen Blutbad eskalieren würde.

Ja, wer hätte schon gedacht, dass sie wie eine Motte vom Ringlicht angezogen wird?

Der Weg zum Thron hatte sich wie eine Ewigkeit angefühlt, aber irgendwann erreichte ich die Stufen und ließ mich erschöpft fallen. Bevor ich meinen Kopf hob, um in die Menge zu blicken, ging ein erschrockenes Raunen durch die Hexen. »Dämon!« – »Es ist *der* Dämon?«

Ich lächelte zufrieden. Er hatte es gerade noch geschafft.

Er hält seine Versprechen – wie es seiner Art entspricht.

»Blake.« Ich streckte dem Dämon das Metall fordernd entgegen. »Willst du mir die Krone aufsetzen?«

»Natürlich, Cherry.«

Das musste ich meinem Geliebten nicht zweimal sagen. Er erklomm die Stufen und stellte sich hinter meinem Thron auf. Sanft ließ er das Metall auf meinen Kopf gleiten.

Seine kalten Finger streiften meinen Hals und zugleich breitete sich eine schier unerträgliche Hitze in mir aus.

»Ich habe dich vermisst«, flüsterte Blake leise. »Ich weiß nicht, ob du mit oder ohne Kleid besser aussiehst.«

»Du kannst mich später noch lange genug ohne Kleid betrachten.«

Blakes Gemurmel war das Einzige, das im Thronsaal gesprochen wurde. Es war mir klar, dass ich keine Begeisterungsstürme zu erwarten hatte, wenn ein Dämon mir die Krone auf den Kopf setzte.

»Die dreizehnte Hexenkönigin Belladonna«, verkündete Blake schließlich laut. »Die Giftkönigin. Möge ihre Herrschaft ewig währen.«

Drei Hexen verließen sofort wortlos den Saal.

Eine unglaublich große und schlanke Hexe asiatischer Abstammung klatschte leise in die Hände, während ihre dunklen Augen beunruhigend auf meiner Gestalt lagen.

»Möge ihre Herrschaft ewig währen«, wiederholte sie.

Die kleine Hexe, neben der Ishita stand, welche ohne Zweifel ihre Mutter war, wirkte zwar auch nicht sehr begeistert, aber wenigstens blieben sie und ihre Begleiterinnen im Saal.

Selbst Nora war so mit dem Buffet beschäftigt, dass sie ihre Freude nicht wie erwartet äußerte.

Ich ließ meinen Blick weiterhin über die Zuschauerinnen wandern. Etwas abseits befand sich Amari mit zwei weiteren Hexen, die mir bekannt vorkamen. Waren die nicht ein paar Jahrgänge über mir an der Akademie gewesen?

»Ich«, begann ich, geriet aber zugleich ins Stocken.

Wollte ich eine Minute nach meiner Krönung eine Rede mit leeren Versprechungen beginnen? Mit guten Vorsätzen, die ich möglicherweise nicht halten konnte?

Ich wollte etwas ändern, aber es brauchte Zeit. Auch der Poison Garden wurde nicht an einem Tag bepflanzt.

»Die Feierlichkeiten sind hiermit eröffnet!«, verkündete ich stattdessen und glitt mit Blake Arm im Arm die Stufen hinunter.

Walpurga hatte vor ihrer Entlassung ein menschliches Streichquartett engagiert, welches gleich zu spielen anfing.

»Ich will noch einmal mit Amari reden«, sagte ich zu Blake und löste mich von seiner Seite.

Erhobenen Hauptes schritt ich auf die drei Hexen zu.

»Meine Königin«, murmelten Amaris' Begleiterinnen und senkten die Köpfe.

»Jihane. Kaylee. Ich muss kurz mit der Königin unter vier Augen reden.«

Die zwei Hexen verschwanden zum Buffet, wobei ich hörte, dass sie sich im Klaren darüber waren, dass Amari meine Ex-Freundin war.

»Ich habe die Springbrunnen gereinigt«, sagte Amari und rieb sich über die nackten Oberarme. »Luz schwimmt mit ein paar anderen Familiaren darin herum.«

»Danke schön.«

»Ich ... Belladonna ...«

»Ja?«

Zu meinem Erstaunen fiel mir Amari um den Hals. Selbst Atropos keuchte erstaunt auf. »Du wirst eine wunderbare Königin sein.«

Ich seufzte erleichtert auf und erwiderte ihre Umarmung. »Danke.«

»Doch ich weiß nicht, ob ich den Dämon akzeptieren kann.«

»Was? Aber ...«

Sie löste sich von mir und schüttelte den Kopf. »Es ändert nichts daran, was er ist.«

»Kuchen?«, tauchte Nora ähnlich plötzlich wie ihr dämonischer Bruder auf und drückte Amari einen Teller gegen die Brust. »Ich finde ja den Schokokuchen gut, aber der Vanillekuchen hat Zuckerguss *und* Streusel!«

»W-Wer bist du? Bist du etwa eine Fae?«

»Oh, das ist Blakes Schwester! Nora, willst du dich meiner alten Freundin Amari nicht vorstellen?«

»Hi! Ich bin Nora und du bist wirklich hübsch.«

Abgelenkt durch Noras lebhafte Vorstellung stahl ich mich davon. Noch vor ein paar Wochen hatte ich sehnsüchtig auf eine Antwort von meiner besten Freundin gewartet, und nun? Ihre Worte schmerzten viel mehr als die von Walpurga. Ich konnte doch nicht einfach am Tag meiner Krönung heulen!

So dermaßen durch meinen inneren Aufruhr abgelenkt lief ich direkt der dunkeläugigen Hexe in einem hochgeschlossenen dunkelblauen Kleid in die Arme. »Hallo, meine kleine Königin. Bist du etwas durch den Wind?«

»Ich bin keine *kleine* Königin«, zischte ich erbost. »Nur weil ich ein paar Jahrhunderte jünger bin.«

»Opiumpfeife? Die beruhigt die Nerven«, bot sie mir an und ignorierte mich zugleich. »Eine schreckliche Angewohnheit, ich weiß. Ich habe sie mir damals im Ersten Opiumkrieg angewöhnt, und hier stehe ich gut zwei Jahrhunderte später und kann dieses Ding immer noch nicht aus der Hand legen.«

»Äh ... Nein, danke. Opium bewirkt bei mir nichts.«

»Arme Seele.«

Die grazile Hexe zog ein paarmal an der Pfeife, während ich verlegen auf die Rauchkringel starrte.

»Darf ich mich bei der Gelegenheit vorstellen? Mein Name ist Shuilian. Ich bin eine Wasserhexe aus Shanghai.«

»Ich bin Königin Belladonna. Keine *kleine* Königin oder sonst was.«

Erneut keine Reaktion. »Was für eine wunderbare goldene Schlange du doch hast.« Ihre dunklen Augen klebten fasziniert auf Atropos' Schuppen. Sie streckte bereits eine Hand aus. »So ein Tier habe ich wirklich noch nie gesehen.«

Wenigstens eine Person, die mich wertschätzt.

Ich wich mit Atropos einen Schritt zurück. Shuilians seltsames Verhalten verstärkte meine Skepsis ihr gegenüber. Was wollte sie von meinem Familiar?

»Hach, du musst nicht gleich so abweisend sein. Meine Mentorin war eine Sternenhexe, weißt du?«

Ich vergaß stets, dass es Sternenhexen gab, da diese als minderwertige Seherinnen galten. Die Sterne wussten alles über die Vergangenheit und Zukunft, aber es hatte sich als zu schwierig entpuppt, sie richtig zu deuten.

Sternenhexen hatten in der Vergangenheit oft als Orakel gedient, und die Menschen und Hexen waren in Scharen herbeigeströmt, um mehr über ihr Schicksal zu erfahren.

»Im chinesischen Horoskop gibt es das Jahr der Schlange – und darunter das Jahr der goldenen Schlange. Du bist einundzwanzig Jahre jung, oder? Du musst nicht antworten. Du wurdest im Jahr der Goldenen Schlange geboren, meine kleine Königin. Was für eine Freude, dass wir Hexen unter einer solchen Königin angeführt werden dürfen.«

Erzähl mir was Neues.

»Das wusstest du?«, fragte ich Atropos.

Natürlich. Atropos wusste alles.

Ich verschränkte die Arme vor der Brust und hielt nach wie vor Abstand. »Und was bedeutet das?«

Sie grinste breit, bevor sie mir mit der Pfeife auf den Kopf klopfte. »Du, meine kleine Königin, kannst es noch weit bringen. Wer im Zeichen der Goldenen Schlange zur Welt gekommen ist, ist wahrhaftig eine geborene Anführerin.«

»Oh. Du machst dich also gar nicht über mich lustig?«

»Wie meinst du das?«

»Nichts!« Ich wurde rot. Sie war lediglich etwas exzentrisch – und ich hatte das gleich mit Feindseligkeit verwechselt. »Äh ... kann ich ... also, willst du deiner Hexenkönigin ein Anliegen näherbringen?«

Shuilian grinste wie ein bluthungriger Hai. Irgendetwas sagte mir, dass ich damit auch gleich ihren Familiar erraten hatte. »Ich würde das nächste Mal gerne mit meiner Lebensgefährtin anreisen. Ich war mir am Anfang nicht sicher, ob ich sie mitbringen sollte. Ich wusste einfach nicht, was ich mit den Gerüchten um den Dämon anfangen sollte. Hätte man mir doch nur von der Goldenen Schlange erzählt!«

»Oh. Okay? Natürlich. Ich würde sie gerne kennenlernen.«

Glaube ich.

»Dann könnten wir in Ruhe über die asiatischen Hexenzirkel reden und wie wir die Dinge regeln.« Blakes kalter Körper materialisierte sich beschützend hinter mir. Ähnlich wie ich dachte er wohl, dass Shuilian eine Gefahr darstellte. »Und Melusine würde gerne mit deinem Prinzen der Hölle ein paar Dinge besprechen.«

Sie drehte sich um und winkte mit der Pfeife zum Abschied.

»War das jetzt seltsam? Blake? Was ist los?«

»Melusine ist eine uralte Dämonin«, sagte Blake und lockerte sich den Kragen mit einem Finger. »Du weißt sicherlich, dass Menschen zu Dämonen werden können, wenn sie nach ihrer Zeit im Fegefeuer darauf bestehen. Melusine ist so eine Dämonin. Sie stammt von Fürst Leviathan ab und existiert schon nahezu ein ganzes Jahrtausend.«

»Eine Meerjungfrau also.«

Der Dämon schnaubte laut. »Mit Meerjungfrauen assoziiert man heutzutage singende Frauen, die mit Fischen sprechen und Muschel-BHs tragen. Jedoch sind Leviathans Dämonen die gefürchteten Herrscher der Meere, die über jedes Leben auf See entscheiden. Hast du dich mal gefragt, warum es bis heute Geisterschiffe gibt? Melusine und ihre Busenfreundinnen Undine und Lorelai haben eine Schar Meerjungfrauen und Meermänner hinter sich stehen – mehr als Leviathans Söhne.«

»Dann … Dann ist das gut, oder?«

Blake nickte.

»Ich bin also nicht die einzige Hexe, die einen Dämon datet.«

»Natürlich nicht.« Er ließ seinen Blick über die Menge schweifen. »Ich denke, dass einige Anwesende mit Dämonen oder Fae zusammen sind, das allerdings nicht gleich so offen herausposaunen wie diese Hexe.«

»Was hältst du dann davon …«, begann ich und legte seine Hände auf meine Hüfte, »wenn wir meinen Standpunkt noch etwas klarer machen?«

Jede ehrliche Bekennung von Zuneigung vor meinen Schwestern würde die Zweifel an der Aufrichtigkeit unserer Beziehung ein wenig mehr vertreiben.

Doch zurück zu den Feierlichkeiten, die – zugegeben – nur wenig feierlich wirkten. Die Königin konnte ihre Krönung so gestalten, wie sie wollte: Festspiele, Wasserspiele, Theateraufführungen, Chöre, selbst eine Orgie war nicht abwegig. Ich hatte auf meinen zahlreichen Einladungen nur ein üppiges Buffet vermerkt. Mir war nun mal nichts Besseres eingefallen als Kuchen und Tee. Oh, und es gab eine Unmenge an Sandwiches. Wenn sich der Knoten der Aufregung in meinem Bauch endlich vollständig gelöst hatte, würde ich mich mit Sandwiches und Honigkuchen bis zum Erbrechen vollstopfen.

Ein bisschen langweilig bist du schon, meinte Atropos.

»Vielen Dank.«

Ich hatte nie gedacht, Königin zu werden und dann noch in kürzester Zeit in einer ziemlich ernsten Beziehung zu stecken. Ansonsten hätte ich diese Gelegenheit für eine ausführliche Brautschau genutzt. Shuilian zum Beispiel jagte mir im gleichen Maß Angst ein, wie ich sie attraktiv fand. Ich hatte eine Vorliebe für Schwarzhaarige – siehe Amari und Blake. Das musste ich beschämt gestehen.

Du bist die Königin und nicht Princess Charming!

»Schon klar, Atropos«, zischte ich. »Warum hast *du* nicht die Krönung geplant, wenn du alles besser weißt?«

»Oh, du diskutierst wieder mal mit deinem Hexentier. Ist okay. Ich starre derweilen peinlich berührt in die Luft.«

Ich gebe zu, das Buffet stimmt mich ziemlich glücklich.

»Aha.«

Aber du musst etwas tun, das sich in das Gedächtnis der Anwesenden einbrennt. Vielleicht ein Tanz mit deinem Dämon?

Mit diesen Worten schlängelte sie sich zum Buffet und dehnte ihr Kiefer. Hoffentlich verschlang sie nicht gleich den ganzen Tisch mit Tellern, Besteck und der Eisfigur in Form unserer ehrenwerten Göttin.

»Fertig diskutiert?«

»Atropos hat mir zu verstehen gegeben, dass ein Tanz alle Blicke auf uns ziehen soll.«

Er legte eine Hand auf meine Hüfte. »Und? Schon eine Idee, was wir tanzen sollen?«

Ich lachte. »Du denkst nicht wirklich, dass wir Hexen nach irgendwelchen Takten tanzen?«

Die Frage nach dem »Wie denn sonst?« stand ihm ins Gesicht geschrieben.

»Du kannst meinen Herzschlag doch genau hören, oder? Er gibt das Tempo an, mehr brauchen wir nicht.«

Ich hatte noch nie verstanden, warum Menschen nach festen Takten und Bewegungsmustern miteinander tanzten. Das Wilde und das Unbeherrschte waren doch das Schönste dabei und dass man seine Emotionen zum Ausdruck bringen konnte, ohne Worte zu verwenden.

Blake schaute mich etwas entmutigt an. Hatte er etwa gedacht, dass ich Lust auf einen Walzer oder etwas ähnlich Langweiliges hatte?

»Du bist doch sonst nicht so steif wie eine Leiche«, neckte ich ihn. »Sieh es doch mehr wie ... wie Sex.«

Das weckte sein Interesse deutlich.

»Es macht viel mehr Spaß, wenn man dabei weniger nachdenkt und sich von seinen Gefühlen leiten lässt«, erklärte ich ihm. »So mag ich es am liebsten, und mir kam es vor, als wäre dir das auch mehr als recht. Es muss nicht perfekt anmuten, es muss sich nur gut anfühlen.«

»Du bist eine harte Verhandlungspartnerin, mein Hexchen.«

»Welche Verhandlung?« Ich grinste ihn an. »Komm. Das wird, wenn du mir folgst«, sagte ich und presste meinen Oberkörper eng an ihn. Meine Finger verschränkte ich fest mit seinen, dann hob ich seinen Arm an. »Wenn ich schon mit dem Teufel tanze, dann bin ich diejenige, die führt.«

Ich zog einen bereitwilligen Blake in die Mitte des Thronsaals. Aus den Augenwinkeln nahm ich meine Giftpflanzen wahr, die ihre Wurzeln ausstreckten. Sie wollten dem Spektakel nicht bloß beiwohnen, sie wollten es *spüren.*

Ich schloss die Augen und achtete einzig und allein auf meinen eigenen wilden Herzschlang. Ich bettete meinen Kopf an Blakes Brust und schaukelte uns hin und her. Blake war am Anfang immer noch steif wie eine Leiche, bis irgendwann ein Schalter umgelegt wurde. Der arme Dämon war einfach überfordert mit dieser freigeistigen Hexenart.

Blake schob sein Bein zwischen meine und wirbelte mich durch den Raum. Mit einem Grinsen im Gesicht drückte ich mich von seiner Brust weg. Eine Hand nach wie vor fest mit seinen Fingern verschränkt zog ich den Dämon im nächsten Augenblick wieder an mich heran. Unsere Körper prallten wie beim Liebesspiel aufeinander. Dann legte er eine Hand in meinen Rücken und beugte sich über mich, bis meine Haare den Boden berührten. Der Tanz war nicht perfekt, aber er brachte unsere Leidenschaft füreinander perfekt zur Geltung.

Unsere Bewegungen wurden schneller und schneller. Meine ganze Haut kribbelte und ein glucksendes Lachen befreite sich aus meiner Kehle. Jetzt hatte es der dumme Dämon endlich begriffen!

Ich war ganz verschwitzt, als der Tanz auf die schönste Weise überhaupt endete. Ich ließ mich einen kurzen Moment gehen, als ich vollkommen in einem leidenschaftlichen Kuss versank.

Blake hatte den perfekten Zeitpunkt gespürt: nur eine Sekunde länger auf den Füßen und die Erschöpfung hätte das Tanzerlebnis getrübt.

»Wie gut, dass der nächste Hexenfeiertag schon bald ansteht«, hauchte ich gegen seine Lippen. »Zu Imbolc wirst du noch viel besser tanzen. Dafür sorge ich.«

Blake grinste gierig. »Ich freue mich schon.«

Ich blickte mich um.

Die meisten Hexen waren erstaunt, keine war angewidert, wie ich befürchtet hatte. Nur ... Amaris Gesichtsausdruck war wie versteinert. Der Tanz schien ihr wohl bewiesen zu haben, dass ich hoffnungslos verliebt in Blake war. Oder vielleicht hatte sie auch erkannt, dass Blake mir nichts vorspielte und er wirklich Gefühle für eine Hexe entwickelt hatte.

»Ich bin die Nächste!«

Nora hopste über die Giftpflanzen und schubste ihren Bruder achtlos zur Seite.

34. Kapitel

DATURA FEROX

Dorniger Stechapfel

»Iss noch ein Stück Kuchen, Cherry.«

Blake hatte es sich neben dem Thron bequem gemacht und wich mir nicht von der Seite – außer, wenn er mir Nachschlag holte.

Ich hob abwehrend eine Hand. Man hatte einen ganzen Kuchen mit Stechapfel gebacken, den ich als Einzige problemlos verspeisen konnte. »Ich glaube, dass es genug für heute ist. Nicht nur mit dem Kuchen.«

Gerade als ich mich als frischgekrönte Königin erheben wollte, um die Feierlichkeiten für beendet zu erklären, erschien Walpurga in der Tür. Sie hatte sich für den festlichen Anlass leger wie immer gekleidet, aber ich wollte mal nicht so sein. Ich grinste sie mit gerecktem Kinn an. »Nun? Wolltest du dich vergewissern, dass es ohne dich wirklich besser läuft? Wie du siehst, tut es das.«

Diese Provokation war wohltuend für meine Seele.

Die Hexe ignorierte mich. »Bist du zufrieden? Dass du deinem Dämon hinterherläufst wie eine läufige Hündin? Wie kannst du dich nur Königin nennen?«

Wutentbrannt stürmte ich die Stufen hinunter. Wäre ja zu schön gewesen, wenn einmal alles wie am Schnürchen lief und ich mit einem guten Gefühl ins Bett gehen konnte.

»Wie kannst du es wagen, die Königin vor ihren Schwestern zu beleidigen!«

Die wenigen Hexen, die heute aufgetaucht waren, verliehen mir das Selbstbewusstsein, Walpurga eine lang verdiente Ohrfeige zu verpassen.

Ich erwartete, dass Walpurga es mir heimzahlen wollte, aber sie grinste lediglich herausfordernd.

Ich sah etwas Metallisches aufblitzen und sprang einen rettenden Meter nach hinten. Atropos schlängelte sich kampfbereit in meine Nähe. Ich hob sie auf und legte sie um meinen Nacken. *Sie macht keine Späße.*

»Das weiß ich.«

In diesem Moment brach der Boden auf. Die anwesenden Hexen und Nora wurden von mächtigen Baumwurzeln an die Wand gedrückt und ihre Schreie durch das Astwerk gedämpft.

Panisch blickte ich mich um. Auch Blake hatte dieses Schicksal ereilt und er war wie in einem Kokon von dicken Ranken umgeben.

»Ich werde nicht zulassen, dass Hexen und Dämonen vereint werden«, sagte die Erdhexe. »In deinem jugendlichen Leichtsinn meinst du vielleicht, dass du etwas Gutes tust, aber du wirst unsere Welt ins Chaos stürzen.«

Sie rannte mit dem Dolch auf mich zu, doch ich schützte mich durch eine Hecke aus Eiben.

Das war kein normaler Dolch. Das bemerkte ich sofort, als sie versuchte, mich in blinder Wut in der Hecke zu erstechen. Er erinnerte mich an etwas aus der Hexenschule. Aber dieses Ding sollte doch gar nicht existieren!

»Das ist ein Knochendolch«, hauchte ich. »Ich dachte, er wäre nur eine Legende?«

Das ist kein Märchen! Atropos wirkte alarmiert. *Dieses Werkzeug wurde aus den Gebeinen eines Wesens geschaffen, das*

Menschen als Engel bezeichnen. Wenn du oder Blake damit verletzt werdet, dann sterbt ihr!

Ich schluckte schwer. »Und mit Sterben meinst du?«

Was soll ich schon damit meinen?!

Ich wollte die Pflanzen gegen Walpurga einsetzen, aber sie war zu mächtig. Der Knochendolch schien ihre Kräfte um mindestens das Doppelte zu verstärken.

Eine von den dicken Astwurzeln erwischte mich an der Seite und schleuderte mich einmal quer durch den Raum, wo ich gegen die Wand krachte. Mehrere meiner Knochen brachen und irgendetwas durchstieß meine Milz. Die Schmerzen waren so schlimm, dass ich drohte, das Bewusstsein zu verlieren, doch wenn ich jetzt ohnmächtig wurde, würde ich tatsächlich sterben. Walpurga würde keine Gnade zeigen.

»Fühlt sich nicht gut an, oder?«, höhnte Walpurga.

Kannst du aufstehen?, fragte Atropos panisch.

»J-Ja«, sagte ich und hustete Blut. Meine Lunge war wohl auch nicht mehr intakt. Eigentlich sollte ich mich nun etwas schonen, damit die Verletzungen abheilen konnten, aber Walpurga holte bereits zum nächsten Hieb aus.

Atropos brüllte. *Ich werde sie fressen!*

Mit einem irren Grinsen im Gesicht kam Walpurga näher, doch dann fing sie an zu schreien und Gebeine schossen aus dem Boden. Die knöchernen Hände beraubten sie jeglicher Bewegungsfreiheit, während sie vor Schmerzen kreischte.

Mein Blick richtete sich auf Blakes Baumkokon. Der Dämon berührte eine weitere Baumwurzel mit seiner skelettierten Hand und vor meinen Augen verdorrte sie.

Walpurga brüllte gepeinigt auf: »Was tust du da! Was tust du daaaa!«

»Ich bin ein Lichkönig. Glaubst du, dass Skelette kommandieren, meine einzige Fähigkeit ist?« Die Reste des verdorrten Baumes löschte er mit seinem Höllenfeuer aus. Das Kreischen der Hexe wurde nervenzerfetzend laut. »Ich bin die Personifikation des Todes. Deinen Baum verwandle ich locker in eine vernachlässigte Topfpflanze.«

»Was? Aber als ich dich mit meinen Nachtschattengewächsen gefesselt habe ...?«

»Deinen Pflanzen würde ich nie etwas antun, Cherry.«

Walpurga brüllte ein weiteres Mal und ihre Bäume zermalmten die Knochen zu Mehl. Statt sich auf mich zu stürzen, attackierte sie direkt Blake. Der Dolch verweilte lediglich wenige Zentimeter vor der Brust des Dämons.

»BLAKE!«, schrie ich verzweifelt und war mir sicher, dass sie den Todesstoß ausgeführt hatte.

Sieh hin!, forderte Atropos mich auf.

Ein Schatten hatte Walpurgas Angriff blockiert. Die mysteriöse Gestalt entriss ihr das Messer und warf es Blake zu.

Mein Herz schlug einmal hart – dann schien es völlig auszusetzen. Das war der Schatten, der mich seit Wochen verfolgte. Der Schatten, den ich jedes Mal wieder vergaß, bis er unlängst vor mir stand und mich rettete.

»Meine Liebe!«, schnurrte der Dämon und winkte ihm mit dem Dolch zu. »Auf dich ist doch immer Verlass. Ich hatte schon Angst, dass du mich endgültig verlassen hast.«

»Wa- ... Woher?«

»Das ist deine letzte Chance, Walpurga«, sagte Blake. »Wenn du etwas für Belladonna empfindest und sei es nur ein wenig Sympathie, dann sagst du ihr die Wahrheit, bevor sie sie selbst herausfindet.«

»Was verheimlichst du mir?«

»Ich hätte es dir so gerne erzählt, Cherry, aber du hättest es mir nicht geglaubt.«

Der Schatten streckte seine Hand einladend aus – besser gesagt *ihre* Hand. Die Frau glich mir bis aufs Haar: Sie war so groß wie ich, hatte dieselbe Figur und denselben Haarschnitt. Ich erkannte sogar eine schattenhafte Krone!

»Du musst keine Angst haben, Cherry. Ich kenne diesen Schatten länger als dich.«

Zittrig erhob ich meinen Arm. Mit einem Mal wurde alles um mich herum schwarz.

Dann sah ich …

Blake.

Da war mein Dämon, der mir eigentlich so vertraut war, aber in dieser Vision wirkte er seltsam fremd. Sein schwarzes Hemd war völlig zerknittert und die Haare wirr. Ich wusste, dass Blake tot war, trotzdem wirkte er … toter: Seine Haut war aschgrau, die Wangen eingefallen und die Ringe unter seinen Augen waren nahezu schwarz.

»Wer bist du?«, fragte er den Schatten und erinnerte mich dabei an ein verletztes Tier. Er fletschte die Zähne und ich spürte, dass er die Macht der Toten anrief, um sich gegen mich zu verteidigen.

»Du lebst nicht. Du bist nicht tot. Wer oder was bist du?«

Seine Frage wurde durchaus gehört, dennoch konnte ich ihm nicht antworten. Ich hob meine Hände an. Sie waren dunkel und durchsichtig.

Der Schatten war ich. Ich war der Schatten.

Die Szenerie veränderte sich.

Blake warf mir ein Buch vor die Füße.

»Laut den Aufzeichnungen meines Vaters hat er vor gut zwanzig Jahren auf Geheiß der Hexenkönigin die Kräfte einer neu geborenen Hexe versiegelt. Das war ohne Zweifel Sibylles eigene Tochter. Das bist du, oder? Du bist Königin Sibylles Tochter Belladonna. Die kleine Gifthexe, *die sie im Garten weggesperrt hat, damit ja keiner ihr schmutziges Geheimnis herausfindet.«*

Was? Wovon sprach er da?

Nein. Nein. Nein. Ich war ein Waisenkind. Meine Mutter war bei meiner Geburt gestorben, weil ich eine Gifthexe war! Ich war keine Schattenhexe. Aber einmal angenommen, ich konnte diese Schatten wirklich beherrschen, dann musste ich noch eine Mutter …

Als er sich direkt vor mich hin teleportierte waren seine Augen voller Hass. Abgründe so dunkel wie das Höllenloch selbst. Ich keuchte erschrocken auf, aber meine Schattengestalt wich keinen Millimeter. »Du bist der Grund, weshalb mein Vater mich an Königin Sibylle verkauft hat. Du bist schuld daran, dass ich ihr Sklave bin. Nur wegen dir kann ich hier nicht mehr weg.«

Ich ließ mir von der Dunkelheit das Augenlicht rauben, dennoch hallten die gesprochenen Worte in meinem Kopf nach.

Stunden und sogar Tage vergingen in der Schwärze. Alles verkam zu einem einzigen dunklen Fluss aus Schmerz und Verzweiflung. Hin und wieder drangen ein paar Sätze zu mir durch, die Blake wohl an meine Schattengestalt richtete.

»Ich denke, dass du die weggesperrte Magie der Gifthexe Belladonna bist. Mein Vater hat dich versiegelt, aber du bist zu mächtig. Du bist die nächste Hexenkönigin, nicht wahr?«

»Irgendwann habe ich so viele Seelen gesammelt, dass ich mir auch sein Herz einverleiben werde.«

»Ist das nicht das Schöne an Magie? Es hält meinen toten Körper am Leben und hat dich hübsch in zwei Hälften geteilt.«

»Eigentlich sollte ich die Königin töten und ihr Herz verschlingen oder zumindest meinem Vater darbringen. Blöderweise hat sie meinen wahren Namen herausgefunden, und nun kann ich nichts weiter tun, als ihren Schoßhund zu spielen. Ich bin absolut machtlos gegen sie.«

Er lacht über sich selbst. »Bin ich wirklich so einsam, dass ich mit dem Schatten meiner Feindin rede?«

»Ich ... Manchmal zwingt sie mich zu Sachen. Ich weiß nicht, warum sie das tut.«

In dieser Gestalt besaß ich ein Herz, aber alles tat mir weh. Meine ganze Existenz schmerzte.

Ein Satz ließ mich schließlich aufhorchen: »Du leidest auch, oder?«

Auf einmal änderte sich etwas an den Visionen – die grenzenlose Pein ließ von mir ab.

Ich öffnete meine Phantomaugen.

»Ich habe dich gesehen«, begrüßte mich der Dämon.

Es mussten schon wieder einige Tage vergangen sein, denn er wirkte deutlich gefasster. Jetzt erkannte ich endlich den Blake, in den ich mich verliebt hatte: das neckische Grinsen und diese dunklen Augen, die trotz seines fehlenden Pulses voller Leben waren.

»Du bist schön – also dein Hexenkörper«, sagte er und tänzelte um den Schatten herum. »Das weiße Haar, die violetten Augen – ich nehme an, dass das Gift dein Äußeres komplett verändert hat. Du siehst kein Stück aus wie die Königin. Ich ...« Er griff sich an die Brust. »Ich ... es ... mein Herz ...«

Völlig unerwartet sank der Dämon auf die Knie und drückte seine Hand an die Stelle, an der sein Herz schlagen würde.

»Wenn du Königin Sibylle tötest, dann bist du meine Königin. Ich werde nicht zulassen, dass sie dir jemals wieder etwas antut. Weder Hexen noch Dämonen. Das meine ich todernst.«

Zum ersten Mal regte sich etwas in dem Schatten. Sie – ich – fühlte, dass da sehr wohl ein Herz in der Brust schlug.

Beim nächsten Blinzeln stand ich der alten Königin Sibylle gegenüber.

»Belladonna.« Königin Sibylle war wie erstarrt, als sie meinen Schatten bemerkte. Das Abbild ihrer eigenen Tochter, ihr eigen Fleisch und Blut. »Aber wie? Deine Affinität ist doch versiegelt! Hat der Dämon mich betrogen?«

Blake hatte recht. Ich hatte kaum Ähnlichkeit … mit dieser Frau. Ihre Haare waren honigblond, die Augen blau.

Aber je länger ich sie durch meinen eigenen Schatten betrachtete, desto mehr Gemeinsamkeiten stachen mir ins Auge: unsere gerade Nase, der Schwung unserer Lippen und vor allem die runde Gesichtsform.

Ich war kein Schatten. Ich war der Hass.

Hass auf diese Frau, die mich eines Lebens beraubt hatte.

Mein Schatten griff direkt durch die Brust der Königin und brachte ihr Herz ein für alle Mal zum Schweigen. Ich spürte sogar, wie ihr Herz angestrengt versuchte, weiter Blut durch ihren Körper zu pumpen. Es schlug viel schneller. Bumm-bumm-bumm. Doch nach kurzer Zeit verlor es jegliche Kraft und geriet aus dem regelmäßigen Takt. Bu-Bummmm. Bum.

Die Königin starrte mir einen endlosen Moment in die Augen. »Ich will nicht sterben« waren ihre letzten selbstsüchtigen Worte, bevor sie tot zusammenklappte.

Der Schatten wollte verschwinden, aber beim Verlassen des Schlafgemachs blieb mein Blick an einem Spiegel hängen.

Das dort bin ich nicht. Das dort ist der verlorene Teil meiner selbst.

Also … Bin ich es doch?

Das Denken fiel mir von Sekunde zu Sekunde schwerer …

Mich finden.

Selbst.

Wo bin ich? Wer bin ich?

Was ist meine Affinität?

Gift oder Schatten?

Wer ist Belladonna?

Als ich im Thronsaal das Bewusstsein wiedererlangte, brach etwas in meinem Körper. Die Übelkeit überkam mich so heftig, dass ich mich auf den Boden erbrach. Eine eklige schwarze Substanz quoll mir regelrecht aus dem Mund. Unter all dem Schleim glänzte eine Münze silbern hervor. Seit wann steckte dieses Ding in meinem Körper?

Ich wollte schon danach greifen, aber Blake schrie dazwischen und sprang vor mich hin.

»Lass die Finger von meiner Braut, alter Mann.«

Blake durchstieß das Metall mit dem knöchernen Dolch.

Mit einem kleinen Feuerchen verpuffte die Münze und die Übelkeit in meinen Körper wich augenblicklich.

Schwankend kam ich auf die Beine. Die Verschmelzung mit meinem richtigen Schatten hatte lang verschollene Magiereserven entfesselt und meine Verletzungen geheilt. Ich fühlte mich nur etwas … Nein, ich fühlte mich eigentlich großartig!

»Ich bin Königin Belladonna«, krächzte ich, während Blake mich stützte.

»Ich weiß«, murmelte Blake gegen meine Haare. »Das warst du schon immer.«

»Darum war ich als Junghexe so schwach …«

Die Schatten streichelten über meine Haut, aber als ich sie benutzen wollte, stoben sie wie eine Meute verängstigter Hasen in alle Richtungen auseinander. Meine Geburtsaffinität war mir vollkommen fremd. Das Gefühl der Trauer über die verlorene Zeit mit den Schatten verwandelte sich in eine unberechenbare Wut. »Ich habe immer gedacht, dass es an mir liegt. Dass die Göttin mich zu wenig liebt.«

»Donna, lass es mich –«

»Wage es ja nicht, auch nur einen Schritt auf mich zuzumachen, sonst reißen dir meine Pflanzen den Kopf ab«, drohte ich Walpurga. »Du wusstest es, oder? Du standest der alten Königin am nächsten«.

Walpurga nickte. »Ich war damals als Einzige bei deiner Geburt dabei. Willst du noch mehr hören?«

Ich schüttelte den Kopf.

Die Königin hatte mir den Rest bei unserem ersten und letzten Zusammentreffen gestanden: Sie hatte Visionen über ihre Mörderin gehabt und deswegen vorsorglich meine Kräfte versiegelt. Jedoch hatte genau das zu ihrem Tod geführt. Man konnte das Schicksal nicht betrügen.

»Ich wollte dich mögen. Glaub mir. Ich habe die letzten Monate als deine Beraterin fungiert, damit ich mit gutem Gewissen sagen kann, dass Belladonna eine großartige Königin wird.«

Sie schüttelte den Kopf – ihre Augen waren nicht hasserfüllt, sondern geprägt von einer einzigen Emotion: Verzweiflung.

»Aber du wirst uns Hexen ins Verderben stürzen, weil du diese Höllenkreatur liebst!«

Das war genug!

Ich ließ einen Schrei los, der das ganze Schloss unter meiner Pein erzittern ließ.

Lass es raus, bestärkte mich Atropos. *Lass es an ihr raus. Die Rache an der Königin selbst hast du ja bereits bekommen.*

Ich streckte den Arm in ihre Richtung, um Walpurga von den hungrigen Schatten verschlingen zu lassen. Doch es lief anders als geplant …

Die alte Erdhexe erstarrte. Sie lief dunkelbraun an – zuerst ihr Gesicht, dann breitete es sich über ihre Kleidung aus. Ihre Arme wurden dicker und dicker und ihre Beine wuchsen zusammen. Ihr edler Hosenanzug platzte auf. Einer der Knöpfe traf mich sogar mitten an der Stirn, was ich jedoch im ersten Schock kaum bemerkte.

Im Thronsaal stand nun eine Fichte mit Walpurgas Ohrringen und Halskette in der Rinde.

»Oh nein.«

35. Kapitel

HIPPOMANE MANCINELLA

Manchinelbaum

»Schatten!«

Eine schwarze Schliere stieg vom Boden auf.

Ich lächelte triumphierend über meinen Fortschritt, bevor sie wieder in sich zusammenfiel und verschwand.

Ich biss mir auf meine trockene Unterlippe und versuchte sie erneut herbeizurufen, aber nichts geschah.

Walpurga – der Baum – strafte mich mit ihren Blicken. Ihr Familiar Faust war ebenso wenig begeistert von meinen Kräften und versteckte sich wieder in einer Asthöhle.

»Ihr könnt mich mal!«, sagte ich und richtete den Zeigefinger drohend auf das Duo. »Hättest du mei- … Königin Sibylle nicht unterstützt, wären wir nicht alle in dieser prekären Situation.«

Ich trank einen Schluck von meinem Manchinelbaum-Smoothie und tupfte mir den Schweiß von der Stirn. Trotz meiner zurückgekehrten Schattenaffinität war meine Giftverbindung ungetrübt. Ich war nun eine Königin mit mehrfachen Fähigkeiten – wie Königin Lilith vor mir.

Allerdings konnte ich Walpurga nicht mehr zurückverwandeln! Ich konnte mir einfach nicht erklären warum: Nach wie vor war es mir möglich, mit Pflanzen zu kommunizieren. Ich spürte regelrecht die Erde unter meinen Füßen und die Gewächse im Alnwick Garden.

Einzig Walpurga … Bei ihr vernahm ich rein gar nichts.

Als wäre sie tot, was natürlich nicht möglich war, weil Faust noch lebte.

Walpurgas Verwandlung war nicht bloß unumkehrbar, es hatte sich unter meinen Schwestern herumgesprochen, dass ich eine aufmüpfige Hexe in ein Stück Holz verzaubert hatte. Zum Glück hatten Walpurgas Wurzeln den Großteil unseres letzten offenbarenden Gespräches abgeblockt, sodass niemand wusste, dass ich zu den Schattenwirkerinnen gehörte – oder dass mich Königin Sibylle zur Welt gebracht hatte.

Mein Herz verkrampfte sich, sobald ich an diese furchtbare Frau dachte. Ich wollte und konnte sie einfach nicht meine Mutter nennen: Sie hatte meine Kräfte versiegelt und Blake gepeinigt, nur um mich als Geist beinahe zu töten, wenn Atropos sie nicht verschlungen hätte.

»Du willst mir nach wie vor nicht sagen, was für eine Schlange du bist?«, fragte ich meinen Familiar, welcher unter den Giftpflanzen döste.

Was wäre das Leben ohne das eine oder andere kleine Geheimnis?

»Belladonna.« Blake lehnte plötzlich an der Wand. »Willst du nicht ins Bett kommen? Es bringt nichts, wenn du wieder vor Erschöpfung zusammenklappst.«

»Nur noch ein Mal.«

Ich streckte die Arme aus und – nichts.

Meine Beine waren zittrig und ein Kälteschauer jagte mir über den Rücken. Ich wankte schwächlich zum Thron, jedoch fand ich mich in der nächsten Sekunde in den Armen des Dämons wieder. »Du machst das absichtlich, oder?«

»Vielleicht.«

»Ein paar Jahre mehr oder weniger als Baum schaden Walpurga für ihre Taten nicht. Sie wollte uns alle umbringen.«

»Ich werde ihr das auch nicht verzeihen, aber ich will wissen, woher sie den Knochendolch hat. Ich ... sie ... vergiss es.«

»Wichtig ist, dass er jetzt uns gehört.«

Ich nickte und drückte meinen Kopf gegen seine Brust. »Ich mache Schluss für heute.«

Im Schafzimmer angelangt sprang ich aus seinen Armen und mischte mir umgehend einen weiteren Gift-Smoothie. Dadurch konnte ich etwas von meiner Energie wieder aufladen, andernfalls wäre ich selbst zum Schlafen zu erschöpft. Es war tröstend, dass das Gift mir nach wie vor als Verbündeter zur Seite stand, obwohl es nicht meine Geburtsaffinität war.

Eine heilende Stille breitete sich aus und von Sekunde zu Sekunde fühlte ich mich besser. Blake hatte sich erneut ein Buch über die ersten Dämonen geschnappt, um Hinweise auf den Dolch zu finden. Bis jetzt hatten wir genau gar nichts über dieses mysteriöse Artefakt herausgefunden.

Aber das alles hatte Zeit. Im Moment genoss ich einfach in vollen Zügen die Liebe und Leidenschaft zu meinem Dämon.

»Du lagst übrigens falsch.«

Der Dämon sah träge von seinem Lounge-Sofa auf. »Mit was?«, wollte Blake wissen.

»Dass ich dich nicht will.«

Meine Worte ließen ihn aufhorchen. Seine dunklen Augen hafteten neugierig auf mir. »Ach ja? Ich bitte um mehr Details.«

»Ich will dich.«

Sein Blick war auf einmal so intensiv und ungewohnt, dass ich den Kopf senken musste – allerdings nur für einen kurzen Augenblick, ehe ich ihn mit unverhüllter Zuneigung betrachtete.

Ich konnte Blake lieben. Mein Gift war nicht in der Lage,

ihn zu töten – aber was viel wichtiger war: Er fürchtete sich nicht vor meinen Dornen. Vor meinen Dornen aus Blut, Gift und Schatten.

»Nicht als meinen Beschützer, sondern als meinen Verlobten. Den Verlobten der Hexenkönigin. Ich ... Ich habe mich nämlich in dich verliebt.«

Diese direkte Liebeserklärung schien Blake in Staunen zu versetzen. Ich selbst war ebenso erstaunt darüber, dass diese Worte einen Weg über meine Lippen gefunden hatten. Die ganze Zeit über hatte ich mit dem Gedanken gespielt, erst in ein paar Jahrzehnten mit Blake dieses Gespräch zu führen. Mein Herz konnte jedoch keine einzige Minute mehr schweigen.

»Obwohl ich ein Dämon bin?«, fragte er neckisch. »Obwohl ich eine *elende Höllenbrut* bin?«

Der Mistkerl grinste doch tatsächlich übers ganze Gesicht. Er schien wohl eine Entschuldigung zu erwarten, aber die konnte er vergessen. Er hatte die Beleidigungen von mir stets provoziert. Auch wenn ich jetzt erst verstand, dass er mich dadurch nur vor Walpurga beschützen wollte.

»Ob Dämon, Hexe, Fae oder Mensch – das ist mir egal«, erklärte ich ihm. »Ich habe gelernt, besser auf mein Herz zu hören und nicht mehr so viel auf das Gerede anderer zu geben. Als Hexenkönigin sollte ich auf meine Instinkte und mein Bauchgefühl vertrauen. Mein Herz wird wissen, was das Richtige ist.«

»Und was sagt dein Herz?«

Ich spürte, wie die Skelettarme aus den Träumen meiner Kindheit näher kamen und an meinem Kleid zupften. Jahrelang hatte ich mit der Vermutung gelebt, dass sie ein Anzeichen meines nahenden Todes waren. Stattdessen wollten sie mich in die Richtung des Lichs ziehen. Wie auch immer meine Zukunft aussah, anscheinend lag sie in den Armen eines Dämons.

»Dass es ganz allein dir gehört.«

»Cherry …« Der Dämon schritt auf mich zu, zog mich eng an seinen kalten Körper, der mir inzwischen vertrauter war als dieses riesige Schloss. »Mein Vater wird stolz auf mich sein, wenn er erfährt, dass ich am Ende doch das Herz der Hexenkönigin für mich gewonnen habe. Wie blöd, dass ich gieriger Dämon es selbst behalten werde.«

Blake schenkte mir ein aufrichtiges Lächeln – und es gehörte einzig und allein mir. Doch das war nicht alles, was der Dämon mir darbot. Als er sich ganz langsam zu mir heruntergebeugte, breitete sich trotz Unwissenheit eine Gänsehaut auf meinem ganzen Körper aus.

»Mein wahrer Name ist … Alastor«, flüsterte mir Blake zärtlich ins Ohr. »Wenn du mir dein Herz gibst, dann sollst du auch die Macht über meines besitzen.«

Mein Puls raste und mein Atem ging schneller.

Das war sehr intim. Intimer als die Küsse, die wir bis jetzt miteinander getauscht hatten. Mit diesem Namen hatte ich Macht über sein ganzes Handeln. Wenn ich es wollte, dann könnte ich seine Seeleneintreiberei beenden. Ich könnte ihm verbieten, mir jemals Widerworte zu geben. Ich könnte alles mit ihm tun.

Aus diesem Grund würde ein Dämon einer Hexe nie freiwillig seinen wahren Namen verraten – Blake hatte es trotzdem getan.

»Alastor also …« Ein Ruck ging durch Blakes angespannten Körper. Das war die Magick eines wahren Namens. Erschreckend und faszinierend, das musste ich mir eingestehen.

»Nun, ›Blake‹ geht mir deutlich leichter von der Zunge und daran gewöhnt habe ich mich auch schon.«

Ich musste dem Dämon nicht erklären, dass ich sein Geschenk wertschätzte – auch wenn ich es nie benutzen würde. Die Geste allein bedeutete mir viel.

»Danke, Cherry …«

Blake begann meinen Hals zu küssen. Neckische Küsse so kalt wie der Hauch des Todes, welche mein Innerstes zum Schmelzen brachten.

Darum hatte er also so geheimnistuerisch geflüstert.

Verschlagener Dämon, dachte ich mit einem zufriedenen Lächeln im Gesicht.

Als ich Blakes Hand am Reißverschluss meines Kleides spürte, ließ ich eines meiner kläglichen Schattenärmchen nach ihm greifen. Der Dämon hielt sofort inne.

»Einen Moment noch.«

Es gab da eine Kleinigkeit, die ich Blake schuldete.

»Es wird keine Hochzeit geben«, erklärte ich ihm zum ersten Mal klipp und klar. »Nicht sofort«, fügte ich schnell hinzu. »Frag mich in einem Jahrzehnt wieder. Außer …« Blake hatte mir den überstürzten Antrag nur gemacht, damit keine der anderen Hexen ihn zurück in die Hölle schicken konnte. Vielleicht hatte er es sich nach all den Wochen anders überlegt. »Außer du willst mich nicht mehr hei–«

»Oh, das werde ich«, unterbrach mich Blake und besiegelte sein Versprechen mit einem leidenschaftlichen Kuss.

Belladonna.

Ich fuhr sofort aus dem Bett hoch und warf einen Blick nach hinten. Blake hatte mich fest an sich gedrückt, aber die Augen geschlossen.

Es war grausam, mich jetzt aus dem Bett zu beordern!

Ganz behutsam wand ich mich aus seiner Umarmung. Ich wollte ihn nicht aufwecken, weil –

»Du hast vergessen, dass ich nicht wirklich schlafe, oder?« Er gab mich frei und setzte sich im Bett auf. »Ist etwas passiert?«

»Mein lieber Verlobter, du magst es nicht verstehen, aber wir lebendigen Wesen müssen manchmal auch nachts niederen Körperfunktionen nachgehen.«

»Oh. Entschuldige.«

So einfach entkam ich dem königlichen Schlafgemach in meinem Seidenkimono. Ich eilte mit hämmerndem Herzschlag durch das Schloss und in den Garten. Es war erst März und mitten in der Nacht, aber durch meinen erhöhten Puls verspürte ich keinerlei Kälte.

Als ich die dunkle Gestalt im Garten entdeckte, blieb mir kurz die Luft weg. Ich hatte so sehr gehofft, dass Atropos sich getäuscht hatte. Dass *ich* mich getäuscht hatte.

»Halt!«, rief ich und breitete die Arme aus.

Ich versperrte der Hexe den Fluchtweg mit einer dichten Hecke aus Stechapfel.

»Willst du dich nicht verabschieden, Anastasia?«

»Meine Königin.« Sie drehte sich mit einem raubtierhaften Lächeln im Gesicht um. »Ich muss sagen, das habe ich nicht erwartet.«

»Ich auch nicht.«

Ich wob dunkle Schattenschlieren aus meinen Händen, während ich mich ihr langsam näherte. Der Dolch in ihrer Hand wirkte im Mondlicht wie der Rippenbogen eines Skeletts.

»Mir kam das Ding schon vorher bekannt vor«, erklärte

ich ihr unaufgefordert. »Ein paar Tage später fiel mir dann schlagartig ein, dass du bei unserem ersten Zusammentreffen damit einen Apfel geschält hast. Du hast mit dem Dolch vor meiner Nase rumgewedelt – auch wenn du seine Aura wirklich gut verschleiert hast.« Ich streckte meine Hand aus. »Und nun gib ihn mir zurück.«

»Du hast wohl vergessen, dass es mein Dolch ist.«

»Und ich bin die Königin der Hexen.« Langsam wurde ich ungehalten. »Jetzt gib ihn mir zurück und ich vergesse, dass du ihn aus meinem Thronsaal gestohlen hast. Ich vergesse, dass du ihn Walpurga gegeben hast, um mich zu töten.«

Fenris, ihr weißer Wolf, sprang mich von einer Seite an und vergrub seine scharfen Reißzähne in meiner Hüfte. Ein Schmerzensschrei blieb mir im Mund stecken, als Anastasia den Dolch hob und ihn direkt in meiner Brust versenkte. Meine Augäpfel drehten sich nach hinten.

»Du greifst eine Hexe mit Schattenaffinität in der Nacht an?«, höhnte ich, als mein Schatten mit dem Dolch in sich zusammenfiel. »Das ist wirklich dämlich.«

Mein Schatten kam zurück und händigte mir den Dolch aus.

Ich versteckte vor Anastasia, dass mir durch diesen Akt kotzübel geworden und mein Kimono durchgeschwitzt war.

Die Feuerhexe knurrte nur. »Ich habe dich wirklich unterschätzt.«

Das selbstgefällige Grinsen verschwand aus meinem Gesicht.

»Warum tust du das alles, Anastasia?«, fragte ich sie und betrachtete mich im Dolch. »Weil ich einen Dämon liebe? Weil Dämonen deine Mutter getötet haben? Ich verstehe deinen Schmerz, ab–«

»Begeisterung brauchst du von mir auch nicht zu erwarten. Aber nein, es ist mir egal, wenn du dich von einer untoten Bestie ficken lässt.«

»Warum hast du dich sonst mit Walpurga verbündet?«

Sie lachte. »Du denkst wirklich, dass ich mich mit Walpurga verbündet habe? Oh Belladonna. Du weißt nichts über mich.«

In diesem Moment stürzte Atropos von einem Baum und grub ihre Fänge in Anastasias Wange. Die Hexe kreischte auf und hetzte ihren Wolf auf meinen Familiar, woraufhin ich seine Pfoten mit meinen Schatten zusammenband. Das Tier kam heulend zu Fall, wie sein Frauchen, das vor Schmerzen auf die Knie gesunken war.

»Weißt du, was das schrecklichste Gift auf der Welt ist?« Ich trat näher an sie heran. »Atropos' Gift zersetzt sogar die Seele. Frag Königin Sibylle. Ach ja, das geht ja nicht mehr.«

Die Schlange fauchte laut und entblößte das Sekret an ihren Zähnen.

»Du sagst mir jetzt genau, was du beabsichtigst. Versuche nicht, dich dagegen zu wehren. Selbst König Oberon fiel dem Gift bereits zum Opfer.«

»Wenn du stirbst, könnte ich die nächste Königin werden.«

»Die Göttin würde dich nie zu einer Königin auserwählen, wenn du mich tötest.«

»Nicht? Du hast deine eigene Mutter umgebracht und stehst nun hier vor mir als Hohepriesterin der Göttin.«

»Ich … Sie hat Blake Unaussprechliches angetan! Und die Kräfte ihrer eigenen Tochter gebannt! Atropos …«

Mein Familiar wirkte beunruhigt. *Anastasia ist mächtig. Sie könnte Potenzial haben …*

Auf einmal fing Anastasia an zu lachen. »Du bist nicht die einzige Hexe, die zwei Affinitäten erlangt hat.«

Der Garten wurde in gleißendes Licht getaucht. Meine Augen fingen zu brennen an und ich taumelte geblendet gegen die Schlossmauer.

»Sie ist eine verdammte Lichthexe«, zischte ich mit tränenden Augen. »Natürlich! Die Feueraffinität liegt der Lichtaffinität sehr nahe.«

Alles in Ordnu–

»Scheiße!« Ich sackte zusammen und schlug mit der Hand auf das Gras ein. Mir war klar, dass Anastasia verschwunden war. »Scheiße! Scheiße! Das hört nie auf, oder?«

Atropos schüttelte den Kopf. *Die Last der Krone. Was hast du jetzt vor?*

»Ich gehe wieder ins Bett.« Auf Atropos' Staunen hin erklärte ich: »Dein Gift wird Anastasia in nächster Zeit schwächen, oder? Gut. Dann werde ich weiter an meinen Kräften feilen und versuchen, Walpurga zurückzuverwandeln. Irgendetwas stimmte nicht mit ihr, und ich glaube, dass sie mir sogar nützlich sein könnte.«

Und Blake? Wie willst du es ihm sagen? Walpurga wollte auch ihn töten.

Ich schüttelte den Kopf. »Ich werde es für mich behalten. Ich bin die Königin der Hexen. Anastasia ist mein Problem.« Ich drückte den Engelsdolch fest an meine Brust. »Und ich werde alle, die ich liebe, vor ihr beschützen.«

Epilog

DIE DOSIS MACHT'S

Zum Frühlingsbeginn – an einem Feiertag, den die Hexen ›Ostara‹ nannten – erblühte der ganze Alnwick Garden in einer noch nie da gewesen Blumenpracht. Der komplett in Schwarz gekleidete Mann – der untote Dämon – wurde nahezu von den hellen Blütenblättern erschlagen. Als er aus der Kirschblütenallee trat, waren seine dunklen Haare mit hellpinken Blüten besprenkelt.

Der Dämon selbst besaß die Macht über die Toten, weshalb ihn diese gegenteilige Macht über das Leben schon immer anzogen hatte. Er konnte lediglich zerstören und töten – und selbst nach dem Leben lechzen, welches ihm seit seiner Geburt verwehrt wurde.

Als er die Blüten mit einer Handbewegung aus dem Haar schüttelte, fielen diese braun und verwelkt zu Boden.

Es waren allerdings nicht bloß die Pflanzen, die nach dem Herbst und Winter aufgeblüht waren: Inmitten einer Menschenmasse stand seine weißhaarige Braut und erzählte den Touristen mit glasigen Augen und fiebrigen Wangen alles über ihre geliebten tödlichen Giftpflanzen. Sie trug eines der aufreizenden Kleider, das wirkte, als würde sie nackt vor den Menschen stehen.

Sobald sie ihn bemerkte, umspielte ein kleines Lächeln ihre Mundwinkel. Eilig sammelte sie ihr Trinkgeld ein, bevor sie ohne Bedenken auf den Dämon zustürmte. Sie ließ ihn gar nicht erst ein Grußwort entrichten, sondern stürzte sich in seine Arme und küsste ihn voller Leidenschaft und Gift auf den Mund.

Immer wenn sie sich küssten, brachte ihr Toxin seine Lippen zum Kribbeln, als würde Blut durch seinen Leib fließen. Ihr Herzschlag klang noch ein paar Sekunden in seiner Brust nach, nachdem sie sich von ihm gelöst hatte.

Ihre Nähe sorgte dafür, dass er sich am Leben fühlte.

Weil sie deine Braut ist, hörte er seinen dämonischen Instinkt flüstern. *Jetzt gib ihr endlich den Granatapfel der Hölle und mache sie auch zu einer Königin der Unterwelt.*

Ein menschlicher Mitarbeiter von Belladonna bog mit einem Schubkarren voller Erde und einem Gartenrechen um die Ecke. »Oh, holt dich heute wieder dein Freund von der Arbeit ab?«

»J–« Der Dämon räusperte sich pikiert. »Blake ist eigentlich sogar mein Verlobter.«

»Herzlichen Glückwunsch!«, sagte der Mensch. »Wann ist die Hochzeit?«

»Frühestens in zehn Jahren.«

Der Mann lachte und karrte dann die Erde pfeifend weiter. »Die Jugend von heute!«

»Hat meine Königin auch königliches Trinkgeld erhalten?«

»Es geht. Heute war eine Schulklasse da, deshalb deutlich weniger als sonst«, seufzte Belladonna und klopfte auf ihren Hüftbeutel. »Es reicht für ein paar Kuchenstücke auf dem Heimweg.«

»Auch für mich?«

»Auch für den Lich, der nichts essen muss, aber sich in eine Naschkatze verwandelt hat.«

Er zuckte entschuldigend mit den Schultern.

Was sie nicht wusste, war, dass Lichdämonen ihre Lust zu essen entdeckten oder wiederfanden, sobald sie ihre Braut oder Bräute trafen. Das war nicht alles: Die Begegnung entfachte nicht allein die Lust auf Essen, sondern auch das Verlangen nach Sex. Generell fühlte sich die untote Existenz weniger nach Tod und mehr nach Leben an.

Dennoch: Sie war zu jung, um sie zu seiner Braut zu machen. Er war zu jung, um jetzt schon eine Braut zu erwählen. Das hielt ihn allerdings nicht davon ab, sie in Gedanken bereits als die seine zu bezeichnen.

Einen kurzen, teuren Stopp bei der Konditorei später erhob sich Alnwick Castle vor der Königin und ihrem dämonischen Geliebten. Seine Braut hatte gesagt, dass sie eine Überraschung für ihn bereithielt, worüber er sich seit dem Morgen den Kopf zerbrach. Sie hatte ihm doch alles gegeben, was er sich je zu träumen gewagt hatte. Das Einzige, was sie noch tun konnte, war, den Granatapfel zu essen.

Belladonna legte keine Minute der Rast ein. Der Giftefeu an der Schlossmauer öffnete die Flügeltüren für seine Königin und Belladonna trat mit einem Lächeln ein. Sie streifte im Gehen ihren Hüftbeutel mit dem Trinkgeld ab, nahm ihre filigrane Blütenkrone von einem goldenen Podest und ihre Schlange glitt ihr um den Hals. Er hätte jetzt sagen können, dass sie wie eine Königin wirkte – aber auf ihn tat sie das schon immer. Sie war *seine* Königin.

Blake wusste inzwischen auch, wohin Belladonna ihn führte. Vor ungefähr einem halben Jahr – was sich für ihn wie ein halbes Leben anfühlte – war er diesen Weg ebenfalls entlanggeschritten. Damals hatte er ein süffisantes Lächeln auf den Lippen getragen, weil er kurz zuvor den Leichnam der alten Königin gefunden hatte.

Im Saal des königlichen Covens war bereits die Bibliothekshexe anwesend und …

»Blakeeey! Bellaaaa!«, schrie die Mottenfae laut und winkte. »Hier bin ich!«

Als könnte man seine aufgeweckte Faeschwester mit ihren riesigen Flügeln und dem leuchtenden Haar übersehen …

Die Königin der Hexen nahm zwischen dem Dämon und der Fae Platz, während die kleine Bibliothekarin ein Buch aufklappte und eine Feder zückte. »Nun, meine Königin?«

Belladonna öffnete den Mund – und zögerte. Was auch immer es war, sie haderte damit, es laut auszusprechen.

»Ich werde Tante!«, quiekte Nora mit ihrer hohen Stimme.

»Nein, nein. Ishita, schreib das nicht auf! Streich das!«

»Nora!«

»Das nächste Jahrhundert will ich das Kinderthema nicht in meinem Schloss hören. Nein, Atropos, sie ist nicht nervig!«

Die Mottenfae schmollte. »Toll. Ich habe mich schon so darauf gefreut. Ich bin sieben Jahrhunderte alt. Ich werde nicht jünger.«

»Aber auch nicht wirklich älter.«

Der Dämon schob seine rechte Hand über die seiner Hexe. Sie zuckte bei der Berührung seines kalten Fleisches nicht mehr zusammen. »Nun, Cherry, was willst du uns wirklich sagen? Was ist so wichtig, dass sogar Ishita es niederschreiben soll?«

»An ihrem freien Tag«, warf die andere Hexe ein.

Die Königin der Hexen atmete tief ein und ließ mit einem Mal heraus: »Ich will die Königin sein, die zumindest versucht hat, dass Dämonen, Hexen und Fae gemeinsam leben können. Ich kann keine Beziehung zwischen Dämonen und

Hexen verurteilen, wenn ich selbst mit einem Lich verlobt bin und eine meiner besten Freundinnen eine Fae ist.«

Die Mottenfae unterbrach sie und warf die langen Haare zurück: »*Aller*beste Freundin.«

»Darum frage ich euch, ob ihr einen Coven mit mir gründen wollt.«

Ishita keuchte erschrocken auf. »Bell- ... Meine Königin!«

Nora hob wie im Schulunterricht eine Hand und fragte: »Ist das nicht so ein Hexending? Damit Hexen sich zum Feiern und Nackttanzen treffen können?«

»Ja ... Nein! Das Covensystem ist sehr wichtig für uns. Es symbolisiert den Zusammenhalt unter uns Hexen und unsere Ehrfurcht vor der Göttin.«

»Und dazu reichen drei Leute aus?«

»Coven können verschieden groß sein. Drei Leute können einen Zirkel gründen, der die Dreifaltigkeit unserer Göttin ehrt. Eine Fünfer-Gruppe bezeichnet das Pentagramm und sechs an der Zahl das Hexagramm. Die Nummer Acht steht für die Unendlichkeit und die Neun für Vollkommenheit.«

»Und dreizehn?«, fragte Nora neugierig nach.

»Dreizehn sind die Höchstzahl für einen Coven.«

Der Dämon hatte mit vielem gerechnet, jedoch nicht mit der Einladung seiner Braut, einem Hexenclub beizutreten. Natürlich hatte er seine Bedenken – diese allerdings nur kurz. Ihre Verbindung hatte bereits dafür gesorgt, dass die alten und mächtigen Dämoninnen Carmilla und Melusine Belladonna kein Haar krümmen würden. Wenn Melusine sich zurückhielt, dann würden auch Undine und Lorelai ihrem Beispiel folgen. Die Furien von Leviathan waren ebenfalls keine Bedrohung für seine Hexe. Ebenso wie das gesamte Vampir-Volk, das es nie wagen würde, gegen Carmilla zu rebellieren.

Sie schätzten sie mehr als ihren eigenen Vater, den Urfürst Luzifer, und sie wussten, dass Rebellenköpfe nur zu gern auf Pfählen landeten.

Belladonna war sich gar nicht im Klaren darüber, was sie bereits jetzt ins Rollen gebracht hatte.

»Mit diesem Coven will ich zeigen, wie ehrlich ich es mit dem Frieden zwischen Hexen, Dämonen und Fae meine. Ich werde einen Dämon und eine Fae in die heiligen Hexenbräuche einweihen.«

Es wurde still im Raum – das Einzige, was man hörte, war die Feder von Ishita, die über das Pergament kratzte und die Geschichte der neuen Königin festhielt. Wenn man die Schreiberin genauestens betrachtete, dann fielen ihre vor Angst weit geöffneten Augen auf.

»Und was sagst du dazu?«, wollte Belladonna von ihrer alten Freundin wissen.

Die Hexe hielt den Kopf gesenkt. »Na ja, ich weiß nicht, ob es klappt«, setzte sie vorsichtig an. Belladonna bekräftigte sie darin weiterzusprechen, indem sie leicht nickte. »Es gab durchaus Zeiten des Friedens, die aber nie lange andauerten. Die nachfolgenden Kriege waren dafür umso heftiger und verlustreicher. Das Ungewisse macht mir Angst. Das kann sogar andere Hexen gegen dich aufstacheln. Am Ende wirst du möglicherweise genauso verachtet wie Faustina.«

Belladonna seufzte schwer. »Du bist wenigstens ehrlich.«

Blake entdeckte die Sorgenfalte auf der Stirn seiner Braut. Sie war unmittelbar davor, das Ganze sein zu lassen und es eine dumme Idee zu schimpfen.

»Lass es uns versuchen.«

Sie blickte zu dem Dämon auf. »Ja?«

»Klingt spaßig«, nickte Nora. »Die Feierlaune haben wir

Fae sowieso von den Hexen geerbt. Und ich kann Blakey ganz oft nerven! Und Kuchen in Point Pleasant kaufen!«

Als der Dämon die Hexe sanft auf die Lippen küsste und die Fae zugleich lachend dazwischensprang, begann eine neue Ära der magischen Welt.

GLOSSAR

Neben den für Magie blinden und tauben Menschen existieren drei große magische Völker: die Hexen, die Dämonen und die Fae. Es ist anzunehmen, dass die Hexen die ersten magischen Wesen auf der Erde waren. Irgendwann folgten die sieben alten Dämonen, die man heute als Dämonenfürste oder Urdämonen bezeichnet. Die Fae entstanden aus den nicht gern gesehenen – aber bis heute vorkommenden – Verbindungen zwischen Hexen und Dämonen.

Magisches Volk – Hexen

Die gesegneten Hexen

Die Hexen verstehen sich als Beschützerinnen der Menschen. Sie sind praktisch unsterblich, doch seit Jahrtausenden werden sie immer kurzlebiger. Ihre Magick ist wesentlich stärker als die der Dämonen und Fae.

Mit sieben Jahren beginnt die Hexe ihre Ausbildung an einer Hexenakademie, welche zehn Jahre andauert und ihre Affinität stärken soll. Jede Hexe besitzt neben Heil- und Angriffszauber eine Geburtsaffinität, die am allerstärksten ausgeprägt ist. Nach der Schulzeit werden sie selbst Hexenausbilderinnen oder bekommen ein Gebiet zugewiesen.

Hexen erhalten ein magisches Tier, einen Familiar.

Die Hexen werden unter einer Hexenkönigin vereint. Die jeweils vorangegangene Hexenkönigin weiß, beziehungsweise spürt, wer ihre Nachfolgerin ist.

Die dreizehn Hexenköniginnen

Lilith (Schatten) (?)
Yuki (Wasser) (um 3.000 vor Zeitrechnung)
Mara (Erde) (um 2.000 vor Zeitrechnung)
Yennenga (Seher) (um 1.500 vor Zeitrechnung)
Medea (Blut) (um Jahr 0)
Juvia (Wasser) (387 – 731)
Aarany (Licht) (731 – ?)
Asifa (Erde) (? – 1000)
Himiko (Wind) (1000 – 1234)
Faustina (Chaos) (1234-1501)
Marie (Feuer) (1501 – 1891)
Sibylle (Seher) (1891 – 2022)
Belladonna (Gift) (2022 bis ?)

Magisches Volk – Dämonen

Die geächteten Dämonen

Dämonen sind die größten Feinde der Hexen. Seit Jahrtausenden besteht eine Blutfehde zwischen den beiden Völkern. An den großen Hexenverbrennungen vergangener Jahrhunderte waren allein die Dämonen schuld, die die Menschen gegen das Hexenvolk aufgestachelt haben.

Dämonen gehen mit Menschen Pakte ein und sichern sich so ihre Seelen. Je nach Dämonenart können die reinblütigen Dämonen ihren Opfern verschiedene Gegenleistungen anbieten wie Geld, Macht, Liebe oder ein verlängertes Leben. Nach dem Tod des Menschen gehört die Seele dem Dämon, der sie sich einverleibt.

Je mehr Seelen ein Dämon verschlingt, desto mächtiger wird er.

Dämonen besitzen eine menschliche Hülle, die in der Regel sehr attraktiv – ja, regelrecht verlockend – wirkt. Ihre wahre Gestalt ist jedoch sehr grotesk und sie vermeiden tunlichst, diese anzunehmen.

Die sieben Höllenfürste

Mammon
Sünde: Gier
Art: Lich
Kinder: Blake (Dämon), Nora (Fae)

Luzifer
Sünde: Hochmut
Art: Vampir
Kind: Carmilla (Dämon)

Beelzebub
Sünde: Völlerei
Art: Chimäre

Satan
Sünde: Zorn
Art: Werwolf

Leviathan
Sünde: Neid
Art: Meereskreatur

Asmodäus
Sünde: Wollust
Art: Inkubus

Belphegor
Sünde: Faulheit
Art: Nachtmahr

Magisches Volk – Fae

Die verstoßenen Fae

Ursprünglich entstanden aus Liebesbeziehungen zwischen Hexen und Dämonen, werden Fae von beiden Spezies verachtet und ausgegrenzt. Sie besitzen die enormen magischen Kräfte der Hexen, sind aber hinterlistig wie die Dämonen. Sie entführen Menschen gerne in ihr Reich und können nicht lügen, weshalb sie meist die Wahrheit verdrehen. Sie besitzen keine reine menschliche Form, sondern sehen stets aus wie eine Mischung aus Mensch und Tier.

Es existieren zwei Höfe: der Lichte Hof unter der Herrschaft von König Oberon und der Dunkle Hof unter Königin Mab.

Die zwei Faereiche

Seelie – Lichter Hof
König Oberon – Patriarchat
Ehemaliger Sklave aus dem Menschenreich: Collin (Wechselbalg)

Unseelie – Dunkler Hof
Königin Mab – Matriarchat
Angehörige Faespezies: Mottenfae (Nora)

PLAYLIST

Poison – Tarja

Wicked Game – HIM

One Hell of a Team – Ama Lee

Alastor's Game – The Living Tombstones

Phantom – NateWantsToBattle

Wake The Dead – Creature Feature

Empire (Let Them Sing) – Bring Me The Horizon

Walpurgisnacht – Faun

Magia (Cover) – Ama Lee

Flame of Despair – Yuki Kajiura

Rose Red – Emilie Autumn

Theatre of a Witch – Yuki Kajiura

Ribcage – Andy Black

Angel Eyes – New Years Day feat. Chris Motionless

Deal Maker – TytoCat

Blumenkranz (Cover) – Selphius

Daughters of Darkness – Halestorm

Bittersweet – Apocalyptica feat. Lauri Ylönen & Ville Valo

DANKSAGUNG

Mit *Queen of the Wicked* oder *#blerry*, wie ich es auf Social Media aufgrund des Shippingnames (Belladonna »Cherry« und Blake) getauft habe, haltet ihr nun schon mein achtzehntes Buch in Händen. Rockstars, Piraten, Hexen und Götter – durch meinen Autorenberuf durfte ich schon so viele Geschichten erzählen, und ich hoffe, dass ich das noch viele weitere Jahre tun kann. Deshalb ein großes Danke an dich, weil du dieses Buch gekauft hast!

Ich bedanke mich auch bei meinen Patrons, die mich mit ihren monatlichen Beiträgen unterstützen: Christina, Claudia, Dörte, Jasmin, Katharina, Kerstin, Mareike und Sandra. Danke, Danke, Danke!

Man darf natürlich auch nicht meinen Coven an Testleser*innen vergessen, die mir bei diesem Buch sehr geholfen haben. Ich weiß, dass ich manchmal echt nervig sein kann, wenn ich an einer Szene verzweifle oder so begeistert bin, dass ich 12.919 Nachrichten auf einmal schreibe. Deshalb danke an Annabell, Christine, Cornelia, Diana, Ina, Jasmin, Julia, Katharina, Kira, Kimberly, Michelle, Sabrina, Sandra, Sarah, Stefanie und Tina! Und nicht zu vergessen Nora, die so für das Buch gebrannt hat, dass ich derart viel Freude beim Plotten hatte, dass die Geschichte auch wirklich entstehen konnte.

Zu guter Letzt will ich mich bei meinem Verlag Loomlight bedanken, der sofort Feuer und Flamme für Belladonna und Blake gewesen ist. Das Buch entstand in einer Zeit, die mit Umbrüchen und Veränderungen gespickt war und mich oft zum Zweifeln gebracht habt.

Queen of the Wicked - Der untote Prinz

PROLOG

Sei wie eine unschuldige Blume

Die Hölle war ein Ort voller Tod und Leid.

Die lauwarme Luft schmeckte nach den leckersten Sünden und der bittersten Reue. Ein einziger Atemzug ließ einen Menschen in Ohnmacht fallen und beraubte ihn für den Rest seines Lebens der Fähigkeit, Freude zu empfinden.

Aber es reisten ohnehin nicht viele Sterbliche in die Unterwelt. Nur Narren, die meinten, dass sie einen geliebten Menschen aus den feurigen und unnachgiebigen Klammern des Fegefeuers befreien konnten, und die dann zwischen den sieben Ringen von umherstreifenden Dämonen getötet wurden.

Das dunkle Gras zu seinen Füßen war hart und spitz wie abgebrochene Knochen, die feuchte Erde getränkt mit dem Blut der Sünder. Das ferne Geheul der leidenden Seelen im Fegefeuer drang selbst hier im ersten Zirkel – über alle sieben Ringe hinaus – noch an seine Ohren.

Heimat, wisperte etwas in seiner toten Brust.

Er war zwar hier geboren worden, aber wie die anderen adeligen Dämonen fühlte er sich nicht wirklich zuhause. Es lag weniger an seiner menschlichen Seite. Bis auf das Aussehen seiner durchaus adretten Hülle hatte Blake kaum etwas mit einem Menschen gemein. Sein wahres Zuhause war dort, wo es sich so anfühlte, als würde in seinem Brustkorb ein Herz schlagen: bei einer Hexe mit weißen Haaren und Augen so violett und tödlich wie die Blüten einer Giftpflanze. Doch es war ihr Lächeln, das ihn wortwörtlich verhext hatte. Er liebte es, wenn sie mit angezogenen Mundwinkeln bis zur Heiserkeit über ihre Giftpflanzen sprach. Er liebte es, wenn sie mit purer Begeisterung in den Augen die Schachtel vom Konditor öffnete.

Er liebte es, wie ihr warmer Körper sich an seinen schmiegte und er ihren Herzschlag spüren konnte. Manchmal kam es ihm so vor, als würden ihre Herzen in einem gemeinsamen Takt schlagen.

Was natürlich ein Ding der Unmöglichkeit darstellte, da er bereits tot zur Welt gekommen war.

Und genau darum *musste* er das hier tun: Nie wieder würde er tatenlos dabei zusehen, wie ein Leben einfach dahinschwand. Nicht nach ... Nein. Daran wollte er nicht denken. Er wollte auch nicht daran denken, dass seine Braut in diese Angelegenheit der Hölle verwickelt wurde. Bald. Sehr bald würde das alles vorbei sein. Lange bevor die Königin der Hexen und ihr Volk mitreingezogen wurde.

Vor dem Dämon erhob sich ein Baum. Das Herz des ersten Zirkels hatte eindeutig schon bessere Tage gesehen: Die Rinde war schwarz und wirkte verkohlt. Dennoch glänzten an den dünnen Ästen noch ein paar Granatäpfel. Ihr saftiges Rot ließ ihre irdischen Verwandten dagegen bleich, beinah leblos wirken.

Und unter dem Baum saß eine Frau – oder vielmehr: Eine Kreatur, die aussah, wie eine junge Frau mit schwarzen Haaren und weißer Porzellanhaut. Doch wenn sich ihre Lippen zu einem Lächeln verzogen, offenbarte sie ihre wahre Natur: Spitze Fangzähne, die nur dafür geschaffen waren, die Halsschlagader brutal herauszureißen.

Von seiner Braut wusste er, dass junge Hexen Kinderlieder über die Söhne der Todsünden anstimmten, wenn sie Fangen spielen.

Doch eines schienen sie sich dem Reim nach nicht bewusst zu sein: Das Kind des Hochmuts war eine Tochter.

Die Vampirin suchte wie immer Schutz vor dem Tageslicht in den Gefilden der Hölle. Hier gab es weder Tag und Nacht, nur die angenehme Dämmerung, die es nie wagen würde, das Fleisch eines Höllenwesens zu versengen.

Völlig regungslos verharrte die Blutsaugerin unter dem Baum, bis der Wind seinen Geruch in ihre Nähe trug.

»Guten Tag, Avaritia«, sagte sie mit geschlossenen Augen und hob träge einen bleichen Arm. »Was führt dich zu mir?«

»Du musst mich nicht so förmlich mit meiner Todsünde anreden *Carmilla*«, entgegnete der Dämon nur. »Ich nenne dich ja auch nicht Superbia, den Hochmut.«

Er hielt Abstand zur Tochter des Hochmuts.

Carmilla war unberechenbar. In die Geschichte der Menschen war sie als unbarmherzige Kriegsherrin eingegangen, die ihre Feinde und Untertanen gleichwohl pfählte, wenn sie ihr nicht unterwürfig genug waren oder sie einfach nur einen schlechten Tag hatte. Daneben existierten die romantischen Bücher, die sie als vornehme Gräfin darstellten, die junge Frauen mit den süßesten Worten verführte und ihr Blut trank, aber doch nie die wahre Liebe fand. Letzteres stimmte nicht ganz: Vor einiger Zeit hatte sie drei Bräute gezählt – bis sie alle mit einem Mal verlor.

Nur aus diesem einzigen Grund konnte er sich ihr anvertrauen ... Nein.

Wenn er ehrlich war, dann konnte er eigentlich niemanden von den anderen Dämonen vertrauen, aber Carmilla schien nun mal die sicherste Option zu sein. Besser als Asmodäus, den nichts kümmerte, außer sich selbst und seine Braut oder Barbatos, der Blake als Jugendlicher fast enthauptet hatte, weil er neugierig war, ob er wirklich untot war.

»Die Granatäpfel sind so schön rot.« Carmilla streckte eine Hand in die Höhe. »Sie schmecken sicher süßer als das Blut einer Jungfrau.«

»Schmeckt Jungfrauen-Blut so viel besser? Ich meine ... Schmeckt man *das* wirklich heraus?«

»Keine Geschlechtskrankheiten – und durch das Alter im besten Fall auch weniger Alkohol und Tabak im Blut. Jungfrauen-Blut ist wahrhaft köstlich!«, lächelte die Vampirin. »Du kennst das doch sicher auch von den Herzen.«

»Nein. Schon ein junges Herz kann vollkommen vom Tod zerfressen sein.«

»Hmmmm.« Carmilla legte den Kopf in den Nacken und ließ ihn kreisen. »Gut zu wissen. Ich vergesse immer, wie unterschiedlich die Leute sind, die unsere Dienste in Anspruch nehmen. Willst du dann noch mehr unnötigen Small-Talk betreiben?«

Blake verzog kurz die Lippen. »Du hast mit dem Jungfrauen-Blut angefangen.«

»Und du lässt dich hier blicken, obwohl du mich sonst meidest.«

»Nun. Wir beide haben nun einmal nicht viel miteinander zu schaffen«, wich er ihr aus.

»Ich kann es dir nicht übel nehmen, die anderen adeligen Dämonen meiden mich auch.« Blitzschnell war die Dämonin aufgesprungen und stand nun direkt vor Blake.

Carmilla sah ihm tief in die Augen. Ihre Iris leuchtete rot wie frisches Blut und eine Spur von Wahnsinn tanzte lodernd darin. »Es spricht sich herum, dass du deine Braut gefunden hast.«

Blake wich keinen Millimeter zurück. »Du musst gar nicht so scheinheilig tun. Ich weiß, dass du ein Abkommen mit Königin Sibylle hattest. Deinen widerlichen Geruch kann ich an jedem einzelnen Angestellten im Schloss wahrnehmen. Du bist wirklich unersättlich in deiner Gier nach Menschenblut.«

Die Dämonin trat einen halben Schritt zurück, beleidigt, dass ihr Einschüchterungsversuch nicht funktioniert hatte.

Gelangweilt betrachtete sie ihre langen Fingernägel. Sie waren von Natur aus dafür geschaffen ihren Opfern die Hauptschlagadern aufzuschlitzen. Sein Blick blieb allerdings an etwas anderem hängen: An ihrem Ringfinger steckten drei verschieden große goldene Ringe – einer für jede tote Braut.

»Nun. Ich habe keine einzige Braut mehr. Ich brauche viel Blut. Das heißt, ich muss ein paar Mal im Jahr einen Menschen komplett leer saugen, damit ich meine Laune nicht an Unschuldigen auslasse.« Ihre Lippen kräuselten sich zu einem spöttelnden Grinsen. »Und wenn ich mich nicht irre, wurde *dir* der Titel ›Vielfraß der Hölle‹ verliehen. Nicht mir. Dir. Der Gier.«

Carmilla hatte recht. In den letzten drei Jahren hatte er mit so vielen Menschen Händel geschlossen, dass ihm sogar das Gefühl für die genaue Zahl abhandengekommen war. Jeden Tag ging er neue Verträge ein und mehrmals in der Woche konnte er ein Herz verschlingen.

Er hatte nur gehofft, dass sein ›Apettit‹ keinem der anderen Adeligen auffiel, aber die *Ars Goetia* hatten ihre Augen und Ohren wirklich überall.

Doch wenn sie schon darauf zu sprechen kamen: »Warum hast du überhaupt eine Abmachung mit Königin Sibylle getroffen? Leitest du nicht einige Blutbanken in Europa?«

Unbewusst streiften ihre Finger über die Goldringe.

»Moment. Du hast das doch nicht etwa getan, um Informationen über deine nächste Braut zu erhalten?«

»Sag das nicht so abfällig, Avaritia«, zischte Carmilla. Er wusste sofort, dass er eine Grenze überschritten hatte, als sich ihre Fangzähne über die Lippen schoben. »Nicht jeder von uns hat das Glück, dass ihm seine Braut praktisch auf dem Silbertablett serviert wird. Wie alt bist du? Nicht einmal drei Jahrzehnte, wenn ich mich richtig erinnere.«

Die Erde unter den Füßen der Dämonen bebte. Viele der Knochenhalme stammten von seinen Opfern, weshalb sie auf seine Emotionen reagierten. »Auf dem Silbertablett?«

Es war nicht einfach gewesen, und er hatte eine Zeit lang befürchtet, dass seine Braut sich gegen ihn entscheiden würde. Die Hexen ihrer Jugend hatten sich bemüht, ihr pure Abneigung gegen seine Spezies einzutrichtern. Am allermeisten natürlich die alte Königin und ihre Zirkelhexen …

»Ruhig, kleiner Dämon. Ich bin doch auf deiner Seite«, säuselte Carmilla, ein wenig versöhnlicher. »Wie du sicherlich gehört hast, stehen unsere Bräute an oberster Stelle für mich.« Nur um dann die Krallen erneut auszufahren. »Deine kleine Hexe ist allerdings noch keine Braut – und damit darf ich mit ihr machen, was ich will.«

»Wag es ja nicht, sie anzurühren«, knurrte der Dämon. Seine Stimme wurde so dunkel und gefährlich: »ICH HABE KEINE PROBLEM DAMIT, ANDERE DÄMONEN ZU TÖTEN.«

Seine dämonische Seite wollte mit aller Kraft unter seiner

menschlichen Haut hervorbrechen und die Vampirin in tausend Stücke zerfetzen. Bei den neuen Zirkeln, es war Jahre her, dass seine Stimme sich verändert hatte, weil er angestrengt versuchte, sein wahres Aussehen niemanden zu enthüllen.

Carmillas Augen glitzerten vor Aufregung – keine Spur von Angst. »Dann mach sie zu deiner Braut. So einfach ist das. Was hält dich davon ab? Warum frisst du so viele Seelen?«, verlangte die Vampirin von ihm zu erfahren. »Deine Braut müsste deine Gelüste doch weitestgehend befriedigen – erst recht, wenn sie endlich den Granatapfel gegessen hat. Du musst kaum noch Herzen sammeln und kannst dich ganz darauf konzentrieren, deine Braut zu befriedigen. Ein Glas Blut meiner Bräute konnte mich immer einen ganzen Monat ernähren.«

»Wir reden aneinander vorbei.«

»Nein, das tun wir nicht«, widersprach Carmilla hochmütig. »*Du* nutzt jede mögliche Ausflucht. Ich frage mich, warum du überhaupt gekommen bist. Willst du nicht lieber mit der Königin der Gifte im Bett liegen?«

Blake hob die Hände und seufzte. »Gut. Ich lasse die Spielchen.«

Carmilla lächelte ein Lächeln, dass das Blut in seinen Adern hätte gefrieren lassen, wäre er nicht untot gewesen.

Sie trat zum Granatapfelbaum und pflückte nahezu zärtlich eine der Früchte. »Nimm sie«, forderte die Dämonin mit solch einem Nachdruck, dass er dieses ›Geschenk‹ nicht ablehnen wollte. »Du solltest dein Hexlein so schnell es geht zur Braut machen. Hexen sind nicht halb so mächtig, wie sie sich geben und du weißt, dass ich bei Blut nicht unterscheide, wenn ich richtig hungrig bin.«

Diese Drohung war so offen und roh, dass er schlucken musste.

»Und lass mich endlich wissen, was dich zu mir bringt.«

»Ich spüre seit Langem eine andere Gier in mir reifen – etwas, das du sicher auch kennst.«

»Du willst also ein Teil der *Ars Goetia* werden? Ich weiß nicht, ob du stark genug dafür bist«, urteilte sie mit abschätzigem Blick. *Bei der Hölle.* Sie war wahrlich der personifizierte Hochmut. »Qualität über Quantität. Es reicht nicht aus, sich einfach wahllos Seelen zu schnappen.« Beherrscht von ihrer Todsünde fuchtelte sie mit dem Zeigefinger in der Luft herum. »Seit Jahrhunderten sind wir *Ars Goetia* die gefürchtetsten Dämonen der Menschenwelt. Wir–«

Blake zog den Knochendolch unter seinem schwarzen Jackett hervor.

Selbst eine uralte Bestie wie Carmilla, die Kriege, Naturkatastrophen und Seuchen miterlebt hatte, zuckte bei dem Anblick des sagenumwobenen Gegenstands zusammen. Die anfängliche Furcht vor dem Dolch wurde von Unglauben abgelöst. »Woher hast du ihn?«

»Das tut nichts zur Sache. Ich will, dass du den anderen *Ars Goetia* was ausrichtest ...«

Sporrer, Teresa
Queen of the Wicked – Die giftige Königin
ISBN 978 3 522 50810 0

Umschlaggestaltung: Giessel Design
unter Verwendung von Bildern von Shutterstock.com: 1st-ArtZone/
Aleksandra Vinogradova/Alex Stemmers/New Africa/DrHitch/Anna
Timoshenko/Abstractor
Innentypografie und Satz: Kadja Gericke
Reproduktion: DIGIZWO GbR, Stuttgart
Druck und Bindung: GGP Media GmbH, Pößneck

FSC www.fsc.org MIX Papier | Fördert gute Waldnutzung FSC® C014496

Die Originalausgabe dieses Buches erschien 2022
erstmals als E-Book und Taschenbuch bei Loomlight.

3. Auflage 2024

CONTENT WARNINGS

- Blut
- Gewalt
- Mord
- Tod
- Kindesvernachlässigung
- Erwähnung von sexualisierter Gewalt
- Tod eines Familienmitglieds